Das Efeuhaus

SOPHIA CRONBERG

Das Efeuhaus

Roman

Weltbild

Besuchen Sie uns im Internet:
www.weltbild.de

Genehmigte Lizenzausgabe für Verlagsgruppe Weltbild GmbH,
Steinerne Furt, 86167 Augsburg
Copyright der Originalausgabe © 2012 by
S. Fischer Verlag GmbH, Frankfurt am Main
Umschlaggestaltung: Alexandra Dohse – www.grafikkiosk.de, München
Umschlagmotiv: plainpicture, Hamburg (©BY) /
mauritius images, Mittenwald (© Prisma)
Gesamtherstellung: GGP Media GmbH, Pößneck
Printed in the EU
ISBN 978-3-86365-202-9

2015   2014   2013   2012
Die letzte Jahreszahl gibt die aktuelle Lizenzausgabe an.

Nenne dich nicht arm,
weil deine Träume nicht in Erfüllung gegangen sind;
wirklich arm ist nur,
der nie geträumt hat.

Marie von Ebner-Eschenbach

Das Efeuhaus

Prolog

1922

Das Laub raschelte unter ihren Füßen. Dort, wo sich die Strahlen der Oktobersonne durchs dichte Blätterdach zwängten, glich der Waldboden einem bronzenen Meer. Doch seine Schönheit war trügerisch, denn im Schatten der Eichen und Buchen war das Laub bleich, das Moos schwarz und die Sträucher kahl.

Die Blätter zerfielen, wenn sie darauf trat, die Fichtennadeln bohrten sich in die dünnen Sohlen ihrer Lederschuhe. Sie achtete nicht darauf, sondern lief weiter, lief so schnell, wie sie noch nie gelaufen war. Mit jedem Schritt wuchs die Erschöpfung – und die Verzweiflung. Sie ahnte, dass sie nicht rechtzeitig würde fliehen können, und fühlte sich ohnmächtig wie in einem jener Träume, die sie manchmal heimsuchten. Träume, in denen sie hilflos im dunklen Meer versank, obwohl sie doch schwimmen konnte, von einem Berggipfel in die Tiefe stürzte, obwohl eine rettende Hand sich nach ihr ausstreckte, oder sie einem fahrenden Zug nachlief und ihn verpasste, obwohl er nicht an Tempo zulegte.

Sie rannte, bis ihre Brust schmerzte und ein Steinchen im Schuh die Ferse wundgescheuert hatte, aber sie entkam dem Grauen nicht. Vögel stoben aus dem Buschwerk, als jäh ein Schuss ertönte und die Stille des Waldes zerriss.

Sie erstarrte, blieb keuchend stehen, sank schließlich kraftlos auf ihre Knie. Der Laut hallte wieder und wieder in ihr nach; sie konnte ihn mit jeder Faser ihres Körpers spüren, gleich so, als wäre sie selbst getroffen worden.

Doch zu ihrem Erstaunen blutete sie nicht. Nur Schweiß perlte von der Stirn und lief ihr in die Augen, heiß und salzig – ein Beweis, dass sie noch lebte, obwohl sie den Schuss gehört hatte und obwohl sie wusste, auf wen die Pistole gerichtet gewesen war. Ja, ihr Herz schlug noch und ihr Atem ging keuchend – nur ihre Seele war tot wie das Herbstlaub, das der scharfe Wind der letzten Tage von den Bäumen gerissen hatte. Irgendwann nach dem langen, schweigsamen Winter würde der Frühling den Wald wieder zum Leben erwecken und frische Triebe sprießen lassen, aber die Blätter, die nun den Boden bedeckten, würden niemals wieder grün werden. Die Spinnweben, die morgens unter einer Schicht Raureif funkelten – letztes Zeugnis vom Altweibersommer –, würden für immer zerrissen sein. Die saftigen roten und schwarzen Beeren, die an den Sträuchern hingen, würden verfaulen und niemals einen Gaumen erfreuen. Und sie – sie würde niemals wieder lachen, unbeschwert, frei und von Herzen.

Sie stand auf und lief weiter, langsamer nun, gebeugter und nur eine kurze Strecke. Dann erreichte sie einen kleinen Bach, dessen Plätschern in ihren Ohren wie Hohn klang. Im heißen Sommer hatte sie manchmal das klare Wasser getrunken und war mit den Füßen hineingestiegen, um sich abzukühlen. Das tat sie auch jetzt, nachdem sie ihre dünnen Lederschuhe abgestreift hatte, doch das Wasser erfrischte sie nicht, sondern schnitt eiskalt in ihre Glieder.

Sie störte sich nicht daran. Die tobenden Schmerzen waren ein willkommenes Zeichen, dass sie die Kälte noch fühlen konnte. Anstatt sich ans andere Ufer zu retten, trat sie von einem Fuß auf den anderen im Bach herum und wühlte den Schlamm auf. Aus dem strahlenden Türkis, das an Sonnentagen silbrige Wellen krönten, wurde eine schmutzige Brühe.

»Was machst du denn hier?«

Sie zuckte zusammen, als die Stimme sie traf, und wagte kaum, den Blick zu heben. Sie sah nur die Spitze eines Wanderstocks, die sich in die feuchte Erde gegraben hatte, und klobige Stiefel, die von Morast und einigen Blutspritzern befleckt waren. Offenbar kam er von der Jagd.

»Dir muss doch schrecklich kalt sein …«

Sie wühlte weiter im Schlamm. Das Wasser war mittlerweile so trüb, dass sie ihre krebsroten Füße nicht mehr sehen konnte. Die Schmerzen wichen einem Gefühl von Taubheit. Oh, wenn diese nicht nur ihren Körper, sondern auch den Geist erfassen würde! Wenn sie sämtliche Gedanken lähmen könnte, auf dass in ihrem Kopf nur eine große, gnädige Leere klaffte!

Als sie nicht reagierte, rief er sie beim Namen. Er klang fremd in ihren Ohren.

»Ich brauchte ein wenig frische Luft«, stammelte sie hilflos.

Wie anders sollte sie ihm erklären, was sie hier machte? Wie ihm ins Gesicht schauen, nach allem, was geschehen war? Wie sein Urteil ertragen, wenn er erfuhr, was sie getan hatte?

»Hast du auch diesen Schuss gehört?«, fragte er. »Er schien vom Haus zu kommen.«

Nun konnte sie nicht anders, als ihren Blick zu heben und seinem standzuhalten.

Seine Miene war verwirrt, aber noch nicht erschüttert, besorgt, aber noch arglos. Sie hingegen hatte ihre Unschuld unwiederbringlich verloren. Und wann immer sie künftig Laub rascheln und Bäche plätschern hören, Waldgeruch einatmen und von der Herbstsonne gestreichelt werden würde, müsste sie daran denken.

Erster Teil

1

Als sie mit den Schneeketten kämpfte, musste Helena unwillkürlich an Martin denken. Seit Wochen hatte sie seinen Namen nicht mehr ausgesprochen und jedem in ihrer Umgebung verboten, es zu tun. Aber nun stellte sie sich vor, wie er sich in dieser Lage verhalten hätte.

Wahrscheinlich wäre er im Auto sitzen geblieben und hätte sich eine gefühlte halbe Stunde lang in die Bedienungsanleitung vertieft, bis ihr der Geduldsfaden gerissen und sie zur Tat geschritten wäre. Nachdem er eine Weile zugesehen hätte, wie sie sich vergebens abrackerte, wäre er mit jenem gönnerhaften Lächeln, mit dem er unverschämt gut aussah, das sie aber damals immer zur Weißglut brachte, endlich aus dem Auto gestiegen und hätte ganz lässig das Problem behoben.

»Wozu, glaubst du, gibt es Bedienungsanleitungen?«, hätte er gefragt.

»Die versteht doch kein Mensch!«

»Na, wie gut, dass du mich hast, Schatz«, hätte er gemurmelt, sie an sich gezogen und über ihren Kopf gestreichelt. Ehe sie schnippisch antworten und seine Hand hätte wegstoßen können, hätte er versöhnlicher hinzugefügt: »Aber macht doch nichts! Du bist nunmal die Künstlerin – für die praktischen Dinge hast du ja mich. Wo hättest du Stadtpflanze auch lernen sollen, wie man Schneeketten anlegt?«

Das hatte sie in der Tat noch nie gemacht, und während Helena diese Dinger in Händen hielt – auf einer einsamen Forststraße irgendwo in den tiefverschneiten Bergen –, packte sie wieder eine unglaubliche Wut auf Martin, obwohl er zumindest *dafür* nun wirklich nichts konnte. Der Schnee schmolz auf ihrem Kopf und sickerte durch alle Öffnungen ihres zwar schicken, aber viel zu dünnen Wintermantels.

»Verdammt! Verdammt! Verdammt!«

Sie fluchte erst auf Martin, dann auf Luisa, schließlich auf sich selbst, weil sie sich keine Landkarte gekauft, sondern sich auf die Straßenschilder und Luisas Wegbeschreibung verlassen hatte. Luisa war ihre beste Freundin, die sie zum Skiwochenende in den österreichischen Bergen eingeladen hatte.

»Du musst unbedingt mal rauskommen«, hatte sie erklärt, »und von München aus sind es nur zwei Stunden.«

Helena war mittlerweile vier unterwegs und steckte irgendwo in der Einöde fest. Ein Schild hatte sie auf die Forststraße gelockt, die mitten durch einen dichten Wald führte. Eine halbe Stunde lang war sie an keinem Haus mehr vorbeigekommen – und schließlich war die Straße immer schmaler und steiler geworden. Die erste Wegstrecke hatte man heute Morgen noch geräumt, aber mittlerweile stand der Schnee so hoch, dass ihre Reifen mehrmals quietschend durchgedreht hatten, und die Angst, im Straßengraben zu landen, hatte ihre Bedenken besiegt, die neu gekauften Schneeketten anzulegen.

Helena las die Bedienungsanleitung nun schon zum x-ten Mal und hatte immer noch keine Ahnung, wie sie am besten vorgehen sollte. Die Buchstaben verschwammen vor ihren Augen, das Licht wurde immer diffuser. Zuerst hatten die grauen Wolken nur schmale Schneisen am mattblauen Himmel gezogen, nun verschmolz der farblose Himmel mit den schmutzig anmutenden Schneemassen. Sie warf die Bedienungsanleitung genervt auf den Rücksitz und entschied, sich auf ihren gesunden Menschenverstand zu verlassen. So schwer konnte das alles nicht sein – Schritt eins: Ketten entwirren, Schritt zwei: Sie vor die Reifen legen, Schritt drei: darauf fahren, Schritt vier: Ketten schließen. Davon, dass sie sich den Finger einklemmte, sobald sie die Ketten hochhob, wollte sie sich nicht entmutigen lassen. Sie unterdrückte einen weiteren Fluch und dachte wieder an Martin. Die Erinnerung daran, wie er stets spöttisch die Augenbrauen hochzog, sobald sie wieder einmal den Kampf gegen die Technik verlor, gab ihr Kraft.

Nein, sie würde ihm nicht den Gefallen tun zu scheitern. Sie würde die Schneeketten anlegen und den Weg zur Hütte zurücklegen, wo sie jenes kuschelige Kaminfeuer erwartete, von dem Luisa so geschwärmt hatte. Sie würde die Bekanntschaft neuer, interessanter Leute machen, die nichts von ihren Rückschlägen an allen Fronten wussten, würde lachen, »Die Siedler von Catan« spielen, Glühwein trinken und gestärkt und voller Pläne wieder nach Hause zurückkehren.

Soweit der Plan.

Sie hoffte so lange, ihn doch noch umsetzen zu können, bis sie die Ketten vor die Reifen gelegt hatte und wieder ins Auto gestiegen war. Sobald sie Gas gab, drehten die Reifen erneut durch. Sie stieg erst aufstöhnend auf die Bremse, dann wieder auf das Gaspedal. Prompt machte das Auto einen Ruck, und sie spürte, wie es über einen Widerstand rollte – wahrscheinlich die Schneeketten. Zu weit, sie war viel zu weit gefahren!

Hektisch stieg sie auf die Bremse, doch anstatt stehenzubleiben, rollte das Auto noch ein Stückchen weiter nach hinten. Sie hatte nicht damit gerechnet, dass die Straße unter der Schneedecke völlig vereist war. Schweiß brach ihr aus, ein lauter Schrei entfuhr ihren Lippen. Sie klammerte sich ans Lenkrad, kurbelte heftig nach links, um zu verhindern, dass das Auto von der Straße abkam, aber sie hatte keine Chance. Schon geriet es in eine gefährliche Schieflage, und voller Entsetzen stellte Helena fest, dass sie vergessen hatte, den Gurt anzulegen. Sie umklammerte das Lenkrad noch fester, schloss die Augen und spürte, wie das Auto mit einem lauten Quietschen langsam zur Seite kippte. Dann senkte sich eine schreckliche Stille über sie. Jeder weitere Fluch blieb Helena in der Kehle stecken. Ihr Ärger war längst der nackten Angst gewichen. Eine Weile wagte sie nicht, das Lenkrad loszulassen und auszusteigen – womöglich würde das Auto zu schwanken beginnen, wenn sie ihr Gewicht verlagerte. Doch schließlich blieb ihr gar nichts anderes übrig, als aus dem Fahrzeug zu klettern und das ganze Ausmaß ihres Unglücks in Augenschein zu nehmen.

»Na großartig!«

Sie war mit dem rechten Vorder- und Hinterreifen von der Forststraße abgekommen, und ohne fremde Hilfe würde es ihr nie gelingen, das Auto wieder auf die Fahrbahn zu befördern. Das Licht schien noch fahler durch die Baumkronen, Schneefall setzte ein. Helenas Hände waren steif gefroren, und als sie nach ihrem Handy kramte, wäre es ihr fast entglitten. Wie befürchtet hatte sie keinen Empfang.

»Der Teilnehmer ist zur Zeit nicht erreichbar«, erklärte eine fremde Frauenstimme, nachdem sie Luisas Nummer gewählt hatte.

Helena hätte am liebsten geheult.

Ihre Füße wurden nass, als sie verzweifelt ums Auto stapfte. Sie trug nur ihre dünnen Raulederstiefel, die bestenfalls für den Besuch des Münchner Weihnachtsmarktes taugten, aber für einen Spaziergang im Tiefschnee völlig ungeeignet waren.

Das hatte sie Luisa vor der Abfahrt auch entgegengehalten: »Ich habe überhaupt keine vernünftige Ausrüstung für die Berge!«

»Ach was«, hatte Luisa den Einwand entkräftet. »Du kannst dir alles von mir borgen – inklusive Snowboard.«

Wenigstens einen Schal hatte sie dabei. Helena holte ihn aus dem Kofferraum und wickelte sich in ihn ein, fror aber immer noch erbärmlich. Suchend blickte sie sich um. Rechts bildeten Tannenbäume ein undurchdringliches Dickicht, links säumten hohe Laubbäume, von deren kahlen Ästen Schnee rieselte, den Weg. Weit und breit waren keine menschlichen Spuren zu sehen – nur winzige, runde Abdrücke von Rehen. Nicht einmal ein Futterstand für die Tiere, der vom hiesigen Förster immer mal wieder nachgefüllt werden musste, ließ sich in der Ferne erahnen. Wurzeln ragten dunkel aus dem Schnee, ansonsten lag der Boden unter der dicken, weißen Decke begraben.

Die Wahrscheinlichkeit, dass heute noch jemand auf dieser Straße vorbeikommen würde, war denkbar gering. Was wiederum bedeutete, dass sie entweder im Auto übernachten oder dieses hier zurücklassen und die nächstgelegene Siedlung suchen musste. Sie sollte sich besser bald entscheiden, denn sie hatte keine Taschenlampe dabei und konnte bereits jetzt kaum noch etwas sehen. Ratlos rieb sich Helena ihre eiskalten Hände. Wenn sie wenigstens eine warme Decke eingepackt hätte! Doch Luisa hatte ihr versichert, dass es davon genügend auf der Hütte gäbe – ebenso wie Handtücher und Bettwäsche. Deswegen hatte sie nur ihre Toilettensachen, frische Unterwäsche, einen Pulli, Socken und ein zweites Paar Jeans in ihren kleinen Koffer gepackt. Sie kramte den Pulli hervor, zog ihn über ihre Bluse, dann schlüpfte sie wieder in ihren Mantel. Sie verzichtete aber auf das zusätzliche Paar Socken – die Stiefel würden sonst zu eng werden. Mit einem lauten Knall schloss sie den Kofferraum, blickte sich ein letztes Mal zweifelnd um und ging dann los. Wenn sie die Anhöhe erreicht hatte, die die Forststraße hochführte, hatte sie von dort aus vielleicht freien Blick ins Umland.

Die Strecke war nicht weit, höchstens einen halben Kilometer, aber der Schnee lag so hoch, dass sie immer wieder darin versank. Früher war sie auf ihren durchtrainierten Körper stolz gewesen, aber in den letzten Monaten hatte sie sich am Abend lieber auf dem Sofa verkrochen und ihre Wunden geleckt, anstatt sich im Fitnessstudio oder beim Joggen abzurackern. Jetzt büßte sie dafür: Bald spürte sie ein schmerzhaftes Ziehen in Oberschenkeln und Waden, und ihre Stirn wurde feucht – von geschmolzenen Schneeflocken, aber auch von Schweiß. Nicht nur ihre Erschöpfung wuchs, auch ihr Überdruss.

Klar, dachte sie, dass ausgerechnet mir das passieren muss. Wie konnte sie nur erwarten, dass dieses mehr als bescheidene Jahr einen glücklichen Ausklang finden würde? Am besten, sie hätte sich bis Silvester in ihrem Zimmer vergraben.

Letztes Jahr vor Weihnachten war ihre Welt noch in Ordnung gewesen. Sie war mit Martin glücklich, die Ausbildung an der Abraxas Musical Akademie näherte sich dem Ende. Gleich nach der Abschlussprüfung im Frühling war die Hochzeit geplant, und nach einer traumhaften Hochzeitsreise würden unzählige interessante Engagements folgen.

An das Fiasko mit Martin, das sämtliche Ehepläne zunichte gemacht hatte, wollte sie jetzt gar nicht erst denken, und anstelle toller Engagements hatte sie sich von Casting zu Casting gequält, immer ernüchterter und gedemütigter. Schließlich hatte sie doch eine Rolle ergattert – nicht etwa für ein Musical, ja, nicht einmal für die Bühne. Einen knappen Monat lang stand sie stattdessen für eine Nachmittags-Telenovela vor der Kamera – in einer blassen Nebenrolle, deren Text sich darauf beschränkte, den Bösewicht der Serie bewundernd anzuschmachten. Der hielt wenig davon, was jeder Zuschauer mit Verstand schon bei der ersten Begegnung durchschaute, ihr doofes Rollen-Ich aber leider so gar nicht. Am Ende wurde sie von dessen Ex vergiftet, so dass sich Helenas letzter Auftritt in Folge 185 darauf beschränkte, als Leiche geschminkt auf dem Seziertisch zu liegen.

Auch wenn dieser Abgang den Vorteil bot, dass sie keinen

schwachsinnigen Text mehr hatte lernen müssen – in dem Augenblick, als sie sich auf dem kalten Stahl ausschließlich darauf konzentrierte, den Atem möglichst flach zu halten, hatte sie gedacht, dass es nicht noch weiter bergab gehen konnte. Erst jetzt, da sie die einsame Forststraße entlangstapfte, wusste sie, dass der absolute Tiefpunkt damals noch nicht erreicht gewesen war. Dort war sie erst jetzt angelangt – diesmal in der Rolle »Stadtpflanze verirrt sich in den Bergen«.

Inmitten der Stille erschienen ihr die wenigen Geräusche um sie herum noch unheimlicher. Das Knacken der Äste, die unter der frostigen Last nachgaben, klang wie ein Seufzen, der kalte Wind, der den Schnee verwehte, wie ein Stöhnen. Ihre Schritte knarzten, ihr keuchender Atem und ihr laut pochendes Herz verstärkten das Gefühl vollkommener Verlassenheit.

Endlich hatte sie den höchsten Punkt der Straße erreicht. Zumindest ihre größte Angst, dass sich dahinter nur weiterer Wald erstrecken würde, erfüllte sich nicht. Der Blick auf den Himmel wurde nicht länger von Baumkronen verstellt, und sein Grau schien trotz anhaltenden Schneefalls etwas heller. Deutlich sichtbar schlängelte sich die Forststraße ins Tal und führte von dort wieder einen Berg hinauf. An ihrer breitesten Stelle zweigte eine Nebenstraße ab, die vor einem Gebäude endete.

Inmitten der Berge wirkte es wie ein Trugbild. Mit den zwei Erkern rechts und links – von grünlich schimmernden Holzschindeln bedeckt und spitz zulaufend wie ein Kirchturm – glich es mehr einem Miniaturschloss als einem normalen Wohnhaus. Nichts deutete darauf hin, dass Menschen dort lebten: Das große, wuchtige Tor war geschlossen, hinter den vielen Fenstern brannte kein Licht, und aus dem Kamin stieg kein Rauch. Doch wenn sie für die Nacht inmitten dieser Einöde ein Dach über den Kopf finden wollte, dann bot sich dort ihre einzige Chance.

Der Weg zum Schlösschen hatte vom Hügel aus nicht weit gewirkt, doch bis Helena endlich das Gebäude erreichte, war eine halbe Stunde vergangen. Der Schneefall hatte etwas nachgelassen, und zwischen der Wolkendecke ließen sich die letzten Strahlen der Abendsonne erahnen, eher von einem dunklen Violett als einem warmen Rostrot. Der Schweiß auf ihrer Stirn erkaltete, und Helenas Magen begann zu knurren. Im Handschuhfach ihres Autos hatte sie noch einen angebrochenen Riegel Snickers und – wenn sie sich recht erinnerte – eine Dose Cola aufbewahrt, und sie ärgerte sich, nichts davon mitgenommen zu haben. Doch sie bezähmte ihren Hunger – dank der vielen Diäten, die sie in ihrem Leben schon gemacht hatte, war sie immerhin an das flaue Gefühl im Magen gewohnt. Auch als sie während der Musicalausbildung mit ihren Kolleginnen stets heimlich um die Wette fastete, hatte sie dies nicht von körperlichen Höchstleistungen abgebracht.

Aus der Nähe betrachtet wirkte das Gebäude noch viel erhabener, und der Weg, der darauf zuführte, war stärker verschneit als die Forststraße. Nichts deutete darauf hin, dass hier kürzlich jemand entlanggegangen oder gefahren war.

»Hallo?«, rief Helena mehrmals in die Stille hinein.

Keine Antwort.

Langsam ging sie auf das Haus zu. Zugleich vermeinte sie eine unsichtbare Grenze, die in eine andere Welt führte, zu überschreiten. Die Zeit schien hier stehengeblieben zu sein, die Stille, die sich ebenso erstickend über alles legte wie der Schnee, war fast körperlich zu spüren. Kein Rascheln von Tieren war mehr zu hören, kein Ächzen von Wind und Bäumen. Erst auf den zweiten Blick erkannte Helena, dass hier niemand den Lauf der Welt angehalten und der Zahn der Zeit durchaus an diesem Gebäude genagt hatte. Selbst der viele Schnee konnte nicht verbergen, dass es nicht nur wunderschön war, sondern schrecklich verwahrlost: Tiefe Risse zogen sich durch die Wände, der Putz war an manchen Stellen abgebröckelt und wurde an anderen von einer modrig-grünen Schicht bedeckt – Efeu, der sich einst zaghaft hier hochgerankt und mittlerweile von einem Großteil des Hauses Besitz ergriffen hatte. An einer kaputten Dachrinne hingen schwere Eiszapfen und zogen sie noch weiter in die Tiefe. Die Mauer um die Fenster herum war seinerzeit grün gestrichen worden, doch die Farbe war verblichen, die Holzverkleidung des oberen Stockwerkes mit kunstvollen Schnitzereien versehen, die jedoch ebenso morsch geworden waren wie das Dach. Einige Schindeln, die es einst bedeckten, hatten sich gelöst und waren auf den Boden gefallen. An einer Stelle hatte der Dachstuhl gar unter dem Gewicht der Schneemassen nachgegeben. Abgebrochene Balken ragten in die Luft und wirkten trostlos.

Es gab nicht den geringsten Hinweis darauf, dass dieses einsame Gebäude bewohnt war. Wenn sie hier wirklich Unterschlupf finden wollte, musste sie einbrechen – was leichter gesagt war, als getan. Sämtliche Fenster hatten Gitter – schmiedeeiserne Kunstwerke in Form von kleinen Blättern, Ästen und Weinreben. Helena rüttelte an einem, doch wie erwartet gab es nicht nach. Verzagt blieb sie stehen. Die Kälte setzte ihr zu, die Schneeflocken fielen immer dichter und dicker, das Grau des Himmels ging langsam ins Schwarze über. Wenn sie doch zum Auto zurückkehren wollte, würde sie es – wenn überhaupt – in völliger Dunkelheit erreichen.

Bis jetzt hatte sie das ungewollte Abenteuer lediglich als weitere Zumutung empfunden, die ihr das Leben auftischte – nun ergriff sie die nackte Angst. Sie konnte doch unmöglich die Nacht im Freien verbringen!

Sie stapfte um das Haus herum, stieß auf ein Stück flaches Land, das von ein paar wenigen dürren Obstbäumen eingegrenzt war, und erblickte ein weiteres Gebäude, das viel winziger war als das erste. Mit seinem spitzen Dach, einem kleinen Turm und einem Kreuz darauf war es als Kapelle auszumachen. Die Holztür war mit einem schweren Schloss verriegelt. Mutlos betrachtete Helena die Rückfront des Hauses, die ebenso verwahrlost und doch viel größer war, als die Vorderansicht es hätte vermuten lassen. Alles in allem handelte es sich um einen riesigen Besitz – wohl einst von einer reichen Familie in dieser Einöde errichtet, um hier möglichst abgeschottet zu leben oder zumindest den Sommer zu verbringen und der Jagd zu frönen.

Sie wollte schon wieder unverrichteter Dinge zurück, als ihr ein erleichterter Ausruf entfuhr. Eines der Fenster an der Rückseite des Hauses hatte kein Gitter, sondern war nur mit einem Holzbalken verschlossen worden – und der war ähnlich verwittert wie der Dachstuhl.

Es war ein Leichtes, an dem morschen Holz zu ziehen und es vom Fenster zu entfernen. Als ihr ein Splitter in den Daumen drang, achtete sie gar nicht auf den Schmerz. Nun galt es nur noch, die Glasscheibe aufzubrechen. Helena sah sich eine Weile um, formte dann einen kleinen, festen Schneeball und zielte aus einigen Schritten Entfernung auf das Fenster. Glas klirrte. Nachdem sie weitere Schneebälle geworfen hatte, war das Loch groß genug, um vorsichtig durchzugreifen und das Fenster von innen zu öffnen.

»Na also!«, rief sie triumphierend.

Durch das Fenster zu klettern war allerdings eine echte Herausforderung. Nachdem sie ihren Oberkörper hineingewuchtet hatte, hatte sie kurz Angst steckenzubleiben, zog sich jedoch, ans Fensterbrett geklammert, weiter und landete schließlich – mit einer Rolle nach vorwärts – in der Küche.

Beim Anblick der vielen Spinnweben, die in sämtlichen Ecken hingen, legte sich eine erstickende Schicht über ihre Lungen. Noch nie hatte sie eine derart alte, verwahrloste Küche gesehen. Der Herd war so niedrig, dass jeder halbwegs großgewachsene Mensch beim Kochen schlimme Rückenschmerzen riskiert hätte, und schwarz von Ruß. Unter einer großen, runden Platte ließ sich nicht etwa ein Backrohr öffnen, sondern nur ein mit Holz beheizbarer Ofen. Helena brauchte eine Weile, um zu begreifen, dass die Platte auf diese Weise und nicht etwa mit Strom erhitzt wurde. Ein weiterer Ofen war unter einem kreisrunden, steinernen Gebilde angebracht, das offenbar zum Brotbacken diente und ebenfalls vor Ruß und Dreck starrte. Das Waschbecken, das fast so groß wie eine halbe Badewanne war, sah aus wie eine Altwiener Bassena. Der völlig verrostete Wasserhahn wurde von einem ebenfalls völlig verrosteten Miniaturhündchen gekrönt. Der Boden war mit einem Flickenteppich bedeckt, dessen Fransen von Mäusen abgenagt worden waren und durch dessen rissig gewordenen Stoff an manchen Stellen Eichendielen hindurchschienen.

»Hallo!«, rief sie laut.

Sie rechnete nicht mit einer Antwort und zuckte zusammen, als das Echo ihrer eigenen Stimme von den Wänden widerhallte. Hier war wohl schon seit Ewigkeiten nicht mehr gekocht worden und auch nicht mehr gesprochen oder gelacht. Dieses Haus schien nicht einfach nur heruntergekommen zu sein, es war wie ... tot.

Mit einem mulmigen Gefühl verließ Helena die Küche und kam an einem Bad vorbei. Die Toilette sah mit dem Spülkasten aus ockerfarbenem Plastik halbwegs neu aus, doch die schwarze Klobrille strotzte vor Urin- und Kalkflecken. Die Badewanne war rund, stand auf Löwenbeinen und hatte keine Brause, sondern nur einen Hahn, der an einen weiteren Ofen angeschlossen war. Um warmes Wasser zu bekommen, musste man offenbar mit Holz heizen. Eine riesige Spinne hockte neben dem verrosteten Ausfluss – Helena hatte keine Ahnung, ob sie längst vertrocknet, im Winterschlaf versunken oder lebendig war, und wollte es auch gar nicht herausfinden. Ansonsten war das einst weiße Email zu einem stumpfen Grau voller schwarzer Löcher verkommen. Sie spürte einen Druck auf der Blase, konnte sich aber nicht überwinden, ihren Wintermantel zu öffnen und sich auf die verdreckte Klobrille zu setzen.

Die Kälte in diesen Räumen war irgendwie … modrig. Bei jedem Schritt, den sie nun den Gang entlangschritt, ächzte und knarzte der Boden. Die Teppiche waren hier aus einem dunklen Rot, jedoch von Mäuseköteln bedeckt und von Motten zerfressen. Die braune Holzvertäfelung an den Wänden wies jede Menge winzige Löcher auf – Andenken von Holzwürmern, die hier in Massen gewütet haben mussten.

Von der großzügigen Diele vor der verschlossenen Eingangstür führte eine geschwungene Treppe nach oben. Helena überlegte noch, ob sie es wagen konnte, eine dieser Stufen zu betreten, als sie plötzlich das Gefühl bekam, dass Augen auf ihr ruhten. Eine Gänsehaut überzog ihre Arme, ein kalter Schauer lief über ihren Nacken den Rücken hinunter. Doch als sie herumfuhr, erblickte sie unter dem Treppenaufgang nur ein überlebensgroßes Gemälde. Es zeigte eine Frau mit wunderschön ebenmäßigem Gesicht, braunem, hochgestecktem Haar, auf dem ein Federhütchen saß, und einem roten, bodenlangen Kleid. Ihre Augen waren weit aufgerissen, bernsteinbraun und wirkten unendlich traurig. Einst musste das Rot des Kleides perfekt mit dem Teppich harmoniert haben, doch im fahlen Licht wirkte beides gräulich.

Helena löste ihren Blick vom Bild. Das Licht wurde so diffus, dass sie fast über eine Falte, die der Teppich warf, fiel – sie musste unbedingt eine Kerze finden!

Gegenüber des Eingangs befand sich eine weitere Tür aus dickem, dunklem Holz. Helena öffnete sie und gelangte in den Hauptraum des Gebäudes – ein großes Wohnzimmer, an dessen Wänden Unmengen von Hirschgeweihen hingen. Ein ausgestopfter Auerhahn schien sie ebenso höhnisch anzublicken wie der Kopf einer riesigen Wildsau. Auch hier war der Teppichboden voller Löcher, und die Seidentapeten hingen in Fetzen von den Wänden, die ihrerseits von Schimmel zerfressen wurden. Neben den vielen Jagdtrophäen zog ein großer, aus Bruchstein angefertigter Kamin ihre Aufmerksamkeit auf sich. Ein Schürhaken stand daneben, außerdem ein Stoß Holzscheite. Wer hatte hier wohl zum letzten Mal Feuer gemacht? Dienstboten, die die Frau im roten Kleid umsorgt hatten? Der Mode nach musste sie um den Beginn des zwanzigsten Jahrhunderts gelebt haben, also vor rund hundert Jahren – womöglich sogar noch früher. Doch am wichtigsten war jetzt erst einmal, Licht zu bekommen. Helena durchforstete mehrere Schubladen der wuchtigen Eichenkommoden, stieß jedoch nur auf noch mehr Spinnweben und Staub. In einem Waffenschrank waren ein paar alte, völlig verrostete Jagdgewehre verstaut worden, außerdem ein Degen, der zwar kostbar aussah, aber für ihre Zwecke nutzlos war.

Sie entschied, im Flur weiterzusuchen, öffnete mit viel Mühe und unter lautem Quietschen die Laden einer weiteren Kommode aus Nussholz und und fand darin tatsächlich ein Päckchen Streichhölzer und einige Kerzen. Leider waren nur noch zwei Streichhölzer vorhanden. Als sie das erste entzündete, hielt sie unwillkürlich den Atem an. Der Docht der Kerzen war noch weiß, und es dauerte eine Ewigkeit, bis er endlich Feuer fing. Doch schließlich war es geschafft, und Helena konnte das zweite Streichhölzchen sparen. Sie tropfte etwas Wachs auf einen kleinen Teller, machte die Kerze darauf fest und kehrte in den Wohnraum zurück.

Als die Kerze ihr warmes, gelbliches Licht verbreitete und Schatten auf den Wänden tanzten, fühlte sie sich etwas wohler. Leben schien in das Haus einzukehren, das vor lauter Kälte und Stille wie eine Gruft gewirkt hatte.

Wenn sie jetzt auch noch den Kamin anmachte, würde selbst der riesige Wohnraum heimelig wirken. Holzscheite waren genügend da, doch um ein Feuer zu entfachen, brauchte sie Papier. Und was noch wichtiger war: Sie musste sich erst vergewissern, ob der Rauchabzug noch funktionierte. Helena beugte sich vor, hielt die Kerze hoch, erblickte aber nur rußgeschwärzte Ziegel. Kurzerhand zog sie den Kopf ein und kletterte in den Kamin. Die Luft war trocken und kratzte in der Kehle, und als sie die Kerze erneut hochhalten wollte, stieß sie gegen die Wände. Prompt regneten Staub, Asche und Verputz auf sie herab. Ein paar Bröckchen fielen ihr in die Augen, und während sie noch tränenblind darüber rieb, überwältigte sie der Hustenreiz. Panisch streckte sie die Kerze so weit wie möglich von sich, um sie nicht unfreiwillig auszublasen.

Immer noch halbblind wollte sie zurückklettern, stolperte jedoch über ein Holzscheit und hielt sich gerade noch rechtzeitig an dem Mäuerchen fest, das den Kamin umgab. Sie fand das Gleichgewicht rasch wieder, doch als sie die Hände davon löste, fühlte sie, dass einer der Ziegelsteine so locker saß, dass man ihn mühelos herausziehen konnte.

Sie lugte in das Loch, das sich dahinter auftat. Zu ihrem Erstaunen hatte der Ziegelstein nicht die nackte Wand verdeckt, sondern eine Vertiefung in der Mauer, deren Wände mit Holz ausgekleidet waren – ganz so, als hätte hier jemand ein geheimes Fach eingerichtet. Sie wollte dem nicht länger Beachtung schenken, doch als sie die Kerze abstellte und den Ziegelstein zurückschob, stieß sie auf einen Widerstand. Helena streckte die Hand in das Loch, spürte etwas Hartes – und zog im nächsten Augenblick ein kleines Buch aus dem Versteck.

Das Büchlein war schmal und höchstens an die hundert Seiten dick. Sein roter Ledereinband hatte früher wahrscheinlich geglänzt, war nun aber matt und verstaubt. An manchen Stellen trat braunes Futter hervor. Die Seiten klebten aneinander, als Helena versuchte, sie zu öffnen. Sie wirkten rau, gelblich und so dick, als wäre das Papier von Wasser aufgeweicht worden. Schließlich gelang es ihr doch, einige Seiten umzublättern, die mit einer eleganten, spitzen Schrift beschrieben waren – offenbar mit schwarzer Tinte, wie die zahlreichen Flecken bewiesen, manche noch dunkel, andere ver-

28

blichen. Die Ränder von einigen Seiten wirkten wie abgerissen. Vielleicht hatte nur der Zahn der Zeit daran genagt, vielleicht aber auch Mäuse. Helena hielt die Kerze ganz dicht an das Buch heran und las die Inschrift auf der ersten Seite.

Marietta von Ahrensberg

Der Name kam ihr vage bekannt vor. Ob das die Familie war, der dieses Jagdschloss gehört hatte? Sie blätterte weiter und sah, dass die einzelnen Texte jeweils mit einem Datum versehen waren. Vielleicht war es eine Art Tagebuch. Helena entzifferte mühsam die ersten Absätze.

2. *Mai 1922*

Heute war F. H. zum ersten Mal hier. Er hat mir dieses Büchlein gegeben und gesagt, ich solle hineinschreiben, was mir auf der Seele lastet. Es gäbe nichts, dessen ich mich schämen müsste, kein Gedanke sei zu nichtig, keine Gemütsregung zu lächerlich, kein geheimer Wunsch zu schändlich.

Ich hielt das Buch in den Händen und betrachtete ihn. Ich habe mir Männer, die seinen Beruf ausüben, immer anders vorgestellt. Sein Blick ist träge und leer wie der einer wiederkäuenden Kuh, gar nicht forschend und begierig, als wolle er mir auf den Grund meiner Seele schauen.

Nicht, dass ich ihn würde schauen lassen. Und nicht, dass es einen solchen Grund unter all dem Morast gäbe, den jemals einer betreten könnte, ohne auszurutschen und darin zu ertrinken.

Ich bin zutiefst unglücklich, doch selbst wenn F. H. dies ahnt, zeigt er es weder, noch interessiert es ihn. Er verhält sich merkwürdig kalt und wirkt weder gekränkt noch überdrüssig, als ich den Kopf schüttele, nachdem er gesagt hat: »Im Übrigen können Sie auch mir alles anvertrauen.«

Vor seinen ausdruckslosen Augen erscheint mein Schweigen

nicht verzweifelt, sondern bockig. Verführerisch ist es, den Mund aufzumachen, den Worten freien Lauf zu lassen – um mich zu erleichtern und ihn zu schockieren.

Aber da er sich beim Ausüben seines Berufs einzig von der Räson leiten lässt, gedenke ich, ihn mit seinen eigenen Waffen zu schlagen und ihm selbiges so schwer wie möglich zu machen. Nein, ich sage nichts. Er darf die Wahrheit nicht wissen. Niemand darf das. Ich hätte F. H. gerne fortgeschickt, aber ich musste an Heinrich denken. Ich könnte schwören, dass er die ganze Zeit vor der Tür gestanden und gelauscht hat – und falls nicht, so hat er F. H. spätestens dann abgefangen, als er das Haus verließ. Schließlich hat F. H. doch etwas gesagt.

»Ich habe eine Bitte«, setzte er an.

Ich presste die Lippen aufeinander, ein Zeichen, dass ich seinem Wunsch, gleich welcher Natur er ist, nicht nachkommen würde. Als er ihn nach weiterem Schweigen endlich aussprach, war ich allerdings hauptsächlich verblüfft.

»Schreiben Sie künftig alles auf, was Sie in der Nacht geträumt haben.«

Die Schrift wurde immer blasser, so dass es zu mühsam wurde, sie zu entziffern. Helena ließ das Tagebuch sinken. Sie gestattete sich kurz einen Gedanken daran, wer die Frau gewesen war, die diese Zeilen niedergeschrieben hatte – offenbar keine sehr glückliche –, und lenkte ihre Konzentration dann wieder auf ihr eigenes Geschick. Dank des Tagebuchs hätte sie nun das nötige Papier gehabt, um Feuer zu machen, aber einerseits scheute sie sich, die beschriebenen Seiten einfach herauszureißen, andererseits war sie nicht sicher, ob der Rauchabzug funktionierte. Falls der Kamin verstopft war und sich der Rauch im Zimmer staute, könnte sie schlimmstenfalls daran ersticken. Besser, sie verzichtete auf einen Versuch. Es war zwar kalt, aber nicht eisig, und wenn sie irgendetwas fand, um sich zuzudecken, würde sie die Nacht auf dem grünen, durchgesessenen Sofa gegenüber dem Kamin verbringen können. Sonderlich frieren würde sie nicht – lediglich hungern. Sehnsüchtig dachte sie an das angebrochene Snickers in ihrem Handschuhfach.

Vielleicht ließ sich in der Küche noch etwas Essbares finden, auch wenn ihre Hoffnung darauf nicht sonderlich groß war. Sie ging leise und behutsam den Gang zurück, als würden unnötige Hast und Lärm den Märchenschlaf dieses herrschaftlichen Anwesens stören und unliebsame Geister wecken. In der Küche entdeckte sie gegenüber dem altem Herd einen Wandschrank. Das Holz war wurmstichig wie das übrige Mobiliar, aber die Glasscheiben waren mit wunderschönen Verzierungen ausgestattet. Ein Antiquitätenliebhaber würde dafür vielleicht ein Vermögen hinblättern.

Wider Erwarten war der Schrank nicht leer: In einem Fach lag ein Stapel alter Zeitungen – auch wenn sie sich dagegen entschieden hatte, Feuer zu machen, konnte sie später ihre nassen Stiefel damit ausstopfen –, und im Fach darunter standen mehrere Einmachgläser: Eines war mit Marmelade gefüllt, ein anderes mit Wildpreiselbeeren, ein drittes mit eingekochten Birnen.

Die Schrift der Schilder, die auf den einzelnen Gläsern klebte, war längst verblichen. Wahrscheinlich stammten sie aus dem vorigen Jahrhundert, denn Helena konnte sich schwer vorstellen, dass jemand erst kürzlich unter diesen primitiven Umständen gekocht hatte.

Wie lange hielten sich eingemachte Lebensmittel?

Als Erstes öffnete sie die Marmelade, was trotz steif gefrorener Finger klappte. Doch wie befürchtet war der Inhalt des Glases von einer dicken, grauen Schimmelschicht bedeckt. Bei den Preiselbeeren musste sie sich noch mehr anstrengen, doch auch das wurde nur mit verdorbenem Inhalt belohnt. Den Deckel von dem Birnenglas konnte sie schließlich nur mit Hilfe eines klammen, löchrigen Geschirrtuchs, das neben dem Waschbecken hing, aufmachen. Sie war erstaunt, dass das, was darunter zum Vorschein kam, erstaunlich süß roch und ganz normal aussah. Sie zögerte, an dem Saft zu nippen, in dem die Birnen schwammen, und als sie stattdessen versuchen wollte, ein Obststück herauszufischen, merkte sie, dass ihre Hände schwarz von Ruß waren.

Helena trat an das Waschbecken und drehte erfolglos an dem rostigen Hahn über dem Becken, dann folgten einige gurgelnde Geräusche, ehe bräunliches Wasser nach allen Seiten spritzte. »Verdammt!«, schrie sie und sprang zurück. Zu spät, sie hatte eine ordentliche Ladung des rostigen Wassers abbekommen. Dieses versiegte gleich wieder, doch die gurgelnden Geräusche hielten an. Es klang, als würde das Haus langsam zum Leben erwachen und über sie lachen.

Unwillkürlich begann Helena mit sich selbst zu reden, um sich zu beruhigen. »Dann muss es eben so gehen«, sagte sie und kommentierte in den nächsten Minuten alles, was sie tat: Sie beugte sich aus dem Küchenfenster, sammelte etwas Schnee und ließ diesen in der Spüle schmelzen, um sich die Hände zu waschen.

»Not macht eben erfinderisch«, sagte sie und musste unwillkürlich grinsen, weil sie so stolz klang. Kurz fühlte sich alles wie ein großes Abenteuer an, von dem sie noch Jahre später berichten und sich rühmen würde, allen Widrigkeiten getrotzt zu haben. Doch der knurrende Magen erinnerte sie viel zu bald daran, dass Abenteuer erst im Rückblick schön spannend und aufregend erscheinen und nicht, solange man frierend und hungernd mittendrin steckt.

Nachdem sie ihre Hände notdürftig gereinigt hatte, fischte sie zwei der Birnen aus dem Glas, hielt sie sich vor die Nase und roch prüfend daran. Sie schienen noch nicht gegärt zu haben. Schließlich besiegte die Gier jegliche Vorsicht. Sie biss ein Stückchen ab, aß zunächst die erste, dann die zweite und trank ein wenig von dem Saft, in dem sie gelegen hatten. Das Glas war danach immer noch zu zwei Dritteln voll, aber nachdem der ärgste Hunger gestillt war, wagte sie aus Angst vor schlimmen Magenkrämpfen nicht, mehr davon zu essen.

Mittlerweile war es draußen stockdunkel geworden. Der Schein der Kerze reichte kaum weiter als bis zu ihrer Hand. Vorsichtig tappte Helena zur Toilette, um sich nun doch zu erleichtern. Langsam löste sich ihre Anspannung. Obwohl es erst sieben Uhr abends war, wollte sie nichts anderes, als so bald wie möglich einzuschlafen und die Nacht hinter sich zu bringen. Erst musste sie natürlich etwas suchen, mit dem sie sich zudecken konnte – ihr dünner Mantel würde nicht ausreichen, um die Kälte aus ihren Gliedern zu vertreiben. In dem Schrank, in dem sie die Kerze und die Streichhölzer entdeckt hatte, fand sie kunstvoll bestickte Bettwäsche. Noch waren die Leintücher steif vor Kälte, aber wenn sie sich erst mal in zwei, drei von ihnen eingewickelt hatte, würden sie sich rasch an ihre Körpertemperatur anpassen.

Als sie zurück in Richtung Wohnzimmer ging, fiel ihr Blick erneut auf das Gemälde, das die Frau im roten Kleid zeigte. Obwohl der Lichtschein der Kerze kaum das Gesicht erreichte, hatte Helena den Eindruck, der Blick würde auf ihr ruhen. Er wirkte nicht mehr traurig, eher mahnend, und als sie sich abwandte und das Wohnzimmer betrat, hatte sie das Gefühl, er würde ihr folgen.

Was für ein Unsinn, sagte sie sich. Wahrscheinlich war das Gemälde von einem Künstler gemalt worden, der sein Handwerk verstand und den Eindruck erwecken konnte, dass die von ihm Dargestellte ihre Betrachter von sämtlichen Richtungen anblickte. Sie konnte sich vage erinnern, schon mal gehört zu haben, dass es einen entsprechenden Trick gab.

Sie hüllte sich in die steifen Leintücher, legte sich auf das durchgesessene Sofa und wartete, bis ihr Körper aufhörte zu zittern. Obwohl sämtliche Glieder schwer waren und sie die Augen kaum mehr offenhalten konnte, fühlte sie sich hellwach. Sie musste an Martin denken, an alle Katastrophen der letzten Monate, an Luisa, die sich sicher Sorgen machte und vergebens probierte, sie auf dem Handy zu erreichen.

Helena wälzte sich hin und her und probierte sich abzulenken, indem sie sich vorstellte, wie das Jagdschloss früher ausgesehen haben mochte, als seine Bewohner es noch mit Leben erfüllt und seine Pracht dank sorgsamer Pflege erhalten hatten. Mit dem Gedanken, wie die Frau im roten Kleid hoheitsvoll die Treppe heruntergeschritten war und der Dienerschaft Befehle erteilt hatte, schlief sie endlich ein.

Goldenes Licht floss in die Finsternis, ein dünner Streifen zunächst, dem Schweif eines leuchtenden Sterns gleichend. Helena streckte ihre Hände aus, um sie ins Licht zu halten, und aus dem Streifen wurde eine goldene Wolke, die sie einhüllte. Sie konnte nichts sehen, weil das Licht sie blendete, doch als sie erneut die Hände hob, war der Bann gebrochen. Das Licht rieselte auf sie herab wie Tausende von Sandkörnchen, die – kaum, dass sie zu Boden fielen – nicht länger golden schimmerten, sondern zu schwarzen Erdklumpen verrotteten. Auf diesem Boden erstanden Bäume, immer mehr und immer dichter – ein Herbstwald aus Ahornbäumen, Buchen und Eichen, durch deren Blätter der Wind fuhr. Es klang nicht wie ein Rauschen, eher wie ein Klirren, als wären die Blätter aus Glas, in denen sich das Blau des Himmels, das Braun des Bodens und das Rot und Gold des Laubs spiegelten. Helena drehte sich im tausendfach gebrochenen Licht, erfreute sich am hellen Klirren des Glases – eine Melodie, wie sie kein Mensch erschaffen kann –, doch als sie den Schatten unter den Bäumen suchte, sah sie, dass die Ränder der Glasblätter gefährlich scharf waren. Blut tropfte von ihnen, ebenso von den Ästen; der Boden war nicht länger schwarz und saftig, sondern rot. Sie watete knietief in einer zähen roten Masse.

Helena erschrak, lief von Blut und Bäumen davon, direkt in jemanden hinein – es war ein Junge, sechs, vielleicht sieben Jahre alt.

Sein Haar war rotblond, sein Gesicht von Sommersprossen übersät, sein Grinsen breit.

»Wer bist du?«, fragte sie.

»Kennst du mein Geheimnis?«, fragte er zurück.

Sie schüttelte den Kopf. »Wo sind wir?«

»Ich zeige es dir.«

Der Junge lief davon, nein, sprang leichtfüßig wie eine Gazelle, immer schneller, immer höher, bis es aussah, als würde er fliegen. Und tatsächlich, seine Füße hinterließen ebenso wenig Spuren im erdigen Boden wie die ihren. Sie geriet nicht außer Atem, als sie ihm einen Berg hinauffolgte, fühlte sich vielmehr schweben, schwerelos und im Kreise drehend, und dann lag es plötzlich vor ihr – das Jagdschloss.

»Ich glaube, ich bin schon einmal hier gewesen.«

Jetzt sah alles anders aus. Üppiger Efeu rankte sich die Wände hoch, das Dach war mit glänzenden Schindeln bedeckt, die Wände frisch verputzt, die Fenster mit leuchtend grünen Rahmen versehen.

»Hier bin ich zu Hause. Kennst du mein Geheimnis wirklich nicht?«, fragte der Knabe.

Wieder schüttelte sie den Kopf. Eine Windbrise erfasste sie, spielte mit ihrem Haar, warm und golden wie vorhin das Licht. Der Kleine ergriff ihre Hand und führte sie ins Schloss, nicht etwa durch die Tür, sondern einfach durch die Wand hindurch. Die Eichendielen, auf die sie traten, knarrten nicht, denn sie schwebten weiterhin – schwebten den Flur entlang, die Treppe hinauf, durch lichtdurchflutete Räume, in denen Staubflocken tanzten. Es roch nach Wald und nach Pferden.

Der Junge hatte sich abgewandt und blickte zum Fenster hinaus.

Das Licht des nahenden Abends war nicht mehr golden, sondern dunkelrot und hüllte ihn ein. »Ich möchte, dass du mein Geheimnis errätst.«

Er beugte sich aus dem Fenster, stieg auf den Rahmen und balancierte darauf, ohne Furcht, in die Tiefe zu fallen. Auch Helena ängstigte sich nicht, wusste sie doch, er würde die Hände ausbreiten und einfach fliegen, wenn er stolperte. Jemand anders schien sich mehr zu sorgen.

»Mein Sohn?«, ertönte eine bekümmerte Stimme. »Wo bist du?«

»Ist das deine Mutter?«, fragte Helena.

Der Junge lächelte spitzbübisch, und sie erwiderte sein Lächeln, wollte es zumindest – aber dann erstarrte sie. Das Licht, das von draußen hereinfloss, verdüsterte sich jäh, der Staub tanzte nicht mehr golden, sondern wirkte grau wie Asche. Die Sommersprossen des Jungen färbten sich immer dunkler – dunkel wie Blut, ja, es waren gar keine Sommersprossen mehr, es waren Blutstropfen, die von seinem Gesicht perlten. Der Junge schwitzte Blut.

»Wo bist du?«, schrie die Frau wieder.

Seine Stimme war nicht mehr klar und hell, sondern kehlig und rau, als er redete. »Jetzt kennst du mein Geheimnis, nicht wahr?«

Das Blut versiegte, sein Gesicht wurde von der Asche bedeckt. Als Helena nach ihm griff, berührte sie keine warme Haut, unter der das Herz pulsierte, sondern eine steinerne Statue. Entsetzt riss sie ihre Hand zurück und wollte davonlaufen, aber ihre Füße waren wie gelähmt.

Sprich es nicht aus, dachte sie noch, sprich es nicht aus – dann ist es nicht wahr.

Doch der Junge sagte gnadenlos: »Mein Geheimnis ist, dass ich tot bin.«

In Panik schlug Helena die Augen auf, doch der Traum verlor nichts von seiner Macht. Sie fühlte sich selbst wie zu Stein er-

starrt, unfähig, sich zu regen und den modrigen Geruch abzuschütteln, der auf ihr lastete. Sie atmete keuchend, glaubte, nicht genug
Luft zu bekommen. Es war, als hätte sie die Asche aus dem Traum
geschluckt.

Ich ersticke, dachte sie voller Panik, ich ersticke ...

Doch dann fiel ihr ein, dass sie am vorigen Abend kein Feuer im
Kamin gemacht hatte und ihr weder Rauch noch Asche zusetzen
konnten. Sie blickte sich um, atmete etwas ruhiger, und ihre Augen
gewöhnten sich ans trübe Licht. Doch auch wenn sie wieder ganz
bei sich war – das Grauen blieb an ihr haften.

Mein Geheimnis ist, dass ich tot bin ...

Sie schüttelte den Kopf. In ihrem Mund schmeckte es gallig, die
Zunge schien geschwollen, und der Kopf war schwer. Selten hatte
sie sich so nach einer Tasse starken, heißen Kaffees gesehnt wie in
diesem Augenblick, und die Einsicht, hier keinen zu bekommen,
verstärkte den Druck auf den Schläfen. Eine Weile blieb sie mit
geschlossenen Augen liegen, doch ehe sie erneut einnickte und
Gefahr lief, wieder zu träumen, richtete sie sich auf und schlug die
vielen Leintücher zurück. Helenas Blick wanderte zum Fenster.
Der Himmel war immer noch grau, die Landschaft immer noch
weiß.

Sie stand auf, zog sich ihren Mantel an und fuhr sich durchs
Haar. Nach dem gestrigen Marsch und der unbequemen Nacht
schmerzten ihr sämtliche Glieder. Sie schluckte, aber der gallige
Geschmack blieb. Am besten, sie trank noch etwas von dem Bir-
nensaft, schließlich hatte sie ihn gut vertragen.

Draußen im Gang war es kälter als im Wohnzimmer, und als sie
ausatmete, stieg eine graue Wolke aus ihrem Mund. Unwillkürlich
fiel ihr Blick auf das Gemälde jener Frau im roten Kleid, das den
Flur beherrschte. Erst heute fiel ihr auf, dass nicht nur dieses Kleid
rot war, sondern auch das Herbstlaub im Hintergrund.

Wie der blutende Wald in ihrem Traum ...

Und jene Stimme, die den kleinen Jungen gerufen hatte – gehörte sie etwa dieser Frau? Trotz des übermächtigen Dursts trat sie an das Gemälde heran und musterte es aufmerksam. Eine ovale Messingplatte mit einer Inschrift stach ihr ins Auge, die verriet, wer diese Frau war.

Maria Henrietta von Ahrensberg

War sie identisch mit jener Marietta, deren Tagebuch sie gestern gefunden hatte? Schwindel stieg in ihr hoch. Anstatt sich auf die Treppe zu setzen oder endlich in die Küche zu gehen, blieb Helena wie angewurzelt vor dem Bild stehen. Die Augen der Frau waren nicht mehr mahnend auf sie gerichtet, sondern schienen in weite Ferne zu blicken, suchend und zugleich trostlos.

»Wer bist du nur?«, fragte Helena laut in das Schweigen dieses kalten, grauen Morgens. »Wer bist du?«

2

Wien 1907

»Verdammt, kannst du nicht aufpassen, du Trampel?«
Veruschka heulte auf, ergriff eine der spitzen Nadeln und stach in
Mariettas Richtung. Diese wich in letzter Sekunde aus und musste sich auf die Zunge beißen, um sich eine wütende Entgegnung
zu verkneifen. Nicht sie war achtlos gewesen, sondern Veruschka
selbst. Anstatt bei der Kleiderprobe ruhig zu halten, tänzelte sie
ständig herum, als wollte sie aller Welt beweisen, wie unzumutbar
es für eine ehrgeizige Ballerina war, auch nur für wenige Minuten
stillzustehen.
»Nun mach schon! Wie lange soll ich denn noch warten?«
Vorsichtig näherte sich Marietta wieder der russischen Tänzerin.
Anstatt sie wütend anzufunkeln, wie es ihre erste Regung war, hielt
sie ihre Augen gesenkt und konzentrierte sich auf den Saum des
kurzen Kleides.
»Gott, ich verstehe nicht, wie man solche wie dich hier Kostüme
nähen lässt.«
Veruschka sprach wie immer mit starkem Akzent und rollen-
dem »R«. Wenn man sie nur hörte und nicht sah, hätte man sie
für die behäbige Wirtin einer zweitklassigen Spelunke am Prater
halten können. Ihre Stimme stellte einen nahezu schmerzhaften
Kontrast zu ihrem filigranen Körper dar. Wobei dieser Körper in
den letzten Wochen nicht mehr ganz so filigran wirkte. Marietta war nicht entgangen, dass die Tänzerin um die Hüften etwas

zugelegt hatte – vielleicht war das der Grund für ihre schlechte Laune.

Flink und geschickt wie immer steckte Marietta den Saum ab.

Veruschka nahm keine Rücksicht darauf, sondern tänzelte weiter, so dass Marietta ihr auf Knien hinterherrutschen musste. Trotzdem gelang es ihr in Windeseile, das Kleid zu kürzen, ohne dass der Saum schief geriet.

»Ich bin fertig«, erklärte sie stolz.

»Na endlich!«, stöhnte Veruschka.

Sie reckte das Kinn und rauschte grußlos davon.

Marietta erhob sich und streckte mit einem Stöhnen den Rücken durch. Ihre Knie fühlten sich taub an. Seit dem frühen Morgen schuftete sie in der stickigen Garderobe des kaiserlichköniglichen Hoftheaters, deren Enge ihr ebenso zusetzte wie das schlechte Licht. Ununterbrochen hatte sie an neuen Kostümen genäht, an Seidenhandschuhen und an Augenmasken, hatte alte ausgebessert, Federn und Perlen an Kopfschmuck angebracht und Seidenbänder an Schuhen. Jetzt war sie zum ersten Mal alleine mit Lene – eine Schneiderin wie sie, jedoch viel älter und ungleich mehr von Rückenschmerzen geplagt. Zumindest behauptete sie das, während Marietta sie insgeheim verdächtigte, dass es nur ein Vorwand war, um nicht auf Knien herumzurutschen und Säume abzustecken. Solche undankbaren Aufgaben überließ sie lieber ihr.

Immerhin ließ sich mit Lene wunderbar über die Tänzerinnen lästern.

»Ihre Zeit ist vorbei«, sagte Lene mitleidslos. »Vielleicht schafft sie es noch diese und die nächste Saison, aber dann wird sie wohl nach Russland zurückkehren, um dort kleine Elevinnen zu drangsalieren.«

»Vielleicht bleibt sie auch hier in Wien und gibt in der hiesigen Ballettschule Unterricht«, meinte Marietta. »Die künftigen Schülerinnen tun mir jetzt schon leid.«

40

»Wenigstens müssen wir dann nicht mehr für sie nähen.« Lene seufzte.»Ach mein Gott, wie mir die Augen wehtun!« Ausnahmsweise war es heute also nicht der Rücken, der sie plagte.

Lene lächelte Marietta schüchtern an, und die ahnte sofort, was drohte.

»Hier«, sagte Lene prompt mit klagendem Unterton.»Kannst du das für mich fertig machen?«

Marietta unterdrückte ein Seufzen. Während sie Veruschkas Kleid angepasst hatte, hatte Lene seit den Morgenstunden am Kostüm für den »arabischen Tanz« gearbeitet – und war immer noch nicht fertig.

»Ach bitte!«, drängte sie.»Ich bin schrecklich müde!«

Das war Marietta auch, aber anders als Lene unterdrückte sie ihr Gähnen.

»Diese grauen Herbsttage«, klagte Lene,»machen das Leben unerträglich.«

Als ob sie nicht an jeder Jahreszeit gelitten hätte – im Winter setzte ihr die Kälte zu, im Sommer die Hitze, und im Frühling bedauerte sie es stets, dass sie hier drinnen festsaßen, anstatt im Prater an den duftenden Fliederbüschen zu riechen.

»Also, du tust mir doch diesen Gefallen?« Sie reichte Marietta das Kostüm.»Bis morgen muss es unbedingt fertig sein – am Abend ist die Generalprobe. Und in drei Tagen dann die Premiere.«

»Und heute?«, fragte Marietta.»Findet keine Aufführung statt?«

»Gottlob nicht.«

Während der Aufführungen musste stets eine von ihnen anwesend sein, um im Fall des Falles Knöpfe wieder anzunähen und aufgerissene Nähte zu flicken. Marietta zeigte ihre Freude ebenso wenig wie ihren Überdruss, der sie beim Anblick des halbfertigen Kostüms befiel. Oft lag es ihr auf der Zunge, Lene für ihre Faulheit zurechtzuweisen, aber stets rief sie sich beizeiten ins Gedächtnis, dass sie ihr die Arbeit hier zu verdanken hatte.

Lene war eine gute Freundin ihres Vaters gewesen. Über lange Jahre hatte sie seine Kostüme genäht – wohl mit mehr Fleiß und Erfindungsreichtum, als sie jetzt aufbrachte. In gewisser Weise konnte Marietta das sogar verstehen, war es doch sicher leichter, bei dem stets freundlichen, gutmütigen Leopold Krüger Maß zu nehmen als bei den launenhaften Tänzerinnen. Nachdem Lene sie alleine gelassen hatte, machte sich Marietta an die Arbeit. Vor zwei Jahren hatte sie weder sonderliche Geschicklichkeit noch Geschwindigkeit bewiesen. Sie hatte viele Nähte auftrennen müssen, weil sie zu ungleichmäßig geraten waren, und hatte sich mehr als einmal am Tag die Finger blutig gestochen. Doch mittlerweile verstand sie ihr Handwerk. Kaum eine Stunde später betrachtete sie prüfend das fertige Kleid und war mit dem Ergebnis zufrieden. Sie verließ die winzige Garderobe und brachte es in den Raum, wo die Requisiten und Kostüme aufbewahrt wurden. Als sie mit ihrer Hand über die anderen Kleidungsstücke strich, die für die Aufführung der Nussknackersuite angefertigt worden waren – das von Klärchen, die kunstvollen Uniformen des Spielsoldatenheers oder der Mantel des Mäusekönigs –, begann sie unwillkürlich, die Melodie vom Tanz der Zuckerfee zu summen.

Im Takt der Klänge verließ sie den Raum, durchschritt die mittlerweile leeren Gänge, die ihr einst wie ein Labyrinth erschienen waren, und erreichte den großen Ballettsaal. Eine Weile blieb sie ehrfürchtig im Türrahmen stehen, ehe sie eintrat, das Licht anmachte und an die vielen Stunden dachte, die sie hier als Kind verbracht hatte. Nach dem Tod ihres Vaters hatte es sich verboten angefühlt hierherzukommen, aber die Sehnsucht hatte die Skrupel besiegt.

Sie legte ihre Kleidung bis auf ein dünnes Unterhemd ab, drehte ihr Haar zu einem Knoten, den sie mit ein paar Nadeln feststeckte, und trat zur Stange. Weiter summend begann sie, ihren noch steifen Körper aufzuwärmen. Nachdem sie sämtliche Muskeln gedehnt und gestreckt hatte, führte sie präzise Bewegung um Bewegung von Armen, Beinen und Kopf aus. Dann trat sie in die Mitte des Saales, nahm erst die Figur der Arabesque ein und begann schließlich zu tanzen: Auf einige *Fouettés en tournant* und *Piqués* folgten ein paar Pirouetten, erst kleinere, dann größere, die schließlich in Kapriolen übergingen. Obwohl keine kunstvolle Choreographie ihre Elemente verband, hörte sie nicht auf, den Tanz der Zuckerfee zu summen – bis plötzlich ein Misston diese Melodie störte.

Marietta erstarrte, fuhr herum und sah einen Mann an der Stange stehen, der sich nunmehr schon zum zweiten Mal räusperte.

Er kam ihr bekannt vor, aber sie wusste nicht, wann und wo sie ihn schon einmal gesehen hatte. Das rötlich-braune Haar war licht und schien förmlich an seinem Kopf zu kleben; der Backenbart war ebenfalls dünn, aber dennoch rechts und links sorgfältig mit Pomade zu Spitzen gedreht worden. Die Haut war so fahl, als wäre er seit Ewigkeiten nicht mehr in die Sonne getreten.

Marietta senkte schuldbewusst ihren Blick und erwartete eine Standpauke, weil sie den Ballettsaal unerlaubt betreten hatte. Doch der Mann sagte nichts, so dass sie schließlich verlegen zu ihrem langen Kleid griff und es hastig überzog. Als sie fertig war, stand er immer noch regungslos da und musterte sie eindringlich.

Sie überlegte, ob sie einfach an ihm vorbei zur Tür laufen sollte, aber in diesem Moment ergriff er das Wort:»Wie alt bist du?«, wollte er wissen.

Sie hatte viele Fragen erwartet – wie sie es nur wagen konnte, diesen Raum zu betreten, wie sie überhaupt ins Theater gelangt war und warum sie den Tanz der Zuckerfee beherrschte –, aber nicht diese.

»Bald sechzehn«, erwiderte sie leise.

Er nickte nachdenklich. Langsam trat er auf sie zu, blieb jedoch sofort stehen, als sie zurückwich.

»Als ich dich das letzte Mal tanzen gesehen habe, warst du knapp neun.«

Sie begann zu ahnen, woher sie ihn kannte. »Sie sind ein Freund meines Vaters?«, fragte sie.

Er beantwortete die Frage nicht. »Offenbar hast du das Tanzen seitdem nicht aufgegeben. Seit wann ist er tot?«

Marietta schluckte schwer. »Er starb vor drei Jahren.«

Der Mann nickte nachdenklich. »Eine Tragödie«, murmelte er. »Er war ein wunderbarer Sänger.«

Sie unterdrückte ein Seufzen. Sie sprach so gut wie nie über ihren Verlust, und die Trauer über seinen Tod hatte sich selten in Form von Tränen ihre Bahn gebrochen. Aber manchmal war ihr, als könnte sie noch das Echo seiner Stimme hören. Er hatte oft zu Hause gesungen und sie dazu getanzt.

Auch der Fremde schien in seine Erinnerungen versunken zu sein. Obwohl Marietta sich nicht länger vor einer Standpauke fürchtete, drängte alles in ihr zu fliehen. Sie hätte es leichter ertragen, von ihm angebrüllt zu werden, als in seiner Miene den Kummer zu sehen, der ihr selbst die Kehle zuschnürte.

Hastig wandte sie sich ab und lief leichtfüßig zum Ausgang.

»Stehenbleiben!«, ertönte plötzlich sein Ruf, streng und knapp, als würde er einem Hund Befehle erteilen.

Sie erstarrte. Wieder ging er auf sie zu, und diesmal wich sie nicht zurück.

»Ich habe lange Zeit in Paris gearbeitet, jetzt bin ich wieder nach Wien zurückgekehrt.« Welchen Beruf er ausübte und welches Amt er hier am Hoftheater einnahm, sagte er nicht. Nach einem längeren Schweigen stellte er lediglich fest: »Du hast Talent.«

Das hatte ihr Vater auch immer gesagt – und er war nicht der Einzige gewesen. Zu seinen Lebzeiten hatten alle seine Freunde und Kollegen, die bei ihnen ein- und ausgingen, die hübsche und geschmeidige Tochter des Opernsängers bewundert und gerühmt.

Doch als er so unverhofft gestorben war, war aus dem geselligen Haus ein einsames geworden und die wankelmütige Künstlerwelt blind für das begabte Mädchen. Man vergaß sogar, wie sie hieß. Kaum einer rief sie noch bei ihrem Namen – wenn man sie überhaupt ansprach, war sie nur »die Näherin«.

»Aber man merkt natürlich, dass du seit langem keinen vernünftigen Unterricht bekommen hast«, fuhr der Fremde fort.

»Ich habe versucht, bei den anderen Tänzerinnen möglichst viel abzuschauen …«

»Guter Wille allein genügt aber nicht.«

Die Empörung, die sie schon vorhin erwartet hatte, weil er sie hier ertappt hatte, klang erst jetzt durch seine Stimme hindurch – wenn sie auch weniger der Tatsache galt, dass sie hier getanzt hatte, als vielmehr, dass sie es nicht mit jener Perfektion getan hatte, zu der sie doch eigentlich fähig sein sollte.

»Wie oft tanzt du?«

»Hier im Ballettsaal nur abends, wenn keine Vorstellung ist. Zuhause habe ich kaum Platz dazu.« Das geräumige Haus, in dem sie zu Lebzeiten ihres Vaters gewohnt hatten, hatten sie längst aufgeben müssen

»Das ist viel zu selten«, belehrte der Mann sie streng. »Um eine große Ballerina zu werden, musst du viele Stunden üben. Jeden Tag, auch sonntags. Bist du dazu bereit?«

Marietta starrte ihn verwundert an. »Nach dem Tod meines Vaters …«, setzte sie an.

»Ich kann es mir denken. Es war niemand da, der sich um deine Ausbildung gekümmert hätte. Aber gesetzt, du hättest einen Förderer. Wie viel Ausdauer und Willensstärke würdest du hineinlegen? Es reicht nicht, wenn du nur zum Vergnügen tanzt. Du musst dafür sterben wollen.«

Mariettas Mund wurde trocken. Ohne Zweifel, sie wollte dafür sterben. Nach dem Tod ihres Vaters war der Kummer, nicht länger regelmäßig tanzen zu können, fast so groß gewesen wie ihre Trauer um ihn. Doch das würde sie nicht zugeben.

»Ich habe andere Pflichten ...«, erklärte sie und senkte wieder ihren Blick.

»Kleider zu nähen?«

Offenbar wusste er, dass sie hier arbeitete, jedoch nicht, warum sie es tat und welche Verantwortung sie trug.

»Ich muss nun gehen.«

Er nickte wieder langsam. »Ich bin der Leiter der Ballettschule des Hoftheaters.«

Er ließ offen, was er damit meinte, womöglich, dass sie dort, wo nur die Besten der Besten ausgebildet wurden, Unterricht erhalten könnte.

Die Aussicht war so verheißungsvoll, dass sie unmöglich nein gesagt hätte, wenn er sie direkt gefragt hätte, ob er sie in einem der Internate unterbringen sollte, wo die Tänzerinnen – hermetisch von den Verführungen der Welt abgeschirmt – die beste Ausbildung erhielten. Doch er starrte sie weiterhin nur nachdenklich an.

»Ich ... ich kann nicht. Ich muss doch ...« Sie brach ab. Gewiss interessierte es ihn nicht, was ihr Leben jenseits des Tanzens bestimmte.

»Wenn du hart arbeitest, kannst du ein besseres Leben haben.«

»Ich kann nicht«, wiederholte sie, »Es tut mir leid.«

Obwohl sie so geschickt war, stolperte sie fast über die eigenen Füße, als sie hinauslief.

Marietta schlich die Treppe der Mietskaserne hoch. Sie versuchte, möglichst lautlos zu gehen, aber dennoch ertönte bei jedem Schritt ein Knarzen. Zum Glück wurde es von anderen Geräuschen übertönt – irgendwo schrie ein Kind, prügelte ein Mann auf eine keifende Frau ein und heulte ein wirrer, bettlägriger Alter –, so dass niemand aus der Wohnung trat.

Sie kannte das Schicksal aller hier, hatte aber längst verlernt, Mitleid mit ihnen zu haben. Niemand nahm hier Anteil an seinem Nächsten; die Menschen lebten nebeneinander her, und die einzigen Gefühle, die noch nicht abgestumpft waren, waren Schadenfreude, wenn sich das Elend des Nachbarn als größer als das eigene erwies, und Raffgier, wenn es galt, den eigenen mageren Besitz zusammenzuhalten. Marietta kam an Frau Podolskys Wohnung vorbei und hielt instinktiv den Atem an. Frau Podolsky bezichtigte alle Welt, ihre Eier zu stehlen, obwohl in Wahrheit jeder wusste, dass die Hühner, die in einem verdreckten Käfig im Hof zusammengepfercht hockten, zu alt und schwach waren, um noch Eier zu legen. Das letzte Mal, als Marietta ihr begegnet war, hatte Frau Podolsky ihr ein Büschel Haare ausgerissen. Heute blieb hinter der Tür alles still, und auch Frau Kettler, die ihr ständig wegen ihrer zu spät bezahlten Miete in den Ohren lag, ließ sich nicht blicken.

Als Marietta endlich ihre Mietwohnung im vierten Stock erreichte, zögerte sie dennoch, sie zu betreten. Hinter der schäbigen Holztür, von der der Lack abblätterte, war kein sicherer Hafen zu erwarten. Sie atmete zweimal tief durch, ehe sie die Klinke herunterdrückte. Im Gang hing der Geruch von Exkrementen, in der winzigen Wohnung stank es obendrein nach Schweiß und Branntwein.

»Bist du endlich zurück? Wo warst du denn so lange? Wo hast du dich herumgetrieben?«, keifte ihr Hilde entgegen.

Der Laut schmerzte in Mariettas Ohren. Auch wenn die Arbeit hart, Lene faul und Veruschka gemein war – verglichen mit diesem Gekreisch, das ein wenig so klang, als würden zwei Blechnäpfe aneinander gerieben werden, war im Hoftheater alles wie Musik.

Sie zog den Kopf ein, als könnte diese Haltung sie davor bewahren, sich schmutzig zu machen. Natürlich war das unmöglich, denn die Wohnung starrte vor Dreck – der Herd, der Tisch und die Pritschen im Wohnraum mit der rußigen Decke ebenso wie das armselige Mobiliar in der winzigen Kammer nebenan, wo Hilde, ihre Stiefmutter, schlief.

»Also, wo warst du?«

Mariettas Blick ging kurz hoffnungsvoll zum Herd, aber natürlich stand dort kein Topf, aus dem es köstlich duftete. Ihre verstorbene Mutter hatte aus den einfachsten Zutaten wohlschmeckende Eintöpfe gezaubert und aus dem magersten Fleisch saftige Braten. Selbst in den Zeiten, da ihr Vater ohne Engagement gewesen war, hatte sie so gut gehaushaltet, dass immer Butter aufs Brot kam und nicht die ranzig schmeckende Margarine der armen Leute. Marietta fragte sich insgeheim, wann sie seit ihrem Tod jemals wieder satt geworden war, geschweige denn eine richtige Mahlzeit genossen hatte.

Nun achtete sie weder auf ihren knurrenden Magen noch auf Hilde. Schweigend trat sie zu einer der schmalen Pritschen mit einer durchgelegenen Matratze und einer rauen Rosshaardecke. Erst jetzt, als sie sich hinlegte und sämtliche Glieder streckte, fühlte sie die Schmerzen in Rücken und Muskeln – ersteres vom vielen Nähen, zweiteres vom Tanzen.

»Verdammt noch mal, wo warst du nur so lange?«, meckerte Hilde weiter.

Marietta hätte sich am liebsten die Ohren zugehalten. »Das geht dich gar nichts an«, sagte sie leise.

»Sprich nicht so mit mir! Was wäre nach dem Tod deines Vaters aus dir geworden, wenn ich nicht gewesen wäre?«

Aus dem keifenden Ton wurde ein klagender, den Marietta noch schwerer ertrug.

»Ich habe dich nie gebraucht«, sagte sie mit deutlich schärferem Tonfall. »Du bist keine Hilfe, weil du all das Geld versäufst, das ich nach Hause bringe.«

Der Stiefmutter blieb eine Weile der Mund offenstehen, dann brach sie in Geheule aus. Manchmal schlug sie Marietta, wenn diese die Wahrheit aussprach – manchmal jedoch, wie heute, knickte sie in die Knie, als wäre sie selbst geschlagen worden. »Wie soll ich dieses Leben denn anders ertragen?«, klagte sie.

Ja, wie sollte sie? Obwohl Marietta sie verachtete, verstand sie gut, was die Stiefmutter immer aufs Neue zur Flasche trieb. Ihr wurde die Flucht aus dem grauen Alltag durch den Tanz gewährt, Hilde durch den Branntwein.

Das Geheule wurde immer schriller. »Du bist das undankbarste Geschöpf auf Erden, Mizzi. Ich rackere mich so für dich ab ...«

»Wenn du wirklich arbeitest – wo ist dann das Geld?«, fragte Marietta streng.

»Wie soll ich denn arbeiten, wenn ich mich um das Balg kümmern muss?«

Sie deutete auf das schlafende Kind, das zusammengerollt auf der zweiten schmalen Pritsche lag. Der Anblick der Kleinen setzte Marietta mehr zu als das Gekreische. Manchmal hätte sie am liebsten die Branntweinflasche genommen und damit auf Hildes Schädel eingedroschen. Manchmal wiederum wollte sie die Wohnung einfach verlassen, um nie wieder zurückzukommen. Aber sie konnte nicht.

»Elsbeth ist das bravste Kind der Welt – auf sie musst du keine Rücksicht nehmen. Gib doch einfach zu, dass du ein faules Stück bist.«

Ihre Stimme klang hart und kalt. Sie verachtete sich selbst dafür, dass sie Hilde die Macht gab, diesen Hass in ihr zu erzeugen.

»Du hast ja keine Ahnung! Ich muss den ganzen Tag hier hocken und mir ihr Geflenne anhören. Nicht zum Aushalten ist das. Dein Vater hat mir doch ein schönes Leben versprochen ...« Ihre Stimme brach.

»Aber Vater ist tot! Was nutzt es, weiterhin zu trauern? Wir müssen ohne ihn zurechtkommen – und das schaffen wir nur, wenn du dich zusammenreißt.«

Hilde heulte jetzt hemmungslos und beruhigte sich erst, als sie einige Schlucke aus der Branntweinflasche genommen hatte. Marietta starrte sie an – zutiefst von ihrer porösen Nase, ihrem strähnigen Haar und den rot verweinten Augen angewidert. Sie selber hatte sich seit Ewigkeiten nicht mehr gestattet zu weinen. Endlich verstummte das Geheule. Hilde war eingeschlafen und wachte selbst dann nicht auf, als ihr Kopf schwer auf die Tischplatte krachte. Marietta lauschte ihrem Schnarchen eine Weile, ehe sie sich von ihrer Pritsche erhob und die schlafende Elsbeth betrachtete.

Sie zählte knapp sechs Jahre, aber war viel zu klein und zu dünn für ihr Alter. Vor allem war sie zu traurig. Beim Anblick des schlafenden Kindes schnürte es Marietta die Kehle zu.

Sie dachte an Max von Raths Worte – auf dem Nachhausewege war ihr wieder eingefallen, dass das der Name des Freundes ihres Vaters war. »Wenn du hart arbeitest, kannst du ein besseres Leben haben.«

Und wieder und wieder hörte sie sich antworten: »Ich kann nicht …«

Seit sie die Mietskaserne betreten hatte, quälten sie die Zweifel, ob sie richtig gehandelt hatte. Das vermeintliche Opfer, das sie gebracht hatte, erschien ihr nicht länger heroisch. Vielleicht war sie träge wie Hilde, die sich so sehr ans Elend gewöhnt hatte, dass sie ständig neue Ausreden erfand, um nichts daran zu ändern. Vielleicht aber auch dumm wie Frau Podolsky, die dem ganzen Haus die Schuld gab, wenn ihre Mahlzeiten mager ausfielen, anstatt zu begreifen, dass sie ihre Hühner besser pflegen musste. Am Ende war sie hilfloser als alle hier, die ständig keiften und um sich schlugen, immer laut, immer wild, anstatt mit ihren Kräfte sinnvoll hauszuhalten.

Elsbeth schreckte aus dem Schlaf hoch und blickte sie aus großen Augen an. »Du bist da, Marietta ...« Anders als Hilde, die sie stets Mizzi rief, benutzte sie jenen Namen, den ihr der Vater gegeben hatte.

»Ja, Elsbeth, ich bin da, es ist alles gut, schlaf weiter.«

Marietta ließ sich auf der Pritsche nieder. Das Kind kuschelte sich an sie, und der warme Körper, der etwas süß und etwas ranzig roch, vertrieb die Kälte aus den eigenen Gliedern.

Ich kann nicht ...

Marietta schloss ihre Augen, aber sie konnte nicht einschlafen. Sie streichelte über das verklebte Haar der Halbschwester, traf eine Entscheidung und fühlte, wie es ihr das Herz brach.

Gegen Morgengrauen nickte sie doch noch ein. Wirre Träume peinigten sie, und als sie die Augen aufschlug, fühlte sie sich nicht ausgeruht, sondern erschöpft. Kurz hätte sie am liebsten die Decke wieder über den Kopf gezogen, doch Hildes erbärmlicher Anblick gab ihr die Entschlossenheit, aufzustehen und ihr Vorhaben umzusetzen. Hilde saß immer noch am Tisch und sah aus, als hätte sie sich die ganze Nacht nicht gerührt. Das Haar fiel ihr ins Gesicht, Speichel floss aus dem weit geöffneten Mund. Ihre Haut wirkte fahl und faltig, als zählte sie fünfzig, nicht erst fünfundzwanzig Jahre. Das erste Mal seit langem betrachtete Marietta sie nicht mit Widerwillen, sondern voller Mitleid. Als ihr Vater sie einige Jahre nach dem Tod von Mariettas Mutter geheiratet hatte, war Hilde eine junge, hübsche, abenteuerlustige Frau gewesen, die das unkonventionelle Leben an seiner Seite mit jeder Faser ihres Herzens begrüßte. Sie hatte nicht lesen und schreiben können, und lose wie ihre Zunge war, hatte sie dies offen zugegeben, aber sie hatte sich mühelos die Texte seiner Arien gemerkt und aus voller Kehle mitgesungen. Abend für Abend war sie wach geblieben und hatte begierig darauf gewartet, bis er wiederkam und von seinen Auftritten erzählte.

Was war von der Frau geblieben, die vor Begeisterung glühte, deren großes Herz sich nicht nur für Leopold Krüger geöffnet hatte, sondern auch für Marietta, und die in jede Umarmung so viel Wärme gelegt hatte, als schlösse sie die ganze Welt mit ein?

Armut zerfrisst jede Seele, dachte Marietta. Wie sollten hier die Träume fliegen lernen, wenn das Elend sie doch beschmutzte wie klebriges Pech?

Marietta sah sich um und überlegte, was sie mitnehmen konnte. Nicht, dass sich in einer der abgenutzten Kommoden Reichtümer verbargen – doch irgendwo musste das Medaillon ihrer toten Mutter sein. Nachdem sie es eine Weile vergeblich gesucht hatte, war sie sich sicher, dass Hilde es zu Geld gemacht und versoffen hatte. Statt Mitleid erwachte wieder Wut in ihr. Warum konnte sie sich nicht ein wenig zusammenreißen, warum erkämpfte sie sich nicht trotzig ein winziges Fleckchen von dem Boden zurück, den der Tod ihres Vaters ihr unter den Füßen weggerissen hatte?

Nun gut, dann würde sie ohne das Medaillon gehen. Das Gesicht ihrer Mutter war in ihren Erinnerungen ohnehin längst verblasst. Auch das des Vaters konnte sie nur schwer heraufbeschwören. Nur seine Stimme hörte sie so kräftig und klar, als wäre sie erst gestern durchs Haus geschallt.

Sie wandte sich seufzend zu Elsbeths Bett, um das Kind ein letztes Mal zu betrachten und es vorsichtig zu küssen, doch während die Kleine vorhin noch tief und fest geschlafen hatte, das zerzauste Haar im Gesicht, hatte sie sich nun aufgesetzt und starrte sie an.

»Musst du gehen?«, fragte sie.

Marietta schluckte schwer. »Ja, das muss ich.«

Elsbeth rührte sich nicht. Sie war nie ein Kind gewesen, das durch die Stube polterte, aber in der letzten Zeit lag sie so oft im

Bett, dass Marietta manchmal Angst hatte, die mageren Beine wären zu schwach, um den Körper zu tragen.

»Wann kommst du wieder? Heute Abend?« Marietta schüttelte den Kopf und schluckte ihre Tränen herunter. Sie ließ sich am Bett des Kindes nieder, zog es an sich und versenkte ihr Gesicht im Haar. Elsbeths Haut war so weich und warm, ihr Atem roch so süß. »Ich gehe für lange Zeit fort. Aber du darfst nicht traurig sein.«

Als sie sich von ihr löste, hielt Elsbeth sie nicht fest. Doch in den weit aufgerissenen Augen stand nackte Angst. »Gehst du dorthin, wo Papa ist?«, flüsterte die Kleine.

Marietta hatte entschlossenen Schrittes die Stube verlassen wollen, verharrte aber nun doch unschlüssig.

»Nein!«, rief sie verzweifelt. »Papa ist im Himmel, er kommt nicht wieder – aber ich schon, das verspreche ich dir, daran darfst du nie und nimmer zweifeln!«

»Ist es kalt im Himmel?« Immer noch war die Stimme nicht lauter als ein Hauch. Wann hatte sie das letzte Mal kräftig geschrien? War auch das ein Zeichen von Auszehrung?

Marietta kämpfte darum, ihrer Sorge nicht nachzugeben.

»Nein, im Himmel ist es wunderschön«, sagte sie leise. »Das Licht scheint golden, von allen Seiten tönt herrliche Musik, und die Menschen tragen saubere Kleidung.«

»Ich dachte, so ist es in der Oper.«

»Ja, natürlich, auch die Oper ist ein schöner Ort, ein Stück Himmel hier auf Erden. Ich verspreche dir – eines Tages gehen wir gemeinsam in die Oper; eines Tages werden wir ein schönes Leben haben. Du musst nur ein wenig geduldig sein.«

Unwillkürlich war sie zurück an die Pritsche getreten. Elsbeth klammerte sich nun doch an ihre Hand, und ihr Griff war fester, als ein so zartes Mädchen vermuten ließ. Marietta war erleichtert darüber. Und bestürzt.

53

»Ich will nicht, dass du gehst.«

Marietta löste sanft, aber bestimmt ihren Griff. »Ich muss! Sonst enden wir alle so ... wie sie.«

»Lass mich nicht allein mit ihr!«

Elsbeth brach in Tränen aus, und auch Marietta hatte Mühe, die ihren zurückzuhalten. Elsbeth weinte nicht wie ein Kind – voller Inbrunst und Wut und Lebenskraft. Eher wie eine uralte Frau, die sich schon aufgegeben hatte.

»Eines Tages werde ich dich zu mir holen ... eines Tages ...« Ihre Stimme brach. Ehe Elsbeth erneut nach ihr greifen konnte, lief sie zur Tür und stürzte tränenblind die Treppe hinunter. Zum ersten Mal war sie dankbar, dass Elsbeth sich kaum auf ihren Beinen halten und ihr deswegen nicht nachlaufen konnte. Hätte sie es getan, hätte sie die Mietskaserne nicht verlassen können. So aber erreichte sie mühelos den Innenhof. Schon von weitem hörte sie Frau Podolskys wehleidige Stimme. »Wer hat schon wieder meine Eier gestohlen?«

Marietta wischte sich die Tränen ab.

»Du warst es, Mizzi!«, schimpfte Frau Podolsky, kaum dass sie sie erblickte. »Du bist die Diebin!«

Sie war blind für Mariettas rot verweinte Augen. Mit zu Fäusten geballten Händen ging sie auf sie zu.

»Ich heiße nicht Mizzi, sondern Marietta«, sagte sie, ohne zurückzuweichen. »Und niemand hat dir deine Eier gestohlen – deine Hühner sind schlichtweg zu alt und verhungert, um welche zu legen, du dumme, alte Vettel.« Mit jedem Wort konnte sie befreiter atmen, wurde ihre Stimme härter und ihr Blick kälter.

Frau Podolsky starrte sie verwundert an, anstatt mit der Faust zuzuschlagen.

Marietta ließ sie stehen und beschleunigte den Schritt. Kühle Morgenluft erfrischte sie und verwehte den Gestank, der vom Kanal und dem Unrat zwischen den Pflastersteinen hochstieg. Ma-

54

rietta schämte sich, weil sie sich plötzlich so glücklich fühlte, so befreit und hoffnungsvoll. Elsbeth weinte bestimmt immer noch – und würde auch heute Abend weinen, wenn sie nicht wiederkehrte. Aber sie musste gehen. Für ihre Schwester. Für sich. Anstatt zu laufen, begann sie, sich im Kreis zu drehen. Nach einer Weile wurden kunstvolle Pirouetten daraus. Sie lief dem Elend nicht einfach davon. Sie tanzte.

3

Es war schwer genug gewesen, durchs Küchenfenster ins Haus zu klettern – als eine ungleich größere Herausforderung stellte es sich heraus, durch dieses wieder hinauszukommen. Ehe Helena sich auf das Fensterbrett wuchtete, musste sie den Schnee zur Seite schaufeln, der über Nacht gefallen war. Sie hatte keine Handschuhe gefunden und ihre Hände zu diesem Zweck in eines der Leintücher gewickelt. Zwar waren die innerhalb kürzester Zeit klitschnass, aber die Kälte war nicht ganz so durchdringend wie am Vortag. Als sie endlich im Freien stand und sich umblickte, seufzte sie dennoch mutlos. Sie konnte sich nicht erinnern, jemals solche Schneemassen gesehen zu haben. Kurz riss die milchige Wolkendecke auf, und ein dünner Sonnenstrahl zwängte sich hindurch, doch das Glitzern und Funkeln, das der weißen Welt um sie herum eine eigentümliche Schönheit verlieh, konnte nicht darüber hinwegtäuschen, dass jene Pracht ein besseres Gefängnis war als ein vergittertes, mit hohen Mauern versehenes Gebäude.

Helena hielt das Gesicht in das warme Licht, schloss die Augen und gab sich kurz dem Trug hin, dass keine weiße, menschenleere Einöde sie umgab, sondern ein leuchtender Herbstwald, dass nicht die Stille in ihren Ohren schmerzte, sondern fernes Kinderlachen ihre Laune aufhellte.

Das Lachen eines kleinen, sommersprossigen Jungen …

Sie schlug die Augen auf und schüttelte den Kopf. Es war der falsche Zeitpunkt, ihrem Traum nachzuhängen oder sich über Marietta von Ahrensberg den Kopf zu zerbrechen. Sie musste all ihre

Kräfte darauf verwenden, wieder zum Auto zurückzukehren, sich mit dem Snickers aus dem Handschuhfach zu stärken und den Marsch ins nächste Dorf anzutreten. Irgendwo in der Nähe mussten Menschen leben – sie war hier schließlich nicht in Sibirien.

Und auch wenn die Ahrensbergs es wohl geschätzt hatten, zurückgezogen zu leben – Eremiten waren sie ganz sicher nicht gewesen.

Obwohl ihr mulmig zumute war, versuchte sie, positiv zu denken, was ihr genau drei Schritte weit gelang. Schon beim vierten versank sie mit einem Fuß knietief im Schnee, und als sie versuchte, ihn wieder hochzuziehen, brach die Decke auch unter dem zweiten ein. Bis sie sich endlich aus den Schneemassen herausgekämpft hatte, war ihre Stirn schweißnass. Wie sollte sie bloß den ganzen Weg bis zum Auto schaffen?

Stöhnend blickte sie sich um. Sobald sie die Forststraße erreichte, würde es leichter gehen, aber bis dahin brauchte sie so etwas wie Schneeschuhe. Nicht, dass sie damit rechnete, welche hier zu finden, aber vielleicht könnte sie sich behelfsmäßig welche basteln, indem sie sich zwei Holzbretter unter die Stiefel band. Die Balken, die das Küchenfenster verschlossen hatten, taugten dafür schon mal nicht – die waren zu morsch. Aber jetzt bei Tageslicht sah sie, dass auch die Kapelle zwei kleine Luken hatte, die mit Brettern zugehämmert worden waren.

Vielleicht schaffte sie es, das Holz herauszubrechen und zu verwenden, und in der kleinen Kapelle war womöglich auch noch einiges zu finden, was sie brauchen konnte – weitere Kerzen, mit etwas Glück sogar Streichhölzer. Schließlich war es nicht ausgeschlossen, dass sie noch eine zweite Nacht hier verbringen musste.

Während sie auf die Kapelle zuging, versank sie wieder knietief im Schnee.

»Danke, Luisa, vielen Dank, dass du mir das eingebrockt hast … Genauso habe ich mir das vorgestellt, das romantische Wochenende in den Bergen.«

Sie wusste, dass es ungerecht war, Luisa für ihre Lage verantwortlich zu machen. Ihre Freundin war in den letzten Monaten, als ihre Welt Stück für Stück zusammenbrach, für sie dagewesen, und bestimmt verging sie mittlerweile vor Sorge, weil Helena immer noch nicht in der Skihütte angekommen war. Der Gedanke daran gab Helena Kraft, sich energisch durch den Schnee zu kämpfen. Sie war etwa drei Meter von der Kapelle entfernt, als sie mit dem Fuß gegen etwas Hartes stieß.

»Verdammt, was ist …«

Die Worte blieben ihr im Mund stecken. Sie blickte hinab, und sah ein schwarzes Stück Metall aus dem Schnee ragen. Als sie ein zweites Mal, diesmal behutsamer, dagegentrat, löste sich der Schnee von dem Gebilde und offenbarte ein schmiedeeisernes Kreuz mit einer kreisrunden Inschrift.

Verwirrt starrte sie darauf, trat einen Schritt zurück und erkannte, dass nicht weit von der ersten eine weitere schwarze Spitze aus dem Schnee ragte. Dieses Kreuz war so dicht verschneit, dass sie mit den Füßen den Schnee zur Seite schieben musste, bis es freigelegt war.

Zwei Gräber.

Sie kniete sich hin, strich die Inschrift frei und las erst den einen, dann den anderen Namen. Obwohl sie nach dem Stapfen im Schnee schweißgebadet war, wurde ihr plötzlich wieder eiskalt.

Helena wusste später nicht, wie lange sie vor den beiden Gräbern gekniet hatte und was sie mehr entsetzte: die beiden Namen, die sie hier las, oder der Zeitpunkt ihres Todes. Beide Inschriften nannten den Oktober 1922. Die Frau war nur knapp über dreißig, der Junge gerade mal sechs Jahre alt geworden. Die Frau hieß Maria Henrietta von Ahrensberg – wohl niemand anderer als Marietta. Und der Knabe war ihr Sohn Adam.

Es war erschütternd, vor dem Grab eines Kindes zu stehen. Vor dem Grab eines Kindes, von dem sie heute Nacht geträumt hatte. Wolken schoben sich vor die Sonne. Der Schnee, eben noch funkelnd, als wäre er von Diamanten übersät, wurde fahl, fast grau. Schauer überliefen Helena, als sie sich abwandte. Sie machte einige hastige Schritte auf die Kapelle zu, um sich aufzuwärmen, und versank wieder im Schnee, doch diesmal achtete sie kaum darauf.

Mein Geheimnis ist, dass ich tot bin ...

Warum hatte sie von einem toten Kind geträumt? Dabei wusste sie doch nichts von der Familie Ahrensberg und hatte sich – so weit sie sich erinnerte – auch noch nie mit einer österreichischen Adelsfamilie beschäftigt. Sie war zum ersten Mal in dieser Gegend, war als Schülerin nie die Eifrigste im Geschichtsunterricht gewesen und in den letzten Jahren überdies ständig mit ihrer Ausbildung beschäftigt gewesen, so dass sie kaum Zeit gehabt hatte zu lesen.

Trotzdem: Es musste eine vernünftige Erklärung geben – auch dafür, warum eine junge Frau und ihr kleiner Sohn im gleichen Monat so jung sterben mussten. Vielleicht waren sie einem Unfall zum Opfer gefallen oder von einer Krankheit dahingerafft worden. So tragisch das auch klang – im Jahr 1922 war die Lebenserwartung niedriger und die Kindersterblichkeit höher gewesen.

1922 ... War das nicht das Jahr, aus dem der Eintrag des Tagebuchs stammte, den sie gestern gelesen hatte?

Selbst wenn sie sich irrte – das Tagebuch war wohl eines der letzten Zeugnisse, das die junge Adelige der Welt hinterlassen hatte. Kurz war Helena drauf und dran, zurück ins Wohnzimmer zu klettern und sich noch einmal in das Buch zu vertiefen. Aber dann rief sie sich zur Vernunft. Welche Tragödie sich hier womöglich ereignet hatte und warum die junge Frau und der Knabe – vermutlich Mutter und Sohn – hier begraben waren, war nicht ihre Sache. Sie tat gut daran, alle Kräfte auf die Rückkehr in die zivilisierte Welt zu lenken.

Der Versuch, die Holzbalken von den beiden Luken zu lösen, scheiterte jedoch sofort: Sie waren fest an die Wand genagelt und gaben keinen Zentimeter nach. Also musste es ohne stümperhafte »Schneeschuhe« gehen.

Helena kämpfte sich durch die Schneemassen zurück. Unter dem vorstehenden Dach war der Boden fast gänzlich unverschneit, so dass sie mühelos das Haus umrunden konnte. Die Sonne versteckte sich weiterhin hinter den bleichen Wolken. Schneeflocken begannen, vor ihrem Gesicht zu tanzen, womöglich Vorboten weiteren Schneefalls. Das war eigentlich Grund genug, ihre Schritte zu beschleunigen, doch plötzlich hielt Helena inne. Sämtliche Härchen richteten sich auf, und ihr Körper spannte sich an. Irgendetwas war ... *anders* als gestern.

Sie ging weiter, erreichte die Vorderfront des Anwesens – und sog scharf den Atem ein.

Die Haustür stand sperrangelweit offen.

Im ersten Schrecken verschloss sie sich einer vernünftigen Erklärung. Kurz vermeinte sie, die Geister der Vergangenheit zum Leben erweckt zu haben. Wäre ihr Marietta von Ahrensberg mit dem leuchtend roten Kleid aus der offenen Tür entgegengetreten, hätte es sie in diesem Augenblick weniger erstaunt, als einer Frau in Jeans zu begegnen.

Doch bald schalt sie sich für ihre überbordende Phantasie – wahrscheinlich Folge eines zu unruhigen Schlafs und des Fehlens des morgendlichen Kaffees – und trat näher. Wer immer diese Tür geöffnet hatte, war kein Geist gewesen, denn die hinterließen bekanntlich keine Spuren. Im Schnee jedoch waren Fußabdrücke zu sehen, breit und tief: Offenbar stammten sie von den Stiefeln eines großgewachsenen Mannes.

Die erste Erleichterung wich einem mulmigen Gefühl. Gestern noch hatte sie sich wie der einsamste Mensch der Welt gefühlt und nach Gesellschaft gelechzt, doch rückblickend erschien ihr diese Einsamkeit wie ein schützender Kokon, der sie vor manchen Gefahren bewahrt hatte – Gefahren, wie sie von einem gesichtslosen Fremden ausgingen. Wer immer das Haus betreten hatte, sie war ihm völlig ausgeliefert.

Helena unterdrückte die Versuchung, laut »Hallo!« zu rufen, und schlich so leise wie möglich ins Haus. Dort hielt sie nach einem Gegenstand Ausschau, der als Waffe dienen könnte. Das einzige Große und Schwere, das ihr in die Augen fiel, war ein Schirmständer – ein altmodisches und hässliches Modell aus gezwirbelten Eisenstangen, aber schwer genug, um jemandem den Schädel einzuschlagen. Vorausgesetzt, sie schaffte es mit ihren ein Meter siebzig, den Schirmständer überhaupt hoch genug zu heben, um den Schädel eines großen Mannes zu treffen.

Trotzdem, als sie ihn hochstemmte, fühlte sie sich nicht mehr ganz so schutzlos. Sie schlich weiter – oder versuchte es zumindest, denn eigentlich war es ein Ding der Unmöglichkeit, mit dem eisernen Ungetüm in der Hand. Bei jedem Schritt knarrten die Bodendielen. Als sie das Wohnzimmer erreichte, gab sie sich keine Mühe mehr, leise zu sein. Sie stieß die angelehnte Tür auf, stürzte in den Raum und hob drohend den Schirmständer.

Vor dem Kamin stand, angespannt wie sie und mit vor Scheck geweiteten Augen, ein Mann. Er war so groß, wie sie aufgrund seines Schuhabdrucks vermutet hatte, ziemlich schlank und hatte breite, muskulöse Schultern. Doch obwohl er die körperlichen Voraussetzungen mitbrachte, um sich notfalls gegen einen Angreifer zu verteidigen, war ihm wohl genauso zumute wie ihr. Auch er hatte nach einer möglichen Waffe gesucht – und hielt nun einen Schürhaken in der Hand.

Nachdem er sie eine Weile stumm gemustert hatte, ließ er den Schürhaken sinken. Sein Blick war an dem Schirmständer hängengeblieben, den sie vor sich hertrug wie ein Schutzschild.

»Sie wollen mich mit einem Schirmständer erschlagen?«, fragte er, und in seiner Stimme lag Belustigung.

Helena musterte ihn ihrerseits genauer. Unter einer dicken Mütze lugten schwarze Haare hervor, die in einem interessanten Kontrast zu seinen grünlich schimmernden Augen standen. Mit dem markanten Kinn und der Adlernase wirkte er attraktiv, wenngleich er nichts mit einem glattgebügelten Schönling gemein hatte. Dazu waren seine Wangen nicht sorgfältig genug rasiert, die Haut etwas zu fahl und die Augenringe ein wenig zu ausgeprägt. Sie schätzte ihn auf fünfunddreißig, vielleicht vierzig Jahre.

Er starrte immer noch auf den Schirmständer. »Der ist ja viel zu schwer für Sie«, stellte er fest und konnte sich das Lachen kaum noch verkneifen.

»Tja«, meinte sie, »da haben Sie eine deutlich bessere Wahl getroffen. Eins zu null für Sie.«

Er lege den Schürhaken wieder neben den Kamin. »Ich bin zufällig der Besitzer dieses Schlosses. Und was ist Ihre Ausrede, hier zu sein?«

»Ich fürchte eine nicht ganz so gute. Ich bin mit dem Auto auf der Forststraße liegengeblieben und habe die Nacht hier verbracht.«

Sie zuckte entschuldigend die Schultern.

»In diesem alten Kasten?«, rief der Mann fassungslos. »Haben Sie auch schon Schimmel angesetzt?«

»Noch nicht, aber ein heißes Bad wäre jetzt nicht schlecht.«

»Ich fürchte, das habe ich nicht zu bieten.«

»Und eine Tasse Kaffee?«

»Leider auch nicht. Aber ich hätte ein Sandwich im Angebot. Schinken-Käse.«

»Dafür könnte ich jemanden umbringen.«

»Aber hoffentlich nicht damit! Wann legen Sie dieses grässliche Ding endlich weg?«

Erst jetzt bemerkte Helena, dass sie noch immer den Schirmständer vor sich hielt. Sie stellte ihn auf den Boden, und als sie
wieder hochblickte, betrachtete der Fremde gerade ihr Nachtlager.

»Es tut mir leid, wenn ich etwas kaputt gemacht habe«, sagte sie
schnell. »Ich musste das Küchenfenster einschlagen, um hinein-
zukommen. Aber ich wusste nicht, wohin. Es war kalt und finster
und …«

»Kein Grund zur Sorge. In diesem alten Kasten muss man sich
keine große Mühe geben, etwas kaputt zu machen – es ist doch
schon nahezu alles verrottet.«

Er sprach mit jenem etwas gedehnten Singsang, wie sie ihn von
einem Schauspielkollegen aus Wien kannte.

»Und das Jagdschloss gehört wirklich Ihnen? Das heißt, Sie sind
ein Ahrensberg?«

Er verdrehte die Augen, als wäre es eine Zumutung, diesen Namen zu tragen. »Ja, ein waschechter. Moritz Maximilian Ahrensberg, um genau zu sein.«

»Sie heißen Moritz *und* Maximilian? Max und Moritz in einer
Person?« Sie konnte sich ein Grinsen nicht verkneifen.

Er seufzte. »*Ach, was muss man oft von bösen Buben hören oder
lesen* … Dieses Zitat wurde mir seit dem Kindergartenalter ständig
um die Ohren gehauen. Dabei war ich gar nicht so ein Lauseben-
gel, sondern ziemlich brav. Und fragen Sie jetzt nicht, ob meine
Eltern Wilhelm-Busch-Fans waren.«

»Ich muss gestehen – es lag mir schon auf der Zunge.«

»Tja«, meinte er schulterzuckend. »Der Name war die glorreiche
Idee meiner Mutter, allerdings hat sie von Wilhelm Busch keine
Ahnung. Sie ist Amerikanerin und fand den Namen hochtrabend
genug für einen Prinzen. Dabei war mein Vater eigentlich nur
ein Baron, aber in Amerika gehen wohl alle Adeligen als Prinzen
durch.«

»Und sie leben in wunderschönen Schlössern. Denken Sie, dass es auch welche mit fließendem Wasser gibt?«

»O je – sagen Sie bloß, dass Sie den Wasserhahn aufgedreht haben?« Er seufzte wieder. »Ich weiß, hier wären jede Menge Renovierungen notwendig, aber ich wüsste gar nicht, womit man anfangen sollte. Also schiebe ich es Jahr für Jahr auf – ich glaube, es würde mich den letzten Nerv kosten.« Während er sprach, hatte er sich die Mütze vom Kopf gezogen und fuhr sich durchs dunkle Haar. Es war kinnlang und stand nach allen Seiten ab.

»Warum sind Sie dann hier?«, fragte sie neugierig.

»Das verrate ich Ihnen während der Autofahrt.«

»Welcher Autofahrt?«

»Nun, ich nehme nicht an, dass Sie Ihren Winterurlaub hier verbringen wollen. Ich kann Sie gerne mitnehmen.«

»Großartig!«, rief sie begeistert. »Aber könnte ich zuvor vielleicht das erwähnte Sandwich haben?« Allein beim Gedanken daran lief ihr das Wasser im Mund zusammen.

»Gerne. Vorausgesetzt, ich erfahre den Namen des Gastes, den ich bewirte.«

»Helena Schneider. Zieht nicht ganz so viel Spott auf sich wie Ihrer. Ich muss mir nur Sprüche über die schöne Helena gefallen lassen.«

»Was sicher nicht das Schlimmste ist – und im Übrigen äußerst passend.« Er zog die Augenbraue hoch, was man mit gutem Willen für ein Zeichen der Anerkennung halten konnte, mit etwas weniger gutem Willen aber auch von Spott. Helena befürchtete Letzteres, wenn sie sich vorstellte, welchen Anblick sie bot: Die Wimperntusche, die sie gestern früh aufgetragen hatte, war wahrscheinlich längst verlaufen, und ihre Frisur musste nach der unruhigen Nacht eine einzige Katastrophe sein.

»Heute ganz sicher nicht«, sagte sie schnell. »Wahrscheinlich habe ich auch noch Ruß im Gesicht – was wiederum bedeutet:

Ich bin so rabenschwarz wie Max und Moritz, nachdem sie durch den Schornstein gefallen sind.« Sie konnte sich diesen Seitenhieb ebenso wenig verkneifen wie ein Grinsen.

»Na bitte, auf kurz oder lang kann sich keiner Späße verkneifen, wenn er meinen ganzen Namen hört. Selber schuld, dass ich ihn Ihnen sagte. Meine Freunde nennen mich alle nur Moritz. Wie auch immer – ich hole Ihnen nicht nur das Sandwich, sondern auch eine Flasche Wasser, dann können Sie sich ein bisschen waschen.«

»Haben Sie Angst um Ihre Autositze?«

»Ach was. Ich war klug genug, nicht mit dem Lamborghini den Berg hochzukommen.«

Er wandte sich ab. Sie war nicht sicher, ob der letzte Satz ernst gemeint war. Auch wenn er keinen Lamborghini in der Garage stehen hatte – nur wer sehr viel Geld besaß, konnte es sich leisten, ein solches Jagdschloss einfach verfallen zu lassen, anstatt es zu verkaufen.

Während Moritz nach draußen ging, faltete Helena die Leintücher sorgfältig zusammen. Es war zwar nicht damit zu rechnen, dass in nächster Zeit – wenn überhaupt – jemand darin schlafen würde, aber sie wollte ihre Spuren beseitigen. Als sie das letzte Leintuch vom Sofa nahm, fiel etwas zu Boden.

Richtig, das Tagebuch. Jetzt hatte sie doch noch die Gelegenheit nachzusehen, aus welchem Jahr der erste Eintrag stammte.

Wie gestern ließen sich die zusammengeklebten Seiten nur schwer öffnen, doch die spitze, elegante Schrift war bei Tageslicht etwas leichter zu entziffern. Wie sie vermutet hatte – die Einträge stammten aus dem Jahr, in dem Marietta gestorben war.

15. *Mai 1922*

Draußen steht alles in Blütenpracht. Ich aber bin blind für ihre Farben. Die Welt ist grau … so grau.

F. H. war wieder da, und weil er darauf insistierte, habe ich ihm erzählt, was ich geträumt habe, und ihm versprochen, meine Träume von nun an jeden Morgen niederzuschreiben.

Die Erinnerungen an letzte Nacht sind freilich vage. Ich weiß noch, dass ein Mann auftauchte – ein Mann in einem schwarzen Mantel, der zu wachsen schien, je länger ich ihn betrachtete. Groß wirkte der Mann zunächst, doch als sein Mantel wuchs und wuchs, verkam er zu einem lächerlichen Winzling. Alsbald verschluckte ihn der übergroße Stoff ganz und gar. Der Saum des Mantels bedeckte nun auch meine Füße, und wie ich noch darauf starrte, löste sich der eben noch feste Stoff in Nebel auf. Wenn er bis zu meinem Gesicht steigt, dachte ich, werde ich ersticken.

Doch während ich angstvoll auf die dunklen Schwaden blickte, verwandelten sie sich erneut – diesmal in einen Schwarm Raben, die laut krächzend in alle Richtungen davonflatterten. Neidisch starrte ich ihnen nach, weil sie die Welt einfach unter sich lassen können. Ihr Krächzen wurde jedoch nicht leiser, die Raben nicht kleiner, und plötzlich merkte ich, dass ich mich gleich ihnen in die Lüfte geschwungen hatte. Ich konnte fliegen!

Die Welt war schön von oben, nicht grau, sondern farbenprächtig, und die Menschen nicht böse und verschlagen, sondern winzig wie Ameisen. Ich wollte lachen, aber dann fiel mir ein, dass Raben nicht lachen. Ich wollte weiterfliegen, aber dann fiel mir ein, dass ich kein Rabe war.

Die schwarzen Augen der Tiere richteten sich auf mich, und ihr Krächzen klang höhnisch, als ich vergebens meine Hände ausstreckte. Sie konnten mein Gewicht nicht tragen. Ich fiel und fiel, immer tiefer und tiefer …

Die nächsten Sätze gerieten zunehmend wirrer, zumal die Seite von Flecken übersät war und Helena nur jedes zweite Wort lesen konnte. Hatte Marietta von Ahrensberg womöglich geweint und war die Schrift darum zerlaufen? Oder hatte die modrige Feuchtigkeit der Wände, denen das Büchlein so lange ausgeliefert war, diese Spuren hinterlassen?

Wie auch immer – die ersten Worte des Eintrags verrieten, dass es eine unglückliche, vielleicht sogar schwer depressive Frau gewesen sein musste, die diese Worte niedergeschrieben hatte – ein knappes halbes Jahr vor ihrem Tod. Auch wenn es im Mai viel wärmer gewesen war als jetzt – Helena konnte nahezu fühlen, wie innerlich erkaltet diese Frau gewesen sein musste, die keine Farben mehr wahrnahm und sich so danach sehnte zu fliegen, wenn auch nur gemeinsam mit schwarzen, krächzenden Vögeln …

In Gedanken versunken hörte Helena nicht, wie Moritz zurückkam, und zuckte zusammen, als sie plötzlich ein lautes Rauschen vernahm. Es klang nach einem Radio, doch als sie hochblickte, sah sie, dass Moritz in ein Funkgerät sprach.

»Ja, ja, verstehe … ja … dann warten wir einfach ab …«

Das Rauschen vermengte sich mit einem schrillen Pfeifen, das in den Ohren schmerzte, dann ließ sich kurz eine fremde Stimme vernehmen, die zu undeutlich sprach, als dass Helena sie verstanden hätte; schließlich blinkte ein Lämpchen mehrmals auf, ehe es ausging und das Rauschen erstarb.

Moritz ließ das Funkgerät sinken und hob mit der anderen Hand eine Tüte.

»Ich fürchte, wir müssen uns das Sandwich teilen. Bis zum Abend werde auch ich ordentlich Hunger bekommen.«

»Bis zum Abend?«, fragte sie verwirrt. Sie deutete auf das Funkgerät. »Und woher haben Sie das?«

»Ein ziemlich antiquiertes Teil, nicht wahr? Damit wurden noch im letzten Krieg Funksprüche abgegeben. Erstaunlicherweise funktioniert es noch. Und hier, fernab vom Schuss, ist es zuverlässiger als jedes Handy. Ich habe es von der Bergwacht bekommen. Der musste ich nämlich versprechen, mich kurz zu melden, sobald ich hier bin, und durchzugeben, wie's hier aussieht.«

»Seit wann interessiert sich die Bergwacht für den Zustand eines alten Jagdschlosses?«

»Dafür nicht. Aber man will wissen, wie hoch der Schnee am gegenüberliegenden Hang ist. Scheint wohl so zu sein, dass ich die Zeche meines Vaters zahlen muss.«

Helena sah ihn verwirrt an und verstand immer weniger.

»Er hat den ganzen Hang abholzen lassen«, erklärte Moritz, »und damit auf den besten Schutz vor Lawinen verzichtet. Wobei das im Moment nicht unser Hauptproblem ist.«

»Sondern?«

»Sankt Pankraz ist eingeschneit.«

»Wo ist das denn?«

»Der nächste größere Ort von hier aus. Mit seinen tausend Einwohnern ist es zwar eigentlich nur ein Dorf, doch wenn man einige Zeit hier verbringt, fühlt man sich dort wie in einer Großstadt.«

Helena konnte sich nicht vorstellen, dass jemand freiwillig länger im Jagdschloss lebte, schon gar nicht ein Moritz Ahrensberg, der das Gehabe eines Großstädters zeigte. Aber sie fragte nicht nach, ob er aus eigener Erfahrung sprach.

»Und was hat das mit uns zu tun?«

»Die Straße, auf der ich gekommen bin, dürfte in der letzten Stunde völlig zugeschneit sein. Bevor da kein Schneeflug geräumt hat, ist erst mal kein Durchkommen möglich. Zumindest will ich nicht riskieren, irgendwo in dieser Einöde stecken zu bleiben.«

Helena verstand.

»Aber die Schneepflüge sind alle beschäftigt, die Straße nach Sankt Pankraz freizuhalten, damit die dortigen Bewohner notfalls evakuiert werden können.«

Sie blickte ihn betroffen an.»Und das bedeutet, dass wir hier erst mal eingeschneit sind.«

»Na ja«, wiegelte er ab, »ich schätze mal, das gilt bis zum frühen Nachmittag – höchstens Abend. Dann holen sie uns hier schon raus.«

»Und mein Auto? Es genügt nicht, dass die Straße geräumt wird. Es muss aus dem Graben gezogen werden.«

»Frauen und Autos«, meinte er grinsend.

»Ha, ha! Sehr witzig!«

»Aber ganz und gar nicht! Ich welch schreckliche Situation ich da geraten bin! Ich hänge mit der schönen Helena in einem einsamen Schloss fest. Wirklich, eine Tragödie griechischen Ausmaßes. Denken Sie, ich habe Chancen, das zu überleben?«

Obwohl sie genervt die Augen verdrehte, konnte sie ein Lächeln nicht verkneifen.»Können Sie eigentlich auch mal ernst sein?«

»Ich bin doch ernst. Angesichts des mickrigen Sandwiches, das unmöglich für uns beide reicht, werden wir wohl den Hungertod sterben. Im Zweifelsfall opfere ich mich gerne für Sie auf. Aber jetzt muss ich erst einmal die hier loswerden, sonst frieren mir die Zehen ab.«

Er ließ sich mit einem Stöhnen aufs Sofa fallen und zog sich die Stiefel aus. Sie hatten eine festere Sohle als die von Helena und waren mit Lammfell gefüttert, aber trotzdem waren seine Strümpfe völlig durchnässt. Sie selbst fühlte ihre Füße kaum mehr, so kalt und klamm waren sie. Schnell setzte sie sich neben ihn und tat es ihm gleich.

»Was haben Sie denn da?«, fragte er.

Sie folgte seinem Blick.»Ach das«, murmelte sie, »das habe ich gestern hinter einem Ziegel beim Kamin gefunden. Scheint ein Tagebuch zu sein. Von Marietta von Ahrensberg. Apropos Kamin ... denken Sie, man kann ein Feuer machen, ohne an akuter Rauchvergiftung ...«

»So, so«, unterbrach er sie und löste den Blick nicht von dem dünnen Lederband. »Ein Tagebuch. Und Sie schauen einfach rein? Haben Sie sich früher nicht geärgert, wenn Ihre Mutter Ihr Tagebuch las?«

»Das hat sie nie getan.«

»Meine auch nicht«, gab er unumwunden zu. »Und selbst wenn – sie hat nie richtig Deutsch gelernt.« Er nahm das Büchlein, betrachtete es von allen Seiten, öffnete es aber nicht. »In jedem Fall ist es etwas indiskret, es einfach zu lesen.« Er setzte eine strenge Miene auf, aber seine Stimme klang belustigt.

»Ich habe ja auch nicht gesagt, dass ich es gelesen habe«, sagte Helena. »Selbst wenn ich es wollte – ich fürchte, die Schrift ist mittlerweile so verblichen, dass man sie kaum mehr entziffern kann.«

»Aha. Versucht haben Sie's also doch.«

»Könnten Sie jetzt endlich diesen Oberlehrerton sein lassen? Es wäre hilfreicher, wenn Sie mir etwas über diese Marietta erzählen könnten. Sie war doch eine Ihrer Vorfahren, nicht wahr? Zeit genug haben wir ja.«

Er seufzte, während er das Buch zur Seite legte und sich auf dem Sofa ausstreckte. »Mit so etwas hätten Sie zu meiner Großmutter kommen sollen. Die lag mir immer mit irgendwelchen Familiengeschichten in den Ohren.«

»Die Sie sich natürlich nicht gemerkt haben. Typisch Mann.« Helena schüttelte den Kopf.

»Wenn ich's mir recht überlege … sagten Sie Marietta von Ahrensberg?«

»Sie wissen, wer sie war?« Auf einmal war sie wie elektrisiert und unfähig, dies zu verbergen.

Moritz grinste gönnerhaft, wurde dann aber erstmals, seit sie ihn kannte, ernst. »Und ob. Aber ich fürchte, es ist eine sehr traurige Geschichte.«

4

1910

Wie immer kam Paulette nach der Aufführung in Mariettas Garderobe. Und wie immer ließ ihre Miene nicht darauf schließen,
ob sie sie loben oder tadeln würde. Genau genommen verbarg sie
jede Form des Lobs stets hinter einem Tadel. Wenn sie streng be-
kundete, dass Marietta sich nicht auf ihren Lorbeeren ausruhen
dürfte, auch wenn sie viel erreicht hätte, war dies das höchste
Ausmaß an Anerkennung. Viel häufiger verwies sie auf die Flüch-
tigkeit von Mariettas Ruhm. »Das Publikum ist begeistert von
deiner Geschichte. Aber auf der Bühne zählt nicht, wer du bist,
woher du kommst und dass du von der einfachen Näherin zum
Stern des Ballettensembles aufgestiegen bist. Es zählt allein dein
Tanz.«

Marietta fürchtete sich jedes Mal vor Paulettes Urteil – so auch
heute. Kurz vor der Aufführung hatte sie den Brief eines Rechts-
anwalts bekommen und den Fehler gemacht, ihn zu überfliegen.
Eigentlich hätte sie wissen müssen, dass sie vor einem Auftritt jegliche Form von Ablenkung strikt zu meiden hatte.

»Dein Blick«, erklärte Paulette mit jenem nörgelnden Unterton,
der ihr zueigen war und so gar nichts von dem südländischen
Temperament verhieß, das ihr klangvoller Name erwarten ließ.
»Es ist dein Blick, der dich davon abhält, zu den ganz Großen zu
gehören.«

Marietta sah sie verwirrt an. Sie hatte erwartet, dass etwas an ihren Pirouetten auszusetzen wäre, an Arm- und Kopfhaltung oder an ihren Sprüngen.

»Was ist mit meinem Blick?«

Paulette runzelte die Stirne. »Deine Augen gleichen denen einer alten Frau, die ihr Leben lang vergeblich um ihr Glück gekämpft hat. Aber zu tanzen ist kein Kampf. Man darf einer Ballerina die Schmerzen und Mühen, die sie auf dem langen Weg zur Vollendung auf sich genommen hat, nicht ansehen!«

Marietta unterdrückte ein Seufzen. Ihr größter Kampf hatte nichts mit dem Tanzen zu tun. Sie musste wieder an den Brief denken ... an Elsbeth, die sie immer seltener besuchte ... die sich beim letzten Mal, als sie sich überwunden hatte, Hildes Wohnung zu betreten, verzweifelt an sie geklammert hatte.

Du kommst mich doch bald holen?

Sie hatte ihr Veilchenkonfekt gegeben. Aber kein Versprechen.

»Ich werde versuchen, es besser zu machen«, sagte sie leise.

Paulette ballte ihre Hand zur Faust. »Es geht nicht darum, es zu versuchen! Du musst es wollen!«

»Aber ich will es doch auch! Tanzen ist mein Leben!«

»Nein, dein Leben ist Tanz – und das ist ein großer Unterschied. Du musst dem Tanz nicht nur alles opfern, was du zu geben hast ... du musst es ihm mit Freude schenken. Aber ich habe den Eindruck, das tust du nicht. Weißt du ... viele Lehrer meiner Generation legen größten Wert auf die Technik. Je ausgefeilter und perfekter sie ist, desto großartiger erscheint der Tänzer. Doch darin liegt nicht die Zukunft. In der Zukunft wird allein zählen, mit wie vielen Gefühlen diese Technik verbunden ist – nicht mit fremden, aufgesetzten, sondern mit ureigenen. Warum hat das *Ballett russes* in Paris so einen Erfolg? Nur der verrückten Kostüme wegen? Der revolutionären Choreographie? Ich glaube nicht. Waslaw Nijinski wirft dem Publikum sein Herz in den Rachen. Er gibt alles von sich.« Paulettes Faust entkrampfte sich kurz. »Das Publikum in

Wien ist noch zu traditionell und höflich, das Herz zu fordern. Ihm genügt das Tänzeln anstelle des Tanzes. Aber wenn du eine große Zukunft haben willst, dann musst du eines Tages nach Paris gehen – und dort musst du mehr beweisen, als dass du deinen Körper perfekt beherrschen kannst.«

Marietta war erleichtert, als Paulette endlich schwieg. Trotz der Dankbarkeit, eine strenge Lehrerin zu haben, die ihr alles abrang und mit deren Hilfe sie ihre Defizite in kurzer Zeit hatte aufholen können, begriff sie nicht immer, was genau sie von ihr erwartete. Hätte sie gemahnt, die Finger nicht zu weit zu spreizen, das Spielbein nicht nach außen zu drehen oder mehr Schwung in die Pirouetten zu legen, hätte sie stundenlang vor dem Spiegel geübt. Doch all das Gerede von Herz und Gefühl zeugte in ihr nur Hilflosigkeit.

»Ich arbeite wirklich hart«, murmelte sie halbherzig.

»Das weiß ich doch«, sagte Paulette streng. »Es geht aber nicht um harte Arbeit – es geht darum, dass du dir in die Seele blicken lässt. Deine Seele ist dunkel und tief, das weiß ich. Doch du schlüpfst in ein weißes Kleidchen und weigerst dich, alles zu zeigen, nackt zu sein.«

Obwohl Marietta wusste, dass die Worte nur metaphorisch gemeint waren, stieg doch kurz das Bild vor ihr hoch, wie sie ohne Kostüm und Schminke die Bühne betrat, die Haare nicht zum strengen Knoten hochgesteckt, sondern offen, strähnig und glanzlos wie in den Zeiten, da sie in der armseligen Mietskaserne gelebt und sie nicht regelmäßig mit Cognac und Ei gewaschen hatte.

»Ich weiß, ich weiß«, sagte sie schuldbewusst, »solche Größen wie Marie Taglioni, Fanny Elßler oder Carlotta Grisi hatten Erfolg, weil ihr Tanzstil so unverwechselbar war. Elßler besaß Sinnlichkeit, die Taglioni …«

Paulette hob belehrend ihre Hand. »Du sagst es!«, rief sie energisch. »Unverwechselbar! Das ist es! Du musst einzigartig sein, doch was macht die Schrittfolge, die Figuren, die Pirouetten einzigartig, wenn nicht die Gefühle, die man darein legt? Das ist die Währung, mit der ein Tänzer aufzutrumpfen hat! Du hingegen legst diese Gefühle ab wie ein nasser Hund, der sich schüttelt, sobald du die Bühne betrittst. Du vergeudest sie, anstatt sie zu nutzen.«

Paulette fuchtelte immer eifriger mit ihrer Hand vor Mariettas Gesicht herum. Diese wich zurück. So kleinlaut die Kritik sie zunächst gemacht hatte, so sehr erbosten sie die letzten Worte ihrer Lehrerin. Das Publikum legte offenbar keinen großen Wert auf ihre Gefühle, wollte sie entgegenhalten, schließlich liebte es ihre Auftritte, so wie sie waren. Ihre Vorstellungen waren immer ausverkauft. Doch ehe sie es aussprach, ahnte sie bereits, dass dieser Umstand Paulettes Urteil nicht gnädiger machen würde – im Gegenteil. Nichts Schädlicheres gebe es für einen Künstler, erklärte sie oft, als zu lauter Applaus, nichts Verführerisches und darum Gefährlicheres als zu schneller Erfolg.

»Denk über meine Worte nach«, erklärte Paulette streng und verließ die Garderobe.

Marietta blickte ihr eine Weile nach, ehe sie aus einer der Schubladen, in denen sie Haarnetz, Kamm und Spangen aufbewahrte, den Brief holte.

Ihre Augen blieben bei einem Satz hängen. »Nach meiner Einschätzung glaube ich nicht, dass Sie in Ihrer Lage große Chancen haben.«

Sie schloss die Augen, öffnete sie wieder, starrte nicht länger auf den Brief, sondern auf ihr Spiegelbild. Was wusste Paulette schon von ihren Gefühlen. Was wusste sie von ihrem vergeblichen Kampf um Elsbeth. Was wusste sie von ihrem nächtelangen Ringen, wenn die vernünftige Stimme in ihr mit der ihres Herzens stritt.

Gib Elsbeth endgültig auf, das macht euch beiden das Leben leichter!

Wie kann ich sie aufgeben, wo ich doch niemanden mehr liebe als sie?

In einem hatte Paulette natürlich recht. Ihre dunkel geschminkten Augen gaben die Verzweiflung, die in ihr hochstieg, nicht wieder, sondern wirkten nur kalt und hart. Das Schwarz der Pupille und das Braun der Iris glichen einer undurchdringlichen Wand, die sie zwischen sich und der Welt errichtet hatte. Das Feuer, das in ihr brannte und sie zu immer härterem Training anspornte, das sie über schmerzende Glieder, blutende Zehen und Blasen hinwegsehen ließ und sie auf der Bühne zu immer neuen Höchstleistungen trieb – es erreichte ihre Augen nicht. Sie waren leblos wie längst verglühtes Holz.

Sie zuckte zusammen, als es an ihrer Garderobe klopfte. Ehe sie den Gast hereinbitten konnte, wurde die Tür schon geöffnet. Das Gesicht der Eintretenden war hinter einem riesigen Blumenstrauß verborgen.

»Na, hat dich Paulette wieder einmal zusammengestaucht?«

Es war Lene, die sie besuchte – jene Kostümschneiderin, die ihr früher so viele Näharbeiten überlassen hatte, die sich nun aber stolz vor aller Welt rühmte, Mariettas Talent schon immer erahnt zu haben.

Marietta wollte gar nicht erst wissen, wie viele Geschichten Lene über sie in Umlauf gebracht und somit zur Legendenbildung rund um die Tänzerin beigetragen hatte, die aus dem Nichts gekommen war und jahrelang im Verborgenen trainiert hatte, um urplötzlich wie ein leuchtender Stern am Balletthimmel aufzugehen. Dass ihr Vater ein berühmter Sänger gewesen und ihr Talent von klein auf gefördert worden war, fiel bei solchen Geschichten gerne unter den Tisch. Sie war Aschenputtel und Max von Werth, der väterliche Freund, der sie damals im Ballettsaal entdeckt hatte, ein Prinz – auch wenn der große Altersabstand keine Romanze erwarten ließ.

75

»Sie ist streng, aber gerecht«, sagte Marietta schnell und mied den Blick ins Spiegelbild.

Lene schüttelte tadelnd den Kopf. »Lass dir nicht zu viel von ihr gefallen. Du bist so mager – ich habe regelrecht Angst um dich.«

Angst, die du früher nicht gehabt hast, als nur dein schmerzender Rücken und die wundgestochenen Hände zählten – niemals meine, dachte Marietta bitter.

Laut sagte sie lediglich: »Damit hat Paulette nichts zu tun. Es ist nicht ihre Sache zu entscheiden, was ich esse und was nicht.«

»Aber du wirst nicht leugnen können, dass sie dich härter rannimmt als alle anderen Tänzerinnen. Ich glaube ja, sie tut das nur, weil sie neidisch auf dich ist.« Ehe Marietta widersprechen konnte, fuhr Lene eifrig fort: »Nun, andere hingegen sind restlos begeistert von dir. Dieser Blumenstrauß ist für dich abgegeben worden. Scheinbar von einem Verehrer.«

Sie zwinkerte vielsagend, während Marietta nur müde mit den Schultern zuckte. Dergleichen war nicht ungewöhnlich, doch noch nie hatte sie auf Avancen dieser Art reagiert. Lene ließ sich von Mariettas sichtlichem Desinteresse nicht die Begeisterung nehmen.

»Darf ich die Karte vorlesen?«, fragte sie begierig.

Marietta nickte und begann geistesabwesend, die dunkle Schminke von ihren Augen zu reiben. Zunächst verwischte sie sie, so dass ihr Augen wie große, dunkle Löcher wirkten.

Lene tat sich schwer mit dem Lesen, sie brauchte gefühlte Ewigkeiten, die kurze Karte zu entziffern. Doch schließlich schrie sie auf. »Die Blumen sind von Heinrich von Ahrensberg! Ich fasse es nicht!«

Marietta zuckte wieder die Schultern. »Er hat mir schon öfter welche geschickt.«

»Wie?«, rief Lene. »Das erzählst du erst jetzt? Heinrich von Ahrensberg ist …«

»Ich weiß, wer er ist«, fiel Marietta ihr hart ins Wort. »Max von

Werth hat mich einmal nach einer Vorstellung mit ihm bekannt gemacht. Offenbar ist er ein großer Liebhaber des Balletts. Er sitzt oft in der ersten Reihe.«

»O mein Gott!«, rief Lene. »Wie verwegen!«

»Was ist denn daran verwegen?«

»Familien wie die Ahrensbergs haben ihre eigenen Logen. Wenn er sich dennoch mit einem Parterreplatz begnügt … Für gewöhnlich sitzen nur die Herren dort, die Liebschaften …«

»Ich bin keine unanständige Frau!«, unterbrach Marietta sie scharf. »Ich weiß, dass manche Aristokraten eine Liaison mit den Tänzerinnen des Hofballetts pflegen, aber ich würde mich nie darauf einlassen!«

»Das habe ich auch nicht behauptet. Ich meine nur, dass ihm viel an dir liegen muss, wenn …«

»Willst du die Blumen haben?«, unterbrach Marietta sie.

Lene schlug die Hände vor dem Mund zusammen. »Wie kannst du eine solche Gabe nur so gleichmütig hinnehmen?«, fragte sie dann.

Marietta rieb sich immer noch die schwarze Schminke ab. Ihre Augen blickten nunmehr müde, aber nicht mehr so kalt und leblos.

»Ich brauche keine Blumen.«

»Nun, die Blumen nehme ich gerne, aber ich fürchte, die Einladung kannst nur du annehmen und niemand sonst.«

»Welche Einladung?«

Lene lächelte vielsagend, ehe sie verkündete, was sie offenbar für eine große Sensation hielt.

»Heinrich von Ahrensberg will mit dir in ein Caféhaus gehen. Das kannst du doch unmöglich ausschlagen!«

Baron von Ahrensberg musste Marietta noch drei Mal Blumen schicken, ehe sie auf eines seiner Schreiben antwortete. Darin erklärte sie, dass es sich nicht schicke, ohne ›Chaperon‹ – einem angemessenen Begleiter – mit einem Mann in der Öffentlichkeit gesehen zu werden. Wessen Ehre dies mehr beflecken würde – die einer jungen Ballerina, die sich, obwohl Tänzerin und somit einem zweifelhaften Berufstand angehörend, einen tadellosen Ruf bewahren wollte, oder die des Barons, dessen Standesgebote nicht vorsahen, sich in niedere Gefilde herabzulassen, zumindest nicht vor aller Welt –, ließ sie offen.

Heinrich von Ahrensberg gab nicht auf. Er schickte ihr weiterhin Rosen, Orchideen, schließlich sogar Orangenblüten und fing sie eines Abends am Bühneneingang ab.

»Wir müssen nicht ins Caféhaus gehen«, rief er ihr grußlos entgegen, »wir können auch einen Spaziergang machen.«

Marietta war von dem Vorschlag zu sehr überrumpelt worden, um eilig zu fliehen oder um vorzubringen, dass dies nicht schicklicher und kaum weniger neugierigen Blicken ausgesetzt sei. »Ich meide die Sonne«, erklärte sie stattdessen schroff.

»Dann lassen Sie uns in den Wiener Wald fahren – dort spenden die Bäume genügend Schatten.«

Sie senkte beschämt den Blick. Es war das erste Mal, dass sie unter vier Augen mit Heinrich von Ahrensberg sprach – einem hochgewachsenen Mann mit schwarzem Schnurrbart, der ihn etwas südländisch anmuten ließ, aber grünlich schimmernden Augen, die diesen Eindruck milderten. Seine Miene wirkte stolz, aber nicht arrogant, sein Lächeln war freundlich. Obwohl sie ihm erst wenige Male begegnet war, kam er ihr nicht fremd war. Das, was sie nicht schon über ihn wusste, hatte ihr Lene in den letzten Wochen erzählt.

»Ich weiß nicht …«, setzte sie an.

»O bitte!«, rief er mit einer Inbrunst, die sie erschreckte. »Lassen Sie mich nicht vergeblich betteln! Sollte ich Sie während unseres Spaziergangs langweilen, müssen Sie mich nie wiedersehen.«

78

Sie wusste nicht, warum sie schließlich nachgab – aus Rührung angesichts seines bittenden Blicks, aus Hoffnung, ihn endgültig loszuwerden, wenn sie ihm diese eine Gefälligkeit erst einmal gewährt hatte, oder aus Müdigkeit, die immer auf die Euphorie nach einem gelungenen Auftritt folgte. Auf jeden Fall nickte sie.

Als er sie drei Tage später mit der Kutsche abholen ließ, war sie äußerst verlegen. Mochte er auch ein treuer Bewunderer sein, der sich seit Monaten keinen Auftritt entgehen ließ, wie er ihr in einem seiner Briefe versichert hatte – seine Welt hatte mit der ihren nichts gemein, und sie wusste nicht, worüber sie mit ihm reden könnte.

Obwohl er ihr Schatten versprochen hatte, trug sie einen breiten Hut und einen schwarzen Sonnenschirm und glich damit den Witwen, die man ebenfalls hier am Stadtrand spazierengehen sah, weil es sich in der Trauerzeit nicht ziemte, sich unter Menschen zu mischen.

»So sehe ich ja gar nichts von Ihnen«, lachte Heinrich von Ahrensberg.

Marietta verkniff sich zu sagen, dass ihr das ganz entgegenkam. »Auf der Bühne sieht man genug von mir«, entgegnete sie knapp.

Er hatte sie mit einem Handkuss begrüßt, hielt beim Gehen aber Abstand.

»Da haben Sie recht. Doch was man von Ihnen nie zu sehen bekommt, ist ein Lächeln.«

Sie blickte ihn fragend an.

»Wissen Sie eigentlich, warum Sie mir aufgefallen sind?« Er fuhr fort, ehe sie die Gelegenheit hatte, ihre Vermutung zu äußern. »Wenn die Vorführung zu Ende ist und der Applaus einsetzt, merkt man bei allen Tänzern, wie die Anspannung weicht, die Miene ganz weich wird, der Mund sich zu einem Lächeln verzieht. Nur Sie … Sie stehen so versunken auf der Bühne, als erwachten Sie aus einem Traum und würden sich in einer Welt wiederfinden, die Ihnen nicht gefällt.«

Marietta blickte starr auf den Weg und tat, als müsste sie sich darauf konzentrieren, über keine Wurzeln zu stolpern. Eine Weile hörte man nichts außer ihren Schritten auf dem Moos, dem Rauschen der Blätter, dem Gezwitscher der Vögel.

»Bin ich Ihnen zu nahe getreten?«, fragte er besorgt.

Unvermittelt hob Marietta den Kopf und wich seinem Blick nicht länger aus. »Warum reden wir über mich und nicht über Sie? Es ist von einem Mann wie Ihnen nicht zu erwarten, dass er sich fürs Ballett interessiert.«

Von Ahrensberg lachte auf, aber es klang nicht amüsiert, sondern traurig. »Einem Mann wie Ihnen ... das klingt, als hätten Sie keine hohe Meinung von mir.«

Marietta schüttelte rasch den Kopf. »Es steht mir nicht zu, eine Meinung zu haben. Dazu verstehe ich viel zu wenig von Ihrem ...«, sie zögerte kurz, »von Ihrem Geschäft.« Ihre Stimme war unwillkürlich leiser geworden. Das letzte Wort hatte sie beinahe geflüstert. Sein Lachen klang umso lauter.

»Sprechen Sie es ruhig aus! Meine Vorfahren sind reich geworden, weil sie den Tod in alle Welt verkauften.«

»So habe ich es nicht sagen wollen.«

»Aber so ist es!«, rief er. »Uns hat der Krieg Wohlstand eingebracht, nie der Frieden.«

Nun war er es, der ihrem Blick auswich, und Marietta entspannte sich ein wenig. Auch wenn sie seinem wiederholten Drängen endlich nachgegeben hatte – sie konnte sich nicht erklären, was Heinrich von Ahrensberg von ihr wollte. Gewiss, es gab viele Männer, die die Eroberung einer Tänzerin als ähnliche Herausforderung betrachteten wie das Erlegen eines besonders seltenen Wildes auf der Jagd. Doch Lene, die ihr ständig zugeredet hatte, sich nicht länger störrisch zu geben, behauptete, er zähle nicht dazu. Marietta traute Lene nicht – sie traute niemandem –, doch als sie sah, wie er nach Worten rang, rührte sie irgendetwas an ihm in ihrem tiefsten Innerten an.

»Was ist es nun also, was Sie am Ballett fasziniert?«, fragte sie.

»Die Schönheit«, murmelte er. »Die Schönheit und der Tod.«

»Wie meinen Sie das?«

Wieder gingen sie eine Weile schweigend durch den Wald. Sonne fiel durchs Blätterdach der Birken, und das silbrige Licht sprenkelte ihre Gesichter. Marietta hatte den Schirm sinken lassen. Sie konnte sich nicht erinnern, wann sie das letzte Mal Sonnenstrahlen auf der Haut gespürt hatte, wann sie einen Schritt vor den anderen gesetzt hatte, ohne dass es der Ertüchtigung des Körpers diente, sondern nur dem Vergnügen. Ja, sie wusste nicht einmal, wann sie mit einem anderen Menschen geredet hatte und interessiert war, mehr von ihm zu erfahren.

»Nun«, begann er, »wie Sie also wissen, handelt meine Familie seit Generationen mit Waffen. Ob die Zündkapsel-Gewehre, mit denen man sich bei Königgrätz totgeschossen hat, oder die Bajonette, mit denen sich Engländer, Franzosen und Russen auf der Krim gegenseitig aufschlitzten – sie trugen allesamt unser Siegel. Mein Vater belieferte die Armee der Nordstaaten, als diese gegen den Süden Amerikas kämpften, und später Brasilien und Argentinien, als sie gegen Paraguay zu Felde zogen. Zwölfzünder, Klarinette, Steinschloss-Pistolen – ich bin damit aufgewachsen, sie voneinander zu unterscheiden, und habe vor allem eins gelernt: Sie alle dienen zum Töten, und der Tod, den sie bringen, ist nicht schön.«

»Und das Ballett?«, fragte sie ihn, ohne zu verstehen. »Was hat das Ballett mit dem Tod zu tun?«

Er blieb stehen. »Nichts und alles. Ach, vielleicht rede ich Unsinn. Ich meine nur … wenn ich jemanden wie Sie tanzen sehe … so leichtfüßig, als hätte Ihr Körper kein Gewicht, ja, als würden Sie die Welt nicht berühren, sondern darüber schweben, nun, dann denke ich mir, dass es dort, wo Himmel und Erde sich treffen und folglich auch Leben und Tod, nicht immer blutig und dreckig und stinkend und laut zugeht.«

Sie runzelte die Stirne.

»Sie verstehen nicht, was ich meine?«, fragte er.

»Doch, ich glaube schon. Aber ich tanze nicht, weil ich sterben will. Sondern leben.« Ihre Stimme wurde plötzlich rau. Viel hatte sie befürchtet, als sie vorhin in die Kutsche stieg: mehr oder weniger aufdringliche Avancen, leeres Gerede und platte Floskeln – nicht Worte, die verzweifelt zu ergründen suchten, was den Reiz ihrer größten Leidenschaft ausmachten.

»Sie wollen leben«, wiederholte er gedehnt. »Und dennoch lächeln Sie nicht. Die Schönheit und der Tod haben gemeinsam, dass sie ernst sind, nicht wahr? Man lacht nicht über sie. Man weint.«

Marietta presste die Lippen zusammen. Dass sie ihre Gefühle hinter einem ausdruckslosen Gesicht verbergen konnte, erschien ihr plötzlich nicht als Verdienst, sondern als Schwäche. »Vielleicht sollte man lachen«, murmelte sie, »um beidem den Schrecken zu nehmen.«

»Sehen Sie – Sie verstehen mich ja wirklich! Auch Schönheit kann schrecklich sein – zu groß, zu erhaben, um sie zu ertragen. Stecken nicht gerade im Tanz so viel Leid und Mühe und Opfer? Wird die Leichtigkeit nicht erkauft durch bittersten Schmerz?«

Er war wieder weitergegangen, doch nun war es Marietta, die stehenblieb. Wenn er nun fragte, was sie geopfert hätte und was ihr größter Schmerz wäre, vielleicht würde sie es ihm als Erstem und Einzigem sagen können.

Doch er fragte nicht. »Ich rede wirres Zeug«, sagte er stattdessen. »Mein Bruder spottet oft, dass ich mich zu hartnäckig in

Gedanken versteige, bis ich selbst nicht mehr weiß, was ich sagen wollte. Wie soll ein anderer mich verstehen, wenn ich es selbst nicht tue?«

Aber ich verstehe Sie ja, hätte Marietta am liebsten gesagt, ich weiß genau, was Sie fühlen, nie war mir in den letzten Jahren jemand so nahe wie Sie! Doch sie zögerte zu lange und verzog stattdessen nur ihren Mund.

Heinrich von Ahrensberg starrte sie hingerissen an.»Ich hätte nicht gedacht, dass es mir so früh gelingt, Sie zum Lächeln zu bringen.«

Eine Weile gingen sie noch nebeneinander her. Marietta erzählte vom Ballett, und er stellte kundigere Fragen, als sie erwartet hatte; er sprach von seiner Kindheit, seiner Familie und insbesondere seiner Mutter Konstanze. Als er die drei verfressenen Möpse erwähnte, ohne die diese nicht leben konnte, musste Marietta lachen. Doch sie war kein weiteres Mal versucht, ihm ihre Seele zu öffnen. Als sie wieder die Kutsche erreichten und der Baron sie fragte, ob sie sich auch nicht gelangweilt hätte und sie sich wiedersehen könnten, erklärte sie schroff:»Ich fürchte, dafür habe ich keine Zeit. Mein Tag ist ausgefüllt mit Proben und Aufführungen. Das Leben eines Balletttänzers findet auf der Bühne statt, sonst nirgendwo.«

Mit jedem Wort wappnete Marietta sich mehr gegen seinen Widerspruch, doch obwohl in seinem Gesicht ein schmerzlicher Ausdruck erschien, nickte er nur stumm und bedrängte sie nicht weiter.

Die Heimfahrt verlief schweigend. Sie wollte nicht, dass er sie unmittelbar vor ihrer Wohnung absetzte, und bat ihn, den Kutscher schon einige Straßen zuvor anhalten zu lassen. Als sie sich verabschiedeten, rang er sich doch noch zu einem letzten Versuch durch, sie umzustimmen. »Liebes Fräulein Krüger«, begann er, »kann ich wirklich nicht darauf hoffen, dass sich ein Tag wie dieser irgendwann wiederholt?«

Sie entzog ihm ihre Hand, ehe er sie küssen konnte. »Ach sehen Sie – Wiederholungen machen eine Sache nicht besser. Heute war ein schöner Tag; die Erinnerung daran wird mich lange Zeit begleiten. Warum riskieren, sie zu zerstören? Das Glück ist ein flüchtiges Vögelchen. Es hört zu singen auf, wenn man es in einen Käfig sperrt.«

Marietta wartete seine Antwort nicht ab, sondern lief über die Pflastersteine davon, leichtfüßig wie immer, als hätte ihr Körper kein Gewicht und würde mehr schweben als gehen.

Bald hatte sie das Haus erreicht, in dem sie sich mit zwei anderen Tänzerinnen eine Wohnung gemietet hatte. Es war kaum größer als das Loch, das sie einst mit Hilde und Elsbeth bewohnt hatte, nur sauberer. Eine der Tänzerinnen, Alessandra, verging an Regentagen vor Heimweh nach dem Süden und stopfte sich dann mit Anisbonbons, die sie im Café Demel kaufte, den Bauch voll, obwohl sie wie jede Tänzerin auf ihr Gewicht zu achten hatte. Marietta verstand nicht, warum sie sich dieser Schwäche hingab, riskierte sie damit doch ihre Stelle am Theater. »Dann kehre ich eben nach Hause zurück«, hatte Alessandra daraufhin einmal erklärt, und es lag so viel Trotz in ihrer Stimme, dass sich Marietta unwillkürlich fragte, ob es wirklich nur Gier nach Süßem und mangelnde Selbstbeherrschung waren, die der anderen zum Verhängnis wurden, als vielmehr ihre Sehnsucht nach dem Meer. Die andere Tänzerin, Cosima, hatte kein Zuhause mehr, nach dem sie sich sehnen konnte, weil sie wie Marietta Waise war. Sie aß auch keine Bonbons, sondern war spindeldürr. Allerdings hatte sie schreckliche Angst vor Wanzen, die oft auf dem Boden krabbelten, und kam zu Marietta ins Bett geflüchtet, sobald sie eine erblickte, um ihren mageren, knöchrigen Körper an ihren zu pressen. Obwohl Marietta ihre Berührung scheute, streichelte sie manchmal über ihr Gesicht und fragte sich, ob sie auch so schwindend dürr und ihre Wangenknochen ähnlich spitz waren.

Eben hatte sie den Innenhof erreicht. Er war heller und freundlicher als jener der Mietskaserne, und es stank hier weder nach Exkrementen noch nach Frau Podolskys Hühnerstall. Eine schmale Stiege führte in den letzten Stock. Die Stufen waren uneben, und die zwei Luken spendeten kaum Licht, so dass Marietta sich stets davor fürchtete, zu stolpern und sich sämtliche Knochen zu brechen.

Heute machte ihr etwas anderes noch größere Angst – nämlich jene zwei Gestalten, die zwischen den Stockwerken auf der Treppe herumlungerten. So schmal wie diese war, würde sie nicht an ihnen vorbeigelangen, wenn diese keine Anstalten machten, zurückzuweichen. Marietta umklammerte ihren Sonnenschirm, kämpfte gegen die erste Regung an, zurück auf die Straße zu fliehen, und ging stattdessen energischen Schrittes auf die beiden zu. Diese erhoben sich endlich doch noch und lehnten sich an die Wand links und rechts von ihr. Als sie sich an ihnen vorbeizwängte, roch sie ihren fauligen Atem und fühlte, wie ihre Hände nachlässig über ihren Körper strichen. Marietta war angewidert, zeigte es aber nicht. Nur noch fünf Stufen bis zur Wohnungstür ... nur noch vier ... sie kramte in der Tasche bereits nach ihrem Schlüssel.

Doch ehe sie das Ende der Treppe erreicht hatte, kam ihr einer der Männer nachgestürzt und zerrte sie brutal zurück. Sie fühlte, wie der Stoff ihres Kleides riss. Kurz wurde es ihr schwarz vor Augen, ehe der Mann den Hut ergriff und daran zog, wobei er ihr ein Büschel Haare ausriss. Der brennende Schmerz trieb Marietta Tränen in die Augen.

»Was zum Teufel ...?«

Sie holte mit ihrem Sonnenschirm aus, um den Angreifer zu treffen, aber da kam von der anderen Seite der zweite Mann und riss ihren Arm zurück. Der Sonnenschirm entglitt ihr und fiel polternd über die Treppe. Eine Hand umklammerte ihre Kehle und presste sie an die Wand. Eine andere hielt ihre Arme fest. Marietta glaubte zu ersticken – und bekam doch noch genügend Luft, um den stinkenden Atem des Mannes zu riechen.

»Süßes Täubchen«, höhnte dieser.

Ihre Knie zitterten, aber sie kämpfte um eine ausdruckslose Miene. Wenn sie sich auch nicht wehren konnte – die beiden sollten sich nicht an ihrer Angst laben.

»Was wollt ihr?«, zischte sie, als der Druck auf ihre Kehle etwas nachließ.

Die beiden sahen sich vielsagend an. »Kannst du dir nicht denken, in wessen Auftrag wir kommen?«, fragte einer der beiden spöttisch.

Nun konnte sie ihr Entsetzen nicht länger verbergen. Ihre Lippen bebten, sämtliches Blut schien aus ihrem Gesicht zu schwinden. Vielleicht trog die erste Ahnung sie auch, aber wem sonst ließ sich zutrauen, dass er dieses Pack auf sie hetzte, wenn nicht …

Nein, sie wollte an jenen Namen nicht denken, wollte ihn schon gar nicht aussprechen.

»Was wollt ihr von mir?«, fragte sie stattdessen noch einmal.

Während der eine sie immer noch um den Hals gepackt hielt, lehnte sich der andere an die Wand, griff nach ihren Brüsten und knetete sie. Langsam, aber stetig fuhr die Hand tiefer, blieb erst auf ihrem Bauch liegen, um ihr dann grob zwischen die Beine zu greifen.

»Wir haben den Befehl bekommen, uns ein bisschen mit dir zu amüsieren … und wenn ich ehrlich bin, es ist sehr angenehm, diesem Befehl nachzukommen.«

Das Gesicht kam ihrem gefährlich nahe; schon fühlte sie, wie sich raue Lippen auf ihre pressten. Ein Würgen stieg in ihr hoch.

Sie hörte, wie der Stoff ihres dünnen Kleides noch weiter aufriss, fühlte kalte Luft auf nackter Haut, fühlte vor allem die schwieligen Hände. Obwohl nur vier davon im Spiel waren, wähnte sie sie überall auf ihrem Körper – und überall waren diese erzwungenen Berührungen schmerzhaft und unangenehm. Wo waren ihre übliche Kälte und Starre? Warum bewahrten sie sie nicht vor dem Unerträglichen, auf dass sie den Angriff ohne Ekel, ohne Scham über sich ergehen lassen konnte, ganz so, als geschehe es einer anderen, der sie wie aus weiter Höhe zusah, unberührt und gleichgültig? Aber nein, sie steckte in ihrem Körper fest wie in einem Gefängnis, und mit ihrer Gleichgültigkeit war es vorbei. Heiße Wut stieg in ihr hoch. Das hatte sie nicht verdient, ganz gleich, welche Fehler sie in ihrem Leben begangen hatte. Sie schrie auf, doch der Laut wurde sofort erstickt. Anstelle von Lippen presste sich eine Hand auf ihren Mund. Lediglich ein ersticktes Ächzen hallte von den Wänden wider – und vermengte sich im nächsten Augenblick mit einem anderen Geräusch. Schritte. Eine Stimme.

Sie verstand nicht, was diese Stimme sagte, nur dass sie, dunkel und kräftig, wie sie war, einem Mann gehören musste. Das höhnische Gelächter der beiden Angreifer riss ebenso abrupt ab wie gerade ihr Hilfeschrei – offenbar hatte der andere eine Waffe gezogen, und jetzt verstand sie auch seine Worte.

»Lasst sie los, oder ihr seid beide tot!«

Marietta war auf ihre vollkommene Körperbeherrschung stets stolz gewesen, doch als die beiden Männer dem Befehl folgten, fiel sie in sich zusammen wie eine Marionette, deren Fäden man durchschnitten hatte. Sie sackte auf die dreckigen Stufen, betrachtete ihre Hände und Füße, die voller Kratzer waren und bald auch blaue Flecken aufweisen würden, und vermeinte, dass sie zu einem fremden Körper gehörten.

Der gallige Geschmack blieb, aber zum Würgen fehlte ihr die

Kraft. Sie schloss die Augen. Wenn bloß eine Ohnmacht sie erlösen würde! Wenn sie nichts sehen, nichts hören, nichts fühlen müsste von dieser verkommenen Welt! Wenn sie sich in jenes einsame Reich zurückziehen könnte, wo Stille regierte oder nur die Klänge schönster Musik ertönen!

Doch das Blut pulsierte in ihren Adern, sie fühlte ihre Hände und Beine kribbeln. Als sie die Augen aufschlug, war ein Gesicht über ihres gebeugt. Kein stinkender Atem traf sie, sondern der dezente Dufte eines Rasierwassers. Keine gelblichen Zähne wurden ihr höhnisch grinsend entgegengebleckt, stattdessen glitt ein besorgter Blick über ihre zarte Gestalt.

»Geht es Ihnen gut?«

»Sie haben sie entkommen lassen?« Das Zittern, das ihren Körper erfasst hatte, zerhackte ihre Wörter.

»Sie werden es nicht noch einmal wagen, Ihnen zu nahe zu treten, glauben Sie mir das.«

Mariettas Blick fiel auf die Pistole in den Händen ihres Retters. Die Worte von vorher fielen ihr ein – als sie darüber geredet hatten, dass der Tod mit dem Tanz und der Schönheit verwandt war. Doch was hier passiert war, verhieß nichts davon, sondern erinnerte bloß daran, dass die Welt, selbst wenn man sich auf Zehenspitzen darauf bewegte, schäbig, dreckig und verkommen sein konnte.

Marietta zitterte immer noch. Der Mann half ihr hoch, und auch als sie aufrecht stand, ließ er sie nicht los. Denn ihr Retter war kein anderer als Heinrich von Ahrensberg.

Der Baron brachte sie in die Wohnung, die sie zum Glück leer vorfanden. Weder musste sie Cosimas ängstlichen Blick ertragen noch Alessandras neugierigen. Erstaunlicherweise machte es ihr nicht zu schaffen, dass Heinrichs Augen auf ihr ruhten. Sie folgte seinem besorgten Blick: Ihr Kleid war so zerrissen, das unter dem

Stoff die Oberschenkel durchschienen, die Haare, die sie unter dem Hut zu einem Knoten gesteckt hatte, hingen offen über Rücken und Brust. Sie fühlte sich nackt wie nie, wenngleich nicht entblößt, denn im Blick des Barons standen weder jene Gier noch die Verachtung, wie sie die beiden Angreifer gezeigt hatten, sondern nur Mitgefühl. Anstatt sich an ihrem Anblick zu weiden, zog er sich hastig seine Jacke aus, legte sie ihr über die Schultern und erinnerte sie an die Zeiten, da ihr Vater sie noch beschützt hatte und das Böse, das sie kannte, der Gestalt von Drachen und Ungeheuern innewohnte und nur in seinen Geschichten sein Unwesen trieb, nicht im wirklichen Leben.

Zu ihrem eigenen Erstaunen versuchte sie ihn nicht wegzustoßen, sondern klammerte sich noch fester an seine Hand.

»Wissen Sie, wer diese Männer waren?«, fragte er.

Wenn er nur wüsste … aber er durfte es nicht wissen … er am allerwenigsten. Er hatte sie vor den groben Griffen bewahrt – nun musste sie ihn vor der Wahrheit schützen.

Hastig schüttelte sie den Kopf. »Irgendwelches Gesindel … warum sind Sie mir nachgekommen? Sie wussten doch nichts von meiner Notlage.«

Nicht länger stand nur blanke Sorge in seinem Blick, sondern etwas von der Bewunderung, die ihr Gemüt vorhin ebenso erhellt hatte wie die silbrigen Sonnenstrahlen, die durch das Birkendach auf sie gefallen waren.

»Nun, ich habe mir überlegt, was ich anstellen muss, um Sie doch noch einmal wiederzusehen«, murmelte er.

Sie ließ seine Hand los. »Ich sagte doch schon … es ist besser, wir verbringen keine Zeit miteinander.« Ihre Stimme klang fester als vorhin, doch ihre Entschlossenheit geriet ins Wanken, als sich sein Blick förmlich in den ihren bohrte. Eine große Sehnsucht stand darin, viel Leidenschaft und eine Traurigkeit, die sie selber zur Genüge kannte. Sie musste an Paulettes Mahnung denken, dass sie zu sehr mit ihren Gefühlen geizte und ihre Augen nichts von dem verrieten, was in ihr vorging. Nun, Heinrich von Ahrensbergs Augen verbargen nichts, sondern gaben vielmehr alles preis, was ihn bewegte. Unwillkürlich fragte sie sich, ob sie in seiner Gegenwart wohl anders tanzen würde, meisterhafter und hingebungsvoller, enthusiastischer und ... vollendeter. Womöglich würde sie es auch dann nicht zustande bringen, ihre eigenen Gefühle dem Publikum zum Fraß vorzuwerfen, wie Paulette es forderte, aber sie könnte sich seine zu diesem Zwecke leihen, könnte sie voll und ganz auskosten, ohne Angst haben zu müssen, an dem Schmerz zu vergehen, könnte sie verschwenderisch in jede Bewegung legen, ohne ins Stolpern zu geraten.

»Ich habe mich in Sie verliebt, als ich Sie das erste Mal gesehen habe«, bekannte er mit heiserer Stimme.

Nun überkam Marietta doch Verlegenheit, und sie zog sich seine Jacke fester um die Schultern. »Sagen Sie doch so etwas nicht.«

Von Ahrensberg ließ sich nicht beirren, sondern hob seine Hand und strich ihr übers Gesicht. Der letzte Mensch, der sie so zärtlich berührt hatte, war Elsbeth gewesen. Die weichen Hände ließen sie vergessen, was die rauen, schwieligen ihr vorhin angetan hatten. Sie fühlte nicht mehr den Schmerz, wo sie sie gepackt hatten, die Ohnmacht und die Erniedrigung, sondern fühlte nur noch wohlige Wärme.

»Nicht vorzustellen, was diese Lumpen Ihnen hätten antun können ...«, sagte er heiser.

»Warum sind Sie mir denn nun nachgegangen?«, fragte sie wieder.

Er ließ seine Hand sinken. »Ich dachte mir, ... wenn sich meine Hoffnung erfüllen soll, Sie wiederzusehen und mit Ihnen Zeit zu verbringen, nicht nur einmal, sondern immer wieder, jeden Tag meines restlichen Lebens – nun, dann genügt es nicht, Sie zum

Spaziergang einzuladen.« Er zögerte, senkte den Blick. »Dann … dann müssen Sie mich heiraten«, sagte er leise.

In der Stille, die folgte, vermeinte sie seine Finger immer noch zärtlich auf ihrer Haut zu spüren. Aber ihr war nicht länger warm, sondern plötzlich eiskalt.

5

»Der edle Baron hat die Tänzerin also Hals über Kopf geheiratet«, schloss Moritz seine Erzählung und streckte sich aus. »Und dann führte er sie heim auf sein ... Schloss.« Er grinste abschätzend, als er sich in dem zwar großen, aber abgenutzten Raum umblickte. »Besser gesagt, er führte sie heim in seinen vermoderten, alten Kasten.«

»Damals war dieses Jagdschloss sicher noch nicht vermodert«, widersprach Helena, »und ich nehme an, die Familie hat nur die Sommerfrische hier verbracht.«

Moritz nickte. »Das stimmt. In Wien besaßen die Ahrensbergs ein Stadtpalais. Leider befindet sich dieses nicht mehr im Familienbesitz. Oder vielleicht sollte ich lieber sagen: Gott sei Dank. Wenn ich mir vorstelle, noch so eine Gruft am Hals zu haben ...«

Er zwinkerte Helena vertraulich zu, aber sie erwiderte sein Lächeln nicht. Ohne Zweifel – hier waren kostspielige Renovierungsarbeiten notwendig, um sich halbwegs wohl zu fühlen, aber sie konnte nicht nachvollziehen, warum er einen Besitz wie diesen als Last oder gar als Zumutung empfand. So heruntergekommen hier auch alles war, mit etwas Nachhilfe konnte man den einstigen Charme des Gebäudes sicherlich zum Leben erwecken.

»Die Geschichte von Heinrich und Marietta klingt wie ein Märchen. Aber sagten Sie nicht, dass es traurig endete? Anscheinend gab es also kein ›Und wenn sie nicht gestorben sind...‹ Wobei – wenn sie 1910 geheiratet haben und Marietta 1922 starb, hatten sie zumindest zwölf glückliche Jahre.«

Moritz kaute unglaublich langsam an seinem Stück vom Sandwich, das sie sich vorhin geteilt hatten. Helena hatte ihre Ration, die sogar etwas größer ausgefallen war, viel schneller heruntergeschlungen und war immer noch hungrig. »Wenn ich meiner Großmutter glauben kann, war die Ehe nur in der Anfangszeit glücklich«, nuschelte er zwischen zwei Bissen.

»Und dann?«

Er zuckte die Schulter. »Keine Ahnung. Aber ich denke, der Alltag macht auf die Dauer jede Beziehung kaputt.«

Ob er wohl aus eigener Erfahrung sprach? Helena hielt unauffällig Ausschau nach einem Ehering an seinem Finger, doch er trug keinen. Nicht, dass das für sie von Belang war, schalt sie sich schnell. Noch vor der Abreise hatte sie Luisa erklärt, dass es Jahre dauern würde, bis sie sich wieder für einen Mann interessierte – nur für den Fall, dass diese vorhatte, sie auf der Skihütte zu verkuppeln.

»Aber ich verstehe noch immer nicht, warum Sie vorhin von einer sehr traurigen Geschichte gesprochen haben«, sagte sie rasch. »Auch wenn die Ehe nicht sonderlich glücklich war – zumindest führte Marietta von Ahrensberg ein sorgenfreies Leben, etwas, was sie aufgrund ihrer Herkunft nicht unbedingt erwarten konnte.«

»Ein paar Jahre lang, ja«, sagte Moritz. »Aber sie ist viel zu früh gestorben, genauso wie ihr kleiner Sohn.«

»Adam …«, murmelte sie, und ihre Stimme klang plötzlich belegt.

Er sah sie verwundert an, sichtlich erstaunt, dass sie den Namen kannte.

»Ich habe vorhin das Grab der beiden gesehen«, sagte Helena rasch und verdrängte den Gedanken an ihren seltsamen Traum.

»Stimmt, sie wurden hier begraben. So weit ich weiß, sind sie beide an Diphtherie gestorben. War damals offenbar eine sehr verbreitete Krankheit. Heinrich war danach ein gebrochener Mann.«

»Obwohl die Ehe so unglücklich war? Das passt doch alles nicht zusammen.«

Er zuckte wieder die Schultern und seufzte mit gespieltem Bedauern. »Ich hätte meiner Großmutter wohl besser zuhören müssen. Die erzählte immer, dass alles eine große Tragödie gewesen ist. In jedem Fall hat Heinrich nie wieder geheiratet und ist schließlich kinderlos gestorben.«

»Das heißt, Sie sind nicht mit ihm verwandt?«, fragte Helena.

»Doch, über eine Seitenlinie. Mein Großvater Valentin war ein Cousin von Heinrich. Aber fragen Sie mich bloß nicht nach Details unseres Stammbaums, der ist schrecklich kompliziert. Meine Großmutter konnte ihn bis zum 15. Jahrhundert zurück auswendig aufsagen, und meine Schwester hatte auch mal eine Phase, wo sie sich ständig mit Familiengeschichten herumschlug. Von dieser hier war sie natürlich besonders begeistert. So eine Verbindung gab es damals wohl nicht oft. Der Waffenbaron und die Ballerina. Das taugt fast für einen Hollywoodfilm.«

Unwillkürlich stellte sich Helena die Frau im roten Kleid auf der Bühne vor, mit Ballettschuhen und Tüllröckchen, wie sie leichtfüßig über die Bretter schwebte, der Blick nicht traurig in die Ferne schweifend, sondern hochkonzentriert, der Körper eins werdend mit den Klängen der Musik. Nicht nur Mariettas Bild stieg vor ihrem inneren Auge auf, auch das von sich, als sie als kleines Mädchen Ballettunterricht genommen hatte. Zur Ballerina hatte es nicht gereicht, aber die Liebe zum Tanz war seitdem so groß, dass sie über Jahre keine Mühen gescheut hatte, um erst die Aufnahmeprüfung an der Musicalschule zu bestehen und später diese harte, ihr alles abfordernde Ausbildung abzuschließen. Muskelzerrungen, blutige Zehen, strenge Diäten – sie hatte so verbissen für ihren Traum gekämpft. Und jetzt ... jetzt hockte sie hier vom Schnee eingeschlossen, anstatt ihre Karriere voranzutreiben. Fieberhafte Unruhe packte sie. Am liebsten wäre sie aufgesprungen, hätte ein paar Dehnübungen gemacht, ein paar Tanzschritte, Pirouetten, Sprünge … sie musste ihre alte Kondition wiedererlangen! Sie musste ihre Stimme auf Vordermann bringen! Sie musste …

»Was geht nur in Ihrem Kopf gerade vor?«, riss Moritz' Stimme sie aus den Gedanken.

Helena fühlte sich ertappt, hatte aber keine Lust, mit ihm über die Rückschläge und Enttäuschungen der letzten Monate zu sprechen.

»Nichts. Gar nichts.«

Er betrachtete sie skeptisch. »Sah aber nicht danach aus. Und außerdem – ist es nicht ein bisschen unfair, dass Sie mich regelrecht löchern und selbst nichts über sich erzählen, sondern die mysteriöse Unbekannte mimen?«

»Meine Vorfahren sind schrecklich langweilig. Zumindest fällt mir kein einziger Skandal ein. Und ich meine, so eine unstandesgemäße Ehe zwischen einer Tänzerin und einem Adeligen war doch sicher ein Skandal.«

Helena sprach sehr schnell und hoffte, dass es ihr gelang, ihn von ihrer eigenen Geschichte abzulenken. Die Art, wie er sie weiterhin prüfend betrachtete, ließ sie jedoch daran zweifeln. Ob er es aber nun aus Höflichkeit tat oder weil er instinktiv ahnte, gegen eine Mauer zu rennen, wenn er sie zu sehr bedrängte – er bohrte jedenfalls nicht weiter nach.

»Sie können davon ausgehen, dass sich ganz Wien das Maul zerrissen hat. Ich glaube, darum liebt meine Schwester diese Geschichte besonders. Sie hat eine Vorliebe für unkonventionelle Beziehungen – auch, was ihr eigenes Liebesleben anbelangt.« Er verdrehte die Augen. »Zur Zeit ist sie mit einem Jazzmusiker liiert – sie ist vierzig, er fünfundzwanzig, sie lebt in Berlin, er in New York, sie ist ein Morgenmensch, er eine Nachteule. Ganz nach dem Motto – Gegensätze ziehen sich an. Funktioniert nicht immer, aber manchmal eben doch. Zumindest für einige Monate.«

Seine Stimme nahm einen nachdenklichen Klang an – offenbar weilten seine Gedanken nicht nur beim Liebesleben seiner Schwester. Doch Helena bohrte nicht nach. Sie hatte keine Lust, über die Natur von funktionierenden oder gescheiterten Beziehungen zu diskutieren.

»Warum sind Adam und Marietta ausgerechnet hier begraben?«, fragte sie stattdessen.

»Keine Ahnung«, erwiderte Moritz. »Sissy fand es immer unglaublich romantisch. Ein Grab inmitten der Berge, der Wälder, der unberührten Natur, an einem Ort, wo Marietta wohl auch glückliche Tage verbracht hat … ich nehme einfach an, dies ist der Ort, an dem die beiden erkrankt und gestorben sind.«

Helena zog die Brauen hoch. »Ihre Schwester heißt Sissy? Sissy nach …«

»Ich fürchte ja«, meinte Moritz grinsend. »Schrecklich peinlich, nicht wahr? Und natürlich genauso auf dem Mist meiner Mutter gewachsen wie mein Name. Sie hatte ein Faible für Romy Schneider – ich glaube, sie hat meinen Vater nur darum geheiratet, weil er aus dem Land stammte, wo die Sissy-Filme gedreht wurden.«

»Hat er denn Ähnlichkeiten mit Karl-Heinz Böhm?«, fragte Helena trocken.

»Eher mit dem echten Kaiser Franz Joseph – so nüchtern, pragmatisch und stockkonservativ, wie der war. Die einzige Verrücktheit, die er je begangen hat, war, eine Amerikanerin zu heiraten – und das hat er sein Leben lang bereut. Meine Schwester wiederum hat nichts mit der österreichischen Kaiserin Sisi gemein, die nebenbei ja auch ganz anders geschrieben wird. Sie hat stoppelkurzes, knallpink gefärbtes Haar und alles andere als eine Wespentaille. Was ihr im Übrigen nichts ausmacht. Sie ist stolz auf ihre Rundungen und denkt nicht daran, von Rinderblut und Veilcheneis zu leben wie unsere Kaiserin, Gott hab sie selig. Wie auch immer – noch mehr

Geschwister mit gewöhnungsbedürftigen Namen habe ich nicht, da kann ich Sie beruhigen.«

Helena war etwas befremdet, dass er so freimütig und wenig schmeichelhaft von seiner Familie sprach. Nie wäre ihr eingefallen, einem Fremden von ihren Eltern zu erzählen – wobei es genau genommen nichts zu erwähnen gab, was auch nur das kleinste bisschen Exzentrik versprach. Mit ihrer Leidenschaft für die Bühne war sie das schwarze Schaf ihrer biederen Familie gewesen, die für die Tochter eher Reihenhaus, Hund und gutsituierten Gatten vorsah. Mit Martin hatte sie bei ihrer Familie noch Eindruck schinden können, aber das war nun auch Geschichte.

»Die Krankheit ist anscheinend sehr plötzlich ausgebrochen«, murmelte sie. »In Wien hätte man den beiden wohl eher helfen können.«

»Wenn man meiner Großmutter glauben darf, dann ging es sehr dramatisch zu. Der Arzt traf nicht mehr rechtzeitig ein, und der verzweifelte Heinrich ist am Bett der beiden zusammengebrochen.«

Helena versuchte sich in Erinnerung zu rufen, wie Diphtherie verlief und an welchen Symptomen man dabei litt, aber sie wusste nicht mehr von der Krankheit, als dass heutzutage alle Babys dagegen geimpft wurden. Irgendetwas irritierte sie an der Geschichte, aber ehe sie herausfinden konnte, was es war, beugte sich Moritz vor und betrachtete das Tagebuch, das während seiner Erzählung auf ihren Knien gelegen hatte.

»Was schreibt die Dame denn nun so?«

»Ich dachte, Sie wollten nicht indiskret sein.«

»Na ja, immerhin ist sie seit dreiundachtzig Jahren tot, da muss man die Sache ja nicht so streng sehen. Ich könnte das Tagebuch meiner Schwester mitbringen. Oder noch besser: Es ihr zu Weihnachten schenken. Es ist immer wahnsinnig schwierig, das passende Geschenk für sie aufzutreiben.«

Er schnappte sich das Buch, schlug es auf und begann wahllos, ein paar Zeilen zu lesen.

3. *Juni*

In der letzten Nacht träumte ich nicht von Raben, sondern von einem Adler. Er glitt durch die Lüfte, die Flügel weit ausgebreitet, und bot einen überaus majestätischen Anblick. Aus den weiten Kreisen, die er lautlos zog, wurden immer kleinere, als er sich auf die Suche nach Beute machte. Ich löste meinen Blick von ihm, blickte auf das Land und erkannte verwirrt, dass ich weder auf einer grünen Wiese stand noch auf brauner Erde, sondern inmitten einer Wüste. Das Licht flirrte vor meinen Augen, Sand wurde vom Wind aufgewühlt und rieselte auf mich herab. Was kann ein Adler hier bloß finden?, dachte ich.

Da schoss er zu mir herunter, kam so nah, dass ich in seine kleinen, stechenden Augen blicken konnte – und ehe ich mich ducken konnte, begriff ich, dass niemand anderer als ich selbst seine Beute war.

Moritz hatte stockend vorgelesen, vor einigen Worten gezögert und sich bei anderen berichtigt, nachdem er sie zunächst falsch entziffert hatte. Seine Stirn war vor Konzentration gerunzelt, doch als er das Buch sinken ließ, erschien wieder das spöttische Lächeln auf seinen Lippen, das Helena mittlerweile so gut kannte. »Etwas schräg drauf, die gute Dame«, meinte er salopp.

Während er aus dem Tagebuch vorgelesen hatte, hatte Helena das Gleiche gedacht, doch nun machten sie seine Worte unerwartet wütend. Mariettas Seele schien plötzlich nackt und entblößt vor ihnen zu liegen, Moritz mit seinem Spott darauf einzuhacken – und sie selbst war verpflichtet, schützend davor zu treten.

Als er sich wieder ins Buch vertiefen wollte, rief Helena empört: »Nun hören Sie schon auf damit!«

98

Er sah sie nur vielsagend an und wollte schon den nächsten Satz vorlesen, als sie sich rasch vorbeugte, um ihm das Buch wegzunehmen. Moritz sprang vom Sofa auf.

»Jetzt haben Sie sich doch nicht so! Sie haben doch selbst angefangen, darin zu lesen.«

»Es geht uns nichts an …«

Helena versuchte erneut, das Buch aus seiner Hand zu reißen, doch er hielt es über seinen Kopf, und selbst auf Zehenspitzen konnte sie es unmöglich erreichen. In ihrer Verzweiflung sprang sie danach, was ohne Zweifel einen sehr lächerlichen Anblick bot. Moritz lachte prompt laut auf, doch anstatt darin einzustimmen, wurde sie noch zorniger. Die Wut, die sie packte, war hitziger und ging tiefer, als es der Anlass gebot. Helena stellte sich vor, ihn zu schlagen, zu kratzen, zu kneifen, und die Heftigkeit ihrer Gefühle bestürzte sie. Bei Martin hatte sie meist große Selbstbeherrschung gezeigt, auch wenn er sie oft zur Weißglut trieb, und selbst in jenem unglückseligen Moment, als ihre Welt zerbrach, hatte sie ihm das Ausmaß ihrer Verstörtheit nicht zeigen wollen, sondern sich vornehm zurückgezogen. Vielleicht war es ein Fehler gewesen, ihn nicht anzubrüllen und kein Geschirr zu zerschlagen, anstatt dieses Gefühl von Ohnmacht und Niederlage zu schlucken und beinahe daran zu ersticken.

»Na los, neuer Versuch!«, neckte Moritz sie und hielt das Buch noch höher außer ihrer Reichweite.

Sie kämpfte mit sich, ob sie nachgeben oder ihren Gefühlen freien Lauf lassen sollte, als er plötzlich über eine Falte im Teppich stolperte. Nur mühsam konnte er sich aufrecht halten; sein Oberkörper krachte schwer gegen eines der Fenster. Ein Knirschen war zu vernehmen, die Wände wackelten, und der ausgestopfte Auerhahn schien zu nicken. Sie setzte zu einem schadenfrohen Lachen an, das ihr aber sofort verging, denn plötzlich vibrierte der Boden viel heftiger, als es allein sein Stolpern hätte bewirken können. In der Ferne war ein Grollen zu vernehmen, als braute sich ein Gewitter zusammen, das immer lauter wurde, und ehe Helena seine Richtung ausmachte, wurde es jäh von einem Krachen übertönt. Es klang, als wäre etwas Schweres auf das Dach gefallen. Die Balken ächzten, knirschten und gaben unter einem neuerlichen Krachen nach. Nicht nur der Boden vibrierte, auch die Wände erzitterten. Der Schürhaken, den Moritz vorhin ergriffen hatte, fiel auf den Boden; aus einem der Wandkästen hörte man das Klirren von Porzellan.

Helena hatte instinktiv ihre Arme über den Kopf geschlungen und sich geduckt, während Moritz noch beim Fenster stand. Schneemassen rutschten vom Dach und standen bald so hoch, dass sie die Hälfte der Scheiben bedeckten. Diese hielten dem Gewicht, mit dem die schwere, feuchte Last gegen sie drückte, nicht lange stand. Einem Spinnennetz gleich breiteten sich Risse im Glas aus, ehe es klirrend zersprang. Ein Teil der Splitter blieb im Schnee stecken, andere regneten in das Zimmer herein, und ein besonders großer traf – gefolgt von einem rostigen Eisenstück des Fensterkreuzes – Moritz' Unterarm.

Helena schrie auf – Moritz hingegen starrte stumm auf die Wunde. Erst war nur ein dünner Schnitt zu sehen, dann begann das Blut zu fließen, und darunter wurde offenes Fleisch sichtbar.

6

1910

Sie tanzte, wie sie noch nie getanzt hatte. Zwar hatte sie oft geglaubt, dass ihr Körper, wenn Schritt auf Schritt, Pirouette auf Pirouette, Sprung auf Sprung folgten, immer leichter würde, ja zu fliegen begänne. Doch ihre unsichtbaren Flügel waren immer schwarz gewesen und von einem Gewicht beschwert, das sie am Ende auf dem Boden landen ließ.

Nun legte sie jeglichen Ballast ab, nun öffnete sie ihre Flügel ganz weit, und diese waren nicht schwarz, sondern silbern wie die Sterne am Nachthimmel. Sie tanzte nicht auf der Bühne, sondern auf dessen Firmament, weit weg von allem, von Sorgen und Schmerzen und Tränen und Schmutz.

Der Sturz in die Niederungen der Erde war umso schmerzhafter, kaum hörte sie zu tanzen auf. Das Licht der Scheinwerfer war grell und schmerzte in den Augen. Der Applaus klang wie ein Donnern. Ihre erste Regung war, sich die Ohren zuzuhalten, aber stattdessen lächelte sie – lächelte breit und beglückt wie nie zuvor nach einem Auftritt. Das Lächeln verbarg, wie bedroht sie sich vom Publikum fühlte. Kein einzelnes Gesicht ließ sich erkennen, nur ein dunkles Meer aus Köpfen. Wenn sie zu lange hineinschaute, würde sie fallen und darin ertrinken und hoffnungslos von der Schwärze verschluckt werden. Doch endlich fiel der Vorhang, das Publikum hörte zu klatschen auf, und sie musste nicht länger lächeln.

Sie spürte die Schmerzen in den Zehenspitzen, den kalten Schweiß auf ihrer Stirn und den klebrigen Puder in ihren Mundwinkeln.

»Du warst großartig«, sagte Max von Werth schlicht. Er wartete hinter der Bühne auf sie. Trotz des Lobes hielt er Abstand, umarmte sie nicht. Aber sein Blick war anerkennend wie nie. »Es war kein Fehler, dir die Rolle in der ›Nymphe der Diana‹ zu geben. Ich habe dich nie so gut tanzen gesehen. Du wirst es noch sehr weit bringen.«

Für einen Mann, der wenig Worte machte und Lob für überflüssig hielt, war dies die höchste Form der Anerkennung. Und selbst Paulette, die Marietta irgendwo in der Ferne herumhuschen sah, lächelte.

Marietta konnte nicht mehr lächeln. »Das war mein letzter Auftritt«, sagte sie leise.

Max von Werth sah sie verwundert an.

Über Wochen hatte sie das Geheimnis gehütet. Jetzt erklärte sie: »Ich werde heiraten.«

Später in der Garderobe legte sie ihr Kostüm ganz langsam ab, als wäre es eine zweite Haut, die zu verlieren sie unendlich nackt und verwundbar machte. Danach berührte sie es ehrfürchtig ein letztes Mal, überreichte es Lene und schlüpfte in ein Kleid, dessen blasses Lila der Farbe vom blühenden Flieder glich. Sie wusste, dass sie darin schön aussah, aber auch zart und zerbrechlich, elegant und vornehm, aber zugleich noch blasser wirkte. Kaum eine Blume verblüht so schnell wie Flieder.

Als sie ihre Hände betrachtete, dachte sie kurz, sie wären aus Porzellan. Vielleicht war ihr ganzer Körper aus Porzellan. Ja, es schien unmöglich, dass sie eben noch geschmeidig getanzt hatte. Bei einer abrupten Bewegung würde sie zerbrechen; das Klirren, das erklingen würde, wäre schöner als jede Musik, und die Tränen, die der Schmerz ihr in die Augen trieb, silbrig wie die unsichtbaren Flügel, die sie auf der Bühne getragen hatte.

»Du musst so glücklich sein!«, rief Lene aufgeregt. »Ich fasse es ja nicht, dass du es mir so lange verschwiegen hast. Du wirst tatsächlich die Baronin von Ahrensberg!« Sie beugte sich vertraulich vor. »Aber nicht, dass du mich vergisst.«

Lene war die Erste, die sich über diese Neuigkeit aufrichtig zu freuen schien. Max von Werth hatte nichts gesagt, aber sein Gesichtsausdruck war merklich erkaltet. Paulette hingegen hatte sie mit Vorwürfen überhäuft, aus denen nicht zuletzt der Neid sprach: »Wenn du das normale Glück suchst – ein Glück mit Mann und Kindern –, hättest du uns das gleich sagen müssen! Dann hätten wir nicht all die Mühe in dich gesteckt.«

Die anderen Tänzerinnen hatten hinter ihrem Rücken getuschelt. Liaisons mit Adeligen waren keine Seltenheit, aber dass diese mit einer Hochzeit endeten, war nichts, worauf man hoffen oder gar zählen konnte.

»Also, bist du glücklich?«

Marietta rang nach Worten. Wie sollte sie nicht glücklich sein? Silber war kostbar, und Porzellan so schön glatt.

Ehe sie antworten konnte, klopfte es an der Garderobe, und auf ihr »Herein!« hin öffnete sich die Tür. Sie erblickte Heinrich und blinzelte rasch die Tränen weg. Sie wollte nicht, dass er sie weinen sah.

Im nächsten Augenblick jedoch begannen noch mehr hervorzuquellen, diesmal nicht silbrig, sondern heiß und salzig. Neben Heinrich stand Elsbeth. Sie trug ein viel zu kurzes Kleidchen, ihre Haare waren verfilzt und ihre Wangen voller Schlieren, die vom Dreck kündigten, aus dem sie kam. Marietta sah, dass auch sie geweint hatte. Heinrich musste sie direkt von Hilde hierhergebracht haben.

Schluchzend sank Marietta auf die Knie und breitete die Arme aus. Elsbeth kam nur zögerlich näher und sah hilfesuchend zu Heinrich hoch. Erst als dieser nickte, kam sie auf ihre Schwester zugelaufen. Sie war mager wie eh und je, aber deutlich gewachsen, und ihre Beine waren kräftig genug, um ihr Gewicht zu tragen. Das Haar roch säuerlich, als Marietta ihr Gesicht darin versenkte, und erinnerte sie an Hilde. Aber sie strich dennoch liebevoll darüber und schwor sich, dass dieser Gestank bald endgültig der Vergangenheit angehören würde.

Heinrich hatte versprochen, für ihre Schwester zu sorgen, als wäre sie seine eigene. Sie würde alles bekommen, was sie brauchte – Kleider, Schuhe, ein eigenes Zimmer im Palais, die besten Erzieher. Und er war kein Mann leerer Versprechungen. Als sie ihn ansah, bemerkte sie, dass seine Augen warm glänzten. Der Anblick der beiden Schwestern schien ihn tief zu rühren.

»Ich habe dir doch gesagt, dass eines Tages alles gut wird«, sagte Marietta zu Elsbeth.

Diese vergrub ihr Gesicht in Mariettas Halsbeuge. Konnte es etwas geben, was mehr Wohligkeit verhieß? Und war jene sanfte Berührung nicht der Beweis dafür, dass sie doch nicht aus Porzellan war?

»Ich bin so glücklich«, flüsterte sie in Lenes Richtung. »Ich bin so unendlich glücklich.«

7

Helena stapfte durch den Schnee und versank einmal mehr knietief darin. Wenigstens war die oberste Schicht nicht gefroren, sondern leicht und flockig wie Puderzucker und ließ sich mühelos abschütteln. Zuerst konzentrierte sie sich darauf, sich den Weg zu bahnen, doch als sie sich ein Stück weit vom Haus entfernt hatte, drehte sie sich um und betrachtete das ganze Ausmaß der Zerstörung, das die Lawine angerichtet hatte. Obwohl sie vor Anstrengung schwitzte, erschauderte sie. Vorhin hatte sie die Nerven bewahrt und war sich der Gefahr, der sie ausgesetzt gewesen war, gar nicht richtig bewusst geworden – nun traf sie nachträglich der Schock und nahm ihr den Atem.

Die kleine Baumgruppe hinter dem Jagdschloss, deren Äste nur noch bis zur Hälfte aus dem Weiß ragten, hatten die Schneemassen zwar etwas bremsen können, doch diese waren, einer langen Zunge gleich, auf die Westseite des Hauses herabgegangen. Vier Fenster waren völlig vom Schnee verdeckt und etwa ein Drittel des Dachs unter dem Gewicht zusammengebrochen. Sie wollte sich nicht ausdenken, dass sie im Haus hätten verschüttet werden können, wenn sich noch mehr Schneemassen vom Hang gelöst hätten.

Helena wandte sich ab und stapfte die letzten Schritte bis zu Moritz' Auto. Es piepste, als sie den entsprechenden Knopf am Autoschlüssel drückte, doch sie brauchte ein Weile, bis sie herausfand, wie sich der Kofferraum öffnen ließ. Unter einer dicken Winterjacke fand sie den gesuchten Verbandskasten. Gott sei Dank. Ihre Finger zitterten, als sie an seine stark blutende Wunde am

Unterarm dachte. Auch wenn er mehrmals beteuert hatte, dass es nicht so schlimm sei, sondern nur ein kleiner Kratzer, und dass sein Hunger größer sei als die Schmerzen, musste seine Verletzung dringend versorgt werden. Ihr Blick fiel auf das Ablaufdatum am Verbandkasten.

Typisch Mann, ging ihr durch den Kopf. Schickes, modernes Auto, aber ein Uralt-Verbandskasten, der keine polizeiliche Prüfung bestanden hätte. Nun, die Mullbinden, diverse Pflaster und die kleine Schere, die sie allesamt in ihre Manteltasche steckte, konnten sie trotzdem gut brauchen.

Sie schloss den Kofferraum wieder und öffnete die Fahrertür, um im Auto nach Lebensmitteln zu suchen.

Wie sie sich schon gedacht hatte – die Innenausstattung war hochwertig und die Sitze mit echtem, beigem Leder bezogen. Trotz seines Hangs zum Luxus schien Moritz Ahrensberg jedoch keinen Wert auf penible Sauberkeit zu legen. Unter dem Sitz waren Brösel verstreut, die Gummimatte voller Matsch, eine zusammengerollte Zeitung – ein Wirtschaftsmagazin – unter den Beifahrersitz gerollt. Sie durchstöberte gründlich alle Seitenfächer und das Handschuhfach und war hinterher stolz auf die Ausbeute – ganz so, als hätte sie auf der Jagd ein Tier erlegt: Da waren immerhin eine kleine Packung Gummibärchen und eine Tüte Erdnüsse – beides mit dem Lufthansa-Logo bedruckt. Sonderlich satt würde das allerdings nicht machen, und das bestärkte sie in dem Entschluss, später auch noch zu ihrem eigenen Auto aufzubrechen.

Nachdem sie die Türen geschlossen hatte, machte sie sich am Skiträger auf dem Dach zu schaffen. Moritz hatte seine Langlaufskier mitgebracht, womit sie den tief verschneiten Weg zu ihrem Auto zurücklegen konnte, sobald sie seine Wunde versorgt hatte.

Ihre Hände waren rot und eiskalt, als sie endlich die Skier aus dem Dachträger gelöst hatte. Sie lehnte sie an die Autotür, stapfte zurück zum Haus, und ehe sie es betrat, ging ihr Blick zum Himmel. Es musste früher Nachmittag sein, und dennoch schien das Licht mit jeder Minute trüber zu werden. Wann würde endlich jemand von der Bergwacht hier eintreffen und sie hier rausholen?

Als sie wenig später das Jagdschloss wieder betrat, fand sie Moritz in der Küche. Er hatte sich bereits den Glassplitter herausgezogen und die Wunde mit geschmolzenem Schnee aus einem alten Topf ausgespült.

»Bist du verrückt geworden?«, fuhr sie ihn an. »Hier ist alles völlig verdreckt. Die Wunde ist ohnehin schon mit dem verrosteten Eisen in Berührung gekommen. Jetzt kann sie sich erst recht infizieren!«

Vorhin, nach der Lawine, waren sie unausgesprochen zum Du übergegangen.

»Sorry, aber ich hatte nunmal keine Lust, mit einem Glassplitter im Arm rumzulaufen.«

Sie beugte sich vor. »Lass mal sehen!«

Er verbarg die Wunde unter seiner Hand.

»Ich mache das schon selber – gib du mir nur das Verbandszeug.«

Widerwillig kramte Helena die Mullbinde aus ihrer Tasche. »Das ist alles schon abgelaufen.«

»Daran werde ich schon nicht sterben.«

Kopfschüttelnd sah sie ihm zu, wie er sich selbst einen Verband anlegte. Sie ärgerte sich, dass er ihre Hilfe ablehnte, und war sich nicht sicher, ob ihn falscher Stolz à la »Echte Männer kennen keinen Schmerz« antrieb, das Bedürfnis, sie zu schonen, oder Eitelkeit, die keine körperliche Versehrtheit duldete.

Sie wollte ihn schon zur Rede stellen, als ihr aufging, dass er ihr in diesem Punkt sehr ähnlich war: Auch sie hatte sich von Martin immer nur ungern helfen lassen, obwohl ihr Vater oft genug betont hatte, wie praktisch es war, einen angehenden Arzt in der Familie zu haben. Wenn sie die Grippe oder eine kleine Verletzung hatte,

hatte sie lieber ihren Hausarzt konsultiert – nicht zuletzt, weil die Bemerkungen ihres Vaters und der hörbare Stolz, der darin mitschwang, sie immer zornig gemacht hatten: Es klang so, als wäre ihre Ausbildung zur Musicaldarstellerin bedeutungslos, während die Tatsache, dass sie mit einem Medizinstudenten verlobt war, sie deutlich aufwertete. Also schwieg sie und hoffte, dass die Wunde doch nicht so tief war, wie sie es auf den ersten Blick vermutet hatte.

»So«, erklärte Moritz, nachdem er den Unterarm notdürftig verbunden hatte. »Wie sieht's denn draußen aus? Wird es sich noch lohnen, das Schloss zu renovieren, oder soll ich beim nächsten Mal gleich mit Bulldozern anreisen und alles dem Erdboden gleichmachen? Am besten, ich schaue mir den Schaden mal an.«

»Das lässt du schön bleiben!«, erklärte Helena streng. »Du legst dich aufs Sofa und ruhst dich aus, und ich gehe mit den Skiern zu meinem Auto und suche nach etwas Essbarem.«

»Hältst du mich für so ein Weichei?«

Sie runzelte nur wortlos die Stirn und wandte sich zum Gehen. Zu ihrem Erstaunen hielt er sie nicht auf.

Es hatte wieder zu schneien begonnen, doch sobald Helena die Skier angeschnallt hatte, kam sie leicht voran und konnte den Weg auch gut sehen. Sie spielte mit dem Gedanken, nicht nur bis zum Auto zu fahren, sondern die nächste Siedlung zu suchen. Doch als sie sah, wie steil es kurz hinter dem Stück, wo sie stehen geblieben war, bergab ging, entschied sie sich dagegen. Sie war nicht gerade eine begnadete Langläuferin, und dass Moritz' Schuhe mindestens drei Nummern zu groß waren und sie sich darin sehr wackelig fühlte, machte es nicht besser.

Wenig später stöberte sie wie schon in Moritz' Fahrzeug in allen Fächern nach Essen. Wie erwartet fand sie das angebrochene Snickers und außerdem ihr Mitbringsel für Luisa und deren Freunde – eine Flasche Rotwein und eine Packung Pralinen. Die Dose

Cola war leider schon leer, aber ihr entfuhr ein Triumphschrei, als sie auf eine Packung Salzstangen stieß. Richtig, jetzt erinnerte sie sich: Die hatte sie in der Autobahnraststätte gekauft, aber hinterher vergessen!

Leider war das schon alles. Sie nahm ihren Rucksack mit frischer Unterwäsche und Toilettenartikeln aus dem Kofferraum, packte das Essen dazu und machte sich auf den Rückweg. Der Schneefall hatte etwas nachgelassen, aber der Himmel wurde noch grauer. So ungemütlich es im Jagdschloss auch war, so war sie doch erleichtert, wieder zurückkehren zu können.

Im großen Wohnraum war es dunkel, und von Moritz war weit und breit nichts zu sehen. Auf dem Sofa lag nur ein Leintuch, mit dem er vorhin den blutenden Arm eingewickelt hatte. Die Flecken darauf waren groß und dunkel.

Angst packte sie – er würde doch nicht so dumm gewesen sein, sich allein auf den Weg zu machen?

»Moritz?«

Sie klang panisch – und die Erleichterung, als er wenig später antwortete, war umso größer.

»Hier bin ich!«

Seine Stimme kam von oben.

Helena traute der Treppe immer noch nicht und stieg ganz vorsichtig Stufe für Stufe hoch: Bei jedem Schritt verlagerte sie ihr Gewicht nur langsam und lauschte dem bedrohlichen Knarren. Wie leichtsinnig von ihm!

Immerhin waren die Stufen stabiler, als sie wirkten. Keine gab nach, und dann hatte sie auch schon den ersten Stock erreicht. Diverse Räume führten hier von einem schmalen Gang weg – mehr, als sich von außen vermuten ließ. Die Türen waren in Grün gestrichen und mit einem Blumenmuster verziert worden, das nun jedoch verblasst und nur mehr unscharf zu erahnen war. Die Türrahmen wirkten verwittert, die Türklinken verstaubt. Hier schien seit Ewigkeiten keiner ein- und ausgegangen zu sein. Kein Teppich bedeckte den Holzboden, nur eine undefinierbare Schicht aus Dreck, Staub und Spinnweben, auf der ihre Fußsohlen bei jedem Schritt einen Abdruck hinterließen. Das Knarzen des Bodens klang wie ein Stöhnen.

Die Tür am Ende des Ganges war geöffnet. Helena ging darauf zu und betrat kurz darauf die Bibliothek des Hauses. Raumhohe Schränke waren mit Büchern gefüllt, von denen etliche durch die Erschütterung auf den Boden gefallen waren.

Moritz stand in der Mitte des Raums. »Schöne Scheiße.«

Die Bibliothek gehörte ohne Zweifel zu den Zimmern, die am stärksten von der Lawine betroffen waren. Ein Loch klaffte in der Decke; Holzsplitter vom morschen Dachstuhl und Schnee bedeckten mindesten ein Viertel des Bodens. Einer der Schränke war umgekippt, und nicht nur Bücher waren herausgekullert, sondern auch ein Pappkarton mit alter Weihnachtsdekoration.

Die frische Luft vertrieb den modrigen Geruch ein wenig, der hier in jeder Ritze hing, aber Helena fühlte sich dennoch mit jedem Atemzug unwohler. Sie hatte das Gefühl, eine immer dickere Schicht Schimmel würde ihre Lungen bedecken.

Kopfschüttelnd blickte sich Moritz um. »Hier bin ich noch nie gewesen. Die wenigen Male, die ich hier im Jagdschloss war, bin ich nie in den ersten Stock gekommen. Und jetzt das ...«

Helena musterte ihn flüchtig. Der Verband saß ziemlich stabil – und scheinbar hatte er keine Schmerzen mehr.

»Warum hast du nicht unten auf mich gewartet?«, fragte sie dennoch streng.

»Hast du mich etwa vermisst?«

»Keineswegs«, erwiderte Helena unumwunden. »Ohne dich hätte ich die Bonbonniere schließlich ganz für mich alleine gehabt.«

Sie zog die Schachtel aus dem Rucksack und nahm sich eine.

Der Cognac, mit dem die Schokolade gefüllt war, brannte heiß in der Kehle und schien unmittelbar ins Blut zu gehen. Trotz des kleinen Stückchens fühlte sie sich wie beschwipst.

»Wenn du die Schokolade nicht teilen willst, dann behalte ich das für mich.«

Sie konnte zuerst nicht erkennen, worauf Moritz deutete. Erst als sie nähertrat, sah sie, dass er inmitten der Bücher ein altes Fotoalbum entdeckt hatte. Sie wollte danach greifen, doch er hielt es außerhalb ihrer Reichweite.

»Erst die Schokolade!«, rief er feixend.

»Gib's mir, sonst kneife ich deinen verletzten Arm.«

»Du bist so brutal! Also bitte …«

Gnädig reichte Moritz ihr das Fotoalbum, während sie ihm ihrerseits die Pralinen gab. Er machte sich hungrig über die Schokolade her, und als sie ihm dabei zusah, kam ihr sein Anblick plötzlich nahezu grotesk vor. Ein Mann mit verletztem Arm, der inmitten eines von einer Lawine zerstörten Raums Schokolade aß – das war irgendwie komisch und beängstigend. Was, wenn eine neue Lawine auf sie hinabging? Was, wenn seine Armverletzung schlimmer als gedacht war? Was, wenn ihre Vorräte zur Neige gingen und niemand sie von hier fortholte?

Panik und Ungeduld stiegen in ihr hoch, doch sie bekämpfte sie mit aller Macht – genauso wie er. In seinen Augen las sie zwar ganz deutlich das Unbehagen, das seine Verletzung und der Anblick der Schneemassen in ihm ausgelöst haben mussten, doch anstatt es auszusprechen, zwinkerte er ihr zu und verzehrte genüsslich eine weitere Praline: »Wie köstlich!«

Helena lächelte ihm zu und schlug ihrerseits das Fotoalbum auf, dem unausgesprochenen Stillhalteabkommen folgend, wonach keiner die Gefahr ansprechen durfte, in der sie sich befanden, sondern sie sich mit vereinten Kräften ablenkten und sie verdrängten.

Der Einband aus einst glänzend rotem Leder war ziemlich verrottet, die Seiten klebten aufeinander, und die Bilder waren gelb verfärbt. Die meisten waren Schwarzweißfotos, und die Mehrheit davon von so schlechter Qualität, dass man die abgebildeten Personen kaum erkennen konnte. Auf einem Foto war jedoch ziemlich deutlich eine ältere Dame im Kreis ihrer drei Möpse zu sehen. Alle vier hatten einen ähnlich arroganten und zugleich leeren Gesichtsausdruck.

»Wer ist das denn?«, fragte sie.

Moritz schnitt eine Grimasse, ehe er das Album nahm und das Foto studierte. »Scheint ziemlich alt zu sein. Wahrscheinlich wurde es um die Jahrhundertwende gemacht. Es könnte Konstanze von Ahrensberg sein.«

»Du hast sie schon mal erwähnt, aber ich kann mich nicht mehr erinnern, wer sie war.«

»Die Mutter von Heinrich. Und so weit ich weiß die einzig echte Adelige der Familie.«

»Aber Heinrich war doch Baron!«

»Ja, aber als Baron gehörte man zum sogenannten Briefadel – mit diesem Titel ist man für besondere Leistungen vom Staat ausgezeichnet worden. Als echter Aristokrat galt man hingegen erst, wenn man im Gothaischen Almanach zu finden war, wo nur fürstliche, gräfliche und freiherrliche Familien verzeichnet waren.«

»Die Hunde blicken so stolz, als wären sie auch adelig.«

Moritz lachte. »Als Kind haben mich diese Köter ziemlich fasziniert. Deswegen habe ich mir wahrscheinlich auch gemerkt, wer diese Frau ist.«

Helena nahm ihm das Buch wieder ab und betrachtete ein weiteres Foto, worauf ein Paar zu sehen war: Die Frau trug die Haare zu einem strengen Knoten hochgesteckt, den einige helle Blüten schmückten, gelockte Stirnfransen und Perlenohrringe. Der weiße Spitzenkragen sah ziemlich eng aus, wurde auf der Brust von einer Brosche zusammengehalten und bildete einen deutlichen Kontrast zum dunklen Kleid. Sie saß auf einem Stuhl, auf dessen Lehne sich der Mann abstützte – mit spitzem Schnurrbart, streng in der Mitte gescheiteltem und mit Pomade zurückgekämmtem Haar und aufrechter Haltung. Auch wenn man nur den Oberkörper sah, war Helena sicher, dass er breitbeinig dastand, was den ebenso energischen wie selbstbewussten Zug um seinen Mund unterstrich. Nur seine Augen wirkten irgendwie … traurig. Sie konnte sich nicht entscheiden, ob es eher beschützend oder bedrohlich wirkte, wie er da hinter seiner Frau stand.

Diese hatte wenig Ähnlichkeiten mit der Frau im roten Jagdkleid auf dem Gemälde, das über der Treppe hing, aber Helena hätte schwören können, dass die beiden Heinrich und Marietta von Ahrensberg waren. Je länger sie das Foto betrachtete, desto unbehaglicher wurde ihr zumute. Sie war nicht sicher, was dieses Gefühl in ihr hervorrief – die spürbare Spannung, die zwischen den beiden zu herrschen schien, oder das Wissen um Mariettas tragisches Ende.

Schon wollte sie eine flapsige Bemerkung machen, um davon abzulenken, aber Moritz hatte sich bereits abgewandt und beschäftigte sich mit dem Inhalt eines alten Kartons, der aus dem Bücherregal gefallen war.

Helena blättert weiter. Mehrere Fotos, die einst festgeklebt worden waren, hatten sich von der Seite gelöst und flatterten ihr entgegen. Auf ihrer Rückseite war das Datum, bei manchen auch der Name zu lesen. Salvator von Ahrensberg, Valentin von Ahrensberg, Elsbeth Krüger.

Ersterer war Heinrichs Bruder, wie sie von Moritz erfuhr, zweiterer der schon erwähnte Cousin, Moritz' Großvater.

»Und wer war diese Elsbeth?«

»Keine Ahnung … oder warte mal – war Krüger nicht der bürgerliche Name von Marietta? Ich glaube, es war eine Verwandte von ihr. Wenn ich mich nicht irre, sogar die Schwester.«

Auf der nächsten Seite entdeckte Helena ein Foto. Es zeigte einen kleinen Jungen im weißen Matrosenanzug mit blauem Kragen, der mit einem Rehkitz spielte. Auch wenn dieses Foto nicht beschriftet war, hätte sie schwören können, dass es Adam war.

Sie versuchte sich, den Knaben aus ihrem Traum in Erinnerung zu rufen, aber bis auf die Sommersprossen fielen ihr keine Ähnlichkeiten auf.

Mein Geheimnis ist, dass ich tot bin …

Moritz hatte sich neben den Karton auf den Boden gesetzt.

»Sieh dir das mal an!«, sagte Helena und wollte ihm das Foto reichen, doch er war von seiner eigenen Entdeckung ungleich mehr fasziniert. »Sieh du dir lieber das mal an!«, rief er und zog ein altes Grammophon aus dem Karton.

Ob Marietta damit Musik gehört hatte? Als Tänzerin hatte sie diese gewiss geliebt. Kurz schloss Helena die Augen und vermeinte die Klänge zu hören, die einst durch dieses Jagdschloss gehallt hatten.

Als sie die Augen wieder öffnete, hatte Moritz das Grammophon bereits zur Seite gestellt und sich in ein kleines Notizbuch vertieft.

»Das scheint auch eine Art Tagebuch zu sein. Von Konstanze von Ahrensberg. Aber es steht nur langweiliges Zeug drinnen. Menüpläne und die Namen von Gästen. Und hier …«

Er lachte auf.

In das Notizbüchlein war ein weiteres Foto gerutscht, dieses in Farbe.

»Wer ist das denn?«

»Ach Gott, das habe ich ja ganz vergessen!«

Moritz schüttete sich vor Lachen, als er Helena das Foto reichte. Eine Braut war darauf zu sehen – mit einem der kitschigsten Brautkleider, das Helena je gesehen hatte.

»Was für ein Monsterteil! Tüll, Puffärmel, Perlen. Sissy hatte in der Jugend einen scheußlichen Geschmack.«

»Das ist deine Schwester?«

»Ja, in jungen Jahren hat sie hier geheiratet. Den Mann kannte sie gerade mal zwei Monate.«

»Im Jagdschloss?«

»Sie fand's wohl romantisch. Damals war es ja auch noch bewohnt – eine Großtante von mir verbrachte hier ihren Lebensabend. Ich glaube, sie ist Ende der neunziger Jahre gestorben.«

Und hatte zuvor wohl noch Birnen eingekocht ... Helena wollte lieber nicht darüber nachdenken, wie lange genau das her war.

»Warst du bei der Hochzeit dabei?«, fragte sie.

»Klar doch, meine Mutter hat geheult wie ein Schlosshund. Nicht vor Rührung, sondern weil sie die Kapelle so schäbig fand. Es gab auch einen riesigen Krach mit dem Ortspfarrer, weil der sie unbedingt in der Kirche des nächsten Dorfes trauen wollte. Diese Kapelle war offenbar nicht rechtmäßig geweiht. Weiß der Teufel, wie sie sich geeinigt haben, in jedem Fall fand das Theater hier statt ... und ein Jahr später kam dann auch schon die Scheidung.«

Moritz lachte wieder, aber plötzlich stöhnte er laut auf. Er verzerrte sein Gesicht und griff sich an den Arm.

»Um Gottes willen – hast du Schmerzen?«

Auf seiner Stirne glänzte der Schweiß, und er versuchte zu lächeln, was aber nicht über den angespannten Zug um seinen Mund hinwegtäuschte. »Ein wenig«, gab er zu. »Ich glaube, ich habe den Arm falsch gehalten, als ich hier saß. Besser, ich stehe auf.«

Helena sah, dass er auf einem alten Kissen gesessen hatte, das mit einem Sinnspruch bestickt war.

»Halte das Glück wie den Vogel / so leise und lose wie möglich / Dünkt er sich selber nur frei / bleibt er dir gern in der Hand«, las sie laut vor.

»Friedrich Hebbel, wenn ich mich nicht irre«, murmelte Moritz. Seine Stimme klang etwas gepresst. »All diese schlichten Lebensweisheiten – von wegen trautes Heim, Glück allein oder so. Nun, das Leben war damals strikt genormt und darum einfacher ...«

»Für Marietta scheinbar nicht.«

»Das können wir ja nicht wissen. Nur, weil sie jung gestorben ist, muss sie ja nicht unglücklich gewesen sein.« Ehe sie etwas einwenden konnte, fuhr er fort:»Wenn ich mich so umsehe, ist mein Leben auf jeden Fall komplizierter geworden. Die Renovierung wäre so oder so ein Riesenprojekt geworden, aber nach der Lawine ... Wahrscheinlich wäre es wirklich am besten, den alten Kasten gleich abzureißen.«

Er machte diesen Scherz nicht zum ersten Mal, doch aus irgendeinem Grund empörten Helena diese Worte und noch mehr sein lapidare Tonfall, als wäre dieses Anwesen nur ein lästiger Ballast und die Geschichte der Menschen, die hier gelebt hatten, bedeutungslos. Ein wütender Einwand lag ihr bereits auf der Zunge, aber sie verkniff ihn sich und runzelte nur die Stirn. Zu ihrer Verwunderung entging ihm das nicht. Und zu ihrer noch größeren Überraschung wurde sein Gesichtsausdruck plötzlich ernst.

»Klinge ich herzlos?«, fragte er.

Sie konnte den Tonfall nicht deuten, war sich nur sicher, dass diesmal keinerlei Zynismus in seiner Frage lag. Ihr Zorn verrauchte im Nu.

»Na ja, mich geht es schließlich nichts an. Ich habe hier nur zufällig Unterschlupf gefunden. Und dennoch ... dieser Besitz gehört seit Jahrzehnten, vielleicht sogar seit Jahrhunderten deiner Familie. Ich finde, mit so etwas geht man nicht ... leichtsinnig um.«

»Eben«, meinte er knapp.

»Was eben?«

»Der Besitz gehörte meiner Familie. Und mein Verhältnis zu meiner Familie war nie ganz ... einfach. Wenn es ein fremdes Haus wäre, würde ich es vielleicht mit anderen Augen betrachten,

voller Ehrfurcht, vielleicht sogar voller Stolz. Aber so werde ich
das Gefühl nicht los, dass sich irgendein durchgeknallter Vorfahre
einen Scherz mit mir erlaubt hat, indem er mir dieses Vermächtnis
aufhalst und grinsend von seiner Wolke aus zuguckt, wie ich damit
zurechtkomme.«
»Wer sagt, dass all deine Vorfahren durchgeknallt waren?«
»Nun, meine Mutter war es.« Ein Anflug von Trauer und Enttäuschung huschte über sein Gesicht, was sie als Zeichen dafür
wertete, dass seine Mutter ihm mehr als nur einen unkonventio-
nellen Vornamen zugemutet hatte.
»Aber deine Mutter war doch Amerikanerin – sie hat mit dem
Jagdschloss nun wirklich nichts zu tun.«
»Da hast du auch wieder recht.«
Er klang nachdenklich, und immer noch etwas traurig. Auch,
wenn sie es sich nicht erklären konnte, etwas daran rührte sie zutiefst: Obwohl sie sich erst seit wenigen Stunden kannten, fühlte
sie sich diesem Mann plötzlich sehr nahe, und sie hätte ihn am
liebsten umarmt oder tröstend seine Hand gedrückt. Doch ehe sie
sich vorneigte, gab er sich einen Ruck, und seine Miene wurde
wieder ausdruckslos.
»Besser, wir gehen wieder nach unten, sonst bekommen wir
noch Eiszapfen«, sagte er.
Erst jetzt, da er es erwähnte, spürte Helena, wie sehr sie fror.
Ihre Finger waren fast bläulich, und ihre Füße nicht nur eiskalt,
sondern nass. Ehe sie ihm folgte und den Raum verließ, fiel ihr
Blick jedoch auf ein Regal mit alten Lexika.
Es waren insgesamt zehn Bände, sorgfältig nach dem Alphabet
geordnet, und sie standen so eng beisammen, dass sie der Wucht
der Lawine standgehalten hatten. Helena brauchte alle Kraft, um
einen Band herauszuziehen. Staub stieg ihr in die Nase, und sie
unterdrückte nur mit Mühe den Niesreiz.
Sie wusste nicht genau, was sie dazu bewegte, aber sie hatte

nicht zufällig das Buch gewählt, das die Buchstaben D bis F beinhaltete, sondern weil sie nach einem bestimmten Wort suchte. Die Seiten waren ähnlich verklebt wie das Fotoalbum, so dass sie eine Weile brauchte, die richtige aufzuschlagen.

Rasch überflog sie den Text.

»Kommst du?«, rief Moritz vom Gang her. »Nicht, dass du noch am Boden festfrierst. Und wenn ich es mir recht überlege, wird es Zeit, dass ich nun auch etwas von der schönen Unbekannten erfahre, der ich Unterschlupf gewähre. Könnte ja auch sein, dass ich mich in höchste Gefahr begebe, weil du eine gesuchte Serienkillerin bist ...«

Moritz brach ab. Er hatte sich zu ihr umgedreht, und ihr fassungsloser Gesichtsausdruck war ihm nicht entgangen.

»Was hast du denn da?«

Helena ließ das Lexikon sinken. »Das glaube ich nicht!«

8

1910–1911

Heinrich wurde nervös, als er die breite Treppe des Palais Ahrensberg hochstieg. In den letzten Wochen hatte er sich manchmal den Tag ausgemalt, an dem er seine junge Gattin nach Hause bringen würde, aber den Gedanken daran stets verdrängt. Nichts sollte das junge Glück trüben, niemand darauf Anspruch erheben, es mit ihm zu teilen. Es gehörte ihm und Marietta und ein klein wenig auch Elsbeth – schließlich hatte Marietta, als sie seinen Antrag entgegennahm, sofort erklärt, dass er sie nur gemeinsam mit ihrer Schwester bekäme oder gar nicht. Nun, jenes zarte, ausgehungerte Mädchen hatte sofort seinen Beschützerinstinkt geweckt. In seiner Gegenwart konnte er sich als der zeigen, der er auch an Mariettas Seite war: verletzlich, sehnsüchtig, verliebt.

Hier war das deutlich schwerer.

»Willkommen zu Hause, Herr Baron«, begrüßte ihn einer der Lakaien.

Er straffte unwillkürlich seine Schultern, als wäre er mit einem Schimpfwort bedacht worden.

»Hat meine Mutter ihren Empfang schon beendet?«

»Vor einer knappen Stunde.«

Jede Woche am Donnerstagnachmittag hielt Konstanze von Ahrensberg ihren Empfang ab: In diesem Zeitraum konnten ausgewählte Freunde und Bekannte ihre Aufwartung machen. Zusätzliche Diwans und Bänke wurden im Salon aufgestellt, ebenso kleine Tischchen, auf denen Tee, Kaffee, Gebäck und für die Herren Sherry dargereicht wurden.

Konstanze freute sich immer schon tagelang darauf, doch wenn er begann, gab sie sich gleichgültig, konzentrierte sich auf ihre Handarbeit und tat eine Weile so, als habe sie die eintretenden Gäste nicht bemerkt.

Den Umstand, dass sie nicht jede Woche unwürdige Gäste empfangen musste, sondern auch echte Adelige darunter waren, verdankte sie der Tatsache, dass sie eine geborene von Graubitz war, eine Grafentochter. Leider war sie als junge Komtesse nicht sehr hübsch gewesen. Sie war rund um die Taille, hatte aber kaum Busen, ihre Hände waren nicht feingliedrig und lang, sondern grobschlachtig wie die eines Kutschers, und ihr Gesicht glich, wie eine boshafte Gouvernante es einmal ausdrückte, einer Palatschinke. Früh hatte man ihr prophezeit, dass ein so unscheinbares Mädchen wie sie keinen Majoratserben abbekommen würde – einen Erstgeborenen –, und diese düsteren Vorhersagen hatten sich bestätigt: Beim Kotillon, dem wichtigsten Tanz eines jeden Balles, bekam sie kaum Blumensträuße als Zeichen der Aufforderung. Ihre Mutter schämte sich in Grund und Boden, ihr Vater jedoch war pragmatischer. Er verkuppelte sie mit Ludwig von Ahrensberg, der zwar nicht von hohem Adel, aber immerhin reich war, nicht sonderlich charmant, aber gut erzogen. Er liebte seine Frau nicht, aber er wusste, was sich gehörte. Und sie wusste das auch.

Heinrich war vor Konstanzes Zimmer angekommen. Sein Körper spannte sich an, als er klopfte. Wie immer ertönte als Antwort lautes Hundegebell, und als er die Tür öffnete, kamen die drei Möpse auf ihn zugestürzt. Konstanzes Taille war im Laufe ihres Lebens immer schmaler geworden, aber ihre Lieblingstiere waren unglaublich fett. Dennoch fletschten sie die Zähne, als hätten sie Lust, ihn mit Haut und Haar aufzufressen.

Heinrich musste sein Verlangen unterdrücken, nach ihnen zu treten. Er hatte seine Mutter selten ohne Gesellschaft ihrer Hunde erlebt, und er hasste diese Viecher.

»Figaro, Don Giovanni, Papageno!«, rief Konstanze streng. Sämtliche ihrer Hunde waren nach Mozart-Opern benannt, obwohl sie in der Oper regelmäßig einschlief.

Sofort kamen sie auf sie zugeschossen und sprangen ihr auf den Schoß. Sie gab ihnen etwas zu essen – offenbar ihr Mittagessen, das sie selbst kaum angerührt hatte.

»Mutter«, sagte Heinrich mit Blick auf den vollen Teller, »Sie sollten selbst etwas kräftiger zulangen.«

Konstanze würdigte ihn keines Blickes, sondern ließ Don Giovanni eine Schale auslecken.

»Und du hättest heiraten sollen wie alle«, sagte sie nach einer Weile des Schweigens, »im Kreise der Familie, in einer der großen Wiener Kirchen und im Palais der Brauteltern, die zu dem Fest samt Empfängen und Hochzeitsball einzuladen haben.«

Heinrich trat auf sie zu. Widerstrebend reichte ihm seine Mutter ihre Hand zum Kuss, aber sie wich immer noch seinem Blick aus. Er ekelte sich davor, die Hand zu nehmen. Bestimmt hatten eben noch die Hunde daran geleckt. Ihnen gestattete sie jede Wildheit, belohnte sie gar noch mit Zärtlichkeit.

Rasch ließ er die Hand wieder los, kaum dass er sie zu den Lippen geführt hatte, und entschied, unumwunden auf den Punkt zu kommen: »Das wäre nicht möglich gewesen. Marietta hat keine Eltern, die unsere Eheschließung hätten ausrichten können. Diese Blamage wollte ich ihr und uns ersparen.«

Aus diesem Grund hatte er in Venedig geheiratet, wohin auch die kurze Hochzeitsreise geführt hatte. Kurz hatte er mit dem Gedanken gespielt, an die Riviera zu fahren, aber Marietta bestand auf Venedig. »Nach allem, was ich höre, ist es eine Stadt nach unserem Geschmack.«

Ohne Zweifel war sie schön – zumindest wenn man die Schönheit als eine Schwester des Todes betrachtete.

Er setzte sich auf den Diwan, und prompt beschnüffelten die Hunde missbilligend seine Füße.

»Ich nehme an, du hast sie mitgebracht«, sagte Konstanze gedehnt.

»Natürlich, sie ist meine Frau. Sie wartet unten in der Kutsche – gemeinsam mit ihrer kleinen Schwester.«

»Wenn sie deine Frau ist – warum lässt du sie dann in der Kutsche warten?«

»Ich wollte erst mit Ihnen sprechen.«

»Jetzt ist es doch schon geschehen, und du bist verheiratet. Warum sollen wir noch darüber sprechen?«

Immerhin klang Konstanze mittlerweile eher belustigt, nicht länger schneidend. Heinrich hatte eine Standpauke erwartet, ihre oft gehörte These, dass Liebe nämlich nur etwas für Stubenmädchen sei, und sich schon eine Gegenrede zurechtgelegt, in der er betonen würde, dass viele Männer seines Standes sich für Künstlerinnen entschieden. Die Burgschauspielerin Burka hatte den Grafen Josef Török geheiratet, die Schauspielerin Janisch den Diplomaten Graf Ludwig Arco, die berühmte Tänzerin Marie Taglioni einen Grafen von Windischgraetz.

Er wusste natürlich, dass das für Konstanze kein Trost war. Aufsteigerfamilien wie die seines Vaters brauchten zwei Generationen, um mit der echten Aristokratie mithalten zu können. und er hatte die Chance verpasst, weil er keine echte Gräfin geheiratet hatte. Nur dann hätte er dazugehört, wäre vom hohen Adel akzeptiert und somit geduzt worden und trüge einen »Petit nom«, einen Spitznamen.

Ihm war es freilich egal, ob man Heini zu ihm sagte oder nicht, und ob Fürsten und Grafen ihn duzten. Er wollte Marietta, nur Marietta.

»Ich will, dass Sie freundlich zu ihr sind«, sagte er.

Konstanze lächelte schief.

»Mag sie Hunde?«

Heinrich begann zu schwitzen. Wie entsetzlich heiß es in diesem Raum war – und wie dick Konstanze gekleidet war: mit hochgeschlossener, weißer Spitzenbluse, einer Pelzstola und einem Rock mit vielen Bordüren.

»Das weiß ich nicht. Wir habe nicht darüber gesprochen.«

Konstanze sah ihn an, als hätte er den Verstand verloren. Offenbar ertrug sie es leichter, dass er eine Balletteuse geheiratet hatte, als dass er ihre Liebe zu ihren Möpsen nicht goutierte.

»Wahrscheinlich muss sie alles lernen.«

»Sie ist eine sehr feine Frau. Sie wird sich geziemend verhalten. Ich bin sicher …«

Konstanze hob die Hand. »Man hat es im Blut oder nicht. Und sie stammt nunmal von einem … Schauspieler ab.«

Wieder klang es eher belustigt als tadelnd. Sie gab den Hunden Konfekt. Wann würden die Viecher endlich an Verfettung sterben?

Er wusste natürlich, dass sie sie in diesem Fall gleich wieder gegen neue austauschen würde. Konstanze von Ahrensberg trauerte stets nur einen Tag um ihre Hunde. Auch um seinen Vater hatte sie lediglich kurz getrauert. Sie hatte alle Pflichten einer guten Gattin erfüllt, aber glücklich hatte sie nie gewirkt. Wahrscheinlich war sie sich sicher, dass auch er mit Marietta nicht glücklich werden konnte. Nicht mit diesem Standesunterschied.

»Bitte seien Sie freundlich zu ihr«, bat er erneut.

»Ich beiße so wenig wie meine Hunde.«

Dessen war Heinrich sich nicht so sicher.

Als er den Raum verließ, nahm er aus den Augenwinkeln eine Gestalt wahr, die offenbar sein Gespräch mit Konstanze belauscht hatte. Ehe er erfasste, wer es war, wurde er am Kragen gepackt und an die Wand gepresst. Der Griff war unerbittlich.

»Wie konntest du nur?«

Warme Speicheltröpfchen trafen Heinrichs Gesicht. Das seines Bruders war hochrot.

»Ganz Wien spottet über uns!«, brüllte dieser vorwurfsvoll.

»Ist das etwas Neues?«, fragte Heinrich.

Energisch löste er sich aus Salvators Griff. Der andere war beim Militär, körperlich sehr gestählt und ohne Zweifel der Stärkere, wenn er es auf einen Zweikampf angelegt hätte. Doch wie seinerzeit, als sie noch Kinder gewesen waren, gab er nach seinem plötzlichen Angriff vorzeitig auf.

»Die feine Gesellschaft hat immer schon über uns gelästert«, fuhr Heinrich fort. »Wie sehr wurde unsere arme Mutter bedauert, weil sie, die hochwohlgeborene Gräfin, einen schäbigen Waffenbaron heiraten musste.«

»Aber eine Balletteuse!«, geiferte Salvator.

Es klang, als handelte es sich um Abschaum.

Heinrichs Miene gefror. »Du kannst heiraten, wen du willst. Aber ich habe mich nunmal für diese Frau entschieden, und damit musst du leben.«

Salvator schüttelte grimmig den Kopf. »Ich hätte sie rechtzeitig bestechen müssen.«

Heinrich wusste, dass nicht selten adelige Familien eingriffen, wenn ihr Erbe sich die falsche Herzensdame erkoren hatte, und mit hohen Zahlungen die künftigen Bräute zum Verzicht überredeten. Doch Marietta wäre viel zu stolz gewesen, Geld zu nehmen, und allein die Möglichkeit, sie mit solchem Ansinnen zu locken, erschien ihm als schändliche Beleidigung.

Nun war es Heinrich, der den Bruder am Kragen packte. Als Kind hatten sie sich manchmal so lange geprügelt, bis sie beide derart erschöpft waren, dass sie Seite an Seite einschliefen und Stunden später mit blauen Flecken aufwachten.

»Marietta ist nicht käuflich!«

»Bei Geld werden sie doch alle schwach!«, erwiderte Salvator verächtlich. »In jeder Frau, sofern sie nicht von Stand ist, steckt eine Hure.«

»Du kennst sie nicht. Und was machst du überhaupt hier?«

Salvator war Generalmajor der k. u. k.-Armee und verbrachte die meiste Zeit des Jahres bei seiner Garnison in Mähren. Rüde riss er sich los. »Du weißt genau, dass ich schon lange versuche, ein Hofamt zu erlangen. Mit einer Balletteuse in der Familie ist das aussichtslos.«

Heinrich war der Ehrgeiz seines Bruders nicht fremd. Was immer er erreichte, es war ihm zu wenig. »Du wirst freundlich zu ihr sein«, befahl er Salvator wie vorhin seiner Mutter – nur diesmal deutlich strenger.

»Pah!«

»Doch, ansonsten …« Er machte eine vielsagende Pause. »Ansonsten musst du dir nicht nur um deinen Ruf Sorgen machen, sondern auch um dein tägliches Auskommen«, setzte er flüsternd hinzu.

Er hatte bis jetzt Salvator nie damit gedroht, aber nun nutzte er seine privilegierte Stellung, dank deren viele Erstgeborene die jüngeren Geschwister in Schach hielten. Schließlich bestimmten sie, wie hoch die Apanagen für die Familie waren, und konnten diese jederzeit kürzen oder sogar aussetzen.

Salvator starrte ihn wütend an und rang nach Atem. So angespannt ihr Verhältnis oft war – damit hatte er nicht gerechnet.

Heinrich tat so, als würde er den aufgebrachten Blick nicht spüren, und ordnete seelenruhig seinen Kragen.

»Wir haben uns verstanden, ja?«, fragte er knapp.

Ehe Salvator wieder Worte fand, ließ er ihn stehen und ging nach unten, um Marietta und Elsbeth zu holen.

Als Marietta erwachte, fehlte ihr wie so oft die Orientierung. Das Himmelbett aus dunklem Nussbaumholz wirkte fremd. Vorsichtig fuhren ihre Finger über die Holzschnitzereien, doch sie traute ihren Sinnen nicht. Was immer sie fühlte – vielleicht war es aus Sand gebaut und würde bei einer abrupten Regung in sich zusammenfallen. Oder es war aus Zucker und würde schmelzen, wenn eine Träne darauf fiel.

Eigentlich hatte sie schon seit langem nicht mehr geweint. Eigentlich hatte sie nie Süßes gemocht. Als ihre Hände von den Schnitzereien abließen, sie an der Klingel zog und wenig später ein Dienstmädchen kam, um die Morgenschokolade zu servieren, trank sie, obwohl sie Süßes nicht mochte.

Auf der Hochzeitsreise hatte ihr Heinrich jeden Tag das Frühstück ans Bett gebracht. Schweigend hatte sie gegessen, während er die Zeitung las, und die entspannte, behagliche Stille ebenso genossen wie seine Nähe. In den Nächten hatte die Unsicherheit überwogen – seine ebenso wie ihre. Vor der Hochzeit hatten sie sich lediglich geküsst, verschämt und kurz, nach der Hochzeit etwas länger. Sie mochte es, wenn sein Bart ihre Wangen kitzelte, aber hätte sie darauf verzichten müssen, hätte ihr nichts gefehlt. Das andere, was die Frauen verschämt »eheliche Pflichten« nannten, war beim ersten Mal schmerzhaft und schamvoll gewesen, später zwar etwas unangenehm, jedoch nicht unerträglich oder widerwärtig. Marietta war trotzdem immer froh, wenn es vorbei war und sie in seinen Armen lag. Manchmal dachte sie, dass man sich lieben müsste, so wie man tanzte, und dass sich mit dem perfekten Partner Gleichklang und Leichtigkeit ganz von selbst einstellen würden. Doch sie und Heinrich fanden nicht denselben Rhythmus. Er war größer und schwerer und grober, auch wenn er sich alle Mühe gab, sie nicht zu erdrücken.

Auch der Rhythmus ihrer Tage ließ sich nicht gut vereinbaren. Die meiste Zeit verbrachte sie allein oder mit Elsbeth, und er war mit seinen Geschäften zugange. Manchmal wurde sie von Konstanze in die Pflichten einer Hausfrau eingeführt – und langweilte sich dabei unendlich.

Als sie die Tasse ausgetrunken hatte, klingelte sie erneut. Wenig später betrat ihre Kammerzofe den Raum. Sie hieß Lise und kam aus Frankreich, denn alle Familien, die etwas auf sich hielten, beschäftigten französisches Personal. Es war weltgewandter und diskreter, aber auch arroganter als österreichisches.

Grußlos begann Lise, Marietta beim Ankleiden zu helfen, ehe sie ihr die Haare hochsteckte. So schön ihre Frisuren auch waren, so geschickt sie Strähne für Strähne flocht oder zu einem Knoten verschlang – wenn sie sie kämmte, ziepte es so schmerzhaft, dass Marietta Tränen in die Augen stiegen. Erst wenn die Morgentoilette beendet war, ergriff Lise das Wort und berichtete, was für den Tag geplant war.

Manchmal standen Wohltätigkeitsveranstaltungen mit Industriellen und Wirtschaftsbaronen auf dem Programm, Gartenfeste, die die Aristokratie als »Garden parties« bezeichnete, Festzüge, Tennisturniere oder Picknicks. Sonntagnachmittags waren Ringstraßenspaziergänge ein beliebtes Freizeitvergnügen. Jeder war dort zu sehen – vom Offizier bis zum Bürger, vom Aristokraten bis zum Fabrikbesitzer. Je nach Stand ignorierte man den anderen oder schaute ihm neidisch nach. Hinter den Erwachsenen gingen Kinder in Matrosenkleidchen neben der Gouvernante. Die Mädchen schritten artig, die Jungen feixten, alle langweilten sich und zeigten es unverblümt. Bei ihrem Anblick überkam Marietta oft Eifersucht. Die Kinder mussten nicht so tun, als wäre es ein Vergnügen, während sie niemandem gestehen konnte, wie wenig sie es genoss, ja wie zuwider sie ihr waren – nicht nur diese steifen Spaziergängen, auch die vielen Veranstaltungen am Abend: Hofbälle, Privatbälle der Aristokratie, Konzerte, Soireen. Bei Letzteren waren die Tableaux vivants in Mode gekommen, lebende Bilder, bei denen die Gäste in entsprechender Verkleidung ein Motiv aus einem mittelalterlichen Gemälde oder aus Mythen nachstellten. Damit es möglichst eindrucksvoll wirkte, durfte man sich nicht bewegen, ja, sogar kaum atmen.

»Heute Nachmittag ist nichts geplant«, erklärte Lise eben mit jenem ihr eigenen schnippischen Unterton, als wäre es eine Beleidigung, mit Marietta reden zu müssen. »Die Schneiderin kommt nach dem Mittagessen wegen Ihrer Garderobe für den Neujahrscours.«

Mariettas Blick ging zum Fenster. Sie hatten im Sommer geheiratet, jetzt war es schon Ende November. Auf den Scheiben wuchsen Eisblumen. Vielleicht waren diese fast unsichtbaren Gebilde nicht aus Eis, sondern aus Zucker.

Die Schneiderin würde Stunden brauchen. Selbstverständlich wurde die umfangreiche Garderobe, die sie erhalten hatte, von Hand genäht: Tageskleider, Nachmittagsroben, Abendroben, Ballkleider. Vor allem die vielen Mieder. Sie musste auch immer in einem schlafen, damit die Taille schmal blieb.

»Ach ja ...«, murmelte sie geistesabwesend, »der Neujahrscours ... Ich habe gar nicht mehr daran gedacht.«

Lise hob die Braue. »Das ist der Höhepunkt des Jahres!«

Marietta zuckte nur die Schultern. Das neue Jahr begann man in Wien mit dem traditionellen Neujahrsempfang in der Wiener Hofburg. Nur wenige bekamen den Kaiser persönlich zu sehen, die meisten machten ihre Aufwartung vor dem Ersten Obersthofmeister.

»Jetzt im Winter«, murmelte sie, »gibt es doch den Eislaufplatz am Wiener Heumarkt, nicht wahr? Ich habe gehört, dass die Kinder der Aristokratie dort Eislaufen gehen ... manchmal sogar die Erwachsenen.«

Lises Gesichtsausdruck wurde immer strenger. »Sie könnten sich alle Knochen brechen.«

Marietta seufzte. Und selbst wenn – wenigstens würde sie zuvor tanzen.

Während Lise sie frisierte, schloss sie die Augen und stellte sich vor, auf einer dünnen Schicht Zucker zu tanzen. Wenn sie stürzte, würde es süß schmecken und keine Rolle spielen, dass sie nichts Süßes mochte. Allerdings würde sie nicht stürzen – Heinrich würde sie rechtzeitig auffangen, seine Arme waren so stark, so warm, so beschützend … so erstickend.

»Kann ich noch etwas für Sie tun?«, fragte Lise wie von weit her. Marietta schüttelte den Kopf und betrachtete ihr Spiegelbild, aus dem ihr eine überaus elegante Dame entgegenstarrte. Was Paulette wohl zu ihren Augen sagen würde?

»Ich würde gerne Elsbeth sehen.«

»Elsbeth ist bei ihrer Gouvernante. Aber ich habe Ihnen das Salonblatt dagelassen.«

Marietta nickte geistesabwesend.

Nachdem Lise sie allein gelassen hatte, blätterte sie durch die Zeitung, die über die »bessere Gesellschaft« berichtete. Auch wenn es niemand zugab – die adeligen Damen buhlten darum, dort genannt zu werden. Ein Glück war es, wenn das Kleid, das sie bei einem bestimmten Anlass getragen hatten, beschrieben wurde, ein noch größeres, wenn sogar ein Bild davon zu finden war.

Marietta ließ die Zeitung sinken, ohne eine Zeile gelesen zu haben, und wusste nicht, was sie jetzt tun sollte. Andere adelige Damen stickten am Vormittag oder bemalten Fächer, aber jene Tätigkeit erinnerte sie unangenehm an die vielen Stunden, da sie gemeinsam mit Lene Kostüme angefertigt hatte. Sie könnte Konstanze aufsuchen, aber in ihrem Zimmer war es immer so warm, und die Hunde hechelten, als stünden sie kurz davor zu sterben.

Marietta verließ ihr Zimmer und verharrte eine Weile im Gang. Das Palais war so groß, immer noch fand sie sich nicht zurecht. Schließlich folgte sie den Gerüchen, die von der Küche kamen. Sie hatte zwar keinen Hunger, aber dachte sich, dass dort, wo gekocht und später gegessen wurde, wenigstens Leben herrschte.

Bis jetzt war sie erst einmal in der Küche gewesen und hatte verwundert festgestellt, dass das Personal an zwei verschiedenen Tischen seine Mahlzeiten einnahm. An dem einen saßen der Haushofmeister, die Hausoffiziere und die Kammerjungfern. An dem zweiten die rangniedrigeren Lakaien, Holzträger und das Reinigungspersonal. Niemand hätte es gewagt, an der jeweils anderen Tafel Platz zu nehmen. Selbst die Blicke – stolz die einen, neidisch die andern – fielen nur verstohlen aus. Eine Kluft ging durch die Dienerschaft, nur heute waren sie alle von der gleichen Verachtung geeint.

Unbemerkt blieb Marietta auf der Schwelle stehen und lauschte, wie sie tuschelten.

»Sie scheint nicht glücklich zu sein.«

»Pah, was für ein anspruchsvolles Geschöpf sie ist. Der Herr Baron ist so sehr in sie verliebt, aber sie behandelt ihn mit einer Herablassung, als sei sie etwas Besonderes.«

»Vor ihrer Tänzerei hat sie in der Oper geputzt.«

»Ich dachte, sie wäre Schneiderin gewesen.«

»Von wegen! Womöglich war sie sogar ein leichtes Mädchen.«

»Und wie portiererisch sie sich verhält!«

Marietta schoss die Röte ins Gesicht. Sie wusste nicht genau, was es bedeutete, sich portiererisch zu verhalten – schlichtweg unangemessen, anbiedernd oder gar vulgär. So oder so konnte es nur ein Schimpfwort sein und eine weitere Beleidigung für sie.

»Ja, denkt euch – im Caféhaus hat sie einmal Trinkgeld gegeben.«

»Ich habe gehört, wie sie nach dem Essen laut sagte, es habe ihr geschmeckt. Weiß sie denn nicht, dass sich das nicht gehört?«

»Und sie versteht es nicht, anregend zu parlieren. Auf Gesellschaften steht sie immer stocksteif in der Ecke.«

Marietta verkrampfte ihre Hände. Weiß und spitz traten die Knöchel hervor. Sie war nicht stocksteif, sie war doch eine Ballett-tänzerin. Aber was sollte sie reden mit all den jungen Komtessen? Einige kannte sie noch. Max von Werth hatte ihnen als Hofballettmeister der Oper Tanzunterricht gegeben, und Marietta hatte ihnen oft die richtigen Schritte vorgemacht.

Schon damals hatten sie sie herablassend behandelt, jetzt waren ihre Mienen noch blasierter.

Sie zog sich leise zurück und stieg die Treppe wieder hoch. Jeder Schritt fiel ihr schwer, als schleppe sie einen Eimer Kohlen mit sich. Als sie das obere Ende erreicht hatte, keuchte sie schwer.

Vielleicht kann ich gar nicht mehr tanzen, dachte sie. Selbst wenn ich es wollte …

»Schau dir die vielen Blumenkränze an!«, rief Elsbeth. »Und die Pferde! Sie haben ja einen geflochtenen Schweif!«

Die helle, klare Kinderstimme verhieß mehr Süße als der Duft der Blumen, mehr Wärme als die Sonnenstrahlen, mehr Leben als der Frühlingswind.

Der Winter ist vorbei, ging es Marietta in diesem Augenblick auf, er ist tatsächlich vorbei.

Elsbeth trug ein weißes Kleidchen und schwenkte selber einen Blumenkranz. Sie hatte rosige Wangen, war gewachsen und nicht mehr so hager wie früher.

Warum nur fiel es ihr erst jetzt auf, warum war sie den ganzen Winter über wie tot gewesen – oder hatte sich vielmehr tot gestellt während all der Auftritte in der Öffentlichkeit?

Bei jedem Schritt hatten sie die lästernden Worte der Dienstboten begleitet, dass sie sich nicht zu benehmen wüsste und ihrem Mann Schande machte, und überdies die Angst, dass in Heinrichs Blick irgendwann nicht mehr Liebe und Sehnsucht nach Schönheit stehen würden, wenn er sie ansah, sondern nur noch Verachtung.

Doch eben lächelte er.

»Schau nur, wie viele Menschen gekommen sind!«, rief er.

In der Tat säumten Massen die Prater Hauptallee. Selten war es hier menschenleer; in der wärmeren Jahreszeit fanden fast jede Woche Pferderennen statt, und an allen Ecken standen wichtigtuerische Männer, die über Jockeys und Reitpferde diskutierten, wenn diese trainierten. Die Frauen taxierten weniger die Pferde als vielmehr die Equipagen der anderen Aristokraten, die sich hierher kutschieren ließen und Spaziergänge bis zu den Rennbahnen in die Krienau unternahmen. Anfang Mai hatte die Derbywoche stattgefunden, ohne Zweifel ein gesellschaftliches Großereignis, doch der heutige Frühlingscorso stellte alles in den Schatten. An der Spitze fuhr – prächtig geschmückt – der Wagen des Kaisers, und diesem folgten, ebenfalls mit Blumen dekoriert, die Equipagen von allen, die Rang und Namen oder wenigstens viel Geld hatten.

Elsbeth klatschte begeistert in die Hände, und da erst gewahrte Marietta, dass Heinrichs Lächeln gar nicht ihr, sondern dem Mädchen galt. Sie war enttäuscht – und verstand ihn. Es war so leicht, Elsbeth anzulächeln. Für sie war auch nach dem knappen Jahr, da sie Hildes schäbiger Wohnung entkommen war, alles noch schön und bunt und großartig und das neue Leben immer noch keine Selbstverständlichkeit, sondern etwas, über das man sich jeden Tag neu freuen konnte.

Manchmal, wenn sie sie ansah, ging auch Marietta das Herz auf. Dann umarmte sie sie, roch an ihrer Halsbeuge, kitzelte sie am Nacken, schmiegte sich an sie, bis Elsbeth kreischte: »Du erdrückst mich ja!«

Marietta wollte sie nicht erdrücken, sie wollte bloß ein wenig von ihrer Lebensfreude erhaschen.

Es ist ja Frühling, dachte sie wieder, und die Tatsache, dass der Winter vorbeigerauscht war wie ein gleichmäßiger, grauer Fluss verwirrte sie nicht nur, sondern erschreckte sie.

»Sieh doch!«, rief Elsbeth. »Diesem Pferd hat man silberne Ähren in die Mähne geflochten.«

Marietta drehte sich um. Das Pferd schnaubte, seine Augen waren auf sie gerichtet. Sie waren blutunterlaufen und wirkten so … spöttisch. Sie benimmt sich portiererisch, wieherte das Pferd.

Als sie sich wieder Heinrich und Elsbeth zuwandte, wurde ihr plötzlich schwindlig. Kurz vermeinte sie, dass sie Pirouetten drehte, aber dann gewahrte sie, dass sie ganz still saß. Die Welt war es, die sich drehte, nicht sie, und sie konnte sich diesem Rhythmus nicht anpassen.

Heinrichs Hand lag auf ihrer, warm und weich.

»Marietta, was hast du denn? Du bist ganz blass.«

Sie starrte ihn an, und plötzlich hörte sie nicht die Worte der Dienstboten in ihren Ohren, sondern die von Paulette: Es sind deine Augen … man sieht ihnen an, welche Opfer du erbringst und dass der Tanz für dich ein Kampf ist.

Nicht nur der Tanz ist ein Kampf, ging ihr auf, auch die Liebe. Mir fehlt die Leichtigkeit; Schatten begleiten mich auf der Suche nach der Glückseligkeit. Und es ist nicht nur eine Suche, es ist ein Ringen …

Sie schloss hastig die Augen.

Er darf es doch nicht sehen, dachte sie, er darf nicht bemerken, wie schwer es mir fällt, hier zu sitzen und zu lächeln.

»Marietta, schau doch!«

Elsbeths Stimme schien von ganz weit herzukommen. Der Schwindel verstärkte sich, als ihr der süße Geruch von Flieder in die Nase stieg – jener Duft, nach dem sich Lene an den langen Tagen in der Hofoper gesehnt hatte. Lene würde es genießen können, hier zu sein, Lene würde dankbar sein, Lene würde Heinrich von ganzem Herzen lieben.

»Marietta!« Heinrichs Stimme klang nicht hell und klar wie die von Elsbeth, sondern besorgt.

»Ich … muss … hier … fort.«

Der Schwindel und die Übelkeit wurden so stark, dass sie die Augen wieder aufschlug. Sie merkte erst jetzt, dass sie vornüber gefallen war und sah nicht länger Heinrichs Gesicht, nur seine Füße. Er hob sie hoch und versuchte, sie wieder hinzusetzen, doch ihr Oberkörper sackte zur Seite.

Elsbeth lachte nun nicht mehr. Marietta hörte, wie sie erst ängstlich nach ihrem Wohlbefinden fragte und dann bitterlich zu weinen begann.

Ich habe ihnen den Tag verdorben, dachte sie beschämt, ehe es schwarz um sie wurde.

Marietta erwachte in ihrem Bett. Mittlerweile musste sie nicht mehr mühsam die Orientierung wiederfinden wie in den ersten Monaten ihrer Ehe, sondern wusste immer sofort, wo sie war.

Nicht ganz so sicher war sie, was genau sie geweckt hatte. Und selbst als sie erkannte, dass es laute Stimmen vom Flur gewesen waren, wusste sie zunächst nicht, wem diese Stimmen gehörten.

Erst nach einer Weile ging ihr auf, dass es Heinrich war, der da draußen redete und sie gegen seinen Bruder Salvator verteidigte – ihren Schwager mit den gleichen grünen Augen, nur dass sie bei ihm nicht warm glänzten, sondern giftig wirkten.

»Sie hat uns vor aller Welt blamiert!«, rief Salvator vorwurfsvoll.

»Du übertreibst! Sie ist lediglich ohnmächtig geworden, und das ist kein Wunder bei dem schwülen Wetter. Reihenweise fallen Frauen um, nicht zuletzt, weil sie viel zu enge Mieder tragen.«

»Wie lange willst du dir noch alles schönreden? Merkst du es nicht – wo immer wir auftreten, tuschelt man über euch … über uns!«

»So, wie man immer über uns getuschelt hat, weil wir unser Geld mit dem Tod verdienen.«

»Waffen herzustellen ist nichts Unehrenhaftes.«

»Aber eine Frau zu lieben schon?«

Erstmals schwieg Salvator eine Weile. Marietta vernahm laute Schritte. Einer der beiden hatte begonnen, unruhig auf und abzugehen. »Ist sie guter Hoffnung?«, fragte Salvator nun etwas leiser. »Das wäre wenigstens ein Grund für ihren Zusammenbruch.«

»Der Arzt meinte, nein.« Heinrich wollte seiner Stimme einen betont gleichgültigen Klang verleihen, aber Marietta hörte deutlich seine Enttäuschung heraus.

»Nicht einmal dazu taugt sie«, knurrte Salvator.

»Ich will so etwas nie wieder hören!«

Salvator nuschelte eine unflätige Beleidigung, verstummte dann aber. Wenig später wurden die Schritte leiser – offenbar war er wutentbrannt davongerauscht. In der Ferne vernahm Marietta das Bellen von Hunden.

Hoffentlich sieht Konstanze nicht nach mir, dachte sie. Sie zog die Decke bis zum Kinn hoch und schloss die Augen. Die Tür öffnete sich, doch an dem Seufzen, das erklang, erkannte Marietta, dass nicht die Schwiegermutter, sondern nur Heinrich sie aufsuchte.

Er setzte sich an ihr Bett, Marietta schlug die Augen auf.

»Es tut mir so leid«, murmelte sie.

»Lieber Himmel! Warum das denn?«

»Ich habe euch einen solchen Schrecken eingejagt.«

»Das ist doch nicht deine Schuld. Das Wetter …«

»Im Winter«, unterbrach sie ihn, »im Winter habe ich mich doch so auf den Frühling gefreut.«

Sie drehte ihren Kopf zur Seite, während Heinrich ihre Hand streichelte. Nach einer Weile entzog sie sie ihm und rieb sich die Schläfen.

»Fühlst du dich jetzt wieder besser?«

»Ich weiß gar nicht, was ich fühle … es ist alles so verwirrend.

Manchmal glaubte ich, mir aus der Ferne zuzusehen ...« Sie geriet ins Stammeln, fasste sich dann aber und atmete tief durch. »Du musst unendlich enttäuscht von mir sein. Du hast dir von mir Schönheit erwartet und bekommst stattdessen nur Wahnsinn.«

»Du bist doch nicht wahnsinnig!«, rief er empört, um leise hinzuzusetzen: »Und außerdem sind Wahnsinn und Schönheit kein Widerspruch. Schönheit ist für den Verstand nicht fassbar.«

»Nun, ich besitze wohl keinen Verstand – sonst wäre ich an deiner Seite unendlich glücklich und würde nicht ohnmächtig werden. Und im Moment biete ich keinen schönen Anblick, nur ein Bild des Jammers.«

»Du übertreibst.«

Eine Weile schwiegen sie.

Schließlich ging ein Ruck durch ihn: »In Venedig waren wir ... warst du doch auch glücklich ... Im Sommer werden wir Wien verlassen, das verspreche ich dir. Wohin möchtest du reisen?«

Sie zuckte die Schultern.

»Wir könnten Ferien in Istrien machen oder Abazzia. Ich habe aber auch schon einige Sommerurlaube in Reichenau verbracht, auf dem Semmering oder in Schottwien.«

Sie wusste immer noch nichts zu sagen. An all diesen Orten verbrachten gewiss auch die anderen angesehenen Familien ihre Sommerfrische. Ihre aufdringlichen Blicke würden sie auch dort taxieren, das Tuscheln sie auch dort begleiten. Seht sie euch an, die Tänzerin und der Waffenbaron, seine Familie schämt sich für sie, wie portiererisch sie sich benimmt ...

»Ich möchte dorthin, wo keine Leute sind ... wo wir Zeit haben ... für uns.«

Heinrich blickte sie nachdenklich an.

»Erinnerst du dich an unser erstes Rendezvous im Wienerwald?«, fragte sie. »Jener Spaziergang ... ich habe ihn so genossen. Ich liebe den Wald.«

»Wir besitzen ein Jagdschloss in der Steiermark«, murmelte er. »Es ist sehr einsam gelegen, inmitten von Bergen – und Wald.«

Marietta rang sich ein Lächeln ab. Wald ... Bäume ... Schatten. Dort konnte sie sich verstecken – vor den tuschelnden Menschen ebenso wie vor der grellen Sonne, die sie schwindeln ließ. »Ja, dorthin möchte ich.«

Er wirkte etwas zweifelnd, doch als sie sich vorneigte und ihn küsste, erwiderte er ihr Lächeln.

Sie löste sich von ihm. »Ich werde nach Elsbeth sehen. Sie hat geweint, als ich ohnmächtig wurde – ich muss sie unbedingt trösten.«

9

Das Licht wurde immer diffuser. Nachdem sie wieder ins Erdgeschoss zurückgekehrt waren, hatten sie zwar mehrere Kerzen an-
gezündet, doch diese erhellten den Raum nur ein wenig. Schatten
tanzten auf den Wänden.

»Wir sollten ein Feuer im Kamin machen«, entschied Moritz.

Er sagte es zwar nicht laut, aber seine Worte bedeuteten wohl
auch, dass er heute mit keiner Hilfe mehr rechnete. Obwohl Helena noch auf jedes Geräusch horchte, hatte sie insgeheim die Hoffnung aufgegeben.

»Bist du sicher, dass der Rauchabzug in Ordnung ist?«, fragte
sie zweifelnd.

Er zuckte die Schultern. »Immerhin sind wir zu zweit. Wir können abwechselnd Wache halten, um der Gefahr zu entgehen, im
Schlaf zu ersticken.«

Sie holten alte Zeitungen aus der Küche und packten Holzscheite darin ein, um sie später anzuzünden. Helena steckte ein wenig
Papier in ihre Stiefel, damit sie über Nacht trocknen konnten. Wenig später prasselten die Flammen. Der Rauch schien tatsächlich
abzuziehen, und als sie sich in Decken einwickelten und vor den
Kamin setzten, war es Helena zum ersten Mal seit langem wieder
richtig warm.

»Wie gemütlich!«, rief Moritz. »Jetzt noch ein Picknickkorb mit
knuspriger Focaccia, Oliven mit Schafskäse, kaltes Huhn, Par-
maschinken, eine Flasche Rotwein, Biscuits mit Orangenmarme-
lade ...«

Helena leckte sich über die Lippen. »Sei bitte still!«

»A propos … mir ist gerade eingefallen, wo wir noch nach Essen suchen könnten.«

Er erhob sich, und Helena wollte es ihm schon gleichtun.

»Warte hier!«, rief er jedoch. »Ich wollte ohnehin noch nach draußen, um zu schauen, welche Zerstörung die Lawine angerichtet hat.«

»Vorausgesetzt, du siehst in der Dämmerung noch etwas. Und pass bloß auf, dass du auf dem glatten Boden nicht ausrutschst. Sonst hast du neben dem verletzten Arm gleich noch ein gebrochenes Bein.«

»Haha.«

Eigentlich war Helena nicht zum Scherzen zumute. Das Haus wirkte nicht mehr so unheimlich wie gestern, als sie jederzeit damit gerechnet hatte, ein Bewohner aus dem letzten Jahrhundert könnte ins Zimmer treten, aber trotz der Wärme fiel es ihr schwer, sich zu entspannen. Sie wusste nicht, wovor genau sie auf der Hut war, aber irgendetwas Bedrohliches lag in der Luft.

Vielleicht, weil jederzeit eine neue Lawine abgehen und sie verschütten konnte. Sie würden von Hauswänden und dem Dachstuhl erdrückt werden oder von den Schneemassen eingesperrt langsam ersticken …

Sie schüttelte sich, versuchte einmal mehr den Gedanken daran zu verdrängen und starrte in die Flammen. Doch jedes Mal, wenn das Holz knackte, zuckte sie zusammen.

Als Moritz wenig später wiederkam, war sein Gesichtsausdruck so triumphierend, als hätte er mehrere Tiere erlegt. Die Beute war in diesem Fall eine Kiste mit Wasserflaschen und mehrere Tüten.

»Wusste ich's doch!«, rief er stolz.

»Wo hast du das denn her?«

Während sie gemeinsam den Inhalt der Tüten inspizierten, berichtete er ihr von einem Ausflug im letzten Sommer. Er war mit

Freunden Bergsteigen gewesen, und hinterher waren sie spontan hier eingekehrt, um im Garten zu grillen. Die Nacht hatten sie natürlich nicht in dieser Ruine verbracht, wie er es nannte, dennoch war es ein großes Abenteuer gewesen. Neben Fleisch und frischem Brot hatten sie damals auch ein paar Knabbereien mitgebracht – so die Chips in der einen Tüte, die zerbrochen waren, wie Cornflakes aussahen und etwas aufgeweicht wirkten. Immerhin würden sie den Magen ein wenig füllen. Außerdem gab es zwei Tüten mit Erdnussflocken und Kokoskeksen. Und schließlich zog Moritz ein Glas Mixed Pickles und ein weiteres mit eingelegten Maisstangen aus seiner Jackentasche.

»Das gibt ja nahezu ein Festmahl!«, rief Helena spöttisch.

»Wir sollten das Essen aber rationieren. Schließlich wissen wir nicht, wie lange wir noch hier warten müssen.«

Als es draußen endgültig dunkel war, hatten sie es sich auf Kissen vor dem Kamin gemütlich gemacht. Die zerbrochenen Chips aßen sie mit einem Löffel, gefolgt von ein paar Salzstangen aus Helenas Auto und dem Rotwein, der eigentlich für Luisas Freunde gedacht gewesen war. Zum letzten Mal hatte Helena als Kind auf der Mitternachtsparty mit ihrer Freundin so viel süßes und salziges Zeug durcheinandergegessen. Ihr Magen begann zu grummeln, der Alkohol stieg ihr in den Kopf.

»Die Lawine hat das Haus ziemlich übel zugerichtet«, murmelte sie, als der ärgste Hunger gestillt war.

Moritz nickte düster. »Ich hoffe nur, der Dachstuhl gibt nicht nach. Ich meine, wenn noch mehr Schnee fällt ...«

Zum ersten Mal sprach er seine Sorgen ganz offen aus, und in Helena stieg neue Panik hoch. »Denkst du, wir sollen versuchen, schnellstmöglich hier wegzukommen und gar nicht erst auf den Räumungsdienst zu warten? Vielleicht haben wir doch Glück, wenn wir dein Auto nehmen und ...«

»... und damit irgendwo hängenbleiben?«, fiel Moritz ihr

ins Wort. »Nein, nein, hier erfrieren wir wenigstens nicht. Und selbst wenn das Dach zusammenstürzt, sind wir im Erdgeschoss sicher!«

Er klang nicht sehr überzeugend, doch Helena entschied, darauf zu vertrauen. Die Aussicht, den Platz am wärmenden Feuer zu verlassen und sich bei Dunkelheit und Kälte in dieser eisigen Einöde zu verfahren, war wenig verführerisch. Und ehe sie noch etwas sagen konnte, lenkte er hastig von ihrer Lage ab und fragte: »Was hast du denn nun eigentlich vorhin in diesem Lexikon nachgeschlagen?«

Helena nahm einen Schluck aus der Wasserflasche und spülte sich damit den Mund aus, um den salzigen Geschmack zu vertreiben. Sie hatte ihm vorhin schon ihre Erkenntnis mitteilen wollen, aber als es schlagartig immer dunkler geworden war, hatte sie sich darauf konzentriert, die Kerzen anzuzünden. »Ich habe nachgelesen, mit welchen Symptomen die Diphtherie einhergeht«, berichtete sie nun. »Der Rachen schwillt an, es kommt zur Atemnot, und in den meisten Fällen endet sie tödlich.«

»Was ist denn daran so überraschend?«

»Dass es seit 1906 einen Impfstoff gab. Die armen Menschen konnten ihre Kinder nicht impfen lassen – aber eine Adelsfamilie natürlich schon. Ich kann mir nicht vorstellen, dass Adam wirklich an Diphtherie gestorben ist.«

»Vielleicht gab es schon damals Impfskeptiker?«

»Aber in jedem Fall erkranken nur Kinder daran. Selbst wenn er daran gestorben ist – ganz sicher nicht Marietta.«

Er blickte nachdenklich in die Flammen. »Vielleicht habe ich mich geirrt, und sie sind womöglich an etwas anderem erkrankt.«

»Oder man hat aller Welt erzählt, sie seien an Diphtherie verstorben, um etwas anderes zu vertuschen.«

»Was denn?«

Sie öffnete den Mund und wollte fortfahren, doch in dem Augenblick leuchtete das Funkgerät auf. Wieder ertönte das vertraute Knistern und Knacken, dann eine Stimme.

Wenig später bereiteten sie sich auf dem Sofa das Nachtlager. Die Nachrichten, die sie bekommen hatten, waren beunruhigend: Nicht nur ihr Jagdschloss war von einer Lawine verschüttet worden, sondern auch ein Dorf in der Nähe von Sankt Pankraz. Seit Stunden suchte man verzweifelt nach Überlebenden und befürchtete mehrere Todesopfer unter den Schneemassen und Trümmern. Vorerst wurden alle Rettungskräfte dringend gebraucht, was bedeutete, dass sie sich wohl oder übel auf eine weitere Nacht hier einstellen mussten, vielleicht sogar noch eine zweite.

»Na toll!« Moritz verdrehte die Augen. »Da wir nun aber schon eine Nacht miteinander verbringen werden, sollten wir uns vielleicht besser kennenlernen. Im Grunde weiß ich immer noch nichts über dich. Gibt's vielleicht einen Lebenslauf in Kurzfassung?«

»Rate doch einfach mal!«

»Hm. Wenn das so ist, lass ich gerne der Dame den Vortritt. Schließlich kennst du bis jetzt vor allem meine Familiengeschichte ... und nicht mich.«

Sie wollte schon widersprechen, ließ sich dann aber doch im Schneidersitz auf dem Sofa nieder, betrachtete ihn eine Weile und sagte: »Ich weiß ja schon einiges: Du bist ein Adelsspross, stammst aus einer etwas exzentrischen Familie und besitzt viel Kohle.«

Er wollte Einspruch erheben, doch sie fuhr ihm rasch über den Mund: »Komm, komm! Keine falsche Bescheidenheit bitte. Vielleicht sind's keine Milliarden, aber ein paar Milliönchen schon. An materiellen Dingen hat es dir sicher nie gemangelt.«

»Und an anderen schon?«

»Nun, das Verhältnis zu deiner Mutter scheint nicht das beste zu sein.«

Er nickte. »Zu viele Kindermädchen, zu wenig Liebe.«

»So wollte ich es nicht ausdrücken.«

»Weil es zu klischeehaft klingt?«

»Vor allem klingt es traurig.«

»Dann lass uns doch lieber weiter übers Geld reden.«

Das hatte sie eigentlich nicht im Sinn gehabt, aber wieder war ihr nicht entgangen, wie sich seine Miene verdüsterte und etwas Verletzliches hinter all dem lässigen, spöttischen Gehabe hervorblitzte, und sie wollte lieber nicht daran rühren.

»Wahrscheinlich müsstest du gar nicht arbeiten, tust es aber dennoch«, stellte sie fest.

»Und wo?«, fragte er grinsend.

»In einem Aufsichtsrat? Wahrscheinlich hast du Jura studiert oder BWL.«

»Damit liegst du nicht ganz falsch. Wobei der Aufsichtsrat nicht zutrifft. Ich bin Immobilienmakler.«

»Aber sicher von Luxusimmobilien!«

»So was in der Art.«

»Und dieses Jagdschloss lässt du einfach verfallen.« Helena schüttelte missbilligend den Kopf.

»Da dir dieser Kasten so am Herzen zu liegen scheint, hast du wohl eine ziemlich romantische Ader«, stellte er seinerseits fest.

»Du hast ganz sicher nicht BWL studiert, oder? Vielleicht bist du eine Künstlerin … ich tippe mal auf Malerei.«

»Ich habe eine Musicalausbildung gemacht.«

Er klatschte begeistert in die Hände. »Umso besser! Dann könntest du uns die Zeit vertreiben, in dem du etwas vorsingst. Du hast doch sicher ein umfangreiches Repertoire – König der Löwen, Tanz der Vampire, Starlight Express?«

Helena schüttelte vehement den Kopf. »Gesungen wird nur gegen Geld.«

»Nun, ich biete dir immerhin ein Dach über dem Kopf, das ist doch auch was wert. Aber bitte … Musiker haben ja ihre Eigenheiten. Wo hast du denn dein nächstes Engagement?«

Ihr Gesicht verdunkelte sich. Sie suchte nach einer Ausrede, gab dann aber offen zu: »Nirgendwo … ich muss erst mal mein Privatleben wieder auf die Reihe bringen.«

Sie bereute es sofort, das Fiasko mit Martin erwähnt zu haben. Allerdings wäre es ihr noch schwerer gefallen, ihre Mitwirkung an der Daily Soap zuzugeben.

»Liebeskummer?«, fragte er. Seine Frage klang nicht aufdringlich oder neugierig, nur ehrlich interessiert.

»Ja«, entfuhr es ihr, »wir haben uns kurz vor der Hochzeit getrennt.«

»Oh«, sagte er nur, um nach einer Weile zu fragen: »Und warum?«

Helena war kurz davor, ihm alles zu erzählen: Wie sie eines Tages vorzeitig nach Hause gekommen war und ihn in flagranti mit Kristin, seiner Studienkollegin, erwischt hatte. Wie sie im ersten Moment keine Empörung über den Betrug fühlte, nur – als sie sah, wie sich Kristin hastig ein Laken vor den nackten Körper zog und Martin glühend rot anlief – verächtlich dachte: »Wie billig!« Dass sie statt Wut vor allem Scham gefühlt hatte, als wäre nicht nur er, sondern auch sie selbst daran schuld, dass ihr Leben plötzlich einem drittklassigen Melodram glich. Sie wusste, mit einer entsprechend scharfen Bemerkung hätte sie zumindest dessen Regie übernehmen können. Doch nachdem sie eine Weile wie erstarrt im Türrahmen gestanden hatte, tat sie das Gleiche, was die blonden, naiven Hollywoodstarlets in so einer Szene taten: Sie hatte sich umgedreht, war wortlos davongelaufen, und seitdem herrschte – abgesehen von ein paar Telefongesprächen, in denen es vor allem um Organisatorisches ging – absolute Funkstille. Luisa hatte ihr zwar einzureden versucht, dass Martin sie nur aus schlechtem Gewissen mied, aber insgeheim befürchtete sie, dass Luisa ihrem gekränkten Ego nur nicht die Wahrheit zumuten wollte: dass Martin längst mit Kristin zusammen und ganz dankbar dafür war, dass sie selbst kampflos das Feld geräumt hatte.

»Nun?«, fragte Moritz, als sie nichts sagte.

Helena zuckte zusammen und fühlte sich plötzlich ertappt. Die Möglichkeit, ihm alles anzuvertrauen, war nicht mehr verführerisch, sondern einfach nur peinlich.

»Das willst du nicht wirklich wissen«, sagte sie schnell. »Und außerdem wird es langsam Zeit zu schlafen. Ich weiß nicht, wie's dir geht, aber ich für meinen Teil bin hundemüde.«

Er machte den Mund auf, offenbar, um nachzubohren, überlegte es sich aber im letzten Augenblick anders. Vielleicht war es nur Desinteresse, vielleicht verspätete Dankbarkeit, dass auch sie vorhin nicht darauf bestanden hatte, die Verhältnisse, in denen er aufgewachsen war, restlos zu ergründen.

»Vielleicht hast du recht«, murmelte er. »Wenn wir schlafen, geht die Zeit wenigstens schneller vorüber.«

Helena nickte kurz ein, erwachte aber bald wieder. Nach dem kärglichen Mahl hatte sie zwar keinen Hunger, aber das Gefühl, dass schwere Steine ihren Magen füllten. In ihrem Mund schmeckte es säuerlich, und ihre Zähne fühlten sich belegt an. Sie hätte nach dem Wein noch mehr Wasser trinken sollen – nicht zuletzt, weil sich der Druck auf den Schläfen zu immer stärkeren Kopfschmerzen auswuchs. So unwohl sie sich aber auch fühlte – jener nagende Schmerz in ihrer Brust fehlte. In den letzten Monaten war sie jeden Abend damit eingeschlafen und morgens wieder erwacht und hatte jene Schatten, die Liebeskummer, verletzter Stolz und Zukunftsängste auf ihr Leben warfen, selbst in den vermeintlich fröhlichen Momenten nicht abschütteln können. Doch nun schienen diese Gefühle zu verblassen, genauso wie die Erinnerung, wie sie Martin mit Kristin im Bett erwischt hatte. Als sie jetzt daran dachte, stieg das Bild natürlich wieder vor ihrem inneren Auge auf, doch es war verhältnismäßig leicht, es wie eine Lampe einfach auszuknipsen, sich zur anderen Seite zu wälzen und nicht länger darüber nachzugrübeln. Stattdessen musste sie an Marietta denken ... die jung verstorbene Baronin von Ahrensberg.

Es war um vieles mühevoller, sich ihr Gesicht vor Augen zu rufen – nicht das auf dem Gemälde, sondern das auf dem verblichenen Schwarz-Weiß-Foto. Wann es wohl gemacht worden war? Vielleicht bei der Verlobung oder der Hochzeit? Irgendwie hatte sie traurig gewirkt, obwohl es damals generell nicht üblich gewesen war, auf Fotos zu lächeln. Ehe Helena den Gesichtsausdruck deuten konnte, war sie wieder eingenickt. Sie sah nicht länger die Baronin vor sich, sondern den Wald. Nicht Schnee, sondern Moos dämpfte ihre Schritte; vom Himmel fielen keine Flocken, sondern Tannennadeln, und als sie den Blick hob, bemerkte sie, dass an den Laubbäumen keine frühlingshaft grünen oder herbstlich goldenen Blätter hingen, sondern weiße.

Helena hob die Hand und berührte eines der Blätter. Sie fühlten sich warm an – und ledrig. Ja, die Bäume dieses Waldes waren aus Pergament, obwohl er würzig duftete.

Helena ging weiter und griff wieder nach einer Seite. Sie sah nun, dass sie von einer spitzen, dunklen Schrift bedeckt waren, ähnlich verblichen und darum unleserlich wie die Seiten aus Mariettas Tagebuch. Sie versuchte, eine ganz dicht an ihr Gesicht heranzuziehen, um sie zu lesen, doch sobald sie sie zu erfassen versuchte, entriss der Wind sie ihren Händen. Erst war sie enttäuscht, dann erleichtert. Was immer auf den Seiten stand ... sie wollte es ja eigentlich gar nicht lesen, sie durfte es nicht! Sie bargen ein Geheimnis, das niemand lüften sollte!

Jetzt, wo sie es nicht länger versuchte, schleuderte ihr der Wind die Seiten nahezu ins Gesicht. Sie zog den Kopf ein, duckte sich und spürte dennoch die scharfen Kanten. Als sie sich ans Gesicht griff, tropfte es dunkel von ihren Händen.

Die Tinte musste abgefärbt haben, nicht nur die Fingerspitzen waren schwarz, auch die Handinnenfläche: Als ein Tropfen sich seinen Weg über das Handgelenk bahnte, glich er einer schwarzen Perle, die, kaum dass sie auf den Waldboden fiel, versickerte.

»Ich muss mich unbedingt waschen«, dachte Helena.

Obwohl sie träumte, überlegte sie ganz nüchtern, dass es im Jagdschloss keine Gelegenheit dazu gab, das Bad zu verdreckt war und eine dicke Spinne in der Wanne hockte. Statt das Schloss zu suchen, ging sie tiefer in den Wald hinein, folgte dem Plätschern eines Baches, erblickte alsbald seine gekräuselte Oberfläche. Das Wasser war klar – und eiskalt. Das ahnte sie schon, ehe sie hineingriff, aber es hielt sie nicht davon ab, sich auf die Knie zu hocken und die Hände darin zu versenken.

Wie merkwürdig: Das Wasser blieb klar, anstatt etwas von der Schwärze fortzuspülen … viel zu klar. Sie sah deutlich auf den Grund, sah Steine, sah Forellen, sah … ein Gesicht.

Erschrocken zuckte sie zurück.

Das Gesicht war voller Sommersprossen. Auf dem Grund des Bachs lag Adam.

Schreiend sprang sie hoch, rannte durch den Wald, fühlte Blätter in ihr Gesicht klatschen, echte Blätter, nicht die aus Pergament. So dicht hingen sie, dass sie nicht weiterkam – und selbst wenn sie es gekonnt hätte, ihre Beine waren doch wie gelähmt. Sie würde nicht rechtzeitig fliehen können. Sie saß in diesem grünen Dickicht fest.

Langsam drehte sie sich um.

Adam war ihr nachgelaufen und blieb nun vor ihr stehen. So schwarz wie vorhin von ihren Händen tropfte es auch von seinem Gesicht, von seiner Brust, von sämtlichen Gliedern. Es schien, als hätte er nicht im klaren Wasser gelegen, sondern in zähem Pech.

»Warum musstest du sterben?«

Er antwortete nicht, er sagte nur: »Du musst mir vergeben.«

Helena schreckte mit einem Schrei auf und wusste einige Augenblicke lang nicht, wo sie war. Vorsichtig tastete sie das Sofa ab. Sie war noch immer orientierungslos, aber vorerst genügte es ihr, keine feuchte Erde oder einen eiskalten Bach zu spüren, um sich zu beruhigen. Als sich ihre Augen langsam an das trübe Licht gewöhnten und sie schemenhaft die Einrichtung wahrnahm, entspannte sie sich endgültig. Gott sei Dank – weit und breit war keine schwarze Gestalt zu sehen, nur Moritz, der beim Kamin saß und in die Flammen starrte.

Richtig ... sie hatten Feuer gemacht ... in dem alten Jagdschloss, in dem sie vom Schnee eingeschlossen waren ...

Erst jetzt merkte Helena, dass Moritz' Blick auf sie gerichtet war. Ihr Aufschrei hatte ihn sichtlich erschreckt, doch anstatt zu fragen, was los war, wirkte er abwesend, und seine Augen waren glasig, als hätte er mehr getrunken als nur ein, zwei Gläser Rotwein.

Helena stand auf.

»Auch schlecht geträumt?«, fragte sie. »Du siehst ziemlich fertig aus.«

»Ich habe so gut wie gar nicht geschlafen«, murmelte er.

Ihr Blick ging zum Kamin. Er musste erst vor kurzem nachgelegt haben, denn mehrere Scheite prasselten und sprühten Funken in den Raum hinein. Der hintere Teil des Raums lag dennoch fast im Dunkeln – entweder war es noch früh am Morgen, oder die Fenster waren eingeschneit worden.

»War dir das Sofa zu hart?«, fragte Helena spöttisch.

»Ich fürchte, es lag an etwas anderem.« Moritz richtete sich etwas auf, und prompt verzerrte sich sein Gesicht vor Schmerz.

Erst jetzt bemerkte sie, dass er den Verband von der Wunde gelöst hatte. Sie blutete nicht mehr, aber die Haut um den tiefen Schnitt war dunkelrot, und auf seiner Stirne glänzte der Schweiß.

»Hast du Fieber?«, rief sie besorgt.

Er zuckte die Schultern.

»Du hättest mich die Wunde gleich verbinden lassen sollen.«

Wieder zuckte er nur die Schultern, ehe er zu bedenken gab: »Das Problem ist, dass wir nichts haben, um sie zu desinfizieren.«

»Wie wär's mir Wein?«, schlug sie vor. »Ist immerhin Alkohol.«

Ohne seine Antwort abzuwarten, suchte sie die Flasche. Sie hatten sie bis zu einem Viertel geleert, aber den Rest träufelte sie vorsichtig auf ein Stück frische Mullbinde. Als sie zu ihm trat, sah sie, dass die Ränder der Wunde noch dunkler wirkten als zuvor.

Er ächzte, als sie die Wunde mit Wein abtupfte, aber immerhin wehrte er sich nicht, als sie sie frisch verband. »Wenn wir nur ein Fieberthermometer hätten …«, murmelte Helena.

»Zu wissen, ob ich Fieber habe und wie hoch, hilft mir auch nicht weiter.«

»Trotzdem …«

Als sie sich erheben wollte, fiel etwas polternd zu Boden. Sie bückte sich danach und entdeckte zu ihrer Verwunderung Mariettas Tagebuch.

»Hast du etwa darin gelesen?«

»Ich konnte ja nicht schlafen …«

Sein üblicher Zynismus, gegen den sie sich instinktiv gewappnet hatte, blieb aus, ein deutliches Zeichen dafür, wie schlecht es ihm ging.

Sie begann sich ernsthaft Sorgen zu machen, und um sich und ihn abzulenken, fragte sie schnell: »Und – hast du was entziffern können und irgendetwas Interessantes herausgefunden?«

Er nickte. »Sie hat wieder einen Traum aufgeschrieben, einen sehr seltsamen, hör doch nur!«

6. Juni

Ich trage ein Kleid, ein wunderschönes Kleid. Unmengen an feinsten Stoffbahnen wurden verwendet, um all diese Rüschen und Falten und Volants anzufertigen. Der Unterrock ist aus Seide und raschelt bei jedem Schritt, der Stoff, der darüber fällt, ist glänzend, aber dunkel. Erst drehe ich mich mit dem Kleid vor einem Spiegel, dann beginne ich zu laufen, immer schneller und schneller. Das Rascheln wird ohrenbetäubend laut, es wird zu einer Qual, und der Stoff fühlt sich nicht mehr gut an, sondern heiß und schwer. Wie eng mein Mieder geschnürt ist, das mir den Atem nimmt, wie lang die Schleppe ist, die mich nach hinten zerrt.

Als ich schon denke, mir die Ohren zuhalten zu müssen, weil ich das laute Rascheln nicht mehr ertrage, bemerke ich, dass jener durchdringende Laut nicht vom Kleid bedingt wird, sondern vom Himmel kommt. Ich hebe meinen Kopf, das Sonnenlicht wird von einem Schwarm Vögel verdunkelt – es sind Spatzen, die sich jetzt auf mich herabstürzen, nein, nicht auf mich, sondern auf die Brotkrumen, die auf dem Weg verstreut liegen.

Gott sei Dank, denke ich, Gott sei Dank fressen sie mich nicht auf.

Das Rascheln verstummt, die Spatzen sind eifrig damit beschäftigt, die Krumen aufzupicken. Sie werden nicht weniger, eher mehr, und als ich das Kleid raffe und auf den Boden starre, sehe ich, dass dort etwas liegt, was größer ist als Krumen oder gar ein Laib Brot. Dort liegt ein Mensch, und jener Mensch trägt kein raschelndes Kleid mit Unmengen Falten, Rüschen und Volants, sondern ist nackt. Die Haut ist weiß wie die eines Toten, nur dort, wo die Spatzen mit ihren Schnäbeln picken, strömt Blut.

Sie flattern hoch, als ich näher trete und laut aufstampfe, und nun kann ich das Gesicht des Toten erkennen.

Ich erschrecke.

Das bin ja ich, denke ich, das bin ja ich.
Ich weiß nicht, was schlimmer ist: Dass die Spatzen mich fressen … oder dass ich mein schönes Kleid verloren habe und nackt bin.

»Hm«, machte Moritz, als er geendet hatte, »wie ich schon sagte – etwas schräg drauf, die Dame.«

Sie wusste nicht warum, aber Helena fühlte sich prompt verpflichtet, Marietta zu verteidigen. »Das muss doch nicht unbedingt ein Ausdruck von Exzentrik sein. Wir alle haben oft merkwürdige Träume.«

So wie sie selbst in der letzten Nacht.

Der pechverschmierte Adam auf dem Grund des klaren Bachs … die Bäume aus Pergament … sein Flehen: Du musst mir vergeben …

»Ich meine, wenn man Träume aufschreibt, klingen sie ziemlich verworren«, fuhr sie fort, »aber ich bin überzeugt, dass eine Botschaft dahintersteckt.«

»Ach, komm. Ich habe mal gehört, dass nicht jeder Traum unbedingt von Bedeutung ist. Oft ist es nur eine Verarbeitung dessen, was man tagsüber erlebt hat. Vielleicht hatte unsere Marietta ja im Garten ein Vogelhaus aufgestellt.«

»Oder sie fühlte sich bedroht!«, rief Helena eifrig. »Ich meine, Spatzen sind doch die harmlosesten Tiere der Welt, aber in ihrem Traum fressen sie sie auf wie Aasgeier. Sie richten viel mehr Zerstörung an, als normale Vögel es könnten. Und das lässt einen Rückschluss auf ihre psychische Befindlichkeit zu. Sie war nicht einfach nur unglücklich … sie fühlte sich ganz und gar unwohl in ihrer Haut.«

»Findest du nicht, dass das etwas weit hergeholt ist? Vielleicht hatte die Gute einfach nur Magenprobleme, und das schlug sich auf den Schlaf. Ja, vielleicht hatte sie nur zu viel gegessen, obwohl sie ein so enges Mieder trug, das ist ihr eben nicht bekommen.«

Sie selbst trug kein Mieder und hatte auch nicht zu viel gegessen – im Gegenteil –, und dennoch hatte sie erneut von Adam geträumt.

Warum bat er um Vergebung? Wovon fühlte sich Marietta bedroht?

Mein Geheimnis ist, dass ich tot bin ...

»Na, welche Theorie heckst du gerade aus, so angestrengt wie du deine Stirn runzelst?«

Helena war müde, und ihre Kopfschmerzen wurden schlimmer, aber sie fühlte sich hellwach. Plötzlich entstand aus vielen kleinen Mosaiksteinchen ein ganzes Bild. Ihr eigener Traum, der von Marietta, das, was sie im Lexikon über Diphtherie gelesen hatte – es passte plötzlich alles zusammen. Das und noch etwas anderes.

»Du hast mir doch von der Hochzeit deiner Schwester erzählt.«

»Was hat denn das mit Marietta zu tun?«

»Ich glaube, ich weiß, was damals geschehen ist.«

10

1914

Marietta lief durch den Wald. Im Schatten war es angenehm kühl, doch sobald sich Sonnenstrahlen durchs Blätterdach zwängten, wurde ihr trotz der luftigen Höhe warm. Ihr dünnes Sommerkleid war bald verschwitzt, ihre Haare lösten sich aus dem strengen Knoten, ihre Backen röteten sich.

Trotz der Anstrengung hörte sie nicht auf zu laufen. Das Holz knackte unter den Füßen, Nadeln von Fichten und Tannen brachen, die hohen Farne raschelten. Eigentlich liebte sie den Wald im Herbst am meisten, wenn das Laub sich goldgelb färbte, das Licht weich wurde und die Bergspitzen in der Ferne vom Schnee angezuckert waren, doch im Herbst hatte sie selten Gelegenheit, die Natur allein zu erforschen. In dieser Jahreszeit galt es stattdessen, die vielen Gäste zu empfangen und zu unterhalten – der Preis dafür, dass sie den Aufenthalt im Jagdschloss der Ahrenbergs bis Ende Oktober hinausziehen durfte: Im ersten Sommer waren sie schon im August nach Wien zurückgekehrt, und sie hatte dort in der grauen Enge des Palais so bitterlich geweint, dass Heinrich im nächsten Jahr erst viel später zur Rückkehr in die Hauptstadt gedrängt hatte. Allerdings unter der Bedingung, dass er ständig Aristokratenfamilien, Geschäftspartner und Verwandte aus der Familie seiner Mutter zur Jagd eingeladen hatte, ausschließlich begeisterte Jäger, die viel zu lange blieben und an drei bis vier Tagen der Woche früh morgens zur Jagd aufbrachen. Die Männer schossen alles tot, was ihnen vor die Flinte kam, die Damen betätigten sich als Treiber und scheuchten mit ihren Schirmen das Niederwild im Unterholz auf. Abends gab es große Diners, bei denen die Tische festlich geschmückt wurden und das Goldservice, das eigens aus Wien hierhergebracht worden war, zum Einsatz kam. Die Familie von Konstanze blickte dennoch immer etwas verächtlich auf diese Tafel. Ganz gleich, welchen Luxus man bot – alles schien zu wenig, weil es schließlich aus den Händen eines Barons, nicht eines Grafen stammte, und sie schwärmten von den exklusiven Jagdausflügen der hohen Aristokratie in Böhmen und Mähren. Verarmt, wie sie waren, wurden sie dort jedoch nicht mehr eingeladen und mussten gute Miene zum bösen Spiel machen.

Marietta hasste Heinrichs Verwandtschaft mütterlicherseits, und noch mehr hasste sie die Jagd. Aber beides ließ sich besser hier als anderswo ertragen, und zumindest im Sommer kamen nur spärlich Gäste und beschränkte sich der Kontakt mit den Nachbarn auf den sonntäglichen Kirchgang. Ansonsten konnte sie sich in die Einsamkeit der Wälder flüchten, wo keiner sich den Mund zerriss, weil sie noch nicht schwanger war, und niemand sich über sie lustig machte, weil sie eine Tänzerin war, die sich nicht zu benehmen wusste. Ein Teil der Dienerschaft kam jedes Mal aus Wien mit hierhergereist, doch ihre Zofe Lise vertrug die Höhe nicht, weswegen ihr Josepha, die Tochter des hiesigen Försters, die Haare flocht oder aufsteckte. Sie war nicht sonderlich geschickt; meist hatte sich die Frisur schon zu Mittag aufgelöst.

Marietta blieb stehen, hob die Hand und zog sich Zweige und Blätter aus den Strähnen. Als sich ihr Atem etwas beruhigt hatte, lauschte sie den Stimmen des Waldes: dem Vogelgezwitscher, dem Zirpen von Grillen, dem Pochen eines Spechts, dem Rauschen eines Baches. Es war Musik in ihren Ohren, sanft, eintönig ... beruhigend.

Umso heftiger zuckte sie zusammen, als plötzlich jemand ihren Namen rief.

Sie fuhr herum und war erleichtert, dass es nur Elsbeth war, die auf sie zugelaufen kam. Zu Beginn ihrer Ehe mit Heinrich hatte das dünne Mädchen deutlich zugenommen und Pausbacken bekommen, doch in den letzten beiden Jahren war sie in die Höhe geschossen und wieder schlaksig wie einst. Dennoch fielen ihre Schritte kräftig aus. Sie huschte nicht wie Marietta auf Zehenspitzen, die immer einem scheuen Reh auf der Flucht glich, sondern bohrte ihre Fersen förmlich in den Boden und hinterließ tiefe Spuren auf der Erde und im Moos.

»Was machst du denn hier?«

Anders als Marietta war Elsbeth selten im Wald anzutreffen. Die glücklichsten Stunden des Tages verbrachte sie mit ihrem Hauslehrer oder allein mit ihren Büchern. Mittlerweile hatte Heinrich ihr zuliebe auch im Jagdschloss einen ganzen Raum zur Bibliothek umgewidmet, wo Elsbeth stundenlang sitzen und sich in die Lektüre vertiefen konnte.

Jetzt wirkte sie so aufgeregt und atemlos, dass sie mehrmals neu ansetzte, um ihr die Nachricht zu überbringen.

»Was ist denn nur passiert?«

Marietta musste unwillkürlich lachen. Elsbeth war sonst immer die Fröhliche, die ihr Leben zu genießen verstand, doch hier im Wald schien sie sich unwohl zu fühlen – war dieser doch Mariettas Reich, nicht ihres.

Endlich brachte sie die Neuigkeit über die Lippen. »Franz-Ferdinand ist tot.«

Mariettas Lachen erstarb. Sie dachte angestrengt nach, aber ihr fiel kein Familienmitglied ein, das so hieß. Allerdings konnte sie sich Namen ohnehin sehr schlecht merken – sie war schon froh, wenn sie die von Konstanzes Hunden nicht vergaß.

»Verstehst du nicht?«, rief Elsbeth höchst erregt. »Franz-Ferdinand, der Thronfolger!«

Marietta war erleichtert. Niemand, den sie kannte. Elsbeth

merkte sich Namen immer mühelos, auch die aller Erzherzöge.

»Wir müssen doch nicht zurück nach Wien?«, fragte sie besorgt.

Elsbeth zuckte die Schultern und maß sie etwas vorwurfsvoll.

»Er wurde in Sarajevo erschossen.«

»Wo ist das denn?«

Elsbeth antwortete nicht, sondern fragte zurück: »Du weißt schon, was das bedeutet?«

Der laue Wind schien plötzlich schärfer zu wehen.

Ab diesem Tag wurde ständig von Persönlichkeiten gesprochen, deren Namen Marietta nie gehört hatte, von Orten, die sie nicht kannte, von Allianzen und Bündnissen, von denen sie nichts wissen wollte. Salvator, der die meiste Zeit des Jahres bei seiner Garnison verbrachte, kam ebenso angereist wie viele andere Militärs und Geschäftsleute, und wenn sie mit Heinrich zusammensaßen, fielen nicht nur Namen von Menschen und Orten, sondern von Waffen.

Salvator wirkte aufgeregt und begeistert, Heinrich nachdenklich und bedrückt, und Marietta floh noch häufiger in den Wald als zuvor. Wenn das nicht möglich war, saß sie daneben und lauschte schweigend, um nichts Falsches zu sagen.

Anders als Elsbeth wusste sie nicht, welche Folgen das Attentat haben würde: dass die einzige logische Antwort ein Ultimatum an Serbien war und dass der Konflikt mit dem kleinen Land, das eigentlich keine Chance gegen die mächtige Donaumonarchie hatte, zum Flächenbrand ausarten könnte. Sie begriff nicht, warum Heinrich den Kopf schüttelte, als die Sprache darauf kam, während Salvator nickte und begeistert rief: »Eben!« Und wenig später – händereibend –: »Endlich!«

Wenn Heinrich und Salvator mit Geschäftspartnern sprachen,

gab sich der eine weniger besorgt und der andere weniger enthu-
siastisch. Ganz nüchtern war von Zahlen, neuen Marken, Liefer-
engpässen und Produktionsweisen die Rede. Und obwohl Marietta
davon erst recht nichts verstand, begann sie doch zu ahnen: Sie
sprachen über den Tod, den Tod von Millionen von Menschen.
Und wie sich damit Geld verdienen ließ.

In den Nächten klammerte sich Heinrich regelrecht an sie –
was ganz gegen seine Gewohnheit war, hatte er sie in den letzten
Jahren doch meist so vorsichtig berührt, als wäre sie aus Glas. Nun
schien es, als könnte er nicht genug von ihrem Körper bekommen,
ja, als machte es ihm nichts aus, wenn sie zerbräche und er sich an
den spitzen Scherben blutig schnitte.

Er war stürmisch wie nie, fordernd und unermüdlich. Selbst der
Wunsch nach einem Kind hatte ihn nicht so oft in ihr Schlafzimmer getrieben wie jetzt der Wunsch zu vergessen. Sie ertrug ihn,
wünschte ihm sogar, er möge Trost finden, aber sein Körper blieb
ihr so fremd wie seine Gedanken.

Nur einmal, als er nach dem Liebesakt einschlief, anstatt ihr
Gemach wieder zu verlassen, streichelte sie über seinen Arm, betrachtete sein schlafendes Gesicht, das sich immer mehr verzerrte,
und hielt ihn fest, als er schreiend aus einem Traum hochschreckte.

Sie starrten sich an und fühlten sich kurz einander nahe wie seit
Jahren nicht.

»Es wird Krieg geben«, sagte er.

Unwillkürlich rückte Marietta von ihm ab und begriff, dass –
auch wenn sie sich blind und unverständig stellte – ihrer aller Leben nie wieder dasselbe sein würde.

Die hiesige Köchin namens Agnes war von den Scharen an Gästen
völlig überfordert. Bis jetzt hatte es genügt, einfache Menüs zu-
zubereiten, nun sollten immer feinere Speisen auf den Tisch kom-

men. Mit starkem Dialekt und klagender Stimme rief sie immer wieder:»Mei, dös kann i halt ned.«

Konstanze sah sie stets mit leisem Befremden an, Marietta mit Neid. Wie entlastend es sein musste, sich hinzustellen und einfach zu sagen, das kann ich nicht, das verstehe ich nicht, das will ich nicht.

Sie selbst kam nicht umhin, an Heinrichs Seite die Gäste zu begrüßen, mit den Frauen zu parlieren und sie durch das Jagdschloss zu führen. Gottlob sprachen die Frauen nicht über den drohenden Krieg, nur über die Skandale, die sich während der letzten Wochen im fernen Wien zugetragen hatten. Doch in ihren Mienen las Marietta gleiche Gefühle wie in denen von Heinrich oder Salvator – Angst und Unbehagen bei den einen, Begeisterung und Vorfreude bei den anderen.

»Ich verstehe nicht, warum sie alle hierherkommen und nicht einfach in Wien bleiben«, sagte sie eines Tages zu Elsbeth.»Hier wird schließlich nicht entschieden, ob es Krieg gibt oder nicht.«

Und Elsbeth, die ohnehin kaum etwas Kindliches mehr an sich hatte, setzte eine noch ernstere Miene auf und erklärte mit belehrendem Tonfall:»Die Waffenproduktion steht und fällt mit Heinrich. Jeder will in diesen Tagen sein Freund sein, weil an ihm das Kriegsglück hängt … und an seiner Seite die größte Aussicht besteht, reich zu werden.«

Marietta sah sie verwundert an. Worüber sie sich nur den Kopf zerbrach! Immer öfter beobachtete sie nun, wie Elsbeth Gespräche im großen Salon belauschte – die der Männer wohlgemerkt, nicht die der Frauen. Sie verzichtete darüber sogar auf die geliebte Lektüre.

Marietta ihrerseits wollte ihr größtes Vergnügen – die Spaziergänge im Wald – nicht missen und war erleichtert, dass die anderen Frau sich scheuten, sie dorthin zu begleiten. Solange nicht zur Jagd gerufen wurde, waren ihnen die Wege zu uneben, das Unterholz zu dornig, die Schatten zu düster. Eine Dame in Konstanzes Alter ließ sich überhaupt nur mit der Sänfte herumtragen.

Marietta war es recht, dass der Wald weiterhin ihr Reich blieb. Wann immer sie eine Gelegenheit fand, verließ sie das Jagdschloss, um stundenlang durch die Natur zu streifen. Manchmal rastete sie an einer einsamen Lichtung, wo noch grüne Brombeeren wuchsen und das Moos weich war und jeden Laut verschluckte. Es war, als hätte ihr Körper kein Gewicht und als würde sie über der Erde schweben. Es war ihre Art zu tanzen. Und sie sehnte sich mehr danach als je zuvor. Tanzen, drehen, springen … immer höher … immer weiter fort … von Heinrich, der aufgeregt und trübsinnig zugleich war … von den kriegslüsternen Männern, die er magisch anzog, obgleich er selbst niemanden so sehr verachtete wie sie … von den Frauen, die sich dumm stellten, als drohte nichts und niemand, ihre Welt aus den Angeln zu heben …

Eines Tages drehte sie wieder ihre Kreise auf dem Moos, als plötzlich doch ein Geräusch erklang. Äste knackten, im Gebüsch raschelte es, ein Auerhahn stob davon. Er musste sich genauso erschreckt haben wie sie.

Marietta fuhr herum. Inmitten der geheimen Lichtung stand ein junger Mann.

Sie musterte ihn genauer und dachte kurz, dass er kein Mann war, sondern ein himmlisches Wesen. Das Sonnenlicht, das durchs Blätterdach fiel, ließ sein blondes Haar golden aufleuchten, und seine ohnehin helle Haut schimmerte fast weiß. Er trug die Kleidung eines Jägers – einen Lederwams und kräftige Stiefel –, doch als sie ihn betrachtete, konnte sie sich unmöglich vorstellen, dass er auf Tiere schoss. Diese feinen Hände hatten gewiss nie ein Wild ausgeweidet. Sie war sich nicht einmal sicher, dass unter der alabasternen Haut Blut floss oder nicht vielmehr flüssiges Silber. Er war dünn, nahezu dürr. Die Kleidung schlackerte an ihm herum, und anders als die gleichfalls schlanken Balletttänzer, die immerhin stark und sehnig genug waren, die Balletteusen in die Luft zu schleudern, schien er so leicht, dass eine Windbö ihn mit sich reißen müsste wie ein Blatt. Vielleicht hatte er die Lichtung nicht einfach betreten. Vielleicht war er hierher geflogen.

»Wer sind Sie?«

Er schien sie schon früher bemerkt zu haben und erwiderte ihren Blick. »Mein Name ist Gabriel.«

Marietta weitete die Augen, aber sonderlich überrascht war sie nicht. Wo sonst, wenn nicht hier auf der Lichtung, so fern der alltäglichen Welt, konnte man einem Engel begegnen?

Doch plötzlich lächelte er, und aus jener ausdruckslosen Miene, die überirdisch schön war wie die einer Steinstatue, wurde ein menschliches Gesicht. »Es war die Idee meiner Mutter«, fuhr er fort. »Bei meiner Geburt war ich so schwach und kränklich, dass jedermann erwartete, ich würde alsbald ein Engel werden und im Himmel über sie wachen.«

Marietta trat näher. Er war etwas größer als sie.

»Aber Sie haben überlebt …«

Er nickte bedächtig. »Sie sind die Baronin von Ahrensberg – wir sind uns gestern Abend vorgestellt worden.«

Marietta konnte sich kaum noch an die Speisefolge des Diners erinnern, geschweige denn an die vielen fremden Gesichter. Wie war es möglich, dass ihr der junge Mann nicht aufgefallen war? War er etwa nur im Wald so schön, während er im wirklichen Leben blass und unscheinbar wirkte?

Sie blickte ihn nachdenklich an.

»Sie wissen nicht, wer mein Vater ist?«, fragte er.

Als sie den Kopf schüttelte, schien er nicht vorwurfsvoll, sondern erleichtert.

»Bendegúz Radványi«, erklärte er.

Der Name sagte ihr nichts.

»Er ist ein reicher Mann«, murmelte Gabriel und klang dabei so verächtlich, als sei Reichtum viel schmutziger als die würzige Erde des Waldes. »Er hat mit Spekulationen ein Vermögen verdient«, fuhr er fort. »Mittlerweile gibt es kaum einen Wirtschaftszweig, in den er nicht investiert hat – ob nun die Bahn oder die Kohlegruben in Schlesien.«

Marietta musste daran denken, was Elsbeth ihr von den Männern erzählt hatte, die Heinrichs Nähe suchen. »Und jetzt will er mit Waffen spekulieren«, sagte sie leise.

»Das große Geschäft der nächsten Jahre.« Gabriels Mund verzog sich noch angewiderter. »Er braucht das Geld«, fuhr er fort, »schließlich ist er Ungar, und diese sind in Wien nicht gern gesehen. Er träumt nicht nur von Geld, sondern von einem Botschafterposten, den man wiederum nur dank großen Reichtums bekommt. Schließlich gilt es erst zu bestechen und später die Repräsentationsspesen zu zahlen.«

Der junge Mann war aus der Sonne getreten, und seine Haut wirkte nun nicht mehr so blass, die Haare nicht mehr so golden. Im Schatten war er weder außergewöhnlich gutaussehend noch elegant, aber die Abneigung in seiner Stimme gefiel ihr. Jene Fülle an Worten hätte sie, wären sie aus einem anderen Mund gekommen, abgeschreckt und ihr zugesetzt. Doch nun dachte sie nur: Er will auch nichts damit zu tun haben – mit Krieg und Waffen und Geld. Er versteht von diesen Dingen so wenig wie ich.

»Lassen Sie uns zurückgehen«, sagte sie. Es ziemte sich nicht, alleine mit einem Mann unterwegs zu sein.

»Gewiss«, sagte er knapp.

Als sie das Jagdschloss erreichten, war der Hof wie ausgestorben, und sobald sie aus dem Schatten der Bäume hervortraten, wurde die Hitze wieder drückend. Die Frauen hatten sich wohl zum Mittagsschlaf zurückgezogen, die Männer in den großen Salon, wo sie Zigarren rauchten.

»Und Sie?«, fragte sie unwillkürlich, »was wollen Sie?«

»Was meinen Sie?«

»Ihr Vater will reich sein und Botschafter werden, doch daran scheinen Sie nicht interessiert zu sein.«

Er nickte. »Kommen Sie mit!«

Sie stiegen die Treppe hoch. Obwohl Marietta das Jagdschloss in- und auswendig kannte, überkam sie das Gefühl, eine ebenso fremde wie verbotene Welt zu betreten. Der Raum, den Heinrich Elsbeth zuliebe als Bibliothek eingerichtet hatte, war leer – wahrscheinlich belauschte die kleine Schwester wieder einmal die Männergespräche im Salon.

Marietta hatte keine Ahnung, was Gabriel hier wollte, ehe er entschlossen auf das Klavier zuging, das in der Ecke stand. Der dunkle Lack wies Kratzer auf, die Saiten waren gewiss verstimmt.

Gabriel setzte sich auf den kleinen runden Stuhl. »Ich darf doch?«

»Bitte.«

Marietta schloss unwillkürlich die Augen, als er zu spielen begann – mit jener Leidenschaft, mit der Leopold Krüger einst gesungen hatte, mit jeder Faser seiner Seele, mit jedem Tropfen Blut seines Herzens, in dem Wissen zu sterben, wenn man nicht mehr musizieren könnte.

Marietta öffnete die Augen wieder.

So habe ich nie getanzt, dachte sie bestürzt. Nie habe ich mich so befreit gefühlt, mich nie ganz der Sehnsucht hingegeben, die einer besseren Welt gilt, nie die Ahnung abstreifen können, dass Not und Gefahren um mich lauern.

Sie sah die Hände von Gabriel über die Tasten huschen und begriff, was Paulette gemeint hatte, als sie sagte, man dürfe ihr die Qualen nicht ansehen. Wenn sie sich zu dieser Musik bewegen dürfte, würde sie die Qualen abschütteln. Sie würde tanzen wie nie. Sie würde glücklich sein wie nie.

Sie konnte kaum ruhig stehen, doch ehe sie zu tanzen begann, ehe sich ihre Augen mit Tränen füllten, ehe sie sich eingestand, dass es ein Fehler gewesen war, das Ballett aufzugeben und Heinrich zu heiraten, hörte Gabriel zu spielen auf.

Draußen waren Schüsse gefallen.

Alle kamen in den Hof gelaufen, und trotz der drückenden Hitze war keine Spur mehr von Trägheit wahrzunehmen. Selbst die alte Dame, die sich vorzugsweise in der Sänfte tragen ließ, hastete zu Fuß herbei. Niemand achtete darauf, dass Marietta mit Gabriel Radványi allein in der Bibliothek gewesen war. Sämtliche Versammelten starrten auf Salvator, der in der Mitte des Hofs stand, eine Pistole gen Himmel richtete und immer neue Schüsse abfeuerte. Er lachte aus vollem Herzen.

»Wir werden es ihnen zeigen! Wir werden es ihnen zeigen!«

Die anderen schienen eher zu begreifen, was er meinte. Die Männer jubelten und grölten, einige Frauen stießen spitze Schreie auf – es war nicht recht klar, ob als Zeichen der Zustimmung oder des Entsetzens.

Heinrich trat auf seinen Bruder zu. »Woher weißt du ...«, setzte er an.

Salvator ließ die Pistole sinken und zog mit der anderen Hand ein Telegramm hervor. Einer der Diener, Ferdinand, hatte es vorhin offenbar überbracht. Er musste in der Mittagshitze gerannt sein, denn er war schweißnass.

Warum bietet ihm bloß niemand etwas zu trinken an?, dachte Marietta.

Aber so wenig wie auf Gabriel und sie achtete man auch auf Ferdinand – alle starrten vielmehr gebannt auf Salvator, als der erklärte: »Das Ultimatum ist abgelaufen. Die serbische Regierung ist nicht bereit, die k. u. k.-Monarchie bei der Aufklärung von Franz Ferdinands Ermordung miteinzubeziehen. Unser Außenminister

Leopold Berchtold hat Serbien darum den Krieg erklärt. Es steht zu erwarten, dass bald die Kriegserklärung an Russland erfolgt – und die vom Deutschen Reich an Frankreich. Außerdem ...«

»Bist du verrückt geworden?«, schrie Konstanze plötzlich schrill. »Du hörst sofort damit auf!«

Marietta fuhr herum. Bis jetzt hatte ihre Schwiegermutter nicht erkennen lassen, welche Meinung sie zum bevorstehenden Krieg hatte, und Marietta brauchte eine Weile zu begreifen, warum sie ihren Zweitgeborenen vor aller Welt tadelte. Gabriel lächelte dünn, und Marietta konnte sich nicht verkneifen, es zu erwidern.

Die Schüsse, die Salvator abgefeuert hatte, hatten Konstanzes Möpse verschreckt. Trotz ihrer Fettleibigkeit waren sie davongelaufen und verkrochen sich jetzt irgendwo im Unterholz.

Sie suchten die Hunde bis zum späten Abend. Als es so finster war, dass sich nur mehr im Umfeld des Jagdschlosses die Konturen der Bäume und Sträucher ausmachen ließen, wollte Heinrich die Suche schon abblasen. Doch ehe er den entsprechenden Befehl erteilte, ertönte lautes Geschrei. Agnes, die Köchin, war die Glückliche, die sich zuschreiben konnte, das Seelenheil der Hausherrin gerettet zu haben. Sie hielt zwei der Tiere unter ihrem Arm wie Ferkel, während der dritte Hund mit lautem Röcheln hinter ihr herlief.

Heinrich starrte sie an.

Nie waren ihm die Hunde so verhasst gewesen wie in diesem Augenblick. Einmal mehr hätte er am liebsten den Fuß gehoben und nach ihnen getreten, obwohl er wusste, dass die Tiere keine Schuld traf – weder an dem schrecklichen Krieg noch daran, dass er künftig nie an dessen Beginn würde denken können, ohne die feisten Gesichter der Möpse vor sich zu sehen – eine völlig unangemessene, lächerliche Assoziation. Ebenso unangemessen war der Neid, der plötzlich in ihm aufstieg, als sämtliche Gäste über

164

das Befinden der Hunde zu diskutieren begannen – ob sie hungrig waren, ängstlich oder enttäuscht, ihre gerade gewonnene Freiheit schon wieder zu verlieren. Was er hingegen fühlte, war ihnen egal.

Konstanze riss der Köchin die beiden Hunde aus dem Arm und ließ sich von ihnen das Gesicht abschlecken. »Wenn wir sie nicht wieder gefunden hätten, hätte ich dir das nie verziehen«, schnaubte sie Heinrich an.

»Was habe ich damit zu tun? Salvator hat doch geschossen!«

Seine Mutter blickte ihn verständnislos an, als wäre es anmaßend von ihm, auf diesen Unterschied zu pochen. Alle Männer schossen gerne. Alle Männer freuten sich über den Krieg. Alle Männer waren Narren.

Heinrich presste die Lippen zusammen. Wie sollte er ihr ausgerechnet jetzt den Gegenbeweis antreten?

Agnes, die Köchin, strahlte vor Freude. So oft hatte sie Speisen versalzen, war ihr Braten zäh geraten und ihr Brot zu hart. Nun hatte sie den Herrschaften doch noch beweisen können, dass sie zu etwas nütze war.

Heinrich sah sich nach Marietta um, konnte sie aber nirgendwo erblicken. Als Einzige hatte sie sich nicht an der Suche nach den Hunden beteiligt. Er ging ins Haus, wo ihm Josepha, das Mädchen, das hier im Jagdschloss Lises Dienste übernommen hatte, erklärte, dass die Baronin den Ausgang der großangelegten Suchaktion nicht abgewartet, sondern vorgezogen hatte, sich zurückzuziehen.

Obwohl er selbst beinahe nach Konstanzes Hunden getreten hätte, empörte ihn ihre Gleichgültigkeit, doch er unterdrückte das Gefühl ebenso wie vorhin den Wunsch, den fetten Möpsen Schmerzen zuzufügen.

Nach einigem Zögern betrat er Mariettas Schlafzimmer. Das Mobiliar war dunkel, das Holzbett wuchtig und mit vielen Schnitzereien versehen, die schweren Schränke mit Blümchen bemalt. In der Dunkelheit konnte man sie kaum erkennen.

Marietta lag zusammengeringelt wie eine Katze auf dem Bett. Sie atmete regelmäßig, ihre Züge wirkten entspannt. Lange stand er neben ihr und betrachtete sie. Wenn sie wach war, wirkte sie nie so weich, so sanft.

Schließlich begann er, der schlafenden Marietta leise seine Sorgen anzuvertrauen: »Das ist das Ende ... das Ende der Welt, wie wir sie kennen. Ich glaube nicht, dass die Monarchie den Krieg überleben wird. Noch stehen die vielen Völker vermeintlich geeint hinter dem Kaiser, doch der Kaiser ist alt. Mit ihm wird die Ordnung sterben, mit der wir aufgewachsen sind.«

Mariettas Lider flackerten. Ruckartig setzte sie sich auf. »Heinrich ... was ... was ist denn los?«, murmelte sie.

Es lag ihm auf den Lippen, alles zu wiederholen. Stattdessen sagte er nur: »Wir haben die Hunde wiedergefunden.«

Marietta rieb sich schlaftrunken die Augen. »Deswegen bist du aber doch nicht zu mir gekommen. Was ... was beunruhigt dich wirklich?«

Wieder stand er knapp davor, seine Sorgen erneut zu offenbaren, und wieder tat er es nicht. Sie hatte so friedlich ausgesehen.

»Schlaf weiter!«, sagte er und ging.

11

»Du glaubst, sie hat sich umgebracht?«, fragte Moritz nachdenklich.

Helena nickte eifrig.»Ja! Und nicht nur sich selbst ... auch ihren Sohn.«

Er verzog seine Miene etwas skeptisch.

»Doch!«, bestand Helena.»Überleg doch mal: War es früher nicht üblich, dass man Selbstmörder nicht in geweihter Erde begraben hat? Und offenbar ist die Kapelle hier nicht wirklich geweiht worden, sonst hätte deine Schwester nicht diese Probleme mit dem Ortspfarrer gehabt. Ein hervorragender Platz, um die beiden zu bestatten, ohne dass der Skandal zu offensichtlich wurde.«

Er zuckte die Schultern.»Was es genau mit der Kapelle auf sich hat, kann ich nicht mit Sicherheit sagen. Vielleicht konnte meine Schwester nur darum nicht hier heiraten, weil sie sich nicht die richtigen Papiere beschafft oder sich mit dem Ortspfarrer zerstritten hat, was weiß ich. Sie ist in solchen Dingen sehr undiplomatisch.«

»Aber es wäre möglich!«

»Wenn man die beiden tatsächlich aus diesem Grund hier begraben hätte, wäre es in Adams Fall ziemlich ungerecht. Zumindest er ist ja kein Selbstmörder.«

»Man wollte ihn wohl im Tod bei der Mutter lassen.«

»Obwohl sie ihn umgebracht hat?«

»Sicher nicht aus Grausamkeit, sondern aus Verzweiflung. Laut

Tagebuch war sie in einer sehr düsteren Stimmung, vielleicht sogar schwer depressiv.«

Moritz blickte sich um. »Das würde ich hier allerdings auch werden. Ich meine, in dieser Bruchbude ...«

Helena wurde ärgerlich – warum musste er ständig alles ins Lächerliche ziehen? »Damals war dieses Haus keine Bruchbude, sondern ein herrschaftlicher Besitz. Schließlich wurde er von seinen Besitzern noch gepflegt – im Gegensatz zu den späteren Erben, die es verkommen ließen.«

Er ging nicht auf ihre Spitze ein. »Na ja, ehe ich mich umbringen kann, sterbe ich wahrscheinlich an einer Blutvergiftung«, meinte er salopp.

Helenas Ärger verflog. »Sind deine Schmerzen noch schlimmer geworden?«

Sie musterte ihn genauer. Im fahlen Morgenlicht wirkte seine Haut irgendwie grau, wie von einer dünnen Schicht Asche überzogen.

»Es reicht schon, wenn sie auf dem jetzigen Level bleiben. Und deswegen werde ich jetzt lieber noch ein Stündchen schlafen, anstatt mir über die Vergangenheit den Kopf zu zerbrechen.«

Ohne eine Antwort abzuwarten, legte er sich hin, zog die Decke hoch und schloss die Augen. Wenig später wurde sein Atem ruhig und gleichmäßig.

Helena selbst konnte unmöglich noch einmal schlafen. Sie saß vor dem Kamin, blickte in die Flammen und fühlte eine Traurigkeit in sich hochsteigen, deren Ursache ihr nicht recht klar war. Sie hatte nichts mit Martin zu tun, es war eher ein anderer Schmerz, der auf sie überschwappte ... Mariettas Schmerz ... der jungen Frau, der Mutter, die keinen Sinn mehr in ihrem Leben zu sehen glaubte.

Doch was hatte deren Schicksal nur mit ihr zu tun? Selbst in ihren düstersten Momenten hatte sie nie auch nur im Entferntesten daran gedacht, sich umzubringen. Sie wandte sich vom Kamin ab und musterte Moritz. Über viele Ecken war er mit Adam verwandt, auch wenn er nichts mit dem sommersprossigen Knaben auf dem Schwarz-Weiß-Foto gemein hatte. Er wirkte entspannter und nicht mehr so bleich, die Schmerzen schienen ihn im Schlaf nicht länger zu quälen. Obwohl er sie mit seinen spöttischen Bemerkungen so schnell und leicht verärgern konnte, war es inmitten dieser Mauern, die vom Tod kündeten, einem viel zu frühen, viel zu sinnlosen, beruhigend zu wissen, nicht allein zu sein.

Etwa eine Stunde später nickte Helena doch noch einmal ein. Als sie erwachte, war das Feuer fast ausgegangen und kaum mehr neue Holzscheite da. Moritz schlief immer noch, und um ihn nicht zu wecken, schlich sie sich auf Zehenspitzen hinaus und schlüpfte erst im Flur in ihren Mantel und die Stiefel, die dank des Zeitungspapiers, das sie hineingestopft hatte, wieder halbwegs trocken waren.

Die kalte Morgenluft belebte sie, als sie ins Freie trat. Der Himmel war fast klar und von einem matten Blau, die wenigen Wolken wie zerfranste Fäden. Der Schnee lag mittlerweile so hoch, dass er die Fensterbretter des Erdgeschosses bedeckte, und manche Eiszapfen, die vom Dach herabhingen, waren dick wie ein Arm. Helena vernahm ein Knirschen, das in der Totenstille umso lauter und bedrohlicher wirkte. Wahrscheinlich kam es vom Dachstuhl, der unter den Massen ächzte.

Sie kämpfte sich durch den tiefen Schnee bis zu jener Hütte, wo Moritz gestern die Überbleibsel der sommerlichen Grillparty entdeckt hatte und wo sich ein Stoß mit Holzscheiten befand. Auch diese lagen tief im Schnee vergraben, und sie brauchte eine Weile, ihn beiseitezuschieben und die Bänder zu lösen, mit denen das Holz zusammengebunden war. Die obersten Scheite waren nass, und selbst die im Inneren des Stoßes eiskalt wie Eiszapfen. So schnell würden diese wohl kein Feuer fangen – allerdings hatten sie kein besseres Holz zur Verfügung, daher schleppte sie es hinein. Insgesamt drei Mal holte sie Nachschub, und als sie neben dem Kamin einen ansehnlichen Stapel errichtet hatte und das letzte Mal in den Salon trat, war Moritz wach.

Seine Stirne glänzte schweißnass, aber sein Gesicht war nicht mehr so grau. Er war gerade damit beschäftigt, die Gummibärchen abzuzählen und gerecht aufzuteilen.

»Was für ein tolles Frühstück!«, meinte er grinsend.

»Als Kind hätte ich das genossen«, erklärte Helena.

»Meine Mutter war verrückt genug, uns regelmäßig bei McDonald's frühstücken zu lassen. Auch nicht gerade ein gelungener Beitrag, um Kinder mit einer gesunden Ernährungsweise vertraut zu machen.«

»McDonald's? Gab's den damals schon?«, fragte Helena spöttisch.

»So alt bin ich auch wieder nicht.«

Sie wurde wieder ernst. »Lass mich mal nach deiner Wunde sehen.«

»Besser, sie bleibt verbunden. Wenn sie so aussieht, wie sich meine Schmerzen anfühlen …«

»Nun, sei nicht kindisch! Mach schon!«

Widerwillig löste er den Verband, und nun konnte sie den grauenhaften Anblick nicht länger auf das diffuse Licht schieben. Die Ränder der Wunde waren dunkel, fast schwarz, die Haut darum dunkelrot. Sie hatte sich von Martin immer mal wieder die übelsten Krankheiten beschreiben lassen und ihn manchmal auch den Pschyrembel abgefragt, der voller grässlicher Fotos war, weswegen sie jetzt einen entsetzten Aufschrei unterdrücken konnte. Aber der Schrecken musste ihr deutlich im Gesicht geschrieben stehen.

»Sieht schlimm aus, nicht wahr?«, murmelte Moritz sichtlich bleich. »Bleibt wohl nur mehr Amputation.«

Der Ärger über seinen mangelnden Ernst blieb diesmal aus. »Vielleicht gibt's hier irgendwo im Haus noch eine Flasche Schnaps oder Cognac. Wir sollten uns auf die Suche machen.«

»Um uns zu betrinken?«

»Nein, um die Wunde zu desinfizieren.«

»Wenn es nicht schon zu spät ist ... nun, wenigstens kannst du das Messer reinigen, mit dem du später meinen Arm abschneiden willst. Oder hast du draußen beim Holz vielleicht eine Hacke gefunden? Damit geht's noch leichter.«

»Jetzt hör auf, solche dummen Scherze zu machen!«, fauchte Helena.

»Warum denn immer gleich so aggressiv?«

Sie seufzte. »Tut mir leid. Aber es ist ja auch kein Wunder, wenn ich ein bisschen gereizt bin ... wir vertreiben uns unsere Zeit ja nicht gerade bei einem schicken Wellnessurlaub.«

»Eben. Und deswegen müssen wir das Beste daraus machen und lieber lachen, anstatt zu verzweifeln.«

Sie zog die Brauen hoch. »Ist das dein Lebensmotto?«

»Wenn es so wäre, dann wäre es doch nicht das Schlechteste, oder? Warum werde ich bloß das Gefühl nicht los, dass du alles, was ich sage, in den falschen Hals bekommst? Bei jedem kleinsten Scherz fährst du aus der Haut. Dabei bin ich derjenige, der hier mit einer üblen Verletzung liegt.«

Seine Worte stimmten sie verlegen. »Findest du mich sehr zickig?«

»Nicht wirklich, aber nur weil ich ein Mann bin, bin ich kein Mistkerl wie dein Ex. Und vor allem kein Sündenbock für das, was er angerichtet hat, was immer es auch war.«

Helena konnte nicht abstreiten, dass er weitaus weniger Aggressionen in ihr geweckt hätte, wenn sie nicht durch die Erfahrung

der letzten Monate gegangen war, aber genau das stimmte sie erst
recht ärgerlich. Sie wollte nicht von ihm durchschaut werden ...
sie wollte ihn nicht so nahe an sich heranlassen.

Sie schluckte den Ärger und stand auf.

»Ich gehe den Schnaps suchen. Bleib du erst mal hier liegen und
iss deine Gummibärchen.«

Helena durchstöberte alle Schränke des Flurs und der Küche, aber
fand nichts Brauchbares. Nach einigem Zögern stieg sie an Mariettas Gemälde vorbei in den ersten Stock. Sie mied die Räume im
Westen des Hauses, wo die meisten Schneemassen niedergegan-
gen waren, aber betrat einige der Schlafzimmer, die meisten mit
Bauernschränken und Himmelbetten ausgestattet, die von Holzwürmern zerfressen waren und modrig rochen. Eine der Türen war
verschlossen. Erst dachte sie, dass sie nur klemmte, aber auch als
sie sich mit ihrem ganzen Gewicht dagegen warf, gab sie nicht
nach.

Wer hatte diesen Raum abgeschlossen, wer hatte gewollt, dass
er nie wieder betreten wurde?

Vielleicht war es Mariettas Schlafzimmer, das seit ihrem Tod
unberührt geblieben war ...

Helena schüttelte den Kopf. Solche nutzlosen Spekulationen
führten zu nichts.

Der letzte Raum am Ende des Ganges war kein weiteres Schlafzimmer, sondern ein Erkerzimmer. Hier hatte man früher vielleicht
den Nachmittagstee zu sich genommen, weil die hohen Fenster
eine schöne Aussicht in die Umgebung boten, doch mittlerweile
stand er leer. Gegenüber der Tür führte eine Wendeltreppe nach
oben.

Wieder zögerte sie, ehe sie sie vorsichtig betrat. Die hölzernen
Stufen knirschten unter ihrem Gewicht, wirkten aber stabiler als
die der Haupttreppe. Nach etwa einem Dutzend Stufen landete

sie auf dem Dachboden: Die Wände waren unverputzt, der Boden aus grauem Stein. Insgesamt vier Holzsäulen stützten das Dach, von denen zwei im hinteren Teil des Raumes unter der Lawine eingeknickt waren.

Helena hielt sich von ihnen fern und nahm nur den stabilen Teil des Raums in Augenschein, wo diverse Umzugskartons aufeinandergestapelt waren. Sobald sie sie öffnete, roch es durchdringend nach Lavendel, und sie musste niesen.

Die drei ersten Kisten, die Helena durchsuchte, waren randvoll mit altmodischer Kleidung – wahrscheinlich eine Hinterlassenschaft von Moritz' Großtante –, die man mit dem Lavendel offenbar gegen Motten schützen wollte.

Als sie schon glaubte, nichts anderes als Röcke, Hosen und Jacketts zu finden, rumpelte es in einem der Kartons, als sie ihn öffnete. Wenig später zog sie ein altes Schaukelpferd hervor. Die Farbe war auf der einen Seite fast ganz abgeblättert, auf der anderen war jedoch noch ein Gesicht zu erkennen. Das eine dunkle Auge schien sie spöttisch anzustarren, die gefletschten Zähne wirkten irgendwie bedrohlich.

Sie stellte es auf den etwas unebenen Steinboden, stieß es leicht an, und prompt begann es, mit einem leisen Quietschen zu wippen.

Ob Adam je darauf gesessen hatte?

Als sie sich einem weiteren Karton zuwandte, fühlte sie sich von dem Schaukelpferd beobachtet. Mehrere Stöße Bücher befanden sich in der Kiste, Mappen mit alten Dokumenten – und Noten. Sie studierte sie und erkannte, das es Klaviernoten waren. Hatte Marietta dieses Instrument gespielt? Vielleicht in späteren Jahren, als sie nicht mehr tanzte …

Helena selbst spielte ganz passabel Klavier, doch nun ging ihr auf, dass sie es seit Monaten nicht mehr getan hatte … genauso wenig wie getanzt. Sie las die Noten und begann unwillkürlich, die

Musik zu summen. Es waren Walzer von Chopin, dunkel und melancholisch, und plötzlich konnte sie nicht anders, als aufzustehen und sich im Takt der Musik zu drehen. Obwohl es kalt war und ihr Körper ganz steif, bot der große Raum genug Bewegungsfreiheit. Auch wenn sie sich nicht im Spiegel sehen konnte, vermeinte sie sich selbst zuzuschauen, und trotz der langen Pause bewegte sie sich ungemein anmutig, voller Leichtigkeit, voller Hingabe an den Tanz.

Kurz, ganz kurz fühlte sie sich glücklich und befreit, aller Sorgen entledigt und ganz und gar eins mit dem, was sie tat. Doch dann fiel ihr Blick wieder auf das spöttisch starrende Schaukelpferd, und sie hielt inne.

Das Schaukelpferd war nicht ihr einziger Zuschauer.

Als sie ein Räuspern hörte und herumfuhr, sah sie, dass auch Moritz den Dachboden betreten hatte. Diesmal war es kein spöttisches Lächeln, das seine Lippen umspielte, sondern sein Blick war voller Bewunderung.

Helena wurde glühend rot.

»Tanz doch weiter!«, forderte er sie auf.

Sie schüttelte hastig den Kopf und sagte: »Ich habe dir doch gesagt, dass du unten bleiben sollst.«

»Das wurde mir aber zu langweilig. Also dachte ich, ich leiste dir ein wenig Gesellschaft. Du … du tanzt wirklich großartig.«

Anstatt darauf einzugehen, beugte sie sich über einen der Umzugskartons. »Schnaps habe ich noch keinen gefunden, aber das hier.«

Er zögerte, schien noch etwas sagen zu wollen, aber als sie ihren Blick beharrlich auf die Umzugskiste gerichtet hielt, trat er näher und studierte die Noten. »Ich weiß gar nicht, wer in unserer Familie der Musiker war.«

Nun war er es, der Karton um Karton öffnete und den Inhalt

durchstöberte. Noch mehr Kleidung landete auf dem Steinfußboden, noch mehr Bücher, außerdem altes Porzellangeschirr, das voller Sprünge und verblichener Verzierungen war.

Nach einer Weile schmerzten Helena der Rücken und die Knie. Sie erhob sich, trat zu einer kleinen Dachluke und blickte hinaus. Eben war ihr vom Tanzen warm geworden, doch nun kühlten ihre Glieder aus, und der Blick auf die verschneite Landschaft ließ sie noch mehr frösteln.

Eine einzige Schneewüste schien sie zu umgeben. Was, wenn eine neue Lawine auf das Jagdschloss herabging? Was, wenn Moritz' Zustand sich verschlimmerte? Was, wenn sie nichts mehr zu essen hatten und die versprochene Hilfe immer noch ausblieb?

Und Luisa … gewiss war sie mittlerweile vollends in Panik geraten, weil Helena spurlos verschwunden war, und telefonierte sämtliche Krankenhäuser ab.

Die Probleme der letzten Monate kamen ihr plötzlich so nichtig vor, und während sie sich die Hände rieb, um sie zu wärmen, dachte sie entschlossen: Wenn ich hier heil rauskomme, werde ich mein Leben wieder anpacken und nicht länger in Schwermut versinken!

»Sieh doch mal!«, rief Moritz aufgeregt. »Hier sind noch mehr Noten! Und darunter …«

Er brach ab.

Helena trat neugierig zurück zu ihm. »Was ist das?«

»Vielleicht eine Möglichkeit herauszufinden, warum unsere Marietta so unglücklich war. Und so selbstzerstörerisch.«

Sie beugte sich über ihn. Zunächst sah sie nur ein breites, verblichenes Samtband in einem altrosa Farbton, dann die Briefe, die es zusammenhielt. Moritz hatte eben den ersten geöffnet und das Blatt Papier sorgfältig auseinandergefaltet und glattgestrichen. Sofort stach Helena die Schrift ins Auge – spitz, elegant und …

vertraut. Mit der gleichen Schrift waren auch die Seiten des Tagebuchs beschrieben worden.

»Marietta«, murmelte sie, »diese Briefe hat Marietta geschrieben.«

12

1916−1917

Konstanze brauchte zwei Wochen, um zu sterben. Obwohl sie nicht mehr dickleibig wie in ihrer Jugend war, hatte sie sich von ihrem Schlaganfall im Jahr zuvor nicht mehr erholt. Seitdem hatte sie das Bett nicht mehr verlassen, die Möpse unter ihre Decke schlüpfen lassen und ihnen dort kleine Leckereien zugesteckt.

Konstanze wurde immer schwächer, die Hunde dagegen immer dicker. Als sich die Anzeichen mehrten, dass es mit ihr zu Ende ging, ließ sie sich von ihren Dienstboten die Polster zurechtrücken, so dass sie erstmals seit langem nicht lag, sondern saß. Umgeben von den Hunden empfing sie all ihre Freunde und Verwandte, und als sie bereits im Sterben lag, defilierte das gesamte Personal am Sterbebett vorbei. Die Hunde kläfften wütend, wenn sie einen der Besucher nicht kannten. Diese wiederum machten allesamt ernste, würdevolle Gesichter. Niemand schien sich am Anblick der bösartig dreinblickenden Möpse zu stören. Nur Heinrich konnte nicht anders. Ihm wurde in der schlechten, stickigen Luft des Raums schwindlig. Nach etwa einer Stunde stürzte er aus dem Zimmer, flüchtete in einen Nebenraum und brach dort in Gelächter aus, bis ihm die Träne kamen.

Er wischte sich die Tränen ab, lachte jedoch weiter.

Was geschieht mit den Hunden, wenn Mutter stirbt?, fragte er sich plötzlich.

Früher hätte er wahrscheinlich seine Freude daran gehabt, sich auszumalen, wie er ihnen die Hälse umdrehte. Jetzt musste er an die vielen Hunde denken, die er in den letzten Monaten hatte sterben sehen, ebenso wie die vielen Katzen, Kaninchen, Ratten. Alle waren sie seinen Experimenten zum Opfer gefallen. Experimenten mit Giftgas.

Sein Bauch schmerzte vom vielen Lachen. Kraftlos sackte er auf die Knie. Hoffentlich findet mich keiner, dachte er. Wenn Salvator hier wäre, würde er keinerlei Verständnis dafür zeigen, dass er sich so gehen ließ. Aber Salvator war bei seinem Regiment. Salvator würde nicht lachen, weil Hunde starben, und noch weniger, weil Menschen starben. Salvator war hart.

Schließlich betrat doch jemand den Raum. Es war niemand, vor dem er sein Lachen und seine Tränen verbergen musste. Es war Marietta.

Gestern hatte er sie stürmisch begrüßt und sich die ganze Nacht nicht von ihr lösen wollen, doch erst jetzt ging ihm auf, wie mager sie aussah und wie fahrig ihr Blick war. Sie trug schwarz, obwohl Konstanze noch lebte, und kurz dachte er, wie geschmacklos es war, mit der Wahl der Kleidung ihren Tod vorwegzunehmen. Aber dann fiel ihm wieder ein, dass ja auch der Kaiser gestorben war, vor einer Woche erst, am 21. November. Alle trugen seitdem Trauer.

Marietta kniete sich zu ihm auf den Boden. »Du weinst ja«, stellte sie fest. »Stand dir deine Mutter doch näher, als du immer gesagt hast?«

So gerne hätte er sich ihr anvertraut, so gerne gesagt, dass er nicht Konstanzes wegen weinte, sondern weil er Dinge gesehen hatte, die er nie hatte sehen wollen. Weil er sich schuldig gemacht hatte. Weil er gegen die Gesetze gehandelt hatte. Gegen die Haager Landkriegsordnung, die den Einsatz von giftigen Stoffen verbot. Die Generäle, mit denen er diskutiert hatte, behaupteten zwar, dass die von ihm produzierten Reizstoffe nicht darunterfielen, aber auch diese töteten Massen von Menschen.

Marietta begann zu weinen.

»Mochtest du sie auch mehr, als du zugegeben hast?«, fragte Heinrich.

Sie schüttelte den Kopf. »Nach deinem letzten Besuch dachte ich kurz, ich sei guter Hoffnung. Aber die rote Tante ... du weißt schon ... sie verzögerte nur ihren Besuch. Um einen ganzen Monat. Vielleicht war es auch eine Fausse Couche ...«

Wie alle Aristokratinnen benutzte sie das französische Wort für Fehlgeburt, als würde der melodische Klang dieser Sprache über das Leid, das sich hinter dem Begriff verbarg, hinwegtäuschen.

Heinrich zog sie an sich. »Mach dir keine Gedanken ... irgendwann wird es soweit sein.«

»Wir sind schon seit sechs Jahren verheiratet!«

»Ich habe von einem Paar gehört, dem erst nach zehn Jahren ein Kind geschenkt wurde.«

»Man erwartet von Frauen meines Standes, dass sie mindestens vier Kinder gebären – und ich schaffe nicht einmal eins.«

»Es ist nicht deine Schuld, sondern Gottes Fügung ...«

Eigentlich hatte er aufgehört, an Gott zu glauben. Überhaupt hatte er schon des Öfteren gedacht, dass er in diese Welt keine Kinder setzen wollte.

Er zog Marietta an sich, und sie weinten gemeinsam. Es tat fast so gut, als hätte er ihr seine Sorgen anvertraut.

Nur wenige Gäste kamen zu Konstanzes Begräbnis am Wiener Zentralfriedhof. In Friedenszeiten wären es mehr gewesen, aber viele Männer, die sie gekannt hatten, waren an der Front, und ihre Frauen arbeiteten in Lazaretten oder betrauerten selbst den Verlust von Angehörigen. Es nieselte den ganzen Vormittag über, und gegen Mittag wurden wässrige Schneeflocken daraus, die lautlos in den braunen Pfützen versickerten.

Konstanze bekam einen Platz in der Familiengruft. Es war ein quadratisches Gebäude mit mächtigen Säulen aus Sandstein, das von einer Engelsstatue bewacht wurde und in dessen Innerem es noch kälter war als draußen. Der Boden war von einer dünnen Eisschicht überzogen, und Marietta hatte bei jedem Schritt Angst auszurutschen.

Heinrich weinte nicht mehr, sondern hielt mit unbewegtem Gesicht eine Trauerrede auf seine Mutter. Vielleicht war seine Miene so ausdruckslos, weil er seine Gefühle im Griff hatte, vielleicht, weil die Kälte sein Gesicht erstarren ließ.

Das von Marietta war hinter einem schwarzen Kreppschleier verborgen, so dass die ohnehin schon graue Welt noch finsterer wirkte. Elsbeths blondes Haar wäre ein Farbtupfer gewesen, aber Elsbeth war nicht hier: Seit einigen Monaten leistete sie einen freiwilligen Dienst in einem Lazarett.

Marietta fand zwar, dass sie mit ihren knapp sechzehn Jahren viel zu jung dafür war, aber Elsbeth, die plötzlich so reif und erwachsen wirkte, war fest entschlossen, ihren Beitrag zum Krieg zu leisten.

Wie sie das nur aushält, dachte Marietta.

Sie selbst hatte nur einen einzigen Vormittag Mullbinden in einem Krankenhaus gewickelt, ehe sie entsetzt die Flucht ergriff, Heinrichs einstige Worte im Ohr, wie er von seiner Sehnsucht danach sprach, dass der Tod ihm als Bruder von Schönheit und Tanz begegnen möge, nicht als hässliche Fratze des Krieges.

Hier auf dem Friedhof glich der Tod einem gelangweilten Beamten, der artig seine Pflicht erfüllte, aber jegliche Freude daran vermissen lässt. Gleiches Pflichtbewusstsein stand auch in den Gesichtern der Trauergäste geschrieben: Sie waren hier, um einer der Ihren Respekt zu bekunden – doch echten Kummer empfand niemand. Keiner sagte es offen, aber jeder dachte wohl, dass es das Beste war, wenn Konstanze, die vollkommen den alten Zeiten verhaftet war, die kommenden nicht mehr erlebte.

Marietta hielt ihren Blick gesenkt und fragte sich unwillkürlich, ob es wirklich besser war zu sterben, anstatt zu leben.

Manchmal fühlte sich ihr Leben an, als sei sie schon tot, als könnte sie nichts mehr erreichen – kein Lachen, kein Weinen, kein Flehen, keine Freude. Doch wenn sie nun diese modrige Gruft betrachtete, erwachte ein heftiger Widerwille in ihr, hier jemals ruhen zu müssen.

Wenn ich tot bin, dachte sie, dann möchte ich im Wald begraben werden, im Schatten von Bäumen und unter dem Gezwitscher der Vögel.

Sie hob den Kopf erst wieder, als sie die Gruft verließen. Es hatte nicht aufgehört zu schneien, aber die Welt war plötzlich nicht mehr schwarz. Ihr Blick fiel auf blondes Haar. Es war etwas länger geworden, seit sie ihn das letzte Mal gesehen hatte, und fiel ihm vom Regen gekräuselt über die Schultern. Seine Haut war blasser als im Sommer, aber die Nasenspitze gerötet. Sein Blick ruhte auf ihr, er musste sie schon länger angesehen haben.

»Gabriel«, flüsterte sie.

Beim Trauermahl wurde nicht über Konstanze gesprochen, sondern über den Kaiser und wie er gestorben war. Es war am Abend gewesen, als es mit dem an Lungenentzündung Erkrankten zu Ende ging. Obwohl bereits sehr geschwächt, hatte er noch genügend Kraft gefunden, den eilig herbeigeholten Arzt zu maßregeln.

»Gehen Sie nach Hause und kleiden sich erst einmal ordentlich!«, befahl er dem Mediziner, dem wegen der Hast das Hemd noch offenstand.

Ja, Franz Joseph hatte immer viel Wert auf Sitten gelegt. Jeden Sommer wurde das Hofgeschirr die weite Strecke nach Bad Ischl transportiert, damit der Alltag dort nicht weniger gediegen verlief als in der Wiener Hofburg. Gewiss wäre er über sein prunkvolles Begräbnis begeistert gewesen.

Keiner sagte es laut, aber alle schienen es zu denken: Wahrscheinlich war es das Letzte dieser Art, das einem Herrscher des Hauses Habsburg zugebilligt wurde.

Als alles über Franz Joseph gesagt war, begann der Klatsch über den neuen Kaiser Karl, seine schöne Frau Zita, den herzigen Kronprinzen Otto. Sonderlich viel gab es über die Familie nicht zu sagen – außer, dass sie hübsch anzuschauen war. Man wusste noch zu wenig über Karl. Aber allen war es lieber, über ihn und die Seinen zu reden als über den Krieg.

Als die blonden Locken vom kleinen Otto erwähnt wurden, blickte Marietta auf. Gabriels Blick ruhte wieder auf ihr – rasch senkte sie ihre Augen. Dabei gewahrte sie, dass sein Teller noch voll war, genau wie der ihre. Sie hatten beide kaum etwas gegessen.

Später zogen sich die Männer zurück, um Schnaps zu trinken und Zigarren zu rauchen, und die Frauen zu Kaffee und Kuchen. Marietta hätte eigentlich die Tafel aufheben sollen, aber als sie es versäumte, griff die Haushälterin mit resoluter Stimme ein. Sie war es auch, die die Damen in den Salon führte, während Marietta nach oben flüchtete.

Vielleicht floh sie nicht ... vielleicht wurde sie magisch angezogen und konnte nicht anders.

Auf der obersten Stufe wartete Gabriel auf sie. Diesmal musterte sie ihn ohne Scheu, und obwohl es Jahre her war, dass sie ihn kennengelernt hatte, hatte sie das Gefühl, als wären seit ihrem Kennenlernen im Wald nur wenige Augenblicke vergangen. Auch die Begegnung, bei der sie beinahe getanzt hatte, schien nur die Dauer eines Wimpernschlages her zu sein.

Deutlich hörte sie die Musik, die er damals gespielt hatte, und heiß fühlte sie das Blut durch ihre Adern rauschen. Sie hatte den schwarzen Schleier schon vor dem Essen zurückgeschlagen, doch jetzt erst nahm sie wieder Farben richtig wahr.

Sie begrüßten sich nicht.

»Gibt es hier ein Klavier?«, fragte er lediglich knapp.

»Komm mit.«

Das »Du« ging ihr so leicht von den Lippen, und er schien sich nicht daran zu stören.

Sie führte ihn in das Musikzimmer, einen unbeheizten Raum, der kalt wie die Familiengruft war, aber Mariettas Blut floss weiterhin heiß, ihre Glieder waren biegsam, und auch seine Finger waren alles andere als steif, während sie über die Tasten huschten.

Er spielte den Tanz der Zuckerfee aus Tschaikowskys »Nussknackersuite«.

»Mein Gott!«, stieß sie aus.

»Ich habe mehr über dich in Erfahrung gebracht …«, murmelte er, während er weiterspielte. »Du bist vor deiner Ehe eine berühmte Ballerina gewesen.«

Zum ersten Mal seit Jahren schwang in jener Bezeichnung kein verächtlicher Klang mit, nur ein ehrfürchtiger, bewundernder. Er war der Erste, dem sie nicht vorspielen musste, dass sie froh war, die Vergangenheit am Hofoperntheater hinter sich gelassen zu haben, sondern diese Zeit schmerzlich vermisste.

Er spielte weiter, sie stellte sich unwillkürlich auf Zehenspitzen.

»Kannst du noch tanzen?«, fragte er.

Sie wollte den Kopf schütteln, sie war sich ja sicher, dass sie es nur wenige Monate nach ihrer Hochzeit verlernt hatte. Doch plötzlich hob sie ihre Arme und begann sich zu drehen.

»Aber ja doch!«, rief sie.

Er spielte weiter. Er verstand, dass man nie schöner spielen und vollendeter tanzen kann wie in dem Augenblick, da Tod und Krieg in der Luft lagen. An Heinrichs Seite war sie schwerfällig geworden, Gabriels Klänge ließen sie hingegen alles Gewicht abschütteln. Das lange Kleid störte sie nicht, die spitzen Schuhe ebensowenig, auch nicht der Trauerschleier aus Kreppstoff. Sie tanzte und tanzte.

Nachdem er das Stück beendet hatte, trat Gabriel zu ihr hin und umarmte sie – jedoch ganz anders als Heinrich. Er engte sie nicht ein, er lähmte sie nicht, er tanzte mit ihr.

»Ich musste all die Jahre an dich denken«, sagte er, »ich habe mich so danach gesehnt, dich wiederzusehen ... und jetzt endlich ist es soweit.«

Marietta verdrängte den Gedanken, dass der Tod ihr Kuppler gewesen war.

»Ich bin eine verheiratete Frau ...«

»Wie konntest du je aufhören zu tanzen? Ich würde sterben, wenn ich nicht mehr Klavier spielen könnte!«

Aber ich bin gestorben, dachte sie, so wie einst nach dem Tod meines Vaters, als ich keine Tanzstunden mehr nehmen konnte. Damals hatte sie das Gefühl gehabt, langsam zu verschwinden, aber dennoch mit sämtlicher Willenskraft an ihren Träumen festgehalten – solange, bis Max von Werth sie gerettet und wieder zum Leben erweckt hatte.

Jetzt tat es Gabriel, indem er sich vorneigte und sie küsste. Und endlich begriff sie, was Küsse bedeuten konnten. Die von Heinrich waren stets so hungrig, fast schmerzhaft und voller Verzweiflung. Die von Gabriel schmeckten süß wie seine Musik.

Als sie sich lösten, waren ihre ansonsten so bleiche Wangen gerötet.

Der Winter des Jahres 1917 war der erste, den Marietta im Jagdschloss verbrachte. Die Stille, die das Gebäude umgab, war ebenso beherrschend wie die eisige Kälte. Schneeblumen verzierten die Fensterscheiben, dicke Eiszapfen wuchsen vom Dach, und die Einfahrt war derart tief verschneit, dass jede Kutsche steckenblieb und man nur zu Pferd oder zu Fuß weiterkam.

Marietta blieb ohnehin die meiste Zeit im Haus. Das einzige warme Zimmer war der große Salon mit dem Kamin, ansonsten hatte man beim Atmen stets eine kleine Wolke vor dem Mund. Selbst die Bettwäsche war steifgefroren, und jeden Tag legte Josepha Marietta einen heißen Stein darunter, damit sie es beim Einschlafen warm hatte. Am nächsten Morgen war er längst ausgekühlt, und sie erwachte mit steifen Gliedern und frierend.

Die Köchin, die im Sommer noch versucht hatte, akzeptable Gaumenfreuden aufzufahren – allerdings vergebens –, machte sich nun, da keine feinen Herren zugegen waren, keine Mühe mehr und servierte jeden Tag den gleichen versalzenen Eintopf, den auch die wenigen Dienstboten aufgetischt bekamen. Marietta war das nur recht. Sie hatte nie einen übermäßigen Appetit gehabt, und nun schien es, dass sie sich allein von der Kälte und der Einsamkeit nährte.

Beides tat ihr gut.

Sie fühlte sich glücklich wie nie – und schuldig wie nie. Die Erinnerung an Gabriel berauschte sie, auch wenn sie vor schlechtem Gewissen fast verging.

Zum ersten Mal war sie dankbar, dass Heinrich vor ihrer Abreise so geistesabwesend gewesen war und all seine Gedanken den Geschäften und dem Krieg gegolten hatten. So hatte er weder bemerkt, wie verändert Marietta war, noch hatte ihn ihr Vorschlag befremdet, den Winter fern der Hauptstadt zu verbringen. Da sie nach Konstanzes Tod in Trauer war, konnte sie ohnehin nicht am gesellschaftlichen Leben Wiens teilnehmen.

»Das ist eine gute Idee«, hatte er sogar zugestanden, »besser, du bist fern von all diesem …. diesem …«

Er rang nach dem richtigen Wort, aber fand keines, das das Grauen des Krieges beschrieb.

Anders als er legte Elsbeth mehr Widerstand an den Tag, wollte sie doch lieber weiterhin im Lazarett arbeiten, als – wie sie sagte – in der Einsamkeit der Wälder versauern.

Marietta hätte gerne auf ihre Gesellschaft verzichtet, doch

Heinrich wollte die Gattin nicht alleine reisen lassen und sprach ein Machtwort: »Du begleitest deine Schwester.« Elsbeth fügte sich. Jene Stille des Winters hinnehmen mochte sie aber nicht, sondern stürzte sich voller Elan darauf, Armenspeisungen zu organisieren. Erst jetzt fiel Marietta auf, wie groß Elsbeths Wunsch war, anderen zu helfen – und wie zahlreich auch in den Bergen die Bedürftigen waren, die ohne Almosen nicht über die Runden kamen.

In riesigen Kesseln wurde täglich im Hof die »Rumforder Suppe« ausgeschenkt, eine Kraftsuppe aus getrockneten Erbsen und Graupen, und auch wenn es selten mehr als ein Dutzend Menschen waren, die hungrig herbeikamen, waren die Kessel jedes Mal bald leer.

Marietta stand oft am Fenster und betrachtete die in graue Lumpen gehüllten Scharen. Sie schämte sich, weil sie Elsbeths Begeisterung zu helfen nicht teilte, sondern lediglich Befremden und ein wenig Ekel empfand. Beim Anblick der Armen musste sie an Hilde denken und an das eigene Elend, dem sie nur mit Mühe und viel Glück entkommen war.

Einmal überlegte sie, wenn auch nicht aus ehrlicher Nächstenliebe, so schlichtweg aus Zuneigung zu ihrer Schwester, in den Hof zu gehen und zu helfen. Doch ehe sie sich dazu durchringen konnte, sah sie eine weitere Gestalt die Auffahrt entlangkommen, nicht in graue Lumpen gehüllt, sondern in einen schwarzen Mantel. Das Haar wirkte inmitten der weißen Winterlandschaft nicht golden, sondern silbrig.

Er hob seinen Blick und sah sie hinter dem Fenster stehen. Er winkte ihr zu. Marietta wurde blind für die Armen.

Sie hatte sich danach gesehnt und heimlich davon geträumt, dass Gabriel die weite Reise antreten würde, um sie zu besuchen, es aber nicht zu hoffen gewagt. Doch er war gekommen und beschleunigte jetzt seinen Schritt.

186

Und wieder fühlte sie sich glücklich wie nie – und schuldig wie nie.

Sie standen vor dem Kamin, das Feuer knisterte. Nach der Kälte draußen war es hier jetzt unerträglich warm, und Marietta fühlte, wie ihr der Schweiß ausbrach.

Als sie Gabriel gesehen hatte, war sie ihrer ersten Regung gefolgt, die Treppe heruntergestürzt und nach draußen gelaufen. Der Schnee hatte unter ihren Füßen geknirscht, und der Drang, sich in seine Arme zu werfen, war übermächtig gewesen. Anstatt ihm nachzugeben, beherrschte sie sich und begleitete ihn grußlos nach drinnen.

Nur mit Mühe fand sie dort ihre Sprache wieder. »Was machst du hier?«, fragte sie knapp, und es klang ängstlich und schroff zugleich.

»Ich dachte, du freust dich, mich zu sehen.«

Natürlich freute sie sich. So sehr, dass sie meinte, die Brust würde ihr zerspringen. Sie zitterte am ganzen Leib und konnte das Blut in ihren Ohren rauschen hören. So hatte sie sich vor jedem Auftritt gefühlt – bis zur letzten Faser gespannt, voller Sehnsucht nach der Bühne, aber zugleich voller Angst, sie zu betreten und zu scheitern. Der Körper war ihr ureigenstes Werkzeug, das niemand so gut beherrschte wie sie, und zugleich so tückisch, weil er ihr nicht bist ins Letzte gehorchte. Was, wenn ihr schwindlig wurde beim Drehen, was, wenn sie ihre Finger spreizte, was, wenn sie wankte, stolperte, fiel?

Die Bühne, die sie nun betrat, war noch größer. Es war die Bühne des Lebens, und sie ahnte: Sie würde nicht viele Auftritte gemeinsam mit Gabriel haben. Einen, vielleicht mehrere, und wenn der Winter vobei wäre, wäre auch das Stück zu Ende.

»Du sagst ja gar nichts.«

Sie wollte nichts sagen. Sie wollte sich auf ihn stürzen und ihn küssen. Sie wollte ihn lieben, denn die Liebe, das ging ihr plötzlich auf, war eine ebenso meisterhafte Tanzlehrerin wie der Tod.

»Wer weiß, dass du hier bist?«, fragte sie.

»Niemand. In Wien hat sich herumgesprochen, dass du den Winter hier verbringst. Ich hatte einen schrecklichen Streit mit meinem Vater ... er versteht mich einfach nicht. Meine Liebe zur Musik war schon in Friedenszeiten für ihn nichts weiter als ein Laster, und jetzt sieht er reine Zeitverschwendung darin. Er will mich an die Front schicken ...«

Ein Bild stieg vor Marietta auf – von einem Schlachtfeld voller toter Pferde und Menschen, schwarzer Vögel, die am Himmel kreisten, fernem Krachen von Granaten und Schüssen. Und inmitten dieser Wüste der Unmenschlichkeit – Gabriel.

Wieder packte sie ihr schlechtes Gewissen. Nie hatte sie sich vorgestellt, wie Heinrich auf solchem Schlachtfeld stand und litt. Doch Heinrich war lebensklug. Er hasste Waffen, aber er konnte mit ihnen umgehen. Notfalls würde er sich im Schützengraben verstecken und den Kopf einziehen. Sein Gesicht wäre bald grau wie der Boden, nicht blass, sein braunes Haar von Schlamm bedeckt, nicht auffällig wie blonde Locken, und er würde überleben. Das wusste sie.

Doch Engel waren nicht gemacht für den Krieg.

»Warum ... warum bist du zu mir gekommen?«

»Weil ich mein Leben lang immer traurig war, wenn ich nicht Klavier spielte. Und du dein Leben lang immer traurig gewesen bist, wenn du nicht tanzen konntest.«

Ob und wie sie sich trösten konnten, sagte er nicht. Sie unterdrückte erneut die Regung, auf ihn loszustürzen und ihn zu küssen. Hieß es nicht, dass Engel nicht lieben konnten – zumindest nicht mit ihrem Körper und nicht eine einzige Frau? Aber das war ihr jetzt egal.

»Komm ... komm mit.«

Er folgte ihr hoch zur Bibliothek. Elsbeth war die Einzige, die hier ein- und ausging, aber Elsbeth war damit beschäftigt, die Bedürftigen zu verköstigen. Das Klavier, das hier stand, war seit dem letzten Mal, als er hier gespielt hatte, gewiss noch verstimmt. Der Deckel knarzte, als sie ihn öffnete, die Tasten waren eiskalt. Vielleicht würden seine Finger daran kleben bleiben, würden rot und steif werden, schließlich schwarz und tot. Noch waren sie weiß und geschmeidig. Sie neigte sich vor und küsste alle einzeln.

»Was soll ich spielen?«, fragte er, nachdem sie seine Hand losgelassen und er Platz genommen hatte.

»Den Tanz der Zuckerfee.«

Seine Finger starben nicht ab. Je länger er spielte, desto geschmeidiger schienen sie – genauso wie ihr Körper, je länger sie tanzte. Sie trug noch immer Schwarz, aber vergaß es. Es gab kein Schwarz in Gabriels und ihrer Welt. Nur Weiß, ein wenig Silber und den Rosaton ihrer beiden Wangen.

Als er zu spielen aufhörte und sie zu tanzen, war ihre Kehle wie zugeschnürt. Marietta war sich nicht sicher, ob sie sich glücklich machen oder nur gemeinsam traurig sein konnten. In jedem Fall lief sie auf ihn zu, umarmte und küsste ihn. Sie fühlte eine Leidenschaft, wie sie ihr noch nie nachgegeben hatte. Nur in sorgsam bemessenen Dosen hatte sie sie in den Tanz gelegt, bezähmt, beschnitten stets von einer strengen Choreographie und den noch strengeren Augen ihrer Tanzlehrer. Heinrich hatte sie erst recht nicht in ihr erwecken können. Nun aber konnte sie sie verschwenden, einer armen Bettlerin gleich, die bis jetzt jede Münze mehrmals hatte umdrehen müssen, plötzlich aber in Säcken voller Geld wühlt und die Münzen in sämtliche Richtungen wirft. Sie regneten auf sie herab, sie färbten die ganze Welt silbern.

Es war kalt, aber die Kälte tat der Leidenschaft keinen Abbruch. Auch nicht sein kurzes Zögern, als er bekannte, noch nie eine Frau geliebt zu haben, und auch nicht der flüchtige Gedanke an Heinrich.

»Hab keine Angst«, murmelte Marietta.

Sie selbst hatte keine, zum ersten Mal in ihrem Leben nicht. Ansonsten hatte sie sich immer vor dem nächsten Morgen gefürchtet, sich immer ängstlich gefragt, ob sie erneut mit dem Gedanken erwachen würde: Wer bin ich und was soll ich auf dieser Welt?

Jetzt wusste sie, sie war eine Tänzerin, sie war dafür bestimmt zu lieben, und sie liebte, wie sie tanzte – vielmehr: wie sie getanzt hätte, hätte sie sämtliche Qualen und Anstrengung und Sorge um Elsbeth ablegen können. Paulette hätte ihren Blick nicht bemängelt, als er auf Gabriel ruhte, feucht und brennend zugleich, tief und warm, zärtlich und voller Begehren.

Er mochte ein äußerst schüchterner Knabe sein, seine Hände waren es nicht. Sie spielten mit ihrem Körper, neckten, liebkosten, erregten sie, holten die dunkelsten Töne aus ihr hervor und die hellsten, spielten Dur und Moll, Allegro und Adagio. Es war ein langes Stück, das aus mehreren Sätzen bestand, und es forderte die ganze Klaviatur der Gefühle: Sanftheit und Zorn, Hingabe und Selbstsucht, Macht und Ohnmacht. Sie tanzte nicht mehr, sie kletterte, immer höher und höher in den Himmel, wo es keinen festen Boden mehr gab, nur Sterne, und jene in Diamanten zersprangen, sobald man sich an einen festklammerte oder versuchte, darauf Halt zu finden.

Als sie wieder auf Erden ankam, war sie ermattet wie nie.

»Wie lange kannst du bleiben?«

»Eine Woche. Vielleicht zwei.«

Sie legte ihren Kopf auf seine Brust. »Wir werden jeden Augenblick genießen.«

Heinrich erkannte seinen Bruder nicht wieder. Er war abgemagert, humpelte, und fast sein ganzes Gesicht war mit einem weißen Verband bedeckt. Er hatte oft erlebt, wie aus stolzen Offizieren gebrochene Krüppel wurden, aber stets gedacht, dass dieses Schicksal niemals jemanden treffen könnte, der so glühend an den Krieg glaubte.

Nun, wenn auch alles andere an ihm verwundet zu sein schien, Salvators Glaube an den Krieg war es immer noch nicht. »Ich bin verletzt, ja, aber wir haben es den Briten gezeigt! So viele Verluste mussten sie in so kurzer Zeit nur selten erdulden!«

Heinrich war sofort nach Belgien gereist, als er von Salvators Verwundung bei der großen Schlacht in der Nähe von Arras gehört hatte. Eben hatte er mit dem Arzt gesprochen.

»Gewiss«, sagte er leise, »aber du kommst jetzt nach Hause. Du musst erst wieder genesen, ehe du erneut ins Feld ziehen kannst.«

Er sah Salvator an, dass der am liebsten auf ihn losgegangen wäre, aber dazu war er zu schwach – und das setzte Heinrich am meisten zu: Würde er sich je wieder mit seinem Bruder prügeln können? Würde er je wieder Hass und Ärger auf ihn fühlen oder nur noch Mitleid?

»Du bist schwer verwundet worden …«, setzte er an. Er sprach es nicht aus, aber er wusste, dass Salvator schlimme Schmerzen litt, auch wenn er nicht leidend wirkte, eher gekränkt. Er hatte einen Bauchschuss abbekommen und außerdem sein linkes Auge verloren. Bis er wieder halbwegs auf die Beine gekommen wäre, würde der Krieg vielleicht vorbei sein. Oder vielmehr: verloren.

»Noch ist alles offen«, rief Salvator trotzig. »Die Russen haben wir so gut wie besiegt, beim Narotsch-See haben sie völlig versagt. Jetzt sind sie demoralisiert, sonst hätten sie den Erfolg von Brussilow besser genutzt. Und wenn es erst zur Revolution kommt, werden sie sich aus dem Krieg zurückziehen. Sobald die russische Front wegfällt, können wir alle Kräfte im Westen bündeln.«

Heinrich sagte nichts dazu. Salvator versuchte es zu leugnen, aber wusste so gut wie er, dass sich die feindlichen Staaten in einem ermüdenden Stellungskrieg zerrieben, der Tausenden von Soldaten das Leben kostete, ohne den Frontverlauf sonderlich zu verändern.

»Komm ... wir fahren nach Hause. Ich habe zwei Krankenschwestern eingestellt.«

Wieder nahm er die Kränkung in der Miene des Bruders wahr. »Eine hätte gereicht«, knurrte Salvator.

Immerhin ließ er sich auf einer Bahre in den Wagen bringen, anstatt darauf zu bestehen, selbst zu gehen.

Zwei Tage dauerte ihre Reise nach Wien. Salvator sprach nicht länger über den Krieg, sondern schimpfte auf die Ärzte: »Sie behandeln alle gleich! Sie haben kein Verständnis für militärische Ränge!«

Heinrich schwieg. Was nutzte es darauf hinzuweisen, dass ein Offizier und ein General und ein einfacher Kadett gleiche Schmerzen litten, wenn eine Kugel sie getroffen oder eine Granate ihren Körper zerfetzt hatte?

Manchmal schlief Salvator erschöpft ein, doch sobald er wach war, hörte er nicht zu reden auf. Die Macht über seinen Körper hatte er verloren, nicht die über seine Worte.

»Wie steht es mit dem Geschäft?«, fragte er. »Es läuft besser als je zuvor, nicht wahr?«

Die Stille, die nun folgte, war keine angenehme. Heinrich hätte lieber in Kauf genommen, dass Salvator weiter tobte und schimpfte, als diese Frage zu beantworten.

Er senkte den Blick, ehe er mit nüchterner Stimme über den Einsatz von Giftgas sprach, von den Versuchen mit diversen chemischen Substanzen. Chlor, Chlorpikrin, Phosgen, außerdem Yperit. »Und wir haben mit der Senfgasproduktion begonnen.«

»So ist es recht ... die Feinde sollen wie die Ratten krepieren.«

In Salvators heilem Auge blitzte es kurz triumphierend auf,

aber als der Glanz erloschen war, wirkte er plötzlich nur noch müde. Keine Bösartigkeit stand in seinen Zügen, nur Gebrochenheit.

»Es …es tut so weh«, flüsterte er schließlich.

Er schloss das unverletzte Auge – vielleicht, weil er vom Schlaf überwältigt wurde, vielleicht, weil er den Bruder glauben machen wollte, dass er im wachen Zustand nicht zu so einem Bekenntnis bereit gewesen wäre.

Als sie das Palais erreichten, schlief er immer noch.

»Bleiben Sie bei ihm«, wies Heinrich die Krankenschwester an, die sie begleitete. »Ich werde sehen, ob alles vorbereitet ist.«

Er betrat das Palais durch das Haupttor. Die Dienerschaft erwartete ihn respektvoll wie immer, wirkte aber bedrückter, schweigsamer, sorgenvoller. Zuletzt war er zu Weihnachten hier gewesen – ein stilles Fest, das keinem einen Grund geboten hatte, ausgelassen zu feiern.

Nach Weihnachten war er pausenlos unterwegs gewesen, und Marietta war ins Jagdschloss gezogen.

Er vermutete sie immer noch dort, doch zu seiner Überraschung vernahm er leise Schritte. Sie kam ihm die Treppe entgegengelaufen, und das stille, dunkle Haus wurde plötzlich lebendig.

»Marietta!«

Er war so glücklich, sie zu sehen – und noch glücklicher, dass sie nicht starr und traurig wirkte, sondern aufgeregt. Der Winter im Jagdschloss schien ihr gut bekommen zu sein.

Er schloss sie in die Arme.

»Du hast es also schon gehört?«, fragte er.

Sie machte sich sanft, aber bestimmt los. »Was?«

»Dass Salvator verwundet wurde – darum bist du doch hier, oder?«

»Nein, das wusste ich nicht. Ich bin zurück nach Wien gekommen, weil … weil …«

193

Er hatte keine Ahnung, was sie sagen wollte, war aber plötzlich aufgeregt wie sie. »Weil was?«

Sie senkte ihren Blick, und er vermisste prompt das Glänzen in ihren Augen. »Ich bin guter Hoffnung«, sagte sie leise.

Drei Tage, bevor Heinrich den verletzten Bruder heimbrachte, hatte sich Marietta zu Bendegúz Radványis Palais fahren lassen.

Sie hatte es lange aufgeschoben, denn sie hatte die ersten Monate ständig damit gerechnet, das Kind zu verlieren. Viele Frauen erlitten Fehlgeburten, auch wenn man nicht darüber sprach, und irgendwie wurde sie das Gefühl nicht los, dass das, was in ihr heranwuchs, nicht aus Fleisch und Blut war, sondern aus Schnee und Eis. Der Gedanke daran machte sie glücklich – und ängstlich wie nie. Genauso wie der Gedanke an Gabriel.

Sie waren voneinander geschieden, ohne zu wissen, ob sie sich wiedersehen würden, und sie wäre ihm weiterhin ferngeblieben, wenn sie nicht schwanger geworden wäre. So aber musste sie ihm in die Augen sehen, es ihm sagen, gemeinsam mit ihm überlegen, ob es von ihm war – oder doch von Heinrich. Wenn sie sich selbst im Spiegel betrachtete, kam sie zu keinem Schluss.

Auf der Fahrt machte sie sich viele Gedanken, welchen Vorwand sie nennen sollte, um vorgelassen zu werden, aber zu ihrem Erstaunen wurde sie von den Dienstboten sofort nach oben in den Salon gebeten, kaum dass sie ihren Namen genannt hatte. Dort traf sie nicht auf Gabriel; eine Frau trat ihr stattdessen entgegen – das Haar blond, aber nicht golden wie Gabriels, sondern wie Stroh, die Haut weiß, aber nicht reinlich wie Schnee, sondern von roten Flecken übersät, die Züge spitz, aber nicht fein, sondern bedrohlich wie die eines Raubvogels. »Mein Name ist Sofia Radványi«, stellte sie sich vor.

»Sind Sie seine Mutter?«, fragte Marietta.

Die Frau schwieg.

»Ich bin …«

»Ich weiß, wer Sie sind. Gabriel hat mir alles erzählt.«

Marietta schoss das Blut ins Gesicht. Sie las in den dunklen Augen die ganze Wahrheit über sich … eine Verführerin war sie, eine Ehebrecherin, eine Betrügerin …

Dass sie vor allem eine Tänzerin war, stand nicht in diesen Augen zu lesen.

»Er ist mein einziger Sohn.«

Der schlichte Satz klang wie eine Kriegserklärung. Marietta stand noch auf der Schwelle des Salons. Sofia machte aber keine Anstalten, zurückzuweichen und sie eintreten zu lassen.

Marietta rang nach Worten. Den Satz, den zu sagen sie hergekommen war, konnte sie nicht aussprechen.

»Sie müssen verhindern, dass er in den Krieg geschickt wird«, sagte sie stattdessen, »das überlebt er nicht.«

»Ich weiß.« Sofia machte eine Pause. »Aber er ist mein einziger Sohn.«

»Wie meinen Sie das?«

»Es gibt keinen anderen, der für ihn kämpfen … für ihn sterben … für ihn Ruhm erlangen könnte.«

Marietta wurde plötzlich ganz übel; bis jetzt hatte ihr die Schwangerschaft nicht zu schaffen gemacht.

»Wie … wie können Sie nur so grausam sein?«, fragte sie stammelnd.

»Und Sie so selbstsüchtig? Sie wissen doch, dass Sie ihn nicht haben können.«

Ja, das hatte sie gewusst. Immer. Sie konnte es Heinrich nicht antun … auch Elsbeth nicht … nicht dem ungeborenen Kind. Schützend legte sie ihre Hände über den Leib, stammelte nicht länger, sondern sagte eiskalt: »Wenn das so ist, dann ist es schrecklich traurig. Für ihn, für mich. Es ist kein Grund für Sie zu triumphieren.«

Die Frau vor ihren Augen verfiel: Das blonde Haar wurde grau wie Asche, die roten Flecken grünlich wie Moder, das spitze Gesicht zerbrechlich.

»Ich triumphiere nicht«, murmelte sie erstickt. Sie atmete tief ein. Es klang japsend, als würde sie fast ersticken. Die Stimme jedoch war fest, als sie fortfuhr:»Doch das ändert nichts daran, dass es am besten ist, wenn Sie ihn vergessen. Und nehmen Sie das hier mit.«

Sie deutete auf einen Stapel Briefe, der von einem rosafarbenen Samtband sorgfältig zusammengebunden war. Marietta hatte Gabriel jeden Tag einen Brief geschrieben, und jetzt begriff sie, warum er ihr nie geantwortet hatte.

Am liebsten hätte sie das Bündel Briefe genommen und es Sofia ins Gesicht geschleudert.

»Er … er ist schon an der Front, nicht wahr?«

»In Italien. Dort fließt ein Fluss namens Isonzo. In meinen Gedanken ist der Fluss blutrot. Ich bete jeden Tag für ihn.«

Ihre Mundwinkel zuckten. Sie setzte offenbar keine große Hoffnung in den fernen Gott. Marietta nahm die Briefe entgegen, und als Sofia sie ihr überreichte, berührten sich ihre Hände. Die Finger von Sofia waren erstaunlich warm.

Sie liebt ihn ja auch, ging es Marietta durch den Kopf, aber sie darf es genauso wenig zeigen wie ich.

»Wenn Sie klug sind, sagen Sie ihrem Mann nichts.«

Marietta starrte auf die Briefe. War sie klug? Es musste wohl so sein, sonst hätte sie sich nicht von Hilde losgesagt, hätte später nicht zahlreiche Verehrer zurückgewiesen, die ihr nur eine kurze Affäre und ein wenig Schmuck hätten bieten können, hätte nicht Heinrichs Antrag angenommen.

Sie presste die Briefe an sich und ging nach unten. Als sie das Haus verließ, blendete sie die Sonne. Es liegt ja gar kein Schnee mehr, ging ihr auf.

Sie dachte an Gabriel. Sie hatte sich immer vorgestellt, dass der Himmel über dem Schlachtfeld grau war, aber nun stellte sie sich vor, wie die grellen Sonnenstrahlen auf ihn fielen, wie sie seine Haare erst golden leuchten ließen, dann verbrannten und wie seine weiße Haut langsam schmolz, als wäre sie aus Wachs.

Sie hatte keine Angst vor den Schmerzen, erwartete die Geburt ungeduldig und freute sich auf den Moment, da sie endlich aller zusätzlichen Last entledigt war. Die Damen der Gesellschaft bekräftigten sie darin, dass sie keine Angst haben müsste, sprachen hinter vorgehaltener Hand jedoch ständig von schrecklichsten Geburten, die tagelang gedauert, unsägliche Schmerzen verursacht und am Ende Mutter, Kind oder beide das Leben gekostet hatten.

Sie vermochten Marietta damit nicht einzuschüchtern. Jahrelanges, hartes Training hatte sie gegen Schmerzen jeglicher Art abgehärtet. Sie blickte nicht nur der Geburt gelassen entgegen, sondern dachte auch an Gabriel, ohne daran zugrunde zu gehen. Meist ließ sie die Erinnerungen an ihn gar nicht an sich heran. Sie schien in einer unsichtbaren Blase zu leben, die, obwohl durchsichtig, so doch reißfest genug war, um alles Quälende von ihr fernzuhalten.

Als ihr Kind auf die Welt kam, zerplatzte diese Blase. Der Arzt war ebenso wie die feinen Damen der Gesellschaft der Meinung, dass eine Geburt eine langwierige und grausame Angelegenheit sei und folglich nichts, was eine Dame von Rang ohne Hilfe durchstehen müsste. Er verabreichte ihr Chloroform, was offenbar üblich war, ihr jedoch, als sie es einatmete, das Gefühl gab, vergiftet zu werden. Sie musste daran denken, was Heinrich über die Herstellung neuer Waffen angedeutet hatte – unsichtbare, aber umso heimtückischere und tödlichere Waffen.

Zu ihrem Erstaunen starb sie nicht, fühlte sich jedoch wie benebelt, als sie erwachte. Der Kopf schmerzte, und der Leib schien schwerer als zuvor, obwohl er kein Kind mehr trug.

Eine Krankenschwester zeigte ihr den rotgesichtigen Säugling, und sie starrte verwundert darauf. Wie konnte ein so blasser Mensch wie Gabriel ein so rotes Kind zeugen, wie konnte dieses derart kräftig schreien, obwohl es noch so klein war?

Lauter noch als das Schreien war Heinrichs Lachen. Er war so glücklich, dass er sich nicht mit einem stolzen Lächeln begnügen konnte.

»Ein Sohn ... es ist ein Sohn! Ich habe es nicht mehr für möglich gehalten ... insgeheim habe ich sogar befürchtet, kein Kind zeugen zu können ... Ich wollte es dir nicht sagen ... aber als kleiner Junge habe ich an Mumps gelitten ... Man sagt doch, dass diese Krankheit unfruchtbar macht ...«

Er hörte gar nicht mehr zu reden auf – und der Säugling nicht zu schreien.

Mariettas Kopfschmerzen ließen nach, aber sie fühlte sich immer noch unendlich schwer, zu schwer, um selbst etwas zu sagen. Sie nickte nur, als Heinrich vorschlug, den Kleinen nach seinem Großvater mütterlicherseits Adam zu nennen.

Als er meinte, es wäre ihrem Wohlbefinden zuträglich, eine Amme einstellen – er hatte keine hohe Meinung von dieser seltsamen Mode, die Kinder selbst zu stillen –, nickte Marietta wieder.

»Und am besten, wir suchen bald ein Kindermädchen, damit Adam sich an sie gewöhnt.«

»Ja«, murmelte sie.

Endlich wurden die Schreie etwas leiser, aber der Kleine war immer noch rot im Gesicht.

»Ich bin so glücklich«, sagte Heinrich.

»Ich auch«, murmelte Marietta – und in diesem Augenblick meinte sie es auch.

Später, nachdem sie lange geschlafen hatte, sich aber immer

noch matt fühlte, kam Elsbeth, um ihren Neffen zu sehen und von dem Kleinen zu schwärmen. Bei ihrem Anblick fragte sich Marietta, ob Adam wohl so roch wie sie als Kind, so süß und zugleich ein wenig ranzig wie vergorene Milch? Wenn sie an die Elsbeth von einst dachte, überkam sie eine überwältigende Liebe. Die Elsbeth von heute war ihr hingegen fremd geworden.

Auch Salvator kam zu Besuch. Er ging krumm wie ein alter Mann; über dem linken Auge trug er einem Piraten gleich eine dunkle Binde, das andere blickte missmutig.

Er hatte nie ein freundliches Wort für sie übrig gehabt, doch jetzt kam er nicht umhin, ihr zur Geburt des Erben zu gratulieren. Sie war froh, dass sie nicht allein mit ihm sein musste, sondern Elsbeth an ihrer Seite geblieben war.

»Ach übrigens«, sagte Salvator, »hast du es schon gehört … Bendegúz Radványi hat endlich den erstrebten Botschafterposten bekommen. In Prag.«

Marietta tat alles, um nicht zusammenzuzucken und weiterhin zu lächeln. »Das freut mich für ihn«, sagte sie rasch.

Warum erwähnte Salvator Bendegúz Radványi?

»Er wird diesen Erfolg nicht genießen können«, fuhr Salvator fort, und jäh glänzte sein heiles Auge heimtückisch, »nun, da sein Sohn gefallen ist … bei der 11. Schlacht am Isonzo.«

Marietta wandte rasch ihren Blick ab und sah nach draußen. Es war Ende Oktober, die Blätter fielen in die vielen Pfützen auf dem Boden und verwandelten sich in Matsch. Bald würden die Pfützen zufrieren, bald würde Winter sein. Doch nie wieder würde sie Schnee fallen und Eiszapfen wachsen sehen und dabei glücklich sein.

Jetzt habe ich endgültig zu tanzen verlernt, dachte sie.

13

Es war später Nachmittag geworden, bis sie den letzten Brief gelesen hatten. Helena stand am Fenster und blickte hinaus. Es schneite nicht mehr, aber der Himmel und die schneebedeckte Landschaft verschmolzen zu einer grauen Wand. Nicht zu fassen, dass sich schon wieder die Dämmerung über das Land senkte und niemand gekommen war, um sie aus ihrer Lage zu befreien. Hatte man sie etwa vergessen?

Ihr Magen machte sich mit einem Knurren bemerkbar – in den letzten Stunden hatte sie gar nicht bemerkt, wie hungrig und müde sie war. Stattdessen war es ihr gelungen, ihre missliche Lage vollkommen zu verdrängen, als Moritz die Briefe vorgelesen hatte, und vor ihren Augen hatte die ganze Geschichte Gestalt angenommen – die Geschichte einer großen, verbotenen Liebe. Je tiefer sie in die damalige Welt tauchten, desto mehr Inbrunst hatte er in seine Stimme gelegt und sich ganz unerwartet als meisterhafter Vorleser erwiesen. Marietta und Gabriel waren vor ihrem inneren Auge so lebendig geworden, dass sie selbst jetzt noch das Gefühl hatte, die beiden könnten jederzeit die Türe öffnen und den Dachboden betreten. Von den Wänden schienen noch die Klänge seines Klavierspiels und ihrer Tanzschritte zu hallen, ihre leisen Stimmen, ihr lustvolles Stöhnen.

Mittlerweile war Moritz verstummt. Der letzte Brief war nicht an Gabriel gerichtet gewesen, sondern an dessen Mutter. Darin drückte Marietta ihr Beileid aus und fragte, ob Sofia Radványi wusste, wo Gabriel begraben lag. Sie fanden nirgendwo ein Schreiben mit einer Antwort, und Helena war sich plötzlich sicher, dass Gabriel irgendwo auf dem Kriegsfeld verscharrt worden war wie Hunderte, Tausende vor und mit ihm.

Helena konnte Mariettas Trauer fast körperlich fühlen. Die Kehle war ihr eng, und obwohl sie sich räusperte, brachte sie zunächst keinen Ton hervor.

»Du bist der geborene Vorleser«, flüsterte sie schließlich.

»Und wenn sie nicht gestorben sind …« Da war es wieder – sein spöttisches, fast zynisches Lächeln.

»Nein, ernsthaft!«

Das Lächeln verschwand. »Vielleicht sollte ich mal einen Roman über all das schreiben. Früher habe ich das immer vorgehabt. Unsere verrückte Familie würde so viel Stoff dafür bieten.«

»Sie erscheint mir nicht so verrückt, sondern eher … traurig.«

»Verrückt … traurig … vielleicht ist es das Gleiche«, murmelte er. Eine Weile blickten sie sich schweigend an.

»Apropos Talente und Lebensträume«, sagte er in die Stille hinein, »als ich dich vorhin tanzen sah – das war wunderschön.«

Helena errötete. »Ach das, das war doch nur …«

Das war doch nur Stümperei, wollte sie sagen. Aber Moritz fiel ihr ins Wort: »Ich verstehe davon nicht sehr viel, aber dein Gesicht … es wirkte so entrückt … so voller Hingabe. So sieht man nur aus, wenn man etwas mit ganzem Herzen macht.«

Helena zuckte die Schultern. »Mag sein, aber Herzblut allein reicht nicht aus. Ich kenne so viele Menschen, die davon träumen, vom Tanzen und Singen leben zu können. Aber nur die wenigsten schaffen es. Und ich scheine nicht dazuzugehören.«

»Warum sagst du das? Du bist doch noch jung, du stehst ganz am Anfang deiner Karriere.«

»Als Tänzerin ist das sehr relativ, da gehört man schnell zum alten Eisen. In jedem Fall sollte ich bald ein Engagement kriegen, sonst war's das.«

Und ich sollte nicht länger auf dem Sofa rumsitzen, fügte sie im Stillen hinzu, nicht länger Martin hinterhertrauern, sondern wieder etwas mehr Tatkraft und Ehrgeiz aufbringen. Marietta mochte sich damit begnügt haben, dass nur Gabriel sie tanzen sah – aber ihr war es zu wenig, es nur vor Moritz' Augen zu tun.

Sie gab sich einen Ruck und wandte sich vom Fenster ab. Im Moment hatten sie andere Sorgen. »Wir sollten nach unten gehen, hier ist es bald dunkel. Und eiskalt.«

»O Gott, hoffentlich ist das Feuer im Kamin nicht ausgegangen.«

Erst jetzt fiel ihr ein, dass sie gar nicht mehr nach seiner Wunde gefragt hatte, und den Schnaps hatten sie hier oben auch vergebens versucht. Doch ehe sie etwas sagen konnte, hatte Moritz sich schon erhoben und war die Wendeltreppe hinuntergestiegen. Sie folgte ihm, ging den Gang entlang, erreichte die breite Haupttreppe. Trotz der Eile hielt Moritz mitten auf dem Weg inne. Sie folgte seinem Blick, der starr auf Mariettas Gemälde gerichtet war.

»Bist du immer noch der Meinung, dass sie sich umgebracht hat?«, fragte er.

»Nun, sie hätte ein eindeutiges Motiv dafür gehabt. Aus unglücklicher Liebe, warum nicht?«

»Aber diese Liebe könnte doch auch Motiv für einen Mord gewesen sein. Adam ist womöglich gar nicht Heinrichs Sohn. Sie hat ihm ein Kuckuckskind untergeschoben, obwohl er sie aus dem Elend befreit hat.«

»Du meinst, dass…«

Ehe Helena ihren Verdacht aussprechen konnte, ertönte ein Knirschen. Unwillkürlich duckte sie sich und blickte angstvoll nach oben, weil sie dachte, dass es vom Dachstuhl kam. Doch es war das Treppengeländer, an das Moritz sich gelehnt hatte und das unter seinem Gewicht nachgab. Er versuchte, es loszulassen und sein Gleichgewicht wiederzufinden, aber es war zu spät. Während Helena sich instinktiv an die Wand presste, fiel er mit ganzer Wucht auf das berstende Holz, rollte über drei Stufen und blieb mit schmerzverzerrtem Gesicht auf seinem ohnehin schon verletzten Arm liegen.

Helena ließ es sich nicht nehmen, Moritz aufzuhelfen und auf dem Weg zum Wohnraum zu stützen, obwohl er sich zunächst verbissen dagegen wehrte.

»Ich kann selber gehen«, knurrte er, »was wiederum ein Zeichen ist, dass ich mir nichts gebrochen, sondern höchstens den Knöchel verstaucht habe. Der Sturz sah schlimmer aus, als er war.«

Helena zog eine Braue hoch. Trotz aller beschwörenden Worte: Nach dem Schrecken war er leichenblass – und sie wahrscheinlich auch.

»Ich ziehe hier das Unglück wie ein Magnet an«, meinte er kopfschüttelnd, als er sich ächzend auf das Sofa niederließ. »Erst das kaputte Fenster, dann die marode Treppe. Erstaunlich, dass mir das Dach noch nicht auf den Kopf gefallen ist. Wenn ich hier noch länger bleibe, ende ich in einem Ganzkörpergips.«

Helena verkniff sich ein Lachen. »Ich habe mir gleich gedacht, dass es besser ist, die Treppe nicht zu benutzen.«

»Dann hätten wir aber Mariettas Briefe an Gabriel nicht gefunden.«

Ihr Blick fiel auf seinen Verband. Unter dem weißen Mull wurde ein kreisrunder Fleck sichtbar – innen rot und an den Rändern gelblich. Die Wunde musste aufgeplatzt sein. Moritz folgte ihrem Blick, wurde noch blasser und wehrte sich nicht, als Helena den Verband aufmachte. Vielleicht war es nur Einbildung, aber sobald sie die letzte Schicht Mull von der Wunde entfernte, stieg ihr ein säuerlicher Geruch in die Nase. Und selbst wenn der nicht von der Verletzung stammte, bot diese doch einen grauenhaften Anblick: Die schwarzen Ränder schienen noch breiter geworden zu sein, eine sämige Flüssigkeit – wahrscheinlich Eiter – trat hervor, sobald sie leicht darauf drückte, und mittlerweile war der ganze Unterarm gerötet. Sie wünschte, sie hätte besser aufgepasst, als sie Martin nach den Anzeichen einer drohenden Blutvergiftung befragt hatte.

»Wann war deine letzte Tetanus-Impfung?«

»Keine Ahnung – das ist sicher ewig hier.«

»Du brauchst dringend ein Antibiotikum.«

»Nur gut, dass wir eine bestens ausgestattete Hausapotheke haben! Nebst Antibiotikum bietet die sicher auch ein saftiges Steak und Pommes.«

Ehe sie ihn für seine Ironie schelten konnte, fügte er ernsthaft hinzu: »Wir haben nicht mal eine Flasche Schnaps gefunden ...«

»Die Bonbonniere ist mit Cognac gefüllt. Wenn wir die Schokolade aufschneiden, dann ...« Sie hielt inne. »Allerdings ist der Cognac mit Zucker vermischt, ich habe keine Ahnung, ob wir damit nicht alles nur noch schlimmer machen.«

Sie versuchte sich zu erinnern, ob Martin irgendwann mal die Wirkung von Zucker auf eiternde Wunden erwähnt hatte, aber entschied, dass es zu riskant war, es zu versuchen.

Moritz hatte sich abgewandt und starrte in den Kamin. Bis auf ein paar rote Funken war von den Scheiten nur Asche übrig geblieben. Helena legte hastig nach und betete, dass das Holz nicht zu feucht war und bald Feuer fangen würde. Eine Weile sah es nicht gut aus, aber als sie die Flammen mit Hilfe von Zeitungspapier neu entfachte, sprangen sie endlich auch auf die Scheite über.

Moritz hatte ihrem Kampf ums Feuer kaum Beachtung geschenkt, sondern blicklos vor sich hingestarrt.

»Was wird wohl von mir übrig bleiben, wenn ich hier sterbe?«, sinnierte er laut.

»Verschon mich endlich mal mit deinem Zynismus.«

»Ausnahmsweise war das kein Scherz.« Er seufzte. »Sind wir

doch mal ehrlich: Seit gestern Abend haben wir keine neue Nachricht aus Sankt Pankraz erhalten. Dort sind sicher alle damit beschäftigt, das Dorf zu räumen. Uns haben sie wahrscheinlich schon vergessen.«

Helena hätte nur zu gerne widersprochen, aber genau das Gleiche dachte sie auch. Sie verband seine Wunde mit einer frischen Mullbinde – das Einzige, was sie tun konnte – und begann danach, unruhig auf- und abzugehen.

»Du machst mich nervös«, sagte er, »und dich selbst übrigens auch.«

»Tut mir leid.« Sie setzte sich zu ihm und zuckte nicht zurück, als er unwillkürlich ihre Hand ergriff. »Sehen wir es positiv: Wenn ich wirklich sterbe, habe ich die letzten Stunden meines Lebens mit einer schönen Frau verbracht.«

»Blödsinn!«, schnaubte sie. Sie fuhr sich durch ihr Haar, das sich staubig anfühlte – und irgendwie klebrig. »Ich bin nicht schön, sondern sehe wahrscheinlich so aus wie Struwwelpeter.«

»Hauptsache, ich bin nicht allein ...«, murmelte er, »ich war in meinem Leben zu viel alleine.«

»Ein Mann, der so wohlhabend ist wie du und nicht schlecht aussieht ...«

»Das meine ich nicht«, unterbrach er sie, »ja, was Frauen anbelangt, kann ich mich nicht beschweren. Und auch in meiner Kindheit war immer etwas los, dafür haben meine Mutter und Sissy schon gesorgt. Aber auch in Gesellschaft kann man einsam sein, wenn man nicht verstanden wird ...«

Helena war sich nicht sicher, ob er seine Worte ernst meinte oder maßlos übertrieb. Sie fragte sich unwillkürlich, wie es bei ihr gewesen war. Von ihren Eltern hatte sie sich nie verstanden gefühlt, vor allem, was ihre Leidenschaft für den Tanz betraf. Und von Martin? War sie an seiner Seite manchmal einsam gewesen? Er hatte sich voll auf sein Studium konzentriert, sie auf die Musicalausbildung, was bedeutete, dass sie beide viel zu beschäftigt gewesen waren, um zu streiten. Ihre Freunde hatten immer gemeint, sie würden wunderbar harmonieren, aber waren sie jemals Seelengefährten gewesen?

»Woran denkst du?«, fragte Moritz leise.

Helena wollte nicht darüber reden. »Marietta hat sich von Gabriel verstanden gefühlt«, sagte sie stattdessen.

»Stell dir vor – vielleicht haben sie sich genau hier vor dem Kamin geküsst.«

Sein Griff um ihre Hand wurde fester, und er neigte sich hinüber zu ihr. Was immer ihn trieb – Schmerzen, Langeweile, Angst –, ihre Lippen waren nur mehr knapp voneinander entfernt. Wenn sie sich vorbeugte, würden sie sich küssen … Dann würde endgültig besiegelt sein, dass die Enttäuschung mit Martin der Vergangenheit angehörte … nicht mehr der Zukunft … die Zukunft gehörte ihr, und ein wenig auch Moritz … dem Mann, der sie mit wenigen Worten zur Weißglut bringen konnte, aber hinter dessen selbstbewusstem, spöttischem Auftreten sie einen verletzlichen Kern witterte … nicht unähnlich ihrem eigenen so sensiblen Inneren, das in den letzten Monaten so gelitten hat … weil es nicht tanzen konnte. Und nicht lieben.

Doch ehe ihre Lippen seine erreichten, zuckte sie zurück. Sie wusste nicht, was sie davon abhielt, ihn zu küssen, aber jeder Gedanke, ihr Herz noch weiter zu öffnen, war zu schmerzhaft.

»Ich muss noch mehr Holz nachlegen. Am besten, ich hole ein paar Scheite von draußen«, sagte sie hastig und erhob sich. Sie glaubte kurz einen Ausdruck des Bedauerns in seinem Gesicht wahrzunehmen, doch er hielt sie nicht zurück.

Der restliche Tag verlief ruhig. Die meiste Zeit schwiegen sie. Am Abend verband Helena Moritz' Wunde neu. Es quoll noch mehr Eiter hervor, aber ansonsten schien die Entzündung nicht schlimmer geworden zu sein, und Moritz klagte auch nicht über Schmerzen. Anstatt die Cognac-Schokolade zur Wundheilung einzusetzen, aßen sie sie hungrig auf. Hinterher war Helena übel, und Moritz sichtlich erschöpft.

Er versank in einen unruhigen Schlaf, wälzte sich ständig hin und her und murmelte Unverständliches. Helena schloss ihre Augen, wurde aber prompt von Unrast erfasst. Selten hatte sie sich so unwohl in ihrem eigenen Körper gefühlt. Noch mehr als nach einem Teller mit ordentlichem Essen sehnte sie sich nach einem Bad. Kein Fleckchen ihrer Haut schien nicht verdreckt oder verschwitzt zu sein. Außerdem machten ihr die Sorgen um Moritz zu schaffen und dass sie zur Untätigkeit verdammt war. Sie schlief ein wenig, erhob sich aber bald wieder seufzend. Solange sie ruhig lag, spielten ihre Gedanken Karussell, und um sich irgendwie abzulenken, griff sie nach Mariettas Tagebuch. Vielleicht würden ihre Einträge einen neuen Sinn ergeben, nun, da sie um ihre Liebe zu Gabriel wussten. Auf jeden Fall tat es gut, sich auf die kaum leserliche Schrift zu konzentrieren und in die vergangene Zeit einzutauchen.

7. Juni

Heute Nacht habe ich geträumt, dass mir entsetzlich heiß ist. Mein ganzer Körper scheint in Flammen zu stehen, Fieber peinigt mich, Schweiß bricht aus allen Poren. Ich trete hinaus ins Freie und erhoffe mir in der frischen Luft Abkühlung, doch der Wind ist nur lau. Er zerrt an meinen Haaren, aber verschafft dem glühenden Körper keine Linderung. Ich laufe in den Schatten der Bäume, doch das Feuer verschlingt mich weiterhin. Ich laufe weiter zu einem Bach, doch er ist zu flach, um darin unterzutauchen. Endlich sehe ich einen Tümpel. Die Oberfläche ist glatt wie ein Tuch, von einem dunklen Grün und verbirgt den Grund und was immer dort in der Tiefe lauern mag. Sei's drum. Die Hitze ist unerträglich! Ich springe in den

Tümpel, doch anstatt unterzugehen, trägt mich das Wasser nach oben. Vielleicht ist es kein Wasser, sondern Pech ... ja, die Oberfläche scheint nicht länger dunkelgrün zu sein, sondern schwarz. Und sie ist hart. Ich kann darauf gehen, als täte sich unter mir ein steinerner Weg auf. Erstaunt blickte ich auf meine Füße und bemerke: Da ist kein steinerner Weg – und da sind gar keine Füße. Da sind vielmehr Schwimmfüße, die Schwimmfüße eines Schwans.

Ja, ich bin ein Schwan, der lautlos seine Kreise zieht. Die dunkle Oberfläche kräuselt sich, mein Gefieder, strahlend weiß, bläht sich im Wind.

Mir ist nicht mehr heiß, denke ich erleichtert. Wie wohl ich mich fühle!

Doch dann spüre ich etwas. Es kommt aus der Tiefe, vielleicht eine Schlingpflanze, vielleichte eine Hand. In jedem Fall packt es meine Füße und zerrt mich nach unten.

Panik erfasst mich. Nicht, weil ich ertrinken werde. Sondern weil mein strahlend weißes Gefieder schmutzig wird.

Helena blickte nachdenklich auf den Text. Sie musste an Mariettas letzten Traum denken – von den Spatzen, die auf ihren nackten Körper eingehackt hatten. Vermeintlich harmlose Tiere hatten sich als gefährlich herausgestellt. Und nun war sie im Traum in die Rolle des Schwans geschlüpft, viel eleganter und schöner, gemessen an den Spatzen, aber erneut voller Gefahr: der Gefahr, schmutzig zu werden.

Marietta musste sich bedroht gefühlt und jene Furcht musste auch in ihren Träumen Einzug gehalten haben, was wiederum Moritz' Verdacht bestätigen würde, dass Marietta sich nicht selbst umgebracht hatte, sondern ... ermordet worden war. Ja, vielleicht kündete die düstere Stimmung der Träume nicht davon, dass sie schwermütig geworden war oder in Depressionen versunken, sondern dass sie sich ihres Lebens nicht mehr sicher gefühlt hatte.

Helena blätterte zur nächsten Seite, um auch diese zu entziffern, als Moritz hinter ihr plötzlich aufstöhnte. Er wand sich noch heftiger als zuvor, so dass das von Schweiß verklebte Haar in seine Stirn fiel.

»Moritz?«

Kurz schlug er die Augen auf und schloss sie dann wieder. Sein Stöhnen verstummte, stattdessen murmelte er etwas ins Kissen hinein.

Helena trat zu ihm. Sein verzerrter Gesichtsausdruck kündete nicht einfach nur von Schmerzen, sondern von tiefsten Qualen.

»Moritz!«

Er wiederholte seine Worte, diesmal klar und deutlich: »Du musst mir vergeben! Bitte, du musst mir vergeben!«

Er schlug erneut die Augen auf, schien aber nicht recht zu erkennen, wo er war. Sein Blick war glasig … und zugleich unendlich verzweifelt. Helena schüttelte ihn leicht, doch er zeigte keine Reaktion, sondern wirkte wie weggetreten. Erst als sie ihm einen leichten Klaps auf die Backe versetzte, erwachte er endlich. Dennoch zog sie erschrocken ihre Hand zurück. Sein Gesicht war glühend heiß.

»Was … was hast du nur geträumt?«

Moritz sah sie verständnislos an.

»Du hast im Traum etwas geschrien. ›Du musst mir vergeben!‹ Zu wem hast du das gesagt?«

»Keine Ahnung. Ich kann mich an nichts mehr erinnern.« Seine Stimme klang belegt. Er griff sich nun selbst ins Gesicht und wischte sich den Schweiß von der Stirn. Auf seinem Verband hatte sich kein neuer Fleck ausgebreitet, doch Helena hatte Angst, nach der Wunde zu sehen. Das hohe Fieber, das ihn peinigte, hatte sicher nichts Gutes zu bedeuten.

»Vielleicht hast du von Marietta geträumt«, murmelte sie. »Vielleicht ist sie es, die um Vergebung flehte.«

Sie musste an ihren Traum denken, in dem Adam die gleichen Worte gesagt hatte, doch aus seinem Mund ergaben sie keinen Sinn. Vielleicht hatte ihr Unterbewusstsein die Wahrheit nur verschlüsselt mitgeteilt – und diese Wahrheit war, dass Heinrich von Ahrensberg seine Frau getötet hatte, nachdem er ihre Affäre entdeckt hatte. Und seinen vermeintlichen Sohn gleich mit, weil dieser in Wahrheit nicht sein Erbe war, sondern Gabriels Bastard.

So schlüssig diese Theorie aber auch war und so sehr sie das Schicksal der einstigen Tänzerin faszinierte – in diesem Augenblick war es müßig, darüber nachzudenken.

»Du hast hohes Fieber. Wir müssen dich irgendwie abkühlen. Am besten, ich hole etwas Schnee, dann kann ich dir Wadenwickel machen. Schade, dass wir keinen Essig haben, das ist doch auch ein bewährtes Hausmittel.«

Moritz verzog skeptisch das Gesicht, doch ehe er einen Einwand erhob, hastete sie in die Küche. Das Fenster klemmte leicht, so dass sie es mit aller Kraft aufziehen musste. Als sie es endlich geschafft hatte, kamen ihr regelrechte Schneemassen entgegen und sie trat hastig zurück, um nicht von ihnen getroffen zu werden.

Draußen war es stockdunkel. Erst nachdem Helena eine Schüssel mit Schnee gefüllt hatte und eine Kerze darunter hielt, um ihn zu schmelzen, glaubte sie in weiter Ferne, dort, wo Himmel und Bergspitzen sich trafen, eine Ahnung von Grau auszumachen. Wie spät es wohl war – fünf Uhr? Schon sechs?

Ehe sie mit dem geschmolzenen Schnee zurück in den Salon ging, sah sie im Flur das Funkgerät liegen. Seit etwa sechsunddreißig Stunden hatten sie keine neue Nachricht mehr bekommen, allerdings auch selber nicht versucht, Kontakt mit der Welt da draußen aufzunehmen. Sie drückte mehrfach auf den einzigen Knopf, doch die kleine Lampe leuchtete weder rot noch grün auf, sondern blieb dunkel. Vergeblich wartete sie auf das altbekannte Rauschen.

Obwohl er sie nicht sehen konnte, schien Moritz zu hören, was sie trieb.

»Mach dir keine Mühe, ich wollte dich nicht beunruhigen, aber ich habe es gestern schon versucht. Die Batterie ist leer«, rief er.

Was für ein Pech!

Trotz ihrer misslichen Lage war Helena gerührt, dass er es ihr bislang verheimlicht hatte, um ihr die Sorgen zu ersparen.

Als sie das Funkgerät wieder hinlegte, fiel ihr Blick auf die Langlaufskier, die sie vor zwei Tagen neben der Tür abgestellt hatte. Sie ärgerte sich, weil sie sich nicht längst dazu durchgerungen und kostbare Zeit vertan hatte. Jetzt würde sie nicht länger warten. Sobald es hell war, würde sie sich mit den Skiern aufmachen, um Hilfe zu holen. Sie hoffte nur, dass Moritz so lange durchhalten würde.

14

1922

Der Efeu war in den letzten Jahren gewachsen und bedeckte die Vorderfront des Hauses fast gänzlich. Nur dicht unter dem Dach zeigte sich noch die nackte Mauer. Wenn Marietta die großen, grünen Blätter und die verschlungenen Zweige betrachtete, musste sie an ein Märchenschloss denken. Irgendwann, dachte sie, würde der Efeu so dicht sein wie die Hecke, die Dornröschen gefangen hielt. Kein Mensch würde noch zu ihr durchdringen können, kein Laut ihr Ohr erreichen, nichts ihren Schlaf stören. Und sie wollte schlafen – gerne viel länger als hundert Jahre. Sie brauchte auch keinen Prinzen, der sie wachküsste.

Leider vermochte der Efeu nicht, die vielen Stimmen zu dämpfen. Nur zu deutlich hörte sie sie, wenn sie im abgedunkelten Zimmer lag. Am lautesten war Adams Stimme, der eben lernte, Tennis zu spielen. Anders als sie verbrachte er viel Zeit in der Sonne, und sein Gesicht war von Sommersprossen übersät. Von wem er die nur hatte?

In sein Rufen mischte sich ein Klopfen, dann das Knarren der Diele. Josepha trat ein. Sie flocht ihr immer noch die Haare, doch diese lösten sich nicht länger bis Mittag auf. Schließlich lag sie den ganzen Tag über im Bett und rührte sich nicht. Einmal hatte sie gehört, wie Heinrich Adam erklärt hätte, dass die Mutter krank sei. So fühlte sie sich auch – krank, lustlos, leidend. Nur, dass sie keine Schmerzen hatte und keine Wunden.

»Ich habe Ihnen etwas zu essen gebracht.«

»Ich will nichts essen!«

Ihrer Stimme wohnte jener kreischende Ton inne, den sie hasste. Jeder musste ihn hassen. Jeder musste … *sie* hassen. Es sprach nur keiner aus, und wenn doch, dann hinter vorgehaltener Hand, genauso, wie man ihre Krankheit nur selten erwähnte. Sie litte an Melancholia, hieß es dann flüsternd, an Schwermut, an Hysterie, an Wahnsinn.

Ganz gleich, wie man es nannte – manchmal wünschte sie, sie würde von schrecklichen körperlichen Schmerzen heimgesucht, die ihr das Mitleid, nicht das Befremden ihrer Umgebung einbrächten.

»Ich lasse es da … vielleicht bekommen Sie ja später Appetit.«

Josepha stellte das Tablett ab. Als sie gegangen war, erhob sich Marietta doch. Auf Zehenspitzen schlich sie durch den Raum, um dann umso größeren Lärm zu machen: Sie nahm den Porzellanteller samt kaltem Huhn und warf ihn gegen die Wand. Mit einem Klirren brach er in der Mitte entzwei, als er auf den Holzboden prallte. Es war laut … nicht ganz so laut wie ihr Kreischen … nicht laut genug, um länger als wenige Sekunden in ihr nachzuhallen.

Mehr als diese Geräusche bringe ich nicht zustande, dachte sie, Kreischen und Klirren, aber kein Weinen, kein Lachen, kein Flüstern, kein Singen, kein Säuseln, kein Rufen.

Sie legte sich wieder ins Bett.

Am späten Nachmittag erwachte Marietta. Sie war zu ihrem Erstaunen hungriger als sonst, und als sie sich erhob, fühlten sich ihre Beine nicht mehr wie gelähmt an. Sie ging zum Fenster und blickte hinaus. Der Himmel war noch blau, sie hatte den Tag noch nicht ganz nutzlos verstreichen lassen. Unrast packte sie – und schwand sofort wieder, als sie hinunterblickte. Eben kam Heinrich

von der Jagd, und wie immer war seine Beute ergiebig: zwei Auer-
hähne hatte er geschossen, einen Hasen, einen Fuchs, ein Reh.
Der Hunger verging ihr wieder.

Sie verließ das Zimmer, schritt die Treppe hinunter und trat hinaus in den Hof. Ihre Haare fielen ihr offen über den Rücken, über
dem Nachtkleid trug sie nur einen dünnen Umhang.

Als Heinrich sie erblickte, leuchteten seine Augen hoffnungsvoll auf.

»Marietta ...«, begann er.

Sein Leuchten verschwand sofort wieder. Marietta fuhr ihn zornig an:»Fällt dir nichts Besseres ein, als alles totzuschießen, was
dir vors Gewehr kommt?«

Die Hoffnung in seinem Blick wich dem Überdruss.»Und fällt
dir nichts Besseres ein, als den ganzen Tag im Bett zu bleiben?«,
erwiderte er.

»Jetzt bin ich ja hier und nicht im Bett«, gab sie zurück.

Er blickte zur Seite, und sie fragte sich unwillkürlich, seit wann
er nicht mehr zu verbergen suchte, wie sehr ihn ihre Launen quälten. Immer noch versuchte er, alle ihre Wünsche zu erfüllen, aber
manchmal war sein Blick einfach nur kalt. Seinerzeit hatte er wohl
noch gehofft, dass sich mit Adams Geburt und dem Ende des Krieges alles zum Guten wenden würde, doch seit damals waren die
Phasen, da die Schwermut Marietta gefangen hielt, immer länger
geworden.

»Wenn du keine toten Tiere sehen willst, dann geh nach oben!«,
befahl er schroff.

Er umklammerte sein Gewehr. Ob er sich je ausgemalt hatte, sie
zu erschießen?

Manchmal stellte sie sich vor, ihn so lange bis aufs Blut zu rei-
zen, dass er es täte.

Allerdings – Heinrich war zäh. Er hatte den Krieg überstanden,
die Giftgasproduktion, den Niedergang der Donaumonarchie, und

214

danach liefen die Geschäft sogar noch besser als zuvor. In der neuen Zeit, da Adelige sämtliche Titel verloren hatten, machte es keinen Unterschied mehr, ob er ein Baron war oder ein Graf. Viele der Familien, die ihm früher mit leiser Verachtung begegnet waren, waren verarmt oder hatten ihre Töchter mit Neureichen vermählt. Wie vor dem Krieg wurden wieder Feste gefeiert, doch diese erfüllten nur den Zweck, den Reichtum jener zur Schau zu stellen, die ihn sich bewahrt hatten oder – wie Heinrich – sogar noch mehren konnten.

Marietta ging wieder ins Haus, doch anstatt in ihr Zimmer zu flüchten, hielt sie auf der Treppe inne und starrte auf das Gemälde von ihr, das Heinrich erst kürzlich hatte anfertigen lassen. Der Anblick war ihr fast vertrauter als ihr eigenes Spiegelbild.

Leise Schritte kündeten alsbald davon, dass Heinrich ihr gefolgt war. »Es tut mir leid, wenn ich so harsch zu dir war. Ich wollte dich nicht vertreiben. Ich … ich bin doch so glücklich, dass du dein Zimmer verlassen hast. Auch Adam freut sich bestimmt.«

»Ich will nicht, dass Adam mich in diesem Zustand sieht.«

»Du bist die einzige Mutter, die er hat.«

Ja, leider, hätte sie am liebsten gesagt.

Verstand Heinrich denn nicht, dass sie sich aus Liebe von ihrem Sohn fernhielt? Dass sie das Gefühl nicht loswurde, Adam zu vergiften, wenn sie ihn in ihre Nähe ließ? Er war ein so fröhliches, lebendiges Kind. Und das Einzige, was sie dazu beizutragen hatte, war die Entschiedenheit, ihn aus ihrem Schatten zu verjagen. Er hatte sein Kindermädchen, er hatte seinen Vater, er hatte Elsbeth. Er brauchte sie nicht.

»Und wenn wir den Professor doch konsultieren?«, fragte Heinrich leise. Seine letzten Schritte waren lautlos gewesen. Erst jetzt bemerkte sie, dass er dicht hinter ihr stand. Seit Jahren verzichtete sie auf jede Art von Berührung. Sie ertrug es nicht – und hegte den Verdacht, dass er es noch weniger aushielt.

215

Das Verlangen, das dessen ungeachtet plötzlich in ihr hochstieg, verwirrte sie. Halte mich, hätte sie am liebsten gesagt, halt mich fest, stütze mich, sei für mich da. Deine Hände sind doch warm und kräftig.

Aber dann fielen ihr die vielen Tiere ein, die er erschossen hatte, und sie hastete die Treppe hoch.

Erst auf der obersten Stufe blieb sie stehen.

»Ja«, sagte sie leise und fuhr hastig fort, ehe sie es bereuen konnte: »Ja – einen Versuch ist es wert. Aber ich will nicht nach Wien. Frag den Professor, ob er bereit ist, hierherzukommen.«

Heinrich ging ungeduldig im Hof auf und ab. Der Professor hatte angekündigt, mit der Bahn zu kommen, und Ferdinand war schon vor einer geraumen Weile zum Bahnhof gefahren, um ihn mit der Kutsche abzuholen. Eigentlich sollten sie längst da sein.

Heinrich seufzte. Ihm war es gleichgültig, wenn der Professor sich verspätete, doch er hatte Angst, dass Marietta es sich im letzten Augenblick anders überlegen könnte. Noch nie hatte er es sich so offen eingestanden, aber jetzt ging ihm durch den Kopf, dass der Professor ihre letzte Chance war. Seine Methode erschien ihm zwar mehr als zweifelhaft, aber eine andere fiel ihm nicht ein.

Endlich fuhr die Kutsche vor.

»Baron Ahrensberg.« Der schmächtige, ernste Mann, der das Gefährt verließ, nickte ihm zu.

Wie merkwürdig, dass er zwar den verbotenen Titel nannte, aber aufs ebenso verbotene »Von« verzichtete.

Nichts Halbes und nichts Ganzes, dachte Heinrich. Hoffentlich gilt das nicht auch für seine Künste.

Anstatt zurückzugrüßen, klagte Heinrich ihm sein Leid. »Meine Frau … sie verlässt kaum mehr das Bett. Ich habe das Gefühl, etwas frisst sie von innen her auf.«

Der Professor wirkte nicht im mindesten erschüttert. Wahrscheinlich hatte er ständig mit Fällen wie diesem zu tun. »Überkommt sie manchmal die Hysterie?«, fragte er.

Heinrich zuckte die Schultern. »Manchmal …«, gab er zu, um rasch hinzuzufügen: »Aber noch schlimmer als jedes Schreien ist ihr Schweigen. Und dass sie unseren Sohn nicht zu sich lassen will.«

Der Professor nickte. »Am besten, ich begebe mich sofort zu ihr …«

Heinrich hastete ihm nach, als er auf das Portal zutrat. »Ich werde das Gefühl nicht los, dass sie mir etwas verschweigt. Dass sie ein Geheimnis hütet. Vielleicht können Sie herausfinden, ob sie …«

»Baron Ahrensberg!«, unterbrach der Professor, und sein eigentlich ausdrucksloses Gesicht wirkte plötzlich sehr streng. »Über zwei Dinge müssen Sie sich im Klaren sein: Wir werden keinen kurzfristigen Erfolg erzielen – eine Besserung lässt sich vielmehr erst nach mehreren Monaten erhoffen. Mindestens. Und was immer ich mit Ihrer Frau bespreche, bleibt unter uns. Ich behandele es so vertraulich, als würde sie sich einem Beichtvater anvertrauen. Falls sie tatsächlich irgendwelche Geheimnisse hütet, müssen Sie sie schon selbst fragen.«

Heinrich zuckte zurück. »Ich verstehe.«

Obwohl er nicht zu hören bekommen hatte, was er erhofft hatte, fühlte er Erleichterung, als er den Professor ins Haus treten sah. Endlich … endlich konnte er die Verantwortung für Marietta, die immer schwerer auf seinen Schultern lastete, mit jemandem teilen.

Während er draußen im Hof wartete, betrachtete er die Hauswand. Erst jetzt bemerkte er, wie hoch und dicht der Efeu in den letzten Jahren gewachsen war.

Hier drinnen erstickt man, ging es ihm durch den Kopf.

Auf dem Weg ins Haus begann er, auf die Stängel und Blätter zu treten.

Es war im Oktober, als Heinrich in der Waffenkammer stand und die Sammlung der Gewehre betrachtete. In den letzten Monaten war er fast täglich auf der Jagd gewesen. Früher hatte ihn der Vater dazu gezwungen, heute hatte er es selbst zu schätzen gelernt: Er genoss die Einsamkeit der Wälder, auf der Lauer zu liegen, Schüsse abzugeben, jenen Triumph, mit Beute heimzukehren.

Er war selbst erstaunt darüber. Und dabei aß er Wild nicht einmal besonders gerne.

Ferdinand, der Stallknecht, putzte eben eines der Gewehre. Sein Blick war sichtlich stolz, als er den Baron betrachtete – als gehörte jenes Gewehr ihm, obwohl er selbst noch nie geschossen hatte.

»Jetzt funkelt wieder alles, Herr Baron.«

Plötzlich schmeckte Heinrichs Freude an der Jagd schal. Warum sollten Gewehre funkeln, Waffen waren doch niemals schön. Und warum hatte er vergessen, dass er das Geschäft des Vaters hasste und froh war, dass der Krieg vorbei war? Warum schoss er dann noch Tiere tot?

»Nicht wahr, Herr Baron?«

Er hatte keine Ahnung, was Ferdinand eben noch gesagt hatte – vielleicht wollte er wissen, welche Waffen er heute mit zur Jagd nehmen würde.

Es ist alles wegen Marietta, dachte er. Sie hat mich in die Wälder getrieben, nachdem sie selbst nicht mehr dorthin flüchten kann …

Heinrich ergriff eine einfache Pistole. »Ich komme später noch einmal …«

Er trat hinaus in den Hof, wo sich der Morgendunst gelichtet hatte und ihn ein strahlender Herbsttag erwartete. Das Licht war nicht mehr so warm wie im Sommer, leuchtete aber golden. In der Luft lag ein würziger Geruch, im Schatten der Hausmauer war das Gras mit Morgenreif überzogen.

Trotz der kühlen Luft trug Adam nur eine kurze Hose. Aufgeregt sprang er hin und her. Heinrich brauchte eine Weile, um zu erkennen, was er trieb. Dann fiel ihm wieder ein, dass Adam erst vor einigen Tagen ein Rehkitz gefunden hatte und es umsorgte, indem er ihm Futter brachte und den Stall, den Ferdinand gebaut hatte, täglich reinigte.

Wahrscheinlich habe ich selbst die Mutter des Rehkitzes erschossen, dachte Heinrich.

Salvator hatte gemeint, dass es eine zu weibische Beschäftigung sei, sich mit einem Rehkitz abzugeben, aber Salvator machte immer alles schlecht; die ständigen Schmerzen vergifteten seine Laune. Besser, er fuhr endlich wieder zurück nach Wien. Zumindest Elsbeth hatte Adam darin bestärkt und ihm alles erzählt, was es über Rehe zu wissen gab. Jetzt war sie nirgendwo zu sehen, wahrscheinlich war sie in ihren Büchern vergraben. Trotz seines Eifers, das Kitz zu umsorgen, machte Adam einen unglücklichen Eindruck.

Heinrich wartete eine Weile, ehe er auf ihn zutrat. »Was ist denn los? Geht es Fini nicht gut?«

Adam blickte hoch »Doch! Sieh nur, wie prächtig sie sich entwickelt. Es ... es ist wegen Mutter ...«

»Was ist mit Mutter?«

Adam seufzte schwer. Er zögerte eine Weile, bis er endlich erklärte: »Ich will ihr Fini schon so lange zeigen, aber sie verlässt ihr Bett einfach nicht. Heute morgen war ich wieder bei ihr und habe ihr von Fini erzählt ... aber sie ...«

Der Knabe wandte sich hastig ab, um sein Gesicht zu verbergen, und machte sich wieder am Stall zu schaffen.

Blanke Wut überkam Heinrich und erschreckte ihn. Einmal mehr ärgerte er sich über Marietta. Mittlerweile fehlten ihm jegliche Liebe, Verständnis und Mitleid für sie, war da nur der Wunsch, etwas zu zerstören, um seiner Wut auf diese Weise Herr zu werden ... seinem Hass.

Warum ließ sie sich so gehen?

Warum hasste er sie plötzlich so sehr?

»Eines Tages wird sie sich Fini bestimmt anschauen«, versuchte er Adam zu trösten. Er hoffte, sein Sohn hörte nicht, wie belegt seine Stimme klang.

»Ich könnte Fini zu ihr ins Schlafzimmer bringen!«, schlug Adam vor.

»Besser nicht. Das Rehkitz ist doch viel zu groß und ungebärdig.«

»Aber ich könnte ein Vögelchen fangen und es ihr zeigen.« Heinrich war nicht sicher, ob das eine gute Idee war, aber dann nickte er. Es war gut, wenn der Knabe etwas zu tun hatte. »Mach das ruhig.«

Adam blickte nicht mehr ganz so unglücklich, als er Fini in den Stall sperrte und sich auf den Weg machte. Und auch Heinrichs Zorn war keine glühende Flamme mehr, als er das Haus betrat. Seine Miene war nicht hasserfüllt, nur kalt und hart, als er die Tür zu Mariettas Schlafzimmer aufstieß.

Zu seinem Erstaunen lag sie nicht im Bett, sondern hatte sich angekleidet. Sie trug das rote Jagdkleid wie auf dem Gemälde, das er von ihr hatte machen lassen. Ihre Haare flossen offen über den Rücken.

Sie war immer noch eine schöne Frau, etwas zu dünn zwar und zu blass, aber elegant und filigran. Und sie besaß nicht nur diese ätherische Schönheit, sie besaß auch Reichtum, dieses Jagdschloss, ihren Sohn, ihn.

Warum war ihr das nicht genug? Was wollte sie denn noch?

Und warum war ihm ihre Schönheit nicht genug?

»Ja?«, fragte sie. Sie blickte ihn an wie einen Fremden. Längst war es nicht mehr selbstverständlich, dass er unangemeldet ihr Zimmer betrat.

Am liebsten hätte er sie gepackt und geschüttelt.

»Reiß dich endlich zusammen!«, fuhr er sie an. »Adam ist deinetwegen zutiefst unglücklich!«

Ihre Lippen begannen zu beben. »Heinrich …«

»Ach, verschon mich damit, dass du nicht anders kannst. Du versuchst es ja nicht einmal …«

Ein trotziger Zug erschien um ihre Lippen herum. »Aber natürlich versuche ich es. Ich habe doch auch eingewilligt, dass der Professor …«

Er erinnerte sich an die Worte des Professors, wonach Mariettas Heilung ein langwieriger Prozess sei. Bei seinem ersten Besuch vor einigen Monaten hatte Heinrich noch geglaubt, er würde die notwendige Geduld aufbringen können, doch jetzt fühlte er, dass diese erschöpft war.

»Der Professor kann dir auch nicht helfen«, erklärte er erzürnt.

Sie stritt es nicht einmal ab. Ihr Trotz wich Trauer. »Vielleicht kann das niemand – vielleicht bin ich dazu geboren, unglücklich zu sein.«

»Rede doch nicht so einen Unsinn!«

»Warum nicht? Sei doch ehrlich – zu mir und auch zu dir selbst: Du hast mich nicht geheiratet, weil ich glücklich war.«

»Was soll das heißen?«

Sie erhob sich. Als sie auf ihn zuschritt, hatte er das Gefühl, ihre Füße würden den Boden kaum berühren. »Du hast es doch ganz genau gespürt, das Dunkle, Traurige in mir. Das war es, was dich angezogen hat. Du hast es nicht vermisst, dass ich so gut wie nie gelächelt habe. Du hast nicht die Liebe gesucht, als du mich umworben hast, sondern den Tod. Und auch wenn es der Tod in seiner schönsten Gestalt war … er bleibt doch ein schwarzer, finsterer Geselle.«

Heinrich rang nach Worten, aber ihm fielen keine ein, ihr zu widersprechen. Er wusste, dass sie die Wahrheit sagte.

»Das war damals so …«, gestand er heiser ein. »Ich war noch jung, romantisch veranlagt, unglücklich als Waffenbaron … aber heute … heute brauche ich eine Frau an meiner Seite, die mich respektiert, die mein Leben teilt, die mich versteht …«

Er sah Verletztheit in ihrem Blick. »Hast *du* mich denn je verstanden?«, gab sie zurück. »Hast du mir nicht eben vorgeworfen, ich hätte dich zur Frau genommen, weil du traurig warst? Also habe ich dich sehr wohl verstanden!«

»Ja, aber weißt du auch, warum ich traurig bin?«

Nein, dachte er. Weil ich es gar nicht wissen will. Weil du kein Recht hast, traurig zu sein. Vielleicht früher, als dein Vater gestorben ist und du mit deiner Schwester bei deiner Stiefmutter leben musstest. Aber diesem Schicksal bist du längst entkommen – und Elsbeth auch. Elsbeth ist sehr dankbar dafür, im Gegensatz zu dir.

»Du bist traurig, weil du traurig sein willst. Du hütest deinen Weltschmerz wie einen Schatz.« Seine Stimme klang wie ein Knurren, und ihre wie ein Zischen, als sie erwiderte: »Du hast ja keine Ahnung.«

»Dann erklär es mir!«

Heinrich konnte sich nicht länger beherrschen. Er stürzte auf Marietta zu und schüttelte sie. Ihr Kopf fiel vor und zurück. »Du hütest nicht nur deinen Weltschmerz … sondern auch etwas anderes. Ich spüre seit langem, dass du etwas vor mir verbirgst. Dass du ein Geheimnis hast.«

Als er sie wieder losließ, waren ihr die Haare ins Gesicht gefallen, und sie strich sie nicht zurück.

»Heinrich …«

Er konnte ihren Gesichtsausdruck nicht deuten. Sie wirkte nicht länger traurig, sondern erleichtert. Und irgendwie verschlagen.

Halt!, dachte er noch. Sag es besser nicht! Ich will dein Geheimnis gar nicht kennen! Schweige eben weiterhin, verkrieche dich ins Bett, sei traurig! Aber zerstör nicht mein Leben … und deines auch nicht!

Doch es war zu spät.

»Als du im Krieg warst ... in jenem Winter im Jagdschloss ... ich war nicht allein hier.«

»Ich weiß, Elsbeth hat dich begleitet!«

»Das meine ich nicht. Ich habe Besuch bekommen ... ich habe mich verliebt. In Gabriel Radványi ...«

Er schüttelte den Kopf. »Er war doch nur ein Knabe ... gerade mal siebzehn Jahre alt.«

»Wir haben nie über unser Alter gesprochen – nur über Tanz und Musik. Und wir haben uns geliebt.«

Heinrich konnte sich nur vage an den Jungen erinnern, daran, dass er blässlich und blond gewesen und im Krieg gefallen war. Wenn es weiter nichts war ... das war schließlich kein ernst zu nehmender Nebenbuhler und die Affäre längst verjährt.

Doch Marietta war noch nicht fertig. Jetzt strich sie sich doch die Haare aus dem Gesicht und sah ihn an, direkt in seine vor Angst geweiteten Augen.

»Ich glaube, Adam ist sein Sohn – nicht deiner«, sagte sie leise.

15

Die Luft schnitt Helena kalt ins Gesicht, als sie sich die Langlaufski anschnallte. Moritz war wieder eingeschlafen, weswegen sie ihm einen Zettel mit einer kurzen Nachricht hinterlassen hatte. Die erste Wegstrecke bis zu ihrem Auto war zwar schweißtreibend, aber sie brachte sie noch voller Entschlossenheit hinter sich. Als sie von dort aus weiterlief, fühlte sie sich jedoch zunehmend beunruhigt. Weit und breit waren keine Abdrücke im Schnee zu erkennen, weder von Pfoten noch von Schuhen oder Autoreifen. Sie kam sich vor, als sei sie ganz allein auf der Welt, und vermeinte kurz, dass nicht nur wenige Tage, sondern Wochen vergangen waren.

»Ach Luisa … Luisa … in welche Einöde hast du mich da nur geführt?«

Die trostlosen, schwarzen Bäume verstärkten nicht nur das Gefühl von Einsamkeit, sondern wirkten fast feindselig und bedrohlich. Misstrauisch schienen sie zu belauern, wie Helena zitternd jenes steile Stück hinter sich brachte, das zurückzulegen sie sich vor zwei Tagen noch gescheut hatte. Immerhin, es ging besser als erwartet. Doch auch die Hauptstraße, in die die Forststraße mündete, war nicht geräumt. Sie war unter dem Schnee völlig vereist, und hinter einer Kurve ging es weiterhin steil bergab. Mehrmals geriet sie ins Schlingern. Was, wenn sie stürzte, sich etwas brach und hier hilflos liegen blieb?

Sie widerstand dem Bedürfnis, auf der Stelle umzukehren, und fuhr vorsichtig, aber immer trittsicherer bergab, bis sie schließlich ein längeres flaches Stück erreichte. Dort stützte sie sich keuchend auf die Stöcke und bekämpfte den Schwindel, der in ihr hochstieg: Sie hatte in den letzten Tagen zu wenig getrunken, vom Essen ganz zu schweigen. Aber gerade der Gedanke daran gab ihr neue Kraft.

Sie dachte an die leckere Moussaka, die Luisa so wunderbar zubereitete – mit frischem Schafskäse vom Griechen nebenan und in Knoblauchöl eingelegten Auberginen. Wie oft hatte sie in den letzten Monaten in diesem Gericht herumgestochert, weil der Liebeskummer ihr die Kehle zugeschnürt hatte, und was hätte sie jetzt dafür gegeben! Mit jedem weiteren Schritt malte sie sich aus, wie sie an einem reichlich gedeckten Tisch saß, vor all ihren Lieblingsgerichten – Pasta arrabiata, einem Meeresfrüchtesalat, einem mit Mozzarella überbackenen Gemüseauflauf. Sie leckte sich über die Lippen und spürte erst jetzt, wie rau sie waren – und wie sie brannten. Ihr Gesicht war eiskalt, nur im Nacken schwitzte sie, aber davon ließ sie sich nicht aufhalten. Immer zügiger kam sie nun voran, von ihrem Hunger angetrieben und von der frischen Luft belebt.

Ob Moritz schon wach war? Sie versuchte, nicht an seine schreckliche Wunde zu denken, doch was sie nicht verdrängen konnte, war ein Kribbeln im Bauch, als sie an ihn dachte. Beinahe hätten sie sich geküsst … und sie konnte nicht mehr sagen, was sie dazu getrieben … und was sie dann doch davon abgehalten hatte. War es nur die Notsituation, die ungewohnte Nähe, die sich aus ihrer Abgeschiedenheit ergab, oder doch etwas anderes? War sie von ihm als Mensch fasziniert, weil sie seine Zerrissenheit fühlte – dieses Traurige, Einsame hinter dem weltmännischen, coolen Auftreten –, oder interpretierte sie das nur in ihn hinein, weil sie sonst keine Gesellschaft hatte?

In der Ferne sah sie eine weitere Kurve. Sie kam leichter voran, denn der Schnee lag nur mehr knöcheltief, und der Boden unter der weißen Schicht war nicht mehr ganz so glatt. Sie hörte ihr Herz pochen, den eigenen Atem, das dumpfe Geräusch, wenn sie Stock vor Stock setzte, und das schleifende, wenn sie die Skier nachzog. Hinter der Kurve würden sich doch sicher endlich Häuser befinden! Noch fünf Schritte, noch vier, noch drei ... sie keuchte immer mehr.

Noch zwei, noch ...

Nichts, nur immer mehr verschneiter Wald. Außerdem ging es hinter der Kurve noch steiler bergab als zuvor. Helena stützte sich auf ihre Stöcke und verlor den Mut. Sie konnte sich nicht erinnern, hier hochgefahren zu sein, aber das hatte nichts zu bedeuten. Mit dem Auto war es nicht gefährlich, diese Straße hinauf- oder hinunterzufahren, mit Skiern dagegen schon. Sie überlegte kurz, sie abzuschnallen, doch mit den unförmigen, viel zu großen Langlaufschuhen würde sie noch leichter ausrutschen.

Je länger sie abwartend stehen blieb, desto klammer wurden ihre Hände. Die Angst, sich etwas zu brechen, hielt an – aber zugleich wuchs die Verachtung vor sich selbst. Die Unentschlossenheit, die sie eben an den Tag legte, erinnerte sie an ihre Lethargie der letzten Monate, als jeder Versuch Luisas, sie ins Leben zurückzuführen, an ihrer Sturheit gescheitert war.

»Nächste Woche ...«, hatte sie Luisa immer vertröstet. »Nächsten Monat ...«

Aber nächste Woche war es zu spät für Moritz. Und sie wollte nicht abwarten! Sie durfte nicht zaudern! Sie wollte etwas tun, wollte die Kraft haben, wollte etwas erreichen!

Laut sagte sie in die kalte Winterluft hinein: »Wenn ich heil da unten ankomme, werde ich wieder Biss zeigen. Ich werde mich nicht ausbremsen lassen, ich werde mein Leben wieder in den Griff kriegen. Ich werde tanzen und singen. Ich werde wieder auf der Bühne stehen.«

Noch während sie sprach, war sie losgefahren. Sie ging leicht in die Knie und ließ die Stöcke rechts und links schleifen, damit diese ihre Fahrt etwas bremsten. Viel nützte das nicht. Die Skier schlingerten immer stärker, ihre Knie fühlten sich immer wackeliger an. Sie versuchte einen Schneepflug zu machen, beschleunigte aber stattdessen ihre Fahrt noch mehr. Als sie das letzte Drittel des Hanges erreicht hatte, schrie sie auf. Die Straße führte etwas nach links, doch es gelang ihr nicht, einen Bogen zu machen. Sie fuhr gerade aus weiter, geriet in den Tiefschnee – und rauschte in den Wald hinein. Mit aller Macht versuchte sie, die Stöcke in den Schnee zu rammen, um die Fahrt zu verlangsamen, aber fand keinen Halt. Schließlich ließ sie sie einfach fallen, streckte die Hand aus und wollte sich an einen Ast klammern. Sie griff jedoch ins Leere, spürte nur, wie etwas gegen ihre Oberschenkel prallte – einer der Stöcke oder Holz. Schnee regnete auf sie hinab, auch die Nadeln der Tanne, nach deren Ästen sie weiterhin vergeblich griff. Endlich hatte sie einen dünnen Zweig erhascht! Doch er hielt ihrem Gewicht nicht stand, sondern brach, und sie raste auf den Skiern weiter. Während sie erneut darum kämpfte, nach einem Ast zu greifen, fuhr sie direkt auf einen Baumstamm zu. Sie änderte ihre Taktik und hielt beide Hände nun ausgestreckt vor sich, um die Wucht des unvermeidlichen Aufpralls abzufangen. Unwillkürlich schloss sie die Augen und spürte nur, wie die Spitzen der Skier gegen ein Hindernis krachten, ein Vibrieren durch ihre Füße ging und hoch bis zu ihrer Hüfte stieg, und wie nun auch ihre Hände gegen etwas Hartes stießen. Sie kippte zur Seite, fiel in den kniehohen Schnee und blieb dort liegen – mit verdrehten Füßen, nass bis auf die Haut, aber zum Glück ohne nennenswerte Verletzung.

Vor Erleichterung juchzte sie laut auf. Es dauerte eine Weile, sich aus dem Tiefschnee hochzukämpfen, die Bindung der Skier zu öffnen und den Schnee abzuschütteln.

Sie klopfte immer noch ihren Mantel ab, als plötzlich ein Brummen ertönte, anschwoll und den Boden erzittern ließ. Ein Räumungsfahrzeug bog um die Kurve.

Helena kämpfte sich durch die Bäume zurück auf die Straße und winkte heftig, geriet fast wieder ins Rutschen, aber da hatte das Fahrzeug schon angehalten.

»Wo kommen Sie denn her? Die Straße ist doch seit Tagen gesperrt!« Der Mann hatte das Fenster nur eine Handbreit heruntergekurbelt. Viel mehr als der Zipfel seiner roten Mütze war nicht zu sehen.

Vorsichtig setzte Helena Schritt vor Schritt, bis sie das Fahrzeug erreicht hatte. Atemlos berichtete sie, was passiert war.

»In diesem Jagdschloss ist noch jemand?«, fragte der Mann ungläubig. Sein Gesicht war fast so rot wie die Mütze. »Das Gebiet ist wegen der Lawinengefahr doch komplett gesperrt.«

Er schüttelte missbilligend Kopf.

»Glauben Sie, ich habe mich freiwillig in diese Lage gebracht?«

Sein Gesichtsausdruck blieb streng. Frauen und Autos, dachte er wohl.

Immerhin öffnete er die Tür.

»Nun steigen Sie schon ein.«

Im Räumungsfahrzeug legten sie den Weg zum Jagdschloss in nur fünfzehn Minuten zurück. Helena fragte den Fahrer nach etwas zu essen, doch leider konnte er ihr außer einer Zigarette nichts anbieten. Sie spielte kurz mit dem Gedanken, sein Angebot anzunehmen, allerdings war ihr schon jetzt flau im Magen, und das Nikotin würde die Übelkeit nur noch verstärken. »Nein, danke.«

Der Mann hatte sich als Christoph vorgestellt und erzählte mit starkem Akzent und einer rauchigen Stimme von den Bergungsarbeiten im Dorf bei Sankt Pankraz. Insgesamt zehn Häuser waren von einer Lawine verschüttet worden, zwei Todesopfer zu beklagen, und der gesamt Ort hatte evakuiert werden müssen. Bis jetzt sei ein Großteil der Straßen gesperrt.

228

»Aber das bedeutet, dass sicher Ärzte in der Nähe sind«, sagte Helena. »Moritz Ahrensberg, der Besitzer des Jagdschlosses, wurde verletzt. Er braucht dringend medizinische Versorgung.«

Der Mann nuschelte etwas in ein Funkgerät, das ähnlich veraltet wie das von Moritz wirkte.

Das Schloss wurde in der Ferne sichtbar, und als sein Blick auf die Schneemassen und das halb zerstörte Dach fiel, schüttelte er den Kopf. »Und hier haben Sie eine Nacht verbracht?«

»Sogar drei. Was hätten wir denn sonst tun sollen? Im Freien schlafen?«

Sobald das Fahrzeug anhielt, sprang Helena hinaus und hastete zum Haus.

Moritz rührte sich nicht, als sie in den Wohnraum stürmte. Bei seinem Anblick durchfuhr Helena ein eisiger Schreck. Doch kaum hatte sie ihn geschüttelt, schlug er die Augen auf. Sein Blick wirkte glasig, sein Gesicht glühte heiß, aber seine Lippen verzogen sich zu einem Lächeln.

»Ein Engel! Ich bin im Himmel!«

»Rede keinen Unsinn. Ich habe Hilfe mitgebracht.« Sie erzählte schnell, wie sie das Räumfahrzeug gefunden hatte.

»Das heißt, ich werde nur meinen Arm verlieren, nicht auch mein Leben!«, stieß er theatralisch aus.

»Es wird alles gut, du Dummkopf.«

Stöhnend setzte Moritz sich auf. Helena half ihm dabei, und ihre Gesichter kamen sich sehr nahe – noch näher als gestern, und diesmal zuckte sie nicht zurück. Sie wusste nicht, was sie bewog – das Triumphgefühl, weil sie Hilfe geholt hatte, die Erleichterung, dass sie mit heiler Haut aus der Sache rauskamen, das Hochgefühl, weil sie ahnte, dass sie künftig ihr Leben wieder beherzt in Angriff nehmen würde, in jedem Fall überwand sie unwillkürlich den letzten Abstand und küsste ihn auf die Lippen. Sie waren heiß wie das übrige Gesicht, aber viel weicher, als sie vermutet hatte. Eine

Weile verharrten sie so, ehe er den Kuss leidenschaftlich erwiderte. Sie konnte seine Zunge spüren und wollte ihre Lippen öffnen, um ganz mit ihm zu verschmelzen, doch in dem Augenblick ertönten Schritte und wenig später Christophs rauchige Stimme.

»Worauf warten Sie denn noch! Es kann jederzeit eine neue Lawine runterkommen. Je eher wir von hier verschwinden, desto besser.«

Als sie sich von Moritz löste, lief ein Schaudern über ihren Rücken. Sie war sich sicher, dass es der perfekte Kuss hätte werden können, wenn sie nicht gestört worden wären, und kurz hätte sie jede Gefahr der Welt in Kauf genommen, um seine Nähe ganz und gar auszukosten. Doch dann rief sie sich zur Räson und gab der Versuchung nicht nach.

»Dann kommen Sie schon und helfen uns!«, rief sie Christoph zu und versuchte, Moritz nicht anzusehen.

Obwohl sie Moritz rechts und links stützten, kamen sie nur langsam voran. Er stöhnte mehrmals laut auf, beteuerte aber, im Arm keine Schmerzen mehr zu haben.

»Vielleicht ein schlechtes Zeichen, und der Arm ist endgültig abgestorben«, scherzte er.

Helena verdrehte nur die Augen. Endlich hatten sie das Räumungsfahrzeug erreicht und halfen ihm beim Einsteigen. Zu dritt würde es in der Fahrerkabine ziemlich eng werden.

»Vielleicht sollte ich besser auf der Schneeschaufel sitzen?«, meinte Moritz grinsend.

Kaum hatten sie sich mit Müh und Not zu dritt ins Fahrzeug gequetscht und Christoph den Motor gestartet, schrie Helena laut auf: »Halt!«

Als sie vorhin das Haus verließen, hatte sie noch ihren Rucksack ergriffen, doch etwas anderes hatte sie vergessen.

»Ich muss noch einmal zurück ins Haus.«

230

»Was kann denn schon so wichtig sein …«, setzte Christoph verständnislos an.

»Wahrscheinlich hat sie hinter meinem Rücken die Juwelen meiner Familie gefunden und will jetzt nicht auf das Diebesgut verzichten«, spottete Moritz.

Christoph blickte sie misstrauisch an, doch anstatt etwas zu erklären, sprang Helena aus dem Fahrzeug und lief durch den tiefen Schnee auf das Haus zu.

»Beeilen Sie sich!«, rief Christoph ihr nach.

Moritz hatte die Tür vorhin nicht abgesperrt. Rasch betrat Helena das Haus, eilte ins Wohnzimmer und sah sich suchend um. Wo war nur Mariettas Tagebuch? Sie musste es unbedingt zu Ende lesen.

Sie stürzte zu einem der Sofas, hob die zerknüllte Bettwäsche an und schüttelte sie. Vielleicht lag es ja irgendwo darunter.

Keine Spur.

Sie drehte sich um und wollte nun auch Moritz' Schlafstatt durchsuchen, aber schon beim ersten Schritt begann der Boden zu vibrieren. Ein nur zu vertrautes Grollen erklang und schwoll bedrohlich an.

Helena hielt den Atem an und duckte sich unwillkürlich. Das Grollen wurde ohrenbetäubend laut, das Vibrieren noch stärker als beim letzten Mal. Die Schneemassen, die sich auf das Jagdschloss zubewegten, mussten gewaltig sein.

16

1922

Adam hüpfte regelrecht, als er die Treppe nach oben lief. Er konnte sich ein stolzes Siegerlächeln nicht verkneifen. Er hatte es geschafft ... endlich, nach langen Mühen.

Nein, einen Vogel hatte er nicht erwischt, aber mit seinem Netz einen Schmetterling gefangen. Schmetterlinge waren im Grunde viel schöner als Vögel, bunter, schillernder und faszinierender.

Kurz hatte er ein schlechtes Gewissen gehabt, als er ein Netz über das winzige Tier stülpte, zumal der Schmetterling sich prompt nicht mehr bewegte und ihn die Angst packte, dass er vor Schreck gestorben sei! Doch Tante Elsbeth hatte erklärt, dass Schmetterlinge den Winter ohnehin nicht überleben würden, vor allem nicht draußen im Wald, und mittlerweile zuckten seine Flügel auch wieder.

Vielleicht kann ich ihn ja retten, dachte Adam.

Er könnte ihm einen eigenen Käfig bauen – einen viel kleineren als den von Fini, seinem Rehkitz –, die kalten Monate über füttern und ihn im nächsten Frühling wieder freilassen.

Was aßen Schmetterlinge eigentlich?

Er hatte keine Ahnung, aber ehe es das herauszufinden galt, würde er ihn seiner Mutter zeigen. Vielleicht würde sie bei dem Anblick des Tieres endlich wieder lächeln, ihm über die Haare fahren, vielleicht sogar das Bett verlassen.

In diesem Sommer hatte sie das kaum getan. Früher hatte er

sich noch manches Mal zu ihr ins Bett gekuschelt, und sie hatte ihm Geschichten erzählt, aber in den letzten Wochen hatte sie ihn immerzu fortgeschickt. Und wenn er sich widersetzte, hatte sie erklärt, krank zu sein.

Alle behaupteten, dass seine Mutter krank sei, aber er konnte das nicht recht glauben. Sie hatte doch kein Fieber, keine Schmerzen, keinen gebrochenen Arm, keine Wunden.

Adam hatte ihre Zimmertür erreicht. Er sah auf das Netz, der Schmetterling schien sich förmlich unter seinen Flügeln zu verstecken – ein wenig so wie die Mutter in ihrem Bett ...

Allerdings waren die Flügel farbenprächtiger als ihre Laken.

Kurz überlegte er anzuklopfen, aber er entschied sich dagegen. Ganz leise öffnete er die Tür. Er war schon über die Schwelle geschlichen, als er bemerkte, dass seine Mutter nicht alleine war.

Adam erstarrte, das Lächeln verschwand von seinen Lippen. So leise wie er gekommen war, wollte er sich wieder zurückziehen, doch dann erkannte er das Ausmaß dessen, was in dem Zimmer geschehen war.

Mühsam unterdrückte er einen Schrei. Jetzt wollte er erst recht fliehen, doch in seiner Panik trat er mit dem ganzen Fuß statt nur mit den Zehenspitzen auf. Prompt knarrte die Diele unter ihm.

Es regnete, als seine Frau und sein Sohn begraben wurden. Heinrich musste an den Tag denken, an dem sie von seiner Mutter Konstanze Abschied genommen hatten. Heute war es nicht ganz so kalt, der Himmel nur farblos, nicht grau, die Pfützen jedoch genauso trostlos. Fast sämtliche Blätter waren von den Bäumen gefallen, und das Laub raschelte unter ihren Füßen, als sie die Kapelle verließen und zu den offenen Gräbern gingen. Sie waren nicht sonderlich tief, obwohl alle geholfen hatten, sie auszuheben. Schließlich hatten sie nur zwei Tage Zeit gehabt.

»Warum willst du sie denn so überstürzt beerdigen lassen?«, hatte Salvator gefragt. »Und warum nicht in Wien?«

»Weil Marietta immer hier begraben werden wollte«, hatte Heinrich laut gesagt und still gedacht: Und weil es schnell gehen muss. Weil keine Gerüchte aufkommen dürfen. Weil die Wahrheit nicht ans Licht kommen darf.

Die Dienerschaft tat gut daran stillzuhalten – hier in der Nähe würden sie schließlich keine andere Anstellung finden, und er hatte sie immer gut entlohnt. Später, wenn Adam und Marietta längst unter der Erde lagen, würde er Freunden und entfernten Verwandten eine Lüge auftischen.

Ein dumpfes Geräusch erklang, als die Erde auf die Särge fiel. Auch diese waren in Windeseile herbeigeschafft worden – der von Adam war viel zu groß, für einen Erwachsenen und nicht für ein Kind gemacht.

Heinrich konnte sich zweier Gedanken nicht erwehren: Dass Adam in diesem großen Sarg gewiss schreckliche Angst gehabt hätte, wäre er noch am Leben. Und dass er nie erwachsen werden würde, um ihn auszufüllen.

Erstaunlich, dass ihn diese Gedanken nicht verrückt machten, sondern er es weiterhin schaffte, die Fassung zu bewahren. Aber er hatte sich ja immer aufrecht gehalten: Als Kind hatte er die Strenge seines Vaters ertragen, im Krieg die Versuche mit Giftgas und in den Friedensjahren Mariettas Krankheit.

Auch Salvator schien krank zu sein. Er war noch bleicher als sonst und schien bei jedem Schritt Schmerzen zu erleiden, von denen sich nicht genau sagen ließ, woher sie rührten: ob von der einstigen Bauchwunde, der Gesichtsverletzung oder vom Rheuma, das Kälte und Nässe hervorriefen.

Immerhin – seine Miene war ausdruckslos und beherrscht wie seine – genauso wie die von Elsbeth.

Um sie hatte sich Heinrich am meisten gesorgt. Er fand es

234

bewundernswert, dass sie die Trauer nicht zusammenbrechen ließ, sie vielmehr mit aufrechtem Rücken neben dem Grab stand. Erst als sie nach der Erde eine Blume hineinwarf, erzitterten ihre Schultern.

Heinrich eilte an ihre Seite und hielt sie fest. Wie zart ihr Körper war. Eigentlich hatte Elsbeth immer robuster gewirkt als ihre Schwester, doch heute erinnerte ihn ihre Statur an Marietta. Sie drehte sich zu ihm um, und obwohl ein schwarzer Schleier ihr Gesicht verbarg, konnte er in ihrer Miene lesen.

Er hatte erwartet, dass sie weinte, doch ihre Augen waren weit aufgerissen. Sie starrte ihn an, und kurz erwiderte er ihren Blick. Dann erschrak er, ließ den Kopf sinken, und Elsbeth befreite sich aus seinem Griff.

Mein Gott, durchfuhr es ihn. Sie kennt die Wahrheit. Sie weiß, warum Marietta und Adam sterben mussten.

17

Helena löste sich aus der Starre und stürzte in den Flur. Die Wände schienen zu wackeln wie bei einem Kartenhaus, und irgendetwas ging klirrend zu Boden. Sie drehte sich nicht um, sondern rannte ins Freie. Kaum hatte sie den ersten Schritt aus dem Haus gesetzt, mischte sich Knirschen in das Grollen. Zunächst hielt sie ihren Blick beharrlich auf das Räumungsfahrzeug gerichtet, doch als sie beim dritten Schritt im Schnee versank, ins Straucheln geriet und auf die Knie sank, drehte sie sich um und sah die weißen, erstickenden Massen auf sich zukommen. Alles schien in Zeitlupe abzulaufen, Panik und Angst fielen von ihr ab. Der Gedanke, hier zu sterben, setzte ihr nicht zu, denn der Tod schien in Gestalt der Schneemassen so sauber, so weich zu sein. Sie schienen nicht gefährlich, ließen sie vielmehr an Zitroneneis denken oder an Zuckerwatte. Darin unterzugehen würde süß schmecken … unendlich süß.

Sie sah, wie die wenigen Bäume hinter dem Haus wie Streichhölzer einknickten, doch anstatt sich wieder zu ducken und das Gesicht in den Händen zu bergen, blieb sie einfach so, wie sie war.

Die Gräber, ging ihr voller Bedauern durch den Kopf, die Gräber werden auch verschüttet werden …

Plötzlich fühlte sie einen festen Griff am Arm. »Sind Sie lebensmüde?«, fuhr Christoph sie an.

Verständnislos starrte sie ihn an, woraufhin er auch ihren zweiten Arm packte, sie erst hochzog und dann zum Fahrzeug zerrte. Der Schnee erreichte sie zwar, konnte ihr aber nichts anhaben, und jetzt erst begriff sie, dass die Wucht der Lawine vom Jagd-schloss gebremst worden war. Zu zwei Dritteln war es verschüttet, und als das Grollen verstummte, gab der schon beschädigte Dach-stuhl unter lautem Knirschen endgültig nach.

»Mein Gott, das schöne Haus ...«

»Wenn Sie noch da drinnen gewesen wären, wären Sie jetzt wo-möglich tot.«

Verspätet begannen ihr die Knie zu schlottern. Christoph packte sie einfach unter den Achseln und beförderte sie zuerst unsanft in die Fahrerkabine.

»Was für ein Leichtsinn!«

Er war nicht der Einzige, der mit ihr schimpfte.

»Bist du verrückt geworden?«, fuhr Moritz sie an und wirkte nicht mehr im Geringsten spöttisch, sondern nur noch besorgt. »Was zum Teufel hattest du da drinnen noch verloren?«

»Das Tagebuch ...«, sagte sie schlicht.

Es lag nun irgendwo unter den Schneemassen verschüttet, was bedeutete, dass sie wohl nie die Gelegenheit bekommen würde, es fertig zu lesen und herauszufinden, was in den letzten Lebens-monaten Mariettas passiert war. Und das Gemälde im Flur war wahrscheinlich zerborsten. Die elegante Frau im roten Jagdkleid würde nicht mehr nachdenklich in die Ferne blicken, sondern war ein zweites Mal begraben wurden – diesmal nicht unter der Erde, sondern im Schnee.

Moritz schüttelte den Kopf. »Das ist es doch nicht wert, sein Leben zu riskieren.«

Er hatte ohne Zweifel recht, aber Helena wurde das nagende Gefühl nicht los, irgendwie gescheitert zu sein.

Eine knappe halbe Stunde später erreichten sie das nächste Dorf – sofern man guten Willens war, diese kleine Siedlung aus einigen wenigen Häusern, einem Bauernhof und zwei Ferienwohnungen so zu bezeichnen. Es lag näher als St. Pankraz, hatte ihr Retter ihnen erklärt, und die ärztliche Versorgung wäre darum eher gewährleistet. Als sie ankamen, stellte sich allerdings heraus, dass die Arztpraxis geschlossen war. Von der Nachbarin erfuhren sie, dass der Doktor dieses Jahr schon vorzeitig in den Weihnachtsurlaub nach Teneriffa aufgebrochen sei.

»Der Hinterleitner Lois ist allerdings da«, schloss sie.

Der Hinterleitner Lois war der hiesige Tierarzt, und Christoph meinte mit seiner sonoren, dröhnenden Stimme, dass Mensch und Tier sich ohnehin nicht großartig unterscheiden würden und er gewiss Moritz' Erstversorgung übernehmen könnte.

Die Praxisräume waren überraschend modern. Während Moritz versorgt wurde, wartete Helena in einem Vorraum vor einem überdimensionalen Plakat, auf dem das Innere einer Kuh abgebildet war, und telefonierte mit Luisa. Auch wenn sie ihr Handy wieder aufladen konnte, war die Verbindung so schlecht, dass sie nur jedes zweite Wort verstand. Immerhin entging ihr so ein Großteil von Luisas Vorwürfen.

»Bist du verrückt geworden … so zu erschrecken … dachte, abgehauen …. mach so etwas nicht wieder.«

Helena versuchte vergebens zu erklären, dass es nicht ihre Schuld war, und als Luisa zu neuen Vorwürfen ansetzte, riss die Verbindung endgültig ab. Unruhig ging sie in dem winzigen Raum auf und ab und fühlte sich irgendwie verloren. So sehr sie sich auf die Rückkehr in die Zivilisation gefreut hatte, kam ihr nun alles unwirklich vor, als würde sie jeden Augenblick erwachen und sich im eingeschneiten Jagdschloss wiederfinden. Sie atmete mehrmals tief durch und hoffte, dass es Christoph in der Zwischenzeit gelang, ihr Auto abzuschleppen und hierherzubringen, wie er versprochen hatte. Wenn sie erst wieder im Wagen saß und auf dem Weg nach München war, würde sie endgültig in der Wirklichkeit ankommen.

Wenig später wurde die Tür zum Praxisraum geöffnet.

Der Tierarzt hatte Moritz' Wunde behandelt, ihm eine Spritze und obendrein ein Antibiotikum verabreicht. Er war ein freundlicher Mann, dessen gegerbte Haut verriet, dass er sich oft im Freien aufhielt. »Da haben Sie aber richtiges Glück gehabt. Ein paar Stunden später hätte das böse enden können.«

Moritz lag noch auf dem Behandlungstisch. Seine Haut wirkte etwas rosiger, und seine Augen glänzten nicht mehr.

»Na, wächst dir jetzt ein Schweinerüssel?«, fragte Helena schelmisch.

»Wenn ich es mir aussuchen darf, wäre ich lieber ein Hund. Zumindest habe ich mir als Kind immer einen gewünscht.«

»Haben Sie auch eine Wunde, die versorgt werden muss?«, schaltete sich Dr. Hinterleitner ein. »Christoph meinte, Sie wären erst mit den Langlaufskiern gestürzt und danach fast unter eine Lawine gekommen.«

»Alles halb so schlimm. Wenn Sie allerdings etwas zu essen auftreiben könnten, wäre das toll.«

Wenig später stellte eine junge Frau – sie waren nicht sicher, ob es die Gattin des Tierarztes oder seine Sprechstundenhilfe war – einen Teller mit Keksen und zwei Tassen Tee vor ihnen ab. Die beiden zogen lange Gesichter. Helena hielt sich zurück, aber Moritz setzte sein charmantestes Lächeln auf und bat: »Wenn es Ihnen keine Umstände macht: Hätten Sie auch irgendetwas Herzhaftes anzubieten? Die letzten Tage haben wir fast ausschließlich von Gummibärchen, Chips, Rotwein und Salzstangen gelebt.«

Als die junge Frau nickte, lächelte er immer noch, und diesmal galt es Helena. Etwas Knabenhaftes lag in seiner Miene und zugleich eine Spur von Verlegenheit, die sie bis jetzt an ihm noch nicht bemerkt hatte.

Helena wärmte ihre Hände an der Teetasse. »Gott sei Dank, endlich wieder zurück in der zivilisierten Welt!«

Ihre Stimme klang fremd, und ihr Magen fühlte sich noch flauer an – nicht wegen ihres Hungers, sondern weil Moritz nicht zu lächeln aufhörte. Hastig führte sie die Teetasse an den Mund, damit er ihr die widerstrebenden Gefühle nicht ansah.

Das fehlte gerade noch, dass sie Schmetterlinge im Bauch hatte! War die Tatsache, dass das Jagdschloss fast verschüttet worden war, nicht ein allzu deutliches Zeichen dafür, dass das, was dort an Nähe und Vertrautheit entstanden war, in der richtigen Welt keinen Bestand hatte?

»Ich gehe mich mal frisch machen«, murmelte sie, als das Schweigen immer angespannter wurde.

Sie suchte eine Toilette, wusch sich dort notdürftig und kämmte sich mit den Händen die Haare. Ihr Gesicht wirkte unter der Neonleuchte fast grünlich, und ihre Backenknochen stachen spitz hervor. In ihrem Blick lag jedoch eine Entschlossenheit, die sie in den letzten Monaten vermisst hatte.

Ein paar Kilo an der richtigen Stelle wären gewiss nicht verkehrt, außerdem wieder regelmäßig eine Joggingrunde im Park und natürlich das Tanztraining. Und eine neue Frisur war wohl auch angesagt … etwas kürzer … vielleicht ein Pony … und hatte Luisa nicht oft genug beteuert, dass ihr ein roter Haarton vorzüglich stehen würde? Es musste ja kein leuchtendes Hexenrot sein, eher ein Kastanienbraun. Je länger sie sich musterte und Zukunftspläne machte, desto wohler fühlte sie sich wieder in ihrer Haut. Plötzlich konnte Helena es kaum abwarten, wieder in München zu sein.

Als sie zurück zu Moritz kam, hatte der bereits begonnen, sich über das Tablett mit dem Essen herzumachen: Ein paar Wurst- und Käsebrote lagen auf einem Tablett, außerdem zwei Tassen mit Gulaschsuppe aus der Dose und zwei Gläser mit alkoholfreiem Bier. Später brachte die junge Frau noch frischen Kaffee, und zu dem schmeckten die vorhin abgelehnten Kekse dann doch.

Helena konnte sich nicht erinnern, jemals so gierig eine Mahlzeit verschlungen zu haben. Sie kostete jeden Bissen aus, genoss es, wie sich der leere Magen füllte und die Wärme ihr durch sämtliche Poren drang.

Solange sie aßen, war das Schweigen zwischen ihnen nicht so augenscheinlich. Doch nachdem sie ihr Mahl beendet hatten, wuchs die Anspannung erneut.

»Musst du immer noch an das Tagebuch denken?«, brach Moritz die Stille endlich. »Vielleicht ist es ein Zeichen, dass es verschüttet worden ist – ein Zeichen dafür, dass wir die Vergangenheit ruhen lassen sollten.«

Helena war insgeheim erleichtert, dass er nicht über sie beide sprach – und den Kuss. »Willst du denn nicht wissen, was damals passiert ist? Und ob Heinrich die beiden nun tatsächlich getötet hat?«

Moritz zuckte sie Schulter. »So oder so ist es eine Tragödie: Marietta und Adam sind viel zu jung gestorben. Daran können wir nichts mehr ändern.«

Er beugte sich vor, schenkte ihr Kaffee nach, und wieder schwiegen sie.

Es wurde langsam dämmrig, als das Räumungsfahrzeug wiederkehrte. Christoph hatte einen Mann aus dem Dorf mitgenommen, und gemeinsam war es ihnen gelungen, Helenas Auto abzuschleppen.

Scheinbar hatte es die paar Tage unter dem Schnee gut überstanden, teilte ihr Christoph mit. Zwar hatte es ein bisschen gedauert, bis es endlich angesprungen war, aber nun sollte einer Heimfahrt nichts im Wege stehen.

»Wenn ich Ihnen einen Rat geben kann: Sie sollten so schnell wie möglich aufbrechen. Die Bundesstraße hier ist zwar notdürftig geräumt worden, aber womöglich beginnt es bald wieder zu schneien. Fahren Sie am besten Richtung Hallein, dann sind Sie in einer knappen halben Stunde auf der Autobahn. Wenn Sie allerdings heute nicht mehr fahren wollen, kann ich Ihnen ein Hotel in der Nähe empfehlen.«

Helena schüttelte den Kopf. »Ich will unbedingt so bald wie möglich nach Hause«, erklärte sie und nahm den Autoschlüssel entgegen, »aber was ist denn mit Moritz' ... Herrn Ahrensbergs Auto?«

»Soweit ich weiß, fühlt er sich nicht fit genug, heute abzureisen, und bleibt die Nacht bei Dr. Hinterleitner. Morgen früh schauen wir dann, ob die Straßen wieder frei sind und wir ihn bei seinem Auto absetzen oder es hierherbringen.«

»Vorausgesetzt natürlich«, ertönte plötzlich Moritz' Stimme, »dass mir auch weiterhin kein Rüssel wächst.«

Helena fuhr herum. Sie hatte nicht gehört, dass Moritz ins Freie getreten war und ihren Wortwechsel belauscht hatte. »Und du fährst jetzt los?«, fragte er vermeintlich gleichgültig.

»Was machst du denn hier draußen?«, gab sie zurück. »Solltest du dich nicht schonen?«

»Das Fieber ist gesunken, ich bin nur noch etwas wackelig auf den Beinen. Dass ich heil da rausgekommen bin, habe ich dir zu verdanken – da ist es doch das Mindeste, dass ich mich von dir verabschiede.« Er machte ein kurze Pause. »Willst du wirklich schon fahren?«

Helena war sich nicht sicher, ob sie Bedauern aus seiner Stimme hörte. »Warum nicht?«, fragte sie zögerlich.

Sie wollte es sich nicht eingestehen, doch tief im Inneren hoffte sie, er würde sie zum Bleiben überreden, zumal er händeringend nach den richtigen Worten suchte. Am Ende sagte er allerdings nichts, sondern zuckte nur die Schultern.

»Fürs Erste habe ich mehr als genug Schnee gesehen!«, rief sie übertrieben gut gelaunt und war froh, dass man aus ihrer Stimme keine Enttäuschung hörte. »Was freue ich mich wieder auf die

Großstadt! Und natürlich auch auf ein heißes Bad und mein Bett. Ich ... ich hoffe, du erholst dich weiterhin gut und kommst morgen gut nach Hause.«

Er nickte. Erst als sie sich abwandte und zum Auto ging, fragte er: »Und was ist mit uns?«

Helena drehte sich um, doch er wahrte die Distanz, und seine Frage war mehr als vage. Warum zog er sie nicht einfach an sich, küsste sie, ließ sie ihr Bett und das heiße Bad vergessen und brachte sie zurück in jene Traumwelt, in der sie die letzten Tage verbracht hatten?

Ihre Hoffnung wuchs wieder, doch mit jedem Augenblick, der verrann und sie steif voreinander stehen blieben, erkannte sie deutlicher, dass dieser Traum in der Wirklichkeit keinen Bestand hatte ... und auch nicht haben sollte. Ihr Leben spielte sich in München ab, dort würde sie es wieder anpacken, nicht in einem verwunschenen Jagdschloss ... nicht an der Seite eines Mannes, dem sie unter normalen Umständen nie so nahe gekommen wäre und den sie im Grunde kaum kannte. Was immer sie für ihn empfand, war womöglich nur der Einsamkeit geschuldet, in der sie die letzten Tage verbracht hatten. Und was immer geschehen war, war womöglich nur Folge seines Fiebers gewesen. Kein Grund, zu viel hineinzuinterpretieren.

Sie gab sich einen Ruck und sperrte das Auto auf.

»Übrigens finde ich, dass du unbedingt dein Buch schreiben solltest«, sagte sie noch. »Wenn ich in den letzten Tagen etwas gelernt habe, dann ist es das, seine Träume zu realisieren, solange man noch kann.«

Moritz lächelte schief. »Wenn ich jemals einen Roman schreibe, wird die Hauptperson eine Tänzerin sein.«

»Auf jeden Fall – viel Glück!«

Sie wusste nicht, ob sie ihn umarmen oder die Hand geben sollte. Schließlich überwand sie ihre Distanz, beugte sich vor und küsste ihn auf die Wange. Er hob seine Arme und schien sie an sich ziehen zu wollen, doch ehe er sie berührte, war sie schon wieder zurückgewichen und ins Auto gestiegen.

Im Inneren war es eiskalt. Sie drehte die Heizung auf Höchststufe, aber noch wehte ihr nur kühle Luft entgegen. Fröstelnd trat sie aufs Pedal.

Moritz war stehengeblieben. Er blickte ihr nach, als sie die Straße entlangfuhr, und wurde im Rückspiegel immer kleiner.

Es ist zu früh, dachte sie, nach allem was mit Martin war, ist es viel zu früh. Und außerdem ...

Außerdem konnte Liebe so entsetzlich wehtun. Und so schlimme Folgen haben. Marietta hatte ihre Liebe zu Gabriel wahrscheinlich das Leben gekostet ... und das ihres Kindes.

Nein, es war schon gut so, dass sie Moritz kein zweites Mal geküsst hatte. Sie wusste im Grunde nichts von ihm; sie konnte sich nie sicher sein, was er ernst meinte und was reiner Zynismus war. Auf Dauer war so ein Mann viel zu anstrengend. Außerdem wurde die Sehnsucht, in ihre vertrauten vier Wände zurückzukehren, ein heißes Bad zu nehmen und in ihrem eigenen Bett zu schlafen, größer als die, in den Armen eines Mannes zu liegen.

Sie drückte aufs Gas. Langsam begann es im Auto, warm zu werden.

Zweiter Teil

18

Sechs Monate später

Hektisch winkte der Regisseur. »Ihr müsst die Milchkannen höher halten!«

Helena streckte ihren Rücken durch und hielt die Milchkanne so hoch wie möglich.

»Na also, es geht doch!«, rief der Regisseur. »Jetzt noch mal alles von vorne!«

Die Musik setzte ein. Helena führte ihre Tanzschritte aus und sang mit den anderen Ensemblemitgliedern im Chor:

Wann gibt's endlich Milch,
warum wird uns nicht aufgemacht?
Jemand belügt uns
Jemand betrügt uns
Jemand hält uns für dumm!
Wir müssen hungern –
andere lungern in den Palästen rum ...

Nachdem sie zum dritten Mal die Szene geprobt hatten, in der das Volk gegen seine Kaiserin protestierte und – aufgehetzt von Luigi Luccheni – nicht fassen konnte, dass diese in Milch badete, während die eigenen Kinder kein Brot bekamen, war der Regisseur namens Felix endlich zufrieden.

Die Tanzschritte waren Helena längst in Fleisch und Blut übergegangen, und der Gesang bereitete ihr auch keine große Mühe mehr. Am stressigsten war der ständige Wechsel der Rollen. Hastig musste sie eben den Eimer Milch abstellen, um in der nächsten Szene eine der Hofdamen zu spielen, die der Kaiserin die langen Haare kämmte.

Das war der größte Nachteil, wenn ein so winziges Ensemble das Musical »Elisabeth« aufführte: Die Starrollen waren zwar prominent besetzt, aber die »niederen« Schauspieler mussten gleich mehrere Nebenrollen übernehmen. Schon am ersten Tag hatte sie zusätzlich zu den von ihr bereits einstudierten Passagen eine weitere Szene aufgedrückt bekommen: Beim Kennenlernen von Franz Joseph und Sisi musste sie Nene, die Schwester der künftigen Kaiserin, spielen. Immerhin konnte sie auf diese Weise ihre Wandelbarkeit beweisen.

Der Regisseur war ein Hektiker, dem immer alles zu langsam ging. Mittlerweile probten sie zum x-ten Mal die Kaffeehausszene, in der die Bourgoisie über die junge Kaiserin lästerte. Die Tische sollten sich drehen und die Menschen darum herumtanzen, aber beides funktionierte nicht im Gleichtakt.

Erst nach dem sechsten Anlauf war er halbwegs zufrieden.

»Wehe, wenn ihr das bis morgen wieder vergessen habt!«

Eine der Tänzerinnen trat vor. »Das Problem bei der Szene ist nicht, dass wir uns unsere Position nicht merken können, sondern dass wir viel zu wenig Zeit für den Kostümwechsel haben. Wir sollten unter realistischen Bedingungen proben – mit Kostümen.«

Felix seufzte theatralisch. »Die sind aber noch nicht fertig.«

»Dann nehmen wir eben irgendwelche Klamotten als Ersatz. Es geht doch nur darum ...«

Ehe sie fortfahren konnte, hatte sich der Regisseur abgewandt, um Luigi Luccheni Anweisungen zu geben – oder vielmehr dem Schauspieler, der den späteren Attentäter der Kaiserin spielte und im Musical als eine Art Erzähler auftrat.

Die Tänzerin war stocksauer, dass sie einfach ignoriert wurde, aber Felix schien das nicht einmal zu bemerken.

Helena musterte sie und rief sich ins Gedächtnis, dass sie Clarissa hieß und bis jetzt vor allem durch ihr arrogantes Verhalten aufgefallen war. Über die Proben hinaus hatte sie in der ersten Woche kaum Kontakt zu den anderen Mitgliedern des Ensembles gehabt. Sie waren zwar alle im gleichen Hotel untergebracht, aber die Freizeit verbrachte jeder für sich. Helena hatte das bis jetzt nichts ausgemacht, denn sie brauchte ihre ganze Energie für die Proben, aber als sie nun an die einsamen Abende in der drittklassigen Pension dachte, gab sie sich einen Ruck.

Luisa hatte überhaupt nicht verstanden, wie sie es monatelang in diesem Kaff aushalten wollte. »Das ist doch mitten in der Pampa!«, hatte sie gemeint.

»Die Pampa ist in diesem Fall Niederösterreich. Und der Ort, wo die Aufführung stattfindet, zieht jedes Jahr Massen von Touristen an.«

Die Hauptattraktion war neben zwei, drei malerischen Gässchen eine alte Burg, die jeden Sommer Schauplatz der Festspiele war, und dieses Jahr stand das Musical über Österreichs berühmte Kaiserin auf dem Programm.

Helena trat zu Clarissa. »Das Problem ist, dass Felix viel zu hektisch ist«, murmelte sie, »er denkt einfach nicht bis zum Ende.«

Clarissa fuhr herum. Anstatt erfreut zu sein, dass Helena für sie Partei ergriff, musterte sie sie wie ein fremdes Insekt. »Er ist überall total beliebt!«, rief sie.

»Auch bei dir?« Helena zwinkerte ihr zu, um anzudeuten, dass sie mit ihr ruhig über ihn lästern konnte.

Doch Clarissas Miene blieb eisig. »Immerhin hat *er* seinen Job nicht über Beziehungen bekommen«, sagte sie schnippisch.

»Was meinst du damit?« Helena schaute sie fragend an.

»Uns allen ist klar, warum ausgerechnet du Viola ersetzt«, giftete Clarissa, »obwohl du doch eine blutige Anfängerin bist.«

Viola war die Musicaldarstellerin, die wegen einer Verletzung die Teilnahme an den Burgfestspielen absagen musste und für die Helena eingesprungen war.

»Aber …«, setzte Helena verwirrt an.

»Jetzt tu doch nicht so unschuldig! Du weißt genau, was ich meine!«

Dann drehte sie sich auf dem Absatz um und ließ Helena einfach stehen. Ehe diese ihr folgen und sie nach dem Grund für das rüde Verhalten fragen konnte, klatschte Felix in die Hände.

»Los jetzt! Wir sind hier nicht bei einem Kaffeekränzchen! Zweiter Akt – Elisabeths Krönung zur Königin von Ungarn! Jeder an seine Position!«

Es war später Nachmittag, als die Proben für diesen Tag beendet waren. Im Umkleideraum trank Helena durstig aus ihrer Wasserflasche. Es war einer der wenigen erhaltenen Räume der Burg – mit dunklen Eichendielen, teilweise abgebrochenem Stuck an den Decken und raumhohen, nicht ordentlich schließenden Fenstern, durch die es ständig zog. Die Einrichtung war edel und geschichtsträchtig, aber ein wenig verkommen. Besonders die angrenzenden Sanitäreinrichtungen waren ein Grausen; Helena versuchte zu vermeiden, hier auf die Toilette zu gehen, und falls ihr doch nichts anderes übrig blieb, musste sie immer an ihren unfreiwilligen Aufenthalt im Jagdschloss denken. In dem zur Garderobe umgewidmeten Raum waren kleine, schiefe Schränke für das Ensemble aufgestellt worden, die regelmäßig klemmten – auch heute. Als sie ihren endlich aufbekommen hatte, nahm Helena ein Handtuch und wischte sich den Schweiß vom Gesicht.

Die Szenen, die sie vorhin geprobt hatten, hatten gut geklappt. Mittlerweile fühlte sie sich nicht mehr wie ein Fremdkörper im

Ensemble, und dennoch blieb das übliche Hochgefühl nach der Anstrengung aus. Sie hatte immer noch Clarissas Bemerkung im Ohr und konnte sich einfach nicht erklären, worauf diese angespielt hatte.

Nachdenklich starrte sie auf das feuchte Handtuch. Ein halbes Jahr war seit ihrem letzten Österreich-Aufenthalt vergangen. Sie hatte ihr Vorhaben umgesetzt, die Lethargie abgeschüttelt und sich ehrgeizig daran gemacht, ihre Karriere wieder in Schwung zu bringen. Jede Menge Vorsprechen und Auditions lagen hinter ihr; sie hatte selbst die kleinsten, unbedeutendsten Rollen angenommen und war ständig ihrem Agenten in den Ohren gelegen, dass sie gerne noch mehr arbeiten würde. Nach ein paar kleinen Auftritten im Fernsehen war sie rund um Ostern bei einem Stück in Bochum aufgetreten, aber das größte Engagement, das sie ergattert hatte, war ohne Zweifel das bei den hiesigen Burgfestspielen. Wenn alles gut lief und die verletzte Musicaldarstellerin länger fehlte, würde sie das Ensemble auf der im Herbst folgenden Tournee begleiten, die erst nach Basel, dann nach Amsterdam führte. Das jedenfalls hatte ihr Agent angedeutet.

Helena verstaute ihr Handtuch wieder und hielt nach Clarissa Ausschau. Die war nirgends zu sehen, aber eben betrat eine andere Kollegin den Umkleideraum. Franziska kam gerade von der Kostümprobe, denn sie trug ihre Haare noch altmodisch hochgesteckt. Sie spielte im Musical Elisabeths Schwiegermutter Erzherzogin Sophie, und da sie noch relativ jung war, musste sie sich auf alt schminken.

Sie hatte sich dunkle Augenringe gemalt und diverse Falten, und als Helena sie verwirrt musterte, prustete sie los: »So weiß ich wenigstens, wie ich in zwei, drei Jahrzehnten aussehen werde.«

Helena erwiderte ihr Lächeln. »Vorausgesetzt, du verzichtest auf Botox.«

Franziska musterte sich im Spiegel.»Findest du eigentlich, dass es echt aussieht?«

»Na ja, ich würde mich nicht so blass schminken. Du solltest ja nur älter wirken, nicht wie eine Leiche.«

Franziska lachte wieder. Von allen war sie am freundlichsten. Helena zögerte noch, aber als sich Franziska vor den Spiegel setzte, um sich abzuschminken, sagte sie:»Clarissa hat vorhin etwas Komisches angedeutet. Dass ich meine Rolle nur über Beziehungen bekommen hätte.«

»Ach, unsere Clarissa.« Franziska machte eine wegwerfende Bewegung.»Die redet viel, wenn der Tag lang ist. Ich würde mir da gar keine Gedanken machen. Es war doch ein großes Glück, dass du so kurzfristig einspringen konntest – und du hältst super mit. Kompliment!«

»Aber ich habe die Rolle nicht über Vitamin B bekommen! Ich kenne den Intendanten der Festspiele gar nicht. Mein Agent hat eine Anfrage bekommen und ...«

Franziska sah sie vielsagend an.»Aber du kennst doch Moritz Ahrensberg, oder?«

Helena zuckte zusammen. Diesen Name hatte sie seit Monaten nicht gehört, geschweige denn ausgesprochen. Unmittelbar nach ihrer Rückkehr nach München hatte sie Luisa ganz nebenbei von ihm erzählt, ihr aber verschwiegen, dass sie sich beinahe geküsst hätten.

Franziska erhob sich und beugte sich vertraulich zu ihr.

»Es weiß doch jeder, dass er ein enger Freund vom Intendanten Harald Kroiss ist. Er kommt öfter mal hier vorbei. Ich glaube, jede im Ensemble schwärmt heimlich für ihn. War das zwischen euch was Ernstes?«

Helena war fassungslos. Ging Franziska etwa auch davon aus, dass sie sich ihre Rolle erschlafen hatte? Ihre Wangen färbten sich glühend rot.

»Du denkst nicht wirklich …«

»Es ist doch nichts dabei! Wir Österreicher sind schließlich fürs Mauscheln bekannt. Ohne persönliche Kontakte läuft da gar nichts. Gib nichts auf Clarissa – das ist eine dumme Kuh. Wahrscheinlich war sie nur neidisch, weil sie selbst gerne Frau Ahrensberg wäre.«

»Aber ich will doch nicht …«

Helena kam nicht weiter, denn eben betrat Felix, der Regisseur, den Umkleideraum. »Ich brauche dich doch noch mal«, rief er. Es war nicht klar, ob er Helena oder Franziska meinte, doch anstatt nachzufragen, machte Helena kehrt und stürzte mit hochrotem Kopf aus dem Umkleideraum.

Das Hotelzimmer war winzig klein und die Einrichtung veraltet, doch Helena war für den Luxus dankbar, immerhin ein Zimmer für sich allein zu haben und es nicht mit einer Kollegin teilen zu müssen. Man konnte die Tür nur zu zwei Dritteln öffnen, dann stieß sie bereits gegen das Bett. Hinter diesem befand sich ein blauer Bauernschrank mit nur zwei Kleiderhaken und außerdem ein wackeliger Tisch. Die Ananas, die sie sich zum Frühstück aufgeschnitten und nicht ganz aufgegessen hatte, wurde von dicken, schwarzen Fliegen umsurrt.

Helena griff nach ihrem Handy und wählte die Nummer ihres Agenten. Er meldete sich sofort, und ehe er die Gelegenheit hatte, etwas zu sagen, rief sie aufgeregt: »Ist es wahr? Habe ich diese Rolle hier nur deshalb bekommen, weil Moritz Ahrensberg sich für mich eingesetzt hat?«

Es folgte ein kurzes Schweigen, das ihr mehr Bestätigung war als alle Worte. »Na ja«, meinte ihr Agent schließlich, »die Intendanz hat ihn mal erwähnt … sonst wären sie wahrscheinlich gar nicht auf dich gekommen. Ist ja nicht so, dass es in Österreich keine Musicaldarsteller gibt.«

»Aber ich will das nicht!«

»Jetzt steigere dich da mal nicht rein«, erklärte er mit dem ihm eigentümlichen Pragmatismus. »Außerdem hätte es dir doch auffallen müssen, dass du die Rolle nicht auf normalem Weg bekommen hast. Ein Engagement ganz ohne Auditions – wo gibt es denn so etwas? Sei doch froh! Wie geht's denn mit den Proben voran?«

Helena nuschelte nur ein knappes »Alles gut«, verabschiedete sich und legte auf.

Scham und Wut überwältigten sie, und sie schleuderte ihr Handy aufs Bett.

»Verdammt!«, rief sie. Ihre Stimme hallte von den kahlen Wänden wider – und ihr Ausbruch fühlte sich prompt reichlich übertrieben an. Sie atmete tief durch, um sich danach etwas nüchterner einzugestehen, was sie wirklich so in Rage versetzte: Nämlich nicht, dass sie ihre Rolle dank persönlicher Beziehungen bekommen hatte, sondern dass Moritz diese Gelegenheit nicht genutzt hatte, um sich bei ihr zu melden und zu fragen, ob sie überhaupt Interesse daran hatte, wie es ihr ginge und ob sie sich wieder einmal treffen wollten.

So nicht!, dachte sie. Auf Almosen kann ich gut verzichten!

Der vernünftige Teil in ihr wusste, dass es eine Riesendummheit war, auf diese Chance zu verzichten, aber der emotionale konnte nicht anders: Sie zog ihren Koffer unter dem Schrank hervor und begann zu packen.

Ein wenig fühlte es sich an wie damals, als sie Martin verlassen hatte, nachdem sie ihn mit Kristin erwischt hatte. Sie war wie weggetreten gewesen, schien sich aus der Ferne zuzuschauen und insgeheim sich selber für den filmreifen Auftritt zu applaudieren. Anstatt ihre Sachen ordentlich zusammenzufalten und zu verstauen, warf sie alles, was ihr in die Hände kam, wild durcheinander in den Koffer. Bald war er randvoll, dabei hatte sie noch nicht einmal ihre Toilettensachen eingepackt. Egal. Sie nahm ihren Rucksack, öffnete den Reißverschluss und wollte Strümpfe und Unterwäsche hineinstopfen, als sie plötzlich auf Widerstand stieß. Zum ersten Mal seit Beginn der hektischen Packaktion hielt sie inne, ehe sie ein Stück zerknülltes Zeitungspapier hervorzog. Es musste sich ganz unten drin befunden haben und hervorgerutscht sein, als sie den Rucksack im obersten Regal des Schranks verstaut hatte. Erst hatte sie keine Ahnung, wie es dahin kam, dann stieg eine vage Erinnerung in ihr hoch.

Im Jagdschloss hatte sie damals ihre Stiefel mit alten Zeitungen ausgestopft, um sie über Nacht zu trocknen, und eine zerknüllte Seite war offenbar drin steckengeblieben. Auf der Heimfahrt hatte sie die Stiefel gegen ein trockenes Paar Schuhe ausgewechselt und die Stiefel in den Rucksack gepackt. Als sie ihn später auspackte, musste das Zeitungspapier hervorgerutscht sein.

Ihr Blick fiel auf das Datum. 7. August 1965. Eine wirklich uralte Zeitung. Wahrscheinlich war sie einst von Moritz' Großtante aufbewahrt worden, um sie zum Heizen zu benutzen.

Gedankenverloren strich sie die Seite glatt. Obwohl sie an den Rändern eingerissen und die Schrift verblichen war, konnte sie den Artikel lesen. Nachdem sie ihn überflogen hatte, korrigierte sie die erste Vermutung. Diese Zeitung war nicht einfach nur zufällig aufbewahrt, sondern die Seite einst sorgsam ausgeschnitten worden.

Der Artikel würdigte einen gewissen Dr. med. Florian Huber, einen bekannten Wiener Psychoanalytiker und Schüler von Sigmund Freud, der eine Woche zuvor im Alter von fünfundachtzig Jahren einem Schlaganfall erlegen war.

Helena konnte sich nicht erinnern, den Namen jemals gehört zu haben, aber irgendwie kam er ihr doch bekannt vor.

»Florian Huber«, sagte sie ein ums andere Mal laut.

Sie konnte ihn weiterhin nicht einordnen, doch als sie den Artikel erneut überflog, traf sie die Erkenntnis wie ein Schlag.

F. H. ist wieder hier.
Schreiben Sie Ihre Träume auf.
Konnte es sein, dass Florian Huber Marietta seinerzeit dazu
bewogen hatte, ein Traumtagebuch zu schreiben?
Helena sank aufs Bett und las den Artikel zum nunmehr dritten
Mal. Florian Huber war 1881 in Breslau geboren worden und schon
als Kind mit seiner Familie nach Wien übersiedelt. Nach seinem
Medizinstudium in Frankreich und Freiburg im Breisgau arbeite-
te er einige Jahre als Assistent von Emil Kraepelin und Richard
Cassirer in München, wo er sich zum Psychiater und Neurologen
spezialisiert hatte. Danach erfolgte aufgrund seines Interesses für
die psychologische Medizin eine Neuorientierung: Er kehrte zurück nach Wien, um sich bei Sigmund Freud psychoanalytisch
ausbilden zu lassen. Später nahm er – u. a. mit Analytikern wie
Nunberg, Reich und Feder – an den Mittwochsgesellschaften der
Wiener Psychoanalytischen Vereinigung teil und publizierte diverse Artikel in der internationalen Zeitschrift »Imago«.
Helena ließ den Artikel sinken. Jetzt ergab alles einen Sinn.
Marietta musste sich kurz vor ihrem Tod bei ihm in Behandlung
begeben haben. Und wenn Helena auch nicht viel Ahnung davon
hatte, wie eine Psychoanalyse ablief, so doch, dass die Deutung
der Träume als Schlüssel zum Unterbewussten eine große Rolle
spielte.
Anstatt weiter ihren Koffer zu packen, folgte sie ihrer ersten
Eingebung, erhob sich vom Bett und verließ das Zimmer. Noch
war ihre Wut nicht verraucht, aber die Neugierde auf Mariettas
Schicksal deutlich größer. In einem kleinen Zimmer neben der Re-
zeption stand ein Computer mit Internetzugang. Er war ziemlich
alt, und es dauerte lange, bis die Verbindung aufgebaut war. Als
es endlich so weit war, gab sie Florian Hubers Namen bei einer
Suchmaschine ein – und landete prompt mehrere hundert Treffer.
Wieder wurde ihre Geduld auf eine harte Probe gestellt, als sie

diverse Artikel aufrief und überflog. Sie alle bestätigten das, was Helena bereits im Zeitungsartikel gelesen hatte, und berichteten überdies von seinem späteren Werdegang. Sein enger Kontakt mit Freud währte bis zu dessen Tod, danach aber ließ Florian Huber keinen Ehrgeiz erkennen, aus dem Schatten seines berühmten Lehrers zu treten. Er gründete ein Privatsanatorium mit mäßigem Zulauf, stellte seine Publikationstätigkeit weitgehend ein, wurde in den fünfziger Jahren jedoch häufig zu Vorträgen eingeladen, bei denen er vor allem vor Laien die Arbeit eines Analytikers erklärte. Seine Bekanntheit verdankte er weniger seinen Leistungen als seiner Freundschaft mit Freud und der Tatsache, dass einige später sehr berühmte Analytiker bei ihm eine Lehranalyse vornehmen ließen. Diverse Namen wurden genannt, und fast alle waren Helena fremd, doch einer stach ihr sofort ins Auge.

Florian Huber hatte nicht nur Schüler gehabt, sondern auch eine sehr namhafte Schülerin.

19

1909–1910

»Du dumme Göre! Kannst du nicht aufpassen?«

Elsbeth zuckte zusammen. Sie hatte vorgehabt, eine Kartoffel zu schälen, doch der Herd war so hoch und sie so klein, und als sie die noch heiße Kartoffel berührte, hatte sie sich verbrannt und war zurückgezuckt. Die Kartoffel hatte zu rollen begonnen und war auf den Boden gefallen. Rasch bückte sie sich danach, um sie wieder auf die Platte neben dem Herd zu legen, und achtete nicht länger darauf, dass sie so heiß war. Doch kaum richtete sie sich wieder auf, erhielt sie eine schallende Ohrfeige. Sie spürte den Schmerz kaum noch – zu oft hatte ihre Mutter sie in den letzten Wochen geschlagen –, aber wie bei den letzten Malen blieb eine merkwürdige Taubheit im Ohr zurück. Sie konnte sich nicht recht entscheiden, ob es angenehm war, weil sie auf diese Weise nichts mehr von der Welt hörte, oder quälend, weil mit dieser Taubheit ein stetes Summen einherging.

Immerhin – heute begnügte sich ihre Mutter mit einer einzigen Ohrfeige, ehe sie sich stöhnend an den Tisch setzte.

»Ich habe so viel Wäsche zu waschen, und du machst mir noch mehr Arbeit.«

Hilde Krüger machte keine Anstalten, die Wäsche in Angriff zu nehmen. Elsbeth schälte hastig die Kartoffel, zerdrückte sie mit der Gabel und stellte den Teller vor der Mutter ab, obwohl ihr selbst der Magen knurrte.

»Vielleicht solltest du etwas essen ...«

Manchmal wünschte sie sich, dass Hilde einen Bissen nahm und sie dankbar anlächelte. Und manchmal wünschte sie sich, dass sie daran ersticken möge.

Aber Hilde trank meist lieber, als dass sie aß. Mit glasigem Blick starrte sie auf die Kartoffel, nahm dann doch die Gabel und versuchte, ein Stück aufzuspießen. Doch die Hand zitterte zu stark. Sie stieß gegen den Teller, und der ging samt Kartoffel zu Boden.

»Du verfluchtes Miststück!«

»Es war doch nicht meine Schuld!«

Als ob Worte ihre Mutter jemals zur Vernunft gebracht hätten!

Elsbeth wusste, dass sie besser daran getan hätte, zur Tür zu laufen und sich im Treppenhaus oder hinter dem Hühnerkäfig von Frau Podolsky zu verstecken. Doch sie entschied sich zu spät und stolperte obendrein über den Stuhl. Noch ehe sie die Tür erreichte, packte Hilde sie an den Haaren und hob die Hand, um ihr eine weitere Ohrfeige zu versetzen. Elsbeth wappnete sich schon dagegen, dass auch ihr zweites Ohr taub werden würde, doch ehe ein Klatschen ertönte, rief jemand von der Tür her: »Lass sie sofort in Ruhe!«

Die Hände lockerten sich und ließen sie schließlich los. Elsbeth fiel zu Boden wie eine Marionette, deren Fäden man durchschnitten hatte.

Als sie sich wieder aufrichtete, kam Marietta auf sie zu. Wenn diese früher eingeschritten war, um sie vor ihrer Mutter zu schützen, war sie Elsbeth immer wie ein Racheengel erschienen, aber in den letzten Monaten war sie nur selten hier gewesen, und in Elsbeth war die Einsicht gereift, dass ein Engel sie nicht so oft im Stich lassen würde. Wenn sie ihre Schwester sah, befiel Elsbeth keine Erleichterung – nur Enttäuschung: Marietta würde ja doch bald wieder gehen und sie bei Hilde zurücklassen.

»Was hast du hier zu suchen?«, schrie die Mutter eben schrill.

259

»Du bist doch jetzt eine Dame – warum kommst du immer noch hierher?«

»Deinetwegen gewiss nicht.«

Marietta beugte sich nieder und umarmte Elsbeth. Sie roch fremd, offenbar hatte sie Parfüm aufgetragen. Beim letzten Mal hatte sie Veilchenkonfekt mitgebracht, das hatte noch süßer gerochen.

Hilde war wieder auf den Stuhl gesunken und schüttete Schnaps in sich hinein. Ihre Augen wurden glasig.

»Wie viel hast du für mich?«, fragte sie weinerlich.

Mariettas Miene erkaltete, aber Elsbeth wusste: Am Ende würde sie ihr doch wieder Geld geben und ihr das Versprechen abringen, Elsbeth weniger zu schlagen und ihr mehr zu essen zu geben. Und sie würde einmal mehr fordern, sie endlich mit ihr gehen zu lassen.

Doch Elsbeth machte sich keine falschen Hoffnungen. Weder würde Hilde sie besser behandeln, noch würde sie sie gehen lassen, da ansonsten ihre wichtigste Geldquelle versiegte. Und Marietta ahnte das wahrscheinlich auch. Sonst käme sie nicht immer seltener hierher.

Wortlos legte sie das Geld auf den Tisch, und Hilde zählte es gierig ab. Als sie fertig war, war sie so müde, dass ihr Kopf auf die Platte schlug.

Elsbeth schlang ihre Hände um Mariettas Hüften. »Zeigst du mir, wie man tanzt?«

Marietta blickte sich angewidert um. Kein einziges Fleckchen der Mietwohnung war sauber. »Nicht hier, das ist nicht der passende Ort.«

»Aber ich möchte tanzen wie du!«

»Eines Tages hole ich dich von hier fort.«

Elsbeth glaubte nicht daran. Auch nicht, dass sie jemals tanzen lernen würde. Aber sie nickte. Marietta umarmte sie kurz.

»Ich muss nun fort.«

»Hast du mir wieder Veilchenkonfekt mitgebracht?«

»Das nicht ... aber Schokolade.«

Elsbeth nahm davon. Die Schokolade schmeckte süß und ein wenig bitter. Sie schmeckte nach Mariettas Umarmungen und ihrer Liebe ... und ein wenig nach Lügen.

Als sie gegangen war, blieb Elsbeth eine Weile unter dem Tisch hocken. Sie fühlte sich zunächst sicher und geborgen, aber dann fiel ihr Blick erst auf Hildes Füße, dann auf die Kartoffel, die vorhin auf den Boden gefallen war. Sie ekelte sich davor. Und sie hatte Angst. Unter dem Tisch wirkte die Wohnung so riesig ... und sie selbst so klein. Sie dachte an Frau Podolskys Hühnerstall. In dessen Nähe stank es noch scheußlicher als hier, aber das Gackern des Federviehs klang freundlicher als Hildes Keifen. Zwar schnarchte diese noch – aber wenn sie erwachte, würde sie sie gewiss mit schriller Stimme beschimpfen.

Auf Zehenspitzen schlich Elsbeth aus der Wohnung. Sie hatte das Treppenhaus kaum betreten, als sie bereits Mariettas Stimme vernahm. Warum war sie noch hier? Und warum schrie sie – nicht ganz so schrill wie Hilde, aber nicht minder laut?

Marietta schrie fast nie, sie flüsterte nur. Und Mariettas Stimme gab manchmal unterdrückte Wut preis, niemals Panik.

»Lassen Sie mich los! Was fällt Ihnen ein, mir hierher zu folgen?«

»Ich habe es mir schon lange gedacht, aber jetzt habe ich endgültig Gewissheit ... du stammst aus der Gosse ... und wagst es trotzdem, mich abzuweisen.«

Die Stimme gehörte einem Mann, und als Elsbeth über das Geländer der Treppe lugte, sah sie, dass er dunkles Haar hatte, sehr groß und breitschultrig war und dass er Marietta gepackt hatte. Elsbeth hatte Angst, schreckliche Angst. Der Fremde hatte ihre Schwester direkt vor dem Hauseingang in der Nähe des Hühnerkäfigs abgefangen. Die Hühner gackerten.

261

»Was könnten Sie mir schon anderes bieten als eine flüchtige Affäre?«, zischte Marietta.

»Von meinem Bruder hast du schließlich auch Blumen angenommen.«

»Ihr Bruder hat mir immerhin kein unsittliches Angebot gemacht.«

»Eine wie du sollte jede Gelegenheit nutzen. Blumen verwelken, aber der Schmuck, den ich dir schenkte, ist von großem Wert.«

»Aber ich will Ihren Schmuck nicht! Ich will, dass Sie mich endlich in Ruhe lassen.«

Marietta versuchte, sich seinem Griff zu entziehen, doch der Fremde hielt sie unbarmherzig fest. Es kam zu einem Gerangel, bei dem Marietta zu unterliegen drohte. Doch anstatt sich von ihrer Angst bezwingen zu lassen, spuckte sie ihm plötzlich ins Gesicht.

Der Mann ließ sie los, aber Elsbeths Erleichterung währte nicht lange. Drohend richtete er sich nun vor ihrer Schwester auf.

Gleich schlägt er sie, dachte Elsbeth, schlägt sie fester, als Mutter mich geschlagen hat …

Unmöglich, dass eine zarte Person wie Marietta einen solchen Schlag überleben würde! Unmöglich, dass davon lediglich ihre Ohren taub würden! Nein, ihren Kopf würde er zerschmettern, ihr die Zähne einschlagen, die Lippen malträtieren, bis sie bluteten …

Doch der Fremde schlug sie nicht. Er verkündete nur tonlos: »Das wirst du bereuen.«

Dann wandte er sich ab und ging fort. Marietta zitterte am ganzen Leib und atmete schwer. Kraftlos lehnte sie sich an die Tür. Elsbeth wagte nicht, sich zu rühren, doch schließlich fiel Mariettas Blick auf sie.

»Elsbeth, was machst du da?«, rief sie erschrocken.

»Wer war das?«

Erst jetzt, als sie langsam die Treppe nach unten stieg, sah sie,

262

dass Mariettas Bluse zerrissen war und sich Haare aus ihrem Knoten gelöst hatten.

Zitternd erreichte Elsbeth ihre Schwester und schmiegte sich an sie.

»Wer war das?«, fragte sie wieder.

»Du musst vergessen, was du gesehen hast ... es ist nicht weiter von Bedeutung.«

»Wird dich der Mann schlagen?«

»Nein, er ist doch nun fort.«

»Aber ...«

Marietta löste sich von ihr. »Vergiss ihn! Er ... er war nur ein böser Traum.«

Sie legte die Hand auf ihre Lippen, und Elsbeth konnte nichts mehr sagen.

Doch auch wenn sie seinen Namen nicht herausgefunden hatte – Elsbeth würde nie das Gesicht des Mannes vergessen, dessen Avancen ihre Schwester zurückgewiesen hatte und der daraufhin bitterböse Rache schwor.

In den nächsten Wochen kam Marietta noch seltener zu Besuch. Elsbeth versuchte, ihre Hoffnungen zu bezähmen und nicht mehr an den Mann zu denken, der ihre Schwester bedroht hatte. Aber nachts träumte sie von ihm, wie er immer größer und schwärzer wurde und seine Hände immer länger und bedrohlicher, und jedes Mal wachte sie schreiend auf.

»Was fällt dir ein, so einen Krach zu machen?«, fuhr Hilde sie an, ehe sie sich zur Seite drehte und weiterschnarchte.

Tagsüber war es nicht ganz so leicht, ihrer schlechten Laune zu entgehen. Die Wäscheberge häuften sich, aber Hilde trank lieber, anstatt sich an die Arbeit zu machen. Also versuchte Elsbeth, sie selbst zu waschen. Eimerweise schleppte sie Wasser in die Wohnung, aber sie hatte keine Ahnung, wie sie es wärmen sollte. Sie wusch die Wäsche kalt, rieb die Flecken, bis ihre Finger rot und steif waren, machte sie dadurch aber oft nur noch größer, anstatt sie zu beseitigen. Sie brauchte nicht nur warmes Wasser, sondern vor allem Seife – doch sie wusste ebenso wenig, wie man Seife machte wie Feuer im Herd.

Eines Tages fragte sie Frau Podolsky.

»Die beste Seife stellt man mit Asche her«, erwiderte diese.

»Aber wie macht man das?«

»Warum soll ich es ausgerechnet dir sagen? Du stiehlst ja doch nur meine Hühnereier wie alle anderen.«

Elsbeth floh vor ihrem bösartigen Blick. In dieser Nacht träumte sie nicht von dem bösen Mann, sondern von Frau Podolsky, die wie ein Huhn gackerte und statt ihrer dünnen Haare einen roten Kamm trug.

Nach einer Woche voller Mühen war die Wäsche immer noch schmutzig.

»Du bist zu gar nichts nutze«, heulte Hilde. »Wie soll ich dich durchfüttern, wenn du mir nicht hilfst?«

Elsbeth biss sich auf die Lippen, anstatt zu fragen, wie man aus Asche Seife machte. Wahrscheinlich wusste es ihre Mutter auch nicht.

Hilde gab die dreckige Wäsche zurück, aber bekam keine neue mit. Auch diese Arbeit war verloren, und eine andere suchte sie erst gar nicht. Sie trank noch mehr, bis alle Flaschen leer waren. Obwohl Elsbeth genau darauf gehofft hatte, fürchtete sie sich nun doch: Hildes Blick war nicht mehr glasig, sondern bösartig.

Elsbeth verkroch sich in ihrem Bett, um die Aufmerksamkeit der Mutter nicht auf sich zu ziehen, und eine Weile gelang es ihr auch: Hilde suchte in jedem Winkel, unter jeder losen Diele, im hintersten Schrank nach einer noch vollen Flasche. Am Ende weinte sie eine Weile. Und dann brüllte sie los: »Was unterstehst du dich, faul im Bett herumzuliegen?«

Elsbeth hätte sich am liebsten noch tiefer unter der Decke verkrochen, aber Hilde stürzte auf das Bett zu und zerrte sie an den
Haaren hoch. »Gefällt es dir, dass ich mich so elend fühle? Lachst
du über mich?« Elsbeth hatte seit Ewigkeiten nicht mehr gelacht, doch jetzt
stiegen ihr Tränen in die Augen. Aber sie wollte nicht, dass Hilde
sie weinen sah.

»Nun los, mach schon, koch etwas!«

»Womit denn? Wir haben nichts! Und der Herd ist kalt!«

»Jetzt wirst du auch noch frech?«

Hilde ließ ihre Haare los, packte sie jedoch am Arm und stieß sie
durchs Zimmer. Elsbeth schluckte weiterhin die Tränen hinunter.

»Geh Brot kaufen!«

»Wir haben kein Geld. Du hast alles versoffen.«

»Du wagst es, so mit mir zu reden?«

Hilde kreischte laut. Kurz ließ sie Elsbeth los, doch nur, um nach
dem Schürhaken zu greifen und ihn bedrohlich zu schwingen. Elsbeth wusste – wenn er sie traf, wenn sie ihr ein Loch in den Kopf
schlug, würde sie sterben.

»Bitte … Mutter …«

Die Tränen liefen nun doch über ihre Wangen. Aber Hilde war
blind dafür – und schlug zu.

Trotz ihrer Panik reagierte Elsbeth blitzschnell. Sie duckte sich,
drehte sich zur Seite, und der Schürhaken traf ins Leere.

»Du kleines Luder!«

Elsbeth flehte kein weiteres Mal um Gnade, sondern sah sich
nach einer Waffe um. Das Einzige, was sie fand, war eine leere
Flasche.

Als Hilde erneut mit dem Schürhaken ausholte, stellte sie ihr
ein Bein, und als die Mutter darüber stolperte und auf die Knie
ging, zog sie ihr mit aller Kraft die Flasche über den Kopf.

Elsbeth war nicht besonders stark, aber nun fiel polternd der

Schürhaken auf den Boden, dann Hilde selbst. Sie schlug mit dem Gesicht auf und blieb reglos liegen.

Elsbeth zitterte, als sie die Flasche fallen ließ.

Eine Weile starrte sie auf ihre Mutter und überlegte, sie auf den Rücken zu wälzen, aber sie hatte Angst, dass ihr Gesicht blutig und zerschunden war. Sie tastete nach ihr, spürte noch Wärme, aber keinen Atem.

Ich habe sie umgebracht.

Rasch lief sie zu ihrem Bett. Erst wollte sie sich wieder unter der Decke verkriechen, aber diese bot zu wenig Schutz. Schließlich versteckte sie sich unter dem Bett.

Stunde um Stunde verrann. Hilde rührte sich nicht, Elsbeth ebenso wenig. Sie wagte kaum zu atmen.

Tot, ihre Mutter war gewiss tot.

Plötzlich fielen ihr die Geschichten ein, die der Herr Pfarrer erzählt hatte. Im Winter hatte dieser manchmal einen Wohltätigkeitsbasar veranstaltet und hinterher Suppe an die Armen ausgeschenkt, die schrecklich salzig schmeckte und vor deren zähem Fleisch sich Elsbeth ekelte. Einige wenige Male hatte sie auch die Sonntagsschule besucht. Schreiben hatte sie dort nicht gelernt, das hatte ihr Marietta beigebracht, aber sie hatte aufmerksam den Geschichten gelauscht – abscheulichen Geschichten, in denen es nur so von Dämonen wimmelte, die die Sünder in der Hölle quälten. Schon in der Todesstunde kamen sie herbeigeflogen, um mit den guten Engeln um die Seele zu streiten.

Ob nun Dämonen auf Hildes Seele warteten? Und wenn sie unter dem Bett hervorkroch – wurde sie dann von einem solchen erwischt? Jemanden zu töten war schließlich die schlimmste Sünde überhaupt.

Dann fielen ihr wieder Mariettas Worte ein, der sie damals von den Dämonen berichtet hatte: »Die Menschen sind schlimmer als der Teufel. Ich fürchte mich vor der Hölle weit weniger als vor dem Leben ...«

Elsbeth erschauderte. Wenn Hilde wirklich tot war, würde irgendwann die Polizei kommen und sie ins Zuchthaus bringen, wo sie den Rest ihres Lebens in einer dunklen Zelle verbringen müsste.

Dunkel war es allerdings auch hier unter dem Bett. Das Tageslicht schwand, es wurde immer kälter, ihre Glieder wurden immer steifer. Vorsichtig streckte sie ihren Kopf hervor, zog ihn jedoch augenblicklich wieder ein. Da waren Schritte im Treppenhaus. Schritte, die immer näher kamen.

»Frau Krüger? Sind Sie da?«

Es war die Stimme eines Mannes – eines fremden Mannes. Elsbeth versteckte das Gesicht an den Händen. Gewiss war es ein Polizist, der gekommen war, um sie zu verhaften. Irgendwie hatte er erfahren, dass sie Hilde erschlagen hatte. Die Polizei war womöglich so allmächtig und allgegenwärtig wie der liebe Gott, kein Verbrechen entging ihr je.

»Frau Krüger? Elsbeth?«

Gütiger Himmel, er kannte ihren Namen! Und nun begann er sogar an die Tür zu hämmern! Nach einer Weile hörte sie, wie er einen Schlüssel ins Schloss steckte. Er konnte sich ganz ohne Gewalt Zutritt verschaffen.

Elsbeth zitterte am ganzen Leib. Dennoch lugte sie durch die Finger hindurch und sah fremde, dunkle Stiefel – Stiefel, die glänzten, die nicht von Schlammspritzern übersät waren und deren Sohle nicht durchgewetzt war. Nie hatte sie so saubere und elegante Stiefel gesehen.

»Elsbeth ...«

Der Fremde bückte sich neben Hilde, betastete sie eine Weile, erhob sich wieder. Elsbeth gelang es nicht, einen Blick auf sein Gesicht zu erhaschen, aber sie sah einen dunklen Mantel – aus feinem Stoff, knielang, ebenfalls nicht schmutzig. Dass die Polizisten so sauber und vornehm waren! Eine Weile verharrte der Mann unschlüssig, ehe er aufs Bett zutrat. Elsbeth stockte das Herz.

Wieder zögerte er, doch als ihre Hoffnung wuchs, er würde sich umdrehen und die Wohnung verlassen, bückte er sich und blickte unters Bett. Jetzt konnte sie doch noch sein Gesicht erkennen, von dunklen Haaren eingerahmt, mit grünen Augen und einem spitzen Schnurrbart. Er sah nicht aus, wie man es von einem Dämon oder Polizisten erwarten konnte, im Gegenteil, er wirkte sogar sehr freundlich. Doch als er seine Hände ausstreckte, um Elsbeth unter dem Bett hervorzuziehen, begann sie zu kreischen.

»Aber Elsbeth, beruhige dich doch, du musst keine Angst haben. Ich bin …«

»Ins Zuchthaus, Sie bringen mich ins Zuchthaus!«

»Aber nein! Ich bringe dich zu deiner Schwester!«

Elsbeth hörte zu kreischen auf. Marietta … er sprach von Marietta … und die wiederum hatte ihr immer wieder beteuert, dass sie sie eines Tages hier herausholen würde. Warum aber war Marietta nicht hier, warum nur dieser Fremde?

»Ich bin Heinrich von Ahrensberg, der Verlobte deiner Schwester. Du wirst zukünftig bei uns leben, in einem Palais …«

Elsbeth verstand das meiste nicht, was er sagte, aber ihr Widerstand erlahmte. Sie ließ sich hervorziehen und wehrte sich auch nicht, als der Mann sie auf die Arme nahm.

»Du zitterst ja«, stellte er fest.

Er schlüpfte aus dem Mantel und wickelte sie darin ein. Der Stoff war nicht nur sauber, sondern weich. Augenblicklich wurde ihr warm.

»Sie bringen mich also nicht ins Zuchthaus?«, stammelte sie.

»Warum sollte ein solch hübsches, kleines Mädchen ins Zuchthaus müssen?«

»Weil ich .. weil sie ...«

Sie brachte kein Wort hervor, sondern deutete mit ihrem Kinn auf die reglose Hilde.

»Ich habe ... die Flasche ...«

Der fremde Mann schien zu verstehen. »Du hast dich gewehrt.«

»Und nun ist sie tot!«

»Aber nein, sie ist nur ohnmächtig und schläft ihren Rausch aus. Bald wird sie erwachen ... und dann werden wir nicht mehr hier sein. Nun bin ich dein Vormund.«

Elsbeth hatte keine Ahnung, was das bedeutete – nur, dass sie sich in seinen Armen nicht nur warm, sondern auch sicher fühlte. Er lächelte, und er war kein Dämon, er war ein guter Mann, er war ihr Held.

Sie hörte zu zittern auf, begann aber vor Aufregung zu weinen.

Beschwichtigend strich der Mann ihr über den Rücken, als er sie hinaustrug und Stufe um Stufe nach unten schritt.

»Warte ... gleich siehst du deine Schwester ... Sie wartet im Hoftheater auf dich, weil sie dort eine Vorstellung hat und weil sie deiner Mutter nicht begegnen wollte.«

Elsbeths Schluchzen ließ nach, sie legte ihren Kopf auf seine Brust. Jetzt fiel ihr wieder ein, dass er vorhin seinen Namen genannt hatte.

Heinrich von Ahrensberg ...

Der Name war weich, sauber, warm wie der Mantel. Sie würde diesen Namen niemals aussprechen, ohne an den Tag zu denken, als er sie aus dem Elend befreit hatte.

Marietta war aufgeregt, das sah Elsbeth ganz deutlich. Aufgeregter als vor ein paar Wochen, da sie sie wieder in die Arme geschlossen hatte. Aufgeregter als am Tag ihrer Hochzeit, die sie wenig später im kleinsten Kreis gefeiert hatten. Aufgeregter als an dem Abend, als sie mit dem Zug nach Venedig gereist waren und Marietta sie in ihrem Abteil alleine ließ, weil sie fortan nicht an ihrer Seite, sondern gemeinsam mit Heinrich schlafen würde. Elsbeth war es nur recht – seit sie bei Heinrich und Marietta lebte, hatte sie keine Angst mehr vor dunklen Träumen. Das Zugabteil war so elegant, das Hotelzimmer, das sie am nächsten Tag bezog, so riesig, die Kleider, die sie fortan trug, so edel. Ihre Haare standen nicht mehr struppig vom Kopf weg, sondern waren weich und glänzten, und Marietta flocht sie zu Zöpfen oder drehte sie in Locken. Marietta war in Venedig so glücklich gewesen – und Elsbeth auch. Zum ersten Mal hatte sie das Meer gesehen und war bis zu den Knien hineingewatet. Sie hatte süße Kuchen und Torten gegessen, bis ihr übel war, Karussell gefahren, bis ihr schwindlig wurde, und war mit einer Gondel über das Wasser geglitten, bis sie die Angst vor dessen Tiefe verlor.

Nun hatte sie Angst – nicht vor der Tiefe, sondern vor dem Palais. Auch Marietta schien Angst zu haben.

»Kann es sein, dass er uns wieder zurück zu Hilde schickt?«, fragte Elsbeth besorgt.

»Aber nein!«

»Warum müssen wir dann hier warten?«

»Heinrich redet mit seiner Mutter.«

Ob seine Mutter so viel trank wie Hilde? Oder ob sie feine Kleidung trug wie er?

Marietta wirkte plötzlich blass. Und sie zuckte zusammen, als die Tür geöffnet wurde, ein livrierter Diener den Kopf in die Kutsche steckte und erklärte, die Frau Baronin möge mit ihnen kommen.

Elsbeth brauchte eine Weile, um zu begreifen, dass Marietta die Frau Baronin war. Am liebsten hätte sie sich in der Ecke der Kutsche verkrochen, aber Marietta nahm sie an der Hand und zog sie mit sich. Die Hand war eiskalt.

Elsbeth wagte nicht, hochzusehen und das Palais Ahrensberg zu betrachten. Erst als sie in einer großen Halle standen, von der eine

270

breite Treppe nach oben führte, hob sie den Blick. So viele Dienstboten standen hier Spalier, und alle starrten sie an! Marietta streckte den Rücken durch und ging die Treppe hoch. Laut hallten ihre Schritte auf dem Stein, während Elsbeth auf Zehenspitzen schlich. Sie hatte solche Angst zu stolpern. Doch sie kam am oberen Ende der Treppe an, ohne dass sie schwankte, und dort wartete Heinrich, lächelnd und mit ausgebreiteten Armen. Die Hand von Marietta blieb kalt, aber Elsbeth fühlte sich nicht mehr ganz so unbehaglich. Wenn Heinrich da war, war alles gut.

Er umarmte Elsbeth, ehe er sich an Marietta wandte. »Ich stelle dich nun meiner Mutter vor.«

Und zu Elsbeth sagte er: »Du bekommst in der Zwischenzeit Grießpudding. Den magst du doch, oder?«

Elsbeth hatte keine Ahnung, was Grießpudding war, aber Heinrich wirkte begeistert, also nickte sie.

Marietta ließ sie los, und eine andere Frau nahm sie an der Hand – diese war nicht kalt, sondern rau und fest. Wortlos führte sie sie in die Küche, wo nicht nur der Herd stand, sondern ein langer Tisch. Elsbeth setzte sich. Der Tisch war so hoch, dass sie kaum drüberblicken konnte. Der Teller, den die Frau vor sie stellte, war riesig, und es dampfte daraus. Wieder waren Dienstboten da, aber sie standen nicht mehr Spalier, sondern huschten hin und her, und sie schwiegen auch nicht länger, sondern tuschelten.

Elsbeths Hand zitterte, als sie vom Grießpudding nahm. Sie brachte kaum etwas herunter. Er schmeckte süß, aber er war so heiß, dass sie sich den Mund verbrannte.

»Wie sollen wir denn das Kind nennen? Etwa Comtesse?« Spöttisches Lachen folgte den Worten.

Elsbeth ließ den Löffel sinken. »Ich heiße Elsbeth Krüger.«

»Wenn das der alte Herr Baron noch erlebt hätte.« Die Frau, die so spöttisch gelacht hatte, schüttelte den Kopf.

Elsbeth konnte nicht weiteressen, solange so viele Blicke auf ihr ruhten. Plötzlich aber senkten sie den Blick und hörten auf zu tuscheln.

»Du hast ja gar nichts gegessen!«

Heinrich war in die Küche gekommen. Sie sprang auf, lief zu ihm und barg den Kopf an seiner Brust – so wie an dem Tag, als er sie vor Hilde gerettet hatte.

»Soll ich dir das Haus zeigen?«, fragte er.

Elsbeth nickte, und als sie die Küche verließen, warf sie den Dienstboten einen triumphierenden Blick zu.

»Wo ist Marietta?«

Sie hatte nun schon viele Räume gesehen – den Salon mit dem faszinierenden Billardtisch, das Esszimmer mit den großen Glasschränken, den Spiegelsaal mit dem marmornen Kamin – doch nirgendwo war sie ihrer Schwester begegnet.

»Sie ist etwas müde und ruht sich darum in ihrem Schlafgemach aus«, erklärte Heinrich, »ich bringe dich später zu ihr, aber zuvor will ich dir etwas zeigen.«

Elsbeth nickte zustimmend, folgte Heinrich in einen weiteren Raum und betrachtete ihn voller Staunen.

In der Ecke des Raums stand ein rundes Gebilde, das von einer Verankerung aus Elfenbein und bronzenen Füßen gehalten wurde. »Sieh nur, das ist ein Globus ... er zeigt die ganze Welt. Hier liegt Wien ... und hier Venedig.«

Elsbeth achtete gar nicht auf den Globus, war sie doch von etwas anderem, was der Raum zu bieten hatte, viel mehr angetan: Die Regale, die bis zur Decke reichten, waren randvoll mit Büchern, kostbaren Büchern in Leder- oder Samteinbänden.

Heinrich hatte den Globus zu drehen begonnen, aber er bemerkte, dass er ihr Interesse damit nicht fesseln konnte. »Du hast noch nie so viele Bücher auf einem Fleck gesehen«, stellte er fest.

Sie nickte beeindruckt.

»Nun, das hier ist die Bibliothek. Der Raum hat keinen anderen Zweck, als diese Bücher zu beherbergen.«

Ein Raum nur für Bücher! Elsbeth war fassungslos. »Hast du sie alle gelesen?«, fragte sie ehrfürchtig.

Heinrich lächelte. »Aber nein, das sind doch viel zu viele.«

»Ich möchte sie alle lesen«, verkündete Elsbeth entschlossen.

»Kannst du denn schon lesen?«

»Aber ja! Marietta hat es mir beigebracht.«

»Nun gut. Du wirst einen eigenen Lehrer bekommen, der dir Unterricht gibt. Und dann kannst du auch das eine oder andere Buch lesen.«

Elsbeth trat zum Bücherregal und streichelte über die Einbände. Hier fühlte sie sich sicher vor dem Tuscheln der Dienstboten und ihren aufdringlichen Blicken. Dieser Raum gehörte nur ihr und Heinrich allein.

Plötzlich war allerdings noch ein Mann da. Er stand im Türrahmen und beobachtete sie. Heinrichs Gesicht wurde ernst und streng, als er ihn bemerkte, und das Lächeln, das er sich dann doch mühsam abrang, erreichte seine Augen nicht.

»Sieh nur Elsbeth, das ist mein Bruder Salvator. Du darfst Onkel Salvator zu ihm sagen.«

Der Mann blieb steif an der Tür stehen und erwiderte das Lächeln nicht. Elsbeth hätte sich am liebsten hinter dem Globus versteckt, doch Heinrich nahm sie an der Hand und zog sie zu dem Mann hin. Dessen Miene wurde noch finsterer, doch das war es nicht, was ihr einen eisigen Schrecken einjagte. Vielmehr war es die Erkenntnis, dass sie diesen Mann kannte.

Ja, sie war ihm schon einmal begegnet, hatte ihn beobachtet – damals, im Treppenhaus der Mietskaserne, als er Marietta abgefangen und ihr gedroht hatte. Sie hatte sich nicht einschüchtern lassen, ihm vielmehr ins Gesicht gespuckt, woraufhin dieser Mann Rache geschworen hatte.

Elsbeth starrte ihn mit weit aufgerissenen Augen an. Er selbst erkannte sie nicht – schließlich hatte er damals gar nicht bemerkt, dass sie auf der Treppe hockte und ihn belauschte – genauso, wie er jetzt so tat, als würde er sie nicht bemerken. Elsbeth wurde es eiskalt. Am liebsten hätte sie Heinrich sofort erzählt, was Salvator Marietta gedroht hatte. Doch dann fielen ihr Mariettas Worte wieder ein, als diese sie beschworen hatte, alles zu vergessen. Heinrich hatte keine Ahnung, was sein Bruder seiner Frau angetan hatte – und wenn es nach Marietta ging, würde er es auch nie erfahren.

Elsbeth rang sich ein Lächeln ab, das so schmal wie das von Heinrich ausfiel. »Guten Tag, Onkel Salvator.«

20

Der Name, den Helena in einem der Artikel über Florian Huber gelesen hatte, war Elsbeth Safransky, geborene Krüger. Elsbeth Krüger. Mariettas Schwester. »Hier steckst du! Na, da hätte ich ja noch ewig an deine Zimmertür klopfen können.«

Helena zuckte zusammen und blickte hoch. Sie traute ihren Augen kaum, als Moritz plötzlich auf sie zukam, braungebrannt, schlanker als im Winter und mit kürzerem Haar. Gutaussehend war er schon damals gewesen, doch zugleich hatte er ein wenig verlebt gewirkt. Nun schien er um ein paar Jahre jünger zu sein. Das spöttische Grinsen wirkte so vertraut, als hätten sie sich erst gestern voneinander verabschiedet und als wäre es das Selbstverständlichste der Welt, dass er hier auftauchte.

»Was … was …«, setzte Helena mit belegter Stimme an.

»Und warum gehst du nicht an dein Handy?«

Vage erinnerte sie sich daran, dass ihr Handy geläutet hatte, als sie sich in den Artikel über Florian Huber vertieft hatte. Sie erhob sich langsam. Ihr Herz klopfte schneller – und dieser Beweis, wie sehr sie sich freute, ihn zu sehen, stimmte sie noch ärgerlicher.

»Was hast du hier verloren?«, zischte sie ihn an.

»Sorry, dass ich nicht schon früher hier vorbeigeschaut habe. Ich hatte das schon seit einiger Zeit vor. Heute hat's endlich geklappt, und das freut mich ungemein. Und natürlich auch, dass du das Engagement bekommen hast. Ich habe Harald so von dir vorgeschwärmt, obwohl ich mir natürlich nicht sicher sein konnte, ob du die Richtige bist, um einzuspringen … Ich meine, ich habe dich nur einmal tanzen gesehen. Aber scheinbar läuft es gut, oder?«

Er gab offen zu, nicht nur mit Harald Kroiss, dem Intendanten, befreundet zu sein, sondern obendrein, ihr die Rolle verschafft zu haben.

»Warum tauchst du ausgerechnet jetzt auf?«, fragte sie wütend.

»Ich habe ein Häuschen in der Nähe – im Sommer verbringe ich hier viel Zeit. Deswegen kenne ich Harald so gut. Bis jetzt hatte ich in Wien beruflich zu tun.«

Das Häuschen war wahrscheinlich eine Villa, und in Wien wohnte er sicher in einem schicken Apartment.

»Na, was ist? Kein Begrüßungskuss? Den habe ich doch wohl verdient, nachdem ich mich so für dich ins Zeug gelegt habe!«

Helena konnte es kaum fassen. Moritz fand es völlig selbstverständlich, wie er ihr das Engagement vermittelt hatte, und erwartete sogar noch Dankbarkeit!

»Ich habe dich nicht um deine Hilfe gebeten«, fuhr sie ihn an.

»In deiner Welt ist es offenbar so, dass vor allem Name und Geld zählen, aber in meiner kommt es allein auf Leistung an. Ich hätte die Rolle gerne wegen meines Könnens gekriegt, nicht, weil ich dich zufällig kenne.«

Er sah sie verständnislos an. »Du kannst hier doch all dein Können beweisen, aber dafür muss man erst mal eine Chance bekommen.«

»Aber ich will mir alles selbst erarbeiten!«, bestand sie.

Er hob die Brauen. »Damit bist du aber nicht besonders erfolgreich gewesen, als wir uns das letzte Mal gesehen haben.«

»Das ist Monate her – du hättest dich einfach mal bei mir melden können.«

»So wie du jetzt drauf bist, habe ich nicht den Eindruck, dass es dich besonders gefreut hätte.«

Er wirkte gekränkt, während Helena immer wütender wurde. Die Spannung zwischen ihnen war kaum erträglich, und ihr jäher Wunsch, auf ihn loszugehen, ängstigte sie. Auch Martin hätte sie damals am liebsten geschlagen – und es versäumt. Martin, der das Geld und den Einfluss seiner Eltern immer als selbstverständlich betrachtet hatte. Der auch sie selbst und ihre Beziehung als selbstverständlich betrachtet hatte.

Seit langem hatte sie nicht mehr an ihn gedacht und all seine Versuche, mit ihr Kontakt aufzunehmen, abgeschmettert. Doch nun vermischte sich die vergangene Kränkung mit der höchst aktuellen, und ihre Wut von damals kochte wieder in ihr hoch.

Sie rang nach Worten, doch ehe sie Moritz eine wüste Beschimpfung an den Kopf werfen konnte, beugte sich dieser vor. Er starrte auf den Computerbildschirm und blickte Helena dann fragend an.

»Seit wann interessierst du dich denn für Psychoanalyse?«

Die Sekunden verstrichen, ohne dass sie ein Wort sagte. Am liebsten hätte sie ihm verschwiegen, was sie herausgefunden hatte, aber ihr Ärger kam ihr mit einmal reichlich übertrieben vor, und nachdem er verraucht war, blieb bloß noch das Gefühl zurück, sich blamiert zu haben. Als er seine Frage wiederholte, war sie froh über die Ablenkung.

»Hast du jemals davon gehört, dass Mariettas Schwester Elsbeth Krüger eine der ersten weiblichen Psychoanalytikerinnen Wiens war?«, fragte sie, ohne seine Frage zu beantworten.

Er dachte kurz nach, zuckte dann aber die Schultern. »Ich glaube nicht.«

Sie deutete auf den Bildschirm: »Hier habe ich eine Kurzbiographie über sie gefunden. Nach der Matura 1922 studierte sie in

Wien Medizin und promovierte 1929 zum Doktor der Gesamten Heilkunde. Danach begann sie eine Lehranalyse bei Florian Huber, die sie später am Berliner Psychoanalytischen Institut fortsetzte. Dort wurden viele berühmte Analytiker ausgebildet oder lehrten später dort, zum Beispiel Erich Fromm oder Michael Balint.«

Helena setzte sich an den Computer, ehe sie fortfuhr:»In den dreißiger Jahren entschloss sie sich gemeinsam mit ihrem Mann, einem Halbjuden, zur Emigration. Erst lebten sie in London, dann in Amerika, wo sie einige Jahre in Philadelphia für die Association for Psychoanalysis arbeitete. Sie blieb bis in die sechziger Jahre in den USA, ehe sie nach dem Tod ihres Mannes zurück nach Österreich ging. In Wien hatte sie eine eigene Praxis und diverse Lehraufträge an der Uni.«

Moritz beugte sich über sie.»All die vielen Namen ...«, murmelte er.

Nur zu deutlich spürte sie die Wärme seines Körpers. Sie rückte so weit wie möglich ab und las mit möglichst nüchterner Stimme weiter vor:»Ebenso wie ihr wichtigster Lehrer Max Simmel hat sie sich ja vor allem mit Kriegsneurosen beschäftigt, als dessen ›Erfinder‹ Max Simmel gilt. Mit ihren Studien hatte sie Anteil daran, dass sich die psychoanalytische Theoriebildung über individuelle Krankheitsbilder hinaus auch auf kulturelle Sachverhalte und gesellschaftliche Situationen erstreckte.« Sie brach ab.»Kommt dir das nicht merkwürdig vor?«, fragte sie stirnrunzelnd.

»Wieso? Sie hat zwei Weltkriege erlebt. Da ist es doch naheliegend, dass sie sich mit den psychischen Auswirkungen von Kriegen beschäftigt hat.«

»Das meine ich nicht. Warum hat sie sich ausgerechnet dieser Disziplin zugewandt, obwohl Dr. Huber ihrer Schwester offenbar nicht helfen konnte? Anscheinend hat sie sich ja im Sommer vor ihrem Tod bei diesem in Behandlung begeben – das Traumtagebuch beweist es. Doch dann im Oktober ... hat sie sich entwe-

278

der umgebracht oder wurde von ihrem Mann ermordet. Und im selben Jahr hat Elsbeth sich für das Medizinstudium eingeschrieben.«

»Wie Marietta gestorben ist, ist nur eine Vermutung von uns, keine Gewissheit«, warf er ein.

Nachdenklich starrte Helena auf den Bildschirm. Neben dem Text war ein kleines Schwarzweißfoto von Elsbeth Safransky abgebildet. Es zeigte eine Frau in ihren Fünfzigern, mit einem praktischen, schon ergrauten Kurzhaarschnitt, einem etwas scheuen Lächeln und einem durchdringenden Blick. Sie wirkte wach und aufmerksam, wenn auch nicht unbedingt freundlich.

»Was weißt du eigentlich über diese Elsbeth?«, fragte sie.

Moritz musterte seinerseits das Foto. »Ich bin ihr nie begegnet«, sagte er schnell. »Wenn ich mich recht erinnere, hat sie mit den Ahrensbergs völlig gebrochen. Wahrscheinlich wollte sie nach dem Tod der Schwester nichts mehr mit der Familie zu tun haben.«

»Das heißt, bei euch wurde nie über sie gesprochen? Kannte deine Großmutter sie denn? Oder dein Vater?«

Er richtete sich wieder auf. »Keine Ahnung. Aber ich könnte es herausfinden.« Er machte eine kurze Pause: »Vorausgesetzt, du giftest mich nicht länger an.«

Helena erwiderte sein schiefes Grinsen mit einem finsteren Blick, aber ehe sie etwas sagen konnte, lugte Franziska ins Zimmer.

»Hier steckst du also! Ich suche dich seit Ewigkeiten.«

Helena schloss hastig die Seite mit den Informationen über Elsbeth Safransky. Sie fühlte sich, als wäre sie bei etwas Verbotenem ertappt worden. Doch Franziska interessierte sich weder für ihre Nachforschungen noch für Moritz.

»Felix ist stocksauer, weil du nicht zur Probe zurückgekommen bist. Du weißt ja, wie laut er schreien kann. Er hat ziemlich genervt gemeint, dass du entweder innerhalb von zehn Minuten auf der Bühne erscheinst oder gleich deinen Koffer packen kannst.«

Das habe ich schon getan, hätte Helena am liebsten trocken eingeworfen.

Allerdings – wenn sie nun an den halbgepackten Koffer dachte, war ihr das peinlich. Wie konnte sie sich nur derart von ihrer gekränkten Eitelkeit hinreißen lassen! So entschlossen sie vorhin auch gewesen war, auf der Stelle abzureisen – jetzt erschien es ihr einfach nur leichtsinnig, auf diese Chance zu verzichten.

»Ich will nicht schuld sein, dass du zu spät kommst«, sagte Moritz, »ich melde mich wieder.«

Helena fuhr den Computer herunter und nutzte die paar Sekunden, um ihrer aufgewühlten Gefühle Herr zu werden. Als sie wieder hochblickte, war ihre Miene ausdruckslos. Sie nickte Franziska zu. »Ich komme gleich.«

Die Probe dauerte länger als erwartet. Danach taten Helena sämtliche Glieder weh. Draußen war es schon dunkel, als sie sich hundemüde auf ihr Zimmer begab, und sie war erleichtert, von Moritz nichts mehr zu hören oder zu sehen. Sie wollte weder über ihn nachdenken noch über Mariettas Schwester Elsbeth.

Der geöffnete Koffer auf ihrem Bett schien sie regelrecht auszulachen. Hastig packte sie die Kleidung wieder aus, machte sich aber nicht die Mühe, sie aufzuhängen, sondern warf sie in einem Haufen in den Schrank. Den Koffer schob sie darunter. Sie hatte wirklich überreagiert – von so großer Bedeutung war Moritz nun auch wieder nicht, dass sie seinetwegen ihre Karriere an den Nagel hängte.

Sie wusch sich Gesicht und Hände und rieb sich mit einem feuchten Waschlappen den verschwitzten Körper ab. Es gab nur eine Gemeinschaftsdusche, und sie wollte heute niemandem mehr über den Weg laufen. Rasch schlüpfte sie in ihren Pyjama, und erst als sie im Bett lag, ging ihr auf, dass sie nichts Ordentliches gegessen hatte und ihr Magen knurrte. In der Nachttischschublade fand sie ein Päckchen Mannerschnitten, die sie hastig herunterschlang und die unwillkürlich Erinnerungen an die Tage im Jagdschloss weckten, als sie auch viel zu viel Süßes gegessen hatten.

Danach putzte sie sich ein zweites Mal die Zähne, streckte sich wohlig im Bett aus und war innerhalb weniger Augenblicke eingeschlafen.

Die schmerzenden Muskeln verfolgten sie bis in ihren Traum hinein. Erst lag sie auch dort zusammengerollt unter einer Decke, aber dann erhob sie sich, schlug die Decke zur Seite und begann zu tanzen.

Sie stand auf der gleichen Bühne wie heute, nur dass eine andere Szene vom Musical Elisabeth eingeprobt wurde – der Prolog.

Alle tanzten, während sie die geheimnisvolle Kaiserin besangen, die ihnen zeit ihres Lebens ein Rätsel geblieben war – Kaiser Franz Joseph, Erzherzogin Sophie, die Schwester Nene, Kronprinz Rudolph als Kind und als Erwachsener …

Helena tanzte mit ihnen, war sich aber nicht sicher, welche Rolle sie innehatte. Sie wollte schon den Blick senken und mehr herausfinden, indem sie ihr Kostüm betrachtete, doch in dem Augenblick veränderte sich das Aussehen ihrer Kollegen. Plötzlich tanzte sie nicht länger inmitten der kaiserlichen Familie, sondern der Ahrensbergs. Da waren Heinrich, Konstanze, Salvator, Elsbeth. Und sie sangen nicht über das Leben der Kaiserin, sondern über Marietta.

Versunken ist die alte Welt; verfault das Fleisch,
verblasst der Glanz. Doch wo sich Geist zu Geist gesellt, da
tanzt man noch den Todestanz …
Lust, Leid – Wahnsinn, der uns treibt.
Not, Neid – Pflicht, die uns erdrückt.
Traum, Tran – alles, was uns bleibt:
Wunsch, Wahn, der die Welt verrückt…

Während Helena lauschte, merkte sie, dass sie selbst zu tanzen aufgehört hatte. Aus der Ferne sah sie dem Geschehen zu, steif, untätig, stumm. Besetzte sie keine Rolle in diesem Stück? Oder vielleicht eine, die in dieser Szene nicht vorkam? War sie womöglich selbst Marietta?

Sie war nicht die Einzige, die nicht tanzte. Auch der Tod stand am Rand. Er war ganz in Weiß gekleidet, selbst seine Schuhe waren aus weißem Lack. Blonde Locken fielen ihm über die Schultern, ein Kontrast zu Kaiserin Elisabeths ... Mariettas dunklem Haar.

»Wer bin ich?«, wollte Helena ihn fragen, doch der Tod beachtete sie nicht.

Er begann, eine riesige Glocke anzustoßen, deren wuchtiger Klang ihr durch Mark und Bein ging.

Die Totenglocke ...

Helena wollte die Hände heben, um ihre Ohren zu schützen, doch da erkannte sie, dass jemand an der Glocke hing und sich verzweifelt daran festklammerte, eine schmächtige Gestalt, nein, ein Kind noch – nicht etwa der von seiner Mutter verlassene Kronprinz Rudolph, sondern ... Adam von Ahrensberg.

»Um Himmels willen!«, rief sie. Sie löste sich aus der Starre, stürzte auf die Glocke zu, wollte sie festhalten. Doch immer, wenn Helena knapp davor war, sie zu erwischen, schwang sie in die andere Richtung.

»Es tut mir so leid, dass du sterben musstest«, rief sie.

Adam blickte sie aus leeren Augen an. »Vergib mir! Du musst mir vergeben!«

Sie versuchte nicht länger, die Glocke zu fassen zu bekommen, sondern griff nach ihm. Doch ehe es ihr gelang, ihn herunterzuzerren, ließ er selbst die Glocke los, breitete seine Flügel aus und flatterte davon ...

Helena schreckte hoch. Sie hatte sich im Traum so wild bewegt, dass ihr die Bettdecke weggerutscht war. Ihr war eiskalt, und sie deckte sich schnell wieder zu. Das Zittern verging, doch sie konnte nicht mehr einschlafen. Sie musste daran denken, was Moritz damals im Fieberrausch geschrien hatte. Die gleichen Worte wie Adam.

Du musst mir vergeben!

Bis jetzt hatte Helena meistens auf ihrem Zimmer gefrühstückt und sich mit Hilfe ihres Wasserkochers Kaffee und Müsli zubereitet. Doch heute hatte sie Lust auf Brötchen.

Im Frühstücksraum herrschte bereits hektisches Treiben. Alle Tische waren besetzt, die meisten von Ensemblemitgliedern, der Rest von ein paar Touristen, die es hierher verschlagen hatte. Helena setzte sich an jenen Tisch, wo die meisten Stühle frei waren, bemerkte aber leider zu spät, dass ausgerechnet dort auch Clarissa Platz genommen hatte. Diese ignorierte sie völlig, während sie in ihrer Schale mit aufgeschnittener Melone herumstocherte. Helena blickte mit etwas schlechtem Gewissen auf ihren eigenen vollbeladenen Teller, biss dann aber umso herzhafter in ihr Croissant hinein.

Der Bissen blieb ihr in der Kehle stecken, als die Tür zum Frühstücksraum aufging. Moritz schlenderte durch die Gaststube und wurde prompt von den Blicken ihrer Kolleginnen taxiert. Ein paar wurden rot, andere tuschelten – in jedem Fall schien er ihnen kein Unbekannter zu sein.

Er ignorierte die anderen Frauen, sondern ging direkt auf Helena zu: »Kann ich dich sprechen?«

Als sie zögerte, hob Clarissa ihren Blick. »Nur zu!«, rief sie süffisant. »Wir wechseln uns ab mit der Rolle der ›Flower of the Month‹ in Moritz' Leben. Schau, dass du in dieser Zeit so viele Engagements wie möglich bekommst – dein Glück ist vergänglich.«

Moritz musterte sie finster, sagte aber nichts. Sämtliche Blicke wechselten von ihm zu Helena. Mit hochrotem Kopf warf diese ihr Croissant auf den Teller, erhob sich und zog ihn auf den Gang.

»Wie oft willst du hier noch unangekündigt auftauchen?«, fauchte sie.

»Ist es etwa meine Schuld, dass du wieder mal nicht an dein Handy gegangen bist?«

Sie erinnerte sich vage daran, dass sie es gestern Abend ausgestellt hatte.

»Und deswegen bist du persönlich gekommen, um alle daran zu erinnern, wem ich meine Rolle zu verdanken habe?«

»Nein, ich bin gekommen, weil ich dir unbedingt etwas erzählen muss.« Er machte eine vielsagende Pause. »Du kannst dich noch so abweisend geben. Ich bin mir sicher, dass es dich brennend interessieren wird.«

Die Proben dauerten an diesem Tag nur bis zum Mittag, und gleich danach holte Moritz sie ab. Er fuhr ein anderes Auto als damals in den Bergen, etwas kleiner, aber nicht minder schick und für die Stadt besser geeignet.

Die Fahrt nach Wien dauerte eine gute Stunde, sie passierten erst den Wienerwald und erreichten kurz darauf den 19. Bezirk mit seinen noblen Villen und den vielen Alleen.

Helena blickte interessiert aus dem Fenster. Sie hatte schon öfter geplant, nach Wien zu fahren, aber bis jetzt hatte sie keine Zeit gehabt oder war nach den Proben zu erschöpft gewesen. An den Sehenswürdigkeiten der Innenstadt kamen sie jetzt leider nicht vorbei, und je länger sie unterwegs waren, desto spärlicher gesät waren die prächtigen Gründerzeitvillen. Die Häuserschluchten wurden immer grauer und länger, die wenigen Grünflächen winziger.

Auch die mehrstöckigen Häuser rundum wirkten ziemlich trist.

Die einzelnen Gebäude standen so verschachtelt nebeneinander, dass es kaum Platz zum Parken gab.

»Der sozialistische Wohnungsbau – wie reizvoll!«, rief Moritz seufzend.

»Es hat eben nicht jeder die Möglichkeit, in einem Schloss zu leben. Oder kann es sich leisten, es sogar verfallen zu lassen.«

»Du redest ja doch mit mir.«

Bis jetzt hatte sie sehr einsilbig auf seine Fragen geantwortet, weswegen er bald nach ihrem Aufbruch auf jedes Gespräch verzichtet hatte.

Helena verkniff sich eine patzige Bemerkung. »Hier ist ein freier Parkplatz.«

Wenig später stiegen sie aus und näherten sich dem unübersichtlichen Hauseingang, wo gleich drei Eingangstüren, die mit 5, 5a, 5b beschriftet waren, in ein und dasselbe Gebäude führten.

Moritz schüttelte den Kopf. »Die Architekten haben seinerzeit wohl gedacht, dass es den armen Briefträger ein bisschen herauszufordern gilt.«

Helena las laut die Namen. »Kreutzer, Stadler, Ehgartner ...«

Sie stockte, als sie ein weiteres Namensschild las. Bis jetzt hatte sie kaum glauben können, was Moritz herausgefunden hatte – aber nun stand es da, schwarz auf weiß.

»Wir hätten uns ankündigen sollen«, murmelte sie.

»Womöglich hätte sie uns dann eine Abfuhr erteilt. So aber wird sie uns zumindest aufmachen – vorausgesetzt, sie ist zu Hause. Wobei ich mir nicht vorstellen kann, dass sie noch rüstig genug ist, ihre Wohnung oft zu verlassen.«

Der Name auf dem Schild, dessen Klingel sie jetzt betätigten, war Elsbeth Safransky.

»Kaum zu glauben, dass sie noch lebt«, murmelte Helena. »Sie muss über hundert Jahre alt sein.«

»Vielleicht die weibliche, wienerische Version von Jopi Heesters. Ich denke ja, dass ...«
Ehe er fortfuhr, ertönte erst ein Knacksen, dann ein Rauschen. Helena drückte gegen die Haustür, und prompt öffnete sie sich.

21

1914

Es war schon spät am Abend, aber Elsbeth konnte wieder einmal nicht schlafen. Schon in den letzten Wochen hatte sie sich meist unruhig im Bett gewälzt und vergebens versucht, ihre Gedanken zum Schweigen zu bringen. Genau genommen hatte sie noch nie gut schlafen können, wenn sie den Sommer im Jagdschloss verbrachten. Ihr kleines Zimmer lag direkt unter dem Dach, und die ganze Nacht über vernahm sie das Rauschen der Bäume, das Rufen der Nachtvögel, das Stöhnen des Windes – Laute, an die sie sich nicht gewöhnen konnte. Sie verstand nicht, warum Marietta die Aufenthalte hier so liebte und jeden Tag freiwillig im Wald spazierenging, wo es noch stiller und noch langweiliger war. Schon nach wenigen Tagen begann Elsbeth, sich inständig nach dem Wiener Palais zu sehnen, insbesondere nach der dortigen Bibliothek. Heinrich hatte ihr zuliebe zwar kistenweise Bücher hierherbringen lassen, aber die wurden ihr im Laufe eines Sommers immer zu wenig.

In diesem Jahr hatte sie allerdings kaum Zeit zu lesen, und ihre Unruhe rührte ausnahmsweise nicht von Langeweile, sondern von der Spannung, die in der Luft lag. Der Thronfolger und seine Frau Sophie waren ermordet worden, das Ultimatum an Serbien lief demnächst ab, ständig gingen Gäste ein und aus. Während Marietta in die Wälder flüchtete, belauschte Elsbeth den ganzen Tag über deren Gespräche. Als sie sich zum wiederholten Male vergeblich im Bett umhergewälzt hatte, erhob sie sich, warf sich den Morgenmantel über und schlich nach unten.

Wie erwartet waren die Männer noch wach. Sie redeten nicht nur, sondern rauchten Unmengen von Zigarren und Zigaretten. Die Luft im großen Salon war zum Schneiden dick, und durch die Tür, die Elsbeth eben spaltbreit öffnete, drang grauer Qualm und kitzelte sie in der Nase.

»Der Krieg lässt sich noch vermeiden«, erklärte Heinrich eben, »wenn Serbien nur bereit wäre, die von der k. u. k.-Regierung delegierten Organe an den Ermittlungen teilnehmen zu lassen ...«

»Du tust ja gerade so, als würdest du dir das wünschen!«, rief Salvator empört.

»Soll ich dem Krieg etwa entgegenfiebern? Millionen Menschen werden sterben, wenn es dazu kommt.«

Ein anderer Mann warf ein: »Die Mächte bereiten sich seit langem auf die Kämpfe vor. Über Jahrzehnte haben sie sich aufgerüstet. Der Krieg ist unvermeidlich.«

»Warum? Ist es nicht eine verquere Logik, dass, nur weil es so viele Waffen gibt, diese auch zum Einsatz kommen müssen? Ich sage mir: Gerade weil es so viele Waffen gibt, kommt es besser nicht zum Krieg. Er würde zu einem Flächenbrand ausarten, den niemand mehr kontrollieren kann.«

»Es klingt mir ein wenig nach Heuchelei, wenn ausgerechnet ein Waffenproduzent das sagt.«

»Mag sein, aber Heuchelei ist es auch, wie sehr man sich bei Hofe über Franz-Ferdinands Ermordung empört. Der Kaiser und er standen einander nie besonders nahe. Er wurde von allen verachtet, weil er weit unter seinem Stand die Gräfin Chotek heiratete.«

»Was in der Tat eine Schande fürs Kaiserhaus war!«, rief Salvator.

»Aber du kannst das natürlich verstehen, du, der du selbst ...«

»Jeder wusste um das Risiko, das eine Reise in die Balkanstaaten mit sich brachte«, unterbrach Heinrich ihn rüde.

»Also ist Franz-Ferdinand selbst schuld, dass er erschossen wurde?«

Anstelle einer Antwort hörte Elsbeth Schritte. Heinrich schien nahe der Tür unruhig auf- und abzugehen. Sie duckte sich, denn sie wollte nicht gesehen werden, doch als ihr eine neue Woge Rauch in die Nase stieg, musste sie plötzlich husten.

Heinrich blieb stehen. »Wer ist da?«

Elsbeth rührte sich nicht, aber es war zu spät. Heinrich ging zur Tür und riss sie auf.

»Elsbeth, was machst du denn noch hier?«, fragte er entgeistert.

Das Licht blendete sie, sie brachte kein Wort hervor.

»Du solltest doch längst im Bett sein und schlafen. Machst du ... machst du dir etwa Sorgen?«

Elsbeth musste an früher denken, als Heinrich sie oft selbst ins Bett gebracht hatte. Mittlerweile war sie längt zu groß dafür, doch auch wenn er nun darauf verzichtete – in allen anderen Belangen behandelte er sie immer noch wie ein Kind und merkte nicht, wie sehr sie das kränkte.

Anstatt nach oben zu fliehen, wie es ihre erste Regung war, straffte sie den Rücken und betrat den Wohnraum. Die Männer musterten sie verwundert, aber ehe einer etwas sagen konnte, erklärte sie: »Ich glaube nicht, dass Serbien nachgibt, was die Ermittlungen im Mordfall Franz-Ferdinands anbelangt. Immerhin hat die Regierung bereits alle anderen harten Forderungen des Ultimatums akzeptiert. Jeder weiß, dass man den Stolz eines souveränen Staates nicht überstrapazieren kann, zumal man Serbien doch nur darum so zusetzt, weil alle den Krieg wollen. Auch Deutschland scharrt längst mit den Hufen. Es heißt, es gibt dort genaue Pläne für den Kriegsfall – zuerst will das Heer Richtung Frankreich marschieren, um sich dann später Russland vorzunehmen. Das Problem ist nur, dass es auf dem Weg nach Frankreich Belgien durchqueren muss, und wenn es gewaltsam den Durchmarsch erzwingt, wird Großbritannien nicht länger neutral bleiben.«

Als sie geendet hatte, betrachtete Heinrich sie verwundert. Die anderen Männer hingegen grinsten so väterlich und wohlwollend, als hätte keine junge, wissensdurstige und gebildete Frau zu ihnen gesprochen, sondern ein altkluges Kind, dem man Nachsicht entgegenzubringen hatte. Beinahe freute sich Elsbeth darüber, dass wenigstens Salvator finster blickte und sich empört an Heinrich wendete:»Deine Frau und ihre Schwester haben keine Ahnung, wo ihr Platz ist.«

Heinrich ignorierte ihn und beugte sich zu Elsbeth.»Du hast sehr klug gesprochen, aber du musst nun trotzdem schlafen gehen.«

Elsbeth wollte sich sträuben und noch etwas sagen – diesmal nicht, um ihn zu beeindrucken, sondern um ihm die tiefe Sorgenfalte auf der Stirne zu nehmen. Ob er sie nun ernst nahm oder nicht, ihre Worte hatten ihn nicht beruhigen können.

Ich will doch nicht, dass er sich sorgt, dachte sie bestürzt, ich will, dass er lächelt.

Aber sie ahnte: Hier und heute würde es ihr nicht gelingen, ihn dazu zu bringen. Sie nickte, wandte sich ab und ging schweigend nach oben.

Einige Tage später blieb Elsbeth gar nichts anderes übrig, als doch in den Wald zu gehen. Der Krieg war ausgebrochen, und Konstanzes Hunde waren verschwunden, weil Salvator in die Luft geschossen hatte. Alle begaben sich auf die Suche nach den Kötern.

Als Kind war sie von den Möpsen höchst fasziniert gewesen. Sie hatte ihnen heimlich verschiedene Speisen zu essen gegeben, um herauszufinden, wie deren Verdauung funktionierte, und obwohl Konstanze sich ihr gegenüber meist ebenso distanziert verhielt wie zum Rest der Welt, war sie bereit, mit Elsbeth ausführlich über die Leiden und Freuden der Möpse im Allgemeinen sowie Durchfall, Verstopfung oder Flatulenzen im Besonderen zu sprechen.

Sie dachte wohl, dass Elsbeth die Möpse aufrichtig mochte, und begriff nicht, dass sie für sie lediglich Versuchskaninchen waren. Am liebsten hätte sie selbst alles Mögliche gegessen, um herauszufinden, wie die Verdauungsorgane es aufnahmen, aber nachdem Marietta sie einmal dabei ertappt hatte, wie sie Blumenwasser aus der Vase trank, hatte sie es ihr verboten. Elsbeths Interesse für den Körper und seine Reaktionen hatte das keinen Abbruch getan. Wenn sie sich ihre Knie aufschrammte, studierte sie die Wunde in allen Stadien bis hin zur Vernarbung.

»Du bist ein merkwürdiges Kind«, sagte ihr Hauslehrer oft, um etwas leiser, aber dennoch verständlich hinzuzufügen, dass sich ein Mädchen bestenfalls für Geschichte zu interessieren hatte, nicht für Biologie.

Heinrich hieß das insgeheim wohl auch nicht gut, aber er zog sich gerne in die Bibliothek zurück, genoss ihre Gesellschaft, las ein wenig und ließ danach gedankenverloren den Globus kreisen.

Marietta las nie. Marietta war jetzt auch nicht bei der Suche nach Konstanzes Möpsen dabei, obwohl sie doch so gerne im Wald war. Marietta interessierte sich auch nicht für den Krieg. Und dafür, dass es Heinrich schlecht ging.

Nachdem Agnes, die Köchin, gegen Abend die Hunde endlich gefunden hatte, Heinrich aber dennoch Konstanzes Vorhaltungen anhören musste, war er alleine im Hof stehengeblieben. Elsbeth hatte eigentlich schon nach oben gehen wollen, aber als sie ihn sah, hielt sie inne.

Sein Blick hatte jenen Ausdruck wie in den Stunden, da er den Globus betrachtete und von fremden Ländern sprach. Auch wenn er es nie offen aussprach, ahnte Elsbeth, dass er sie am liebsten selbst bereist hätte. Und dass er am liebsten alles hinter sich lassen würde.

Sie beobachtete ihn, wie er das Haus betrat, hoch zu Mariettas Zimmer ging, es leise betrat, um es bald wieder zu verlassen. Erst danach bemerkte er sie.

»Schläft Marietta schon?«, fragte Elsbeth. »Nach diesem Tag tut ihr die Ruhe gut.«

Es war ein Satz, den Elsbeth schon oft gehört hatte. Marietta musste sich demnach ständig erholen, weil sie immer irgendwie traurig und erschöpft war und einzig der ungestörte Schlaf Abhilfe schaffen konnte.

»Warum tut ihr das gut?«, begehrte Elsbeth heute ungewohnt heftig auf. »Sie war doch früher Tänzerin. Als sie jeden Abend auf der Bühne stand, konnte sie sich auch nicht ständig ausruhen.«

Heinrich wirkte sichtlich indigniert.

Früher hatte Elsbeth ihre Schwester oft gebeten, sie möge ihr doch beibringen zu tanzen, doch Marietta hatte es nie getan. Mittlerweile ahnte Elsbeth, dass sie es auch mit der besten Lehrerin nicht erlernen würde. Ihr Körper war nicht so filigran und geschmeidig wie der der Schwester, und auch ihre Züge waren nicht so fein.

Einer Eingebung folgend, trat sie auf Heinrich zu und schlang ihre Arme um seinen Körper. »Du sagst es nicht, aber du .... du fürchtest den Krieg.«

Er versteifte sich, machte sich aber nicht los. »Er wird mich reich machen.«

So wie er es sagte, klang es wie ein Todesurteil.

Sie widersprach nicht. »Du kannst mit dem Geld auch Gutes tun ... du kannst es für die Armenfürsorge aufwenden. So viele Menschen erfahren hierzulande eine ungenügende medizinische Betreuung. So viele Kinder werden nicht geimpft, obwohl es die Mittel dafür gäbe.«

292

Sie sprach immer eifriger. Nicht nur die Biologie und der menschliche Körper fesselten sie seit jeher, sondern auch die Frage, wie man deren Erkenntnisse für die breite Masse nutzbar machen konnte.

Er hatte ihr gar nicht zugehört. »Wir leben in einer untergehenden Welt. Keiner weiß, was danach kommt.«

»Aber wenn man seinen Verstand gebraucht, nicht an Altem festhält und erfindungsreich ist, dann muss man keine Angst vor Neuem haben.«

Sie wusste, wovon sie sprach. Sie hatte sich nie umgedreht, nachdem sie von Heinrich gerettet wurde, und Hildes Name nie wieder erwähnt. Marietta redete noch oft von Leopold Krüger, ihrem Vater, aber Elsbeth konnte sich nicht an ihn erinnern.

Heinrich hob die Hand und zog ihr ein Ästchen aus dem Haar, das sich während der Suche im Unterholz dort verfangen hatte.

»Du solltest jetzt auch schlafen.«

»Falls du Sorgen hast, kannst du immer mit mir sprechen.«

Elsbeth löste sich von ihm und nahm beglückt wahr, wie sich Heinrichs Mund zu einem Lächeln verzog, zwar schmerzlich, aber immerhin nicht mehr ganz so bedrückt.

Anstatt zu Bett zu gehen, wollte sie noch frische Luft schnappen. Doch auf dem Weg nach draußen vernahm sie ein Klirren aus dem Wohnraum. Sie folgte ihm und sah, dass Salvator dort unruhig auf und ab ging. Fiebrige Aufregung hatte ihn erfasst, als er vorhin in die Luft geschossen hatte, und nun glänzten seine Augen immer noch. Doch er war nicht länger nur trunken vom Krieg, sondern vom Whisky, den er förmlich in sich hineinschüttete.

Es war nicht zum ersten Mal, dass Elsbeth ihn betrunken erlebte, und ihre Verachtung wuchs, als er mit lallender Stimme fragte, wer da sei.

Sie unterdrückte die Regung zu fliehen und trat ins Licht. Obwohl sie seit Jahren unter demselben Dach lebten, hatten sie kaum je ein Wort gewechselt. Misstrauisch starrte er sie an. »Bist du wieder mal heimlich am Lauschen?«, blaffte er sie an. »Warum sollte ich? Es ist doch niemand da, mit dem du sprichst. Und außerdem weiß die ganze Welt, dass es Krieg gibt. Es ist nichts, was nur die Männer angeht.« Er trat wankend auf sie zu. »Trag dein Näschen nicht zu hoch, Fräulein«, zischte er. »Wer glaubst du eigentlich, wer du bist?« Sie ließ sich ihr Unbehagen nicht anmerken. »Die Schwägerin deines Bruders«, erklärte sie stolz.

Salvator lachte auf. »Heinrich hatte immer schon eine Schwäche für billige Frauenzimmer. Sonst hätte er sich nie dazu herabgelassen, eine Balletteuse zu heiraten.«

Elsbeth roch seinen säuerlichen Atem, aber wich nicht zurück.

»So, so«, sagte sie gedehnt. »Aber ist es denn in dieser Familie wirklich nur Heinrich, der diese Schwäche hat?«

»Was willst du damit sagen?«

Elsbeth ahnte, dass es besser wäre zu schweigen und weiterhin das Geheimnis zu hüten, das sie all die Jahre im Herzen getragen hatte. Doch sie konnte nicht vernünftig sein. Eine Wut stieg in ihr auf, von der sie nicht recht wusste, wem sie galt. Marietta im Bett, die ständig Ruhe brauchte, ob Heinrich im Flur, der sie noch für ein Kind hielt, sich selbst, weil sie Menschen, die sie am meisten liebte, oft nicht verstand. Salvator war ein gutes Ziel, auf den sie den Ärger richten konnte.

»Ich weiß es«, sagte sie knapp.

Sie wandte sich zum Gehen, doch Salvator hastete ihr nach und packte sie am Arm.

»Was weißt du?«, schrie er.

Elsbeth maß ihn mit einem kalten Blick und riss sich von ihm los. Der Geruch nach Alkohol, den er verströmte, war ihr auf unangenehme Weise vertraut. Hilde hatte auch immer so gestunken und sie mit ähnlich glasigen Augen angesehen. Sie wusste nicht, was aus ihr geworden war, aber hoffte plötzlich, sie hätte sich zu Tode gesoffen.

»Du hast seinerzeit um Marietta geworben ...«, sagte sie leise. »Du wolltest sie zu deiner Geliebten machen, doch sie hat dich zurückgewiesen. Als Heinrich bereits um sie buhlte, bist du ihr zu unserem Mietshaus gefolgt, um sie zur Rede zu stellen. Sie hat dir ins Gesicht gespuckt – woraufhin du dich gerächt hast. Sie hat mir einmal erzählt, dass zwei Burschen sie überfallen haben, und ich bin mir sicher, dass du es warst, der sie auf sie gehetzt hat. An diesem Tag hat er ihr seinen Antrag gemacht. Wer weiß, ob er sie geheiratet hätte, wenn er sich nicht plötzlich verpflichtet gefühlt hätte, ihr Beschützer zu sein. Und wer weiß, ob sie den Antrag angenommen hätte, wenn sie in dem Augenblick nicht so verletzlich gewesen wäre. Am Ende bist du selbst daran schuld, dass er sie geheiratet hat.«

Salvator war mit jedem Wort, das sie ihm an den Kopf warf, blasser geworden. Eine dünne Schweißschicht bedeckte seine Stirn.

»Du wagst es ...«

Wieder versuchte er, Elsbeth zu packen, doch diesmal wich sie ihm aus. Ihre ganze Kindheit über hatte sie gelernt, Betrunkenen auszuweichen.

»Fass mich nicht an!«, schrie sie, um leiser und bedrohlicher hinzuzufügen: »Du willst doch nicht, dass Heinrich von deinem und Mariettas Geheimnis erfährt, oder?«

Trotz allem Ärger spiegelte sich auch Furcht in seiner Miene. Heinrich könnte sich von ihm lossagen, und das würde bedeuten, dass er ihm seine jährliche Apanage entzog.

Elsbeth lächelte triumphierend und fühlte sich deutlich besser.

Es war für sie immer faszinierend gewesen, sich mit Naturwis-

295

senschaften zu beschäftigen und alles über den menschlichen Körper zu lernen. Aber als noch hilfreicher erwies sich, wenn man sich nicht nur den Organen widmete, sondern in die Abgründe der Seele blickte, den Unrat einsammelte, der dort wucherte, und zu seinen eigenen Gunsten nutzte.

22

Das Treppenhaus war düster. Wände und Böden waren von einem dunklen Grau, und durch die schmalen Fenster, die offenbar seit Ewigkeiten nicht mehr geputzt worden waren, drang kaum Licht. Auf dem Fensterbrett lagen Unmengen toter Fliegen. Als Moritz und Helena den zweiten Stock erreichten, stand die Wohnungstür weit offen. Eine Frau hielt die Klinke in der Hand und lugte hinter dem Türrahmen hervor, als wollte sie so wenig wie möglich von sich zeigen.

Helena schätzte sie um die vierzig. Ihre Gesichtszüge waren sehr fein, aber wirkten verkniffen und freudlos. Wahrscheinlich hatte sie schon so lange keine Komplimente mehr bekommen, dass sie vergessen hatte, eine schöne Frau zu sein. Die Haaren waren mit zwei Schildpattkämmen zurückgesteckt, und am Morgen hatte die Frisur wohl noch gesessen. Doch im Laufe des Tages hatten sich immer mehr Strähnen aus der Frisur gelöst, die sie nur nachlässig hinters Ohr klemmte, anstatt die Kämme neu festzumachen. Eine Brille baumelte, von einem silbernen Band gehalten, vor ihrer Brust.

»Ja bitte?«, fragte sie misstrauisch.

»Moritz Ahrensberg – und Helena Schneider.«

Die Frau setzte die Brille auf und musterte sie. Helena kam der Verdacht, dass sie auch ohne Brille genug erkannt hatte, aber diese Zeit nutzte, um sich zu fassen.

»Entschuldigen Sie, dass wir so unangekündigt hereinschneien«, setzte sie behutsam an. »Aber wir würden gerne mit Elsbeth Safransky sprechen – sie lebt doch hier, nicht wahr?«

Die Frau starrte sie wortlos an.

Moritz wartete nicht länger und trat einfach über die Schwelle. Immerhin setzte er sein charmantestes Lächeln auf. »Wir wollen Sie nicht einfach überfallen, aber meine Verlobte und ich werden bald heiraten, und sie ist sehr interessiert an unserer Familiengeschichte. Vielleicht wissen Sie, dass Elsbeth die Schwägerin eines meiner Vorfahren ist. Heinrich von Ahrensberg. Auf diese Weise sind auch wir so etwas wie ... verwandt.«

Helena hätte ihm am liebsten den Ellbogen in die Seite gestoßen, als er die Verlobung erwähnte, wobei sie ihm insgeheim zugestehen musste, dass das gar kein so schlechter Einfall war. An der Frau schien jedoch alles abzuprallen. Weiterhin schweigend starrte sie sie an.

»Sie sind wahrscheinlich Ihre Enkeltochter?«

Die Mundwinkel verzogen sich leicht – es war nicht sicher, ob zu einem Lächeln oder dem Ausdruck von Verachtung. »Marlies Safransky«, stellte sie sich knapp vor, um sich nach einer Pause einen Ruck zu geben und hinzuzufügen: »Ich pflege meine Großmutter seit vielen Jahren.«

Sie klang halb stolz, halb verbittert. Die Mundwinkel zuckten wieder, und diesmal wirkte es etwas verzweifelt.

»Wir würden sie so gerne sprechen ...«, bat Helena, »sie ist doch eine Berühmtheit. Ich meine ... sie war immerhin eine der ersten Psychoanalytikerinnen Wiens.«

Das Misstrauen im Gesicht der Frau schwand. Marlies Safransky wirkte plötzlich müde, unendlich müde – ganz offensichtlich hatte sie Lobeshymnen wie diese nicht zum ersten Mal gehört, und Helena ahnte, dass sie stets im Schatten der Großmutter gestanden hatte.

»Ich glaube nicht, dass sie Sie sehen will«, begann sie gedehnt. »Ahrensberg – das ist ein Name, den man in Elsbeths Gegenwart nie erwähnen durfte.«

»Aber Sie könnten sie zumindest fragen?«

Marlies zuckte die Schultern. »Sie wissen doch sicher, wie alt sie ist. Die Momente, da sie bei klarem Verstand ist, sind sehr selten – die meiste Zeit über dämmert sie nur vor sich hin.« Sie fuhr sich nervös mit der Zunge über die Lippen. »Sie mag zwar früher sehr erfolgreich gewesen sein, lebt aber nun schon seit Jahrzehnten völlig zurückgezogen. Sie hat das Bett kaum mehr verlassen, geschweige denn die Wohnung. Im Rollstuhl zu fahren hat sie sich immer geweigert.«

Es klang nun fast ein wenig triumphierend, als geschähe es der alten Dame nur recht, wenn sie wegen ihres Trotzes und ihrer Sturheit das letzte bisschen Freiheit verloren hatte.

»Aber ich kann es versuchen«, fügte sie schließlich hinzu.

Sie bat die beiden nicht herein, aber als auch Helena hinter Moritz über die Schwelle trat, wies sie sie nicht zurück.

Wenig später standen sie allein in der Diele und nutzten die Gelegenheit, sich umzusehen. Mehrere Perserteppiche lagen teilweise übereinanderlappend auf dem Boden; die Möbel sahen alt und teuer aus, waren aber viel zu groß für den schmalen, langgezogenen Raum. Vielleicht hatte Marlies hier einst allein gelebt, und das Mobiliar stammte aus der wohl größeren und prächtigeren Wohnung der Großmutter.

»Na siehst du«, meinte Moritz. »Erste Hürde genommen. Mein Name kann doch ganz nützlich sein.«

»Von wegen! Elsbeth scheint keine hohe Meinung von euch Ahrensbergs zu haben. Vielleicht weiß sie, dass Heinrich ihre Schwester und den Neffen ermordet hat.«

Er zwinkerte ihr zu. »Hoffentlich rächt sie sich dann nicht an mir.«

»Nun sei nicht so geschmacklos!«

»Habe ich in deinen Augen eigentlich auch irgend eine gute Eigenschaft?«, fragte er spöttisch.

»Mir fällt keine ein«, gab sie zurück.

»Und dennoch hast du mich damals im Winter immerhin geküsst.«

Röte schoss Helena ins Gesicht, aber ehe sie etwas entgegnen konnte, kam Marlies zurück in die Diele. Sie wirkte erstaunt. »Sie ist gerade wach geworden, und sie will Sie tatsächlich sehen. Aber regen Sie sie bloß nicht auf.«

Die alte Dame lag auf einer Schlafcouch im Kabinett, wie Marlies den Raum bezeichnet hatte. Wie die Diele war er viel zu klein, um die vielen Möbel zu beherbergen: einen Esstisch, mehrere samtbezogene Stühle und raumhohe Glasvitrinen. Der Boden knarzte bei jedem Schritt, die Vitrinen vibrierten, und die vielen Gläser schlugen aneinander. Unwillkürlich spannte Helena ihren Körper an. Sie hatte das Gefühl, dass eine unbedachte Bewegung ausreichte, um sämtliches Geschirr zu zerschlagen.

Die dicken, altrosafarbenen Vorhänge waren zugezogen; einzig ein kleines Lämpchen, das auf einer der vielen kleinen Kommoden und Tischchen stand, spendete diffuses Licht.

Es war heiß und stickig, doch trotz der Hitze lag die alte Frau unter einer Unmenge von Decken vergraben. Sie wirkte, winzig klein, wie sie war, wie ein Vögelchen in einem übergroßen Nest. Auch wenn sie ihren Körper nicht sehen konnte, war Helena überzeugt, dass dieser dürr und abgemagert war. Der Kopf wurde von einem dünnen Flaum bedeckt, durch den die Haut mit ihren vielen Altersflecken schimmerte. Ihr Gesicht war von Kerben und Falten übersät, ihre Lippen schmal. Nur der Blick wirkte so wach wie der einer jungen Frau und erinnerte an das Foto, das Helena von ihr gesehen hatte. Dieser Blick blieb nur kurz an Helena hängen und wanderte dann sofort zu Moritz.

»Sie sehen ihm überhaupt nicht ähnlich … Gott sei Dank«, stieß die Frau heiser aus.

Offenbar erlebte Elsbeth eine der seltenen wachen Minuten und hatte genau verstanden, welchen Gast Marlies da angekündigt hatte.

Helena war an der Schwelle verharrt und wollte der alten Frau Zeit geben, sich zu fassen, aber Moritz ging schnurstracks auf sie zu, setzte sich aufs Bett und ergriff ihre Hand, ein Verhalten, das Helena ebenso dreist wie aufdringlich empfand, das Elsbeth aber nicht zu stören schien.

»Ich bin mit Heinrich von Ahrensberg nur sehr entfernt verwandt«, erklärte Moritz. »Er war der Cousin meines Großvaters Valentin.«

Elsbeths Augen weiteten sich, und sie öffnete die bebenden Lippen. Anstelle von Worten kam nur ein trockenes Husten heraus.

»Ich hole dir Wasser«, verkündete Marlies und verließ den Raum. Stille folgte. Gedämpft hörten sie das Rauschen einer Wasserleitung, dann, um einiges lauter, das Läuten des Telefons. Die Wasserleitung verstummte, Marlies nahm den Anruf entgegen.

Zögernd trat Helena ans Bett. Sie wusste nicht recht, was sie sagen sollte, und erklärte schließlich schlicht: »Wir ... wir sind wegen Marietta hier.«

Der Blick der alten Frau schien erst verwirrt, dann ängstlich.

»Marietta ...«

Ihre Lippen formten tonlos den Namen.

Moritz drückte ihre Hand. »Wir ahnen, was damals passiert ist«, sagte er leise. »Wir denken, dass ...«

Elsbeth entzog ihm die Hand und begann, den Kopf zu schütteln. »Niemand ... niemand darf das wissen. Es ist ... es muss doch ein Geheimnis bleiben.«

Ihr ganzer Körper begann zu zittern, die Zähne klapperten aufeinander, die Augen zwinkerten hektisch. Erschrocken über diese Reaktion sprang Moritz auf, während nun Helena zu der alten Frau eilte.

»Beruhigen Sie sich! Beruhigen Sie sich doch!«
Erst scheute sie sich, den alten Körper zu berühren, doch dann begann sie, vorsichtig über die Schultern zu streicheln. Nach einigen Minuten ließ das Beben nach. Die Augen der alten Frau schlossen sich, und trotz ihrer eben noch so großen Erregung schlief sie ein.

Helena blieb am Bett sitzen. Sie fühlte sich zunehmend hilflos – und völlig fehl am Platz. Immer noch war Marlies' gedämpfte Stimme zu vernehmen, wie sie telefonierte.

Moritz schien ihre Bedenken nicht zu teilen. »Worauf wartest du denn noch?«, fragte er. »Dass sie eingeschlafen ist, können wir uns zunutze machen!«

Prompt begann er, einige Laden der Kommoden aufzuziehen und darin zu stöbern.

Helena sprang auf: »Bist du verrückt geworden?«

Moritz blickte nicht einmal hoch. »Alte Menschen schmeißen bekanntlich nichts weg, das könnte unser Glück sein.«

»Du meinst ...«

»Vielleicht finden wir etwas.«

»Aber das ... das steht uns nicht zu.«

»Ach, komm schon, du platzt ja selbst vor Neugierde.«

»Das ändert nichts daran, dass es schrecklich anmaßend ist.«

»Ja, ja, meinetwegen nehme ich es auf meine Kappe. Die typische Arroganz des Adels eben.«

Mittlerweile durchforschte er die fünfte Schublade. In einer hatte er alte Tischdecken und -läufer gefunden, in einer anderen diverse Mappen und Zeitschriften. Schließlich stieß er auf eine Schachtel mit Schwarzweißfotos.

»Ist sicher was Interessantes dabei«, murmelte er, »aber es würde zu lange dauern, das alles anzuschauen.«

Er wandte sich dem Schreibtisch zu, dessen Platte unter einem

Stoß alter Manuskripte und weiterer Mappen versank. Moritz öffnete ein paar und überflog den Inhalt. »Scheinen Vorlesungen zu sein, die sie an der Universität gehalten hat«, erklärte er. »Hier geht's offenbar um den Beginn der Traumaforschung.«

Er begann laut vorzulesen: »*Im Zweiten Weltkrieg beschäftigten sich Militärpsychiater systematisch mit Stressreaktionen der Soldaten. Ihr Ziel war es nicht zuletzt, die Betroffenen von Stigmatisierungen zu befreien. Wenn die Erkrankten wieder einsatzfähig werden sollten, mussten sie erfolgreich behandelt werden – und eine Voraussetzung dafür war, dass man den Zusammenhang zwischen traumatisierenden Erlebnissen und psychiatrischen Erkrankungen zugab.*«

Helena erinnerte sich vage daran, dass Elsbeth sich auf dieses Gebiet spezialisiert hatte.

Moritz legte die Mappe wieder ab und öffnete das nächste Schreibtischfach. Während er den Inhalt durchwühlte, lauschte Helena. Elsbeth atmete gleichmäßig, ihr Gesicht wirkte entspannt; Marlies schien diverse Fragen nach ihrem Befinden zu beantworten.

»Heureka!«, rief Moritz plötzlich.

»Nicht so laut!«

»Aber sieh doch mal!«

Helena ging zu ihm und schaute über seine Schultern. Die Mappe, die er in den Händen hielt, war dünner als die anderen und die Zettel darin mit einer alten, mechanischen Schreibmaschine beschrieben worden. Das »e« stand immer etwas höher als die anderen Buchstaben. Auf den ersten Seiten war die Druckerschwärze etwas verwischt; dann wurden die Wörter immer blasser.

Moritz blätterte zurück zum Deckblatt, und Helenas Blick blieb am Namen in der Überschrift hängen.

Gesprächsprotokolle von psychoanalytischen Sitzungen auf der Basis von stenographischen Mitschriften nach den Sitzungen. Im Folgenden wird Dr. Florian Huber mit F. H. abgekürzt und die Patientin mit A.

»Mein Gott!«, stieß Helena aus. »Das ist ... das könnte ...«
»Wir wissen nicht mit Sicherheit, ob es sich bei der Patientin um Marietta handelt«, gab Moritz zu bedenken.
»Aber wenn doch ... dann sind diese Schriften in den Monaten vor ihrem Tod entstanden.«

5. Sitzung

A: »Gestern war ich im Wald spazieren. Nachts schlief ich sehr unruhig. Ich stand zweimal auf, um Wasser zu trinken. Habe das letzte Mal um acht Uhr etwas gegessen, ziemlich süße Speisen. Danach viele Träume, in denen es wieder um Vögel aller Art ging.«
F. H. fordert zur freien Assoziation auf.
A. assoziiert: »Eigentlich sind Vögel etwas Schönes, aber die Rolle, die sie in meinen Träumen spielen, verheißen Unangenehmes bis Quälendes. Die Vögel verspotten mich, töten mich, werden schmutzig. Ich bin mir nicht sicher, ob sie das freiwillig tun. Der Adler, der auf mich herabschießt, hat mich vielleicht gar nicht als Beute auserkoren, sondern wird vielmehr von der Schwerkraft bezwungen.«
F. H.: »Wie kommen Sie darauf?«
A: »Wenn ich jetzt an den Adler denke, fällt mir ein, dass es kaum ein Tier gibt, das so frei ist wie er. Erhaben zieht er seine Kreise am Himmel. Doch als er auf mich herabschießt, überwiegt seine Gier nach Beute die Sehnsucht nach Freiheit.«
F. H.: »Sie glauben, dass die Vögel für Freiheit stehen?«
A: »Vielleicht auch für Unschuld. Dieser Schwan, der im Tümpel untergeht ...«

304

Pause.

F. H. teilt seine Meinung über den Zusammenhang zwischen den Symptomen der Patientin und den Träumen mit. Dass der Schwan schmutzig wird, hat in seinen Augen nicht unbedingt etwas mit Schuld zu tun. Eher mit der Angst vor Armut, vor Dreck.

A: Weitere Assoziationen. Danach kommt eine Pause, in der ihr nichts mehr einfällt. Das kommt öfter während der Analysestunden vor.

A: »Ich habe Angst, nicht das Richtige zu sagen und die Bedeutung der Träume nicht zu erkennen.«

F. H.: »Wenn man verzweifelt nach etwas sucht, wird man es erst recht nicht finden.«

A: »Mir geht es wie dem Schwan. Er will den Boden des Tümpels erkennen, auf dem er schwimmt, aber dort ist alles dunkel.«

F. H. macht die Bemerkung, dass das Unbewusste ein dunkler Kontinent ist und die Analyse der Arbeit eines Künstlers gleicht, der sich über verschiedene Entwürfe zum Endentwurf durcharbeitet.

A: »Das Grundgefühl in meinen Träumen ist Angst. Ich will immer fliehen, aber ich kann es nicht.«

F. H.: »Das verrät aber doch das Wichtigste.«

A: »Liegt es daran, dass ich so träge bin? Dass ich die meiste Zeit im Bett liege?«

F. H.: »Sie dürfen nicht vergessen: Im Traum wird ein Inhalt oft verkehrt.«

A: »Das heißt, ich bin nicht träge … sondern habe vielleicht zu viel getan.«

Während sie sich in den Text vertieften, spürte Helena plötzlich einen Blick auf sich ruhen. Sie dachte schon, Marlies wäre zurückgekommen, aber als sie herumfuhr, sah sie, dass Elsbeth erwacht war. Sie kämpfte darum, sich aufzusetzen, und obwohl ihr das nicht gelang, hob sie immer wieder ihren Kopf.

305

Ihr Blick war nicht länger verzweifelt oder traurig oder ängstlich, sondern nur leer und irgendwie verschlagen. Sie schien sofort erkannt zu haben, in welche Schriften sich Moritz und Helena vertieft hatten.

»Florian Huber …«, flüsterte sie. »Marietta hat sich bei ihm in Behandlung begeben, nicht wahr?«

»Er konnte ihr nicht helfen – niemand konnte das …«

Helena trat zu ihr. Erneut überkam sie die Scheu, den alten, mageren Körper zu berühren. Außerdem hätte sie die Frau lieber geschont, anstatt ihr mit Fragen zuzusetzen, aber sie ahnte, dass ihnen nicht mehr viel Zeit blieb: »Den Traum vom Adler, der auf sie herabschießt, haben wir bereits in Mariettas Tagebuch nachgelesen. Wir haben es im Jagdschloss gefunden, aber wir wussten damals noch nicht, dass das Tagebuch Teil ihrer Psychoanalyse war.«

Elsbeths Mundwinkel zuckten – ob es von einem hochsteigenden Lachen oder Schluchzen rührte, war nicht klar.

»Und wir haben alte Briefe gefunden«, fuhr Helena fort. »Wir wissen … ahnen zumindest, was Marietta gequält hat. Sie war unglücklich verliebt – in Gabriel. Er … er war wohl auch Adams Vater.« Helena atmete tief durch, ehe sie fortfuhr: »Diese verbotene Liebe hat sie schrecklich unglücklich, ja depressiv gemacht, und darum musste sie auch sterben, nicht wahr? Weil sie Heinrich betrogen und ihm ein Kuckuckskind untergeschoben hat. Sie hat sich nicht selbst getötet – er hat sie umgebracht.«

Zunächst erklang nur ihr rasselnder Atem. Dann begann Elsbeth wieder zu beben. Helena dachte schon bestürzt, dass sie vom Entsetzen überwältigt wurde, doch stattdessen erklang ein kreischender Ton. Wieder war nicht eindeutig, ob es eher ein Schluchzen oder Lachen war. »Sie denken, Heinrich hat Marietta getötet?«, rief Elsbeth heiser.

306

Nun war es eindeutig ein Lachen – sie lachte solange, bis ihr Tränen in ihre Augen traten.

»Warum ist das so abwegig?«, fragte Helena. »Heinrich hatte doch ein klares Motiv!«

Das Lachen verstummte. Der Kopf fiel schwer zurück aufs Kissen. »Er hat sie geliebt«, murmelte Elsbeth. »Viele Menschen töten aus Liebe«, schaltete sich Moritz ein. Elsbeth schüttelte den Kopf. »Aber doch nicht Heinrich.«

»Wusste er denn nichts von der Affäre seiner Frau mit Gabriel?«

»Aber natürlich!«

»Und er hat es einfach hingenommen?«, fragte Helena. »Hat ihn denn nicht allein die Vorstellung verrückt gemacht, dass Marietta einen anderen Mann mehr geliebt hat als ihn?«

Elsbeth versuchte erneut, den Kopf zu heben. Vor Anstrengung wurden ihre Augen ganz schmal und die Lippen fast weiß.

»Wie kommen Sie nur darauf, dass Marietta Gabriel geliebt hat?«

»Aber daher rührten doch ihre Schuldgefühle! Und deswegen fühlte sie sich auch so bedroht! Ihr Tagebuch legt davon ebenso Zeugnis ab wie diese Gesprächsprotokolle. Sie musste jahrelang ein Geheimnis mit sich herumtragen und ertrug das nur schwer.«

Die Augen schlossen sich fast zur Gänze, aber als Helena schon Angst hatte, Elsbeth würde erneut einschlafen, murmelte sie plötzlich: »Sie glauben also, dass Sie Mariettas Geheimnis kennen ...«

»Als wir das Tagebuch entdeckten, konnten wir uns zunächst keinen Reim darauf machen. Aber nachdem wir besagte Liebesbriefe gefunden haben ...«

Ein zweites Mal fiel ihr Elsbeth ins Wort: »Marietta hat zu Gabriels Klavierspiel getanzt, das stimmt. Sie hat seine Musik geliebt, sie hat sich in seiner Bewunderung gesonnt, sie hat sich von ihm verstanden gefühlt, weil er ihren Weltschmerz teilte. Im Krieg war alles traurig und grau – und für kurze Zeit war er ihr Licht. Aber

Liebe ist ein so großes Wort ... Ich glaube nicht, dass Marietta jemals einen Mann geliebt hat.«

»Aber was war dann ihr Geheimnis, das sie verbergen wollte?«, rief Helena aufgeregt. »Und warum ... warum mussten sie und Adam sterben?«

Elsbeths gefurchte Haut wurde plötzlich ganz blass. Mehrmals öffnete sie die schmalen Lippen und wollte etwas sagen, doch heraus kam nur ein Rasseln. Sie riss ihre Augen weit auf, während sie um ihre Sprache rang; Adern traten hervor, und ihre Züge waren so angespannt, dass ihre Falten sich ein wenig glätteten und Helena einen Eindruck davon bekam, wie sie als junge Frau ausgesehen hatte. Eine klassische Schönheit war sie wohl nie gewesen, aber voller Energie und Kampfgeist.

»Marietta ...« Ihre Lippen formten nur den Namen.

»Ja?«, fragten Moritz und Helena wie aus einem Mund.

»Himmel, Großmutter! Du darfst dich nicht aufregen!«

Die Stimme klang schrill. Nicht nur Helena und Moritz zuckten zusammen, als sie Marlies auf der Türschwelle stehen sahen, sondern auch Elsbeth. Ihre Augen schlossen sich wieder, schienen in tiefen Höhlen zu versinken. Mit letzter Kraft zog sie die Decke übers Kinn, als gelte es, sich vor der Enkeltochter zu schützen. Sie wirkte kein bisschen kraftvoll mehr, sondern eher, als würde jedes Leben aus ihr schwinden.

Die beiden rauben sich ja gegenseitig sämtliche Energie, dachte Helena.

Marlies eilte zum Bett ihrer Großmutter und stellte das Wasserglas und eine blaue Tablette auf dem Nachttisch ab. »Du brauchst jetzt deine Ruhe!«, erklärte sie streng.

Elsbeth protestierte nicht. Mit ihrer zitternden Hand griff sie nach der Tablette und schluckte sie. Vom Wasser nahm sie nichts, und Marlies machte keine Anstalten, ihr das Glas zu reichen. Innerhalb weniger Minuten war Elsbeth wieder eingeschlafen.

Erst jetzt wandte sich Marlies an Moritz und Helena.
»Besser Sie gehen jetzt.« Ihre Stimme klang eisig.

Helena wollte protestieren, doch Moritz gab sich kleinlaut: Er nickte und lächelte Marlies entschuldigend an, ehe er Helena auf den Flur zog.

»Aber …«, setzte sie an.

Er beugte sich an ihr Ohr. »Es gibt sicher noch mehr zu finden. Ich versuche die junge Safransky abzulenken – in der Zwischenzeit siehst du noch mal im Kabinett nach. Schau dir doch noch mal die Sitzungsprotokolle an.«

Wenig später folgte Marlies ihnen in die Diele. »Sie sind ja immer noch hier.«

Helena setzte jenes charmante Lächeln auf, das ansonsten Moritz vorbehalten war: »Es tut mir sehr leid, wenn wir Ihrer Großmutter zu nahegetreten sind. Wir wollen Sie auch keinesfalls noch länger belästigen. Nur – könnte ich mal Ihre Toilette benutzen? Es ist wirklich dringend.«

Marlies wich ihrem Blick aus, nickte aber unwillig und deutete auf eine Tür. Das Fenster des kleinen Bads, das sich dahinter befand, war sperrangelweit geöffnet, und der Raum darum eisig kalt. Helena stellte den Wasserhahn an, schlich an die Tür und lauschte.

Moritz hatte es irgendwie geschafft, Marlies in ein Gespräch zu verwickeln und sie außerdem in die Küche gelotst. Gedämpft ließen sich die Stimmen vernehmen. Offenbar sprach er mit Marlies über Elsbeths Gesundheitszustand, und diese klagte ihr Leid: »Ich frage mich oft, warum ich mir das antue. Sie war keine liebevolle Großmutter … und auch keine sonderlich gute Mutter … mein Vater hat sie zwar bewundert, als wäre sie eine Königin … und es stimmt ja auch, irgendwie war sie immer so … hoheitsvoll. Aber mir kam sie eher vor wie die Königin der Nacht. Sie hatte kein

Herz, nur diesen messerscharfen Verstand. Und meine Schwester und ich – wir sind nunmal keine Genies wie sie. Sie hat ihre Verachtung zwar zu verbergen versucht, aber dass wir eine Enttäuschung für sie waren, war immer klar. Unserem Großvater war es egal, wie gut wir in der Schule waren – er hat uns immer Geschichten erzählt. Leider ist er sehr früh gestorben.«

Sie seufzte – ein deutliches Zeichen, was sie dachte: dass der falsche Großelternteil zuerst gegangen war.

Wie war es Moritz bloß gelungen, sie zu so viel Vertraulichkeit zu bewegen?

Aber es klang nicht einmal geheuchelt, sonderlich ehrlich respektvoll, als er sagte:»Es ist bewundernswert, dass Sie sie immer noch betreuen.«

»Na ja«, gab Marlies knapp zurück.»Es ist ja sonst niemand da. Mein Vater war Elsbeths einziger Sohn, und er ist schon lange tot. Meine Schwester wiederum hat drei Kinder – und ich nicht. Da war die Sache klar … denn für eine Fremdbetreuung war leider kein Geld da.«

»Ihre Großmutter hat als berühmte Psychoanalytikerin doch sicher gut verdient!«

»Das hat sie ja auch. Aber in den vielen Jahren in Amerika hat sie in keine Rentenkasse eingezahlt, so dass ihre Pension sehr gering ausfällt. Und das Ersparte war irgendwann aufgebraucht – sie hat einfach nicht damit gerechnet, so alt zu werden.«

Die Stimme klang etwas schadenfroh: Es schien sie zu amüsieren, dass die rationale, kluge Großmutter sich auch einmal geirrt hatte.

»Nun«, fügte Marlies befriedigt hinzu,»wenigstens gibt es vom Staat einen ordentlichen Pflegezuschuss.«

Offenbar lebte sie davon, und das, nicht etwa familiäre Bande hatte sie wohl dazu veranlasst, die Großmutter bei sich aufzunehmen.

Helena huschte auf Zehenspitzen zurück ins Kabinett. Elsbeths
Decke war verrutscht und gab den Blick auf eine magere Brust frei.
Ihr Atem rasselte wieder, aber sie schlief tief und fest.

Helena zögerte kurz, wurde dann aber doch von der Neugierde
gepackt. Wie vorhin Moritz begann sie systematisch den Schreibtisch zu durchstöbern und überflog diverse Zettel, Bücher, Notiz-
hefte. Das meiste waren wissenschaftliche Abhandlungen oder
Bemerkungen über den Alltag ohne jede Bedeutung. Eigentlich
wäre es klüger gewesen, sich – wie von Moritz vorgeschlagen – in
die Gesprächsprotokolle von Florian Huber zu vertiefen. Aber woher jene Ahnung auch stammte, Helena hatte das Gefühl, dass es
noch etwas Wichtigeres zu entdecken galt. Als sie schon aufgeben
wollte, stieß sie auf eine schmale Lade direkt unter der Tischplatte. Sie ruckelte, als sie sie aufzog, und der Inhalt fiel ihr fast entgegen – eine Dokumentenmappe aus weinrotem Leder. Sie hatte
ein kleines Schloss, aber dieses war nicht versperrt.

Helen öffnete sie hastig. Eine Unmenge Dokumente lagen ungeordnet darin. Elsbeth hatte sich nicht die Mühe gemacht, sie
abzuheften. Die Schrift der meisten war alt und manchmal kaum
lesbar. Aus einer der Urkunden ging hervor, dass Heinrich von Ahrensberg sie im Jahr 1912 offiziell adoptiert hatte.

Helena blätterte weiter, als sie plötzlich auf ein handgeschrie-
benes Dokument stieß. Das Papier erinnerte an Mariettas Tagebuch: Es war so dick, als wäre es einmal feucht geworden, und
von gelblichen bis bräunlichen Flecken übersät. Sie versuchte es
zu lesen, doch nicht nur, dass die Schrift ziemlich verblichen war,
obendrein war das Dokument in der seinerzeit gebräuchlichen
Sütterlinschrift verfasst.

War das ein S, ein G, ein F?

Helena hatte keine Ahnung. Sie wollte schon aufgeben und das
Blatt zurücklegen, als ihr das Datum in der Überschrift in die Augen stach. Sie versuchte nun doch, zumindest den ersten Satz zu

entziffern. Das Herz schlug ihr bis zum Hals, als sie glaubte, seinen Sinn herausgefunden zu haben.

»Hiermit erkläre ich, was ich am 14. Oktober 1922 bezeugt habe.«

»Das ist eine Unverschämtheit, wirklich!«

Helena fuhr herum. Sie hatte sich so auf den Text konzentriert, dass sie gar nicht gehört hatte, wie sich die Tür zum Kabinett erneut geöffnet hatte und Marlies sie nunmehr schon zum zweiten Mal ertappte. Sie schien sichtlich erregt zu sein – wohl weniger, weil Helena in Elsbeths Kommoden herumgeschnüffelt hatte, sonder weil sie ihren guten Willen schamlos ausgenutzt hatte.

Moritz stand hinter ihr und zuckte entschuldigend mit den Schultern. Offenbar hatte er alles daran gesetzt, sie länger abzulenken, aber es war ihm nicht gelungen.

»Es tut mir leid ...«, stammelte Helena.

Marlies schoss auf sie zu und riss ihr das Schriftstück aus den Händen.

»Diese Frau ist uralt, lassen Sie sie doch in Frieden. Ja, begreifen Sie denn nicht, dass sie nur mehr ein Wrack ist? Hier gibt es nichts mehr zu holen!«

Sie klang verbittert.

»Wir wollten wirklich nur ...«

»Gehen Sie! Gehen Sie endlich!«

Energisch drängte Marlies sie in den Flur und öffnete die Wohnungstür. Sie hatten keine andere Möglichkeit, als in den Gang zu treten.

Laut fiel hinter ihnen die Tür ins Schloss.

»Und – was stand noch in den Sitzungsprotokollen?«, fragte Moritz aufgeregt.

Helena wartete, bis sie im Erdgeschoss angelangt waren, ehe sie antwortete: »Ich habe etwas anderes gefunden. Ein handschriftliches Zeugnis, in dem Elsbeth festhält, was sie am 14. Oktober

1922 beobachtet hat. An diesem Tag müssen Adam und Marietta gestorben sein. Wenn ich nur ein wenig hätte weiterlesen können!«
»Hast du gar nichts entziffern können?«, fragte er aufgeregt.
»Nur den ersten Satz. Und einzelne Worte ... unter anderem war von einem Mord die Rede.«
Moritz starrte sie an. »Dem Mord an Adam und Marietta!«, rief er. »Das heißt, die beiden sind doch eines gewaltsamen Todes gestorben!«
Langsam gingen sie zum Auto und stiegen ein.
»Elsbeth hat strikt geleugnet, dass es Heinrich war«, murmelte Moritz nachdenklich.
»Aber scheinbar weiß sie, wer die Tat stattdessen begangen hat. Was hat unsere alte Dame nur zu verbergen?«

23

1916–1917

Der Zug war völlig überfüllt gewesen, aber die Enge machte Elsbeth nichts aus. Unangenehme Gerüche lagen in der Luft – nach Schweiß, Exkrementen und Eiter –, aber Elsbeth war diesen Gestank gewohnt. Die anderen Frauen in ihrem Alter fanden es grässlich, in überfüllten Zügen zu reisen und in Lazaretten zu arbeiten. Elsbeth hingegen hatte den Dienst dort voller Enthusiasmus angetreten, und ihre Begeisterung hatte all die letzten Monate über nicht gelitten. Weder Müdigkeit noch hektische Ärzte, weder stundenlanges Stehen am Operationstisch noch das Schreien und Keuchen der Verletzten hatten an der Gewissheit gerüttelt, was sie aus ihrem Leben machen wollte. Sie hatte Essigtücher auf die Stirne von Fiebernden gelegt, amputierte Gliedmaßen entsorgt und Arm- und Beinstümpfe eingebunden, hatte Einläufe gemacht und Erbrochenes weggewischt, und auch wenn es sie manchmal Überwindung kostete – Grauen verhieß es für sie nicht.

Alle anderen nannten es die Hölle, aber die Hölle war ein hoffnungsloser Ort, wo man nichts mehr tun konnte. Elsbeth hingegen tat etwas, verabreichte Medikamente, gab später sogar Spritzen. Und sie lernte jeden Tag mehr.

Im Gegensatz zu den anderen feinen Mädchen und Aristokratinnen, die als Rotkreuzschwestern aushalfen, kannte sie auch keine Scham vor nackten Leibern. Insgeheim amüsierte es sie, wenn die

Komtessen, die bislang nicht einmal allein in männlicher Gesellschaft sein durften, aufkreischten oder ohnmächtig wurden, sobald man von ihnen verlangte, Männer zu waschen oder ihnen die Leibschüssel zu halten. Selbst die Willensstärksten wurden nachts von Albträumen geplagt, schrien und schluchzten und rissen Elsbeth aus dem Schlaf. Sie selber hingegen schlief in der Nacht traumlos, träumte nur tagsüber von ihrer Zukunft.

Ich will Ärztin werden. Ich will Medizin studieren.

Noch hatte sie niemandem ihren Entschluss mitgeteilt. Die Briefe, die sie an Marietta schrieb, bestanden aus knappen Floskeln. Alles andere wäre ihr als Zeitverschwendung erschienen und hätte die Schwester ohnehin überfordert. Nun aber würde sie es ihr erzählen.

Der Zug lief in den Bahnhof ein, und das Gedränge am Gleis war so dicht, dass ein paar Kinder zu Boden gingen und in Geheul ausbrachen. Überforderte Eltern starrten auf sie herab, anstatt ihnen rasch aufzuhelfen, wie Elsbeth es tat. Vor dem Krieg war es üblich gewesen, dass die Eltern 1. Klasse reisten und die Kinder mit ihren Erziehern in der Holzklasse. Nun war gutes Personal ebenso knapp wie die Plätze, und manch befremdete Aristokratin musste ihren verrotzten Dreijährigen an der eigenen Hand führen.

Elsbeth half, so gut sie konnte, war aber dann doch erleichtert, den Bahnhof verlassen zu können. Sie blickte sich nach ihrer Schwester um, hatte diese doch angekündigt, sie persönlich abzuholen. Doch weit und breit war nichts von Marietta zu sehen, nur Heinrich winkte ihr zu.

Sie winkte zurück und lächelte ihn strahlend an. Bis sie ihn erreicht hatte, war das Lächeln verschwunden und jener stete Rausch, in den Schlaflosigkeit, harte Arbeit und das Gefühl, das Richtige zu tun, sie versetzten, der Sorge um ihn gewichen.

Heinrich sah entsetzlich aus – bleich, müde und kummervoll –, und Elsbeth erinnerte sich wieder an den Anlass ihrer Rückkehr nach Wien. Als sie endlich vor ihm stand, las sie die Wahrheit in seinem Gesicht. »Ist sie … ist sie …«

»Ja, Mutter ist tot.«

»Das tut mir so leid.«

Die Worte schienen ihn nicht zu erreichen. Trotz allen Trübsinns leuchtete kurz sein Blick auf, als er sie musterte. »Du bist so erwachsen geworden und gar kein Mädchen mehr. Du … du bist jetzt eine richtige Dame.«

Das Wort schien nicht zu einer zu passen, die in den letzten Wochen so viel Kot und Erbrochenes weggewischt hatte, aber nie hatte sie ein Kompliment wie dieses aus seinem Mund gehört. Röte stieg ihr ins Gesicht. »Oh, Heinrich, ich hab' dir so viel zu erzählen. Der Dienst im Lazarett … es ist alles so aufregend … ich habe jeden Tag mehr gelernt, ich war bei so vielen Operationen dabei, und ich weiß jetzt auch, was ich werden will. Ich will …«

Sie brach ab. Sein Blick, eben noch neugierig und fasziniert, war wieder leer geworden. Sie fühlte einen Kummer in ihm, der größer und mächtiger war, als Konstanzes Tod allein hätte bewirken können. Und es war auch nicht nur Trauer, die seinen Blick brechen ließ, sondern …. Grauen.

Sie kannte dieses Grauen. Das Antlitz von so vielen Soldaten hatte es gespiegelt. Bis jetzt war es nie auf sie übergeschwappt, aber nun erschauderte sie.

»Warst du an der Front?«, fragte sie leise.

Er senkte den Blick. »Männer wie ich sind vom Kriegsdienst befreit. Aber manchmal wäre es mir lieber, ich würde dem Feind von Angesicht zu Angesicht begegnen, ihn mit eigenen Händen erschießen, ihm selbst das Bajonett in den Leib rammen … anstatt nach immer qualvolleren Methoden zu suchen, wie man … wie man …«

Er brach ab.

»Ach, Heinrich …«

Er hob den Blick wieder und setzte eine gleichmütige Miene auf. »Wir fahren mit der Trambahn, das macht dir doch nichts aus, oder?«

Natürlich machte ihr das nichts aus, umso mehr aber sein Schweigen. Seit er sie damals vor Hilde gerettet hatte, hatte sie sich keinem Menschen so nahe gefühlt wie ihm, selbst Marietta nicht, doch nun wähnte sie einen tiefen Graben zwischen ihnen, obwohl sie so nahe beisammen standen. Elsbeth ahnte – sie würde diesen Graben nicht überbrücken, wenn sie mit ihm über ihre Zukunftspläne sprach, wenn sie zugab, dass Krankheit und Tod sie nicht abschreckten, sondern faszinierten, und wenn ihre Augen leuchteten, sobald sie den Dienst im Lazarett erwähnte.

Sie machte ein ernstes Gesicht, ergriff seine Hand, drückte sie.

»Ich … ich habe sie auch gesehen.«

»Was?«, fragte er.

»Die Fratze des Todes … alles, was man danach anschaut, wirkt grau und vergiftet.«

Heinrich schien kurz verwirrt, fast befremdet, nickte dann aber düster. »Sie wollen noch mehr … Gas einsetzen«, flüsterte er. »Ursprünglich haben wir nur Abfälle der Industrie verwertet, nun werden die Substanzen eigens dafür hergestellt. Die Offiziere waren lange dagegen, nicht aus moralischen Gründen, sondern weil es zu unberechenbar ist, in welche Richtung die Gaswolke zieht. Sie kann auch die eigene Truppe treffen.«

»Es wird nicht mehr ewig dauern …. nun, da der Kaiser tot ist …«

Ein Ruck ging durch sein Gesicht. »Du weißt es auch, nicht wahr?«, fragte er heiser. »Du weißt, dass der Krieg verloren ist und die Monarchie ebenso.«

Sie nickte ernsthaft. Jetzt war kein Graben mehr zwischen

ihnen. Als die Bahn um die Kurve fuhr, stolperte sie, und er fing sie mit seinen Armen auf. Trotz aller Trauer, trotz allem Grauen waren es starke Arme, und sie ließ sich von ihm halten.

»Gut, dass du wieder zu Hause bist.«

»Ich bin immer für dich da.«

Die Bahn schlingerte nicht länger. Er ließ sie los und trat hastig zurück. »Marietta wird sich freuen, dich zu sehen.«

Die Stimmung im Haus war gedrückt. Niemand leistete ihr beim Essen im Speisezimmer Gesellschaft, so dass Elsbeth ihren Teller nahm, in die Küche ging und dort Platz nahm. Erst trafen sie verwunderte Blicke, doch alsbald ging jeder wieder seinem Tagwerk nach. Den Dienstboten war schließlich bekannt, dass Elsbeth nicht viel auf Standesunterschiede gab. Auf ihre Nachfragen hin wurden sie gesprächig, erzählten erst lange und breit von Konstanzes Tod und dann, nicht ganz so ausführlich, eher in Form von Andeutungen, von Mariettas Befinden. Elsbeth hatte ihre Schwester vorhin kurz begrüßt, aber nicht recht gewusst, was sie sagen sollte. Sie war sich sicher, dass die Schilderungen aus dem Lazarett sie zu sehr belasten würden, und Marietta ihrerseits antwortete auf alle Fragen nur einsilbig.

Nachdem Elsbeth das Mahl beendet hatte, brach sie zum Zentralfriedhof auf, um die Gruft der Ahrensbergs zu besuchen. Sie betete so lange, wie es der Anstand gebot, war danach aber froh zurückzukehren. In der letzten Nacht hatte es geschneit, doch mittlerweile hatten sich die weißen Schneemassen in grauen Matsch verwandelt. Als sie das Palais Ahrensberg betrat, war es finster. Kurz wärmte sie sich im Salon auf, wo ein Feuer im Kamin prasselte, dann stieg sie zur Bibliothek hoch – seit jeher ihr liebster Raum, weil er sie an den Tag ihrer Ankunft erinnerte. In gewisser Weise war es ihr und Heinrichs Raum, und zu ihrer Freude traf sie ihn dort auch tatsächlich an. Er stand am Globus und drehte ihn bedächtig, während er in der anderen Hand ein Whisky-Glas hielt und in großen Zügen daraus trank.

Als sie eintrat, hob er seinen Blick und musterte sie erstaunt.

»Ich kann mich immer noch nicht daran gewöhnen, wie erwachsen du geworden bist ...«

Während sie mit ihren knapp sechzehn Jahren älter wirkte, schien er ihr – obwohl doch Mitte dreißig – jung wie nie zuvor. Gewiss, seine Haut war gefurcht, seine Haare an den Schläfen ergraut, der Rücken ein wenig gebeugt, aber etwas Kindliches, Hilfloses stand in seinen Zügen. Als Elsbeth noch klein gewesen war, war er nicht nur ihr Held gewesen, sondern ein Ersatz für ihren Vater. Nun packte sie das Gefühl, dass sie ihn wie eine Mutter trösten müsste.

Ehe sie etwas sagen konnte, verkündete er jedoch: »Ich möchte nicht, dass du ins Lazarett zurückkehrst.« Rasch nahm er einen weiteren Schluck aus seinem Glas.

Sie sah ihn erschrocken an. »Aber ...«, setzte sie an.

Aber ich bin so gerne dort!, wollte sie sagen.

Doch sie konnte es nicht – nicht ihm, dem das Grauen des Krieges so sehr ins Gesicht geschrieben stand.

»Ich habe mir überlegt, dass ich später vielleicht Medizin studieren möchte«, bekannte sie stattdessen.

Er stellte das Glas ab und trat auf sie zu. »Das kannst du doch nicht wirklich wollen«, murmelte er mit gequälter Miene. »All dieses Elend – Tod und Krankheit, Verwundung und Blut. Nein, nein, nein, du hast ein schöneres Leben verdient.«

Elsbeth wusste nicht recht, was er mit einem schönen Leben meinte. Marietta führte hier gewiss eines – zurückgezogen und von allen Schrecknissen des Krieges unberührt – und war dennoch nicht glücklich. Als Glück hätte sie auch ihre Arbeit im Lazarett nicht beschrieben, jedoch als Tätigkeit, bei der sie sich wach und lebendig wie nie fühlte.

Sie schwieg. Heinrich würde das nicht verstehen. Er wollte nichts von dem Tod wissen, der sie so sehr faszinierte. Er wollte nicht auf jenem schmalen Grat zwischen Leben und Sterben wandeln, auf dem sie so meisterhaft balancierte, wie Marietta einst getanzt hatte.

Er kam ihr plötzlich noch jünger vor – und sie selbst sich noch erwachsener.

»Ich weiß, was dich bedrückt«, setzte sie schließlich an. »Ich habe mich damit beschäftigt. Ende Januar 1915 wurden in Polen erstmals mit Xylylbromid gefüllte Geschosse gegen russische Truppen abgefeuert. Und bei der zweiten Flandernschlacht bei Ypern ließen deutsche Truppen Unmengen Tonnen Chlorgas entweichen. Es ist schwerer als Luft, deswegen sank es in die Schützengräben der Franzosen. Es heißt, dass Tausende gestorben sind.«

Heinrich hatte schweigend gelauscht. Er wirkte mit jedem Wort, das sie aussprach, bedrückter, aber zugleich erleichterter, dass er nicht länger allein mit seinen Gedanken war, dass jemand da war, der in der Hölle neben ihm ging. Und woher auch immer Elsbeth die Kraft dazu nahm, sie konnte auf diesen Wegen gehen, ohne zu wanken.

Doch als sie fortfahren wollte, rief er plötzlich: »Sag nichts mehr! Du solltest davon gar nichts wissen. Ich will nicht, dass du dich quälst. Ich möchte vielmehr, dass du mit Marietta den Winter im Jagdschloss verbringst – fern von allem.«

Widerstand regte sich in Elsbeth. Wie sollte sie die Einsamkeit von Bergen und Wäldern ertragen, wenn sie doch eben erst herausgefunden hatte, was sie mit ihrem Leben machen wollte?

Doch ehe sie etwas sagen konnte, beugte er sich vor und küsste sie auf die Wangen. Sein Schnurrbart kitzelte sie, aber seine Lippen waren weich. Er küsste sie wie eine Schwester, für sie aber fühlte es sich anders an. Sie war glühend rot im Gesicht, als er sich wieder aufrichtete.

Die Erkenntnis, dass sie Ärztin werden wollte, war über lange Wochen gereift. Die, dass sie ihn liebte, traf sie nun wie ein Schlag.

»Wenn du willst, dass ich nicht ins Lazarett zurückkehre, werde ich Marietta natürlich begleiten«, stammelte sie hastig.

Es war so kalt, wie sie es befürchtet hatte. Der Schnee lag kniehoch, die Eiszapfen wuchsen an manchen Stellen gläsernen Säulen gleich bis zum Boden hinab. Doch die Kälte konnte Elsbeth ertragen – und zumindest war es nicht ganz so einsam, wie sie erwartet hatte. Fast jeden Tag klopften bettelnde Menschen an die Tür – meist die Frauen von Bauern und Förstern der Umgebung, deren Männer im Krieg kämpften und die nicht wussten, wie sie ihre bleiche, verrotzte Kinderschar durch den Winter bringen sollten.

Anfangs gab man ihnen nur ein Stück Brot und schickte sie danach wieder weg, doch Elsbeth erklärte eines Tages energisch: »Wir müssen es systematisch angehen. Von nun an wird jeden Tag zur Mittagszeit eine Armenspeisung stattfinden. Und die Menschen bekommen nicht nur Brot, sondern ein Stück Speck und vor allem Suppe. Die ist reichhaltiger und wärmt.«

Marietta blickte sie müde an und schien nicht zu begreifen, was ihre Schwester antrieb. Sie verstand nicht, dass Elsbeths Tatendrang ein Ziel brauchte. Wenn sie auch nicht die Not von Kranken und Verwundeten lindern konnte, so doch wenigstens die der Armen. »Es ist so ungerecht!«, schimpfte sie. »Die reichen Leute in Wien lassen sich vom k. u. k.-Hoflieferanten Weisshappel immer noch das feinste Fleisch bringen und genießen dazu den exquisiten Wein aus dem Hofkeller.«

Marietta zuckte die Schultern. »Nicht alle«, gab sie zu bedenken. »Ich habe gehört, dass auch Adelige über finanzielle Engpässe klagen. Vor allem die, deren Güter in der Nähe der russischen Grenze liegen.«

»Aber hungern müssen sie nicht.« Elsbeth ballte grimmig entschlossen die Hand zur Faust. »Und ich werde dafür sorgen, dass das auch den Menschen hier erspart bleibt.«

»Wenn du meinst.«

Es war nicht das erste Mal, dass Elsbeth Mariettas Teilnahmslosigkeit bewusst wurde, doch anstelle der üblichen Sorge oder gar des Mitleids stieg diesmal Ärger in ihr hoch. Warum interessierte sie sich für nichts und niemanden ... weder für sie ... noch für Heinrich ... oder für die Armen ...

Anstatt den Ärger herunterzuschlucken, ließ sie ihn wüten. Er war so viel besser zu ertragen als die Schuldgefühle, weil sie ihren Schwager liebte.

Sobald Elsbeth sich in Geschäftigkeit stürzte, hatte sie ohnehin keine Zeit mehr, darüber nachzudenken. Nach ein paar Wochen begnügte sie sich nicht nur damit, die Armen zu nähren, sondern schenkte ihnen manche Kostbarkeiten der Einrichtung, damit sie sie in schlechteren Zeiten verkaufen konnten – silbernes Besteck, Miniaturbildnisse, Murano-Gläser.

Marietta war auch das gleichgültig, aber Agnes, die Köchin, erklärte empört: »Das gehört zum Besitz des Herrn Baron, und wie sein restliches Erbe darf er es – selbst wenn er es wollte – nicht verkaufen, geschweige denn verschenken!«

Elsbeth hatte schon die eine oder andere noble Dame darüber schimpfen gehört, dass sie mit dem geschmacklosen Mobiliar der Vorfahren leben musste, weil es zum Familienvermögen gehörte und dieses nicht veräußert werden durfte.

»Ach was, den Herrn Baron stört es gewiss nicht«, erklärte Elsbeth entschlossen. »Und die Menschen brauchen jede Hilfe, die sie bekommen können.«

»Das ist aber nicht Ihre Entscheidung.«

»Meine Schwester steht hinter mir!«

»Dann soll sie es mir selbst sagen.«

Elsbeth seufzte, doch ehe sie widersprach, nickte sie. »Ich werde sie holen.«

Schon als sie die Treppe hochstieg, schallten ihr die Klänge entgegen – wunderschön und zugleich ungewohnt. Niemand im Haushalt spielte Klavier, und Elsbeth dachte im ersten Moment, dass Marietta das Grammophon angemacht hätte. Allerdings begleitete keinerlei Rauschen diese wunderschöne Musik. Sie lugte durch den Türspalt und sah einen jungen Mann vor dem Klavier sitzen, der ihr vage bekannt vorkam, aber dessen Name ihr nicht einfiel. Er spielte voller Leidenschaft, die Augen waren geschlossen, eine blonde Locke fiel ihm ins Gesicht. So dünn er auch sein mochte – sein Anschlag war kräftig und dynamisch.

Was machte dieser Mann hier? In den letzten Wochen hatten sie doch nie Gäste empfangen!

Elsbeths Blick fiel auf Marietta. Diese lag nicht wie so oft im Bett oder auf dem Sofa, sondern hatte ihr Kleid gerafft – und tanzte.

Sie tanzte so leidenschaftlich, wie der junge Mann spielte. Ihr Körper schien leicht wie eine Feder, jede Bewegung mühelos, weil tausendfach geübt. Sachte Röte stieg in ihr Gesicht; sie sah schön aus und – was noch mehr zählte – glücklich.

Elsbeths erste Regung war zu fliehen, doch ihre Beine schienen wie gelähmt. Die Magie, die Musik und Tanz verströmten, zog sie ganz und gar in ihren Bann. Mit trockener Kehle staunte sie über die vollkommene Einheit vom Rhythmus der Musik und Mariettas Bewegungen. Erst als das Spiel abriss und Marietta aufhörte zu tanzen, konnte sie sich wieder rühren.

Elsbeth hastete die Treppen hinunter.

Vor ihr hatte Marietta nie getanzt. Ihr hatte sie nie, wie einstmals versprochen, das Ballett beigebracht. Und auch Heinrich hatte sie das letzte Mal bei einer Aufführung am Hofoperntheater bewundern können, danach nie wieder.

323

Die Köchin wartete am Ende der Treppe:»Und? Was sagt die Frau Baronin?«

»Lass mich in Ruhe mit deinen kleinmütigen Sorgen!«

Die heftigen Worte taten ihr sofort leid, doch anstatt sie zurückzunehmen, stürmte sie ins Freie. Die eisige Kälte schmerzte und tat zugleich unendlich gut.

Am nächsten Tag erklärte Marietta, dass sie für ein paar Tage einen Gast im Haus hätten – Gabriel Radványi, den Sohn eines ungarischen Diplomaten. Was er hier machte, verriet sie nicht, und Elsbeth fragte auch nicht nach. Die Schwester in Verlegenheit zu bringen hätte zugleich bedeutet, an den eigenen widerstreitenden Gefühlen zu rühren – ihrer Sehnsucht nach Heinrich, dem schlechten Gewissen deswegen, der Empörung über Marietta und zugleich der Erleichterung, dass sie endlich wieder glücklich zu sein schien.

Ja, sie war sichtlich verwandelt; sie lächelte häufiger als je zuvor, stand jeden Tag zeitig auf und schwebte über die Treppe, als würde sie fliegen, anstatt zu gehen. Wenn Elsbeth sie beobachtete, musste sie an die Marietta aus ihrer Kindheit denken, als sie noch keine schwermütige Frau gewesen war, sondern ein guter Engel, der sie vor Hilde schützte, ihr von der Oper erzählte und solcherart bekräftigte, dass es nicht nur Elend und Armut und eine versoffene Mutter auf der Welt gab, sondern Schönheit und Leichtigkeit und Freude. Wie dankbar sie ihr dafür gewesen war – wie dankbar sie ihr jetzt noch war. Und doch konnte sie nicht gutheißen, dass Marietta ausgerechnet jetzt glücklich war, wo die Bäume unter der Schneelast ächzten und die Armen, die zur Speisung kamen, vor Hunger und Kälte stöhnten.

Nur wenige Nachrichten vom Krieg drangen zu ihnen durch, so dass Marietta und Gabriel sich vormachen konnten, er tobte gar nicht so grimmig und Europa wäre kein einziges blutgetränktes

Schlachtfeld. Elsbeth jedoch konnte es nicht vergessen. Und sie konnte auch nicht darauf verzichten, es den beiden in Erinnerung zu rufen.

Sie saßen zu dritt beim Mittagessen, Gabriel aß kaum einen Bissen und Marietta auch nicht. Nur Elsbeth löffelte gierig die Suppe, denn sie war den ganzen Morgen im Freien gewesen. Als sie ihr Mahl beendet hatte, fühlte sie sich satt und wohlig rund – und hatte ein schlechtes Gewissen. Sie war ja so viel dicker als die dürre Schwester, ging ihr plötzlich auf, so viel plumper ... so viel hässlicher. Kein Wunder, dass Heinrich Marietta so sehr liebte, jene blasse, anmutige Schönheit ... Heinrich, der so weit weg war ... Heinrich, der Giftgas produzieren ließ.

»Wusstet ihr«, setzte sie plötzlich an, »wusstet ihr, dass bei St. Michelle del Carlos achttausend Menschen einem Angriff mit Giftgas zum Opfer gefallen sind? Es war der bislang erfolgreichste Gasangriff unserer Armee – allerdings auch einer der letzten seiner Art. In Deutschland setzt man seit kurzem lieber Gasgeschosse ein, weil diese noch effektiver sind.«

Marietta, deren Blick eben noch beseelt auf Gabriel geruht hatte, sah verstört hoch.

»Sei still! Ich will diese abscheulichen Dinge nicht hören.«

Elsbeth lehnte sich zurück. »Nur, weil du sie nicht hören willst, sind sie nicht weniger wahr.«

»Mag sein, aber ich kann nichts daran ändern ...«

»Und siehst du – das ist der Grund, warum so viel Grausamkeit herrscht auf der Welt. Weil es zu viele Menschen gibt, die sie einfach hinnehmen.«

»Nein«, widersprach Marietta verärgert, »weil es zu viele Menschen wie Salvator gibt, die sich den Krieg gewünscht haben. Und Menschen wie Heinrich, die durch den Krieg reich werden.«

Gabriel sagte kein Wort, sondern starrte auf seine Finger.

Kann er eigentlich etwas anderes als Klavier spielen?, ging es

Elsbeth erbost durch den Kopf. Wie gerne hätte sie diese Finger gepackt, umgebogen, gebrochen, bis er schrie ... schrie wie die sterbenden Soldaten.

Elsbeth sprang auf. »Du hat ja keine Ahnung, wie sehr der Krieg Heinrich zusetzt!«

Mariettas Wangen waren nicht mehr rosig, sondern bleich. Ihr Blick flackerte. »Jeder hat seine Last zu tragen«, sagte sie.

Elsbeth stampfte auf. »Und welche wäre dann deine? Du lebst hier in Wohlstand. Trotz des Krieges bekommst du von allem reichlich, vor allem Heinrichs Liebe. Doch anstatt es ihm zu danken, nimmst du es als Selbstverständlichkeit hin.«

Marietta presste ihre Lippen zusammen. Jetzt wirkte sie nicht mehr anmutig, sondern verbissen. »Was ist bloß in dich gefahren, Elsbeth?«

»Du sonnst dich in deinem Elend, gibst vor, krank zu sein, versteckst dich ständig im Bett ...«

»Ich sitze hier mit dir am Tisch.«

»Du hast dich hierher zurückgezogen, obwohl du in Wien sein solltest, an der Seite deines Mannes. Er braucht dich doch! Warum ist er dir nur so gleichgültig?«

Marietta erhob sich. Ihr Körper war steif, ihre Stimme eiskalt. Das war nicht Marietta, die Tänzerin, das war Marietta, die Eisprinzessin, voller Würde und Hochmut, aber ohne Herz. »Du nimmst das Leben, das du führst, doch auch als selbstverständlich hin. Ohne mich wärst du eine von den Armen da draußen, die kommen und um ein Stück Brot betteln. Ich habe dich aus dem Elend befreit. Ich habe für dich so viele Opfer gebracht. Erklär mir also nicht, was ich zu tun habe!«

Das stimmt gar nicht. Heinrich war es doch, hätte Elsbeth am liebsten gesagt, Heinrich war es, der mich von Hilde fortgeholt hat!

Aber sie wusste, dass er es nur getan hatte, weil Marietta ihn darum gebeten hatte. Und weil sie bereit gewesen war, ihn zu heiraten.

Sie rang nach Worten, aber es fielen ihr keine ein. Da drehte sie sich um und lief hinaus.

Einige Stunden später trieb sie ein Schneesturm zurück ins Haus – und das schlechte Gewissen. Marietta war nicht schuld an Heinrichs Elend, sagte sie sich. Marietta war schließlich nicht verantwortlich für seine Geschäfte. Warum sagte er den Geschäftspartnern, den Heeresführern nicht einfach, nein, ich mache das nicht, ich produziere kein Giftgas, ich verzichte auf das Geld?

Und warum sagte sie nicht einfach zu ihm, Heinrich, ich will Medizin zu studieren, mich widern Krankheit und Tod nicht an, die Leidenschaft dafür ist fast so groß wie meine Liebe zu dir, und da ich diese Liebe nicht leben kann, so doch wenigstens diese Leidenschaft.

War es möglich, dass Heinrich und sie noch schwächer als Marietta waren?

Elsbeth suchte nach ihrer Schwester, um sie um Verzeihung zu bitten, doch sie war weder unten im großen Wohnraum noch in ihrem Schlafzimmer. Vielleicht hatte sie sich in die Bibliothek zurückgezogen – dorthin, wo das Klavier stand. Als Elsbeth die Türe öffnete, hörte sie keine Musik, nur heftigen Atem.

Sie atmeten im Gleichtakt – Gabriel und Marietta. Sie wälzten sich voller Leidenschaft auf dem Boden, ihre beiden Körper ebenso miteinander verschmolzen wie die sich küssenden Münder.

Mariettas Brüste waren weiß wie Schnee, sie stöhnte, sie hielt die Augen geschlossen und bemerkte Elsbeth nicht. Gabriels Haut war weiß wie die ihre, als er gleichfalls stöhnend in sie eindrang, gerade so, als wollte er sich tief in ihr verstecken.

Sie waren einander so nah, wie sich zwei Menschen nur nah sein konnten. Als Elsbeth mit weit aufgerissenen Augen auf das Schauspiel starrte, ahnte sie, dass Heinrich und Marietta einander nie so nah gewesen waren. Aber auch, dass Heinrich und sie selbst sich nie in diesem absoluten Gleichtakt von Körper und Gefühl vereinigen würden.

Elsbeth ging unruhig auf und ab. Süßer Frühlingsduft lag in der Luft, das Grün schmeichelte den Augen, doch in ihr kauerte noch die Kälte des Winters. Es genügte nicht, hastige Schritte zu machen, damit ihr wieder warm wurde. Es genügte nicht, ihr Gesicht in die Sonne zu halten, um sich wieder lebendig zu fühlen. Sie musste vielmehr endlich eine Entscheidung treffen, was sie tun sollte.

In den letzten Wochen hatte sie häufig vor einem Blatt Papier gesessen, aber ehe sie das erste Wort schreiben konnte, hatte sie es schon wieder zerknüllt. Nein, sie konnte es Heinrich nicht auf diese Weise sagen, sie musste warten, bis sie ihn wiedersah, um es ihm persönlich anzuvertrauen.

Jetzt war er endlich nach Wien zurückgekehrt, jedoch in Begleitung des verletzten Salvators, und sie fand keine Gelegenheit, mit ihm unter vier Augen zu sprechen, zumal Marietta auf ihn zugestürmt war, als Salvator endlich in seinem Krankenzimmer lag.

Elsbeth war sich nicht sicher, was sie ihm sagte, ob sie ihn mit Lügen einlullte oder ihm die Affäre beichtete. Und noch unsicherer war sie, was sie selbst ihm sagen sollte. Gewiss, er hatte ein Recht auf die Wahrheit. Aber sie wollte nicht Zeugin seines Schmerzes werden. Nicht sehen, wie der Gram ihn noch mehr beugte. Nicht schuld sein, dass sein graues Gesicht noch lebloser wurde.

Ebenso lange hatte sie mit sich gerungen, ob sie Marietta zur

Rede stellen sollte. Seit sie Zeugin geworden war, wie sie und Gabriel sich liebten, war es ihr unmöglich, ihrer Schwester in die Augen zu sehen. Zu widerstreitend waren die Gefühle, die in ihr tobten. So viel Wut und Empörung waren da – aber auch Neugierde darauf, wie es sich wohl anfühlte, bei einem Mann zu liegen und ganz und gar mit ihm zu verschmelzen.

Immer noch ging sie unruhig auf und ab, als Heinrich die Bibliothek betrat.

Sie stürzte auf ihn zu, aber als sie endlich vor ihm stand, brachte sie Mariettas Namen nicht über die Lippen.

»Wie geht es Salvator?«, fragte sie stattdessen.

Sie las den Kummer in seiner Miene, aber nicht nur diesen. Seine Augen glänzten ... freudig. Trotz aller Sorge um den Bruder schien er glücklich zu sein wie lange nicht.

»Er hat das Auge verloren ...«, murmelte er, »und eine schwere Bauchverletzung erlitten ...«

Das konnte ihn doch unmöglich so glücklich machen!

»Dann hat Salvator großes Glück gehabt«, murmelte sie geistesabwesend. »Bauchverletzungen sind meist tödlich, vor allem, wenn lebenswichtige Organe oder der Darm verletzt werden ... Bei Letzterem tritt durch den Austritt der Exkremente eine Sepsis auf, bei anderen Verletzungen kann man verbluten ...«

Als sie in seinen Zügen Irritation las, schwieg sie. Ihr heimlicher Zorn aber wuchs, wenngleich er diesmal nicht Marietta galt, sondern sich selbst. Nicht nur, dass sie nicht wusste, ob sie die Schwester verraten sollte. Auch in Bezug auf ihre eigene Zukunft konnte sie einfach keine Entscheidung treffen.

Sie atmete tief ein. Ich muss es ihm sagen, ich muss endlich etwas tun.

Doch ehe sie ein Wort hervorbrachte, rief er aufgeregt: »Hast du schon die schönen Neuigkeiten gehört?«

Schöne Neuigkeiten? In diesen Zeiten?

Heinrich lächelte. »Marietta scheint es dir noch gar nicht gesagt zu haben.«

Elsbeth wurde immer verwirrter.

»Stell dir vor! Sie ist … guter Hoffnung. Ist das nicht großartig?« Er lachte laut auf – ein heller Klang, den sie noch nie aus seinem Mund gehört hatte. Kurz schwappte sein Glücksgefühl auf sie über. Kurz konnte sie das warme Frühlingslicht fühlen. Kurz lag eine Verheißung in der Luft: Ganz gleich, womit wir hadern – das Leben geht doch weiter, mit all seiner Macht und dem Versprechen, dass auf ein trostloses Heute ein hoffnungsvolles Morgen folgt.

Doch dann ging ihr auf, was Mariettas Schwangerschaft bedeutete. »Wann … wann ist es so weit?«, stammelte sie.

»Im Oktober!«, rief Heinrich freudestrahlend.

Er war im Januar in Wien gewesen – vielleicht hatte er damals das Kind gezeugt. Oder Gabriel im Februar. Ob das Kind jene weiße Haut haben würde? Die filigranen Glieder? Das musikalische Talent?

»Du sagst ja gar nichts!«

»Ich … du … Marietta …«, stammelte sie.

»Jetzt wird alles besser, ich fühle es.«

Heinrich packte sie an den Schultern und zog sie an sich. Ihre Gesichter waren ganz dicht beieinander.

Wenn ich mich ein wenig vorneige, könnte ich seine Lippen küssen, dachte sie.

Aber sie küsste ihn nicht, weil er der Mann ihrer Schwester war.

Und sie sagte ihm nicht die Wahrheit, weil das Kind ihr Neffe oder ihre Nichte war, weil sie den glücklichen Heinrich nicht unglücklich sehen wollte und weil sie Marietta trotz allem verpflichtet war: Sie hatte sie aus dem Elend befreit.

Heinrich umarmte sie väterlich, hauchte ihr einen flüchtigen

330

Kuss auf die Stirn und verließ die Bibliothek, ohne wie üblich an dem Globus zu drehen.

Als sie einige Monate später ins Krankenhaus fuhren, war Elsbeth zum ersten Mal seit Jahren mit Salvator allein. Seit seiner Verwundung war sie ihm tunlichst aus dem Weg gegangen, doch jetzt nutzte sie die Gelegenheit, ihn zu betrachten. Ohne Zweifel – er war nicht mehr der Alte: Der stolze, jähzornige Mann, der ebenso viel Furcht wie Trotz in ihr erweckt hatte, war im Innersten zerstört.

Sein vernarbtes Auge war zwar hinter einer Binde verborgen und der Bauchschuss laut seiner Ärzte gut geheilt, aber seinen verkniffenen Zügen sah man die unentwegten Schmerzen an, die ihn peinigten, und diese waren wohl nicht nur körperlicher, sondern auch seelischer Natur.

Sie hatte ihn nie gemocht – nicht nachdem, was er Marietta angetan hatte –, sich jedoch andererseits heimlich daran ergötzt, dass sie sein Geheimnis kannte und daher Macht über ihn hatte. Auf diese Weise konnte er sie nicht nur als lästiges Insekt betrachten, sondern als eine gefährliche Mitwisserin, die es – entgegen eigentlicher Abneigung – gutzustimmen galt.

Nicht selten hatte unterdrückte Wut in seiner Miene gelegen, wenn er sie betrachtete, heute jedoch erwiderte er ihren Blick ungewohnt nachdenklich. Hatte der Krieg nicht nur sein Weltbild erschüttert und ihn die Gesundheit gekostet, sondern ihn ihr gegenüber auch milde gestimmt? Oder ließ ihn die Geburt des Neffen altem Hass abschwören?

Noch mehr als seine Miene erstaunte sie, dass er plötzlich sagte: »Ich muss dich etwas fragen, Elsbeth.«

Nie hatte sie gehört, dass er ihren Namen aussprach. Nie hatte er sich so vertraulich vorgebeugt wie jetzt.

»Ja?«, fragte sie gedehnt.

»Im letzten Winter … während eures Aufenthalts im Jagdschloss … stimmt es, dass ihr damals einen Gast hattet?«

Sie erkannte sofort, worauf er hinauswollte, und setzte hastig eine gleichgültige Miene auf. »Aber ja doch«, rief sie, »sogar viele Gäste! Fast jeden Tag kamen Bedürftige. Ich habe veranlasst, dass sie heiße Suppe bekamen.«

Da war es wieder – dieses verächtliche Blitzen in den Augen. »Mir ist es herzlich egal, wer bei euch Suppe aß«, zischte er. »Ich will wissen, ob es stimmt, dass Gabriel Radványi im Jagdschloss war.«

Ihr Herz begann, schneller zu pochen. Nicht, weil er sie in die Enge trieb. Sondern weil die Möglichkeit, ihm die Wahrheit anzuvertrauen, plötzlich so verlockend war. Sie selbst hatte es nicht übers Herz gebracht, an Heinrichs Liebe zu seiner Frau zu kratzen, doch vielleicht könnte ein anderer Marietta entzaubern – und sie den betrogenen Ehemann trösten, ohne sich selbst die Hände schmutzig gemacht zu haben.

»Du weißt doch etwas!«, rief er. »Er war wegen Marietta dort, nicht wahr? Ferdinand sagte mir, dass die beiden sehr vertraulich miteinander umgingen.«

Sein befehlender Ton verärgerte sie – und machte ihr die Entscheidung leicht. Trotz allem wollte sie ihm den Triumph nicht gönnen, auf Marietta herabzusehen. Elsbeth straffte den Rücken und trotzte Salvators Blick. »Was für ein Unsinn! Gabriel hat um mich geworben … aber ich fühle mich noch zu jung, um zu heiraten.«

»So, so …«

Seine Mundwinkel zuckten, und er schien lange nachzudenken. Als die Kutsche vor den neuen Kliniken des Allgemeinen Krankenhauses hielt, machte er keine Anstalten aufzustehen. Elsbeth selbst blieb ebenfalls sitzen.

»Jetzt könntest du ihn nicht mehr heiraten, selbst wenn du wolltest«, murmelte Salvator. »Er ist beim Isonzo gefallen.«

Elsbeth zuckte zusammen. Sie erschrak mehr über sich selbst als über den sinnlosen Tod: Jenes Triumphgefühl, das sie Salvator um keinen Preis gönnen wollte, stieg in ihr hoch, und obwohl es ihr schäbig vorkam, konnte sie es doch nicht abschütteln.

Das hat er verdient ... und Marietta auch ... schließlich haben sie Heinrich hintergangen ... obwohl Heinrich sie doch so sehr liebt ... viel mehr, als er mich je lieben könnte ...

»Ich werde das auch Marietta mitteilen«, sagte Salvator gedehnt. Etwas Lauerndes lag in seiner Stimme.

Elsbeth hob den Blick und gab keinerlei Gefühl preis. »Sie wird äußerst betrübt sein. Genau wie ich.«

Als Salvator später Marietta die Wahrheit sagte, war sie nicht dabei, sondern betrachtete den neugeborenen Knaben, den Heinrich ihr voller Stolz präsentierte.

»Er wird Adam heißen.«

Elsbeth musterte das Kind und suchte unauffällig nach Ähnlichkeiten mit Gabriel. Sie fand keine. Die Züge waren zerknautscht, das Haar dunkel, das Gesicht knallrot. Der Kleine brüllte empört, was ein Musiker wie Gabriel wohl als Misston empfunden hätte.

Wahrscheinlich war es doch Heinrichs Kind.

Elsbeth wusste nicht, ob sie darüber froh sein sollte. Oder daran verzweifeln.

24

Als Moritz vor der Pension parkte, war es spätabends. Zuvor waren sie an einer Autobahnraststätte eingekehrt, um eine Kleinigkeit zu essen – er eine Rindsuppe mit Nudeln, sie einen Gemüseteller. Sie hatten eifrig über Elsbeth diskutiert und alle möglichen Mutmaßungen angestellt, doch zuletzt mussten sie sich eingestehen, dass sie alle ins Leere führten, solange sie jenes Schriftstück nicht an sich brachten und entzifferten. Um die Wahrheit herauszufinden, war es unumgänglich, es an sich zu bringen oder zumindest noch einmal mit Elsbeth zu reden, aber das war schwierig, solange Marlies sie wie ein Zerberus bewachte.

Helena stieg aus dem Auto, murmelte ein knappes »Gute Nacht!« und ging Richtung Pension.

»Wie?«, rief Moritz ihr nach. »Ich werde einfach stehen gelassen? Ich dachte, wir wären wieder versöhnt.«

Helena blieb stehen. »Wir waren nie zerstritten, darum ist auch keine Versöhnung notwendig.«

»Aber ich werde den Eindruck nicht los, dass du mich verachtest.«

»Was für ein Unsinn!«, erwiderte sie heftig. Etwas gemäßigter fügte sie hinzu: »Mich ärgert nur, dass du so tust, als gehörte dir die ganze Welt. Ja natürlich, ich habe auch in Elsbeths Sachen geschnüffelt … aber du scheinst nicht einmal ein schlechtes Gewissen deswegen zu haben.«

Zu ihrem Erstaunen setzte er nicht das übliche spöttische Grinsen auf, sondern bekannte kleinlaut: »Du hast ja recht.«

Sie rang nach Worten. »Warum bist du eigentlich so interessiert an dieser Geschichte?«, fragte sie schließlich.

Die gleiche Frage hätte er auch ihr stellen können, aber stattdessen gab er zu: »Das weiß ich auch nicht genau.« Er zuckte die Schultern. »Eigentlich hat es in meinem Leben nie eine Rolle gespielt, wer ich bin und von wem ich abstamme. Ich habe immer ein wenig kokettiert mit der Last meines Namens. Ich kenne jede Menge andere Adelssprosse, die sich weiß Gott was auf ihren Titel einbilden, obwohl sie den in Österreich offiziell nicht einmal führen dürfen, und die ständig davon faseln, dass sie irgendwelchen Werten verpflichtet sind. Das habe ich immer für Geschwätz gehalten.«

»Und jetzt?«

»Jetzt denke ich, dass dahinter wohl der Wunsch steckt, seinem eigenen Leben eine Bedeutung zu geben. Und das ... das kann ich nachvollziehen. Ich bin mir nicht sicher, woher es kommt ... aber seit dem Winter im Jagdschloss werde ich das Gefühl nicht los, dass ich etwas ändern müsste. Dass ich einen Job machen sollte, der mir wirklich Spaß macht. Dass ich keine Zeit mehr verschwende an Leute, die nur vorgeben, meine Freunde zu sein. Dass ich etwas weniger Party mache und ernsthafter werde... Ich weiß, das kling alles merkwürdig.«

Er lächelte, aber nicht auf die übliche süffisante Art, sondern irgendwie spitzbübisch. Kurz wirkte er wie ein kleiner Junge, frech und unschuldig zugleich.

»Es ist gar nicht seltsam. Du hättest im Winter sterben können. Oder zumindest deinen Arm verlieren.«

»Mag sein. Aber das ist so ein Klischee. Verwöhnter Mann ordnet im Augenblick des Sterbens sein Leben neu. Ich habe die Moral von Charles Dickens noch nie gemocht. Oder von Hofmannsthal.«

»Soll ich ganz ehrlich sein? Wenn du es unbedingt so sehen

willst, dann lebst du bereits diverse Klischees. Du scheinst ein Kind gewesen zu sein, das in materieller Hinsicht alles hatte, nur kein stabiles Umfeld und verlässliche Eltern. Und jetzt hast du immer noch fast alles – nur keine innere Zufriedenheit.«

Er war um das Auto herumgekommen und stand dicht vor ihr. Unwillkürlich musste sie an den Kuss denken, der ein viel zu frühes Ende genommen hatte. Sie hatte in den letzten Monaten nur selten daran gedacht, doch jetzt bereute sie, dass sie sich kaum mehr erinnern konnte, wie sich seine Lippen anfühlten, wie er roch, wie seine Zunge schmeckte.

Aber da er keine Anstalten machte, sich zu ihr zu beugen, tat sie es auch nicht. Und als er nichts hinzufügte, erklärte sie hastig: »Ich muss nun hinein. Es war ein langer Tag.«

Zögerlich machte Helena den ersten Schritt. Als sie zum zweiten ansetzte, hielt er sie unvermittelt fest. »Was ich dir noch sagen wollte: Als ich dir das Engagement bei den Festspielen verschaffte, ging's mir nicht darum, dir meine Überlegenheit zu demonstrieren. Ich tat es, weil ich dich ehrlich bewundere. Als ich dich im Winter tanzen gesehen habe, hatte ich das Gefühl, dass du einen Traum hast – anders als ich. Und ich fand, du solltest ihn leben, anstatt ihn wie Marietta zu begraben. Was immer damals auch passiert ist, fest steht, dass sie eine große Tänzerin war, aber ihre Karriere vorzeitig beenden musste …«

Während er redete, kam er immer dichter an sie heran. Diesmal zuckte sie nicht zurück. Er hatte kaum geendet, als sich ihre Lippen trafen. Diesmal wurden sie von nichts gestört. Sie hatten Zeit … Zeit, ihre Lippen zu öffnen und ihre Zungen verschmelzen zu lassen. Er schmeckte gut … er küsste gut. Mit dem richtigen Maß an Leidenschaftlichkeit, aber zugleich zärtlich, fordernd, weich.

Ewig hätte sie so stehenbleiben wollen, ihn ewig weiterküssen, sich ewig der Gewissheit hingeben: Es tut ja gar nicht weh. Es ist nicht gefährlich, sein Herz wieder zu öffnen, die Wärme und Nähe zu genießen, die Sehnsucht zuzulassen – nach jemandem, der einen versteht, der Höhen und Tiefen teilt.

Doch plötzlich ertönte ganz dicht neben ihnen ein Räuspern. Helena zuckte zusammen und löste sich von Moritz. Als sie sich umdrehte und erkannte, wer da neben ihnen stand und sie offenbar seit geraumer Zeit beobachtet hatte, schrie sie überrascht auf.

Es war Martin.

Bis jetzt hatte er noch ein paar Schritte Abstand gewahrt, nun kam er langsam auf sie zu. Helena starrte ihn an wie einen Geist. In den letzten Monaten hatte er sich stark verändert: Er war etwas schlanker geworden, die einstmals stoppelkurzen Haare wuchsen über die Ohren; während er sich sonst täglich rasiert hatte, waren seine Wangen von Bartstoppeln übersät, was etwas ungepflegt wirkte, ihn zugleich aber verwegen erscheinen ließ. In seinem Blick stand etwas Getriebenes, nicht diese gönnerhafte Selbstsicherheit, die ihm zu eigen war.

Helena hatte sich oft ein Wiedersehen ausgemalt, doch nie an einem Ort wie diesem und ausgerechnet zum jetzigen Zeitpunkt. Sie war so fassungslos, dass sie keine Worte fand.

»Ich … ich wollte dich nicht einfach so überfallen«, sagte er schnell, »ich habe versucht, dich zu erreichen.«

Ehe Helena etwas sagen konnte, schaltete sich Moritz ein: »Aber natürlich hatte sie ihr Handy wieder mal nicht bei sich.«

Erst jetzt ließ Martin einen flüchtigen Blick über ihn streifen, der sehr abschätzig ausfiel. Er wollte sich schon wieder Helena zuwenden, als Moritz vortrat und ihm seine Hand entgegenstreckte. »Moritz Ahrensberg«, stellte er sich vor.

Martin kam nicht umhin, die Hand zu nehmen und auch seinen Namen zu nennen.

»Also der Ex«, sagte Moritz mit einem breiten Grinsen, das allerdings seine Augen nicht erreichte. »Wie ich's mir dachte.«

Obwohl er sich so überlegen und mitnichten aus der Fassung gebracht gab, merkte Helena, dass es auch in ihm brodelte. Ganz offensichtlich war er eifersüchtig. Genugtuung stieg in ihr hoch und gab ihr die Kraft, sich zusammenzureißen.

»Was zum Teufel machst du hier?«, fragte sie Martin kalt.

»Ich versuche schon seit Wochen, mit dir zu sprechen!«

Helena glaubte ihm nicht recht. Vor ihrer Abreise hatte er sie tatsächlich angerufen, aber höchstens drei Mal. Sie hatte den Anruf immer weggedrückt.

»Ich hatte einen guten Grund, warum ich nicht ...«

»Wir müssen uns endlich aussprechen!«, unterbrach Martin sie ungewohnt flehentlich. »Es ist doch so viel Zeit vergangen!«

»Nicht genug, um den Anblick zu vergessen, wie du ...«

»Ich habe deinen Agenten bekniet, damit er mir sagt, wo du bist, und danach bin ich sofort hierhergekommen. Ich habe seit München keine Pause eingelegt. Du kannst mir glauben, ich bin am Verhungern.«

»Oh, du Armer!«, höhnte sie.

Das angespannte Schweigen nutzte Moritz, um zu verkünden, dass es wohl besser sei, wenn er jetzt ginge.

»Das musst du nicht«, erklärte Helena energisch. »Martin und ich haben nichts miteinander zu bereden.«

Zu ihrem Erstaunen widersprach Moritz: »Ich glaube doch.«

Er beugte sich vor, küsste sie freundschaftlich auf die Wange und stieg ins Auto. Helena blickte ihm nach, als er fortfuhr, ehe sie sich wütend an Martin wandte. »Was fällt dir ein, hier einfach aufzukreuzen? Hast du nicht schon genug kaputtgemacht?«

»Gibt es denn etwas zum Kaputtmachen?«, fragte er gedehnt.

»Was meinst du?«

»Ist etwas Ernstes zwischen dir und diesem ... Typen?«

»Das geht dich gar nichts an. Ich frage dich auch nicht nach deiner Beziehung zu Kristin.«

»Die ist schon längst vorbei.«

»Oh.«

»Deswegen bin ich hier, Helena!« Er packte sie an den Schultern. »Ich habe einen Riesenfehler gemacht.«

Sie wollte sich weiterhin abweisend geben, aber sie konnte das Triumphgefühl nicht unterdrücken, das in ihr hochstieg. Und seine Berührung war ihr nicht unangenehm, vielmehr so … vertraut. Heiß stieg ihr das Blut ins Gesicht.

»Können wir irgendwo zu Abend essen?«, fragte er.

Sie machte sich von ihm los, aber die Versuchung, ihn noch länger zu Kreuze kriechen zu sehen, war zu groß.

»Ich habe schon gegessen, aber meinetwegen trinke ich eine Tasse Tee mit dir.«

Sie fanden kein Gasthaus, das geöffnet war, und kehrten darum in der Pension ein, wo es ein überschaubares Angebot an Tagesgerichten gab. Martin stocherte lustlos in dem Essen, das er bestellt hatte, herum. Es sollte laut Karte Ungarisches Gulasch sein, wirkte aber so grau, als hätte man an Paprika gespart und es schon mehrmals in der Mikrowelle aufgewärmt. Wider Erwarten beklagte Martin sich nicht, obwohl ihn ansonsten nur die allerbesten Gourmet-Menüs in Sternelokalen zufriedenstellen konnten.

Helena hielt ihre Teetasse umklammert und sagte kein Wort.

Martin nahm vorsichtig einen Bissen, legte dann aber die Gabel beiseite und erklärte zerknirscht: »Es tut mir leid, was ich dir angetan habe …«

Auf diese Worte hatte sie seit Monaten gehofft, hatte sich manchmal eine Begegnung wie diese ausgemalt und sich davon die Heilung ihres verletzten Stolzes erwartet. Doch nun stellte sich das Triumphgefühl nicht ein, und auch die Erinnerung an einstigen Schmerz blieb aus. Sie konnte ihn anschauen, ohne dass es wehtat, ohne dass sie das Gefühl hatte, nie wieder ganz zu werden. Zu leicht wollte sie es ihm allerdings auch nicht machen.

»Als ich dich mit Kristin erwischt habe ... Diesen Anblick werde ich nie vergessen«, murmelte sie. »Ich weiß nicht, ob ich dir je wieder vertrauen könnte.«

Martin duckte sich wie ein geschlagener Hund. »Ich weiß, dass es kaum Hoffnung gibt, unsere Beziehung zu retten. Obwohl es nichts gibt, was ich mir mehr wünsche. Und selbst wenn es doch eine winzig kleine Chance gibt ... dann bin ich mir darüber im Klaren, dass es lange dauern wird.«

»Das fällt dir jetzt ein? Nach fast einem Jahr?«

»Früher habe ich mich einfach nicht getraut, dir unter die Augen zu treten ...«

»Weil ich dich während unserer Beziehung ja so oft geschlagen habe«, bemerkte sie ironisch.

»Ich habe dich schrecklich vermisst. Auch wenn es nichts mehr zu kitten geben sollte, ich ... ich würde so gerne mit dir befreundet bleiben.«

Selten hatte er so oft den Konjunktiv benutzt wie in den letzten Minuten.

Helena biss sich auf die Lippen. Beinahe hätte sie zugegeben, dass sie ihn auch vermisst hatte. Martin hatte immer zwei Seiten gehabt – jene selbstsichere, leicht überhebliche des verwöhnten Arztsohnes, und zugleich diese verletzliche, gutmütige, liebevolle, die er nur wenigen Menschen zeigte. Zum ersten Mal ging ihr auf, dass er einiges mit Moritz gemein hatte, obwohl sie den Gedanken an ihn gleich wieder beiseiteschob. Mit Martin hier zu sitzen und ihm zuzuhören war aufwühlend genug.

»Ich muss mich auf meine Karriere konzentrieren«, verkündete sie knapp. Seine Offenheit rührte sie, aber ihr verletzter Stolz verlangte seinen Tribut.

Ein Ausdruck der Kränkung huschte über seine Züge. »Das sah aber vorhin nicht so aus.«

»Was zwischen mir und Moritz ist, geht dich gar nichts an!«

»Ja doch … Ich sehe es ein … ich habe kein Recht, mich in dein Leben einzumischen. Ich würde nur gerne ein wenig Zeit mit dir verbringen … wie gesagt: rein freundschaftlich.«

Helena trank von ihrem Tee und verbrannte sich prompt die Zunge. Sie zeigte ihm den Schmerz ebenso wenig wie ihre widerstreitenden Gefühle. »Ich werde in den nächsten Tagen sehr beschäftigt sein. Schon nächste Woche haben wir Premiere, und bis dahin sind jeden Tag Proben bis in die Puppen angesetzt. Viel mehr als dann und wann eine Tasse Tee kann ich nicht bieten.«

Er nickte energisch. »Damit begnüge ich mich gerne und werde so lange bleiben. Schließlich kann ich mir deinen Auftritt nicht entgehen lassen.«

Es lag ihr auf der Zunge, darauf hinzuweisen, dass er sich im Laufe ihrer Beziehung nie sonderlich für ihre Musicalausbildung interessiert hatte, dass er darin mehr ein Hobby als einen Beruf sah, das sie eines Tages ohnehin aufgeben würde, um sich ganz der Familie zu widmen – so wie seine Mutter, die vorbildliche Arztgattin. Aber insgeheim rührte sie seine Ankündigung, auch wenn dieses Gefühl mit etwas Schadenfreude durchmischt war. Wenn er hier bleiben wollte, würde er sich wohl oder übel auch in dieser Pension einquartieren müssen, und die winzigen, einfachen Zimmer entsprachen seinen Ansprüchen so wenig wie das graue Gulasch.

Helena erhob sich. »Besser, ich gehe jetzt schlafen«, sagte sie, ohne seinen Vorschlag zu kommentieren. »Ich muss morgen früh aufstehen.«

Auch wenn sie es gewollt hätte, hätte Helena nach den Ereignissen des Tages nicht schlafen können. Sie nahm ein warmes Bad, war danach aber immer noch so aufgewühlt, dass sie ein paar Yoga-

Übungen machte, anstatt sich ins Bett zu legen. Sie war gerade bei der dritten Wiederholung des Sonnengrußes angekommen, als ihr Handy läutete.

»Was für ein Wunder!«, rief Moritz. »Du gehst doch mal an dein Handy.«

Helena wusste nichts darauf zu sagen.

»Habt ihr euch ausgesprochen?«, kam es gedehnt.

»Es ist etwas kompliziert.«

»Verstehe.«

Langes Schweigen folgte. Keiner wollte als Erster ihren Kuss erwähnen oder die Frage anschneiden, was Martins plötzliches Auftauchen für sie beide und das, was sich zwischen ihnen entwickelte, bedeutete.

»Was ... was tun wir denn jetzt?«, fragte Helena lediglich, als sie das Schweigen nicht länger ertrug.

Moritz seufzte übertrieben. »Wie wär's mit Ins-Bett-Gehen? Der Tag war lang, und du musst morgen doch sicher früh raus.«

»Nein, ich meinte wegen Elsbeth ...«

Wieder folgte Schweigen, ehe er erklärte: »So wie ich das sehe, sind uns im Moment die Hände gebunden. Lass uns in Ruhe nachdenken, wie wir weiter vorgehen – oder besser: Lass mich nachdenken, und konzentrier du dich ganz auf die Premiere. Danach sehen wir weiter.«

Seine Stimme klang seltsam fremd. Es fehlte der übliche satte, etwas spöttische, arrogante Tonfall. Stattdessen wirkte er unsicher, fast zögerlich. Vielleicht war er tatsächlich auf Martin eifersüchtig. Helena war sich nicht sicher, ob sie sich darüber freuen sollte oder nicht. Sie sagte sich, dass sie nicht zu viel in seine Stimme hineininterpretieren sollte – vielleicht lag es einfach an der schlechten Handyverbindung.

»Du hast recht. Gute Nacht!«

Sie legte auf, ehe er noch etwas hinzufügen konnte.

Es dauerte lange, bis sie einschlief. Zuerst versank sie einfach nur in abgrundtiefer Schwärze, dann erstanden erste schemenhafte Bilder, die immer klarer wurden. Sie träumte von Elsbeth – nicht von der alten Frau im Bett, verwirrt und kraftlos, sondern von dem jungen Mädchen, noch aufrecht und fordernden Schrittes. Elsbeth stapfte durch den Wald, und Helena folgte ihr von weitem und sah sie schließlich im Unterholz verschwinden.

Diesmal trugen die Bäume keine Blätter aus Pergament; kahl ragten die winterlich verschneiten Äste in den grauen Himmel; Moos, Erde und Wurzeln waren unter einer dicken Schneedecke versunken. Zunächst schien Helena diese jungfräulich glatt, doch als sie genauer hinsah, erkannte sie Spuren im Schnee, winzige kleine, von einem Wesen, das kaum Gewicht zu haben schien.

Ein Reh, es musste ein Reh sein ... oder vielleicht nur ein Kitz. Doch als sie den Spuren folgte, wurden sie tiefer und größer. Nein, kein Kitz war hier entlanggelaufen, sondern ein Kind ... ein Kind ohne Schuhe ... mit nackten Füßen.

Der Schnee war nicht länger flockig leicht, sondern schwer wie eine Zementdecke. Mehrmals wähnte sich Helena stecken-zubleiben, doch immer gelang es ihr, einen weiteren zu Schritt machen. Von den kahlen Bäumen rieselte der Schnee; das Licht wurde trüber, die Schneedecke grauer. Dennoch konnte sie in der Ferne eine Gestalt sehen, die sich an einen der schwarzen, ver-kohlt anmutenden Bäume lehnte.

»Adam?«, rief sie.

Es war nicht Adam, es war Elsbeth, nicht länger jung, kräftig und frisch, sondern von einem unsichtbaren Gewicht gebeugt.

»Elsbeth!«, schrie Helena. »Elsbeth!«

Die Frau blickte ihr entgegen, als sie die letzten Schritte zu ihr zurücklegte.

»Warum musste Adam sterben?«, fragte Helena.

Eine graue Wolke hüllte Elsbeths Gesicht ein. Dennoch vernahm sie ihre Antwort deutlich: »Er konnte nicht fliegen.«

»Kannst du denn fliegen?«

Elsbeth richtete sich auf und legte ihren Mantel ab, dunkel wie die Bäume und ein starker Kontrast zu der weißen Haut, die darunter zum Vorschein kam. Als sie nackt war, zeigte sich, dass ihr Rücken von Narben übersät war – oder nein, es waren keine Narben, es waren verkohlte Engelsflügel.

Helena packte das Grauen, und anders als Elsbeth zitterte sie. Doch auch wenn sie nicht bebte, kalt musste ihr trotzdem sein, so nackt wie sie sich da im winterlichen Wald krümmte. Helena schluckte das Grauen, schlüpfte aus ihrem Mantel und legte ihn Elsbeth um die Schultern. »Nimm ihn, dann wird dir warm.«

Ihre weiße Haut war nicht länger zu sehen, auch nicht die verkohlten Engelsflügel. Elsbeth lächelte dankbar, doch als sie den Mund öffnete, um etwas zu sagen, ertönten keine Worte, nur ein Gurren ... das Gurren einer Taube.

Als Helena erwachte, war das Gurren immer noch zu hören. Orientierungslos blickte sie sich um und vernahm ein Flügelschlagen.

Elsbeth hat doch gar keine Flügel mehr, dachte sie verwirrt, die sind verbrannt.

Doch dann sah sie, dass auf dem Fensterbrett eine Taube herumflatterte und die Geräusche verursachte.

Helena ließ ihren Kopf zurück aufs Kissen fallen.

Adam konnte nicht fliegen ...

Traurigkeit packte sie, aber ehe sie ihr nachgab, war sie erneut eingeschlafen. Eine Stunde später läutete der Wecker. Bis dahin hatte sie nichts mehr geträumt.

Eine Woche später saß Helena im Umkleideraum, um sich zu schminken. Wie immer war es dort zugig, und kurz vor der Premiere ging es noch hektischer zu als sonst. Es waren nur zwei

Maskenbildnerinnen engagiert worden, die ausschließlich für die Darsteller der Hauptrollen zuständig waren. Alle anderen mussten das Bühnen-Make-up selbst auflegen. Eben wurde das Gesicht des »Todes« ganz weiß geschminkt. Er war ein ziemlich arroganter Typ, der während der ganzen Prozedur die Augen geschlossen hielt, als müsste er sich konzentrieren. Bei jedem lauten Geräusch zuckte er zusammen und runzelte die Stirne, als litte er an heftigen Schmerzen. Franziska, die neben ihm wartete, lachte wieder über die Falten, die sie gleich bekommen würde, und Helena puderte ihr Gesicht ein letztes Mal, während ihr Lampenfieber in Form eines Kribbelns im Magen und schweißnassen Händen langsam zunahm.

In der letzten Woche waren jeden Tag intensive Proben angesetzt gewesen. Sie hatte weder Zeit gehabt, um über Marietta und Elsbeth nachzudenken, noch um sich über Martin den Kopf zu zerbrechen. Einmal hatte sie mit ihm zu Abend gegessen, aber das Gespräch an der Oberfläche dahinplätschern lassen und jeden Versuch abgewehrt, in die Tiefe zu gehen. Sie hatte gefragt, wie es seinen Eltern ging, und er hatte sich nach ihren erkundigt, und ehe ihnen die Themen für den Smalltalk ausgingen, hatte sie sich zurückgezogen.

Moritz hatte sie hingegen nicht mehr gesehen. Er hatte ihr nur zwei Mal eine kurze SMS geschrieben und gefragt, wie es ihr ginge, und sie hatte knapp und unverbindlich darauf geantwortet. Auch jetzt vibrierte ihr Handy, und als sie darauf blickte, sah sie, dass fast zeitgleich zwei SMS eingegangen waren – eine von Martin, die andere von Moritz. Beide wünschten ihr viel Glück für die Premiere.

Als sie den Blick hob und in den Spiegel sah, merkte sie, dass Clarissa hinter ihr stand. Die letzten Tage hatte sie sie wohlweislich ignoriert, aber jetzt zischte sie:»Bild dir nicht zu viel drauf ein!«

»Worauf?«

Sie deutete mit dem Kinn auf das Handy. »Die Nachricht ist doch von Moritz, oder?«

»Was geht es dich an?«

Clarissa beugte sich ganz nah zu ihr hinab, so dass ihre langen Haare sie kitzelten. »Ich bin seit Monaten seine Freundin.«

»Das wüsste ich aber.«

»Glaubst du wirklich, er wäre an dir interessiert? Ich weiß, ich weiß ... ihr habt ein paar Tage in diesem Jagdschloss verbracht ... notgedrungen, nicht freiwillig. Und dort war es wohl nicht sonderlich romantisch, eher kalt und ungemütlich.«

Helena konnte nicht verhindern, dass ihr die Züge entglitten. »Du weißt davon?«

»Natürlich hat er es mir erzählt, was glaubst du denn?«, rief Clarissa spöttisch. »Im Übrigen hat er auch über diese ... diese Marietta gesprochen ...«

Dass sie den Namen aussprach, obendrein mit leiser Verachtung, erschien Helena wie ein Sakrileg. Anstatt zu zeigen, wie tief getroffen sie war, erhob sie sich jedoch hastig, zumal sie schon fertig geschminkt war. Vergebens überlegte sie, was sie der anderen entgegenhalten sollte, entschied sich dann aber für den schweigenden Abgang. Bei jedem Schritt spürte sie Clarissas Blick auf sich ruhen.

Sie war erleichtert, ins Freie zu kommen und gierig die frische Luft einzuatmen. Es war ein lauer Abend, der Duft von Blumen lag in der Luft, Mücken umsurrten ihr Gesicht. Sie stand noch keine Minute im Innenhof der Burg, als Martin auf sie zukam. Er lächelte, winkte und öffnete den Mund – offenbar, um ihr persönlich noch mal alles Gutes zu wünschen. Aber Helena hatte keine Zeit für ihn, nicht jetzt. »Ich muss jetzt allein sein«, erklärte sie schroff.

Sie ließ ihn stehen und war erleichtert, dass er ihr nicht folgte und die rüde Abfuhr wohl auf ihr Lampenfieber schob.

Draußen auf dem Parkplatz fuhren immer mehr Autos vor, aus denen elegant gekleidete Menschen stiegen – Premierenpublikum, das sie eigentlich nicht im Kostüm sehen sollte.

In der ersten Szene spielte sie eine der Toten, die ihrem Reich entstiegen und Kaiserin Elisabeths Geschick besangen. Mit den schwarzen Flügeln glich sie allerdings weniger einem Todesengel als vielmehr einer Krähe.

Wieder atmete sie ein paar Mal tief durch und stellte befriedigt fest, dass sich ihre Konzentration ganz auf den bevorstehenden Auftritt richtete. Ehe sie sich jedoch in den Umkleideraum zurückzog, sah sie Moritz nicht weit von ihr entfernt aus dem Auto steigen.

Trotz Clarissas Worten versetzte ihr sein Anblick einen freudigen Stich. Sie musste übertrieben haben, sie war nicht seine Freundin, nicht aktuell zumindest, und dass sie von ihrem Aufenthalt im Jagdschloss wusste ... nun, das hatte gar nichts zu bedeuten. Natürlich hatte Moritz es mal erwähnt, aber das war kein Beweis dafür, dass die beiden ein Paar waren, und noch weniger, dass ihm diese Tage und Mariettas Geschick nichts bedeutet hätten.

Sie wollte auf ihn zugehen, als sie bemerkte, dass sie nicht die Einzige war, die seine Aufmerksamkeit suchte. Ein Frau kam auf ihn zu, die Helena im ersten Moment nicht erkannte und deren Äußeres sie etwas befremdete, hob sich ihr schlichter Mantel doch deutlich von den eleganten Fracks und langen Kleidern des Premierenpublikums ab.

Helena duckte sich hinter einer Hecke. Moritz sagte etwas, und die Frau antwortete. Leider stand sie nicht nahe genug, um sie zu verstehen. Jetzt drehte sich die Frau ein wenig zur Seite, und Helena stockte der Atem.

Das war Marlies Safransky!

Helena war fassungslos. Eindeutig. Elsbeths Enkelin. Eben

übergab sie Moritz eine Rolle, und der zog seinerseits ein dickes Briefkuvert aus seinem Jackett. Während Marlies es einsteckte, blickte er sich mehrmals um.

Helena duckte sich noch tiefer hinter die Hecke und blieb mit einem ihrer schwarzen Flügel an einem Ast hängen. Geistesabwesend machte sie sich los.

Sie hätte schwören können, dass Marlies Moritz jenes Dokument in Sütterlinschrift überreichte, das sie bei Elsbeth gefunden hatte, und dass sein Briefkuvert mit Geld gefüllt war. Moritz musste ahnen, was darin stand – und ein nicht geringes Interesse haben, dass es nicht an die Öffentlichkeit geriet. Dafür war er sogar bereit zu zahlen.

25

1922

Das Jagdschloss hatte sich seit dem letzten Sommer, den Elsbeth hier verbracht hatte, verändert. Der Efeu kletterte noch dichter die Hauswände hoch, ließ es verwunschener und älter erscheinen, als es war, und überwucherte die neuen Fensterläden. Immerhin glänzte das ebenfalls neue grüne Dach, und die Dienstboten berichteten ihr später, dass sie nicht nur eine neue Wasserleitung bekommen hatten, sondern auch einen Anschluss an das Stromnetz. Sie waren sichtlich stolz, bei jemandem zu arbeiten, der sich das leisten konnte, waren ansonsten doch viele vornehme Familien verarmt. Die Aristokratie hatte ihr Vermögen in Kriegsanleihen gesteckt, die nach 1918 wertlos geworden waren, und der Verlust von Ländereien brachte sie an den Rand des Ruins. Einem Waffenproduzenten jedoch, der im Krieg Riesengewinne erzielt hatte, blieb die Not erspart.

Falls es Heinrich noch auf der Seele lastete, wie er sein Geld verdiente, zeigte er es nicht. Nie wieder erwähnte er nach Kriegsende die Experimente mit Giftgas – und nie wieder fragte Elsbeth ihn von sich aus danach.

Er konnte sich nicht nur die Sanierung des Jagdschlosses leisten, sondern gleich mehrere Autos, und mit einem davon fuhr der Chauffeur sie vom Bahnhof hierher. Stille erwartete sie. Niemand trat aus dem Schloss, sie zu begrüßen. Heinrich war auf der Jagd.

Elsbeth stieg aus dem Wagen und sog gierig die frische Luft ein.

Der Himmel war klar, und in der Ferne waren die Berge zu sehen. Sie hatte sich hier nie heimisch gefühlt, aber jetzt freute sie sich auf ein paar ruhige Wochen, in denen sie endgültig über ihre Zukunft entscheiden würde.

Verspätet ging doch noch die Türe auf, und Adam kam herausgesprungen.

»Tante Elsbeth! Tante Elsbeth, du bist wieder da!«

Sie lächelte. Er war so lebendig, sommersprossig, mit viel Schalk in den Augen – ein Kind, wie weder sie noch Marietta es jemals gewesen waren. Marietta hatte früh begonnen, für das Ballett zu trainieren. Sie selbst hatte sich kaum auf den Beinen halten können, weil sie so ausgehungert gewesen war.

Adam lief auf sie zu und umschlang sie. »Du kommst aus dem Internat, nicht wahr?«

»Ja, und ich werde nie wieder dorthin zurückkehren.«

»Das heißt, du hast die Matura bestanden.«

Sie nickte stolz. »Mit Auszeichnung.«

Nach Adams Geburt hatte sie gegen Heinrichs Willen doch noch eine Weile Freiwilligendienst im Lazarett versehen und an ihrem Ziel, Medizin zu studieren, festgehalten. Die notwendige Voraussetzung war die Matura – die Reifeprüfung –, weswegen sie sich 1919 in einem Internat angemeldet hatte. Die Mädchen dort waren allesamt jünger, ärmer und weniger wissbegierig als sie. Sie schaffte es, irgendwie mit ihnen auszukommen – Freundschaften schloss sie jedoch keine.

Wenn sie nicht zu Hause war, sehnte sie sich nach Heinrich. Aber wenn sie in den Ferien heimkehrte, schürte seine Gesellschaft Zweifel an ihrem Berufswunsch. In seiner Gegenwart von ihren Träumen zu sprechen wagte sie kaum, und als sie es ein Jahr zuvor doch getan hatte, meinte er lapidar, die Medizin sei kein Beruf für eine Frau.

»Nicht, dass ich es dir verbieten würde«, hatte er rasch hinzugefügt, »ich finde es gut, dass du zur Schule gehst, dich weiterbildest, aber ...«

Er schwieg. Sie konnte sich denken, was er dachte. Es war nicht die Zukunft, die er für sie im Sinn hatte. Er wollte, dass sie ein gutes, schönes, angenehmes, glückliches Leben führte. Wie aber konnte ein Leben schön sein, wenn sie ihn nicht an ihrer Seite hatte? Warum sollte sie seinetwegen ihren Herzenswunsch aufgeben, wenn sein Herz doch Marietta gehörte? Wie konnte sie aus der heimlichen Liebe zu ihm Kraft ziehen – anstatt nur Schmerz und Qual?

Sie verdrängte den Gedanken.

»Hilfst du mir, meinen Koffer hineinzutragen?«, fragte sie.

Adam schüttelte den Kopf. »Ich darf nicht zurück ins Haus.«

»Warum denn nicht?«

»Josepha hat mich hinausgeschickt.«

Josepha diente Marietta immer noch als Zofe.

»Sie sagt, ich darf keinen Krach machen«, fügte Adam hinzu, »es würde Mutter stören.«

»Ist sie denn krank?«

Adam presste die Lippen zusammen. »Nein, sie ist ... sie ist ...«

Sein Gesicht färbte sich hochrot. Widerstreitende Gefühle schienen in ihm zu toben. Einerseits sehnte er sich deutlich danach, sich jemandem anzuvertrauen, andererseits war ihm die Wahrheit unendlich peinlich.

»Sie ist wahnsinnig!«, platzte er endlich heraus.

Elsbeth runzelte die Stirne. »Wer sagt das denn?«

»Nun alle ... natürlich nicht laut ... nicht, wenn Vater in der Nähe ist ... oder ich. Aber ich habe sie belauscht. Auch in Wien.«

Elsbeth beugte sich zu ihm. »Ich habe Menschen gesehen, die im Krieg wahnsinnig wurden, und ich kann dir sagen, sie benehmen sich anders.«

»Aber Mutter ist immer im Bett und immer so traurig. Und

manchmal schreit sie so fürchterlich laut, dass es in den Ohren weh tut.«

Altbekannter Ärger stieg in Elsbeth hoch. Warum konnte sie sich nicht wenigstens vor dem Kind zusammenreißen? Warum nicht genießen, was sie hatte – einen gesunden Sohn und einen liebevollen Mann? Und warum ließ sie selbst sich vom Neid auf die Schwester zerfressen und haderte über die Ungerechtigkeit der Welt: dass sie begehrte, was Marietta hatte, aber nicht haben wollte?

»Deine Mutter ist nicht wahnsinnig«, erklärte sie entschlossen. »Nur ein wenig nervös ... und melancholisch.«

»Kann denn kein Arzt kommen und sie heilen?«, fragte Adam hoffnungsvoll.

Elsbeth erhob sich. In den letzten Jahren hatte sie viel über die Schwermut und ihre Ursachen gelesen, und auch von neuen Methoden der Behandlung.

»Vielleicht gibt es eine Möglichkeit, ihr zu helfen. Ich werde mit deinem Vater sprechen.«

Während Professor Huber bei Marietta war, wartete Elsbeth mit Heinrich im Wohnraum. Ihr Schwager wirkte angespannt und schien kurz davor zu stehen, das Zimmer zu verlassen, nach oben zu stürmen und sich zu vergewissern, dass das, was die beiden da oben trieben, seiner Frau tatsächlich half, anstatt ihr zu schaden.

»Jetzt glaub mir doch endlich«, erklärte Elsbeth zum wiederholten Male, »es war die richtige Entscheidung, ihn hinzuzuziehen.«

Es hatte lange gedauert, Heinrich davon zu überzeugen, Dr. Huber zu konsultieren, und noch länger, bis auch Marietta damit einverstanden war.

»Ich weiß ja«, murmelte Heinrich, »Dr. Huber hat einen guten Ruf, und dennoch ...«

»Er ist ein Schüler von Dr. Freud. Sein Vater war sogar einer von seinen Skatfreunden. Nach einer Lehranalyse wurde er ordentliches Mitglied der Wiener Psychoanalytischen Vereinigung.« Heinrich blickte sie verwirrt an. »Woher weißt du das alles?« »Nun, weil ich mich mit Dr. Freud beschäftigt habe. Ich habe sein Buch über die Traumdeutung gelesen und außerdem diverse Artikel über die Psychoanalyse. Es scheint mir …«

»Ist das alles nicht nur Scharlatanerie?«, fiel Heinrich ihr skeptisch ins Wort.

Elsbeth trat zu ihm. »Dr. Freud hat so vielen Patienten geholfen … auch vielen Frauen, die an Hysterie litten. Bertha Pappenheim zum Beispiel, bekannt als ›Anna O.‹. Denk dir nur – sie konnte nicht sprechen, sich an nichts erinnern; Lähmungen machten ihr zu schaffen und ein schmerzhaftes Nervenleiden, aber Dr. Freud konnte sämtliche Symptome zum Verschwinden bringen.«

Heinrich blieb misstrauisch. »Ich kann mir wirklich nicht vorstellen, wie das wirken soll … ich meine, er redet doch nur mit ihr …«

»Manchmal ist die Seele noch kränker als der Körper – und diese kann man nun mal nicht operieren.«

Heinrich wandte sich von ihr ab und starrte zum Fenster hinaus. Der Efeu hielt fast das ganze Sonnenlicht ab. »Ich habe die Dienstboten über sie tuscheln gehört. Sie … sie halten sie für wahnsinnig.«

Er biss sich auf die Lippen, als wäre er versucht hinzuzufügen: und ich auch.

Die gleichen widerstreitenden Gefühle, die Elsbeth schon bei Adam wahrgenommen hatten, kämpften in ihm: das Bedürfnis, seine Frau zu schützen, und das Unverständnis über ihre Lethargie und ihre Ausbrüche.

»Aber genau das würden Dr. Freud oder Dr. Huber nie behaupten«, rief Elsbeth eindringlich. »Freud sieht die Psychoanalyse als eigenständige medizinische Disziplin an und nicht der Psychiatrie untergeordnet. Sie dient dazu zu erkennen, welche Ursache die einzelnen Symptome haben, so wie z. B. Magenschmerzen auf ein Geschwür zurückgeführt werden. Und dann ... nun, dann kann man sie heilen.«

Heinrich schwieg. Sie ahnte, dass sie ihn nicht ganz überzeugt hatte, und kurz zweifelte sie selbst an ihren Worten. Allzu deutlich konnte sie sich an ein Zitat von Dr. Freud erinnern, wonach die Heilung nicht so einfach war, wie sie es eben behauptet hatte, sondern ein höchst komplexer Prozess.

Elsbeth musterte Heinrich von der Seite. Im Internat hatte sie ihre Gefühle irgendwie in Zaum halten und sich auf andere Dinge konzentrieren können, doch in seiner Gegenwart kreisten all ihre Gedanken um ihn. Ihre Liebe spornte sie jedoch nicht an und gab ihr Kraft, sondern schien sie auszuhöhlen, so dass schließlich nichts mehr von der Elsbeth übrig blieb, die Bücher verschlang und Medizin studieren wollte, sondern nur noch das Mädchen, das Heinrich vor Hilde gerettet hatte und das ihm ganz und gar sein Herz geschenkt hatte.

Heinrich wandte sich vom Fenster ab.

»Was genau treiben die denn da oben?«

Sie war sich nicht sicher, warum es ihr unerträglich war, ihn so besorgt zu sehen. Weil diese Sorge Marietta galt? Oder weil er litt und sie ihn nicht leiden sehen wollte?

»Wahrscheinlich betreiben sie freies Assoziieren«, erklärte sie. »Freud hat eine sogenannte Grundregel aufgestellt, die dem Patienten zu Beginn der Behandlung mitgeteilt wird: nämlich, dass er alles, was ihm in der Stunde einfällt, mitteilen soll, auch wenn er es für bedeutungslos hält oder sich dessen schämt. Er solle seine Gedanken nicht hemmen, sondern ihnen freien Lauf in jedwede Richtung lassen.«

Er runzelte die Stirne, und einmal mehr glaubte sie, sein Misstrauen gelte der Psychoanalyse. Doch dann erkannte sie, dass seine Skepsis einem anderen Umstand galt.

»Mit was für Dingen du dich nur beschäftigst, Elsbeth! Es erscheint nicht wirklich passend für eine junge Frau ... der Kopf wird doch ganz schwer davon ...«

Sie starrte ihn an. Wie konnte er denken, der Kopf würde ihr zu schwer, wenn es doch ihr Herz war, das einem riesigen, schwarzen Klumpen glich. Ihr Kopf war das Einzige, das sie von dem Morast aus unerfüllter Liebe, schlechtem Gewissen, Trotz und Schuldgefühlen freihalten konnte.

Kurz war sie geneigt zu schweigen, aber dann konnte sie nicht anders, als auf ihn zuzustürzen und seine Hand zu nehmen. »So bin ich nunmal – verstehst du es denn nicht?«, rief sie heftig. »Marietta ist zum Tanzen geboren ... und ich zum Lesen, zum Denken, zum Lernen. Ihr Körper ist dazu gemacht, sich zu biegen und zu drehen, und bei mir ist es der Geist, der ähnlich rege ist.«

Er wich ein Stück zurück, sichtlich verwundert über ihren Ausbruch. Elsbeth war selbst über sich erschrocken. »Ich will dich nicht kritisieren«, murmelte er, »ich will nur, dass du glücklich bist ... wenigstens du.«

»Ich wäre schon glücklich, wenn du in mir nicht nur das kleine Mädchen sehen würdest, das man bevormunden muss, dem man Süßes in den Mund steckt oder das man auf dem Arm trägt.«

Er seufzte. »Aber Elsbeth, ich weiß doch, dass du längst erwachsen geworden bist. Und ich bewundere dich auch für deine ... Stärke. Für deine Entschlossenheit.«

Sie konnte kaum glauben, was sie hörte. »Wirklich?«, fragte sie atemlos.

Nun war er es, der ihre Hand ergriff: »Vielleicht hätte ich es dir öfter sagen sollen. Glaub mir ... wenn du nicht wärst ... ich wäre schon verzweifelt. Es ist so schwer mit Marietta, aber wenn ich sehe, wie du deine Schwester liebst, dann erinnert es mich daran, was ich einst selbst für sie empfand.«

Elsbeth schluckte. Endlich stellte sich jene Vertrautheit zwischen ihnen ein, die sie sich so sehr erhofft hatte, doch sie baute auf einer Lüge auf. Er deutete ihre Liebe falsch.

»Ich würde alles tun, wirklich alles. Aber für dich, nicht für Marietta«, erklärte sie mit rauer Stimme.

Etwas leuchtete in seinem Blick, was sie glauben ließ, dass er tatsächlich nicht mehr nur das Kind in ihr sah, sondern die junge Frau. »Ach, Elsbeth …«

So viel Sehnsucht lag in seiner Stimme – Sehnsucht, die ansonsten nur Marietta galt. Ahnte er von ihrer Liebe? Konnte er sich vorstellen, sie zu erwidern?

Elsbeths Herz klopfte heftig. »Ich … ich …«

»Nein, sag bitte nichts!«

Heinrich legte seinen Zeigefinger auf ihre Lippen, um sie zum Schweigen zu bringen. So gerne sie sich ihm anvertraut hätte – diese sanfte Berührung war viel zu kostbar, um sie auszuschlagen.

Viel zu schnell war es vorbei. Dr. Huber kam von oben, um über die weitere Behandlung zu reden, und Heinrich ließ die Hand sinken und trat zurück.

Der Sommer neigte sich dem Ende zu. Auf einen heißen September folgte ein goldener Oktober. Das Laub raschelte, wenn es zu Boden fiel, die Fichtennadeln übersäten die Wege, und Elsbeth war noch immer nicht nach Wien zurückgekehrt.

Sie wusste, sie sollte endlich ihr Studium in Angriff nehmen, doch weder konnte sie sich gegenüber Heinrich offen zu ihren Zielen bekennen, noch brachte sie es über sich, abzureisen, bevor sich Mariettas Zustand verbessert hatte – und danach sah es nicht aus.

Sie setzte sich selber eine Frist. Wenn die Birke in der Nähe des Hauses alle Blätter verloren hatte, dann würde sie nicht länger abwarten, sondern endlich handeln. Doch als sie wieder einmal vor dem Baum stand und seine schon lichteren, aber noch nicht gänzlich kahlen Äste musterte, packte sie der Ärger auf sich selbst.

Welch ein Irrwitz, dem Herbstwind ihr Schicksal anheimzustellen! Sie lief zum Jagdschloss und stürmte in Mariettas Zimmer, wo diese wie immer in ihrem Bett lag. Doch Elsbeth blieb nicht einfach nur hilflos daneben stehen wie sonst.

Sie setzte sich zu ihr, packte sie an den Schultern und rief: »Es ist genug!«

Ob wegen der herrischen Worte oder der groben Berührung, Marietta sah sie verwundert an.

»Was ... was ...«

»Es ist genug!«, wiederholte Elsbeth energisch. »Merkst du nicht, dass alle ständig auf dich Rücksicht nehmen müssen? Adam quält dein Zustand ungemein, und Heinrich nicht minder. Tu ihnen das nicht länger an!«

Marietta entzog sich ihrem Griff und sank aufs Kissen zurück.

»Du hast ja keine Ahnung«, murmelte sie.

Elsbeth packte sie kein zweites Mal, aber wich nicht von der Bettkante. »Doch«, flüsterte sie plötzlich, »doch ich weiß es ... ich weiß alles.«

Mit ihrem Flüstern erreichte sie mehr als mit allem Schreien. Marietta richtete sich auf.

»Was ...«

»Ich weiß alles über ... Gabriel!«, rief Elsbeth, und in ihrer Stimme lag ebenso viel Wut wie Triumph. »Ich weiß alles über jenen Winter! Dass du ihn geliebt hast, dass du zu seinem Klavierspiel getanzt hast, dass er gefallen ist, dass Adam ...«

Sie brach ab, ergriff Mariettas Hände und drückte sie fest. »Ich habe dein Geheimnis bewahrt, obwohl es mir nicht leicht fiel. Jetzt musst du auch etwas für mich tun. Für Adam, für Heinrich. Vergiss Gabriel!«

357

Marietta versuchte gar nicht erst, es abzustreiten. Rüde entzog sie der Schwester die Hände und schlug sie vors Gesicht. Elsbeth dachte schon, sie würde weinen, aber ihre Augen blieben trocken. In ihrer Lethargie waren sämtliche Tränen längst erstickt.

»Es ist doch nur deinetwegen«, murmelte Marietta.

»Ach verschon mich mit diesem Geschwätz!«, schrie Elsbeth. »Ich weiß, was du mir sagen willst ... du hast dich für mich geopfert ... du hast Heinrich nur geheiratet, um mich von Hilde zu befreien. Aber ich frage dich: Hast du dich in Wahrheit nicht zu diesem Schritt entschlossen, um dich vor Salvator zu schützen? Ja, um dich an ihm zu rächen? Es gab keinen besseren Weg, ihm seine Zudringlichkeiten heimzuzahlen, als dass du seine Schwägerin wurdest und er fortan mit dir unter einem Dach leben musste.«

Marietta ließ die Hände sinken. »Du weißt, dass der Mann, der mir einst im Treppenhaus aufgelauert hat, Salvator war?«, fragte sie bestürzt.

»Ja, gewiss. Er hat um dich gebuhlt, du aber hast seine Avancen ausgeschlagen. Später hetzte er Männer auf dich, die dich vergewaltigen sollten, aber Heinrich hat dich vor ihnen gerettet und weiß bis heute nicht, wer sie geschickt hat. Und das ist auch gut so. Denn das alles gehört zur Vergangenheit – du hingegen solltest endlich in die Zukunft blicken!«

»Aber das kann ich nicht.« Marietta klang nicht kraftlos, eher trotzig.

»Nein, du willst es einfach nur nicht.«

Eine Weile kämpfte Elsbeth gegen den Drang, ihr die Decke wegzuziehen, sie mit Gewalt aus dem Bett zu zerren, sie zu schlagen. Doch Mariettas erbärmlicher Anblick erzeugte nicht mehr genug Wut, um es zu tun, nur – Überdruss.

»Hach!«, schrie sie, ehe sie aus dem Zimmer floh und nach unten stürmte.

Heinrich stand auf der untersten Stufe der Treppe und wirkte blass, nahezu verstört. Hatte er ihr Gespräch belauscht?

»Heinrich ...«

Sie musterte ihn genauer. Trotz seiner Verunsicherung – da war kein Hass auf Salvator, weil er seine Braut bedroht hatte, oder auf Marietta, weil sie ihm die Avancen des Bruders verschwiegen hatte. Zögerlich fragte er: »Warum ... warum hast du mit Marietta gestritten?«

In den nächsten zwei Tagen war Heinrich öfter zur Jagd als sonst. Er schoss alles tot, was ihm vor die Flinte kam. Und wenn er nicht jagte, stand er oft im Hof und betrachtete das Jagdschloss, als sähe er es zum ersten Mal.

Verwirrung lag in seinem Blick – und Müdigkeit. Qual – und ein wenig Zorn.

Elsbeth beobachtete ihn und konnte nicht entscheiden, ob sie sich darüber freute oder nicht. Sie wusste nicht, ob es gut gewesen war, ihm die Wahrheit über Salvator und auch Gabriel zu verschweigen, oder ob sie die Gelegenheit hätte nutzen sollen, ihm endlich reinen Wein einzuschenken. Etwas anderes hatte sie sich nicht verkneifen können. »Marietta ist nicht die richtige Frau für dich«, war es aus ihr herausgeplatzt. »Was immer wir versuchen, um ihr zu helfen – ihr Zustand wird sich nicht verbessern.«

Seitdem hatte sie nicht mehr mit ihm gesprochen.

Am dritten Tag ging Heinrich nicht zur Jagd. Elsbeth sah ihn erst in die Waffenkammer gehen, dann mit Adam im Hof plaudern, zuletzt in Mariettas Zimmer gehen.

Wenig später vernahm sie ihre Stimmen. Die beiden stritten.

Elsbeth blieb zunächst dort stehen, wo auch Heinrich stehen geblieben war – am Fuß der Treppe. Doch dort konnte sie die beiden nicht deutlich genug hören, und so schlich sie bis zur Tür von Mariettas Zimmer.

359

»Reiß dich endlich zusammen!«, fuhr er sie an. »Adam ist deinetwegen zutiefst unglücklich!«

»Heinrich ...«

»Ach verschon mich damit, dass du nicht anders kannst. Du versuchst es ja nicht einmal ...«

»Aber natürlich versuche ich es. Ich habe doch auch eingewilligt, dass der Professor ...«

»Der Professor kann dir auch nicht helfen.«

»Vielleicht kann das niemand – vielleicht bin ich dazu geboren, unglücklich zu sein.«

»Rede doch nicht so einen Unsinn!«

»Warum nicht? Sei doch ehrlich – zu mir und auch zu dir selbst: Du hast mich nicht geheiratet, weil ich glücklich war.«

»Was soll das heißen?«

»Du hast es doch ganz genau gespürt – das Dunkle, Traurige in mir. Das war es, was dich angezogen hat. Du hast es nicht vermisst, dass ich so gut wie nie gelächelt habe. Du hast nicht die Liebe gesucht, als du mich umworben hast, sondern den Tod. Und auch wenn es der Tod in seiner schönsten Gestalt war ... er bleibt doch ein schwarzer, finsterer Geselle.«

»Das war damals so ...«, gestand er heiser ein. »Ich war noch jung, romantisch veranlagt, unglücklich als Waffenbaron ... aber heute ... heute brauche ich eine Frau an meiner Seite, die mich respektiert, die mein Leben teilt, die mich versteht...«

Er sah Verletztheit in ihrem Blick. »Hast *du* mich denn je verstanden?«, gab sie zurück

»Hast du mir nicht eben vorgeworfen, ich hätte dich zur Frau genommen, weil du traurig warst?«

»Ja, aber weißt du auch, warum ich traurig bin?«

»Du bist traurig, weil du traurig sein willst. Du hütest deinen Weltschmerz wie einen Schatz.« Seine Stimme klang wie ein Knurren – ihre wie ein Zischen, als sie erwiderte: »Du hast ja keine Ahnung.«

»Dann erklär es mir!«

Er schien sich auf sie zu stürzen, sie zu schütteln. »Du hütest nicht nur deinen Weltschmerz … sondern auch etwas anderes. Ich spüre seit langem, dass du etwas vor mir verbirgst. Dass du ein Geheimnis hast.«

»Heinrich …«

Sag es!, dachte Elsbeth. Sag es endlich!

Marietta sagte es.

»Als du im Krieg warst … in jenem Winter im Jagdschloss … ich war nicht allein hier.«

»Ich weiß, Elsbeth hat dich begleitet!«

»Das meine ich nicht. Ich habe Besuch bekommen … ich habe mich verliebt. In Gabriel Radványi …«

»Er war doch nur ein Knabe … gerade mal siebzehn Jahre alt.«

»Wir haben nie über unser Alter gesprochen – nur über Tanz und Musik. Und wir haben uns geliebt … Ich glaube, Adam ist sein Sohn – nicht deiner.«

Es folgte Schweigen.

Endlich, dachte Elsbeth, endlich.

Sie fühlte sich erschöpft, als wäre sie stundenlang gelaufen, und zugleich unendlich befreit. Erst jetzt bemerkte sie, dass sich Mariettas Affäre und ihr Schweigen darüber einem Spinnennetz gleich über ihr Leben gelegt und sie langsam vergiftet hatte. Nun war es gerissen. Nun würde Heinrich Marietta vielleicht schlagen, würde sich von ihr lossagen, würde ihr erklären, dass sie ihn nicht verdient hatte.

Doch Heinrich schlug sie nicht, und er sagte nichts.

»Warum … warum schweigst du?«, fragte Marietta verwirrt.

Das Schweigen verhieß nichts Befreiendes mehr – nur Qual.

Elsbeth lugte durch die Türe und sah, dass Heinrich auf Mariettas Bett gesunken war. Marietta selbst stand aufrecht davor. Erst jetzt fiel Elsbeth auf, dass sie ihr rotes Jagdkleid trug.

Woher hatte sie die Kraft genommen, sich anzukleiden?

Und woher nahm er die Kraft, ihr zu verzeihen?

»Ich habe früher oft befürchtet«, murmelte er, »dass ich keine Kinder zeugen kann ... Als Kind hatte ich Mumps. Manche Ärzte sagen, es macht die Männer unfruchtbar ... und als du so lange nicht schwanger wurdest ...«

Er wirkte, als hätte er einen Schlag erhalten ... aber er wirkte nicht gebrochen. Und nicht hasserfüllt.

»Wenn du die Scheidung willst, würde ich das verstehen«, sagte Marietta leise.

Heinrich blickte hoch. »Ich will doch nicht die Scheidung!«, rief er verzweifelt. »Ich will, dass du glücklich bist, dass du mich liebst!«

Elsbeth traute ihren Ohren nicht.

»Du verzeihst mir?«, rief Marietta nicht minder überrascht.

Er nickte zaghaft. »Damals im Krieg ... ich war so versessen auf meine eigenen Nöte ... ich konnte mich nicht um dich kümmern. Kein Wunder, dass du in die Arme eines anderen Mannes geflüchtet bist ... aber das ist viele Jahre her.«

»Du könntest wirklich mit dem Wissen leben ...«

»Wenn du nur wieder am Leben teilnimmst! Wenn du dich nicht verkriechst! Wenn wir eine richtige Familie wären – dann könnte ich alles!«

»Aber Adam ...«

»Adam ist das Beste, was mir je passiert ist. Ich bin so stolz auf ihn. Und wenn du nur ein wenig mehr Zeit mit ihm verbringst, wärst du es auch.«

»Ach Heinrich ...«

Er hatte sich wieder erhoben. Nun war es Marietta, die sich aufs Bett sinken ließ.

»Ja, ich habe die Kraft, die Vergangenheit zu vergessen und in die Zukunft schauen. Die Frage ist: Hast du die Kraft auch?«

Marietta antwortete nicht. Sie weinte.

Elsbeth indes rang nach Atem. Ja, das Netz von Betrug, Lüge und Vertuschung hatte sie zerschlagen. Aber nun spann sich ein neues über ihre Seele – mit Fäden aus Enttäuschung und Bitterkeit.

Sie wartete, bis Heinrich gegangen war, ehe sie das Zimmer ihrer Schwester betrat. Sie hatte nicht geklopft, und Marietta hörte sie selbst dann noch nicht, als sie in die Mitte des Raums trat. Erst als sie dicht hinter ihr stand, fuhr sie herum. Marietta wirkte nicht lethargisch wie sonst, sondern zutiefst aufgewühlt, nicht niedergeschlagen, sondern verzweifelt. Ihr Gesicht war gerötet, ihre Lippen bebten.

Ehe Marietta etwas sagen konnte, erklärte Elsbeth heiser:

»Du verdienst ihn nicht. Du verdienst auch Adam nicht.«

Mariettas Blick flackerte, doch anstatt sich zu rechtfertigen, sah sie betreten zu Boden. Ihre fiebrige Erregung wich wieder der Schwermut. Elsbeth konnte beinahe am eigenen Leib spüren, wie sie jede Faser ihres Körpers in Besitz nahm, bis aus der lebendigen Frau eine Steinstatue geworden war.

»Ich weiß …«, sagte sie leise.

Nun war es Elsbeth, die von ihren Gefühlen übermannt wurde.

»Herrgott!«, stieß sie aus. »Es kann doch nicht wahr sein! Er verzeiht dir, und anstelle von Erleichterung und tiefstem Dank fühlst du nichts als Traurigkeit. Warum vermagst du dein Herz nur für die Toten zu öffnen? Du liebst unseren Vater … Gabriel … aber nicht die Lebenden. Nicht die, die dich brauchen.«

»Das denkst du also von mir.« Marietta sah sie immer noch nicht an. »Dass ich Gabriel liebte. Und dass ich darum meines Lebens nicht mehr froh werde.«

Elsbeth blickte sie verwundert an. »Woher rührt denn sonst dein Kummer?«

Marietta schüttelte langsam den Kopf. »Ich bin nicht traurig ... ich bin verloren, endgültig verloren.«

»Unsinn! Heinrich hat dir vergeben! Du hast alles, was sich eine Frau wünschen kann.«

»Nein, das habe ich nicht!« Die Stimme war nicht länger erlöschend leise; etwas Trotziges mischte sich in die Resignation. »Ich habe den Tanz aufgegeben. Das ist es, womit ich nicht zurechtkomme. Gabriel war der Einzige, dem ich sagen konnte, wie sehr ich es vermisste zu tanzen. Er erinnerte mich an meine Leidenschaft, meine größte, meine tiefste Leidenschaft.«

Sie wandte sich ab und stützte sich ans Fensterbrett, als wären die Beine zu kraftlos, sie aufrecht zu halten. Nichts hatte sie nun mit einer Steinstatue gemein, eher mit einer Marionette, deren Fäden man durchschnitten hatte.

»Du hast damals eine Entscheidung getroffen ...«

»Und es war die falsche.«

»Und das willst du jetzt mir anlasten?«, fuhr Elsbeth auf. »Weil dich der Gedanke an mein Wohl leitete, nicht an dein eigenes Glück?«

»Nein!«, rief Marietta. »Ich tat, was ich tun musste ... Doch nur, weil es auch Gutes brachte, will ich es trotzdem auch bereuen dürfen. Aber das ... das darf ich nicht. Heinrich ist so großmütig. Alles hat er hingenommen – meine Gleichgültigkeit, meine Krankheit, selbst meine Liebe zu Gabriel. Jetzt kann ich ihm noch weniger als je zuvor sagen, wie sehr ich mich nach der Bühne sehne. Und dass ich ihn nie hätte heiraten dürfen.«

Elsbeth ballte die Hände zu Fäusten, bis die Knöchel weiß hervortraten. Kurz ... kurz musste sie daran denken, wie vehement ihr Heinrich auszureden versucht hatte, Medizin zu studieren. Kurz glaubte sie ihn mit ähnlichem Tonfall sagen zu hören, dass der Tanz, so schön er anzusehen war, nichts war, auf dem man eine Zukunft bauen konnte. Ja, Heinrich würde Marietta nie verstehen – so wenig wie er sie verstand. Und dennoch erwachte bei dem Anblick dieser zarten Frau, wie sie sich an das Fensterbrett klammerte, als ertrinke sie in einem dunklen Ozean, weiterhin nur Zorn, kein Mitleid.

»Mir scheint, noch mehr als das Tanzen liebst du es, zu leiden«, zischte Elsbeth. »Du wirst immer einen neuen Grund finden, unglücklich zu sein.«

Marietta stritt es nicht einmal ab. Sie hielt die Schwester auch nicht auf, als Elsbeth sich zum Gehen wandte.

Später bereute sie es, dass ausgerechnet das die letzten Worte waren, die sie je zu ihr gesprochen hatte.

Elsbeth beobachtete Salvator aus der Ferne. Er war erst seit August hier; wie er zuvor den Sommer verbracht hatte, wusste sie nicht. Sie hatte noch nie darüber nachgedacht, wie er damit zu Rande kam, dass er wegen seiner Kriegsverletzung keiner geregelten Arbeit nachgehen konnte. Vielleicht war es auch gar nicht die Kriegsverletzung, die ihn davon abhielt, sondern seine Verbitterung.

Er hatte nie verwunden, dass er ein Auge verloren hatte. Und dass ihm die Republik Deutschösterreich im November 1918 den Adelstitel aberkannt hatte.

»Sei doch froh, dass es nichts weiter ist«, hatte Heinrich ihm oft entgegengehalten. »Alles in allem sind wir glimpflich davon gekommen. Bedenke, nach dem Krieg befürchteten wir noch einen kommunistischen Umsturz, und der ist uns gottlob erspart geblieben.«

Für Salvator war das kein Trost. Gerne erzählte er mit trotzigem Tonfall, dass der einstige Graf von Sternberg eine Visitenkarte hatte anfertigen lassen, auf der stand: Geadelt von Karl dem Großen, entadelt von Karl Renner.

»So muss man es halten! Dem Pöbel ins Gesicht spucken! Wobei der den Witz gar nicht versteht!«

Falls es ein Witz war, lachte er selbst am wenigsten darüber. Und die Größe des Grafen von Sternberg, der seinem Geschick mit Ironie begegnete, suchte man vergebens an ihm.

»Je bekannter die Familien waren«, hatte Heinrich gemurmelt, »desto leichter wurden sie mit dem Verlust des Adelstitels fertig. Je niedriger der Adelsstand war, desto schmerzlicher fiel der Verlust für die meisten aus.«

»Wir hätten auch zu den anerkannten Familien zählen können, wenn du nicht diese Tänzerin geheiratet hättest.«

»Und du könntest auf das ›von‹ viel leichter verzichten, hättest du nicht auch dein Auge verloren.«

Elsbeth konnte sich nicht erinnern, wie jener Wortwechsel ausgegangen war, und war einzig froh, Salvator so selten wie nur möglich zu begegnen. Jetzt ließ sie ihn nicht aus den Augen, schlich zögernd immer näher und vernahm einzelne Wortfetzen. Er sprach mit Ferdinand über die Pferdezucht – das Einzige, was ihn noch interessierte.

Sie atmete tief durch, wollte schon auf ihn zugehen und das Gespräch unterbrechen, doch in dem Augenblick lief ihr Adam entgegen. Er war sehr aufgeregt, seine Worte klangen wirr.

»Also«, schloss er seine Rede, »denkst du, sie freut sich darüber?«

Elsbeth war so vertieft in ihre Gedanken gewesen, dass sie nicht richtig zugehört hatte. »Wer soll sich freuen?«

»Mutter natürlich!«

Kurz entglitten ihr die Züge. Sie dachte an die Worte, die sie Marietta gestern an den Kopf geworfen hatte.

Du verdienst sie nicht, weder Heinrich noch Adam ...

»Warum willst du ihr denn eine Freude machen?«

»Nun, weil sie immer so traurig ist und so krank ... und deswegen habe ich ...«

Als Salvator sein Gespräch mit Ferdinand beendete und Richtung Haus ging, ließ Elsbeth Adam stehen, um ihn abzupassen, doch der Knabe eilte ihr nach. »Also, denkst du, dass sie sich darüber freut, wenn …«

»Nicht jetzt!«, fuhr sie ihn an.

Verblüfft zuckte er zurück – er hatte noch nie erlebt, dass sie so harsch mit ihm sprach.

Prompt tat ihr ihre Reaktion leid.

»Später«, sagte sie schnell, »später reden wir darüber …«

»Es ist nicht so wichtig. Am besten ich zeige Mutter einfach das Geschenk, das ich für sie habe.«

»Ja, tu das«, murmelte Elsbeth geistesabwesend.

Er hüpfte davon, und Elsbeth achtete nicht länger auf ihn. Wegen seines Humpelns kam Salvator nur langsam voran, und Elsbeth erreichte vor ihm die Haustür.

»Wir müssen reden.«

Er zog verwundert die Braue des heilen Auges hoch und betrachtete sie so misstrauisch, als müsste er sich erst mühsam ins Gedächtnis rufen, wer sie war und was sie mit ihm zu tun hatte. »Was sollten wir bereden?«

Elsbeth atmete tief durch. »Wir haben ein gemeinsames Interesse.«

»Das da wäre?«, fragte er gedehnt.

»Dass sich dein Bruder von Marietta scheiden lässt.«

Sie sagte es schnell – gleich so, als würde sie sich an jedem einzelnen Wort verbrennen, behielte sie es zu lange im Mund.

Sein Blick war verwirrt. Er sagte nichts.

»Du willst es doch auch!«, rief sie.

Er schüttelte den Kopf. »Das wird Heinrich nie tun.«

»Dann musst du ihn überzeugen …«

»Womit?«

Elsbeth zögerte. Diesmal kamen die Worte nicht schnell, sondern langsam, als wären sie giftig und darum nur in geringen Dosen verträglich. »Sie hat ihn betrogen. Sie hatte vor einigen Jahren eine Affäre. Als sie es ihm beichtete, hat er ihr verziehen – jedoch vorschnell, wie mir scheint. Er hat die Kränkung gar nicht erst an sich herangelassen. Doch wenn er das Gefühl hätte, dass alle Welt davon wüsste und über ihn lacht, dann …«

So musste sich Judas gefühlt haben, als er zum Verräter wurde. Sie brach ab, wagte kaum, ihm ins Gesicht zu sehen. Als sie es doch tat, war seine Miene erstaunlich gelassen. Und was er dann sagte, verblüffte sie noch mehr.

26

Als der Applaus ertönte, hatte Helena das Gefühl, aus einem langen Traum zu erwachen. Wie ferngesteuert hatte sie die Aufführung hinter sich gebracht: Sie hatte zwar an keiner Stelle gepatzt, den Auftritt aber auch nicht genossen.

Sie blickte in strahlende Gesichter, als der letzte Vorhang fiel – jeder ihrer Kollegen war vollgepumpt mit Adrenalin, stolz und erleichtert, nur ihr Lächeln geriet verkrampft, und der erste klare Gedanke, den sie seit drei Stunden fasste, hatte nichts mit der geglückten Premiere zu tun.

Warum hatte Moritz Marlies das Schriftstück abgekauft? Und warum hatte er hinter ihrem Rücken gehandelt?

Franziska umarmte sie im Überschwang der Gefühle. Selbst der Darsteller des Todes ließ sich zu anerkennenden Worten herab, und Clarissa rief schrill: »Jetzt wird gefeiert!«

Helena starrte sie an. Erst jetzt fiel ihr wieder ein, dass Clarissa behauptet hatte, Moritz' Freundin zu sein. Vorhin hätte sie noch beide Hände ins Feuer gelegt, dass das eine Lüge war – aber jetzt war sie sich nicht mehr so sicher. Moritz hatte hinter ihrem Rücken gemeinsame Sache mit Marlies gemacht …

Statt Empörung fühlte sie einfach nur Erschöpfung. Am liebsten wäre sie auf ihr Zimmer geflohen und hätte stundenlang Schweiß und Schminke abgeduscht, um danach ins Bett zu fallen und einzuschlafen, ehe die Gedanken sie zermürbten. Aber am Premierenabend konnte sie sich nicht einfach zurückziehen, sonst hätte sie unweigerlich den Ruf riskiert, ein Sonderling zu sein.

Im Umkleideraum wischte sie sich mit einem feuchten Wattepad das Make-up ab, zog sich um und schüttete ein Glas Sekt hinunter. Hinterher fühlte sie sich etwas leichter und für die Premierenparty gerüstet.

Diese fand im großen Saal der Burg statt, und neben ausgewählten Gästen waren Vertreter der Presse eingeladen worden. Während die Journalisten auf deren Erscheinen gewartet hatten, hatten sie das Büfett geplündert, nun stürzten sie sich auf die Hauptdarsteller. Einige von diesen hatten auch Familienmitglieder eingeladen, die ihnen gratulierten und sie umarmten. Nur Helena stand ganz allein da. Sehnsüchtig blickte sie auf die Sektgläser, die neu gefüllt wurden. Wenn sie ein zweites Glas trinken würde, wäre sie unweigerlich beschwipst, und das war eine durchaus verführerische Aussicht. Doch ehe sie der Verlockung nachgab, sah sie Moritz im Gespräch mit seinem Freund – dem Intendanten Harald Kroiss –, und dieser Anblick versetzte ihr einen Stich. Er erinnerte sie nicht nur an sein Treffen mit Marlies Safransky, sondern ließ sie auch daran denken, wie sie die Rolle bekommen hatte.

So nicht!, dachte sie wütend.

Entschlossen ging sie auf ihn zu, um ihn zur Rede zu stellen, doch ehe sie ihn erreichte, sah sie, wie sich Clarissa an ihn heranpirschte und ihn von hinten umarmte. Moritz zuckte zusammen, fuhr herum, aber als er sie erkannte, entzog er sich ihr nicht, sondern lächelte auf seine süffisante Art. Obwohl die Umarmung einseitig von ihr ausgegangen war, wirkte sie sehr vertraulich.

Helena erstarrte.

»Glückwunsch!«, ertönte hinter ihr eine Stimme.

Sie drehte sich um. »Was machst du denn hier?«

»Na, mit dir feiern natürlich.«

Martin hielt nicht nur ein Sektglas in seinen Händen, sondern auch ein Avocado-Shrimps-Brötchen. Er reichte es ihr, und als sie hungrig hineinbiss, wurde sie von Erinnerungen überwältigt – ausnahmsweise nur angenehmen: Als sie einmal spätabends heimgekommen war, ihr der Magen geknurrt hatte, aber der Kühlschrank gähnend leer gewesen war, war er eigens zu einem Feinkosthändler gefahren und hatte ihr ein Avocado-Shrimps-Baguette mitgebracht.

Er lächelte sie an, und kurz erwiderte sie es.

Na ja, dachte sie beim zweiten Bissen, dass ich mich so genau daran erinnern kann, heißt nur, dass Liebesdienste dieser Art höchst selten waren.

Und außerdem konnte er als reicher Arztsohn es sich leisten, beim Feinkosthändler anstatt bei der Tankstelle einzukaufen – schließlich lebte er, obwohl noch Student, auch in einer schicken Zweizimmerwohnung in Schwabing.

»Warum runzelst du denn so streng die Stirn?«, fragte Martin. »Du siehst aus, als würdest du jemanden schlagen wollen. Gilt das ihm oder doch mir?«

Er deutete auf Moritz und Clarissa. Sie schmiegte sich immer noch an ihn, und er machte keine Anstalten, sie zurückzuweisen.

Helena musterte das Outfit ihrer Kollegin genauer. Ohne Zweifel war es todschick, schlicht und elegant zugleich: Über eine dunkelbraune, hautenge Lederhose trug sie einen grauen Pulli mit großen Löchern, durch den ein silbernes Top schimmerte. Silber waren auch die Highheels, an deren Spitze ein roter Stein prangte, der gleiche Farbton wie der Nagellack auf Zehen und Fingernägeln. Helena kam sich mit ihrem schlichten, schwarzen Kleid plötzlich bieder und einfallslos vor. Während Clarissas Haare offen über den Rücken fielen, hatte sie sie im Nacken zusammengebunden. Sie sah sicher nicht schlecht aus, war das, was man in Österreich ›fesch‹ nannte, aber keine Schönheit, nach der sich die Männer reihenweise umdrehten, so wie jetzt nach Clarissa.

»Wo hast du ihn überhaupt kennengelernt?«, fragte Martin. »Das ist ein lange Geschichte.«

»Ich habe Zeit. Schließlich bin ich jetzt schon seit über einer Woche hier. Mir ist schon klar, dass ich dich nicht innerhalb eines Tages zurückgewinnen kann.«

»Was womöglich nie der Fall sein wird«, sagte Helena hastig. »Und unsere Beziehung hat nichts damit zu tun, wie ich Moritz kennengelernt habe.«

»Es freut mich, dass du immerhin von Beziehung sprichst, nicht von Ex-Beziehung.«

»Wie man es auch nennt – es ist vorbei.«

Er ging nicht darauf ein. »Also – wo habt ihr beide euch kennengelernt?«

Er reichte ihr ein weiteres Schnittchen und ein Glas Sekt-Orange, und auch wenn sie es ihm gegenüber nicht zugab, war sie dankbar, von ihm umsorgt ... und von Clarissas und Moritz' Anblick abgelenkt zu werden.

Wenig später hatte sie ihm alles erzählt – von ihrem Aufenthalt im winterlichen Jagdschloss ebenso wie von Mariettas Tagebuch und ihrem Besuch bei der alten Elsbeth. Dass sie Moritz geküsst hatte, hatte sie ausgespart, aber zu ihrem Erstaunen schien Martin weniger an ihm, sondern vielmehr an der Vergangenheit interessiert zu sein.

»Diese Elsbeth weiß also genau, was damals passiert ist, und hat es offenbar sogar aufgeschrieben ...«

Helena nickte. »Und Moritz hat ihre Enkeltochter dafür bezahlt, dass sie ihm dieses Dokument aushändigt.«

»Na ja, er scheint's zu haben – diese Marlies hingegen nicht. Ein Betrag, der für sie riesig sein mag, ist für ihn womöglich kaum mehr als ein Trinkgeld.«

»Trotzdem! Ich frage mich, warum er das Dokument unbedingt haben wollte.«

»Um zu vertuschen, was damals passiert ist.«

»Wer kräht denn noch danach?«

Martin grinste schief. »Na du! Er weiß, dass du neugierig bist und nicht so schnell aufgeben wirst.«

Helena weitete ungläubig den Blick. »Du denkst, er will die Wahrheit ausgerechnet vor ... mir vertuschen? Aber wir haben doch gemeinsam Nachforschungen betrieben!«

»Hast du dir schon mal überlegt, dass er das vielleicht nur machte, um dich unter Kontrolle zu halten?« Martin beugte sich dicht an sie heran. »Solange du ihm vertraut hast, hast du alles mit ihm besprochen, und auf diese Weise wusste er ganz genau, was du denkst und vermutest.«

Sie runzelte die Stirn. »Irgendwie klingt das alles merkwürdig. Warum sollte er vor mir dieses Geheimnis wahren? Ich will die Ahrensbergs bestimmt nicht bloßstellen.«

»Aber du könntest die Geschichte irgendwem weitererzählen. Und auf diese Weise gelangt sie in die Öffentlichkeit.«

Helena konnte sich nicht vorstellen, dass sich diese Öffentlichkeit nur ein bisschen dafür interessierte. Aber was auch immer Moritz ritt – sein Verhalten bewies eindeutig, dass er sein Wissen nicht mit ihr teilen wollte. Und das wiederum bedeutete, dass die vermeintliche Nähe, die manchmal zwischen ihnen herrschte, nur Einbildung war. Sonst hätte er ihr auch die Beziehung zu Clarissa nicht verschwiegen – und welcher Natur diese aktuell auch immer war: Sie würde sich nicht an ihn schmiegen und er sie gewähren lassen, wenn sie nur Freunde gewesen wären.

Helena weigerte sich beharrlich, in ihre Richtung zu schauen, aber das laute Lachen war nicht zu überhören.

»Was wirst du jetzt tun?«

»Was geht's dich an?«

Er überhörte ihren schnippischen Tonfall. »Lass mich raten. Du würdest brennend gerne dieses Dokument in Sütterlinschrift lesen ...«

»Natürlich.«

»Nun, jetzt hättest du die Gelegenheit.«

»Wieso? Wie soll ich denn da rankommen?«

Er legte seine Hand auf ihre Unterarm. Seine Berührung war ihr nicht unangenehm, rief vielmehr ein leises Kribbeln in ihrem Magen hervor. Er flüsterte ihr seinen Vorschlag ins Ohr, worauf sie heftig den Kopf schüttelte.

»Das kann ich doch nicht machen«, rief sie empört.

Er grinste nur. »Aber ich!«

Ehe sie ihn aufhalten konnte, ließ er sie los und näherte sich Moritz und Clarissa. Er tat so, als würde er die beiden gar nicht sehen und wäre nur auf das Büfett konzentriert. Als er dicht neben Moritz stand, machte er jedoch plötzlich einen Schritt rückwärts und machte ein erschrockenes Gesicht, als wäre er unabsichtlich mit ihm zusammengestoßen. Moritz blickte ihn sichtlich überrascht an, während Martin sich überschwänglich entschuldigte und ihm kurz den Arm um die Schulter legte.

Helena senkte ihren Blick und versteckte sich hastig hinter einer Säule. Wie peinlich es wäre, wenn Moritz mitbekam, was Martin plante – nicht nur für ihn, auch für sie! Doch wenig später trat Martin mit einem vielsagenden Lächeln auf sie zu.

»Du hast doch nicht wirklich …«

Sein Grinsen verstärkte sich, als er etwas aus seiner Jacke zog und im nächsten Augenblick ein Autoschlüssel vor ihrem Gesicht baumelte.

Helena schüttelte tadelnd den Kopf. »Seit wann bringt ein ehrenwerter Arztsohn so viel verbrecherische Energie auf?«

»Wahrscheinlich steckt mehr in mir, als du denkst.«

»Wir waren fünf Jahre lang eine Paar, aber so etwas hast du noch nie getan.«

»Eben.«

»Was eben?«

374

»Wir haben geglaubt, dass wir uns in- und auswendig kennen –
und in gewisser Weise sind wir dadurch blind füreinander geworden. Aber das muss nicht so sein.« Er zögerte kurz, ehe er eifrig
fortfuhr:»Als ich dich heute auf der Bühne sah, wurde mir einmal
mehr klar, was für eine leidenschaftliche Frau du bist.«

Helena lächelte schief, um nicht zu zeigen, wie tief sie dieses
Kompliment bewegte.»Und diese leidenschaftliche Frau soll nun
ein fremdes Auto aufsperren?«

»Warum nicht?«

Sie zögerte noch, aber als Martin mit dem Autoschlüssel in der
Hand den Saal verließ, folgte sie ihm. Mit forschem Gang schritt er
voran, während sie immer langsamer wurde. Als sie den Parkplatz
erreichte, hatte Martin Moritz' Auto bereits geöffnet und sich hi-
neingesetzt. Er schwärmte von der Ausstattung und der PS-Zahl –
nichts, was Helena sonderlich interessierte.

»Kleine Probefahrt gefällig?«

»Bist du verrückt? Mach lieber, dass du hier rauskommst!
Schlimm genug, wenn ich hier erwischt werde.«

Martin zwinkerte ihr zu, aber fügte sich und erhob sich.

»Bitte schön, die Dame.«

Er trat zur Seite und ließ sie einsteigen, und nach kurzem Zögern
begann sie erst die Seitenfächer zu durchwühlen, dann das Handschuhfach. Sie fühlte sich ein wenig wie bei ihrer Suchaktion in
Elsbeths Wohnung: Das schlechtes Gewissen stritt mit Neugierde,
wobei sich letztere als siegreich erwies.

»Und – hast du diesen Wisch?«

Sie wollte schon verneinen, als ihr ein überraschter Schrei entfuhr. Sie hatte nicht das rätselhafte Dokument in Sütterlinschrift
gefunden, aber etwas anderes.

Hastig stieg sie aus dem Auto. Martin sah ihr neugierig entgegen:
»Und?«, fragte er.

Helena schwenkte halb triumphierend, halb bestürzt ein Büchlein vor seinem Gesicht. »Ich fasse es ja nicht!«

»Was ist das?«

»Mariettas Tagebuch.«

Er musterte es verwundert. »Hast du mir nicht gesagt, dass es im Winter im Jagdschloss geblieben wäre? Und dass dieses vom Schnee verschüttet worden ist?«

Helena nickte geistesabwesend. Sie versuchte sich zu erinnern, was damals passierte, als die Lawine abgegangen war: Sie hatte das Tagebuch gesucht, aber nicht gefunden und sich schließlich in Sicherheit gebracht. Was bedeutete, dass Moritz das Tagebuch entweder schon damals heimlich eingepackt und es ihr verschwiegen hatte oder dass es im Frühling, nachdem die Schneemassen geschmolzen waren, aus dem Jagdschloss geborgen hatte werden können. So oder so – er hatte ihr verheimlicht, dass es in seinem Besitz war.

Nachdenklich blätterte sie darin; die Seiten klebten zwar etwas aneinander – ein Zeichen, dass Moritz selbst offensichtlich nicht im Buch gelesen hatte –, aber ließen sich öffnen. Spuren von Feuchtigkeit hatte sie schon wahrgenommen, als sie es zum ersten Mal gefunden hatte, und es waren kaum neue hinzugekommen: Auch wenn durch diese gelblichen Flecken einige Seiten unleserlich waren – an anderen sah sie deutlich Mariettas feine, spitze Schrift. Allerdings war es hier draußen zu dunkel, um etwas zu erkennen.

»Stimmst du mir nun zu, dass er ein Geheimnis vertuschen will?«, fragte Martin mit leisem Spott. »Wahrscheinlich will er den Namen seiner Familie schützen.«

Helena ließ das Tagebuch sinken und schloss mit einem lauten Knall die Autotür. »Der kann was erleben!«, zischte sie.

Grimmig stapfte sie auf die Burg zu.

Martin stellte sich ihr schon nach wenigen Schritten in den

Weg. »Warte! Wenn du ihn jetzt zur Rede stellst, bringt das gar nichts. Dann wird er dir das Tagebuch auf der Stelle wegnehmen. Du wirst nie herausfinden, was drinnen steht. Und schon gar nicht wird er dir jenes geheimnisvolle Dokument zeigen. Wenn du die Wahrheit wissen willst, musst du einen kühlen Kopf bewahren. Lass uns in dein Zimmer gehen und überlegen, was wir tun!«

Helena war sich nicht sicher, ob sie ihm das tatsächlich gestatten sollte. Ihm ihr Zimmer zu öffnen hieß auch ihre Seele nicht länger von ihm abzuschotten – und das, obwohl Martin sich gewiss nicht für die Ahrensbergs interessierte, sondern nur einen Vorwand suchte, ihr nahe zu sein und ihr Vertrauen zurückzugewinnen. Allerdings wollte sie nach dieser Entdeckung nicht mit ihren Gedanken allein sein, und darum nickte sie widerwillig.

»Und was machen wir mit dem Autoschlüssel?«, fragte sie.

»Ich gebe ihn an der Garderobe ab und sage, dass er offenbar auf dem Boden gefallen ist und ich ihn gefunden habe. Sie werden eine Durchsage machen – und Moritz wird sich daraufhin melden.«

Helena hatte die Schreibtischlampe angemacht, die ein grelles Licht spendete. Sorgfältig inspizierte sie das Tagebuch. Der Einband wirkte dunkler als beim letzten Mal, einige zerschlissene graue Fäden kamen unter dem Leder zum Vorschein, und der Buchrücken war zu einem Drittel eingerissen. Doch wie sie schon draußen beim Auto erkannt hatte: Die Innenseite hatte den Winter gut überstanden, und sie steckten die Köpfe zusammen, um einen der Einträge zu entziffern. Helena versuchte, Martins Nähe so gut wie möglich zu ignorieren und sich ganz auf einen weiteren Traum Mariettas zu konzentrieren.

15. September

Um mich herum ist alles schwarz – aber nicht weil ich schlafe.
Ich bin wach, hellwach, meine Augen sind weit aufgerissen,
sämtliche Fasern meines Körpers zum Zerreißen gespannt.
Dennoch kann ich nichts sehen, nicht einmal vage Schemen.
Ich höre lediglich ... höre so gut wie nie. Schritte, Stimmen,
Schreie.
Viel lieber würde ich sehen, statt zu hören. Viel lieber wissen,
wo ich bin, als die Stimmen zu verstehen. Gottlob reden sie wild
durcheinander, die Wortfetzen ergeben keinen Zusammenhang,
der Sinn bleibt mir verborgen. Durchdringender als die Stimmen
ist der Schuss, der plötzlich ertönt und in meinem Körper nach-
dröhnt. Ich will schreien, kann es aber nicht. Ein dunkles Tuch
verhüllt mein Gesicht, dämpft jeden Laut, den ich von mir gebe,
verbirgt die Welt vor mir.
Ehe ich dagegen ankämpfen kann, wird es weggezogen.
Grelles Licht blendet mich, und ich bin nicht länger blind –
weder für die Welt noch für mich selbst. Ich bin kein Mensch,
ich bin ein Falke, ich laufe nicht von den Stimmen weg, sondern
strecke die Flügel weit aus und fliege davon.
Wie herrlich es sich anfühlt, den blauen Himmel zu durch-
pflügen, wie winzig klein von oben betrachtet die Menschen
sind, um wie viel mächtiger hingegen Berge und Wald. Ich ziehe
weit über den Baumwipfeln meine Kreise, im Schatten liegt,
was sich im Dickicht zuträgt. Doch erneut gilt: Was ich nicht
sehen kann, kann ich doch umso besser hören. Ein weiterer
Schuss fällt und zerreißt mir schier meine Ohren. Meine Federn
erzittern, von den Bäumen fallen die Blätter. Der dichte, grüne
Wald – er wird so kahl wie mein Gefieder. Ich erschaudere,
denn ich sehe, wer die Schüsse abgegeben hat und wen sie
treffen.
Wie gern wäre ich wieder blind! Ich schließe die Augen, die
Schwärze ist gnädig, aber anstatt weit fortzufliegen von dem
kahlen Wald und vor den Schüssen, verliere ich mein Gleich-

gewicht. Es nützt nichts, dass ich die Flügel weiter und weiter ausstrecke, es sind ja fast keine Federn mehr dran. Und so falle ich ... falle immer tiefer.

Martin lauschte schweigend, während Helena laut vorlas. Als sie endete, erwartete sie sich einen ähnlich spöttischen Kommentar, wie sie ihn oft von Moritz gehört hatte. Doch seine Miene war ernst.

»Hat sie immer nur Träume aufgeschrieben?«, fragte er.

»So weit ich gelesen habe, ja. Genau genommen ist es ein Traumtagebuch. Florian Huber hat ihr geraten, es zu schreiben. Er war ein Psychoanalytiker, ein Schüler Freuds sogar, wie ich herausgefunden habe. In den Monaten vor ihrem Tod war sie bei ihm in Behandlung.«

»Das erklärt vieles. Träume sind nunmal das entscheidende Element der Psychoanalyse.« Martin schien ernsthaft nachzudenken, und sie konnte gar nicht anders, als gerührt zu sein. Wieder verglich sie ihn unwillkürlich mit Moritz, der Marietta meist als völlig durchgedrehte Person dargestellt hatte.

»Weißt du mehr darüber – ich meine, warum die Träume der Schlüssel zur Behandlung eines Patienten sind?«, fragte sie.

Nun wurde seine Miene doch etwas spöttisch. Er antwortete nicht, sondern sah sie nur vielsagend an.

»O. K., O. K.«, sagte sie rasch. »Der große Doktor med. ist natürlich in allen Gebieten ein Genie.«

»Na ja«, wiegelte er ab. »Man muss kein Genie sein, um sich mit der Psychoanalyse auszukennen – nur ein paar Vorlesungen Psychologie und Psychiatrie besucht haben. Also, ich fasse zusammen: Nach Sigmund Freud besteht das Bewusstsein aus drei Elementen. Von denen hast du sicher schon mal gehört: das Ich, das Über-Ich und das Es. Und die Verbindung dieser drei Elemente wird, so seine These, durch unsere Erziehung zu Moral und Reinlichkeit massiv gestört. Insbesondere das Es mit seinen Triebwünschen wird verschüttet und verdrängt, weil diese Triebwünsche als unanständig oder schmutzig gelten oder sonstwie negativ behaftet sind. Nur im Traum erwachen sie in Form von meist unverständlichen Symbolen. Durch die Analyse wird nach und nach die Botschaft dieser Symbole aufgedeckt, das Verschüttete ans Licht gebracht und auf diese Weise verhindert, dass sich die verborgenen Triebe destruktiv gegen einen selbst wenden. Denn durch die Verdrängung und Unterdrückung entstehen laut Freud solch psychische Krankheiten wie Depressionen, Hysterie usw.«

Helena hatte etwas kleinlaut gelauscht und sich innerlich gescholten, sich nicht schon früher ausführlich damit befasst zu haben. »Wir ... Moritz und ich haben einen Auszug aus den Gesprächsprotokollen von Mariettas Sitzungen mit Florian Huber gelesen. Da ging es auch ständig um den Sinn ihrer Träume. Immer wieder war die Rede vom freien Assoziieren.«

»Ja, weil auf diese Weise die Träume entschlüsselt werden.«

»Hm. Was ich wiederum mit Freud selbst assoziiere, sind ziemlich schräge Thesen, was die Sexualität anbelangt.«

Martin grinste. »Nur, weil er vor allem für den berühmten Penisneid und Ödipuskomplex steht und vieles von seinen Nachfolgern zu Recht scharf kritisiert wurde, darf man nicht vergessen, was er geleistet hat: Nichts Geringeres nämlich als die Psychologie vom Okkultismus und von der Psychiatrie abzugrenzen. Ihm ging es nicht so sehr darum, Krankheitsbilder zu beschreiben, sondern nach dem Warum zu fragen, also nach Sinn und Bedeutung von psychischen Phänomenen. Seine große Leistung war, dass er – anders als die Psychiatrie – nicht mit bewährten Behandlungsmethoden, sondern ganz individuell auf den Menschen eingehen wollte. Jede Analyse ist eine zutiefst subjektive Vorgehensweise, bei der der Einzelne mit seiner Lebensgeschichte im Mittelpunkt steht.«

Je mehr er sagte, desto deutlicher wurden Erinnerungen an ihren Psychologieunterricht. »Aber war Freud nicht furchtbar frauenfeindlich?«, fragte sie.

»In vielem war er natürlich ein Mann seiner Zeit, aber so generell darf man das nur wegen des vielzitierten Penisneids nicht sagen. Er hatte viele Frauen in Behandlung – Hilda Doolittle, Helene Deutsch, Marie Bonaparte – und den meisten hat er sehr geholfen. Wenn ich mich recht erinnere, hat er Helene Deutsch sogar aufgefordert, kein klassisches Frauenleben zu führen, sondern sich ihren beruflichen und wissenschaftlichen Zielen zu widmen und damit an der Identifizierung mit ihrem Vater festzuhalten. Das war für ihn die Voraussetzung, dass sie nicht auf die passiv-weibliche Position der Mutter zurückfiel. Seine Patientinnen haben sich nicht zuletzt wegen der Analyse bei ihm emanzipiert – und dazu gehört, dass sie sich sämtliche erotische Freiheiten nahmen.«

»Also sind wir schon wieder beim Sex …«

»Was das anbelangt, hatte er schon ein paar sehr schräge Thesen.« Er kicherte. »Ich habe mal gelesen, dass er behauptet hätte, Oralverkehr sei die Ursache für den Ersten Weltkrieg. Wenn die Franzosen ihn nicht so häufig praktizieren würden, hätten sie keinen Geburtenrückgang und folglich keine Angst vor Deutschland gehabt, und der Weltkrieg wäre nicht ausgebrochen.«

Helena runzelte skeptisch die Stirn.

»Wie auch immer.« Martin wurde wieder ernst. »Freud war natürlich sehr auf die Sexualität des Menschen fixiert, sah vor allem die Wünsche und Sehnsüchte, die daraus hervorgehen, als Quelle psychischer Traumata an und vor allem bei Frauen als Ursache für Hysterie. Schon seine Schüler hatten oft ein anderes, viel weitergreifendes Verständnis von der Psychoanalyse. Aber das Grundprinzip bleibt das Selbst: Das Verdrängte muss ans Tageslicht gebracht werden. Es ist eine ›unbekannte Landschaft‹, die Analytiker und Analysand mit vereinten Kräften entdecken, um seelische Gesundheit zu erreichen.«

»Und dafür liegt man auf der Couch – jahrelang.«

»Die Couch ist meines Wissens schon seit längerem aus der Mode gekommen. Und was die Langwierigkeit anbelangt: Es stimmt natürlich – es gibt kaum eine Therapieform, die so zeitintensiv wie die Psychoanalyse ist. Oft sind täglich oder zumindest drei Mal in der Woche Sitzungen angesetzt, und das über Jahre. Wobei ich von Analytikern gehört habe, die kürzere Behandlungen bei akuten Konflikten anbieten. Aber auch schon zu Freuds Zeiten dauerte manche Analyse nicht länger als vier Monate, um anhand konkreter Träume quasi die Grundkonstellation seiner Persönlichkeit zu entwickeln.«

Helena nickte. »Viel länger war wohl auch Marietta nicht in Behandlung bei Florian Huber.« Sie deutete auf das Tagebuch. »Könnten wir die genaue Botschaft, die hinter ihren Träumen steckt, ergründen?«

Martin machte ein skeptisches Gesicht. »Das ist ganz schwierig. Der Traum ist zwar der ›Königsweg zum Unbewussten‹, aber die Symbole stehen nie für das Augenscheinliche: Das Unbewusste und Verdrängte wird ja zunächst von dem Betroffenen als bedrohlich, peinvoll oder schmerzhaft empfunden. Der Patient wehrt sich dagegen, dass diese verborgenen Inhalte ans Tageslicht kommen. Und dieser Verdrängungsmechanismus, die sogenannte ›Zensur‹, wirkt bis in den Traum hinein.«

»Das heißt, das Traumtagebuch nützt uns gar nichts?«

»Auf jeden Fall kann man die Trauminhalte nicht einfach in einem Lexikon für Bedeutung nachschlagen und daraus Rückschlüsse auf Mariettas Befindlichkeit ziehen. Um Traumserien zu deuten, ist die Entwicklung der ganzen Lebensgeschichte notwendig, man muss bis in die Kindheit vorstoßen. Die Psychoanalyse lebt von Figurenlesen und Figurenerkennen, aber das ist ein fließender, kreativer Prozess mit vielen überraschenden Wendungen, sowohl für den Analytiker als auch den Patienten. Als Außenstehender kann man das schwer durchschauen.«

»Und da ich von Mariettas Leben nur ein paar Eckdaten kenne, bleibt ihr Traumtagebuch sozusagen ein Buch mit sieben Siegeln«, murmelte Helena enttäuscht.

»Und der, der mehr über sie weiß, ist wohl nicht bereit, es dir zu erzählen.«

»Na ja, auch Moritz machte nicht den Eindruck, besonders firm in der Familiengeschichte zu sein ...«

»Machte den Eindruck ...«, wiederholte Martin nachdrücklich.

»Er mag mich zwar belogen haben, aber ich glaube nicht ...« Helena brach ab. Sie glaubte, Schritte gehört zu haben – und tatsächlich: Jetzt vernahm sie es ganz deutlich. Jemand war auf dem Gang, kam auf ihre Tür zu, blieb davor stehen. Sie hörte ein Klopfen und wenig später Moritz' Stimme »Helena? Bist du da?«

Die erste Regung war, zur Tür zu stürzen, sie aufzureißen und ihn zur Rede zu stellen, warum er ihr so viel verschwiegen hatte. Aber dann fiel ihr Blick auf das Tagebuch. Er könnte es womöglich zurückfordern, und auch, wenn sie den Sinn der Einträge nicht entschlüsseln konnte: Sie wollte es unbedingt zu Ende lesen.

Sie legte ihren Finger auf die Lippen, um Martin anzudeuten zu schweigen. Der grinste zwar, aber tat ihr den Gefallen und verhielt sich absolut still.

»Helena?«

Wieder klopfte es; mehrmals wurde ihr Name gerufen. Dann entfernten sich die Schritte wieder. Obwohl sie genau das gewollt hatte, war Helena insgeheim enttäuscht. Auch als nichts mehr zu hören war, blieb sie stocksteif sitzen.

Martin sagte nichts, rückte nur ein Stück näher. Im Eifer des Gesprächs war ihr gar nicht aufgefallen, dass er sich zu ihr aufs Bett gesetzt hatte, sich jetzt etwas zurücklehnte, mit der Hand über die Bettwäsche strich, eine vertrauliche, intime Geste. Helena wähnte beinahe selbst diese Berührung zu spüren – und war sich nicht sicher, ob sie ihr unangenehm war oder sie sich nicht vielmehr danach sehnte.

Immer noch rührte sie sich nicht, immer noch schwiegen sie. Martin stützte erst seinen Kopf auf den Arm, setzte sich dann aber wieder auf und rückte sein Gesicht ganz nah an ihres.

Das Klopfen ihres Herzens beschleunigte sich, heiß stieg es ihr ins Gesicht. Es fühlte sich selbstverständlich und natürlich an, dass er ihr so nahe kam – und zugleich erregend.

Unruhig fuhr sie sich über die Lippen. Zehn Zentimeter noch, dann würden seine Lippen ihre berühren, fünf Zentimeter, drei, zwei … jetzt.

Sie zuckte zurück und erhob sich hastig. »Nein«, brachte sie mit rauer Stimme hervor. »Nein, das fühlt sich einfach nicht richtig an.«

Martin wirkte enttäuscht, aber er insistierte nicht.

»Sorry, ich wollte nicht …«

»Schon gut!« Sie klang barscher, als ihr zumute war. Rasch wandte sie sich ab, damit er die widerstreitenden Gefühle in ihrem Gesicht nicht lesen konnte. »Aber es ist nun besser, wenn du gehst.«

»Helena, ich …« Er brach ab, denn er sah wohl ein, dass es keinen Sinn hatte. Er nickte langsam, erhob sich, ging zur Tür. Dort blieb er stehen.

»Was ich dir schon die ganze Zeit sagen wollte … das mit Kristin … das war die größte Dummheit meines Lebens. Es lässt sich nicht verzeihen, ich weiß, aber ich glaube, es war einfach nur Torschlusspanik. Ich hatte plötzlich das Gefühl, genau das gleiche Leben wie mein Vater zu leben, und da ist mir einfach eine Sicherung durchgeknallt … Nur deswegen …«

Er rang nach den richtigen Worten.

»Lass es gut sein«, sagte sie leise. »Was immer der Grund war, dass du mich betrogen hast – ich glaube nicht, dass es nur ein Ausrutscher war. Haben wir nicht die ganze Zeit darüber gesprochen, welche starke Macht das Unterbewusstsein ist?«

Er zuckte hilflos die Schultern und suchte wieder nach den richtigen Worten, aber entschied sich dann zu gehen.

»Gute Nacht«, murmelte er, ehe er die Zimmertür hinter sich schloss.

Sie sperrte ab und blieb eine Weile dahinter stehen. Ihr war nicht länger warm, sondern kalt, eiskalt.

Schnell ging sie ins Bad, zog sich aus und stellte sich unter die Dusche. Das warme Wasser beruhigte sie und machte sie schläfrig.

Als sie später im Bett lag, blätterte sie noch eimal durchs Tagebuch, aber sie war zu müde, um es weiter zu entziffern.

Sie legte es zur Seite, machte das Licht aus und versank wenig später in einen tiefen, traumlosen Schlaf.

In der Woche nach der Premiere stand Helena jeden Abend und manchmal auch nachmittags auf der Bühne. Wie immer stellte sich nach einigen Aufführungen eine gewisse Routine ein, doch Helena war sich im Klaren, dass diese höchst trügerisch war: Der Pannenteufel war erfahrungsgemäß am häufigsten bei der vierten oder fünften Aufführung zu Gast. Sie konzentrierte sich darauf, jeden Tag ihre Bestleistung abzugeben, und versuchte nicht über Moritz nachzudenken, der sich seinerseits nicht bei ihr meldete. Entweder war er enttäuscht, dass sie während des Empfangs einfach verschwunden war und er sie nicht in ihrem Zimmer angetroffen hatte, oder er hatte jegliches Interesse an ihr verloren.

Einmal sah sie ihn kurz nach einer Nachmittagsaufführung am Parkplatz auf- und abgehen. Sie dachte schon, dass er auf sie wartete und sie wegen des verschwundenen Tagebuchs zur Rede stellen würde, doch anstatt ihm auszuweichen, gab sie sich gelassen und trat angelegentlich auf ihn zu.

»Na?«, fragte er. »Wie läuft's mit dem Ex? Oder ist er gar nicht mehr der Ex, sondern wieder aktuell?«

Kein Wort vom Tagebuch. Konnte es sein, dass er es gar nicht vermisste? Helena war so perplex, dass ihr keine Antwort einfiel. Er hatte sie also miteinander beobachtet und ging davon aus, dass sie es noch mal miteinander versuchten. Und jetzt wartete er womöglich gar nicht auf sie, sondern auf ... Clarissa.

Wut stieg in ihr hoch. Sie ging nicht auf ihn ein, zuckte nur die Schultern und ließ ihn stehen. Nach einigen Schritten bereute sie es schon und wollte wieder zurückkehren, um endlich Klartext zu reden – doch in diesem Augenblick kam tatsächlich Clarissa auf ihn zu.

Sie küssten sich zwar nur auf die Wangen, aber es wirkte vertraulich, und der Anblick tat unerwartet weh. Auch als die beiden längst fortgefahren waren, stand Helena immer noch im Schatten eines der parkenden Autos und blickte ihnen nach.

»Ich blöde Kuh«, rief sie ein ums andere Mal. »Was will ich denn von einem Typen, der mich belügt und eine andere hat!«

Sie flüchtete in ihr Pensionszimmer, hielt es dort aber nicht lange aus und griff nach ihrem Handy, um Martin anzurufen. Sie hatte ihn in den letzten Tagen gemieden, und auch er hatte sich nach dem versuchten Kuss merklich zurückgezogen, doch als sie ihn fragte, ob er zu ihr kommen könnte, stimmte er sofort zu. Etwas Flehentliches lag in der Miene, als er zehn Minuten später an ihrer Zimmertür stand. Er sagte es nicht laut, aber sie konnte seine Frage förmlich hörten: Wollen wir es nicht doch noch einmal versuchen?

Doch Helena hatte keine Lust, über ihren Beziehungsstatus zu reden. »Ich habe vorhin Moritz gesehen«, sagte sie. »Erstaunlich, dass er das Tagebuch nicht vermisst. Er hat es auf jeden Fall mit keinem Wort erwähnt.«

»Natürlich wird er dich nicht nach seinem Verbleib fragen. Dann müsste er schließlich zugeben, dass er es wieder in seinem Besitz hatte. Konntest du weitere Einträge lesen?«

Sie nickte. »Aber die meisten sind ziemlich unleserlich. Es macht eine Heidenarbeit, sie zu entziffern. Und es steht nicht viel Erhellendes drinnen.«

»Um die Wahrheit herauszufinden, müsstest du also jenes geheimnisvolle Dokument in Sütterlinschrift haben.«

»Das mir Moritz aber nunmal nicht so einfach geben wird«, murmelte sie, um zynisch hinzuzufügen: »Womöglich diskutiert er dessen Inhalt gerade lang und breit mit Clarissa.«

Martin lächelte lustig. »Wenn es dich so interessiert – mir fiele da schon eine Möglichkeit ein, an das Schriftstück ranzukommen.«

Sie hob überrascht den Blick. »Wie denn?«

»Ich fürchte, dafür musst du noch mehr verbrecherische Energie aufbringen«, meinte Martin vielsagend.

Eine knappe Stunde später parkten sie ein Stück von Moritz' Haus entfernt auf der anderen Seite der Straße. Sie hatten die Adresse mühelos im Internet herausgefunden. Es war ein moderner, ganz in Grau gehaltener Bau mit großer Glasfront und flachem Dach. Der Rasen war sehr gepflegt; bis auf einen kleinen rund geschnittenen Baum, der japanisch anmutete, gab es keine Pflanzen. Insgesamt wirkte das Anwesen modern und luxuriös, aber auch ein wenig unpersönlich.

Sie waren gerade aus dem Auto ausgestiegen und auf das Gebäude zugetreten, als Martin Helena am Arm packte und sie zurückzog.

Helena konnte nichts sehen – sie hörte nur Schritte und wenig später, wie der Motor eines Fahrzeugs ansprang. Sie duckte sich, als das Auto vorbeifuhr, konnte aber dennoch einen Blick hinter die Scheibe erhaschen. Moritz lenkte, Clarissa saß daneben. Die beiden hatten die letzte Stunde also hier verbracht.

»Wusstest du, dass sie bei ihm war?«, fragte Martin.

Helena wollte sich weder ausmalen, was sie hier gemacht hatten, noch sich ihre Eifersucht anmerken lassen. »Ich habe gesehen, dass er sie vorhin abgeholt hat. Wahrscheinlich fahren sie jetzt essen.«

Gott sei Dank stichelte Martin nicht. »Das heißt, wir haben jede Menge Zeit«, sagte er lediglich.

Als sie erneut auf das Haus zutraten, wurden Helenas Schritte immer zögerlicher. »Sieht alles ziemlich teuer aus. Sicher hat er eine Alarmanlage.«

»Riskieren wir's. Im Notfall kannst du immer noch sagen, dass du hierher gekommen bist, um dich mit ihm auszusprechen.«

»In deiner Begleitung?«, fragte sie skeptisch.

Schlimm genug, dass sie ihm seinen Autoschlüssel entwendet hatten, in ein Haus einzubrechen war ein ganz anderes Delikt. Allerdings waren ihre Skrupel nicht groß genug, um zu vergessen, dass Moritz sie belogen und ihr etwas verheimlicht hatte.

»Na gut. Versuchen wir's.«

Die Auffahrt zum Haus stand offen. Auf der hinteren Seite gab es weder eine Hecke noch einen Gartenzaun. Die Eingangstür war breit, sehr modern, und auf der Messingklingel daneben stand knapp »Ahrensberg«.

»Und jetzt?«

Martin ging einmal um das Haus herum und spähte durch alle Fenster. In manchen Räumen waren die Jalousien heruntergezogen, doch sie konnten ins Wohnzimmer sehen – ein großer Raum mit weißen Möbeln auf dunklem, fast schwarzem Parkettboden. Martin nickte anerkennend. »Schicke Bude – und das ist nur das Wochenendhaus?«

Helena musste unwillkürlich an das Jagdschloss denken – im

Vergleich dazu war es überhaupt nicht schick und modern gewesen, vielmehr eine verfallene Bruchbude, für die sich nach dem Lawinenabgang wohl nicht mal eine Renovierung lohnte. Und dennoch: Im Vergleich zu dessen verwunschener Atmosphäre, die die Geschichten einstiger Bewohner atmete, wirkte dieses Haus wie tot. Während sie es umrundeten, musste sie daran denken, wie sie damals mit einem Schneeball das Küchenfenster eingeschlagen hatte. Hier war die Küche zum Wohnzimmer geöffnet – und das Fenster geschlossen.

»Keine Chance«, murmelte sie und war irgendwie erleichtert, dass sich keine Gelegenheit ergab, ins Haus zu kommen.

Doch sie hatte zu früh aufgeben wollen.

»Schau mal da!«, rief Martin aufgeregt.

Er deutet auf ein gekipptes Fenster im Souterrain, hinter dem sich der Fitnessraum befand. Martin beugte sich hinunter, griff durch den Spalt und hatte es wenig später geschickt geöffnet.

»Wie ein Profi«, meinte Helena halb vorwurfsvoll, halb anerkennend.

»Warum haben wir das früher nie gemacht?«

»In Häuser eingebrochen?«

»Egal was – etwas Gemeinsames eben. Ich hatte immer nur mein Studium im Kopf – und du nur deine Musicalausbildung.«

Sie zuckte die Schultern und ging nicht darauf ein.

Es war relativ leicht, durch das Fenster ins Haus zu steigen. Die Geräte im Fitnessraum waren wie das übrige Mobiliar hochmodern, der Schrank mit den Handtüchern aus weißem Glanzlack. Die Tür stand offen und führte in einen schmalen Gang. Hinter einer weiteren Tür stießen sie auf den Weinkeller. Der Gang führte zu einer Treppe, die nach oben führte.

Wenig später betraten sie das Wohnzimmer, von dem sie – durch eine breite Flügeltür – die Bibliothek erreichten, die sie von außen nicht gesehen hatten.

Die raumhohen Regale waren voller Bücher, aber ehe Helena einige der Einbände las, deutete Martin auf den Schreibtisch, wo eine alte mechanische Schreibmaschine stand. »Wer benutzt denn so ein altmodisches Ding?«, rief er grinsend. »Hier ist alles super modern – und ausgerechnet einen Laptop kann sich der Herr von und zu nicht leisten?«

Helena trat näher und musterte die Schreibmaschine. »Vielleicht hat er sie auch aus dem Jagdschloss geborgen – und vielleicht gibt es hier noch mehr Zeugnisse aus der Vergangenheit.«

Sie begann in dem Berg an Zetteln und Mappen zu wühlen, die ungeordnet auf dem Tisch lagen. Einige davon waren ausgedruckte Mails, und Helenas Blick blieb beim Absender hängen: Sissy Ahrensberg. Moritz' Schwester.

Sie überflog die Zeilen, und sog hörbar den Atem ein, als sie Mariettas Namen las.

Offenbar hatte Moritz Sissy gefragt, was diese über Marietta wusste, doch sie hatte keine Informationen beizusteuern – sie konnte nur über das weitere Schicksal von Heinrich und Salvator von Ahrensberg berichten. Beide Brüder waren kinderlos gestorben – der eine verwitwet, der andere unverheiratet –, weswegen ihr Großvater Valentin Ahrensberg, ein Cousin der beiden, als Erbe eingesetzt worden war. Salvator war Anfang der dreißiger Jahre gestorben, offiziell an den Nachwirkungen seiner Kriegsverletzung, inoffiziell an verstärktem Alkoholkonsum. Einige Jahre später – kurz vor dem »Anschluss« Österreichs ans Deutsche Reich – hatte sich Heinrich verspekuliert, sein Vermögen verloren und seine Waffenfabrik verkaufen müssen. Wenig später starb auch er – womöglich verübte er Selbstmord.

»Er hat versucht, mehr über die Ahrensbergs herauszufinden«, murmelte Helena.

Während sie das Blatt Papier sinken ließ, durchwühlte Martin weitere Dokumente.

»Ha!«, rief er nach einer Weile triumphierend. »Suchst du etwa das?«

Er hielt das Blatt Papier so dicht vor Helenas Gesicht, dass sie es nicht entziffern konnte. Doch in jedem Fall erkannte sie, dass es in Sütterlinschrift verfasst worden war.

Ungeduldig riss sie es ihm aus den Händen, und ihr Herz begann heftig zu pochen. Sie ahnte – sie war nur mehr einen winzigen Schritt von der Wahrheit entfernt.

27

1922

»Das weiß ich doch schon längst«, sagte Salvator zu Elsbeths Verblüffung.

Elsbeth starrte ihn fassungslos an. Er wusste um Mariettas Verhältnis zu Gabriel? Wie hatte er es zustande gebracht, all die Jahre dieses Geheimnis zu hüten? Sie hatte es zwar auch geschafft, aber sie hatte sich ihrer Schwester schließlich verpflichtet gefühlt … bis jetzt. Salvator hingegen hatte aus seiner Verachtung nie einen Hehl gemacht.

»Aber warum hast du nie …?«, setzte sie an.

Salvator hatte sich abgewandt.

»Erinnerst du dich«, sagte er leise, »damals, nach Adams Geburt, habe ich dich nach Gabriel gefragt. Ich hatte erfahren, dass er im Winter einige Zeit auf dem Jagdschloss verbracht hat – und du hast behauptet, dass er dir den Hof gemacht hätte.«

Elsbeth konnte sich nur zu gut daran erinnern: Wie verführerisch es gewesen war, Salvator die Wahrheit zu sagen, aber wie groß sich dann doch ihre Verachtung ihm gegenüber erwiesen hatte. Wenig später hatte sie Adam zum ersten Mal gesehen, und sein Anblick hatte sie gerührt und verbittert zugleich. »Was war daran so unwahrscheinlich?«

Salvator lachte auf – ein grässlicher Laut, der ihr die Röte ins Gesicht trieb. »Deine Miene war kalt wie ein Fisch, als sein Name fiel. Nicht auch der geringste Glanz stand in deinen Augen«, er kam plötzlich vertraulich näher,»nicht wie in den Momenten, wenn du mit deinen Blicken Heinrich verfolgst ...«

Elsbeth zuckte zusammen.»Das geht dich gar nichts an!«, platzte sie heraus.

Salvator richtete sich wieder auf.»Glaub mir, es ist mir herzlich gleich, dass du deinen Schwager liebst!«, erklärte er verächtlich. Sie schämte sich zutiefst, wollte aber diesem Gefühl nicht nachgeben.»Und ist es dir auch gleichgültig, dass Heinrich betrogen wurde? Von der Tänzerin, die du immer gehasst hast? Und dass Adam womöglich gar nicht Heinrichs Sohn ist?«

Salvator kniff die Augen zusammen.»Mein Bruder hat die Wahrheit gewiss geahnt – es ist nicht mein Problem, dass er nicht gewagt hat, dieser Tatsache ins Auge zu sehen. Für mich war es damals ein Leichtes, die Dienerschaft auszufragen und alles über diese romantischen Wintertage zu erfahren.« Sein Lachen klang so giftig, dass man meinte, dieser Ton müsste seine Kehle verätzen.»Und was Adam anbelangt ...«

Er machte eine lange Pause, ehe er verkündete:»Er ist Heinrichs Sohn.«

Elsbeths Blick weitete sich überrascht.»Wie kannst du dir dessen nur sicher sein?«

Salvator zögerte, dann krempelte er seinen Ärmel auf und verwies auf ein sternenförmiges Muttermal, das Elsbeth vage bekannt vorkam.»Das hier liegt offenbar in der Familie – er hat es auch.«

Jetzt erinnerte sie sich an Adams Muttermal auf seinem rechten Oberschenkel. Sie hatte einmal mit Marietta über dessen merkwürdige Form gesprochen. Offenbar war ihrer Schwester niemals aufgefallen, dass Salvator das gleiche Muttermal hatte, nur an einer anderen Stelle.

Elsbeth war fassungslos. Damals, nach Adams Geburt, hatte sie daran gezweifelt, dass so blasse Menschen wie Gabriel und Marietta ein so rotgesichtiges Kind zeugen könnten. Doch später war sie sicher gewesen, dass er die Frucht dieser verbotenen Liebe war.

»Heinrich hat doch selbst gesagt … ich meine, dass er als Kind an Mumps erkrankt ist … und dass er darum wohl keine Kinder zeugen kann …« Elsbeth geriet immer mehr ins Stottern.

»Nun, offenbar hat er sich geirrt.« Salvator kicherte. »Du kannst ihm ja die Wahrheit sagen und ihm damit eine große Freude machen. Auf dass Marietta sich nicht länger schuldig fühlt, ihre Schwermut abstreift und die kleine Familie endlich glücklich wird.«

Zu spät ging Elsbeth auf, warum Salvator nicht längst die geheime Affäre aufgedeckt hatte. Er ahnte wohl, dass es Marietta ungleich mehr quäle, sie zu vertuschen, als das Geheimnis mit jemandem zu teilen. Und seinem Bruder gönnte er den Triumph nicht, sämtliche heimliche Zweifel an seiner Vaterschaft, die ihn trotz seiner Ignoranz womöglich all die Jahre verfolgt hatten, auszuräumen. Nein, er hatte nicht aus Freundlichkeit geschwiegen … sondern aus reiner Bösartigkeit.

In Gedanken versunken, merkte Elsbeth nicht, dass Salvator ihr wieder näher gerückt war. Plötzlich spürte sie seinen warmen Atem, als er ihr ins Ohr flüsterte: »Wenn du ihm alles sagst, würde es ihm noch leichter fallen, ihr zu verzeihen, und du müsstest dich weiterhin umsonst nach deinem Schwager verzehren.«

Offenbar genoss er es, seine eigene Bitterkeit in ihrer Miene widergespiegelt zu sehen. Er erkannte in ihr jene Ohnmacht, das Leben vorbeiziehen zu lassen, ohne dass man seinen Wünschen näherkam. Er hatte keine Ahnung, wo sein Platz auf der Welt war, und so hoffnungslos, wie seine Sehnsucht nach der alten Zeit, als die Welt in Ordnung und sein Körper noch gesund und unversehrt gewesen war, war ihr Verlangen nach Heinrich.

Sie hatte Salvator immer verabscheut und fühlte sich ihm in diesem Augenblick doch nah wie keinem zweiten. Es war unerträg-

lich. Es war widerwärtig. Mit einem Aufschrei hob sie die Hand,
um ihn zu schlagen.

Ehe jedoch ihre Handfläche auf seine graue Haut klatschte,
hatte er sie am Gelenk gepackt und grob geschüttelt. »Wag es bloß nicht!«, zischte er.

Er stieß sie zurück, und Elsbeth versuchte keuchend, ihr Gleichgewicht wiederzufinden. Als es ihr gelang, hatte er sich schon umgedreht und war ins Haus gehumpelt.

Gleichermaßen verärgert und verwirrt starrte Elsbeth ihm nach. Nicht nur, dass sie nicht erreicht hatte, was sie wollte – obendrein musste sie damit fertig werden, dass er ihr Geheimnis kannte. Anscheinend hatte er all die Jahre gewusst, dass sie Heinrich liebte.

»Salvator!«

Sie stürzte ins Haus, fand ihn jedoch nicht wie erwartet im Salon vor. Hastig lief sie die Treppe hoch, und als sie wenige Stufen zurückgelegt hatte, hörte sie die Stimmen. Es waren laute Stimmen, zornige Stimmen. Sie gehörten zwei Menschen, die sich hassten, die nicht länger ihre Gefühle unterdrückten, sondern heftig miteinander stritten.

Marietta und Salvator.

Elsbeth verharrte fassungslos. Hatte Salvator ihr nicht eben zu verstehen gegeben, dass er nicht bereit war, sich in die Ehe seines Bruders einzumischen und dass er sich an Heinrichs und Mariettas Elend weidete? Was hatte er dann jetzt bei Marietta verloren?

Die Stimmen wurden lauter. Und da erst erkannte Elsbeth, dass es nicht Salvator war, der Marietta zur Rede stellte, sondern sie ihn.

Sie musste ihr Bett verlassen, in den Hof geschaut und beobachtet haben, wie er Elsbeth zurückgestoßen hatte. In all den letzten Jahren war ihre Stimme nicht so laut geworden wie in diesem Augenblick, da sie sich für die Schwester einsetzte.

Elsbeth blieb wie angewurzelt auf der Treppe stehen.

»Wag es bloß nicht, so mit meiner Schwester umzugehen!«

Sie hätte nie erwartet, dass Marietta derart schreien konnte. Dass sie so wütend sein konnte. Dass ihre Liebe zu ihr so unverwüstlich war.

Kurz wusste sie nicht, was größer war: das schlechte Gewissen, weil sie Salvator die Wahrheit gesagt hatte, oder die Schuldgefühle, weil Marietta sich für sie einsetzte, sie zu schützen versuchte, sie verteidigte.

Das habe ich nicht verdient, ging es ihr durch den Kopf. Mag sein, dass Marietta Heinrich und Adam nicht verdient. Aber ich ... ich verdiene *sie* noch viel weniger.

Salvator antwortete nicht weniger laut, aber nicht hitzig, sondern eiskalt: »Was interessiert es dich? Du liegst ohnehin den ganzen Tag im Bett und zeigst keinerlei Interesse an der Welt.«

»Und wenn ich zu nichts anderem die Kraft hätte – Elsbeth würde ich immer schützen.«

Elsbeth hielt sich unwillkürlich am Treppengeländer fest. Es war verwirrend, diese Worte zu hören ... und so schmerzhaft. Sie hatte das Gefühl, ein Messer in die Brust gerammt zu bekommen.

»Versteh einer die Frauen!«, höhnte Salvator. »Sohn und Mann vernachlässigst du, aber Elsbeth hältst du deine Treue. Weißt du denn nicht ...«

Er schwieg vielsagend.

»Was weiß ich nicht?«

»Nun, dass Elsbeth gerne an deiner Stelle wäre ... als Heinrichs Frau und Adams Mutter.«

Elsbeth stockte der Atem, aber Marietta lachte nur. Lachte so heftig, wie sie seit Jahren nicht gelacht hatte. »Und wenn es so wäre! Warum verstreust du nur überall dein Gift?«

»Das muss ich doch gar nicht, du vergiftest dich seit Jahren selbst. Erbärmlich ist das!«

»Ach so? Aber diese erbärmliche Frau hast du einst selbst begehrt, nicht wahr? Und du hast nie verwunden, dass ich deinen Bruder dir vorgezogen habe.«

Salvator schien sich ganz nahe zu ihr zu beugen, denn seine Stimme wurde plötzlich leise – und zischend wie eine Schlange. »Weißt du, was Elsbeth eben von mir wollte?«, fragte er. »Sie wollte, dass ich meinen Bruder dazu überrede, endlich die Scheidung anzustreben.«

Elsbeth klammerte sich immer fester an das Geländer. Ihr Gesicht war hochrot.

Marietta hingegen schien nicht im mindesten erschüttert. »Ach weißt du, darüber habe ich selbst schon oft nachgedacht ... Dann könnte Heinrich Elsbeth heiraten, und Adam bekäme eine bessere Mutter, als ich es je sein könnte. Alle wären glücklich ... nur du nicht.« Sie seufzte. »Ich fürchte nur, eine Scheidung würde den Ruf der Familie beschmutzen, und seien wir doch ehrlich: Du wünscht dir nicht, dass Heinrich mich verlässt – lieber wäre dir, ich wäre tot. Und soll ich dir etwas verraten?«

Ein merkwürdiges Gekicher ertönte. Es schien nicht aus dem Mund einer Frau zu kommen, sondern war völlig unmenschlich.

»Ob du es nun hören willst oder nicht – ich wünsche es mir auch ... ich habe es mir immer gewünscht. Ich dachte, meine größte Sehnsucht gilt dem Tanz, aber das hat einen guten Grund. Ins Tanzen legt man alles hinein, man gibt sich selber auf, man stellt sich zurück. Man liefert sich völlig aus – einer fremden Musik und einer fremden Choreographie. Die eigene Geschichte zählt nicht, die eigenen Schmerzen zählen nicht – nur, dass man seine Rolle in größtmöglicher Schönheit ausfüllt. Ja, das ist das Wesen des Tanzes: Man hört auf zu sein. Ich habe andere Tänzerinnen sagen gehört, dass sie sich nie so lebendig fühlten wie auf der Bühne. Aber ich denke mir, sie irren sich. Ich war nie so ... tot wie auf der Bühne.«

Wieder ertönte dieses schreckliche Lachen, das Elsbeth einen kalten Schauer über den Rücken jagte. Sämtliche Härchen stellten sich ihr auf. Sie ahnte, in welche Richtung Marietta das Gespräch trieb – und dass es die falsche war.

Nicht!, dachte sie. Fahr nicht fort! Hör endlich auf!

Doch anstatt einzuschreiten, klammerte sie sich an das Geländer. Sie konnte sich nicht rühren, gerade so, als wäre sie festgekettet.

»Die Dienstboten haben recht«, knurrte Salvator. »Du bist wahnsinnig.«

»Dann muss es umso schlimmer für dich sein, dass du mich immer noch begehrst. Und das tust du nach dem Krieg mehr als zuvor, das weiß ich genau. Weil du verwundet bist, aber ich noch um vieles zerstörter. Weil dich jeder Schritt schmerzt, aber ich diejenige bin, die im Bett liegen bleibt. Weil du dich nach dem Tod sehnst, aber dich ungleich mehr vor ihm fürchtest als ich.«

Wieder hörte Elsbeth das Knarren der Dielen, gefolgt von hastigen Schritten. Salvator schien gehen zu wollen, aber Marietta stellte sich ihm in den Weg.

»Lass mich los!«, schrie er und klang irgendwie panisch. »Glaub nicht, du wärst so einzigartig! Damals habe ich dich gewollt, das stimmt, aber danach habe ich keinen Gedanken mehr an dich verschwendet.«

»Lüg nicht! Du hast Männer auf mich gehetzt, die mich vergewaltigen sollten. Hinterher hätten sie dir alles genau erzählen sollen, nicht wahr? Du hättest dich an ihren Schilderungen geweidet. Du hättest größere Lust empfunden, als selbst bei mir zu liegen. Noch heute würdest du mich gerne bluten sehen.«

Nicht!, dachte Elsbeth wieder. Hör endlich auf!

Aber sie rührte sich nicht. Sie schritt nicht ein, obwohl sie nahezu am eigenen Leib fühlen konnte, wie Salvator von seinen dunkelsten Gefühlen überwältigt wurde – und Marietta sie immer

398

weiter anheizte, anstatt ihn endlich gehenzulassen. Welches Ziel hatte sie? Ihn zu zerstören ... oder sich selbst?

Und warum beendete sie, Elsbeth, jenen Zweikampf zwischen dem verbitterten Mann und der todessehnsüchtigen Frau nicht und bannte die Mächte, die sie entfesselten? Warum konnte sie es einfach nicht?

Sie ahnte die Wahrheit. Sie schritt nicht ein, weil sie trotz allem erleichtert war, dass sie plötzlich so voller Leben steckte, voller Energie.

»Warum tust du dir selbst und uns allen nicht den Gefallen und bringst dich endlich um?«, rief Salvator.

»Daran habe ich oft gedacht. Bis jetzt war ich überzeugt, ich wäre es vor allem Heinrich und Adam schuldig. Aber am meisten wünsche ich es Elsbeth, damit sie endlich glücklich wird. Was denkst du? Wird der Tanz, den sie auf meinem Grabe tanzt, ein schöner sein? Ich habe ihr nie beigebracht zu tanzen – vielleicht sollte ich es jetzt tun. Ja, ich würde nicht zögern, könnte ich mir sicher sein, dass sie noch tanzen lernen möchte.«

»Als sie mich vorhin gegen dich aufzuhetzen versuchte, schien sie dich regelrecht zu hassen.«

Es folgte eine Stille, eine schwere, erdrückende Stille. Gleich ersticke ich daran, dachte Elsbeth. Gleich erstickt Marietta ...

Aber ihre Schwester atmete weiter und sagte schließlich: »Es ist nur leider nicht so einfach, sich selbst zu töten.«

»Oh, du kannst gerne meine Pistole benutzen. Hier – ich trage sie immer bei mir. Ich zeige dir gerne, wie du abdrückst. Nimm sie doch! Fühl sie! Sie ist kalt!«

Elsbeth sank auf eine der Stufen.

Geh hinein, tu etwas, sonst bist du verantwortlich für das, was passiert.

Sie tat nichts.

»Heinrich hat sich immer vor dem Tod auf dem Schlachtfeld

geekelt«, murmelte Marietta. »Als du verwundet zwischen Leichen lagst – was hast du da gefühlt?«

»Ich wollte lieber sterben, als ein Krüppel werden.«

»Na siehst du – dann verstehst du mich ja. Du bist der Einzige, der mich versteht. Elsbeth ist zu vernünftig, Heinrich zu schöngeistig. Aber du weißt, wie es in mir aussieht. Ist das nicht komisch?«

Sie lachte, lachte in einem fort und konnte nicht mehr aufhören.

»Hör sofort auf!«, brüllte Salvator.

Sie hörte nicht auf.

Elsbeth erhob sich. Sie ließ das Geländer los. Nun fühlte sie sich nicht mehr wie in Ketten, aber sie nutzte die Freiheit nicht, um nach oben zu stürmen. Sie lief nach draußen, in dem sicheren Wissen, was geschehen würde, dass sie es verhindern konnte, aber dass sie es nicht verhindern wollte.

Es ist Mariettas Entscheidung, nicht meine, dachte sie.

Sie fühlte sich erbärmlich wie nie, trotzig entschlossen wie nie.

Sie lief vom Jagdschloss weg immer tiefer in den herbstlichen Wald hinein.

Sie rannte, bis ihre Brust schmerzte und ein Steinchen im Schuh die Ferse wundgescheuert hatte, aber sie entkam dem Grauen nicht. Vögel stoben aus dem Buschwerk, als jäh ein Schuss ertönte und die Stille des Waldes zerriss.

Sie erstarrte, blieb keuchend stehen, sank schließlich kraftlos auf ihre Knie. Der Laut hallte wieder und wieder in ihr nach; sie konnte ihn mit jeder Faser ihres Körpers spüren, gleich so, als wäre sie selbst getroffen worden.

Doch zu ihrem Erstaunen blutete sie nicht. Nur Schweiß perlte von der Stirn und lief in ihre Augen, heiß und salzig und ein Beweis, dass sie noch lebte, obwohl sie den Schuss gehört hatte und obwohl sie wusste, auf wen die Pistole gerichtet gewesen war. Ja, ihr Herz schlug noch und ihr Atem ging keuchend – nur ihre Seele war tot wie das Herbstlaub, das der scharfe Wind der letzten Tage von den Bäumen gerissen hatte. Irgendwann nach dem langen, schweigsamen Winter würde der Frühling den Wald wieder zum Leben erwecken und frische Triebe sprießen lassen, aber die Blätter, die nun den Boden bedeckten, würden niemals wieder grün werden. Die Spinnweben, die morgens unter einer Schicht Raureif funkelten – letztes Zeugnis des Altweibersommers –, würden für immer zerrissen sein. Die saftigen roten und schwarzen Beeren, die an den Sträuchern hingen, würden verfaulen und niemals einen Gaumen erfreuen. Und sie – sie würde niemals wieder lachen, unbeschwert, frei und von Herzen.

Sie stand auf und lief weiter, langsamer nun, gebeugter und nur eine kurze Strecke. Dann erreichte sie einen kleinen Bach, dessen Plätschern in ihren Ohren wie Hohn klang. Im heißen Sommer hatte sie manchmal das klare Wasser getrunken und war mit den Füßen hineingestiegen, um sich abzukühlen. Das tat sie auch jetzt, nachdem sie ihre dünnen Lederschuhe abgestreift hatte, doch das Wasser erfrischte sie nicht, sondern schnitt eiskalt in ihre Glieder.

Sie störte sich nicht daran. Die tobenden Schmerzen waren ein willkommenes Zeichen, dass sie die Kälte noch fühlen konnte. Anstatt sich ans andere Ufer zu retten, trat sie von einem Fuß auf den anderen im Bach herum und wühlte den Schlamm auf. Aus dem strahlenden Türkis, das an Sonnentagen silbrige Wellen krönten, wurde eine schmutzige Brühe.

»Was machst du denn hier?«

Sie zuckte zusammen, als die Stimme sie traf, und wagte kaum, den Blick zu heben. Sie sah nur die Spitze eines Wanderstocks, die sich in die feuchte Erde gegraben hatte, und klobige Stiefel, die von Morast und einigen Blutspritzern befleckt waren. Offenbar kam er von der Jagd.

»Dir muss doch schrecklich kalt sein …«

Sie wühlte weiter im Schlamm. Das Wasser war mittlerweile so trüb, dass sie ihre krebsroten Füße nicht mehr sehen konnte. Die Schmerzen wichen einem Gefühl von Taubheit. Oh, wenn diese nicht nur den Körper, sondern auch den Geist erfassen würde! Wenn sie sämtliche Gedanken lähmen könnte, auf dass in ihrem Kopf nur eine große, gnädige Leere klaffte!

Als sie nicht reagierte, rief er sie beim Namen. Er klang fremd in ihren Ohren.

»Ich brauchte ein wenig frische Luft«, stammelte sie hilflos.

Wie anders sollte sie ihm erklären, was sie hier machte? Wie ihm ins Gesicht schauen, nach allem, was geschehen war? Wie sein Urteil ertragen, wenn er erfuhr, was sie getan hatte?

»Hast du auch diesen Schuss gehört?«, fragte er. »Er schien vom Haus zu kommen.«

Nun konnte sie nicht anders, als ihren Blick zu heben und seinem standzuhalten.

Seine Miene war verwirrt, aber noch nicht erschüttert, besorgt, war noch arglos. Sie hingegen hatte ihre Unschuld unwiederbringlich verloren. Und wann immer sie künftig Laub rascheln und Bäche plätschern hören, Waldgeruch einatmen und von der Herbstsonne gestreichelt werden würde, müsste sie daran denken.

Heinrich sprang über den Bach. »Wir sollten nachsehen …«

Elsbeth schluckte erst, schüttelte dann den Kopf. »Nein!«, entfuhr es ihr.

Ja, sie hatte die Unschuld verloren, ja, sie wusste, was der Schuss bedeutete, und ja, sie würde den Rest ihrer Tage mit ihrer Schuld leben müssen. Aber sich von dieser Schuld erdrücken lassen, das wollte sie nicht. Dazu war sie zu stur, zu stark. Dazu liebte sie Heinrich zu sehr.

Heinrich sah sie verwirrt an. »Aber …«

»Der Schuss hat sich wahrscheinlich nur zufällig aus einem Gewehr gelöst«, erklärte sie schnell, »vorhin sah ich, wie Ferdinand die Waffen reinigte. Gewiss hat es nichts weiter zu bedeuten.« Sie erhob sich, klopfte die Erde von ihrer Kleidung und ging auf ihn zu. Vertraulich hakte sie sich bei ihm unter. »Was für ein herrliches Wetter wir heute haben. Es ist wohl einer der letzten schönen Herbsttage, und den sollten wir genießen, meinst du nicht?«

Heinrich wirkte immer noch ein wenig besorgt, aber als sie ihm aufmunternd zulächelte, glättete sich seine gerunzelte Stirn. »Was schlägst du vor?«

»Ich würde mich so sehr über eine kleine Wanderung freuen, du kennst doch gewiss einen schönen Weg!«

Als er weiterhin zauderte, schmiegte sie sich an ihn, und da gab er sich einen Ruck.

»Wenn du meinst.« Er lächelte.

Er reichte ihr seine Hand und gemeinsam sprangen sie über den Bach. Das Wasser war immer noch dunkel, die Oberfläche kräuselte sich, ihre Hände eiskalt. Aber mit dem Bach schien Elsbeth gleichsam einen unsichtbaren Bannkreis überschritten zu haben. Auf der anderen Seite zählte Mariettas Geschick nicht mehr. Nur noch ihres.

Es waren gestohlene Stunden, aber glückliche. Hinterher fragte Elsbeth sich oft, wie sie es nur fertigbringen konnte, die Tragödie, die über das Jagdschloss hereingebrochen war, zu vergessen, Heinrichs Gesellschaft zu genießen und sich dem Trug hinzugeben. Mit ihm eine eigene Welt zu betreten, wo weder Sorgen noch dunkle Gedanken Platz hatten. Wie schön diese Welt war, wie bunt!

Die Bergspitzen leuchteten rötlich im Sonnenlicht; die wenigen Wolkenfransen begannen, sich violett zu färben; der herbstliche Wald glich einem goldenen Tuch, das das Land bedeckte und alle störenden Geräusche erstickte.

Die meiste Zeit gingen sie schweigend nebeneinander her und

achteten auf den Weg, der steil bergauf ging und von Wurzeln und Steinen übersät war. Doch auf einem Felsvorsprung, von dem man ins Umland blicken konnte, hielt Heinrich inne. Nebelschwaden begannen, graue Schneisen in den rot-gelben Wald zu schlagen. Seine Farben verblassten langsam.

»Es muss sich etwas ändern«, sagte er unwillkürlich, »es kann so nicht mehr weitergehen. Ich dachte, es genügte, wenn Marietta nur endlich ehrlich zu mir wäre. Ich dachte auch, es würde besser, wenn ich ihr alles verzeihe, was es zu verzeihen gibt. Aber jetzt frage ich mich, ob das wirklich genügt, um glücklich zu sein ...«

Elsbeth ergriff seine Hand und streichelte darüber. »Ich verstehe dich«, sagte sie nur, »ich verstehe dich ja ...«

Er ließ ihre Hand erst wieder los, als sie zurück zum Jagdschloss gingen. Der Wind wehte schärfer, die Stimmen des Waldes glichen weniger lockendem Geflüster als warnendem Gekrächze. Elsbeth presste ihre Schulter an seine. Gleich würde er sie brauchen. Gleich würde sie ihn stützen müssen. Gleich würde sie die Einzige sein, die Trost spenden konnte.

Schon von weitem vernahmen sie die aufgeregten Stimmen.

Ferdinand kam als Erster auf sie zugelaufen; Agnes, die Köchin, folgte ihm, kalkweiß im Gesicht. Nun konnte sich Elsbeth nicht länger etwas vormachen. Auch wenn sie es sich so sehr wünschte – sie war mit Heinrich nicht länger allein auf der Welt. Ihre Kehle wurde eng.

Sie ist tot, durchfuhr es sie. Meine einzige Schwester ist tot ...

»Es ist etwas Schreckliches passiert!«, rief Ferdinand. »Wir suchen Sie schon seit Stunden!«

Elsbeth wagte es nicht, Heinrich anzusehen. Verspätet stieg Reue in ihr hoch. Warum nur hatte sie ihn vom Haus weggelotst, warum ihre Trauer und Schuld einfach beiseitegeschoben? Damit er noch diesen Herbsttag genießen konnte? Oder sie seine Gegenwart?

»Was ist passiert?«, fragte Heinrich heiser.

Elsbeth starrte auf den Boden, als Agnes antwortete.

»Marietta ... die Frau Baronin ... sie hat ... sie hat ...«

»Was hat sie?«

Heinrich schrie.

»Sie hat sich erschossen ... direkt in den Kopf. Ich selbst habe sie gefunden ...« Die Köchin brach in Tränen aus.

Elsbeth fühlte, wie Heinrich erstarrte. Ihr selbst war eisig kalt geworden.

»Wo ... wo ist sie?«

»Besser, Sie sehen sie nicht ... es ist grauenhaft.«

Heinrich wollte an den beiden vorbeistürmen, doch Ferdinand packte ihn.

»Herr Baron, da ist noch etwas ...«

Elsbeth hob ihren Blick und las in den Mienen. Da erst ging ihr auf, dass das Entsetzen nicht so unbeschreiblich groß gewesen wäre, wenn nur Marietta sich erschossen hätte, Agnes' Schluchzen nicht so bitterlich, Ferdinands Ausdruck nicht so verstört. Marietta war krank, und alle wussten das. Wahrscheinlich hatte sich manch einer gedacht, dass der Herr Baron besser ohne sie dran wäre. Nein, ihr Entsetzen rührte von etwas anderem.

»Bevor sich Marietta selbst gerichtet hat, hat sie Adam aus dem Fenster gestoßen«, sagte Ferdinand. »Er hat sich das Genick gebrochen. Er ... er war sofort tot.«

Elsbeth hörte nur ein Rauschen in ihren Ohren. Sie sah, dass immer mehr Tränen über die Wangen der Köchin rollten, aber sie hörte ihr Weinen nicht. Sie sah Heinrich auf die Knie brechen und einen verzerrten Laut ausstoßen, aber das Knirschen der Kieselsteine drang ebenso wenig zu ihr durch wie seine Verzweiflung.

Sie selbst blieb aufrecht stehen. Sie wusste nicht, woher sie die

Kraft dazu nahm, nur, dass – wenn auch sie zusammenbrechen würde – Heinrich niemanden hatte, auf den er sich stützen konnte. Allerdings, er stützte sich ja gar nicht auf sie. Seine Hände gruben immer tiefer in die Kieselsteine. Sein Schrei ging in raues Schluchzen über – das erste Geräusch, das sie nach dem Rauschen vernahm.

Der nächste Laut, den sie hörte, war ihre eigene Stimme – diese sehr dunkel und gefasst:»Wer weiß alles, was passiert ist?«

Die Köchin hörte auf zu weinen und sah sie verwirrt an.

»Wer hält sich zur Zeit im Haus auf?«, fragte Elsbeth.»Und wer hat von dem Unglück schon erfahren?«

Die Köchin stammelte einige Namen. Elsbeth kannte sie alle, doch in diesem Augenblick waren es Fremde für sie.

»Du wirst sie alle zusammenrufen«, befahl sie kalt.»Und dann werde ich ihnen erklären, dass sie niemandem etwas sagen dürfen.«

Heinrich blickte nicht auf. Elsbeth fuhr fort:»Hier hat sich eine schreckliche Tragödie zugetragen. Aber die Welt darf nicht davon erfahren ... dieser Skandal würde auf ewig den Namen Ahrensberg beflecken. Wir müssen einen Arzt suchen, der den Totenschein ausstellt. Er soll irgendeine Krankheit erfinden, die ... die ... die den beiden das Leben gekostet hat.«

Ihre Stimme brach. So entschlossen sie angefangen hatte – Mariettas und Adams Namen konnte sie nicht aussprechen.

Die Köchin schlug ihre Hände vors Gesicht; nur Ferdinand schien sich wieder gefasst zu haben. Er nickte, ehe er zurück ins Haus ging.

Elsbeth starrte Heinrich an. Sie hob ihre Hand, wollte sie auf seine Schulter legen, doch ihre Hand zitterte so stark, dass sie sie zurückzog, ehe sie ihn berührte.

Wie sollte sie ihn nur ins Haus bringen? Er war doch viel zu schwer, um ihn hochzuziehen!

Ihre Knie bebten. Eine Woge der Übelkeit überkam sie. Ehe sie an seiner Seite zusammenbrach, lief sie fort. Sie erreichte das Gebüsch, beugte sich vor und erbrach sich.

Salvator war betrunken. Er konnte weder einen geraden Schritt machen, noch ein Wort sagen, ohne zu lallen. Elsbeth ging erst zu ihm, als alles vorbei war. Längst hatte der Arzt, den Ferdinand in aller Eile hierhergebracht hatte, den falschen Totenschein ausgestellt. Längst war die Dienerschaft darauf eingeschworen worden, die Schreckenstat zu vertuschen. Längst hatte Ferdinand mit Hilfe einer der Knechte Heinrich ins Haus gebracht.

Elsbeth wusste nicht, wo er jetzt war. Sie wusste nur, dass sie seine Nähe nicht ertragen konnte. Salvators Gegenwart hingegen hatte etwas Tröstliches. Vor ihm musste sie kein Geheimnis wahren. Ihn konnte sie offen fragen: »Was hast du nur getan?«

Als Antwort kam lediglich ein undeutliches Nuscheln.

»Hast du Marietta erschossen? Oder hat sie selbst die Pistole geführt?«

Wieder nur ein Lallen, dann ein Nicken.

»Was denn nun?« Sie schrie.

»Sie hat sich selbst erschossen … das glaube ich zumindest. Ich wollte ihr die Pistole wegnehmen … sie hat mit mir gerangelt … und dann … dann ist der Schuss gefallen. Ich habe es nicht gewollt, sie vielleicht auch nicht … es war ein Unfall … womöglich war es ein Unfall … auf jeden Fall wurde ihr Körper ganz schlaff … und war so voller Blut …«

Sie wusste nicht, ob sie erleichtert oder schockiert sein sollte.

»Und Adam?« Ihre Stimme wurde heiser.

Auch die von Salvator zitterte: »Er … er hat um Vergebung gebeten.«

»Was redest du denn da?«

Salvator starrte sie an, seine Augen waren blutunterlaufen. »Er

407

stand plötzlich im Zimmer … offenbar wollte er seiner Mutter einen Schmetterling zeigen, den er gefangen hat. Als er sie blutig am Boden liegen sah, hat er um Verzeihung gebeten … weil er uns störte … ›Vergib mir‹, sagte er. ›Du musst mir vergeben.‹ Er war so verwirrt … ich war es auch. Ich meine, ich hatte die Waffe in der Hand … es sah so aus, als … als hätte ich Marietta getötet … Ich schwöre dir, was dann geschah, wollte ich nicht! Ich habe nicht nachgedacht, ich war nur voller Panik. Wenn der Knabe allen erzählt, was er hier gesehen hat, hält man mich doch für einen Mörder! Das war das Einzige, was mir durch den Kopf ging. Und noch etwas anderes: Der Knabe muss weg! Er … er würde mein Leben zerstören!«

»Dein Leben ist bereits zerstört!«

Genauso wie meines, dachte sie. Aber sie schob den Gedanken fort. Vorhin hatte sie sich übergeben, bis sie nur noch bittere Galle schmeckte, doch danach hatte ihre Übelkeit Nüchternheit Platz gemacht – und Kälte.

»Du hast ihn getötet«, murmelte sie. »Du hast ihn einfach aus dem Fenster gestoßen. Bei Marietta war es ein Unfall … aber ihn, ihn hast du kaltblütig ermordet, damit er dich nicht …«

»Ich war von Sinnen!«, unterbrach er sie verzweifelt. »Ich wusste nicht, was ich tat! Das wäre alles nie geschehen, wenn Marietta mich nicht so provoziert hätte. Und Marietta hat nur mit mir geredet, weil sie dich verteidigen wollte. Du wiederum …«

Sie hob abwehrend die Hand. Sie ertrug es nicht, darüber nachzudenken, dass sie die unheilvollen Ereignisse in Gang gesetzt hatte.

»Heinrich darf es nicht erfahren … er würde es nicht verkraften …«, sagte sie hastig.

Vor allem würde er ihr nicht vergeben – nicht, wenn er erfuhr, warum Salvator überhaupt bei Marietta war und was sie, Elsbeth, zuvor von ihm verlangt hatte. Nicht, wenn er herausfand, dass sie am Tod der Schwester mitschuldig war. Und am Tod Adams.

»Du musst dich zusammenreißen!«, fuhr sie Salvator an. Sein Gelächter, mit dem er antwortete, klang wie das Meckern einer Ziege. Er schüttelte sich vor Lachen, seine Augenbinde verrutschte und offenbarte eine grässlich anzusehende Narbe. Elsbeth hatte das Gefühl, in seine Seele zu sehen.

»Hör mir zu!«, erklärte sie streng. »Ich werde ein Schreiben verfassen, in dem steht, dass du bei Mariettas Tod zugegen warst und dass du Adam aus dem Fenster gestoßen hast. Du wirst fortan tun, was ich dir sage – sonst verwende ich dieses Schreiben gegen dich. Ich werde es bei einem Notar mit der Auflage hinterlegen, dass es im Falle meines Todes publik gemacht wird. So kommst du gar nicht erst auf die Idee, mich wie Adam aus dem Weg zu räumen.«

Salvators Lachen riss ab. Er sank zurück, und als sie schon dachte, er wäre eingeschlafen, sagte er plötzlich höhnisch: »Du kriegst Heinrich nicht … nach dem, was geschehen ist, wirst du niemals glücklich werden … schon gar nicht mit ihm.«

28

Nachdem sie das Schreiben entziffert hatte, war Helena fassungslos. Nicht Heinrich, sondern sein Bruder Salvator war schuld an Mariettas Tod – wenn auch nicht absichtlich. Ihr Streit hatte ihren Selbstmord provoziert oder vielleicht auch zu einem schrecklichen Unfall geführt. In jedem Fall musste Adam sterben, weil er seinen Onkel mit der toten Mutter erwischte und jener ihn im ersten Schreck, von einem unliebsamen Zeugen ertappt zu werden, aus dem Fenster gestoßen hatte.

Sie musste an ihren Traum denken, in dem Adam sich an der riesigen Glocke festklammerte … voller Angst zu fallen …

»Ein Kind … er war doch noch ein kleines Kind.«

Auch Martin schien bestürzt zu sein.

Sie musste an die alte Elsbeth denken und an deren Worte, dass Mariettas Unglück nicht von ihrer unerfüllten Liebe zu Gabriel rührte, sondern von der Tatsache, dass sie nicht länger tanzen konnte und dass sie Heinrich zwar ihre Gefühle für Gabriel beichten konnte, nicht aber, wie sehr sie darunter litt, ihren Traum geopfert zu haben. Dann hätte sie ihm, dem sie und ihre Schwester so viel verdankten, gestehen müssen, wie sehr sie die Heirat mit ihm bereute.

»Die Träume im Tagebuch…«, setzte Helena an.

»… zeugen allesamt von ihrer destruktiven Haltung. Aber auch der Ahnung, dass es längst nicht alle mit ihr gut meinten. Sie fühlte sich bedroht – nicht von einem Mörder … sondern von der Schwester, deren Liebe zunehmend Neid und Verachtung Platz machte. Sie hat geahnt, dass Elsbeth insgeheim wünschte, sie würde sterben und das Feld räumen.«

»Aber dass auch Adam sterben würde, konnte Elsbeth nicht vorhersehen.«

»Hm«, meinte Martin. »Mir erscheint sie ganz schön durchtrieben. Der Duktus, in dem dieses Dokument verfasst ist, ist doch sehr nüchtern, wenn nicht gar kaltherzig. Sie mag ja unter ihrer Schuld gelitten haben, aber dennoch hat sie Kapital daraus geschlagen. Mit diesem Schreiben hatte sie Salvator sozusagen in der Hand.«

»Offenbar erpresste sie damit Geld von ihm und konnte so ihr Medizinstudium finanzieren.«

»Was bedeutet, dass sie auf Kosten der Schwester Karriere gemacht hat. Und des Neffen.«

Obwohl das auch Helenas erster Gedanke war, tat sie sich schwer, ihm zuzustimmen. Sie musste an die alte Frau im Bett denken, die so verletzlich gewirkt hatte. Schwer vorstellbar, dass diese in jungen Jahren derart skrupellos war. Auch wenn sie die Wahrheit über Adams und Mariettas Tod wussten – Helena wurde das Gefühl nicht los, dass ihr ein entscheidendes Mosaiksteinchen noch fehlte, um die damaligen Ereignisse ganz und gar zu verstehen.

Doch ehe sie nach weiteren Anhaltspunkten suchen konnte, vernahm sie ein Geräusch hinter sich und fuhr herum. Die Schritte waren lautlos näher gekommen, die Tür jedoch quietschte laut.

Moritz stand im Türrahmen, und unter seinem Blick wurde sie knallrot.

»Könnt ihr mir erklären, was zum Teufel ihr hier verloren habt?«, fragte er wütend.

Helenas Gesicht wurde immer heißer. Sie rang vergebens nach Worten, um sich zu rechtfertigen. Auch wenn Moritz nicht immer mit offenen Karten gespielt hatte – hier einzubrechen war ohne Zweifel kriminell. Und sich noch dazu vom Hausherrn erwischen zu lassen ziemlich dämlich. Der sah im Übrigen unverschämt gut aus, auch wenn es der völlig falsche Zeitpunkt war, um darüber nachzudenken.

Ehe sie etwas sagen konnte, stellte sich Martin schützend vor sie. »Es war meine Idee.«

Warum musste er ausgerechnet jetzt den Helden spielen? Helena drängte sich an ihm vorbei. »Mag sein, aber ich war damit einverstanden. Auch damit, den Autoschlüssel zu klauen.«

»Ihr wart in meinem Auto?«, fragte Moritz fassungslos. Er dachte kurz nach. »Ach, darum ist das Tagebuch verschwunden. Und ich habe schon geglaubt, ich hätte Alzheimer oder so was, weil ich es nicht finden konnte.« Er schüttelte den Kopf. »Sag mal, habt ihr sie noch alle?«

Helena hatte erst betreten zu Boden geschaut, doch als er das Tagebuch erwähnte, schlug ihr schlechtes Gewissen in Wut um. »Wie wir uns verhalten haben, war nicht in Ordnung … aber du – du hast mich auch hintergangen! Du hast das Tagebuch aus dem Jagdschloss bergen lassen, aber mir nichts davon gesagt. Und vor allem hast du Marlies hinter meinem Rücken dieses Schriftstück abgekauft. Jetzt tu bloß nicht so selbstgerecht! Wir wären nie hier eingebrochen, wenn du nicht die Aufklärung der damaligen Ereignisse bewusst hintertrieben hättest. Du willst den Namen deiner Familie schützen, nicht wahr? Du hast mich die ganze Zeit belogen und für dumm verkauft!«

Je länger sie redete, desto lauter wurde sie.

Moritz starrte sie fassungslos an. »Du glaubst, ich habe das alles getan, um die Wahrheit zu vertuschen?«, rief er entgeistert.

»Aber natürlich! Warum sonst hast du mir nichts vom Tagebuch erzählt?«

»Es befindet sich doch erst seit kurzem wieder in meinem Besitz. Ich wollte dich überraschen, wenn erst mal die Premiere vorbei ist.«

»Die du im Übrigen lieber mit Clarissa verbracht hast als mit mir – genauso wie den heutigen Abend.«

»Du bist mir ja beharrlich aus dem Weg gegangen! Was sollte ich denn anderes denken, als dass du keine Lust auf meine Gesellschaft hast?«

»Gottlob gibt es genug Frauen, die einspringen können.« Wütend funkelte sie ihn an.

Moritz schüttelte den Kopf. »Mit Clarissa habe ich mich heute nur getroffen, um endlich reinen Tisch zu machen. Mir war nicht klar, dass sie sich immer noch Hoffnungen auf mich machte … das musste ich klarstellen.«

Helenas Zorn bekam Risse. Gerne hätte sie ihn der Lüge bezichtigt, aber irgendetwas an seinem Gesichtsausdruck verriet ihr, dass er die Wahrheit sagte. Und trotzdem – sie hatte sich so sehr in Rage geredet, dass sie auf weitere Vorwürfe nicht verzichten konnte. »Aber Marlies Safransky – du hast ihr Geld gegeben … und zwar dafür!«

Vorwurfsvoll schwenkte sie das Dokument.

Moritz schüttelte den Kopf. »Aber das habe ich nicht gemacht, um das Geheimnis zu vertuschen … es ist doch alles ganz anders, hör mir einfach mal in Ruhe zu, und dann …«

Ehe Helena etwas sagen konnte, schaltete sich Martin ein: »Glaub ihm ja kein Wort, er will sich ja doch nur rausreden.«

Moritz' betrachtete ihn verächtlich. »Damit haben Sie ja die beste Erfahrung. Waren Sie nicht derjenige, der seine Verlobte kurz vor der Hochzeit betrogen hat?«

»Das geht Sie einen Scheißdreck an.«

»Das stimmt. Und glauben Sie mir – mit Typen wie Ihnen will ich nichts zu tun haben. Aber Sie stehen nunmal in meinem Haus, da kann ich Sie wohl nur schwer ignorieren.«

413

Sie maßen sich mit wütenden Blicken, und Helena dachte schon, dass sie aufeinander losgehen würden.

»Nun hört doch auf!«, rief sie.

Moritz war wütender, als sie ihn je gesehen hatte. »Weißt du eigentlich, was er zu mir gesagt hat?«

»Glaub ihm kein Wort!«, rief Martin wieder.

Ungerührt fuhr Moritz fort: »Er hat mir allen Ernstes erklärt, ich sollte mich von dir fernhalten, weil ihr beide eurer Beziehung eine neue Chance geben wollt. Nicht zuletzt darum habe ich mich zurückgezogen.«

»Komm, Helena«, sagte Martin, »wir gehen.«

Er wollte sie mit sich ziehen, doch sie machte sich grob von ihm los. Wieder war sie sich sicher, dass Moritz die Wahrheit sagte, zumal Martin seine Mitmenschen immer gerne manipulierte und dann das Unschuldslamm spielte.

Feindselig musterten sich die beiden Männer, doch Helenas Zorn erlosch. Sie fühlte sich einfach nur … überdrüssig.

»Wisst ihr was«, sagte sie. »Ich habe die Schnauze voll von euch beiden. Ich bin es leid, für dumm verkauft zu werden.«

Und ehe die beiden etwas sagen konnten, wandte sie sich ab.

»Lasst mich in Ruhe!«, rief sie. »Ich weiß nicht, warum du das alles getan hast, Moritz. Falls du den Ruf deiner Familie beschützen willst, dann tu es eben. Glaub nicht, dass sich die ganze Welt nur um die Ahrensbergs dreht. Und was dich anbelangt, Martin … danke für deine Hilfe. Ich glaube dir sogar, dass du es ernst meinst und dich mit mir versöhnen willst. Aber das klappt nicht so einfach, schon gar nicht, wenn du mir mit neuen Lügen kommst. Ich habe mich so lange danach gesehnt, wieder auf der Bühne zu stehen. Ich lasse mir das jetzt nicht von euch kaputtmachen.«

Mit diesen Worten floh sie nach draußen.

Helena kehrte zu Fuß zum Festspielort zurück. Es war ein langer, anstrengender Marsch, aber er half ihr dabei, sich abzureagieren. Sie kam an Weinbergen vorbei, sah in der Ferne die glitzernde Donau und die Türme eines der berühmten Klöster von Niederösterreich – sie war sich nicht sicher, ob es Melk oder Göttweig war. Mehrmals überholte sie gutgelaunte Wanderer; Touristen winkten von den Ausflugsschiffen, eine Truppe Radfahrer kam ihr entgegen. Alle wirkten aufgeräumt und genossen das gute Wetter, und je länger sie in strahlende Gesichter schaute, desto quälender wurde das Gefühl, nicht dazuzugehören und ausgeschlossen zu sein.

So kann es nicht weitergehen, dachte sie.

Warum wanderte sie nicht auch frohgemut durch die reizvolle Landschaft, sondern war voller Wut, Hader und Kränkung? Warum konnte sie nicht einfach loslassen – die Geschichte um Marietta, die sie eigentlich nichts anging, ebenso wie ihre widersprüchlichen Gefühle für Moritz und Martin?

Sie setzte sich auf eine Bank, um eine kurze Pause einzulegen. Ihr Ärger war verraucht, stattdessen stiegen Tränen in ihr hoch.

Ja, dachte sie, loslassen …. das war das Beste, was sie jetzt tun konnte.

Ihre Beziehung mit Martin war endgültig vorbei.

Eigentlich hatte sie das schon längst gewusst, und dennoch hatte ein Teil in ihr in den letzten Tagen insgeheim auf einen Neuanfang gehofft, weniger aus Liebe zu Martin, sondern aus Sehnsucht nach ihrem alten Leben, in dem ihr alles so klar und einfach erschienen war. Sie weinte eine Weile. Danach fühlte sie sich befreiter, aber auch müde. Dämmerung zog auf, und sie beeilte sich, die letzte Strecke zurückzulegen. Gut, dass heute keine Aufführung angesetzt war – an diesem Abend wäre sie zu nichts mehr zu gebrauchen gewesen.

Schon um halb zehn lag sie im Bett. Trotz ihrer Erschöpfung konnte sie lange nicht einschlafen, und als sie endlich doch einnickte, war es ein unruhiger Schlaf.

Sie lag nicht im Bett ... sie stand auf der Bühne ... und sie tanzte. Tanzte, wie sie noch nie getanzt hatte. Ihr Körper schien von jeglicher Schwerkraft befreit zu sein; ihre Glieder waren so biegsam, als wären ihre Knochen aus Wachs; die Muskeln schmerzten nicht vor Anstrengung, sondern trugen sie mühelos von Sprung zu Sprung, Pirouette zu Pirouette. Erst tanzte sie inmitten von Schwärze, dann wurden Konturen sichtbar. Noch waberte Nebel am Boden, doch je leidenschaftlicher Helena tanzte, desto schneller lichtete er sich, und sie erkannte, was er verhüllt hatte: Käfige ... lauter Vogelkäfige. Sie standen allesamt leer, und Marietta, die in der Ferne sichtbar wurde, öffnete eben die Tür vom letzten, ehe sie wieder zu tanzen begann, so leichtfüßig und beschwingt wie eben noch Helena. Deren Glieder wogen hingegen plötzlich bleischwer.

»Ich habe ein Geheimnis«, rief die tanzende Marietta ihr zu. Ihre Stimme, hell und klar, glich der des kleinen Adam.

»Dein Geheimnis ist, dass du tot bist«, murmelte Helena.

»Ja, aber ich tanze immer noch. Warum kann ich wohl noch tanzen?«

Helena zuckte die Schultern. »Ich weiß es nicht.«

»Ich kann noch tanzen, weil ich ein großes Opfer gebracht habe.«

»Du hast deine Freiheit aufgegeben, Heinrich betrogen und Gabriel verloren.«

»Nein, das ist nicht das Opfer, das ich gebracht habe. Es gibt einen anderen Grund, warum ich noch tanzen kann.«

»Welchen denn?«

Marietta lächelte. Ihre Augen glichen zwei dunklen Löchern. Obwohl alle Käfige leer standen, hörte Helena das Rauschen eines Vogelschwarms. Doch es war nicht laut genug, um Mariettas Stimme zu übertönen.

»Das verrate ich nicht.«

Graues Licht floss durch die dünnen Vorhänge, als Helena hochschreckte. Einen kurzen Moment war sie so orientierungslos, dass sie es für die Abenddämmerung hielt, doch der Blick auf den Wecker zeigte fünf Uhr morgens an. Sie musste an die sieben Stunden geschlafen habe. Augenreibend erhob sie sich und ging auf die Toilette. Danach war sie hellwach.

Rasch machte sie sich mit ihrem Wasserkocher einen Kaffee, wickelte sich in ihre Decke ein und starrte zum Fenster hinaus, während sie ihn mit langsamen Schlucken trank.

Ich kann immer noch tanzen ...

Ihr Blick ging zum Tagebuch. Moritz hatte es gestern gar nicht zurückgefordert, fiel ihr ein, aber vielleicht würde er das heute tun, weswegen sich jetzt die letzte Gelegenheit bot, darin zu lesen.

Die nächsten beiden Stunden war sie beschäftigt, weitere Einträge zu entziffern. Die letzten Seiten waren größtenteils unleserlich, und die wenigen Träume, die sie entziffern konnten, glichen einander stark: Immer wieder war davon die Rede, dass Marietta sich eingesperrt fühlte, dass sie es erst genoss zu fliegen, dass sie dann aber abstürzte, in schmutzigen Tümpeln versank, von Vögeln aufgefressen wurde ...

Kurz vor sieben war Helena auf der letzten Seite angekommen. Die Schrift war wieder etwas besser zu lesen, und mit jedem Wort, das sie entzifferte, wuchs ihr Erstaunen.

18. Oktober

»In den letzten Nächten haben mich keine Träume mehr heimgesucht, vor allem nicht von Vögeln. So lange war mir nicht klar, wofür sie stehen, aber nachdem ich mit F. H.s Hilfe herausgefunden habe, was sie bedeuten können, scheint ihnen ihre Macht genommen. Sie sind nicht mehr gefährlich, und ich vergehe nicht mehr in Angst vor ihnen.

Gewiss, ich werde nie wieder die Alte sein, ich habe meine Last zu tragen, keinen Atemzug lang werde ich mir vormachen können, mein Leben wäre einfach. Doch plötzlich bin ich mir sicher: Auch wenn es kein einfaches Leben ist, kann es doch ein gutes sein. Ich werde nie wieder unbeschwert glücklich sein, aber vielleicht zufrieden. Meine Seele ist vernarbt, aber sie blutet nicht mehr.

Helena ließ das Buch sinken. Sie war völlig ratlos.

Ein gutes Leben ... vernarbt, aber blutet nicht mehr ... nicht einfach, aber zufrieden ...

Was zum Teufel hatte das zu bedeuten? Warum kam es plötzlich zu diesem Umschwung? Über Monate hinweg hatten Marietta wirre, bedrohliche Träume gequält. Und dann gab es ja auch noch Elsbeths Zeugnis, das bestätigte, wie selbstzerstörerisch sich die depressive Schwester bis zuletzt verhalten hatte. Und nun plötzlich diese hoffnungsfrohen Worte ... Worte, die zeigten, dass sie sich nicht aufgegeben hatte, im Gegenteil ... Worte, hinter denen man nicht die geringste Selbstmordabsicht erahnen konnte ...

Vielleicht hatte sich Elsbeth geirrt ... womöglich war die Analyse durch Florian Huber durchaus erfolgreich verlaufen, was umso tragischer war, weil Marietta ausgerechnet dann sterben musste, als sie neuen Lebensmut fasste ...

Das erklärte allerdings nicht, warum sie in Salvator diesen Ausbruch an Gewalt provozierte, den Elsbeth erwähnt hatte. Hatte diese womöglich gelogen? Aber aus welchem Grund?

Nachdenklich starrte Helena auf das Tagebuch. Sonnenstrahlen fielen in den Raum. Sie trank ihren Kaffee aus, erhob sich und machte ein paar Dehnübungen vor geöffnetem Fenster. Die Luft war noch kühl und belebend.

Plötzlich konnte sie nachfühlen, was die Tagebuchautorin meinte – diese Hoffnung auf einen Neubeginn, auf ein erfülltes Leben, darauf, mit allem Belastenden leben können, die Vergangenheit abzustreifen, endlich in die Zukunft zu sehen ...

Warum war Marietta wenig später tot?

Irgendetwas passte da einfach nicht zusammen!

Helena nahm das Buch noch einmal und blätterte es durch.

Ihr Blick fiel auf ein kleines Detail auf der letzten Seite – und plötzlich ahnte sie, was damals wirklich passiert war.

29

1922–1924

Elsbeth überstand die nächsten Tage nur, weil sie in kleinen Schritten dachte. Wenn erst die Toten notdürftig gereinigt und aufgebahrt waren und die erste Nacht vorüber war, könnte sie schluchzen und schreien. Aber sie blieb auch danach stumm. Wenn erst die nächsten Angehörigen mit einem Telegramm von der Tragödie in Kenntnis gesetzt worden waren, könnte sie zusammenbrechen und weinen. Aber sie hielt sich weiterhin aufrecht und weinte nicht. Wenn erst das Begräbnis organisiert und dieses überstanden war, würden die Trauer, die Verzweiflung, die Schuldgefühle sie endgültig überwältigen. Doch auch als alles durchgestanden war, blieb sie innerlich wie tot.

Sie war stark, sie sprach mit den Dienstboten, sie traf Entscheidungen. Nur Heinrich konnte sie nicht gegenübertreten, ohne dass es ihr das Herz brach. Am Tag der Beerdigung sah sie ihm zum ersten Mal in die Augen. Er hatte soeben die Erde ins Grab fallen lassen und drehte sich um, als ihre Blicke sich trafen – und sie las in seiner Miene etwas, was sie nicht erwartet hatte: schlechtes Gewissen. Mit allem hatte sie gerechnet, aber nicht, dass er ihr seine eigene Schuld zeigte. Sie war überfordert, seinen Ausdruck zu deuten, floh so rasch wie möglich und lief dabei fast Salvator in die Arme. In dessen Miene standen keine Schuldgefühle, nur Resignation und Verbitterung. Das ertrug sie noch weniger.

Am Morgen nach der Beerdigung ging sie hinter das Haus und

öffnete das Gatter, wo Fini, Adams Rehkitz, eingesperrt war. Es blickte sie mit feuchten, dunklen Augen an – und zum ersten Mal seit Tagen erwachten Gefühle in ihr. Die Erinnerungen, wie Adam das Kitz gestreichelt hatte, schmerzten unsäglich, und rasch scheuchte sie es erst aus dem Gatter, dann Richtung Wald. Unmöglich, seinen Anblick künftig zu ertragen – unmöglich für sie, unmöglich vor allem für Heinrich!

Doch als das Tier zitternd und hilflos inmitten der hohen Bäume stand und keinen Schritt weiterging, setzte ihr das noch mehr zu.

Ich habe Adam verraten, ging es ihr durch den Kopf, ich kann doch nicht auch noch sein geliebtes Rehkitz verraten.

Sie löste sich aus der Starre, lief in den Wald, hob Fini hoch und drückte das Kitz an sich. Als sie den warmen Körper spürte und auch, wie er langsam zu beben aufhörte, stiegen ihr zum ersten Mal Tränen hoch. Noch konnte sie sie zurückhalten.

Mit dem Tier im Arm kehrte sie zum Schloss zurück und übergab es Agnes, der Köchin. »Sie müssen zukünftig für das Tier sorgen. Geben Sie ihm zu essen und auch sonst alles, was es braucht. Aber vermeiden Sie, dass der Herr Baron es zu Gesicht bekommt.«

Sie selbst begegnete Heinrich an diesem Nachmittag wieder, als sie die Gräber besuchen wollte. Schon von weitem sah sie ihn dort stehen, und ehe sie flüchten konnte, wie sie es kurz im Sinn hatte, rief er sie beim Namen.

»Beim Begräbnis«, sagte er nach längerem Schweigen, »beim Begräbnis hast du mich so entgeistert angesehen. Du weißt, warum Adam sterben musste, nicht wahr?«

Sie erblasste. Kannte er etwa die Wahrheit? Wusste er, dass sie Mariettas Tod nicht verhindert hatte? Dass das ganze Unglück nur ihretwegen seinen Lauf genommen hatte?

Sie konnte nichts sagen, nur nicken. Doch seine nächsten Worte verblüfften sie.

»Du weißt, dass es meine Schuld war … nur meine.«

»Du lieber Himmel!«, stieß sie aus. »Wie kommst du denn darauf?« So schwer ihr bis jetzt jedes Wort gefallen war, so hastig perlten die Lügen nun über ihre Lippen: »Marietta ... Marietta hat ihn getötet ... sie wollte ihn nicht auf dieser Welt zurücklassen. Wir wussten doch beide, dass sie seit langem krank war ... nur nicht, wie weit sie gehen würde. Wenn, dann war es meine Schuld, weil ich sie unterschätzt habe ...«

Heinrich hörte ihr ausdruckslos zu. Kein einziges ihrer Worte schien ihn zu erreichen. »Ich habe Adam zu ihr geschickt«, bekannte er schließlich tonlos.

Verständnislos sah er sie an.

»Er hielt sich meistens von ihr fern, aber einige Tage, bevor sie starb, kam er zu mir und schlug vor, ein Vögelchen zu fangen, um ihre Laune aufzuhellen. Ich habe ihn darin bestärkt. Nur darum ist er zu ihr ins Zimmer gegangen. Und wer weiß ... wenn er nicht plötzlich bei ihr aufgetaucht wäre, wäre sie gar nicht auf die Idee gekommen, ihn ... mitzunehmen.«

Seine Stimme brach.

Sie wusste – dies war der Zeitpunkt, da sie ihm alles sagen musste. Dass nicht er, sondern Salvator und sie Schuld auf sich geladen hatten.

Aber stattdessen sah sie ihm ins Gesicht, fühlte, wie ihr Inneres noch mehr erstarrte, und sagte mit fremder, kalter Stimme: »Ich werde Medizin studieren.«

Er nickte nachdenklich, ehe er mit ebenso fremder und ebenso kalter Stimme erwiderte: »Das ist eine gute Idee.«

Er ging mit gebeugtem Kopf davon, und sie hielt ihn nicht auf.

Jetzt, dachte sie, als sie auf die Gräber starrte, jetzt ist endgültig der Zeitpunkt gekommen, um zusammenzubrechen, zu schluchzen, zu schreien.

Aber sie hielt sich weiterhin aufrecht. Sie konnte nicht weinen.

Anderthalb Jahre lang vergoss sie keine einzige Träne. Anderthalb Jahre lange kehrte sie nicht ins Jagdschloss zurück. Erst im Mai 1924 fuhr sie wieder die Auffahrt entlang. Der Anblick setzte ihr zu, doch unerträglich war er ihr nicht. Die Schuld hatte sie ohnehin überall begleitet und gelähmt. Sie hatte sich an der Uni eingeschrieben, aber keine einzige Vorlesung besucht. Sie hatte kein einziges Buch gelesen. Sie hatte kein Museum besucht, nicht das Theater oder die Oper. Zurückgezogen hatte sie in der Wohnung gelebt, die ihr Salvator gemietet hatte.

Oft verließ sie über Tage das Bett nicht – und konnte nun so gut verstehen, wie es Marietta ergangen sein musste, wenn sich ein dunkler Schleier über die ganze Welt legte. Nun war es zu spät, es ihr zu sagen. Nur an ihrem Grab konnte sie Abbitte leisten.

Noch ehe sie das Jagdschloss überhaupt betreten hatte, zog es sie zur letzten Ruhestätte ihrer Schwester und ihres Neffen. Kraftlos sank sie auf das Gras, das darüber gewachsen war.

»Jetzt weiß ich, was du fühltest … jetzt weiß ich es ganz genau.«

Immer noch hatte sie keine Tränen. Andere weinten später an ihrer statt – die Köchin und Josepha. »Es ist so still geworden hier«, klagten sie, »der Herr Baron kommt so gut wie gar nicht mehr hierher – und sein Bruder auch nicht.«

Elsbeth hatte Heinrich seit Monaten nicht gesehen. Offenbar stürzte er sich ins Geschäft, das Geschäft, das er immer so gehasst hatte und nun doch seine einzige Ablenkung war. Salvator wiederum war immer mehr dem Alkohol anheimgefallen.

»Was sollen wir denn eigentlich mit ihren Sachen machen?«, fragte Agnes, als Elsbeth ihr gefolgt war.

Elsbeth blickte sie fragend an. »Mariettas Sachen«, erklärte Agnes, »der Herr Baron hat befohlen, dass nichts in ihrem Zimmer verändert werden dürfte, aber vielleicht wollen Sie etwas davon haben … als Andenken …«

Elsbeth wusste – es würde unglaublich wehtun, Mariettas

Zimmer zu betreten, aber sie stellte sich gerne dem Schmerz. Die Sehnsucht, endlich etwas zu fühlen, der Wunsch auch, sich zu bestrafen, war größer als ihre Lethargie.

Sie fand Dinge, die sie nicht erwartet hatte: alte Ballettschuhe, Klaviernoten, Schmuck.

Vage erinnerte sie sich daran, dass Marietta einmal verzweifelt eine Kette ihrer Mutter gesucht, Hilde diese jedoch versoffen hatte. Offenbar hatte ihr Heinrich eine ähnliche geschenkt.

Er hatte so viel für sie getan …. er hatte sie so geliebt …

Als sie eine Zeichnung von Adam entdeckte, zerriss es Elsbeth das Herz. Die Tränen liefen jedoch erst dann über ihre Wangen, als sie ein kleines Büchlein aus einer Lade hervorzog und – als sie es aufschlug – Mariettas Schrift erkannte, fein und spitz und ihrer eigenen so ähnlich.

Von ihrer Trauer überwältigt, konnte sie erst nicht lesen, was die Schwester aufgeschrieben hatte, sondern musste immer wieder denken: Sie wird nie wieder etwas schreiben. Nie wieder etwas sagen. Nie wieder lachen oder weinen.

Erst als ihr Schluchzen nachließ, begann sie doch zu lesen.

Heute war F. H. zum ersten Mal hier. Er hat mir dieses Büchlein gegeben und gesagt, ich solle hineinschreiben, was mir auf der Seele lastet. Es gäbe nichts, dessen ich mich schämen müsste, kein Gedanke sei zu nichtig, keine Gemütsregung zu lächerlich, kein geheimer Wunsch zu schändlich.

Ich hielt das Buch in den Händen und betrachtete ihn. Ich habe mir Männer, die seinen Beruf ausüben, immer vorgestellt. Sein Blick ist träge und leer wie der einer wiederkäuenden Kuh, gar nicht forschend und begierig, als wollte er mir auf den Grund meiner Seele schauen.

Nicht, dass ich ihn würde schauen lassen. Und nicht, dass es einen solchen Grund unter all dem Morast gäbe, den jemals einer betreten könnte, ohne auszurutschen und darin zu ertrinken.

Ich bin zutiefst unglücklich, doch selbst wenn F. H. dies
ahnt, zeigt er es weder, noch interessiert es ihn. Er verhält sich
merkwürdig kalt und wirkt weder gekränkt noch überdrüssig,
als ich den Kopf schüttle, nachdem er gesagt hat:»Im Übrigen
können Sie auch mir alles anvertrauen.«
Vor seinen ausdruckslosen Augen erscheint mir mein Schwei-
gen nicht verzweifelt, sondern bockig. Verführerisch ist es, den
Mund aufzumachen, den Worten freien Lauf zu lassen, um
mich zu erleichtern und ihn zu schockieren.
Aber da er sich beim Ausüben seines Berufs einzig von der
Räson leiten lässt, gedenke ich, ihn mit seinen eigenen Waffen
zu schlagen und ihm selbiges so schwer wie möglich zu machen.
Nein, ich sage nichts. Er darf die Wahrheit nicht wissen.
Niemand darf das.
Ich hätte F. H. gerne fortgeschickt, aber ich musste an
Heinrich denken. Ich könnte schwören, dass er die ganze Zeit
vor der Tür gestanden und gelauscht hat – und falls nicht, so hat
er F. H. spätestens dann abgefangen, als er das Haus verließ.
Schließlich hat F. H. doch etwas gesagt.»Ich habe eine
Bitte«, setzte er an.
Ich presste die Lippen aufeinander, ein Zeichen, dass ich
seinem Wunsch, gleich welcher Natur er ist, nicht nachkommen
würde. Als er ihn nach weiterem Schweigen endlich aussprach,
war ich allerdings hauptsächlich verblüfft.
»Schreiben Sie künftig auf, was Sie in der Nacht geträumt
haben.«

Kurz war Elsbeths Geist zu betäubt, um zu verstehen, was Mariettas Worte bedeuteten und welches Geheimnis sie zu hüten versuchte. Übermächtig stieg das Bild von Gabriel vor ihr auf, und
wie sich die beiden neben dem Klavier geliebt hatten. Doch dann
schüttelte sie den Kopf. Nicht das war Mariettas Geheimnis, sondern die Sehnsucht nach der Bühne, die sie Heinrich unmöglich

eingestehen konnte – vor allem nicht, nachdem er ihre Affäre verziehen hatte.

Elsbeth strich geistesabwesend über die Seiten. F. H. – das war wohl niemand anderer als Florian Huber, der nicht zuletzt auf ihr Betreiben hin ins Jagdschloss gekommen war, um mit Marietta zu reden. In jenem letzten Sommer ihres Lebens. Sie selbst hatte damals mehrere Artikel über Sigmund Freud und die Psychoanalyse gelesen und Heinrich eindringlich geraten, sich an einen Schüler von Sigmund Freud zu wenden.

»Ein gewöhnlicher Arzt kann Marietta gewiss nicht helfen – er jedoch schon.«

Elsbeth schluckte schwer, ehe sie weiterlas.

15. Mai 1922

Draußen steht alles in Blütenpracht. Ich aber bin blind für ihre Farben. Die Welt ist grau ... so grau.

F. H. war wieder da, und weil er darauf insistierte, habe ich ihm erzählt, was ich geträumt habe, und ihm versprochen, meine Träume von nun an jeden Morgen niederzuschreiben.

Die Erinnerungen an letzte Nacht sind freilich vage. Ich weiß noch, dass ein Mann auftauchte – ein Mann mit einem schwarzen Mantel, der zu wachsen scheint, je länger ich ihn betrachte. Groß wirkt der Mann zunächst, doch als sein Mantel wächst und wächst, verkommt er zum lächerlichen Winzling. Alsbald verschluckt ihn der übergroße Stoff ganz und gar. Der Saum des Mantels bedeckt nun auch meine Füße, und wie ich noch darauf starre, so löst sich der eben noch feste Stoff im Nebel auf. Wenn er bis zu meinem Gesicht steigt, denke ich, werde ich ersticken.

Doch während ich angstvoll auf die dunklen Schwaden blicke, verwandeln sie sich erneut – diesmal in eine Horde Raben, die laut krächzend in alle Richtungen davonflattern. Neidisch starre ich ihnen nach, weil sie die Welt einfach unter sich lassen können. Ihr Krächzen wird jedoch nicht leiser, die Raben nicht kleiner, und plötzlich merke ich, dass ich mich gleich ihnen in die Lüfte geschwungen habe. Ich fliege!

Die Welt ist schön von oben, nicht grau, sondern farbenprächtig, und die Menschen nicht böse und verschlagen, sondern winzig wie Ameisen. Ich möchte lachen, aber dann fällt mir ein, dass Raben nicht lachen. Ich möchte weiterfliegen, aber dann fällt mir ein, dass ich kein Rabe bin.

Die schwarzen Augen der Tiere richten sich auf mich, und ihr Krächzen klingt höhnisch, als ich vergebens meine Hände ausstrecke. Sie können mein Gewicht nicht tragen. Ich falle und falle, immer tiefer und tiefer ...

Marietta hatte also Florian Hubers Rat befolgt und ihren Traum aufgeschrieben, zumindest dieses eine Mal. Als Elsbeth umblätterte, stieß sie auf keinen weiteren Eintrag mehr – nur zwei Seiten waren mit dieser spitzen, eleganten Schrift gefüllt.

Sie ließ das Buch sinken.

Natürlich, jetzt erinnerte sie sich wieder – Florian Huber war nur zwei Mal hier im Jagdschloss gewesen, doch danach hatte Marietta sich geweigert, ihn noch einmal zu sich zu lassen, und beteuert, es hätte ja doch alles keinen Sinn. Elsbeth hatte damals ein Gespräch von Florian Huber und Heinrich belauscht. Der Professor hatte es sichtlich bedauert, jedoch erklärt, dass er Marietta nicht gegen ihren Willen helfen könne.

Und anstatt seine Frau weiter zu bedrängen, hatte sich Heinrich in seinem Misstrauen gegenüber dem Professor bestätigt gefühlt.

»Siehst du«, hatte er später zu Elsbeth gesagt, »ich habe es nie recht glauben können, dass man die Seele wie einen kranken Körper heilen kann.«

»Doch«, hatte Elsbeth bestanden, »die Behandlung des Professors hätte erfolgreich sein können. Wenn Marietta sich nur selbst mit ganzem Herzen dafür entschieden hätte. Wenn sie auch tat-

sächlich hätte gesund werden wollen. Wenn sie ihre Hoffnung auf Glück oder zumindest Zufriedenheit noch nicht begraben hätte.«
Neue Tränen begannen über ihr Gesicht zu laufen.
Marietta wollte ja leiden, dachte sie. Ganz gleich, was ich später getan habe – zunächst war es *ihre* Entscheidung gewesen, die Behandlung durch Florian Huber abzubrechen.
Sie presste das Tagebuch an sich. »Aber ich«, murmelte sie tränenerstickt, »ich will nicht leiden. Ich will wieder gesund werden. Ich will noch Hoffnung auf Glück oder zumindest Zufriedenheit haben.«

30

Die Wirtin war eben dabei, den Frühstücksraum zu decken, als Helena nach unten kam.

»Sie müssen noch warten«, erklärte sie schlechtgelaunt. »Frühstück gibt es erst um sieben Uhr dreißig.« Ihr Kopf sah kaum hinter einem hohen Stoß Teller hervor.

»Ich esse auswärts.«

Schwungvoll öffnete Helena die Tür – und stieß fast mit Martin zusammen, der eben die Pension betreten wollte. Helena fühlte sich frisch und aufgeräumt – er hingegen sah ziemlich fertig aus. Offenbar hatte er eine unruhige Nacht hinter sich.

»Helena …«

»Du kommst wie gerufen!«, rief sie.

»Wir müssen reden …«

»Später. Erst einmal brauche ich dein Auto. Du kannst es mir doch leihen, oder?«

»Aber …«

Sie atmete tief durch. »Ich bin froh, dass du nach Niederösterreich gekommen bist, wirklich. Es tat gut, dich zu sehen, wieder mit dir zu reden, mich der Vergangenheit zu stellen. Ich merke langsam, dass ich nicht mehr wütend bin, wenn ich dich sehe, dass ich auch an unsere guten Zeiten denke. Vielleicht können wir wirklich Freunde sein. Aber mehr nicht. Unsere Beziehung ist vorbei. Nicht weil du mich betrogen hast, sondern …«

»Aber ich liebe dich doch noch!«, fiel er ihr verzweifelt ins Wort.

Helena runzelte skeptisch die Stirn. »Bist du sicher? Oder hast

429

du dich nicht einfach nur an mich gewöhnt? Ich passe ins perfekte Leben des Arztsohns, aber letztlich hast du dich nie dafür interessiert, was ich tue. Nicht, dass ich dir das vorwerfe. Es war nicht deine Schuld, dass ich meine Ziele oft nur halbherzig verfolgt habe – es war meine eigene Bequemlichkeit.«

Er packte ihre Hände. »Ach Helena, ich werde dich künftig bei deiner Karriere unterstützen. Ich werde …«

Sie entzog ihm ihre Hände. »Versprich nichts, was du nicht halten kannst! Warum du auch immer damals mit Kristin im Bett gelandet bist – offenbar warst du nicht mehr wirklich glücklich mit mir. Du brauchtest einen Befreiungsschlag. Und jetzt bin ich mal dran, spontan zu sein.«

»Was meinst du damit?«, fragte er verwirrt.

Sie beugte sich vor und zog ihm geschickt den Autoschlüssel aus seiner Tasche. Ehe er danach greifen konnte, lief sie davon. Verdattert sah er ihr nach.

»Ich habe dir zugesehen, wie du's bei Moritz angestellt hast«, rief sie ihm über die Schultern zu. »Sei mir nicht böse, ich brauche unbedingt deinen Wagen, es ist wirklich wichtig. Du bekommst ihn spätestens am Abend wieder, ich muss ohnehin zur Vorstellung zurück sein.«

»Und wohin fährst du?«

Sie sperrte auf und stieg ins Auto. »Ich muss unbedingt etwas herausfinden.«

Helena fand problemlos die Auffahrt zur Autobahn, hatte aber keine Ahnung, wie es von dort weiterging. Bei einer Raststation kaufte sie einen Plan und eine Laugenbrezel, an der sie während der Weiterfahrt knabberte. Nach wenigen Kilometern musste sie die Autobahn schon wieder verlassen, und es ging erst auf der Bundesstraße, dann auf kurvigen Landstraßen weiter. Die sanft hügelige Landschaft wurde immer bergiger, die schroffen Gipfel in der Ferne waren weiß verschneit. Anfangs passierte sie Felder und Weinberge, später sattgrüne Wiesen, auf denen Kühe weideten. Aus den einzelnen Bäumen, die die Straße säumten, wurden immer dichtere Wälder. Nach etwa zwei Stunden erreichte sie jene Forststraße, auf der sie damals mit dem Wagen hängen geblieben war. Mühelos fuhr sie nun den Berg hinauf. Im Winter hatte der kahle, tief verschneite Wald bedrohlich gewirkt, und sie hatte geglaubt, das Jagdschloss liege am Ende der Welt. Nun öffnete sie das Fenster, um die würzige Luft einzuatmen, und wenig später kamen ihr ein paar Wanderer entgegen, allesamt in Trachten und mit Wanderstöcken, die vorwurfsvoll auf das Auto starrten.

Nach zwei Kurven war in der Ferne das Schloss zu sehen, und auch hier hatte sich viel verändert. Im Winter hatte es verwunschen gewirkt, jetzt sah es einfach nur zerstört und vernachlässigt aus. Das Gras wuchs kniehoch und war nicht saftig grün, sondern gelblich, hatten doch die Lawine und später der Regen jede Menge Schotter auf die Wiesen um das Haus herum gespült. Das Dach war zu zwei Drittel eingestürzt, ebenso die westliche Mauer; Ziegel und Holztrümmer lagen über einen Großteil des Grundstücks verstreut. Die Gitterstäbe vor den Fenstern waren teilweise eingeknickt, der Verputz des Hauses an noch mehr Stellen abgebröckelt, so dass man dahinter die grauen Ziegelsteine sehen konnte. Der welke Efeu, den sie schon im Winter wahrgenommen hatte, war an manchen Stellen noch mehr verrottet und zu einem grünlichen Matsch verkommen – an anderen jedoch sprossen ein paar grüne Triebe und suchten sich ihren Weg über den Schutthaufen.

Helena parkte und stieg aus. Es zog sie magisch zu den Gräbern hinter dem Haus, doch das Erste, was sie dort entsetzt erblickte, war die zerstörte Kapelle. Sie war in sich zusammengebrochen wie ein Kartenhaus, und kurz befürchtete Helena, dass dabei auch die Gräber verschüttet worden waren. Nachdem sie über ein paar Steine und lose Bretter gestiegen war, erblickte sie jedoch die beiden Eisenkreuze und ging vor Adams Grab in die Knie. Nun, da es nicht mehr von Schneemassen bedeckt war, sah sie, dass es kleiner war als das von Marietta, und ihre Kehle schnürte sich zu.

Was für ein sinnloser, viel zu früher Tod ...

Ihr Blick ging zu Mariettas Grab. Sie blickte auf das eiserne Schild, zog dann das Tagebuch aus ihrer Tasche hervor und schlug die letzte Seite auf.

»Wusste ich's doch.«

Damals im Winter war die Grabtafel teilweise von Schnee bedeckt gewesen und nur zu erkennen, dass Marietta im Oktober 1922 gestorben war. Nun war das genaue Datum sichtbar: der 14. Oktober 1922 – das war derselbe Tag, der auch in Elsbeths Schriften als Mariettas und Adams Todestag erwähnt wurde.

Die letzte Tagebucheintragung hingegen stammte vom 18. Oktober.

Helena blätterte nach vorne: Bei den ersten beiden Tagebucheintragung war noch jeweils eine Jahreszahl genannt: 2. Mai 1922 und 15. Mai 1922. Ab dem Beitrag vom ›3. Juni‹ fehlte die Jahreszahl.

Irrtümlicherweise hatten Moritz und sie daraus geschlossen, dass auch diese Beiträge aus dem Jahr 1922 stammen mussten – in Wirklichkeit wurden sie erst einige Jahre später aufgeschrieben ... und anders als die ersten beiden nicht von Marietta.

Ihre Schrift ist so ähnlich, dachte sie.

Gewiss, da waren kleine Details, die sie unterschieden – die größere Schleife beim G, der längere Strich beim T, aber da sie so darauf konzentriert gewesen war, die Worte überhaupt zu entziffern, hatte Helena nicht darauf geachtet.

Sie schreckte zusammen, als sie plötzlich das Knirschen von Schotter hörte. Als sie herumfuhr, überkam sie das gleiche Gefühl wie damals im Winter, als die Haustüre sperrangelweit offenstand und sie insgeheim damit gerechnet hatte, dass sie gleich einem Geist aus der Vergangenheit begegnen würde.

Marietta ... Adam ... Heinrich ... Salvator ...

Doch wer da um die Ecke des zerstörten Hauses kam und ihren Namen rief, war ein Mensch aus Fleisch und Blut.

31

1924

Elsbeth legte sich in Mariettas Bett. Sie konnte lange nicht einschlafen, zu viele Gedanken kreisten ihr im Kopf herum. Doch irgendwann besiegte die Erschöpfung den unruhigen Geist. Sie versank in Schwärze, tiefer erst, dann immer lichter, und sie begann zu träumen …

Als sie am nächsten Morgen erwachte und die Erinnerungen an die letzten Tage wiederkehrten, fühlte sie eine bleierne Schwere auf ihrer Brust. Wie immer konnte sie kaum atmen, kaum die Lider öffnen, sich kaum erheben. Sie tat es trotzdem. Sie wollte sich nicht länger von der Schwere bezwingen lassen.

Barfuß tappte sie zum Fenster und blickte hinaus.

Ein Rehbock vollführte im Hof wilde Sprünge, gewiss war es Fini – jenes Rehkitz, mit dem Adam einst gespielt hatte. Agnes hatte ihr erzählt, dass es längst erwachsen war, aber wie ein treues Hündchen immer in der Nähe des Hauses geblieben war.

Elsbeth musste lächeln. Adam würde sich so freuen, dieses muntere Tier zu sehen …

Sie öffnete das Fenster, atmete tief die würzige Morgenluft ein und weinte heiße Tränen. Dann setzte sie sich an den Schreibtisch, nahm Mariettas Tagebuch und begann aufzuschreiben, was sie in der Nacht geträumt hatte.

434

In den nächsten Wochen griff sie jeden Morgen zum Tagebuch und schrieb ihre Träume auf. Manchmal fielen ihre Erinnerungen nur vage aus, und sie musste lange nach den richtigen Worten suchen; manchmal bedeckte ihre Schrift die Seiten rasend schnell. Wann immer sie das Buch zur Seite legte, fühlte sie sich stark genug, aufzustehen, das Haus zu verlassen und im Wald spazierenzugehen. Gegen Mittag kam sie hungrig zurück und verschlang die Speisen, die Agnes zubereitete.

Sie war noch lange nicht die alte Elsbeth, aber zum ersten Mal seit langem war da wieder der Wille, ihr Leben anzupacken.

Ende Mai schickte sie ein Telegramm nach Wien. Es war an Heinrich gerichtet, mit dem sie seit Monaten kein Wort gewechselt hatte.

Wenig später antwortete er ihr: »Ich werde sehen, was ich tun kann.«

Nach zwei Tagen traf ein zweites Telegramm ein. »Er arbeitet noch in Wien – hat vor einem Jahr eine Privatpraxis eröffnet – wird dir einen Besuch abstatten.«

Bereits Tage zuvor war Elsbeth aufgeregt, doch als Florian Huber dann endlich eintraf, war sie fast ein wenig enttäuscht. Sie konnte sich nur noch vage an ihn erinnern, hatte ihn jedoch als respekteinflößend im Gedächtnis behalten. In Wahrheit war er ein unscheinbares Männlein, das den Eindruck machte, gleich von einem Windstoß umgeweht zu werden.

Wie soll der mir nur helfen?, fragte sie sich.

Sie schluckte ihr Unbehagen hinunter und bat ihn zu sich in Mariettas einstiges Zimmer.

Erst schwieg sie lange. Dann berichtete sie, dass sie in den letzten Wochen Tag für Tag ihre Träume aufgeschrieben habe.

»Warum denn das?«, fragte Dr. Huber schlicht.

»Sie haben es damals meiner Schwester auch geraten. Die

Traumdeutung ist doch ein wichtiges Instrument der Psychoanalyse, nicht wahr?«

»Was, denken Sie, verraten Ihre Träume?«

Sie senkte ihren Blick. »Ich weiß es nicht. Ich weiß nicht mal, ob es richtig war, Sie hierherzubitten.«

»Und doch haben Sie es getan. Was erhoffen Sie sich davon?«

Elsbeth erhob sich und begann, auf- und abzugehen. Sie wusste, für gewöhnlich sollten die Patienten ruhig liegen, aber das schaffte sie nicht, und Florian Huber hielt sie nicht auf.

»Ich habe viel von Dr. Freud gelesen. Er schreibt von Symptomen, deren Ursache verdrängt wird, weil sie von Trieben hervorgebracht werden, die unseren Moral- und Sauberkeitsvorstellungen entgegenstehen. Aber das, was mich krank macht, ist nicht verschüttet. Ich verdränge meine Schuld nicht. Ich kenne sie ganz genau.«

»Wollen Sie mir davon erzählen?«

Sie zögerte kurz, aber dann sprudelte es förmlich aus ihr hervor. Sie hatte zu lange allein mit der Wahrheit gelebt. Es tat unendlich gut, sie sich von der Seele zu reden – und noch besser, dass sein Gesicht ausdruckslos blieb, er weder entsetzt zu sein schien, noch sie verurteilte.

Vielleicht war es doch ein Vorteil, dass er so unscheinbar war.

»Sehen Sie – Sie können mir nicht helfen«, murmelte sie, nachdem sie geendet hatte. »Niemand kann mir helfen, nicht einmal ein Priester. Es würde nämlich nichts nützen, wenn ich um Absolution bitte. Ich glaube nicht an Gott, müssen Sie wissen.«

Eine lange Pause entstand. »Wollen Sie sich denn helfen lassen?«, fragte er schließlich.

»Natürlich!«, rief Elsbeth. »Aber ... aber ...« Sie atmete tief durch. »Dr. Freud schreibt, dass die Analyse die Erinnerung an den veranlassenden Vorgang eines Symptoms zu voller Helligkeit erwecken soll. Die Aufgabe des Analytikers gleicht folglich der eines Archäologen, der Mauerreste, Säulen und Tafeln mit unlesbaren Schriftzeichen findet und zu deuten versucht. Und der sich nicht damit begnügt, das alles anzusehen, sondern mit Hacken, Schaufel und Spaten noch tiefer gräbt.«

»Und warum soll das bei Ihnen keinen Zweck haben?«

»Weil ich alles ausgegraben habe!«, rief Elsbeth verzweifelt. »Und weil ich nur auf Ruinen stoße! Wissen Sie, ich gelte als nüchterne Frau. Ich sehe die Dinge, wie sie sind, und rede mir nichts schön. Die Wahrheit ist: Ich bin schuld am Tod meiner Schwester, schuld am Tod meines Neffen. Ich habe meinen Schwager geliebt und …« Sie brach ab, lachte schrill auf. »Sie können mir jetzt erklären, dass diese Liebe Ausdruck eines Ödipuskomplexes ist, und vielleicht mag es tatsächlich so sein, aber was nützt mir das? Ob sie nun einem Mann oder einem Vater gilt, und ob sie verboten ist oder nicht – es tut so weh. So unendlich weh.«

Kraftlos sank sie auf einen Stuhl. Vorhin war es so befreiend gewesen zu reden. Jetzt fühlte sie sich einfach nur erschöpft.

Dr. Huber neigte sich etwas vor. »Nun, die Wahrheit über sich selbst zu kennen ist immer schwierig – ob dies nun ein mühsamer, langwieriger Prozess ist oder nicht. Aber sehen Sie: Bei der Psychoanalyse geht es nicht nur darum, Verborgenes ans Licht zu bringen, sondern vor allem, damit zu leben. Sie haben in Bildern gesprochen – und ich tue das jetzt auch: Ja, wir wollen die Seele entblößen, bis hin zum letzten Winkel. Aber der Seele ist nicht geholfen, wenn sie danach nackt im Sturm stehenbleibt. So allerdings kommen Sie mir vor. Es scheint zu wenig zu geben, woraus sie Kraft ziehen können, zu wenig, um sich selbst zu schützen.«

»Weil ich es nicht darf!«, rief Elsbeth. »Ich habe doch kein Recht darauf … stark zu sein!«

»Warum nicht?«

»Das habe ich Ihnen doch gerade gesagt. Weil ich schuld am Tod meiner Schwester bin, weil ich ...«

»Gewiss«, unterbrach er sie. »Aber Ihre Schwester trägt selbst auch einen Teil der Schuld – und den müssen Sie sich nicht noch zusätzlich aufschultern, nur weil sie selbst im Grab liegt. Und Ihr Schwager Heinrich hat ebenfalls, ob nun beabsichtigt oder nicht, einen Beitrag zu dieser Tragödie geleistet. Auch seine Schuld müssen Sie nicht auf sich nehmen, nur weil Sie ihn lieben.«

Elsbeth schwieg perplex. »Aber ... aber ...«

Florian Huber fixierte sie lange. »Nun mal angenommen, Sie trügen wirklich die ganze Schuld. Es gibt Menschen, die damit leben könnten – Sie jedoch gehören augenscheinlich nicht dazu. Warum eigentlich nicht?«

»Weil ich nicht skrupellos genug bin, nicht hartherzig genug?«

»Vielleicht gibt es auch eine andere Ursache für Ihre Lethargie und Selbstzerfleischung. Diese gilt es, ans Licht zu bringen, und deswegen müssen wir uns in der Tat mit Ihren Träumen beschäftigen, mit Ihrer Kindheit, mit Ihren geheimen Wünschen. Mein erster Eindruck ist, dass Sie nahezu darauf versessen sind, sich elend zu fühlen und nicht am Leben teilzuhaben.«

Elsbeth fühlte sich ertappt. »Merkwürdig, dass Sie das so sagen«, murmelte sie. »Genau das habe ich Marietta immer vorgeworfen.«

»Was in meinen Augen äußerst interessant ist.«

»Aber Marietta hatte keinen Grund, unglücklich zu sein – ich dagegen schon! Ich ... ich kann mir nicht vergeben. Ich werde das nie können!«

»Das müssen Sie auch nicht. Ich werde Ihnen Ihre Schuldgefühle nicht ausreden. Aber wir können daran arbeiten, dass Sie sich damit abfinden und mit allen Ihren inneren Konflikten weiterleben. Dass Sie Ihr Schicksal annehmen. Und dass Sie sich nicht von aller Last erdrücken lassen, sondern die ›Goldadern‹ aufspüren, die in Ihnen schlummern – sprich: Ihre Talente fruchtbar machen.«

Elsbeth blickte ihn skeptisch an, doch als Florian Huber fortfuhr, wirkte er erstmals eifrig und steckte sie damit an.

»Schuld, Reinheit, Moral … das ist ein Gerüst, das wir nicht ganz abstreifen können. Aber wir können versuchen, uns dazwischen frei zu bewegen. Und Sie können selbst entscheiden, so wie bisher oder anders zu leben. Ich glaube überdies nicht, dass das Schuldgefühl allein Sie abhält – ich habe eher das Gefühl, dass Sie das Leben Ihrer Schwester nachnahmen, um Ihr Fehlverhalten ihr gegenüber wiedergutzumachen. Wie es scheint, hat sie sich in ihrer Lebenssituation gefangen gefühlt, und deswegen verzichten auch Sie auf Ihre Freiheit. Die Freiheit, sich anders zu entscheiden, als es bisher durch Ihre Lebenssituation vorgegeben scheint.«

Elsbeth setzte sich langsam hin und deutete auf das Tagebuch. »Ich träume immer wieder von Vögeln. Stehen die vielleicht für diese … Freiheit?«

Er wiegte nachdenklich den Kopf. »Die Symbolsprache unserer Träume ist selten eindeutig. Meistens stehen die Bilder für das genaue Gegenteil.«

»Vielleicht symbolisieren die Vögel auch meine Schuld … Oder ist auch das zu offensichtlich?«

»Wer weiß. Beginnen wir damit, dass Sie alles sagen, was Sie mit Ihrem Traum letzte Nacht assoziieren. Scheuen Sie sich nicht, den erstbesten Gedanken auszusprechen – und sei er noch so unsinnig oder lächerlich.«

Elsbeth befeuchtete ihre Lippen, ehe sie begann, auszusprechen, was ihr spontan durch den Kopf ging. Sie war nicht mehr so aufgeregt wie am Anfang oder so müde wie nach ihrem Bekenntnis, sondern entschlossen. Entschlossen, sich helfen zu lassen. Entschlossen, weiterzuleben.

Den ganzen Sommer über kam Florian Huber immer wieder angereist und blieb für einige Tage, an denen mindestens zwei Sitzungen stattfanden. Elsbeth schrieb weiterhin ihre Träume und Gedanken auf und besuchte jeden Tag Adams und Mariettas Gräber. Sie stöberte in Erinnerungen an ihre Kindheitstage, rang sich dazu durch, sich auch den unangenehmen zu stellen, und fand den Mut, Nachforschungen über Hilde Krügers Schicksal anstellen zu lassen. Sie erfuhr, dass ihre Mutter schon lange vor dem Krieg in einem Armenhaus gestorben war, wurde ganz unerwartet von Trauer überwältigt, als diese Nachricht sie erreichte – und außerdem von einem Gefühl, das sie noch mehr überraschte: die gleiche Schuld, die sie auch gegenüber Marietta empfand.

»Ich glaube, ich weiß, wofür die Vögel in meinen Träumen stehen«, erklärte sie Florian Huber an diesem Tag.

»Nämlich?«

»Sie stehen für das Gleiche wie in Mariettas einzigem Traum, den sie im Tagebuch notiert hat. Sie haben gesagt, dass ich meine Schwester nachahme – und in meinen Träumen wird das offensichtlich. Ich opfere das Gleiche wie sie …«

Sie brach ab, doch Florian Huber nickte, sie solle fortfahren.

»Die Vögel stehen für Glück«, erklärte Elsbeth schließlich. »Eigentlich ist es etwas Wunderschönes, etwas, das man anstrebt, etwas, das mit dem Leben versöhnt, das größtmögliche Erfüllung schenkt. Doch in meinen Träumen sind die Vögel bedrohlich, werden schmutzig oder blind. Weil wir – Marietta und ich – es uns beide verboten haben, glücklich zu sein.«

Florian Huber beugte sich leicht vor. »Warum?«

Elsbeth Blick ging in die Ferne. »Marietta hat stets hartnäckig einen Grund gesucht, warum sie nicht glücklich sein konnte: Solange sie tanzte, hielt der Gedanke an mich sie davon ab. Als sie mich endlich bei sich hatte, konnte sie nicht mehr tanzen und schob ihr Elend darauf. Später war es die unglückliche Liebe zu

Gabriel, an der sie litt, und noch später das Geheimnis, das sie umso verbissener hüten musste, nachdem sie Heinrich endlich die Wahrheit anvertraut hatte – dass sie sich insgeheim danach sehnte, wieder zu tanzen. Mittlerweile denke ich mir: Selbst wenn diese Sehnsucht erfüllt worden wäre – glücklich wäre sie ja doch nicht geworden, denn wenn sie dazu fähig gewesen wäre, hätte sie nicht immer wieder einen neuen Vorwand gesucht, es nicht zu sein. Sie hätte sich vielmehr an dem erfreuen können, was sie hatte – und das war in jeder Phase ihres Lebens durchaus viel.«

»Und warum, denken Sie, hat sie Vorwände dafür gesucht?«

Elsbeth zuckte die Schultern. »Ich bin mir nicht sicher. Vielleicht lag es in ihrer Natur. Oder es hatte mit dem Tod unseres Vaters zu tun. Er war ein großer Einschnitt in ihrem Leben. Danach hat sie sich nie wieder ganz geborgen, nie wieder ganz heimisch auf dieser Welt gefühlt. Womöglich war ihr Verhältnis auch zu eng. Ehe sie sich von ihm hatte lösen und erwachsen werden können, ist er gestorben.«

»Und Sie? Warum verbieten Sie sich, glücklich zu sein? Weil Sie sich an Marietta und Adam schuldig gemacht haben?«

»Das spielt gewiss eine Rolle«, murmelte Elsbeth, »aber das ist es nicht allein.« Sie schluckte, ehe sie fortfuhr: »Ich glaube, ich war auch zuvor nie richtig glücklich … ich traute mich nicht, es zu sein. Ich liebte meinen Schwager, obwohl ich wusste, dass diese Liebe unmöglich war. Ich wollte Medizin studieren, aber habe seinetwegen nicht gewagt, diesen Traum ernsthaft zu verfolgen. Schon vor Mariettas Tod habe ich mir ein Gefängnis gebaut, indem sich mein Herzenswunsch und meine Liebe gegenseitig im Weg standen.«

»Und das alles taten Sie, weil sie Marietta unbewusst nachahmten?«

Elsbeth schüttelte den Kopf. »Das allein ist es nicht. Vor einigen Tagen ist mir aufgegangen, dass es vielmehr auch mit meiner

Mutter zu tun hat. Als Heinrich mich damals von zu Hause fortgeholt hatte, hatte ich gedacht, ich hätte sie getötet.«

»Was Sie nicht getan haben.«

»Aber ich wollte es. Ich fürchtete mich unendlich vor der Strafe,
die mich ereilen würde, aber ich wollte, dass sie tot ist. Ich habe
danach geglaubt, dass sich alles zum Guten gewendet hat, aber
irgendwo tief in mir drinnen wucherte es weiter – der Wunsch,
meine Mutter zu töten, und die Scham darüber. Mariettas Tod hat
ähnliche Gefühle in mir ausgelöst. Ein Teil von mir wollte, dass sie
tot ist. Und der andere verging in Schuldgefühlen.«

Florian Huber schwieg lange.

»Was werden Sie nun tun? Was wollen Sie mit dieser Erkenntnis
anfangen?«, fragte er schließlich.

»Wissen Sie, was mir noch eingefallen ist? Marietta hat mir nie
vorgetanzt, obwohl ich es mir als Kind so sehr gewünscht habe.
Das einzige Mal, dass ich sie tanzen sah, war vor Gabriel. Wenn es
wirklich ihre größte Leidenschaft gewesen wäre, dann hätte sie es
doch auch vor mir getan, nicht einem todgeweihten Mann, der
wie sie ein Gefangener seines Elends war!«

»Sie hingegen wissen, was Ihre wahre Leidenschaft ist. Sie wollen Ärztin werden.«

»Nein, nicht Ärztin …«, sagte sie schnell. Sie atmete tief durch.
»Ich habe lange darüber nachgedacht … Ich werde immer mit
meiner Schuld leben müssen. Und ich werde sie nicht wieder
gutmachen können – zumindest nicht ganz, ein wenig vielleicht
schon. Indem ich nämlich für Menschen da bin. Für Menschen
wie Marietta … wie mich … Menschen, die eigentlich alles haben,
deren Körper gesund ist, aber deren Seele leidet. Ja, ich werde
Medizin studieren, weil das Gesetz verlangt, dass nur Ärzten die
Ausübung von Heilberufen gestattet ist. Aber danach möchte ich
mich wie Sie zur Psychoanalytikerin ausbilden lassen.«

Zum ersten Mal erschien ein schmales Lächeln auf Florian Hubers Lippen. Wie immer kommentierte er ihre Worte nicht. Aber später erklärte er zum Abschied, dass sie auf seine Unterstützung zählen konnte.

Nachdem Florian Huber abgereist war, beschrieb sie die letzten Seiten des Tagebuchs. Als sie das Datum eintrug, ging ihr auf, dass sich der Oktober langsam seinem Ende zuneigte und sie Adams und Mariettas Todestag vergessen hatte. Sie wollte zu den Gräbern gehen, aber überlegte es sich anders und blieb stattdessen lange vor Mariettas Bildnis stehen. Was für eine elegante Erscheinung sie gewesen war ... und wie traurig. Der Blick schweifte in die Ferne, wie es zu Lebzeiten so oft der Fall gewesen war.

Elsbeth betrachtete das Gemälde lange und erklärte ihre Pläne.»Ich werde zurück nach Wien gehen und dort endgültig mein Studium aufnehmen. Ich werde keine Zeit mehr verschwenden.«

Als sie später ihre Sachen packte, stieß sie auf das Tagebuch. Sie verstaute es in der Tasche, aber irgendwie fühlte es sich falsch an, es mitzunehmen. Es schien nicht ihr zu gehören – eher der toten Marietta. Einer jähen Eingebung folgend, nahm sie es wieder aus der Tasche und suchte nach einem geeigneten Versteck.

Fast alle Räume des Hauses betrat sie, ehe sie sich entschied, es hinter einem losen Ziegel im Kamin abzulegen.

Just als sie den Ziegel wieder zurechtrückte, fiel ihr Blick auf eines der Kissen im Wohnraum. Offenbar hatte es vor einigen Jahren Konstanze von Ahrensberg bestickt, die solche Sinnsprüche mochte.

Halte das Glück wie den Vogel
so leise und lose wie möglich.
Dünkt er sich selber nur frei,
bleibt er dir gern in der Hand.

Bleib bei mir, Vögelchen, dachte Elsbeth, sei mein Gast und habe keine Angst vor mir. Ich werde dich nicht einsperren und jagen, ich werde dich umhegen und pflegen und werde mich über jeden Augenblick deiner Gesellschaft erfreuen. Aber ertrotzen und erkämpfen werde ich sie nicht.

32

»Was machst du bloß hier?«, fragte Moritz erstaunt. Er sah müde
aus. Erst stand er im Schatten des Hauses, dann trat er zum Grab
und schirmte seine Augen ab, damit die Sonne ihn nicht blendete.
»Das Gleiche könnte ich dich fragen.« Helena konnte kaum
fassen, dass er hier auftauchte.

Er deutete auf das Tagebuch in ihren Händen. »Warum hast du
es mit hierher gebracht?«

Kurz hätte sie es am liebsten geschlossen und ihm verschwiegen, was sie herausgefunden hatte – schließlich hatte er oft hinter
ihrem Rücken gehandelt. Aber wie sie da auf dem Boden kniete –
neben dem halb verfallenen Jagdschloss, der zerstörten Kapelle
und vor den beiden Gräbern –, schienen Zorn und Rachsucht
völlig fehl am Platz zu sein. Stattdessen überkam sie ein Gefühl
von Frieden. Sie wusste nicht, woher es rührte, ahnte aber, dass
sich so einst auch Elsbeth gefühlt haben muss, als sie nach Jahren
der Trauer und der Selbstzerfleischung erkannt hatte, dass sie ihre
Schuld nie loswerden würde, aber einen Weg finden musste, mit
ihr zu leben.

Moritz ging neben ihr in die Hocke.

»Mariettas Tagebuch«, murmelte er.

»Nein … nein, nicht das von Marietta … sondern das von Elsbeth.«

Er sah sie verwirrt an.

»Nur die ersten beiden Einträge stammen von Marietta«, erklärte sie. »Dann hat sie das Schreiben ebenso aufgegeben wie ihre

Behandlung durch Florian Huber. Sie sah wohl keinen Sinn darin. Anscheinend hat Elsbeth Jahre später das Tagebuch gefunden und begonnen, in dem Büchlein ihre Gedanken und Träume aufzuschreiben, die Einträge jedoch nur mit dem Datum des jeweiligen Tages versehen. Sieh doch mal.«

Sie deutete auf die fehlende Jahreszahl auf den entsprechenden Seiten.

»Du meinst ...«

»Elsbeth ist mitschuldig an Mariettas Tod. Und während sie damit noch hätte leben können, hat sie es nicht verkraftet, dass ihretwegen auch Adam sterben musste. Gewiss, zunächst hat sie sehr berechnend, fast hartherzig gehandelt und sich ihr Studium ertrotzt. Aber anstatt es anzupacken und ihre Träume zu leben, ist sie kurz nach der Einschreibung in eine tiefe Depression versunken, weil die Ereignisse sie verfolgten, und konnte keine einzige Vorlesung besuchen. Marietta hat ein Geheimnis gehütet – den Wunsch nach der Bühne –, aber Elsbeth auch: ihr Wissen darum, wie Marietta und Adam gestorben sind. All diese Träume, die in dem Buch stehen, kann man als Mariettas verborgene Ängste und Sehnsüchte interpretieren: Angst, dass ihr Geheimnis aufgedeckt wird, Sehnsucht nach Gabriel und nach dem Tanz. Aber in Wahrheit teilte Elsbeth diese Gefühle, zumal sie all die Zeit nicht nur das Geheimnis um Adams und Mariettas Tod hüten musste, sondern obendrein ihre Liebe zu Heinrich nie offen bekennen konnte.«

Moritz nickte nachdenklich. »Und darum hat sie Hilfe bei Florian Huber gesucht.«

»Auf diese Weise konnte Elsbeth wieder zurück ins Leben finden. Wahrscheinlich hat er sie regelmäßig im Jagdschloss besucht, wohin sie sich in ihrer Lebenskrise zurückgezogen hat. Und aufgrund der heilsamen Wirkung auf ihr Leben hat sie sich später die Psychoanalyse zu ihrem Spezialgebiet erkoren, auf dem sie es zu einem internationalen Ruf brachte. Vielleicht schenkte ihr das das

Gefühl, auf diese Weise etwas gutzumachen: Marietta konnte sie nicht helfen, aber anderen Menschen eben schon.«

Eine Weile saßen sie schweigend vor dem Grab.

»Ich habe dir zugehört«, murmelte Moritz schließlich. »Darf ich jetzt auch mal was sagen?«

Als Helena den Mund aufmachte, um zu widersprechen, hob er abwehrend die Hände. »Bitte! Dein Ex hat mir meinen Autoschlüssel geklaut, du hast einfach das Tagebuch an dich gebracht, und ihr seid in mein Haus eingebrochen. Und jetzt bin ich frühmorgens zweihundert Kilometer gefahren, weil ich unbedingt wissen wollte, was du beim Jagdschloss verloren hast. Denkst du nicht, ich hätte es verdient, auch mal etwas klarzustellen?«

Widerstrebend nickte sie. »Woher weißt du überhaupt, dass ich hier bin?«

»Dein Ex hatte die Güte, mich darüber aufzuklären …«

»Martin?«

»Ich hoffe, es gibt in deinem Leben nicht noch mehr Ex-Verlobte. Nicht auszudenken, wo du sonst noch überall einbrechen würdest. Martin war übrigens ziemlich kleinlaut, als ich ihm gesagt habe, was ich nun auch dir sagen werde.«

Er atmete tief durch. »Es stimmt, ich habe dir verschwiegen, dass ich nach dem Winter das Tagebuch aus dem Jagdschloss geborgen habe, und auch, dass ich bereit war, Marlies zu bezahlen, damit sie das Dokument rausrückt. Aber ich wollte keineswegs ein Familiengeheimnis vertuschen – im Gegenteil! Kannst du dich erinnern – im Winter haben wir darüber gesprochen, dass ich schon seit langem den Traum hege, ein Buch zu schreiben. Das hat mich seit damals nicht mehr losgelassen, und darum habe ich mir überlegt, Elsbeths und Mariettas Geschichte aufzuschreiben. Zunächst war ich zu bequem, noch mehr Nachforschungen anzustellen und mit dem Schreiben zu beginnen, doch als ich dir wiederbegegnet bin und wir gemeinsam bei Elsbeth waren … da wusste ich plötzlich: Ich muss es jetzt anpacken – oder es wird nie was draus. Ich hätte dir davon erzählt, aber dann ist Martin aufgetaucht. Außerdem war es kurz vor der Premiere, und dann war da auch noch diese leidige Sache mit Clarissa. Irgendwann war es einfach zu spät. Ich hatte keine Möglichkeit, dir davon zu erzählen, weil du auf meine bloße Anwesenheit immer fuchsteufelswild reagiert hast.«

»Du hast es ja überhaupt nicht ernsthaft versucht!«, fuhr sie ihn wutentbrannt an.

»Siehst du – genau das meine ich«, sagte er mit einem spöttischen Grinsen. Rasch wurde er wieder ernst: »Ich geb's ja zu. Ich konnte mich nicht wirklich überwinden, mit offenen Karten zu spielen. Ich habe in meinem Leben so viel begonnen und nicht zu Ende gebracht – ich wollte mir zunächst selbst beweisen, dass ich den notwendigen Biss habe.«

Er erhob sich und trat von den Gräbern fort. Helena folgte seinem Blick, der nun etwas zweifelnd auf dem Jagdschloss ruhte.

»Auch die Renovierung hast du jahrelang nicht angepackt«, sagte sie leise.

»Vielleicht ist es Zeit, auch das endlich zu tun. Wobei ich mir eigentlich denke, dass es ja doch nur ein totes Gebäude ist. Ich würdige die Menschen, die hier gelebt, geliebt, gelitten haben viel mehr, wenn ich ihre Geschichte erzähle. Und jetzt bin ich mir sicher – genau das werde ich tun, und ich werde nicht kurz vor dem Ziel aufgeben.«

Auch Helena erhob sich und warf einen letzten Blick auf die Gräber. Sie war sich nicht sicher, ob sie jemals hierher zurückkehren würde, und hatte das Gefühl, zum Abschied irgend ein Zeichen setzen zu müssen – vielleicht Blumen zu pflücken und auf das Grab zu legen. Aber dann vernahm sie das Rauschen des Waldes, das Zirpen der Grillen und die vielen zwitschernden Vögel – und es erschien ihr als die schönste Musik, die es gab. Trotz all der Zeichen von Zerstörung rings herum – auf diesem Fleckchen war die Natur mächtiger als alles vom Menschen Erschaffene. Und diese Natur schenkte ihr jenen Frieden, den Marietta zeit ihres Lebens nicht gefunden hatte.

Eine Viertelstunde später gingen die beiden zu ihren Autos.

Nach der Aussprache waren sie wieder in Schweigen versunken, und je länger es währte, desto deutlicher wuchs die Anspannung zwischen ihnen. Helena hatte keine Ahnung, was sie sagen sollte. Moritz' Geständnis hatte sie kleinlaut gemacht, aber dennoch war sie überzeugt davon, dass ein Großteil der Missverständnisse vor allem seine Schuld waren, nicht ihre. Sie brachte es nicht über sich, sich für ihre Fehler zu entschuldigen, wusste aber zugleich, dass sie es ewig bereuen würde, wenn sie nun wortlos auseinandergingen.

Schließlich machte Moritz den ersten Schritt. »Du machst ein so finsteres Gesicht. Bist du mir doch noch böse, weil ich dir die Sache mit dem Schriftstück verschwiegen habe?«

»Natürlich nicht!«, rief sie schnell.

»Aber ich kann nicht davon ausgehen, dass du mir zum Abschied um den Hals fallen und mich leidenschaftlich küssen wirst.«

Sie seufzte, ehe sie bekannte: »Ich denke nicht.«

»Warum eigentlich nicht? Ist es wegen Clarissa – oder Martin?«

»Weder noch. Ich … ich habe heute Morgen endgültig mit Martin Schluss gemacht.«

»Oh …«

»Ja, aber das heißt noch nicht …«

Sie brach ab.

»Das heißt nicht, dass du wieder offen bist für etwas Neues«, brachte er ihren Satz zu Ende.

Sie zuckte die Schultern. »Ich weiß auch nicht. Diese Musicalaufführungen geben mir so viel. Endlich kann ich wieder tanzen und singen. Endlich habe ich wieder zu meiner alten Form zurückgefunden. Aber was den Rest anbelangt – nun, da ist es nicht so leicht, die Bühne wieder zu betreten. Ich war so verletzt, als ich dich mit Clarissa sah. Du kannst mir noch so oft erklären, dass eure Affäre lange vorbei ist, aber das ändert nichts daran, dass ich dir nicht wirklich vertrauen kann. Es ... es liegt vielleicht gar nicht an dir. Sondern an mir.«

Je länger sie redete, desto drängender wurde die Ahnung, dass sie sich selbst etwas vormachte. Aber sie konnte nicht anders. Anstatt ihm Zeit für eine Entgegnung zu geben, stieg sie ins Auto. Sie erinnerte sich an den Winter, als sie weggefahren und Moritz im Rückspiegel nachgesehen hatte. Damals war sie sich sicher gewesen, das Richtige zu tun – heute wurde sie das Gefühl nicht los, dass sie einen großen Fehler machte. Doch sie gab diesem Gefühl nicht nach, sondern drückte aufs Gas.

33

1929

Clemens war sichtlich aufgeregt, als er in die Bibliothek stürmte.

Elsbeth musterte ihn mit ihrem ganz eigentümlichen Lächeln, das die Wärme, die ihre Beziehung prägte, ebenso widerspiegelte wie den leisen Spott, mit dem sie – wenn zu große Nähe entstand – wieder die notwendige Distanz zwischen sie brachte.

Er zog einen Brief aus der Tasche und schwenkte ihn triumphierend vor ihrem Gesicht. »Das ist die Zusage!«

Kurz sah sie ihn fragend an, ehe ihr ein Licht aufging. »Berlin?«, fragte sie knapp.

Er nickte stolz. »Ab November«, bestätigte er. »Du hast den neuen Assistenzarzt an der Psychiatrischen Universitätsklinik in Berlin vor dir.«

»November? So bald schon?« Sie klang bestürzter, als ihr lieb war.

Nun lächelte auch er – durchaus liebevoll, wenn auch ein wenig überheblich. »Ich wusste es!«, rief er stolz.

»Was?«

»Dass es dir unerträglich ist, wenn ich Wien verlasse.«

»Unsinn!«, sagte sie schnell.

Seit ihrer ersten Vorlesung, als sie einen Platz gesucht und Clemens ihr einen neben sich angeboten hatte, waren sie eng befreundet. Sie waren gemeinsam durch Höhen und Tiefen des Studiums gegangen, hatten zusammen gelernt, gefeiert und schließlich in der gleichen Woche promoviert.

451

»Ich freue mich ja für dich. Aber damit legst du dich endgültig fest«, fügte sie hinzu. »Du bleibst bei der Psychiatrie.«

Sie selbst war von dieser Disziplin zunehmend fasziniert gewesen, aber hatte den ursprünglichen Plan, Psychoanalytikerin zu werden, nie aufgegeben.

»Nun«, sie versuchte, ein ausdrucksloses Gesicht zu machen, »wenn du dir dessen so sicher bist, dann wünsche ich dir alles Gute.«

»Das war's?«, fragte er enttäuscht.

»Das war was?«

»Du wünschst mir alles Gute und schickst mich von dannen – nach allem, was zwischen uns war?«

Er hatte ihre Hand ergriffen, doch sie entzog sie ihm rasch. »Genau genommen war nichts zwischen uns«, erklärte sie energisch, um etwas verlegener hinzuzufügen: »Ich meine, wenn du auf diesen Kuss anspielst ... nun, der zählt nicht ... wir hatten beide zu viel getrunken ... und waren folglich nicht Herr unserer Sinne.«

Kurz schien er mit einer Entscheidung zu ringen. Schon richtete er sich auf, um wieder zu gehen und sie hier sitzen zu lassen. Doch mitten in der Bewegung hielt er inne, sah ihr fest in die Augen und sagte ungewohnt ernsthaft. »Jetzt sind wir aber beide nüchtern. Wir könnten den Kuss wiederholen. Und du könntest mich nach Berlin begleiten.«

Elsbeth schoss die Röte ins Gesicht. Es gelang ihm nicht oft, sie derart zu überraschen. »Soll das etwa ein Heiratsantrag sein?«, fragte sie heiser.

»Falls ja, wäre er doch ganz nach deinem Geschmack, nicht wahr? Ich mache mir keine Illusionen – eine Romantikerin wirst du nie sein. Dazu denkst du viel zu praktisch.«

»Eben. Was soll ich in Berlin? Ich habe doch gerade mit meiner Lehranalyse begonnen.«

Clemens seufzte. »Ach herrjeh! Könntest du mich nicht einmal Lügen strafen? Sag mir meinetwegen, dass du mich zu wenig liebst, damit könnte ich leben. Aber warum muss der Grund ausgerechnet deine Ausbildung sein?«

»Weil sie mir wichtig ist!«, fuhr sie hoch. »Ich werde nicht …«

»Ich habe mir etwas überlegt«, fiel er ihr beschwichtigend ins Wort. »Es ist ja nicht so, dass ich mit diesem Einwand nicht gerechnet habe. Also: Du könntest deine Lehranalyse auch am Berliner Psychoanalytischen Institut abschließen – bei Ernst Simmel und Max Eitingon.«

Sie schwieg lange.

»Hast du noch einen Einwand?«, fragte er.

Sie sagte es nicht laut, aber dachte es: Vorhin hast du den Nagel auf den Kopf getroffen – ich liebe dich nicht, zumindest nicht genug. Ich mag dich von Herzen, ich fühle mich dir nah, du verstehst mich wie kein anderer, und ja, ich habe den Kuss genossen, so stark betrunken war ich denn doch nicht. Aber wenn ich dich sehe, stockt mir weder der Atem, noch bleibt mir fast das Herz stehen. Mir wird weder kalt noch warm, wenn ich in deiner Nähe bin. Ich vermisse dich durchaus, wenn wir nicht zusammen sind, aber es tut nicht so weh, als würde ich gleich sterben. Es wäre … vernünftig, dich zu heiraten. Mehr aber auch nicht.

Sie hatte ihren Blick gesenkt, und als sie wieder hochsah, hoffte sie, dass sich ihre Gefühle nicht in ihrer Miene spiegelten. »Ich werde darüber nachdenken.«

Clemens klatschte mit übertriebener Begeisterung in die Hände. »Hurra! Du lehnst nicht gleich ab, was für ein Wunder!«

»Aber ich kann nicht hier in Wien nachdenken … ich werde für eine Weile verreisen.«

Es war Oktober, als sie zum Jagdschloss aufbrach. Ferdinand holte sie vom Bahnhof ab und berichtete glücklich, dass er mittlerweile mit Josepha verheiratet und das erste Kind unterwegs war. Elsbeth war entgangen, dass die beiden romantische Gefühle füreinander gehegt hatten, aber vielleicht waren es auch gar nicht diese, sondern pragmatische Gründe, die zu der Liaison geführt hatten. In jedem Fall gratulierte sie ihm von Herzen.

»Und stellen Sie sich vor!«, rief Ferdinand. »Fini lebt immer noch!«

Adams Rehkitz ... Elsbeth gab es einen halb freudigen, halb schmerzlichen Stich, aber sie wahrte eine gleichmütige Miene und nickte.

»Mein Gott, und Sie haben sich so verändert – Sie sind eine richtige Dame geworden!«

Elsbeth trug ihr Haar seit einiger Zeit kinnlang, weil sie es praktischer fand. Über das veränderte Aussehen hatte sie sich nie den Kopf zerbrochen, aber hier, wo alle Frauen Zöpfe trugen, war kurzes Haar der Inbegriff der Eleganz.

»Gut, dass Sie ausgerechnet jetzt gekommen sind«, fügte Ferdinand ernsthaft dazu.

»Warum?«

»Nun, auch der Herr Baron ist vor drei Tagen eingetroffen. Er kommt jedes Jahr zum ... Todestag.«

Er verschluckte fast das letzte Wort. Elsbeth verkrampfte ihre Hände ineinander. Sie würde Heinrich wiedersehen ... nach all den Jahren. Sie würde ihn nicht länger strikt meiden, nicht länger die heimliche Sehnsucht nach ihm verdrängen. Kurz spielte sie mit dem Gedanken, gleich wieder umzudrehen, aber dann gestand sie sich ein: Ein Wiedersehen mit Heinrich würde ihr helfen, eine Entscheidung zu treffen. Und insgeheim hatte sie sich das auch gewünscht, als sie hierher aufgebrochen war.

Ferdinand plauderte in einem fort, aber sie hörte nicht zu, sondern starrte auf ihre Hände. Sie hob ihren Blick erst, als sie die Auffahrt entlangkamen. Das Jagdschloss wirkte deutlich verändert, größer und irgendwie ... kälter. »Sind die Wände neu gestrichen worden?«

»Nein, nur der Efeu ist beschnitten worden. Deswegen wirkt das Gebäude jetzt größer. Und wir haben neue Fenster bekommen.« Elsbeths Blick wanderte zum Fenster von Mariettas Zimmer. Sie sog den Herbstgeruch ein und wurde von Erinnerungen überwältigt.

»Wollen Sie etwas essen? Oder lieber auf ihr Zimmer gehen? Josepha hat alles vorbereitet.«

»Nein ... später ...«

Wie traumwandlerisch stieg sie aus dem Wagen und ging hinter das Haus. Sie hörte nicht, ob Ferdinand ihr noch etwas nachrief. Sie hatte nur noch Augen für die Gräber ... und für Heinrich.

Natürlich war er hier, wo sonst. Wie das Jagdschloss hatte auch er sich verändert. Der einstmals stattliche Mann schien schmächtig, seine dunklen Haare waren von weißen Strähnen durchzogen, seine grünen Augen blickten traurig. Er wirkte nicht mehr gutaussehend und elegant wie einst, sondern von der Last des Lebens gebeugt und unendlich verletzlich – ein Anblick, der sie im Innersten anrührte.

In den letzten Jahren hatte sie oft vermeint, die Liebe zu ihm sei etwas Krankes, Schädliches, von der sie Heilung erfahren musste. Nun wusste sie plötzlich: Was immer diese Liebe auch bedingt hatte und wie falsch sie sich manchmal angefühlt hatte – sie war groß und warm und tief. Nie würde sie einen anderen Mann so lieben. Nie bei einem anderen jenen unbändigen Wunsch empfinden, auf ihn zuzulaufen, ihn zu umarmen, ihn zu küssen.

Sie bezähmte den Wunsch und blieb steif stehen.

»Elsbeth ...«

Er sagte nichts weiter als ihren Namen. Fragte nicht, warum sie hier war, warum sie ihm all die Jahre aus dem Weg gegangen war, warum sie immer Salvators Geld genommen hatte, nie seines. Ihrerseits konnte sie nicht einmal seinen Namen aussprechen. Sie war sich sicher – wenn sie jetzt den Mund aufmachte, würde ja doch nur eines herauskommen: *Ich liebe dich.*

Er wandte sich den Gräbern zu: »Weißt du eigentlich, dass ich sie verlassen wollte?«

Sie trat schweigend näher.

»Ja«, murmelte er, »in jenem Sommer, als sie die Behandlung durch Dr. Huber abbrach und Adam zunehmend unglücklich war, da merkte ich, dass ich so nicht weitermachen konnte, dass ich mich nicht länger der Hoffnung hingeben durfte, ihr Zustand wandle sich zum Besseren. Erinnerst du dich – an jenem Tag im Herbst, als sie starb, sind wir durch den Wald gewandert. Wir haben auf die Berggipfel gestarrt, wir haben die Stille genossen. Und da habe ich entschieden: Ich ertrage sie nicht länger. Ich gehe an ihrer Seite kaputt. Es muss sich etwas ändern.«

»Aber du hast ihr doch kurz zuvor die Affäre mit Gabriel verziehen!«

»Gewiss, und ich meinte es ehrlich. Ich hätte damit leben können, dass sie mich betrogen hat. Auch, dass Adam nicht mein leiblicher Sohn ist. Doch ich ahnte, dass sie sich nach ihrem Geständnis mehr denn je von mir abschotten würde – und auch von Adam. Als ich mit dir durch den Wald ging, wurde es mir klar … und auch, dass ich es nicht länger hinnehmen würde.«

Elsbeth trat näher, wenngleich sie einen gewissen Abstand wahrte. Endlich fand sie ihre Sprache wieder. »Und was hättest du dann aus deinem Leben gemacht?«, fragte sie atemlos.

Er zuckte die Schultern. »Ich weiß es nicht … ich weiß nur, dass ich mich nach einer Frau gesehnt habe, die ihr Leben auch genießen kann, die nicht alles so schwer nimmt. Eine Frau wie …« Er brach ab. »Ach Elsbeth! Du warst immer so voller Leben, so entschieden! Ich hätte nie gewagt, dir Avancen zu machen, es wäre mir als Unrecht erschienen, und ich weiß auch nicht, ob du sie angenommen hättest, aber …«

Sie machte die letzten zwei Schritte, die sie noch von ihm trennten. »Das hätte ich«, sagte sie. »Ich habe dich geliebt.«

Sie hatte sich oft vorgestellt, dieses Bekenntnis abzulegen, hatte erwartet, dass es sie in fieberhafte Erregung versetzen würde, in angespannte Erwartung, wie er denn reagieren würde, in Angst und Hoffnung zugleich. Doch in ihr blieb es merkwürdig kalt. Sie starrten sich an. Er las in ihren Augen, wie langjährig und ungebrochen ihre Zuneigung zu ihm war. Und sie las in seinen Augen, dass es zu spät war und er sich nicht von Marietta lösen konnte. Vielleicht hätte er sie tatsächlich verlassen, solange sie lebte, aber nicht jetzt, wo sie tot war.

Er neigte sich vor, und sie küssten sich – küssten sich nicht, weil sie noch auf ein gemeinsames Glück hofften, sondern küssten sich, um nicht aussprechen zu müssen, dass alle Liebe der Welt nicht reichte, um die Vergangenheit ungeschehen zu machen und das Beste aus dem anderen hervorzuholen.

Der Kuss war unendlich süß – und qualvoll. Sich nach einer Weile wieder von ihm zu lösen war das Schmerzhafteste, was Elsbeth je getan hatte, doch die Trauer überwältigte sie nicht und rüttelte nicht an der Gewissheit, dass sie sie ertragen würde und hinterher stärker wäre.

Ich bin ja gesund, dachte sie. Es tut unendlich weh, und meine Seele leidet, aber ich zerbreche nicht daran.

»Und nun?«, fragte er.

Sie atmete tief durch. »Ich werde nach Berlin gehen«, erklärte sie knapp. »Ich werde einen Studienkollegen heiraten. Er hat mir einen Antrag gemacht. Leb wohl.«

Sie wandte sich ab, ging zurück zum Haus und fühlte, wie Heinrich ihr nachsah. Er folgte ihr jedoch nicht, um sie aufzuhalten.

Dritter Teil

34

Helena schlug die Augen auf.

Der Zug fuhr immer langsamer, bis er schließlich ruckartig stehenblieb. Erschrocken blickte sie zum Fenster hinaus und rechnete schon damit, die Ankunft verschlafen zu haben. Aber da war kein Bahnhof, nur Bäume. Es musste zu einem außerplanmäßigen Halt gekommen sein, und ein Blick auf die Uhr verriet ihr, dass sie noch zwei Stunden bis nach München unterwegs sein würde, vorausgesetzt, dass der Zug hier nicht ewig hielt. Eine Ansage ertönte. Im stärksten österreichischen Dialekt sprach der Schaffner von Bauarbeiten und dass es in fünf Minuten weitergehe. Helena kuschelte sich in ihre Jacke, blickte wieder hinaus und stellte fest, dass die meisten Bäume bereits eine rostrote Färbung annahmen.

Wie schnell der Sommer vorbeigegangen war!

Sie konnte sich kaum daran erinnern, in den letzten Wochen eine so lange Zeit so ruhig gesessen zu haben wie jetzt. Jeden Abend hatte sie auf der Bühne gestanden, oft auch am Nachmittag, und als Anfang September in Österreich wieder die Schule begonnen hatte, waren oft Schülergruppen in der Burg zu Gast gewesen, denen das Ensemble einen Blick hinter die Kulissen einer Musicalaufführung gewährte. Wenn sie dann doch einmal ein paar freie Stunden hatte, war sie meist sehr aktiv gewesen. Sie hatte sich ein Rad ausgeliehen, um die Umgebung zu erkunden und die Klöster von Melk und Göttweig zu besichtigen. Zweimal war sie auch in Wien gewesen.

Dank des sonnigen Augusts war sie braungebrannt, fit wie schon lange nicht mehr – und guten Mutes: Viola, die verletzte Tänzerin, die sie ersetzte, war zwar wieder zurück zum Ensemble gekehrt, aber eine Woche vor Ende der Festspiele hatte ihr Agent ihr ein neues Angebot vorgelegt: In Hamburg begannen in zwei Wochen die Proben für das Musical »Weihnachtszauber«, bei dem sie eine Nebenrolle besetzen würde.

Nach der Zeit in den Bergen erschienen ihr Norddeutschland und eine Großstadt reizvoll, und die letzten Tage hatte sie viele Stunden im Internet verbracht, um dort ein WG-Zimmer zu mieten. Ehe sie nach Hamburg aufbrach, würde sie die verbleibende Zeit aber noch in München und mit Luisa genießen.

Der Zug fuhr wieder an, und sie schloss die Augen. In den letzten Wochen hatte sie so gut wie gar nicht an Martin und Moritz gedacht. Martin war abgereist, kaum dass sie ihm das Auto zurückgegeben hatte – sichtlich gekränkt, obwohl er versuchte, sich seine Gefühle nicht anmerken zu lassen.

Auch Moritz hatte sich zurückgezogen und war nicht wieder am Festspielort erschienen. Clarissa war gereizter als sonst, was wohl nur bedeuten konnte, dass er ihr die Wahrheit gesagt und endgültig Schluss gemacht hatte, und Helena konnte sich der Genugtuung darüber nicht ganz erwehren, obwohl sie sich entschlossen einredete, dass ihr das egal sein konnte.

Der Zug nahm wieder sein normales Tempo an. Das Ruckeln war einschläfernd, und ihre Lider wurden immer schwerer.

Nach wenigen Minuten war sie eingeschlafen, wenn auch nicht so fest wie zuvor. Sie begann zu träumen, dass sie einmal mehr auf der Musicalbühne stand.

Wie merkwürdig, dachte sie, ich habe mein Kostüm doch gar nicht an, ich bin nicht geschminkt, ich habe mich nicht aufgewärmt …

Aber es half nichts – der Vorhang hob sich, der Prolog begann, sie musste sich in den Chor derer einreihen, die Kaiserin Elisabeths Leben besangen: »Alle tanzten mit dem Tod, doch niemand wie Elisabeth …«

In der Ferne war die Kaiserin zu sehen, mit einem weißen Kleid und ihrem Sternendiadem: Dünn und klein stand sie am Rand der Bühne.

Hoffentlich fällt sie nicht hinunter, dachte Helena, sie kann ja kaum ihr Gleichgewicht halten.

Je länger sie sie betrachtete, desto mehr zerrann ihre Gestalt im Nebel.

Es ist ja gar nicht die Kaiserin Elisabeth, ging ihr plötzlich auf, es ist Marietta …

»Alle tanzten mit dem Tod, doch niemand wie Marietta …«

Helena konnte nicht länger tanzen, sondern versteifte sich. Prompt richteten sich die Blicke auf sie – die von Erzherzogin Sophie, Kaiser Franz-Joseph, Kronprinz Rudolph.

Warum sehen sie denn mich an und nicht Marietta? Vielleicht weil ich Marietta bin? Ich bin ja doch geschminkt! Ich trage ja doch ein Kostüm. Nicht den schwarzen Umhang, sondern ein weißes, dünnes Kleid!

»Es tut mir so leid«, murmelte sie plötzlich.

Ein Mann trat auf sie zu. Erst hielt sie ihn für den Tod, dann für Elisabeths Attentäter Luigi Luccheni. Aber als er sie erreichte, stellte sie fest, dass es Heinrich von Ahrensberg war.

»Es tut mir so leid«, wiederholte sie, »du musst mir vergeben.«

Er ergriff ihre Hände und drückte sie fest. Ihr wurde ganz warm, sie fühlte sich sicher … und unendlich erleichtert.

»Es ist doch alles gut«, sagte er, »ich verzeihe dir, ich …«

Plötzlich wurde sein heiseres Flüstern von einer lauten, dröhnenden Stimme unterbrochen. »Wir erreichen in Kürze Rosenheim Hauptbahnhof.«

Helena schreckte aus ihrem Traum hoch und nahm den durchdringenden Geruch nach Bananen wahr. Vorhin war sie allein im Abteil gewesen, in Salzburg war ein Mann zugestiegen und schälte sich soeben seine zweite Banane. Während er sie aß, blickte er sie fragend an.

»Habe ich im Schlaf geredet?«, fragte sie verwirrt.

»Nein, aber Sie haben so glücklich gelächelt.«

Sie kuschelte sich wieder in die Jacke. Sie wusste: Heinrich hatte Marietta vergeben, dass sie ihn mit Gabriel betrogen hatte. Aber warum war sie selbst so erleichtert, ja glücklich darüber?

Die letzte Strecke der Zugfahrt hörte Helena Musik und dachte nicht weiter nach. Als sie am Münchner Hauptbahnhof ausstieg, was das Bahngleis völlig überfüllt. Sie fiel fast über den Riesenkoffer, den ein älteres Ehepaar umständlich aus dem Wagon befördert hatte. Offenbar war die Frau schuld am Übergepäck.

»Gut, dass wir wenigstens das Klavier nicht mitgenommen haben«, knurrte ihr Mann zynisch und lächelte Helena entschuldigend an.

Der Schweiß brach ihr aus, während sie sich durch die Massen kämpfte. Nach dem vergleichsweise einsamen Niederösterreich war sie so viele Menschen nicht mehr gewohnt.

»Huhu!«

Luisa stand am Ende des Gleises und winkte ihr zu. Helena musste lächeln. Sie hatte ihrer Freundin zwar die Ankunftszeiten mitgeteilt, aber nicht erwartet, dass sie herkommen würde, um sie persönlich in Empfang zu nehmen.

Sie fielen sich in die Arme.

»Gut siehst du aus!«, rief Luisa. »Der Sommer muss dir großartig bekommen sein – Gott sei Dank aber auch. Ich dachte ja schon, du kommst nie wieder auf Touren.«

Wie immer nahm Luisa kein Blatt vor dem Mund. Sie hakte sich bei ihr unter, und ehe Helena etwas sagen konnte, zog sie sie mit sich: »Können wir etwas essen gehen? Am besten Sushi? In der niederösterreichischen Einöde hast du so etwas sicher nicht bekommen. Und dann musst du mir alles erzählen. Dass Martin tatsächlich die Dreistigkeit hatte, dir nachzureisen, kaum zu glauben! Gut, dass du ihn zum Teufel geschickt hast, war ja auch Zeit. Im Übrigen muss ich dir auch viel erzählen. Ich habe doch den Typen erwähnt, den ich …«

Sie sprach so schnell, dass Helena ihr kaum folgen konnte, zumal sie ganz darauf konzentriert war, ihren Koffer durch die Menge zu wuchten. Wenig später hatten sie in einem überfüllten und engen Sushi-Lokal eine gemischte Platte für zwei Personen bestellt. Zwar hatten sie zwei freie Plätze gefunden, aber Helena konnte auf dem runden, wackeligen Stuhl nicht gerade sitzen, ohne den Ellbogen ihres Sitznachbarn in die Seite zu bekommen.

»Hörst du mir überhaupt zu?« Luisa hatte es wirklich zustande gebracht, die ganze Zeit über zu reden. »Und sag nicht, dass du immer noch an diesen Idioten denkst!«

Helena schüttelte den Kopf. »Ich habe nicht an Martin gedacht, der spielt keine Rolle mehr, aber ….«

Sie brach ab.

Aber an Marietta. Mit deren Geschichte sie eigentlich abgeschlossen hatte. Und die nun doch in ihren Gedanken herumspukte, weil sie ihren Traum nicht verstand.

Warum war sie so erleichtert gewesen, dass ihr vergeben wurde? Sie hatte sich doch nie schuldig gemacht!

Nachdenklich tauchte sie erst ihr Tamago-Sushi in die Sojasoße, dann ein Nigiri. Sie kaute daran, doch das Stück in ihrem Mund schien immer größer statt kleiner zu werden.

Luisa betrachtete nie neugierig. »Hast du etwa einen anderen kennengelernt?«

»Ja … nein …«

»Erzähl! Hat es mit diesem Max zu tun?«

»Er heißt Moritz – mit seinem Zweitnamen Maximilian ruft ihn kein Mensch. Aber dazu später!«

Entschlossen legte sie das Stäbchen hin und stand auf. »Bevor ich dir mehr erzähle, muss ich unbedingt noch etwas erledigen.«

»Moment mal, du bist doch eben erst angekommen, du kannst doch nicht …«

Aber Helena ließ sich nicht aufhalten. »Kannst du mein Gepäck mitnehmen?«

Suchend blickte sie sich um. Wie gelangte sie von hier am schnellsten zur U-Bahn?

»Was, um Himmels willen, ist denn los mit dir?«, rief Luisa ihr nach.

»Ich erklär's dir später.«

In den letzten Wochen hatte sich Helena oft gefragt, warum Mariettas Schicksal sie so faszinierte, warum ihr so viele Details aus deren Leben vertraut waren. Sie war zu dem Schluss gekommen, dass sie irgendwann einmal etwas über sie gelesen haben musste und sich ihr besonders verbunden fühlte, weil sie eine Tänzerin gewesen war. Aber sie war den Verdacht nicht losgeworden, dass es noch einen anderen Grund gab, warum die Geschichte der einstigen Ballerina sie derart in Bann gezogen hat. Jetzt ahnte sie, was es sein könnte.

Kopfschüttelnd blickte ihre Luisa nach.

»Es ist wirklich wichtig!«, rief Helena ihr über die Schultern zu.

Wenig später läutete sie an der Wohnung, doch eine Minute antwortete ihr nichts als Stille. Sie rechnete schon damit, umsonst hergekommen zu sein, und schalt sich, dass sie vorher hätte anrufen sollen, aber plötzlich wurde die Tür geöffnet.

»Du?«

»Es tut mir leid, wenn ich störe.«

Sie musterte Martin. Er wirkte verändert, wobei sie sich nicht sicher war, ob das an seiner Frisur oder dem Bart lag, den er sich seit ihrer letzten Begegnung noch länger hatte wachsen lassen. Ehe er sie hineinbitten konnte, begann sie hastig das Sprüchlein aufzusagen, das sie sich in der U-Bahn zurechtgelegt hatte. »Wahrscheinlich willst du mich nicht sehen. Du bist immer noch sauer, weil ich unserer Beziehung keine neue Chance gebe. Aber nur weil wir keine Zukunft haben, zumindest nicht als Paar, soll uns das nicht davon abhalten, die Vergangenheit aufzuarbeiten. Und das haben wir nie wirklich getan.«

Immer noch konnte er seiner Überraschung, dass sie so plötzlich aufgetaucht war, nicht Herr werden. Er schüttelte mehrmals den Kopf, setzte dann zum Reden an. »Jetzt … du … ausgerechnet …«

Er atmete tief durch, ehe er entschlossen hinzufügte: »Ich würde liebend gerne über uns reden, aber leider habe ich überhaupt keine Zeit.«

Sie seufzte. »Bitte Martin, jetzt sei nicht so stur.«

»Nein, wirklich! Es ist keine Ausrede, sieh selbst!«

Er deutete hinter sich, und Helena spähte ins Wohnzimmer. Zwei offene, halb gefüllte Koffer standen dort. Rundherum herrschte Chaos. Diverse Klamotten, auch CDs, Martins Laptop und alle möglichen Unterlagen warteten darauf, eingepackt zu werden.

»Du machst Urlaub?«, fragte sie verblüfft.

»So was Ähnliches.«

Er trat zur Seite, und als sie eintrat, sah sie auch die Trekkinghose, die Trinkflasche und den Erste-Hilfe-Kasten, die auf dem Sofa lagen. »Sieht nach Survivaltraining aus«, murmelte sie verwundert. »Ansonsten ziehst du doch Fünf-Sterne-Hotels vor.«

Er grinste schief. »Es ist ja, wie gesagt, nicht wirklich ein Urlaub. Ich fliege heute noch nach Südamerika. Bolivien genauer gesagt. Dort gibt es ein Volunteering-Programm für junge Ärzte bei einem Kinderhilfsprojekt. Die haben dort viel zu wenig medizinisches Personal. Ich dachte, ich stelle mit meinem Studium mal was Vernünftiges an.«

»Du wolltest doch deinen Facharzt machen!«

»Der läuft nicht weg. Ich werde ein Jahr fortbleiben, vielleicht sogar zwei. Eigentlich habe ich das immer schon gewollt: Für 'ne Weile ins Ausland gehen, was Gutes tun und gleichzeitig ein Abenteuer erleben. Und wann wäre eine bessere Gelegenheit als jetzt?«

Sie schob die Trekkinghose beiseite und ließ sich aufs Sofa sinken: »Dein Vater wird darüber sicher nicht glücklich sein.«

Sein Grinsen verstärkte sich. »Eben«, sagte er vielsagend. Nach einer kurzen Pause fügte er hinzu: »Er war ja schon nicht glücklich, als wir uns getrennt haben. Und ich fürchte, jetzt stehe ich endgültig vor der Enterbung. Aber das nehme ich in Kauf. Hast du mir nicht vorgeworfen, dass ich dich daran gehindert habe, deine Träume zu leben? Nun, mir ist aufgegangen, dass ich auch meine eigenen lange nicht verfolgt habe.«

Sie nickte kleinlaut. »Deswegen bin ich auch hier … In den letzten Monaten habe ich mich immer nur damit beschäftigt, was bei mir selbst auf der Strecke blieb und wo ich in unserer Beziehung zu kurz kam. Ich habe nie darüber nachgedacht, wovon ich dich abhalte. Hast du wirklich keine Zeit, um mit mir zu reden?«

»Mein Flug geht in drei Stunden, das Taxi ist schon bestellt. Aber 'ne halbe Stunde habe ich noch.«

Wenig später saßen sie in der kleinen Küche. Martin hatte keinen Kaffee mehr zu Hause, weswegen sie die Reste des Grünen Tees tranken, den Helena damals noch selbst gekauft hatte.

Martin starrte in die Tasse und nahm dann widerwillig einen Schluck. »Der hat mir noch nie geschmeckt.«

»Und warum hast du mir das nicht gesagt?«

Er zuckte die Schultern. »Frauen reden, Männer schweigen.«

»Komm mir nicht mit solchen Klischees!«, rief sie heftig. Sie machte eine Pause und fuhr danach etwas kleinlauter fort: »Aber vielleicht ist doch was dran. Ich meine … wir haben nie von deinen Träumen gesprochen. Es schien immer klar zu sein, dass du wie dein Vater Arzt wirst und mal seine Praxis übernimmst. Aber so ein Projekt in Bolivien … schwebt dir das schon länger vor?«

»Seit Jahren«, gestand er. »Aber es hat einfach nicht gepasst. Mein Vater hatte vor, uns zur Hochzeit großzügig zu beschenken, wahrscheinlich mit einem Reihenhaus oder einer schicken Eigentumswohnung. Und was die Hochzeit selbst anbelangt: Du warst schon voller Vorfreude und hast eifrig alles geplant. Ich hatte nicht das Gefühl, dass es dir mit deiner Musicalkarriere sonderlich ernst war, sondern eher, dass du bald mit der Familienplanung loslegen wolltest. Und da hatte so etwas wie Bolivien keinen Platz.«

Nachdenklich rührte Helena in ihrer Tasse. War das die Botschaft ihres Traums? Dass sie Marietta glich, die so versessen auf ihr eigenes Unglück, ihr eigenes Opfer war und nie überlegte, wer Heinrich war, was er wollte, was noch alles in ihm steckte? Und was seine Sehnsucht nach dem Schönen noch hätte hervorbringen können?

Elsbeth hätte es vielleicht aus ihm rausholen können. Sie war zwar keine Künstlerin, sondern eine pragmatische, intelligente Frau und konnte seinen Weltschmerz sicher nie so gut nachvollziehen wie Marietta, aber vielleicht hätte es gerade ihre Tatkraft und Nüchternheit gebraucht, um seine Firma zu verkaufen und etwas anderes zu machen. So oder so – viele der Erwartungen, die er in seine Ehe mit Marietta gesetzt hatte, waren nicht erfüllt worden, aber er hatte es ihr nie vorgeworfen und nie so offenkundig darunter gelitten wie sie.

»Dich damals mit Kristin zu sehen hat scheißweh getan«, murmelte sie.

»Ich weiß. Und ich weiß auch, dass es keine Entschuldigung dafür gibt.«

»Ich verstehe einfach nicht, warum du keinen anderen Weg gesehen hast, um aus unserer Beziehung auszubrechen.«

»Ist für einen dummen Mann eben die naheliegendste Möglichkeit.«

»Warum hast du mir nicht einfach gesagt, dass du Zweifel hast?«

»Weil du immer so entschlossen gewirkt hast.«

»Ich entschlossen? Ich hätte beinahe meine Karriere versemmelt.«

»Aber das hast du nicht getan.« Er stellte die noch halbvolle Teetasse in die Spüle und sah sie lange an. »Ich wünsche dir alles Glück der Welt.«

»Danke.« Sie zögerte, ehe sie hinzufügte: »Vergibst du mir?«

»Was hätte ich dir denn zu vergeben – gemessen an dem, was ich dir angetan habe?«

»Es bringt doch nichts, es aufzuwiegen. Ich vergebe dir – und du mir, in Ordnung?«

Er nickte stumm, und sie erhob sich, um ihn zu umarmen.

»Wenn mein Taxi kommt – soll ich dich auf dem Weg zum Flughafen bei Luisa absetzen?«, fragte er, nachdem sie sich wieder voneinander gelöst hatten.

»Nein, ich fahre direkt zum Bahnhof. Mit der U-Bahn ist es schneller.«

Er musterte sie erstaunt. »Bist du nicht eben wieder zurück nach München gekommen? Was willst du denn am Bahnhof?«

Sie ließ ein letztes Mal einen Blick über die Küche und das Wohnzimmer schweifen. Hier hatte sie viele glückliche Stunden verbracht, und sie nutzte diesen Augenblick, um sich von ihrem alten Leben endgültig zu verabschieden.

»Ich habe einen Fehler gemacht«, erklärte sie dann. »Und ich hoffe, ich kann ihn noch geradebiegen.«

Es war schon nach Mitternacht, als sie zum zweiten Mal an diesem Tag vor einer geschlossenen Wohnungstür stand, läutete, aber nicht sicher sein konnte, ob ihr aufgemacht werden würde. Doch schon nach wenigen Augenblicken öffnete sich die Tür, und Moritz' Erstaunen war so groß wie vorher Martins.

»Helena?«, fragte er verwirrt. »Solltest du nicht längst wieder in München sein? Die Burgfestspiele sind doch diese Woche zu Ende gegangen.«

»Da war ich auch«, erwiderte sie. »Zumindest für zwei Stunden. Danach habe ich den ersten Zug nach Wien bestiegen.«

Er musterte sie kopfschüttelnd. »Mein Gott, da musst du ja Ewigkeiten unterwegs gewesen sein.«

»Insgesamt fast zehn Stunden. Kann ich mal deine Toilette besuchen? Ich habe genug von verstopften Zugklos.«

Er grinste schief. »Ach, ich verstehe«, meinte er spöttisch. »Deswegen bist du also hier. Ich dachte schon, dass du vielleicht meinetwegen gekommen wärst. Stattdessen hast du's auf mein Klo abgesehen.«

Sie erwiderte sein Lächeln, konnte aber nichts sagen.

»Na, dann komm rein!«

Die Wohnung war wie erwartet geschmackvoll und teuer eingerichtet, wenngleich nicht ganz so kühl und modern wie sein Haus. Es war ein Altbau mit Stuckverzierungen an der Decke und einem braunen Parkettboden. Die Möbel waren entweder weiß oder rot – genauso wie die Fliesen im Bad. Helena war froh, sich dort kurz frisch machen zu können, zumal ihr Spiegelbild nur zu deutlich die Strapazen der langen Fahrt verriet. Sie kämmte sich schnell und frischte ihr Make-up auf.

Als sie wenig später das Wohnzimmer betrat, hatte Moritz auf einer Ledercouch – diese nicht ganz weiß, sondern in einem hellen Beigeton – Platz genommen und hielt ein Glas Rotwein in der Hand.

»Willst du auch einen Wein?«

Sie nickte.

Er schenkte ihr Wein ein, reichte ihr das Glas und sah sie erwartungsvoll an. Doch anders als bei Martin fand Helena einfach nicht die richtigen Worte.

»Also?«, fragte er schließlich. »Warum die lange Zugfahrt?«

»Weil ich … weil du …«

Sie brach ab. Weil es so selbstverständlich schien, hierherzukommen. Weil ich mich, glaube ich, in dich verliebt habe. Weil ich uns doch eine Chance geben und dich besser kennenlernen will. Irgendwie klang alles schrecklich kitschig.

Ehe ihr etwas einfiel, was sie sagen konnte, entdeckte sie auf dem Schreibtisch in der Ecke des Wohnzimmers die alte Schreibmaschine, die sie damals schon in seinem Haus gesehen hatte. Sie deutete darauf.

»Sag bloß, du schreibst auf diesem Ungetüm …«

»Nur die ersten Seiten, dann bin ich auf den Laptop umgestiegen. Es war dann doch zu mühselig und schrecklich laut. Man bricht sich ja fast die Finger.«

»Die ersten Seiten von deinem Roman über die Ahrensbergs?«

Sie trat zum Schreibtisch, sah den Stapel vollgeschriebener Seiten. »Da hast du ja eine Menge vorgelegt.«

Er stellte sein Rotweinglas ab. »Ich bin mir nicht sicher, ob schon etwas Gescheites dabei herausgekommen ist, aber es macht Spaß. Ich glaube, es könnte wirklich … nein, nicht!«

Sie hatte eine der Seiten in die Hand genommen und zu lesen begonnen. Er wollte sie ihr wegnehmen, doch sie wich ihm aus und las den Text laut vor.

Wien 1907

»Verdammt, kannst du nicht aufpassen, du Trampel?«
Veruschka heulte auf, ergriff eine der spitzen Nadeln und stach in Mariettas Richtung. Diese wich in letzter Sekunde aus und musste sich auf die Zunge beißen, um sich eine wütende Entgegnung zu verkneifen. Nicht sie war achtlos gewesen, sondern Veruschka selbst. Anstatt bei der Kleiderprobe ruhig zu halten, tänzelte sie ständig herum, als wollte sie aller Welt beweisen, wie unzumutbar es für eine ehrgeizige Ballerina war, auch nur für wenige Minuten stillzustehen.
»Nun mach schon! Wie lange soll ich denn noch warten?«
Vorsichtig näherte sich Marietta wieder der russischen Tänzerin. Anstatt sie wütend anzufunkeln, wie es ihre erste Regung war, hielt sie ihre Augen gesenkt und konzentrierte sich auf den Saum des kurzen Kleides.

Moritz gab es auf, ihr die Seite wieder wegzunehmen, und setzte sich seufzend aufs Sofa. »Findest du, dass es ein guter Einstieg ist?«, fragte er, sobald sie eine kurze Pause machte.

»Also, ich finde es toll, dass du es wirklich angepackt hast. Und der Einstieg ist doch super.«

Sie legte die Seite zurück auf den Schreibtisch und setzte sich zu ihm aufs Sofa.

»Kannst du mir jetzt erzählen, warum du die lange Fahrt auf dich genommen hast?«, fragte er.

»Weil ich …«, begann sie wieder.

Immer noch fand sie keine passenden Worte. Da beugte er sich einfach vor, zog sie an sich und küsste sie.

35

Elsbeth starrte an die Decke.

Sie ist ja weiß, dachte sie, einfach nur weiß.

Nicht immer war das so gewesen. Der Raum, in dem sie lag, erschien ihr oft als merkwürdiger Ort. An den Wänden wuchs Efeu, auf der Decke krabbelten Tiere, Sturmwind riss an ihrem dünnen Haar, sie hörte alle möglichen Geräusche, die sie nicht auseinanderhalten konnte. Manchmal war sie sich nicht sicher, ob sie auf einem Bett lag oder nicht vielmehr auf dem erdigen Boden des Waldes. Manchmal wusste sie nicht einmal, ob sie überhaupt lag. Vielleicht flog sie ja.

Riesig war das Reich ihrer Erinnerungen – und zugleich so bedrohlich. In den seltenen klaren Momenten konnte sie genau unterscheiden, was zur Vergangenheit gehörte und was zur Gegenwart, doch viel häufiger flossen die beiden Welten ineinander, grüßten sich die Toten und die noch Lebenden.

Heute nun aber war die Decke weiß und das Bett, auf dem sie lag, weich, und kein Sturm zerrte an ihren Haaren.

Ihr war warm. Sie fühlte sich gut, sie war nicht durstig, sie war nicht traurig, sie war nicht verwirrt.

Sie war Elsbeth Safransky, geborene Krüger, Koryphäe in ihrem Fach, Mutter, Ehefrau, Großmutter. Sie war die Frau, die von ihren Erinnerungen nicht gepeinigt wurde, von ihnen nur ständig daran gemahnt, keinen Augenblick zu verpassen.

Sie atmete tief durch und schloss die Augen. Nicht länger sah sie die weiße Decke. Schwärze umfing sie, nicht beängstigend, sondern beruhigend. Ins Schwarz mischte sich Grau, Konturen wurden sichtbar, eine Welt erstand, eine Traumwelt, eine schöne Welt. Sie war ihr nicht ausgeliefert wie manchem Albtraum, sondern konnte klar bestimmen, was sie tat.

Elsbeth war auf dem Weg zu Salvator, ihr Herz voller Hader über die Schwester und voller Sehnsucht nach Heinrich. Salvator zu sehen war erregend und beschwichtigend zugleich: Er hatte seine Gefühle noch weniger im Griff als sie, und in deren Tiefe zu stochern und den Bodensatz aufzuwühlen bedeutete, den eigenen Wahn an einem anderen wahrzunehmen und solcherart selber wieder nüchtern zu werden.

Ja, in seiner Gegenwart fühlte sie sich gut. Alles Schwarze ließ sich auf ihn abwälzen. Alles Gift in ihrer Seele ausspucken, so dass es ihn zerfraß.

Doch zu ihrem Erstaunen blieb die übliche Verbitterung aus, als sie heute vor ihm stand – zumindest bei ihr. Sein Anblick erzeugte nur Mitleid und außerdem einen Anflug von Güte, wie ihn nur sehr alte Menschen kennen, deren Leben hinter ihnen liegt, die alle Höhen und Tiefen erfahren haben, die das Glück schätzen, weil es nicht ewig hält, und das Unglück ertragen, weil es ebenfalls nicht andauert.

»Was willst du?«, schnaubte Salvator, der vom Krieg so schrecklich Gezeichnete.

Eigentlich will ich dir sagen, dass Marietta Heinrich betrogen hat. Dass Adam kein Ahrensberg ist. Dass sie eure Familienehre befleckt hat. Dass du deinen Bruder zur Scheidung drängen sollst.

Sie öffnete den Mund. »Nichts«, sagte sie stattdessen. »Nichts.«

Das eine heile Auge öffnete sich verwundert, doch anstatt sich dem Blick länger auszusetzen, lief sie fort. Nein, sie lief nicht, sie flog, sie flog durch den Herbstwald, Blätter raschelten, Spinnweben blieben in ihrem Haar hängen, Tau glänzte. Sie war nicht schuldig, sondern frei. Sie spiegelte sich im glitzernden Wasser des Baches, und sie dachte sich, wie schön ich bin, wie jung. Und wie reich ist das Leben, das vor mir liegt.

»Was machst du hier?«, traf sie eine Stimme.

Sie hob den Kopf, sah erst nur seine Füße, dann sein Gewehr. Heinrich kam von der Jagd. Kein Schuss ertönte. Kein schlechtes Gewissen durchzuckte sie. Sein Blick ruhte so liebevoll auf ihr.

Sie erbebte. »Ich weiß, dass es nicht sein darf, aber ich liebe dich, ich habe dich immer geliebt, schon als ich noch ein kleines Kind war. Es macht mich verrückt zu sehen, dass Marietta dich nicht glücklich machen kann und du sie auch nicht. Wir beide hingegen täten einander gut.«

Plötzlich stand sie jenseits des Baches. Sie musste erneut geflogen sein. Kein kaltes Wasser schnitt in ihre Glieder. Das Herbstlaub raschelte nicht unter ihren Schritten. Sie stand ja auch nicht auf dem Boden, sie lag in seinen Armen.

»Ach Elsbeth«, sagte er und seufzte. »Du bist so klug, so stark, so voller Selbstvertrauen. Nicht zerrissen wie Marietta, nicht traurig.«

»Heinrich ...«

Sie küsste ihn. Es fühlte sich nicht verboten an, es war kein hastiger, verstohlener Kuss, sondern leidenschaftlich und warm.

»Ich werde mit Marietta reden«, sagte Heinrich, als sie sich atemlos voneinander lösten. »Es kann so nicht weitergehen.«

»Nein«, sagte Elsbeth, »sie ist meine Schwester. Ich werde es ihr sagen.«

Kaum einen Wimpernschlag später war sie zurück zum Jagdschloss gekehrt. Sie wusste nicht, wie sie so schnell dahin gekommen war, aber es war nicht wichtig. Der Traum hebelte sämtliche Gesetze von Raum und Zeit aus – nur ihre Gefühle waren echt. Das schlechte Gewissen, weil sie ihren Schwager geküsst hatte. Das Glück, weil er ihre Liebe erwiderte. Die Traurigkeit, nun die geliebte Schwester zu sehen, so dünn, so bleich. Die Erleichterung, als jene sich ein Lächeln abrang.

Wie kann ich ihr das nur antun?, fragte sie sich.

»Ich verdiene dein Lächeln nicht«, murmelte sie. »Ich verdiene nicht, dass du freundlich zu mir bist und mich liebst. Du hast so viel für mich getan … und dennoch …«

»Und dennoch liebst du Heinrich: Ich bin nicht blind, ich weiß es.«

Marietta verließ ihr Bett und trat auf sie zu. »Ich war so versessen auf mein eigenes Leid, dass ich lange nicht gemerkt habe, worauf du verzichtest. Und dass er mit mir nicht glücklich ist.«

»Marietta …«, flüsterte sie heiser.

Die Schwester streichelte über ihr Gesicht, umarmte sie dann. »Ich weiß nicht, wie es gehen soll, aber irgendwie wird alles gut werden.«

Elsbeth rang nach Worten, doch ehe sie etwas sagen konnte, ertönten Schritte.

Adam kam ins Schlafzimmer seiner Mutter gestürzt, mit gerötetem Gesicht, abstehendem Haar, so voller Lebenskraft.

»Ein Schmetterling, Mutter!«, schrie er. »Sieh doch nur, ich habe dir einen Schmetterling gebracht.«

Er hielt das Netz in den Händen. Als er es öffnete, erzitterten die Flügel des winzigen Tiers, es flog los, zog Kreise an der Decke und entwischte durch das geöffnete Fenster. Eigentlich war der Schmetterling viel zu groß. Er glich einem Vögelchen, einem buntgefiederten, hell zwitschernden Vögelchen.

Marietta lachte. Sie lachte zum ersten Mal seit Jahren. Und Elsbeth stimmte darin ein.

Sie lachte noch, als sie erwachte, sie wieder die weiße Decke musterte und ihr aufging, dass alles nur ein Traum gewesen war. Ein schöner Traum. Ein heiler Traum.

Marietta hätte nicht sterben müssen und Adam auch nicht. Und sie konnte ihre Liebe zu Heinrich leben, anstatt von Schuld und Scham zerfressen zu werden.

Sie seufzte, schloss die Augen und wartete auf den Schmerz, der ihre Brust zerschnitt, sobald sie sich vorstellte, wie ihr Leben ohne den Tod ihrer Schwester und ihres Neffen verlaufen wäre.

Doch der Schmerz blieb aus. Die Trauer hatte nichts Zerstörerisches, Brennendes mehr; die einst klaffende Wunde auf ihrer Seele war längst vernarbt. Und wenn sie an ihre unerfüllte Liebe zu Heinrich dachte, musste sie plötzlich nur müde lächeln.

Wie jung ich war, wie naiv … ich hatte ja keine Ahnung, wie groß der Unterschied zwischen Liebe und Schwärmerei ist und dass es, um jahrelang den Alltag mit einem Menschen zu teilen, so viel mehr bedarf als Letzteres.

Sie starrte auf die Decke und spann ihren Traum fort. Wenn Heinrich sich von Marietta getrennt hätte … wenn sie ihn geheiratet hätte und Baronin von Ahrensberg geworden wäre … dann hätte sie sich niemals bei Dr. Huber in die Psychoanalyse begeben, sie hätte nie studiert, wäre nie selber Psychoanalytikerin geworden, hätte weder in Berlin noch in London, noch in Philadelphia gelebt. Sie wäre nie mit ganzer Leidenschaft in ihrem Beruf aufgegangen, hätte nie so viele Menschen in ihre dunkelsten Seelengründe begleitet und ihnen dadurch geholfen.

Ihr Gesichtsausdruck wurde sanft und hingebungsvoll.

Die Augen fielen ihr wieder zu, und die Schwärze, die sie nun umgab, war tief. Sie träumte nichts mehr.

Es war schon so lange still im Zimmer. Marlies wurde immer unruhiger. Ihre Großmutter erlebte nur wenige wache Stunden, aber meistens murmelte sie etwas – erzählte wirre Geschichten von längst vergangen Tagen, erwähnte Menschen, die seit Jahren tot waren, oder schluchzte leise. Jetzt erklang absolut kein Laut.

Marlies öffnete die Türe und lugte durch den Spalt. Seit langer Zeit hatte sie sich auf diesen Augenblick vorbereitet, sich manchmal vor ihm gefürchtet, ihn manchmal regelrecht herbeigesehnt. Jetzt war sie tief betroffen.

Sie sah auf den ersten Blick, dass Elsbeth Safransky, geborene Krüger, tot war. Kein Atem hob und senkte ihre Brust, die Lider zuckte nicht, sondern waren in den Höhlen versunken, die Haut wirkte wächsern, schlaff. Die Hände lagen ruhig ineinander, als würde sie ein stummes Gebet sprechen, und der Mund war zu einem Lächeln verzogen.

Marlies hatte ihre Großmutter nie so glücklich, so entspannt, so friedlich gesehen.

Ihre erste Regung war, den Raum zu verlassen und zum Telefon zu greifen. Sie musste den Arzt anrufen, das Bestattungsunternehmen, die noch lebenden Verwandten und Freunde Elsbeths. Es gab so viel zu tun.

Doch stattdessen zog sie einen Stuhl zum Bett, setzte sich und verharrte. Stundenlang betrachtete sie die Großmutter, fühlte im Angesicht des Todes erst Frieden, dann Unrast.

Sie war nun allein, sie hatte keine Aufgabe mehr. Oft hatte sie die Pflege der alten Dame als Last empfunden – und sie dennoch willkommen geheißen, bot sie ihr doch den besten Schutz vor dem Leben und den vielen Fragen, die dieses aufwarf: Wer bin ich, wer will ich sein, was will ich tun?

Nun konnte sie sich nicht mehr hinter dieser Aufgabe verstecken, nun musste sie sich den Fragen stellen. Welche Träume hegte sie noch, deren Verwirklichung sie nicht länger aufschieben durfte?

Elsbeths Körper erkaltete, doch Marlies wurde vor Aufregung ganz heiß.

Sie hatte solche Angst vor der Zukunft. Und zugleich freute sie sich unbändig darauf.